dtv

»Ein Baby ist ein Engel, dessen Flügel schrumpfen, während die Beine wachsen.« Und weil diese kleinen Engel ihre Eltern nur allzu oft vor sehr irdische Probleme stellen, gibt es ›Das Baby-Lexikon‹, das bei allen Fragen rund ums Baby und Kleinkind schnelle, zuverlässige Hilfe garantiert. Die 650 Stichwörter geben Auskunft über Pflege und Ernährung, Stillen und Stillprobleme, Wachstum und Entwicklung, Krankheiten und wie man sie erkennt, natürliche Heilverfahren wie auch notwendige Arzneimittelanwendungen und zweckmäßige Impfmaßnahmen. Weiterhin enthalten sie Anregungen für das Verhalten bei Reisen oder Autofahrten und für sinnvolles Spielzeug. Erziehungstips finden sich darin ebenso wie erprobte Rezepte für Kinderbrei und Beikost. Aus der langjährigen Erfahrung der drei Autoren in der kinderärztlichen Alltagspraxis entstanden, gibt ›Das Baby-Lexikon‹ in erster Linie Hilfe zur Selbsthilfe, verweist aber gegebenenfalls auch auf Rat und Hilfe, die von außen kommen muß.

Bernfried Leiber, Prof. Dr. med., ist Kinderarzt in Frankfurt/Main und Neu-Isenburg; Autor mehrerer Fachbücher und Fachlexika.

Michael Radke, Prof. Dr. med., ist Kinderarzt mit Schwerpunkt Magen-Darm- sowie Ernährungsstörungen und Autor verschiedener Fachpublikationen sowie von Elternberatungs-CDs.

Manfred Müller, Dr. med., ist Kinderarzt mit den Spezialgebieten Neonatologie und pädiatrische Intensivmedizin, (Mit-)Herausgeber von Pädiatrie- bzw. Elternberatungs-CDs und Autor verschiedener Fachveröffentlichungen.

Prof. Dr. med. Bernfried Leiber
Prof. Dr. med. Michael Radke
Dr. med. Manfred Müller

Das Baby-Lexikon

ABC des frühen Kindesalters

Deutscher Taschenbuch Verlag

Dieses Buch erschien erstmalig 1969 unter dem Titel
›ABC für junge Mütter‹ und seit 1975 in mehreren Auflagen
als ›Baby-Lexikon‹.
Die vorliegende Neuausgabe ist völlig neu bearbeitet und aktualisiert.

Originalausgabe
März 2001

www.dtv.de

Umschlagkonzept: Balk & Brumshagen
Umschlagfoto: © Superstock
Satz: Fotosatz Reinhard Amann, Aichstetten
Gesetzt aus der Times Ten 8/9˙ (QuarkXPress)
Druck und Bindung: C. H. Beck'sche Buchdruckerei,
Nördlingen
Gedruckt auf säurefreiem, chlorfrei gebleichtem Papier
Printed in Germany · ISBN 3-423-36221-9

»Lexikographische Arbeiten haben keinen Endpunkt.«

(M. P. E. Littré)

Zu diesem Buch

»Ein Baby ist ein Engel, dessen Flügel schrumpfen, während die Beine wachsen.«
(Französisches Sprichwort)

Für »Engel mit Flügeln« benötigen Sie natürlich kein ›Baby-Lexikon‹, wohl aber für Informationen über die zahlreichen ganz realen Bedürfnisse und Probleme von Erdenkindern, deren Beine schnell wachsen. Schwangerschaft und Geburt haben Sie glücklich überstanden, und ein neugeborenes, rosiges und warmes Baby liegt in Ihrem Arm. Aber was kommt nun? Unvermittelt stehen Sie vor ganz neuen, ungewohnten Pflichten und Aufgaben. Fragen und Probleme stellen sich, die meist sofort beantwortet oder gelöst werden müssen.

Dabei hilft Ihnen das jahrzehntelang bewährte, nun gänzlich neu überarbeitete ›Baby-Lexikon‹ schnell und zuverlässig. Seine alphabetisch geordneten und daher besonders leicht auffindbaren Stichwörter und Handlungsratschläge beantworten sachlich und allgemeinverständlich alle wichtigen Fragen rund ums Baby. In circa 650 Kurzartikeln erhalten Sie kompetente Auskunft über alle Maßnahmen der Pflege und Ernährung, über Stillen und Stillprobleme, Wachstum und Entwicklung, Hinweise für die Beurteilung und Erkennung von Gesundheitsstörungen, die bei Babys und jüngeren Kindern vorkommen, einen Überblick über zweckmäßige Impfmaßnahmen, Anregungen für das Verhalten bei Reisen oder Autofahrten, für sinnvolles Spielzeug sowie bewährte Erziehungstips. Notwendige Arzneimittelanwendungen werden ebenso besprochen wie altbewährte natürliche und biologische Heilverfahren. Auch erprobte Kochrezepte für Kinderbrei und Beikost fehlen nicht, falls Sie diese selbst zubereiten möchten.

Praxisbezogenen Rat und Hilfe bieten die zahlreichen Erfahrungstips und Verhaltensanleitungen für den Alltag mit einem Baby.

Die Auswahl und Gestaltung der einzelnen Stichwörter gründet auf den langjährigen Erfahrungen der drei Autoren als Kinderfachärzte in der kinderärztlichen Alltagspraxis. Deshalb bleibt auch keine der Fragen unbeantwortet, die Eltern von Babys in der Regel an Ärzte und Pflegekräfte stellen.

Zwar sind die meisten Informationen und Tips im ›Baby-Lexikon‹ als Hilfe zur Selbsthilfe gedacht, doch wird ebenfalls berücksichtigt, daß in bestimmten Situationen Rat und Unterstützung des Kinderarztes, des Hausarztes oder eine Klinikbehandlung unvermeidbar sind und wann dies erforderlich ist.

Die Autoren erwarten und erbitten von den Benutzern des ›Baby-Lexikons‹ negative wie auch positive Kritik jeder Art. Nur sie allein kann dazu verhelfen, den Inhalt dieses Buches in Zukunft noch vollständiger zu machen.

Prof. Dr. med. B. Leiber
Neu-Isenburg

Prof. Dr. med. M. Radke
Potsdam

Dr. med. M. Müller
Potsdam

Abdrücken der Brustmilch

Gebräuchlichste Methode zur mechanischen Entleerung der Mutterbrust mit der Hand. Das A.d.B. ist meist wirkungsvoller als das Abpumpen mit einer →Milchpumpe. Es hat vor allem den Zweck, die Brust nach dem Stillen vollständig zu entleeren und so einer Milchstauung sowie deren Komplikationen vorzubeugen (→Milchknoten, →Milchfieber, →Brustdrüsenentzündung). A.d.B. kann u.U. auch dazu beitragen, die Milchabsonderung zu erhalten oder zu steigern, wenn →Stillhindernisse bestehen oder das Baby noch nicht fähig oder zu schwach ist, um aus eigener Kraft die Brust vollständig zu entleeren (→Trinkschwierigkeiten). Das A.d.B. kann entweder mit einer Hand, beidhändig oder mit Hilfe einer zweiten Person durchgeführt werden. Alle Verfahren sind wirksam, erfordern aber eine gewisse Übung und, wenigstens anfangs, auch etwas Geduld.

So wird's gemacht:

1. *A.d.B. mit einer Hand: Nach Händedesinfektion (→Brustpflege, →Brustwarzen, →Desinfektionsmittel) erfolgt eine einleitende, leichte Walkmassage sowie die Reinigung der Brustwarze und des Warzenhofs. Nun legen Sie den gleichseitigen Daumen auf die Oberseite der jeweiligen Brust, die übrigen Finger unter gleichzeitigem leichtem Anheben unter die Brust und führen mit dem Daumen gegen die Brustwarze gerichtete, streichende Bewegungen aus, während Ihre übrigen Finger von unten her gleichzeitig leicht entgegendrücken* (Farbtafel). *Durch kräftigeres Zusammendrücken Ihrer Finger entleert sich die Milch dann meist in kräftigem Strahl, den Sie in einer Flasche mit aufgesetztem Trichter auffangen können* (Abb. a).
2. *A.d.B. mit beiden Händen: Händedesinfektion u.a. (wie bei 1.): Umfassen Sie eine Brust mit beiden Händen und entleeren Sie die Milch durch streichendes Drücken in Richtung auf den Warzenhof hin in ein untergestelltes Auffanggefäß (s.o.),* (Abb. b).

   Ist die Brust vollständig entleert, lassen Sie ruhig etwas Milch an der Brustwarze antrocknen. Dies bietet den besten Schutz gegen das Eindringen von Krankheitserregern in die Milchausführungsgänge und beugt einer Entzündung vor.

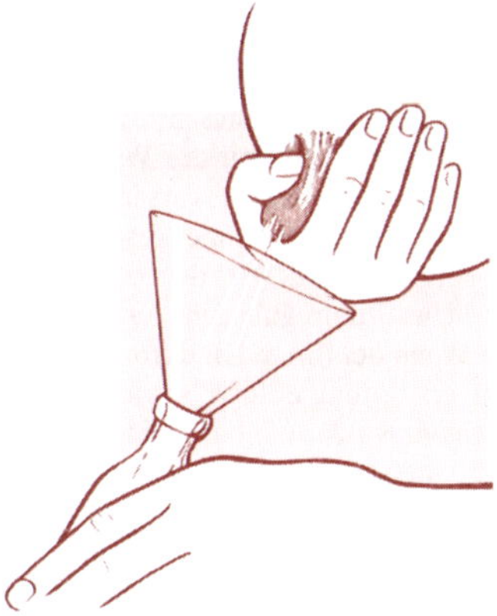

a Abdrücken der Brustmilch mit einer Hand: Dabei wird die Brust von unten umgriffen und die Milch streichend mit dem Daumen ausgedrückt

b Abdrücken der Brustmilch mit beiden Händen: Dabei wird die Brust von unten umgriffen und die Milch streichend mit beiden Daumen ausgedrückt

Vgl. auch →Abpumpen der Brustmilch, →Milchpumpe

Abendkoliken →Blähungen, →Dreimonatskoliken, →Luftschlucken

Abführmittel

Alle Medikamente oder Substanzen, die durch ihre Wirkung zurückgehaltenen und/oder verhärteten Stuhl aufweichen und in Bewegung bringen, faßt man unter der Sammelbezeichnung A. zusammen. Im Kindesalter sollen A. nicht angewandt werden, da sie unerwünschte Nebenwirkungen (z.B. Störungen des Wasser- und Elektrolythaushaltes) verursachen können. Eine normal zusammengesetzte Nahrung sorgt bei Kindern in der Regel für die natürliche Stuhlregulierung und -entleerung. Wenn bei Ihrem Kind trotzdem eine Stuhlverstopfung auftritt, sollten Sie sich von einem Kinderarzt beraten lassen.

Als meist recht wirksames diätetisches, natürliches Darmregulierungsmittel für Babys kann →Milchzucker dienen. Vorteilhafter ist jedoch die Gabe von Laktulose (rezeptpflichtig) als zusätzlichem Ballaststoff. Auf (besondere) ärztliche Anordnung können Sie abführende Stuhlzäpfchen anwenden. Bei akuten Verstopfungen ist jedoch die Vorstellung in einer Kinderklinik anzuraten. Dort kann Abhilfe durch Einläufe (z.B. Microklist o.ä.) geschaffen werden.

Erfahrungstip:
Gestillte Babys leiden fast nie unter echter, sondern allenfalls unter einer →Scheinverstopfung. Bei älteren Säuglingen und Kleinkindern kann durch ballaststoffreichere Ernährung (Obst- und Gemüsebreie) und zusätzliches Flüssigkeitsangebot (zuckerfreie →Teegetränke für Babys) oftmals eine Besserung erreicht werden.

Vgl. auch →Scheinverstopfung (beim Brustkind), →Verstopfung

Abhärtung

Als A. wird die Wirkung aller Maßnahmen und Verfahren bezeichnet, die eine allgemeine Verbesserung der Anpassungsfähigkeit des Körpers an seine Umweltbedingungen, vor allem an ungünstige Witterungseinflüsse wie Wind, Nässe, Kälte und schnelle Abkühlung herbeiführen. Durch eine systematisch betriebene und dosierte A. kann in jedem Alter eine gute und wirksame Vorbeugung gegen Erkältungskrankheiten erreicht werden. Nach zahlreichen ärztlichen Berichten erkranken nicht oder unzureichend abgehärtete Kinder bis zu 30mal häufiger sowie auch meist schwerer und länger an Erkältungskrankheiten. Deshalb sollten Sie versuchen, bei Ihrem Kind eine gute und sinnvolle A. schon vom frühen Babyalter an zu erreichen. Dazu gehören richtige, sorgfältig wetter- und temperaturangepaßte Bekleidung und häufiger Aufenthalt an der frischen Luft, die systematische, gut abgestimmte Anwendung derjenigen Reizfaktoren, die durch Luft-, Wasser- und Sonnenbäder auf die Körperfunktionen (besonders auf das Wechselspiel und die Reaktion der feinsten Blutgefäße der Haut und Unterhaut) einwirken.

Erfahrungstip:
In der warmen Jahreszeit sollten Sie die Fenster des Zimmers, in dem sich Ihr Baby aufhält, während des ganzen Tags geöffnet halten und das Bettchen in die Nähe des Fensters schieben. Nur an besonders heißen Tagen sollten Sie zur Abwehr der Hitze tagsüber die Fenster geschlossen halten und die Lüftungen auf die kühleren Morgen-, Abend- und Nachtstunden beschränken. Lüften Sie auch während der kalten Jahreszeit das Zimmer mehrmals täglich gründlich. Dabei sollte das Baby am besten zuvor trockengelegt und danach ausreichend, aber nicht zu warm bekleidet werden. Sie können es auch während des Lüftens zum Füttern und Windeln in einen anderen beheizten Raum bringen.

Unabhängig davon gilt die Regel, daß die alleinige Licht- und Luftzufuhr durch das geöffnete Fenster für Gedeihen und wirksame A. des Säuglings nicht ausreicht. Häufiger Aufenthalt im Freien ist unbedingt erforderlich. Deshalb sollten Sie das Baby zu jeder Jahreszeit mindestens einmal täglich ins Freie bringen (Ausfahrt oder Schlafstunden auf dem Balkon oder im Garten). Das Wetter, an dessen ständigen Wechsel das Kind ja angepaßt werden soll, ist dabei weniger entscheidend. Auch bei leichterem Regen oder Schneefall bietet ein Kinderwagen genügend Schutz.

Zwar vertreten einige überbesorgte Großmütter gelegentlich die Ansicht, daß schon bei bedecktem Himmel eine Ausfahrt nicht angebracht oder bedenklich sei, doch dürfte dies heute kaum noch zeitgemäß sein. Lediglich stärkerer Nebel verbunden mit Nässe, Smog, (vor allem staubhaltiger) Sturm sowie stärkerer Frost oder Mittagshitze im Hochsommer sind die einzigen ernstlichen Gründe, die gegen Ausfahrten sprechen.

So wird's gemacht:
Mit dem täglichen Aufenthalt im Freien können Sie in der warmen Jahreszeit unbedenklich bereits etwa 10 bis 14 Tage, in den Wintermonaten etwa 4 bis 5 Wochen nach der Geburt beginnen. Anfangs genügt ein halb- bis einstündiger Aufenthalt im Freien. Diesen dehnen Sie dann allmählich immer mehr aus, so daß das Kind praktisch die gesamten Tagesschlafzeiten im Freien verbringt. Bei besonders schöner Wetterlage können Sie dann, wenn die äußeren Voraussetzungen gegeben sind (Temperaturen über 22°C), sogar pflegerische Maßnahmen wie Trockenlegen und Füttern im Freien vornehmen.

Selbstverständlich muß die Bekleidung des Säuglings während des Aufenthalts im Freien sehr sorgfältig den Witterungsbedingungen angepaßt sein. Er sollte also weder zu warm noch zu leicht bekleidet sein, wobei vor allem zu warme Kleidung zu vermeiden ist. Die Entscheidung darüber wird erleichtert, wenn Sie die Außentemperatur mit der Zimmertemperatur vergleichen: Ist erstere – wie meist während des ganzen Sommers – nicht wesentlich niedriger, dann kleiden Sie das Baby zum Aufenthalt im Freien ebenso wie für den Aufenthalt im Zimmer. Den sonst noch notwendigen äußeren Schutz bietet der Kinderwagen (→Ausfahren, →Kinderwagen). Mantel, Mütze, Handschuhe und Federbett sowie →Wärmflasche bleiben ausschließlich der kalten Jahreszeit bzw. besonderen Situationen vorbehalten.

Die einfachsten A.-Maßnahmen sind *Luftbäder*. Luft nimmt 4mal weniger Wärme auf als Wasser, und ihre Wärmedurchlässigkeit ist 28mal geringer als die des Wassers. Es sind ihre Temperatur, Feuchtigkeit, Bewegung, ihr Druck usw., die auf den unbekleideten Körper eine abhärtende Wirkung ausüben. Luftbäder trainieren die Mechanismen der Wärmeregulation der Haut, verbessern die Atemtätigkeit, den Stoffwechsel sowie die Herztätigkeit und beeinflussen die Stimmungslage und den Appetit günstig. *Wasseranwendungen* sind stärker wirkende A.-Maßnahmen. Sie beeinflussen aber ebenfalls die Hautfunktionen, verbessern den Kreislauf und regen den Appetit an (vgl. →Abreibungen). A. durch *Sonneneinwirkung* kann schon nach dem zweiten Monat angestrebt werden. Hierzu ist allerdings zunächst nur die indirekte, zerstreute und reflektierte, niemals aber die direkte Sonnenstrahlung geeignet (→Sonnenbad, →Sonnenbrand).

Alle A.-Maßnahmen werden nur bei systematischer Durchführung wirksam. Ist es notwendig, sie für länger als drei Tage völlig zu unterbrechen (z.B. wegen akuter Krankheit), müssen Sie die Reize bei ihrer erneuten Anwendung zunächst schwächer dosieren und anschließend wiederum ganz allmählich steigern. Im Fall einer schwereren Erkrankung sind erneute A.-Maßnahmen aber erst dann wieder angezeigt, wenn das Kind mindestens 5 bis 6 Tage gänzlich fieberfrei war und keinerlei Krankheitszeichen mehr vorhanden sind.

Vgl. auch →Abreibungen, →Ausfahren, →Erkältung, →Freiluftbehandlung, →Hitzeschädigung, →Sonnenbad

Abhalten, frühzeitiges

Für das endgültige Sauberwerden ist ein f. A. eine in ihrem Nutzen umstrittene Maßnahme, auch wenn sie derzeit recht verbreitet ist. Viele Babys entleeren ihren Stuhl schon relativ frühzeitig etwa zur gleichen Tageszeit. Manche Mütter erkennen am Verhalten des Babys (Drücken, Pressen, Blutandrang zum Kopf usw.), daß eine Stuhlentleerung bevorsteht, und beeilen sich zumeist, das Kind in diesem Augenblick abzuhalten, um den Stuhl aufzufangen. Sie hoffen, mit dieser Maßnahme ein besonders frühzeitiges Sauberwerden zu erreichen. Das Baby ist damit jedoch überfordert, weil es noch nicht erfassen kann, was mit ihm geschieht und was man von ihm erwartet. Deshalb halten Kinderärzte und manche Psychologen ein vorzeitiges Abhalten für unrichtig. Diese Meinung beruht u.a. auf der Beobachtung, daß gerade diejenigen Babys, die schon sehr frühzeitig und mit viel erzieherischer Mühe und Konsequenz abgehalten wurden, oftmals besonders spät endgültig sauber werden.

Deshalb die Empfehlung, mit dem A. frühestens dann zu beginnen, wenn das Kind in der Lage ist, gänzlich selbständig und längere Zeit sicher zu sitzen. Noch besser ist es aber, mit dem A. so lange zu warten, bis das Kind alt genug ist, um die Bedeutung des Vorgangs und des Töpfchens annähernd zu begreifen. Ersteres ist etwa zwischen dem 6. und 9. Lebensmonat, letzteres sogar erst im Verlauf des 2. Lebensjahres der Fall.

Erfahrungstip:
Denken Sie immer daran, daß man die genannten Termine nicht überbewerten darf – vieles regelt sich von selbst: Ein sich geistig normal entwickelndes Baby wird in der Regel – früher oder etwas später – ganz von selbst sauber. Also Ruhe bewahren! Machen Sie sich nur klar, daß es viel weniger Ihre Bemühungen sind, die ein Baby schließlich zum Sauberwerden führen, als ein bestimmter Reifezustand seines Begriffsvermögens.

Vgl. auch →Blasenfunktion (normale und gestörte)

Abhören

Das A. (Abhorchen, Auskultieren) der Geräusche von Körperorganen mit einem sog. Hörrohr (Stethoskop) wird vom Arzt bei Allgemeinuntersuchungen zu diagnostischen Zwecken durchgeführt. Abgehorcht werden dabei vor allem die Geräusche der Lungen und des Rippenfells bei der Atmung über dem gesamten Brustkorb, die Herztöne (Herzschlag) und evtl. Herzgeräusche sowie auch die Darmgeräusche über dem Leib. Aus krankhaften Veränderungen oder Abweichungen vom Normalverhalten solcher Geräusche können u.U. wichtige Diagnosen abgeleitet werden (z.B. →Bronchitis, →Darmverschluß, →Herzfehler, angeborener oder Herzklappenfehler, →Lungenentzündung).

Abkochen der Milch

Rohe, d.h. unabgekochte →Kuhmilch muß auf jeden Fall abgekocht werden, da sie stets verschiedene Bakterien enthält, die sich schnell vermehren, die Milch zersetzen sowie u.U. krankheitsauslösend wirken. Dies gilt in gewisser Weise auch für nur kurz erhitzte, pasteurisierte Milch (→Pasteurisierung der Milch), die in diesem Sinne ebenfalls als rohe Milch zu bewerten ist.

Rohe, nicht pasteurisierte Kuhmilch, aber auch pasteurisierte Milch muß ausreichend lange, ggf. wiederholt aufgekocht werden. Dabei kann man entweder die gesamte Tagestrinkmenge oder die für jede Mahlzeit gebrauchte Menge unmittelbar vor ihrer Verwendung aufkochen.

Zur Vermeidung des Anbrennens und Überkochens verwendet man am besten einen emaillierten oder einen doppelwandigen, zwischen den Topfwänden mit Wasser gefüllten Topf. Wird die gesamte Tagestrinkmenge zubereitet, soll die abgekochte heiße Milch durch Einstellen des Kochtopfes in kaltes, fließendes Wasser möglichst schnell wieder abgekühlt werden. Wiederholtes Umrühren während des Abkühlens vermeidet unerwünschte Hautbildung. Anschließende Aufbewahrung im Kühlschrank (oder im kalten Wasser) ist zweckmäßig, Topf dabei mit einem Deckel verschließen.

Wenn ausreichende Kühlung gewährleistet ist, kann die Säuglingsnahrung schon morgens für den ganzen Tag zubereitet und, in einzelne Flaschen abgefüllt, aufbewahrt werden. Bei ungenügenden Kühlmöglichkeiten ist dies in der heißen Jahreszeit nicht möglich. Denn ohne sichtbare Zersetzungszeichen können sich in der Milch auch nach dem Kochen erneut massenhaft Bakterien entwickeln.

Erfahrungstip:
Bei mangelhafter Kühlmöglichkeit müssen Sie die Milch oder die bereits fertig zubereitete Nahrung noch einmal unmittelbar vor ihrem Verbrauch aufkochen (1 bis 2 Minuten). Vermeiden Sie aber unbedingt mehrfaches, vor allem zu langes Abkochen, denn dadurch werden viele wertvolle →Vitamine der Milch zerstört!

Kochregeln für Milch

Milchart	**Kochdauer**
Nicht abgekochte, nicht pasteurisierte Milch	3 bis 5 Min.
Pasteurisierte Handelsmilch (sog. Frischmilch)	2 bis 3 Min.
Hocherhitzte, uperisierte Milch (→H-Milch)	1 bis 2 Min.
Bereits zuvor gekochte, aber länger gelagerte Säuglingsnahrung	1 bis 2 Min.

Vgl. auch →H-Milch, →Kleinkindmilchen, →Kuhmilch, →Milchhygiene im Haushalt, →Pasteurisierung der Milch, →Säuglingsnahrungen

Abkühlungspackungen

Schonende und trotzdem sehr wirksame natürliche Maßnahme zur Absenkung übermäßig hoher Körpertemperatur mit Hilfe von kühl-feuchten Wickeln. Diese üben eine abkühlende Wirkung durch Verdunstungskälte aus. Bleiben die Wickel allerdings längere Zeit ungewechselt, bewirken sie das Gegenteil und verursachen eine zusätzliche Erwärmung.

Bei allen feuchten Packungen und Wickeln ist, besonders im Babyalter, auf sorgfältige Pflege der Haut zu achten, weil diese bei längerer Feuchtigkeitseinwirkung leicht erweicht, paradoxerweise austrocknet und für Infektionen empfänglicher wird.

Erfahrungstip:
Denken Sie daran, daß die gesamte Körperoberfläche nach jeder feuchten Packung und jedem feuchten Wickel gründlich abgetrocknet und eventuell mit Babyöl leicht gefettet werden muß.
Vgl. im einzelnen →Bad, abkühlendes, →Beinwickel, →Brustwickel, →Halswickel, abkühlender

Ablaktation →Abstillen

Ablaktationsdyspepsie →Abstilldyspepsie

Abnabelung
Als A. wird die meist von der Hebamme vorgenommene Durchtrennung der Nabelschnur, etwa 4 bis 5 cm vom kindlichen Hautnabel entfernt, bezeichnet.

Erfahrungstip:
Vermeiden Sie unbedingt Manipulationen am Nabelschnurrest, wenn Sie nicht zuvor Ihre Hände sorgfältig mit Wasser, Seife und Handwaschbürste (10 bis 15 Minuten) gereinigt haben. Tun Sie dies nicht, riskieren Sie eine Infektionseinschleppung in die zunächst noch offene Nabelschnurwunde!

Ein natürlicher Schutz vor einer solchen Infektion kommt auch durch die allmähliche Austrocknung des Nabelschnurrestes zustande. Er muß daher möglichst trocken gehalten werden. Aus diesem Grund soll das Neugeborene nach dem ersten Reinigungsbad so lange nicht mehr gebadet, sondern nur gewaschen werden, bis der Nabelschnurrest abgefallen und der Hautnabel verheilt ist, d.h. kein Sekret mehr absondert.
Vgl. auch →Nabelbinde, →Nabelgranulom, →Nabelpflege, →Nabelschnurrest

Abort →Fehlgeburt

Abpumpen der Brustmilch
Mechanische Entleerung der Brust bei →Stillhindernissen und Stillschwierigkeiten mit Hilfe einer →Milchpumpe (Abb.). Die Ergiebigkeit der Brust ist beim Abpumpen meist etwas geringer als beim →Abdrücken der Brustmilch.
Brustmilchpumpenn kann man in einigen Apotheken ausleihen.
Vgl. auch →Milchpumpe

Abreibungen
Empfehlenswerte Maßnahme zur Er-

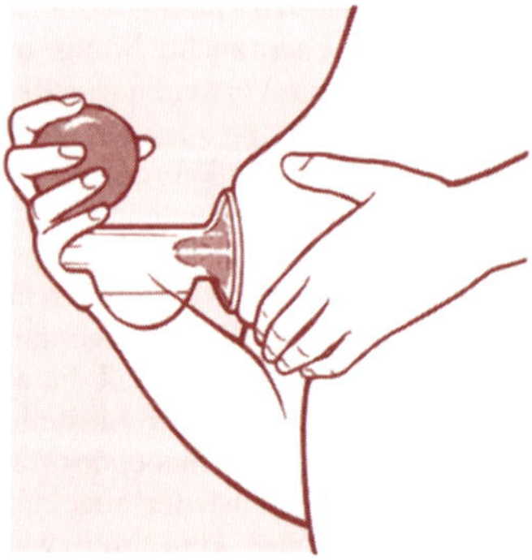

Während die rechte Hand die Pumpe bedient, hebt die linke Hand die Brust von unten leicht an und kann so den Pumpvorgang durch leichte Melkbewegungen unterstützen zielung einer gewissen →Abhärtung. Sie beruht darauf, daß durch einen leichten Hautreiz das Wechselspiel der Blutgefäße der Haut (Erweiterung und Verengung) angeregt und trainiert wird. Bereits nach jedem →Reinigungsbad wird mit dem Frottieren ein solches Gefäßtraining vollzogen. Bei etwas älteren Babys (über etwa 5 bis 6 Monate) kann mit Hilfe von sog. trockenen A. der Haut dieses Training noch verstärkt werden.

So wird's gemacht:
Kleiden Sie das Baby bei Zimmertemperatur ganz aus, und legen Sie es auf ein großes Flanell- oder Frottiertuch, in das es ganz eingeschlagen werden kann. Frottieren Sie dann mit beiden Händen – nicht zu derb – den ganzen Körper mit Ausnahme des Gesichts ab, bis eine leichte, gleichmäßige Rötung der Haut auftritt.

Diese A. können zugleich mit leichter Übungsgymnastik durchgeführt werden (→Gymnastik des Babys).

Auch feuchte A. mit verdünntem Spiritus oder Franzbranntwein, der mit gleichen Teilen Glyzerin versetzt ist (vor allem bei trockener, spröder Haut), gleichmäßig mit der Hand eingerieben, wirken ähnlich. Sonstige feuchte A. (z.B. Bürsten-Seifen-A. im warmen Bad) sollten Sie frühestens im Kleinkindalter erwägen.
Vgl. auch →Abhärtung

Erfahrungstip 1:
Führen Sie wegen ihrer anregenden und manchmal schlafvertreibenden Wirkungen A. nie abends durch.

Erfahrungstip 2:
Seien Sie bei trockenen A. mit der Bürste bei jüngeren Babys besonders zurückhaltend und zart!

Abschwellmittel →**Nasentropfen**

Absetzen von der Brust

Ein plötzlicher und vollständiger Entzug der Muttermilch mit der Absicht, das Baby von da an nicht weiterhin an der Brust zu ernähren, wird als A.v.d.B. (oder plötzliches Abstillen) bezeichnet.

Im Gegensatz zur geordneten, allmählichen und zum günstigsten Termin erfolgenden Entwöhnung (→Abstillen) birgt das A.v.d.B. gewisse Gefahren, weil sich der kindliche Organismus, vor allem während des ersten Lebensvierteljahres, nicht so schnell an die neue Ernährungssituation anpassen kann. Eine nicht seltene Folge des A.v.d.B. ist daher eine abrupte Veränderung der Darmkeimflora und die Entstehung einer →Abstilldyspepsie, d.h. einer Durchfallstörung. Das A.v.d.B. kann außerdem bei der Mutter →Brustdrüsenentzündung, →Milchfieber, →Milchknoten und Milchstauung verursachen.

Erfahrungstip:
Sie sollten nur aus wirklich zwingenden Gründen das A.v.d.B. ernstlich in Erwägung ziehen. Tun Sie dies bitte auch nicht ohne vorherige Rücksprache mit Ihrem Arzt. Das Risiko für Mutter und Kind ist nicht unerheblich!
Vgl. auch →Abstilldyspepsie, →Abstillen

Abstilldyspepsie

Abstilldurchfall, Ablaktationsdyspepsie: Durchfallstörung des jüngeren Säuglings, die bei plötzlichem Entzug der Muttermilch und somit abruptem Übergang auf Ernährung mit →Säuglingsnahrungen auftreten kann. Im allgemeinen gedeiht ein jüngeres Baby um so besser, je später und je allmählicher es entwöhnt wird.

Eine A. stellt sich deshalb leicht ein, weil jede Form der nicht natürlichen Ernährung (d.h. ohne Muttermilch) höhere Anforderungen an die kindlichen Verdauungsfunktionen stellt als reine Muttermilch. Frühgeborene, junge Babys und darmempfindliche Kinder erkranken besonders leicht nach dem Abstillen, wobei auch ungünstige hygienische Verhältnisse (z.B. auf Reisen) sich zusätzlich nachteilig auswirken können. Deshalb ersetzen Sie die Muttermilch bitte niemals plötzlich, sondern stets langsam, anfangs durch je eine Mahlzeit täglich mit anderer Nahrung (→Zwiemilchernährung).

Zur Erhaltung der Brustmilchsekretion und zur Verhütung von Milchstauung müssen Sie die Milch unbedingt abdrücken oder abpumpen (→Abdrücken der Brustmilch, →Abpumpen der Brustmilch), und zwar auch dann, wenn die Milch zunächst nicht benötigt wird, weil die A. gewöhnlich besonders leicht und am sichersten mit Muttermilch behoben werden kann.

Erfahrungstip:
Ist die A. schwer und läßt sie sich durch Wiederanlegen nicht beheben, holen Sie bitte unverzüglich und ohne weitere Versuche einer Umstellung der Nahrungsform ärztlichen Rat ein. Bis dahin stillen Sie das Baby am besten weiter.

Abstillen

A., auch Ablaktation genannt, bedeutet eine endgültige Entwöhnung des Babys von der Ernährung mit Brustmilch. Sie soll, wenn dem nicht schwerwiegende Gründe entgegenstehen (z.B. schwere Erkrankung der Mutter), nach Möglichkeit nicht plötzlich, sondern langsam und Schritt für Schritt erfolgen.

Dagegen wird plötzlicher Entzug der Muttermilch →Absetzen von der Brust genannt. Die Unterscheidung zwischen den beiden Formen der Ernährungsumstellung ist deshalb von Bedeutung, weil das Absetzen für Mutter und Kind gewisse Gefahren und Risiken mit sich bringt. Deshalb ist das sofortige Absetzen von der Brust nur in besonderen Notfallsituationen vertretbar.

Beim A. wird am besten täglich je eine Muttermilch- durch eine Breimahlzeit oder durch eine Flasche mit Säuglingsnahrung ersetzt.

Nach den Empfehlungen der Fachgremien ist es angebracht, ein Baby bis zum Ende seines 5. Lebensmonats ausschließlich zu stillen, es ist so ohne jegliche Zufütterung adäquat ernährt. Andererseits gilt als erwiesen, daß besonders langes ausschließliches Stillen, d.h. über den 5. Lebensmonat hinaus, wie es bei einigen Völkern heute noch die Regel ist, u.U. für Mutter und Baby nachteilig sein kann. Nach einer Empfehlung der WHO sollte das A. – frei von äußerem Zwang – vom Ende des 5. Lebensmonats an allmählich realisiert werden. Es kann sich über einige Wochen erstrecken. Vom 6. Lebensmonat an hat die Muttermilch gegenüber Säuglingsnahrungen keine ernährungsphysiologischen Vorteile mehr. Im 4. Lebensvierteljahr ist ärztlicherseits zum A. zu raten (evtl. mit Ausnahme einer morgendlichen Brustmahlzeit), mit Beginn des 2. Lebensjahres sollte das A. endgültig abgeschlossen sein.

Schwierigkeiten beim A. können gelegentlich dadurch entstehen, daß Ihr Baby konsequent die Annahme der Flasche oder der neuen und ungewohnten Nahrung ablehnt. Dann sind oftmals geschickte Versuche angebracht (z.B. Verfüttern der Flaschenmahlzeiten mit dem Löffel, kürzeres Hungernlassen, Wechsel der fütternden Person oder gar vollkommenes plötzliches Absetzen von der Brust), um herauszufinden, wie Sie in diesem Fall die Nahrung am besten beibringen können.

Erfahrungstip:
Vermeiden Sie möglichst das A. mitten im Hochsommer, und versuchen Sie

nicht, es bei einem völlig gesunden Brustkind zu erzwingen. Eine Risikosituation wäre damit verbunden!

So wird's gemacht:
Ersetzen Sie zuerst die Mittagsmahlzeit durch einen Löffelbrei (z.B. →Kartoffel-Gemüse-Brei), sodann, nach weiteren 1 bis 2 Wochen, die Abendmahlzeit durch einen milchhaltigen Brei (→Beikost). Schließlich können Sie – in einwöchigen Abständen – auch noch die restlichen Brustmahlzeiten durch Säuglingsnahrung ersetzen. Von diesen Flaschenmahlzeiten kann die eine sehr bald gegen einen weiteren Brei (z.B. →Obst-Zwieback-Brei) ausgetauscht werden. Die morgendliche Brustmahlzeit sollten Sie am längsten beibehalten und zuletzt durch eine Flasche ersetzen. Wenn das A. schon früher, d.h. im ersten oder zweiten Vierteljahr, erforderlich werden sollte, ist es wichtig, den Ersatz der Muttermilch durch altersgerechte Säuglingsnahrungen nur allmählich vorzunehmen.
Vgl. auch →Absetzen von der Brust

Abszeß →Furunkel, →Pustulosis

Achtmonatskind →Frühgeborenes, Frühgeburt

Ad-libitum-Ernährung

Als Ad-libitum-Fütterung (d.h. Fütterung nach Bedarf oder engl. »self demand feeding«) bezeichnet man eine Ernährungsweise des Babys, bei der man diesem die Freiheit läßt, selbst den Zeitpunkt auszuwählen (durch Schreien), um von einer bestimmten Nahrung so viel zu sich zu nehmen, wie es mag. Es darf demzufolge so lange und so viel trinken, bis es von selbst die Mahlzeit abbricht, weil es gesättigt und ermüdet ist.

Genaue Beobachtungen von konsequent auf diese Weise ernährten Babys haben gezeigt, daß sowohl die von ihnen aufgenommenen Trinkmengen wie auch die selbst gewählten Zeitabstände zwischen den Mahlzeiten (zirkadianer Rhythmus) weitgehend denen von Babys entsprachen, die nach festen Ernährungsplänen und in einem nach der Uhr geregelten Tagesablauf aufgezogen wurden. Die A.-l.-E. ist insofern keine neue Methode, als sie in vieler Hinsicht dem Verhalten eines →Brustkindes entspricht.

Die praktische Durchführung der A.-l.-E. verlangt allerdings eine gewisse Erfahrung und Sicherheit im Umgang mit Babys.

Eine A.-l.-E. kann grundsätzlich für alle diejenigen Kinder uneingeschränkt empfohlen werden, die dabei ein regelrechtes körperliches Gedeihen (Wachstum, Gewichtsanstieg) zeigen. Ernährungserfolg und Gedeihen bestimmen es also, ob im Einzelfall von dieser Ernährungsform abzuraten ist, was nur selten notwendig ist. Auch in diesem Fall empfiehlt es sich wie bei allen Ernährungsproblemen, einen Kinderarzt zu befragen.

Erfahrungstip:
Bei wirklich gesättigten Säuglingen läßt sich der Mundsuchreflex nicht mehr auslösen!
Vgl. auch →Fütterungszeiten, →Zwischenmahlzeiten

Adaptierte Milch →Säuglingsnahrungen

Adenoide (adenoide Wucherungen)

Volkstümlich »Polypen«, Vergrößerung der hinter und oberhalb des Zäpfchens an der oberen Rachenwand (Mitte des hinteren Nasenausgangs) gelegenen →Rachenmandel. Im Gegensatz zu den rechts und links zwischen den Gaumenbögen gelegenen, leicht einsehbaren Gaumenmandeln sind A. wegen ihrer versteckten Lage meist nicht direkt sichtbar.

Bei der Geburt ist das gesamte Mandelgewebe noch gering entwickelt. Deshalb sind angeborene A. oder solche des jungen Säuglings äußerst selten. Aber schon nach der ersten Jahreswende können sie zu einer Erschwernis oder Behinderung der Atmung durch die Nase führen. Man erkennt dies daran, daß die Kinder fast ausschließlich mit offenem Mund atmen und oft im Schlaf →schnarchen.

Die Neigung zur Vergrößerung der Rachenmandel ist bei den Kindern heutzutage, wahrscheinlich mitbedingt durch die meist übermäßig trockene Luft in zentralgeheizten Räumen, schon weit früher vorhanden als noch vor einer Generation. So kommt es, daß A. gelegentlich schon im 2. Lebensjahr durch eine kleine Operation (Adenotomie) verkleinert oder – besser – entfernt werden müssen. Ggf. muß diese Operation nach einer gewissen Zeit sogar wiederholt werden.

Die Entfernung der A. ist ein relativ leichter Eingriff, der zumeist ambulant in Kliniken von einem Hals-Nasen-Ohrenarzt ausgeführt wird.

Erfahrungstip:
Über längere Zeit unbehandelte erheblich vergrößerte Rachenmandeln können beträchtliche Schwerhörigkeit und dadurch bedingte Sprachentwicklungsstörungen sowie Schulprobleme auslösen. Zögern Sie daher nicht allzu lange, sie entfernen zu lassen.

Vgl. auch →Atmung, gestörte, →Nasenatmung, →Rachenmandel, →Schnarchen

Adenotomie →Adenoide (adenoide Wucherungen), →Rachenmandel

Adipositas →Überfütterung
Aerophagie →Luftschlucken

Affektkrämpfe → »Wegbleiben«

Afterriß

Analriß, Afterschrunde, Analfissur; ein sehr schmerzhafter, dabei oft nur winziger und recht unscheinbarer kurzer und oberflächlicher Einriß der Schleimhaut im Bereich der Afteröffnung. Ursache für die Entstehung des A. ist meist eine Überdehnung der Afterschleimhaut beim Durchtritt eines außergewöhnlich harten Kotballens bei →Verstopfung.

Durch die Schmerzhaftigkeit beim Kotabgang kann ein A. auch seinerseits zu einer willkürlichen Stuhlverhaltung führen und damit eine Verstopfung verursachen, so daß zwischen A. und Verstopfung eine ungünstige Wechselwirkung (»Teufelskreis«) entsteht.

Der A. heilt nur dann schnell ab, wenn er sachgemäß behandelt wird. Das Warten auf eine Selbstheilung beinhaltet die Gefahr, daß sich beim Kind die Vorstellung, Stuhlgang sei zwangsläufig mit Schmerz verbunden, psychisch fixiert. Tatsächlich bleibt mitunter – auch wenn die Abheilung des Schleimhauteinrisses längst erfolgt ist – ein hartnäckiges willkürliches Zurückhalten der Darmentleerung bestehen. Dies kann sogar gelegentlich einen langandauernden Verstopfungszustand verursachen.

Neben der örtlichen Behandlung durch den Arzt ist die Voraussetzung für eine schnelle Abheilung des A., daß der Stuhl durch Koständerung oder mittels milder abführender, stuhlerweichender Maßnahmen für eine gewisse Zeit weich gehalten wird.

Erfahrungstip:
Wenn ein Säugling oder Kleinkind bei der Stuhlentleerung Schmerzen oder zuvor bereits Zeichen der Angst zeigt und deshalb versucht, sie zu vermeiden, dann ziehen Sie in Betracht, daß ein A. vorhanden sein könnte.

Vgl. auch →Abführmittel, →Ballaststoffe, →Verstopfung

Afterschrunde →Afterriß

AIDS

Bezeichnung für das sog. erworbene Immunschwäche-Syndrom (Buchstaben-Kürzel abgeleitet aus engl. »**A**cquired **I**mmune **D**eficiency **S**yndrome«), eine durch Körpersekrete, insbesondere bei Sexualverkehr, durch Blut sowie von einer infizierten Schwangeren bzw. stillenden Mutter auf das Kind übertragbare, gefährliche Infektionskrankheit. Der Erreger, das humane Immuninsuffizienz-Virus (HIV) zerstört in langsamem Verlauf das zellgebundene Infektionsabwehrsystem des Erkrankten.

Eine erfolgte Infektion wird frühestens nach 4 bis 7 Wochen mit einem Blutserum-Test nachweisbar. Bis zum Auftreten charakteristischer Krankheitserscheinungen können aber 1 bis 8 Jahre verstreichen. Die Infektion kann jedoch bereits zuvor über die Gebärmutter bzw. durch die Brustmilch auf das Kind übertragen worden sein. In der Regel zeigt dieses aber unmittelbar nach der Übertragung des Virus keine merklichen Krankheitsanzeichen (latente Infektion).

Haupterscheinungen von A. sind zumeist ein anfangs langanhaltendes hohes →Fieber, →Lungenentzündung, Schweißausbrüche, →Gewichtsabnahme, Schwellungen der Lymphknoten (→Lymphknotenschwellung). Dazu kommen in den späteren Stadien des Krankheitsverlaufs infolge der zunehmenden Abwehrschwäche verschiedene – z.T. schwerste – andere Infektionskrankheiten, z.B. Pilzinfektionen.

Eine durchschlagende Behandlungsmethode gibt es derzeit noch nicht.

Babys von mit HIV infizierten oder an A. erkrankten Müttern werden in kinderärztlichen Spezialsprechstunden überwacht und behandelt. Ein Ausschluß HIV-infizierter Kinder von der Aufnahme in eine Kindertagesstätte oder eine andere Gemeinschaftseinrichtung ist übertrieben und nicht gerechtfertigt. Ein Infektionsrisiko für andere Kinder ist quasi auszuschließen, da die Viren die intakte Haut nicht durchdringen können.

Näherere Informationen für ein zweckmäßiges Verhalten in einem derartigen Fall erteilen die vor Ort zuständigen Gesundheitsbehörden und A.-Beratungsstellen.

Akne (des Neugeborenen)

Bei der Neugeborenen-Akne (Acne neonatorum) handelt es sich um eine harmlose Teilerscheinung der sog. →Schwangerschaftsreaktionen des Neugeborenen. Dabei treten auf der Haut sog. Mitesser (Komedonen) auf, manchmal auch kleine Pickel. Die A. heilt gewöhnlich ohne besondere Behandlung innerhalb der ersten 8 bis 10 Lebenswochen spontan aus.
Vgl. auch →Schwangerschaftsreaktionen des Neugeborenen

Alfaré

A. ist eine allergenfreie Spezialnahrung aus hitze- und enzymatisch behandeltem Molkeneiweiß (sog. »high degree«-Hydrolysat). Im Gegensatz zu sog. schwachen (»low degree«) Hydrolysatnahrungen, die als **h**ypo**a**llergene (HA-) Nahrungen zur Vorbeugung von Kuhmilcheiweiß-Allergien empfohlen werden, wird A. auf ärztliche Verordnung zur Ernährung von Säuglingen und Kindern mit schweren Nahrungsmittelallergien oder anderen gravierenden Krankheiten des Magen-Darm-Trakts angewandt. Durch bedarfsgerechten Zusatz aller lebenswichtigen Vitamine, Spurenelemente und Mineralien kann A. zur ausschließlichen, d.h. alleinigen Ernährung kranker Kinder angewandt werden. Standardauflösung: 13,6 g Pulver in 100 ml Wasser.

Hersteller: Nestlé-Alete GmbH, 81662 München.

Alkoholembryopathie →Embryopathie

Alleinerziehende/ Alleinerziehender

Alleinerziehende Mütter oder Väter können durch die Inanspruchnahme sozialgesetzgeberischer Regelungen Unterstützung und Hilfe erhalten. Diese richten sich nach den aktuellen sozialpolitischen Vorgaben und unterliegen somit entsprechenden Veränderungen und Anpassungen. Ein Elternteil gilt nicht als alleinerziehend, solange er verheiratet ist und nicht getrennt lebt oder wenn er unverheiratet mit dem anderen Elternteil zusammenlebt.

Zur Gewährung finanzieller Unterstützungen, z.B. von Unterhaltsvorschuß, ist ein Antragsverfahren notwendig. Unterhaltsvorschuß kann dann beantragt und bezogen werden, wenn der andere Elternteil seinen Unterhaltspflichten nicht nachkommt oder nachkommen kann.

Zur Gewährung von Unterhaltsvorschuß gelten folgende wichtige Voraussetzungen:

- Der Wohnsitz oder gewöhnliche Aufenthalt muß in Deutschland sein.
- Das Kind muß definitiv im Haushalt eines alleinerziehenden Elternteils leben. Dies muß aber nicht der eigene Haushalt des Elternteils sein (z.B. wenn Elternteil und Kind im Haushalt der Großeltern zusammenleben).
- Der andere Elternteil zahlt nicht mindestens Unterhalt in Höhe des maßgeblichen Regelbedarfs.
- Das Kind darf noch nicht das 12. Lebensjahr vollendet haben.

Neben diesen Regelungen enthält das Kinder- und Jugendhilfegesetz ein weiteres breites Spektrum von allgemeinen Förderungsangeboten und individuellen Erziehungsbeihilfen. Sie werden von freien Trägern (Wohlfahrts- und Jugendverbänden, Elterninitiativen, Selbsthilfegruppen) und von den örtlichen Jugendämtern erbracht.

Ferner können A. neben der finanziellen Unterstützung auf folgende Hilfsangebote zurückgreifen:

- Beratung in Fragen der Partnerschaft, Trennung und Scheidung sowie bei der Ausübung der Personensorge einschließlich der Geltendmachung von Unterhalts- oder Unterhaltsersatzansprüchen des Kindes oder des Jugendlichen.
- Unterbringung von Müttern und Kindern in Mutter-Kind-Einrichtungen, Betreuung und Versorgung des Kindes in Notsituationen und Schaffung eines bedarfsgerechten Angebots zur Tagesbetreuung von Kindern in Krippen, Kindergärten, Horten und in Tagespflege.

Weitere Informationen in folgenden Broschüren:

›So schaffe ich es allein‹ (Bundesverband alleinerziehender Mütter und Väter, VAMV, Von-Groothe-Platz 20, 53173 Bonn) und ›Ehe- und Familienrecht‹, ›Guter Rat ist nicht teuer‹, ›Gemeinsam leben ohne Trauschein‹ (herausgegeben vom Bundesministerium der Justiz).

Alleinlassen des Kindes

Die Frage, ob man ein Baby oder ein Kleinkind in der Wohnung allein lassen kann und darf, läßt sich nicht ohne weiteres allgemeingültig beantworten. Sicherlich ist eine kürzere Abwesenheit (bis zu 30 Minuten) der Mutter, z.B. für kleinere Einkäufe, gelegentlich kaum vermeidbar und dann unbedenklich, wenn das junge Kind noch ständig im Bettchen liegt oder in einem Laufställchen gut aufgehoben ist. Wenn man aber länger dauernde Besorgungen nicht mit einer Ausfahrt des Kindes im Kinderwagen verbinden will, ist die Heranziehung eines →Babysitters notwendig. Manchmal kann eine Person der Hausgemeinschaft dazu gewonnen werden, regelmäßig nach dem Kind zu schauen.

Frühzeitig sollten Sie sich darum bemühen, daß Ihr junges Kind auch während Ihrer Anwesenheit in der Wohnung längere Zeit allein im Zimmer verbringt und lernt, eine gewisse Zeit mit sich zu spielen und sich zu beschäftigen, ohne daß es nach Ihrer unmittelbaren Nähe verlangt oder sich ängstigt.

Gewöhnungs- und Erziehungsmaßnahmen, die in diese Richtung zielen, entwickeln und stärken das Selbstvertrauen, die Selbständigkeit und das Sicherheitsgefühl des Kindes. Da sie jedoch jeweils auf den Charakter und die Persönlichkeit des Kindes abgestimmt sein müssen, lassen sich dafür keine generellen Empfehlungen geben.
Vgl. auch →Angst und Ängstlichkeit, →Babysitter

Allergie

Eine A. ist eine krankmachende Überempfindlichkeit des Immunsystems auf allergen wirkende, körperfremde Substanzen (Allergene), die auf einer spezifischen Veränderung der normalen Immunitätslage beruht. Sie ist genetisch geprägt durch die Vererbung einer bestimmten Bereitschaft, auf antigen wirkende Stoffe aus der Umwelt (Luft, Nahrung) mit Bildung eines spezifischen Immuneiweißkörpers im Blut (IgE-Bildung) zu reagieren.

Ein Baby muß dann als besonders allergiegefährdet angesehen werden, wenn ein Elternteil oder sogar beide Elternteile, evtl. vorhandene Geschwister oder auch die Großeltern an allergischen Krankheiten leiden, z.B. an Heuschnupfen, Asthma, Neurodermitis. Das Allergierisiko für Kinder mit zwei betroffenen Elternteilen liegt zwischen 50 und 70 %, mit einem betroffenen Elternteil bei etwa 30 %.

Eine A. kann sowohl verschiedenartig ablaufen als auch an verschiedenen Organsystemen in Erscheinung treten. Üblicherweise unterscheiden die Fachleute vier allergische Reaktionstypen, denen sich die allergischen Erkrankungen jeweils zuordnen lassen. Es ist allerdings hervorzuheben, daß nicht jede Unverträglichkeitsreaktion, z.B. auf bestimmte Nahrungsmittel, auch zwingend mit einer A. gleichzusetzen ist. Zur definitiven Feststellung einer A. ist daher immer eine meist aufwendige und gezielte ärztliche Diagnostik notwendig. Bezüglich der Ernährung von allergiegefährdeten Babys s. →Säuglingsnahrungen.
Vgl. auch →Arzneimittelausschlag

Altersstufen

A. nennt man die deutlich unterscheidbaren, altersabhängigen Entwicklungsstufen des Kindes mit charakteristischen Besonderheiten der Ernährung, des Wachstums, der Beweglichkeit, der seelischen Haltung, der Leistungsfähigkeit, der Erkrankungsneigung und anderen Merkmalen.

Abgesehen von den vorgeburtlichen Entwicklungsstufen (von der Befruchtung des Eis bis zur Geburt) lassen sich folgende Altersstufen voneinander abgrenzen:

1. **Säuglingsalter** (von der Geburt bis zur Vollendung des ersten Lebensjahres), darin enthalten
   a) Neugeborenenalter: von der Geburt bis zum 28. Lebenstag
   b) 1. Lebensvierteljahr (1. Trimenon)
   c) späteres Säuglingsalter (2. Lebenshalbjahr)
2. **Kleinkindalter,** auch Spielalter genannt (vom Anfang des 2. Lebensjahres bis zum vollendeten 6. Lebensjahr), darin enthalten
   a) Kriech- und Krabbelalter (während des 2. Lebensjahres)
   b) Vorschulalter (4. bis 6. Lebensjahr)

3. **Schulalter** (vom Beginn des 7. Lebensjahres bis zum vollendeten 14. Lebensjahr), darin enthalten
   a) Vorpubertät (Vorreifungsalter)
   b) Pubertät (Reifungsalter)
4. **Jugendlichenalter, Adoleszenz** (vom Anfang des 15. Lebensjahres bis zum Abschluß des Körperwachstums; bei Mädchen etwa im 17. bis 18., bei Jungen etwa im 18. bis 20. Lebensjahr)
5. **Erwachsenenalter**

Die einzelnen A. gehen z.T. fließend ineinander über, auch sind die Grenzen manchmal etwas willkürlich gezogen (z.B. ist der Säugling am Ende der Säuglingszeit meist tatsächlich kein Saugender mehr). Trotzdem ist diese Einteilung aus vielfachen Gründen zweckmäßig und sollte deshalb auch beibehalten werden.

Aminosäuren →Eiweiß

Anämie →Blutarmut

Analfissur →Afterriß

Analriß →Afterriß

Anfälle →Krampfanfälle

Anfangsnahrungen →Säuglingsnahrungen

Angina

Halsentzündung; das Wort A. bedeutet »Enge« und wird in der Regel für eine schmerzhafte, entzündliche und den Rachen einengende Anschwellung der Gaumenmandeln verwendet. Die A. ist meist Teilerscheinung eines Nasen- und Racheninfekts. Vor allem bei Kindern jenseits des Säuglingsalters ist sie recht häufig und im gesamten Kindesalter mit die häufigste Ursache von Fieberzuständen (→Fieber). Da aber jüngere Kinder ihre Beschwerden oft nicht genau lokalisieren können, wird sie manchmal nicht erkannt, wenn nicht ausdrücklich danach gesucht wird.

Erfahrungstip 1:
Versäumen Sie es auf keinen Fall, Ihrem Kind bei jeder Temperaturerhöhung sehr genau in den Hals zu schauen (→Rachen- und Mundinspektion) – oft werden Sie dabei schon die Fieberursache direkt erkennen können: eine A.!

Die einfache A. führt zu einer mehr oder weniger starken Schwellung und Rötung des weichen Gaumens und der Mandeln (Farbtafel). Oft kommt es dabei zu einer begleitenden schmerzhaften Schwellung der Lymphknoten an den Seiten des Halses (im sog. »Kieferwinkel«), die sich dort leicht tasten lassen. Die allgemeinen Krankheitserscheinungen bei A. bestehen in oft unverhältnismäßig hohem Fieber, Unruhe, Schluckschmerz und Nahrungsverweigerung (wegen der Schluckbeschwerden). Manchmal kommt es anfangs auch zu →Erbrechen.

Die einfache katarrhalische A. dauert meist nur wenige Tage. Eine längere Dauer des Krankheitszustandes, besonders des Fiebers, kann ein Hinweis darauf sein, daß sich eine eitrige A., d.h. die Ausbildung von Eiterherden in den Gaumenmandeln, entwickelt hat.

Eine besondere Form der A., die durch spezielle Erreger hervorgerufen wird, stellt die Scharlachangina dar (→Scharlach). Die A. als wesentliche Begleiterscheinung einer →Diphtherie ist sehr selten. Sie geht mit grauweißlichen, übelriechenden Belägen auf den Mandeln einher.

Erfahrungstip 2:
Jede A. sollten Sie wegen der möglichen Komplikationen frühzeitig vom Arzt behandeln lassen .

Allgemeine Pflegemaßnahmen bei A.:

Bei höherem Fieber, das auch bei einer »gewöhnlichen« A. auf 39° bis 40° C ansteigen kann, wirken abkühlende →Beinwickel, ferner mehrmals am Tag gewechselte feuchte →Halswickel (sog. Prießnitz-Umschläge) lindernd. Ob zusätzlich eine medikamentöse Behandlung erforderlich ist, muß der Arzt entscheiden.

Frische Obstsäfte (→Fruchtsaft), z.B. gekühlter, gut gezuckerter →Zitronen- oder Apfelsinensaft und auch Speiseeis werden von den Kranken wegen des Schluckschmerzes festen Speisen vorgezogen.

Vgl. auch →Fieber, →Fieberkost für Kleinkinder, →Halswickel

Angst und Ängstlichkeit

»Freude und Angst sind Vergrößerungsgläser.«
(Jeremias Gotthelf)

A. und Ä. sind besondere seelische Reaktions- und Verhaltensweisen, die sich bei Kindern in der Regel erst nach bestimmten Erlebnissen oder nach gewissen unangenehmen Erfahrungen stärker in der Persönlichkeitsstruktur ausprägen. Sie kommen auch anlagemäßig verschieden stark zum Ausdruck. Oft sind es Kinder von überbesorgten, unsicheren Müttern oder Eltern, die ihrerseits gleichfalls zu A. und Ä. neigen. Es hängt also sehr vom Vorbild und vom Verhalten der erziehenden Personen ab, ob bei einem Kind bei Verlassenheitsgefühl, in der Dunkelheit, bei plötzlichem Lärm, bei Gewitter, beim Geschichtenerzählen, bei Begegnungen mit Tieren usw. Angstgefühle aufkommen oder nicht.

Solche Reaktionen dürfen in ihrer Bedeutung nicht überbewertet, aber auch keinesfalls bagatellisiert werden. Sie lassen sich, wenn das Kind alt genug ist, oft mildern allein schon durch das Verhalten des Erziehenden, durch Besprechen und Erklären der Situation sowie durch Beseitigung der unmittelbar auslösenden Ursache.

Kommt es aber zu periodischen Angstzuständen, etwa jede Nacht zur gleichen Stunde, dann ist dies ein Hinweis auf eine tiefergehende Störung, die man →Pavor nocturnus nennt. Zu deren Behandlung und Beseitigung sollten Sie unbedingt den Arzt befragen.

A. und gesteigerte Ä. dürfen nicht mit gesteigerter Schreckhaftigkeit verwechselt werden, obgleich beide ähnliche anlagemäßige Grundlagen haben.

Vgl. auch →Alleinlassen des Kindes, →Neuropathie, →Pavor nocturnus, →Schreckhaftigkeit

Anlegen an die Brust (Technik)

Es ist zweckmäßig, daß Sie vor jedem A.a.d.B. die Brustwarzen mit einem mit lauwarmem Wasser befeuchteten, frischen Mulltupfer säubern, um angetrocknete und mit Bakterien behaftete Milchreste von der Vormahlzeit zu entfernen. Bitte waschen Sie sich auch vor jeder Berührung der Brust die Hände gründlich!

So wird's gemacht:

In der allerersten Stillzeit legt die Mutter das Baby am besten in Seitenlage im Bett liegend an. Dabei liegt das Kind zwanglos in ihren Arm geschmiegt (Farbtafel; Abb. a). *Viele Mütter stillen auch später noch gerne in dieser Position, zumindest morgens.*

Doch Sie können das A.a.d.B. schon frühzeitig auch im Sitzen durchführen (Farbtafel). *Damit Sie dabei nicht so leicht ermüden, stellen Sie die Füße am besten auf eine niedrige Fußbank. So wird das Halten des Kindes wesentlich erleichtert. Der Kopf des Babys liegt dabei auf Ihrem gebeugten Arm, während sein Körper auf Ihrem Schoß ruht. Nun schieben Sie (u.U. mit Unterstützung einer zweiten Person) dem Baby die Brust-*

warze so weit mundwärts entgegen, daß es den ganzen Warzenhof mit dem Mund fassen kann. Mit je einem Finger rechts und links der Brustwarze halten Sie die Brust zugleich von der Nase des Kindes leicht ab, damit seine Nasenatmung während des Trinkens unbehindert erfolgen kann (Abb. b).

In der Regel sollten Sie bei jeder Mahlzeit jeweils nur auf einer Brustseite anlegen, damit eine Brust gänzlich entleert und zugleich die andere Brustwarze geschont wird. Bei geringer Milchabsonderung und um einen vermehrten Anreiz zur Milchbildung herbeizuführen, können Sie das Baby aber gelegentlich auch nacheinander an beiden Brüsten anlegen. Dabei ist aber unbedingt darauf zu achten, daß die erste Brust völlig entleert ist, bevor an der anderen Seite angelegt wird. Auf jeden Fall ist bei dieser Form des A.a.d.B. das Baby stets auf derjenigen Seite zuerst anzulegen, die bei der letzten Mahlzeit zuletzt entleert wurde.

Ist die Brust sehr prall gefüllt oder »schwergehend« (wie manchmal beim ersten Kind und in der ersten Zeit des Stillens), dann können Sie vor dem Anlegen etwas Milch abpumpen oder abdrücken, denn danach kann das Kind die Brust besser fassen und entleeren. Die so anfallende Muttermilch können Sie nach vollständiger Brustentleerung schließlich mit der Flasche oder, besser noch, mit dem Löffel nachfüttern.

Obgleich die Mehrzahl der Kinder von Anfang an recht geschickt aus der Brust trinkt, gibt es doch einige, die sich dabei anhaltend unbeholfen verhalten. Sie muß man mit viel Geduld erst allmählich zum richtigen Trinken bringen.

Sind die Babys besonders hungrig, was anfangs oft der Fall ist, dann ist es ratsam, nach den ersten hastigen Schlucken eine kleine Pause einzulegen, in der man das Baby kurz hochhebt. So wird die meist reichlich mitverschluckte Luft leichter aus dem Magen wieder aufgestoßen (→Aufstoßen).

Manche Kinder müssen gelegentlich durch zartes Klopfen auf den Rücken erst

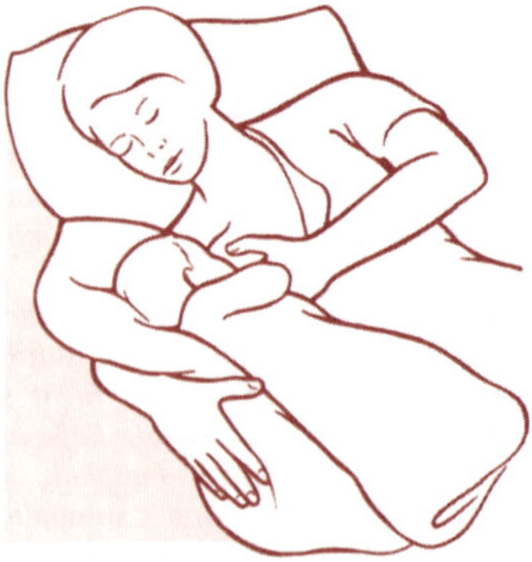

a Richtige Lagerung des Kindes beim Anlegen im Liegen

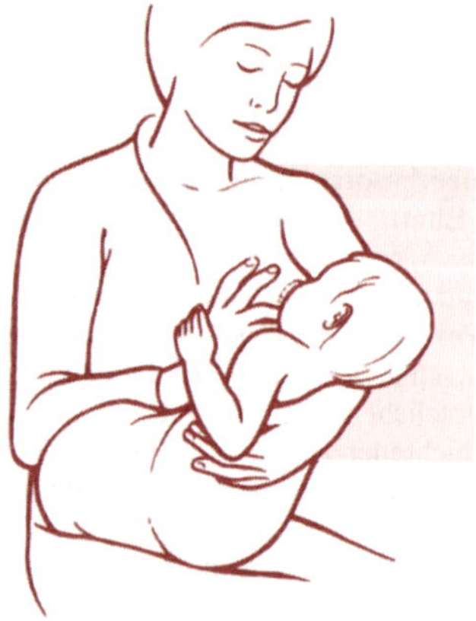

b Halten des Kindes beim Anlegen im Sitzen. Stets führt die eine Hand der Mutter die Brust dem Kind entgegen und hält zugleich seine Nase frei aus einer gewissen Schläfrigkeit aufgestört und zum Trinken angehalten werden. Andere werden, nachdem sie einige Minuten ausgezeichnet und stetig getrunken haben, plötzlich unruhig und beginnen zu schreien. Ursache dafür sind wahrscheinlich von lebhaften oder gesteigerten Darmbewegungen (Peristaltik) ausgelöste Bauchschmerzen (→Bauchschmerz, →Dreimonatskoliken).

Erfahrungstip:
Bitte halten Sie sich unbedingt an das Zeitlimit von 20 bis 25 Minuten Stilldauer für die einzelne Mahlzeit. Die in diesem Zeitraum entnommene Milchmenge wird durch längeres Anlegen nicht mehr wesentlich größer. Sie schonen so aber Ihre Brustwarzen für das weitere Stillen!

Nach einer halben Stunde spätestens sollte das Kind dann kräftig aufgestoßen haben und frisch gewickelt wieder in seinem Bettchen liegen.

Schreit ein Kind mehrfach unmittelbar oder bald nach dem Stillen, dann ist fraglich, ob das Kind beim A.a.d.B. wirklich satt geworden ist, was Sie z.B. durch die Bestimmung der Trinkmenge mit der Waage feststellen können (→Stillprobe). Waren die Trinkmengen ausreichend, hat das Schreien andere Gründe. In den allermeisten Fällen ist die Ursache dann ein ungenügendes Aufstoßen, wodurch beim Saugen mitverschluckte Luftmengen in der Kuppel des Magens zurückgeblieben sind und Magendrücken verursachen.
Vgl. auch →Ad-libitum-Ernährung, →Anlegen, erstes, →Fütterungszeiten, →Stillhindernisse, →Stillprobe

Anlegen, erstes

Aus vielen Gründen ist es vorteilhaft, das Neugeborene unmittelbar nach der Geburt, d.h. schon im Kreißsaal, anzulegen, denn dabei kommt die Milchabsonderung besser und schneller in Gang, und es wird zugleich eine engere Mutter-Kind-Beziehung gefördert. Das sofort angelegte Neugeborene muß kürzer und weniger hungern und dursten, so daß auch seine anfängliche Gewichtsabnahme geringer ist.

Auch wenn das e. A. nicht immer zu einer meßbaren Nahrungsaufnahme des Babys führt, sollten Sie ihm die Möglichkeit geben, bereits ein wenig an der Brust zu »nuckeln« (der Saugreflex ist bereits unmittelbar nach der Geburt vorhanden). Danach schläft das Kind ohnehin meist mehrere Stunden durch.

In den meisten Kliniken wird heute ein Rooming-in-System (→Rooming-in) betrieben, so daß nach Bedarf und Verlangen des Babys angelegt werden kann (→Ad-libitum-Ernährung).

Im allgemeinen wird das Neugeborene spätestens am 2. Lebenstag in 3- bis 4stündlichen Intervallen jeweils abwechselnd an eine Brust angelegt, in den ersten Lebenswochen (bei Bedarf) zusätzlich auch einmal nachts.

Das richtige Ingangkommen der Milchbildung und -absonderung hängt nicht zuletzt entscheidend davon ab, ob Sie selbst genügend gewillt und motiviert zum Stillen sind und ob das in den Entbindungskliniken mitwirkende Pflegepersonal über genügend Zeit und Geduld verfügt, um Ihnen Anleitung und gewisse Hilfen beim Stillen (des ersten Kindes) zu geben. Es ist wichtig zu wissen, daß die abgegebenen Milchmengen anfangs noch relativ gering sind: Am 2. Tag nach der Geburt werden selbst bei häufigerem Anlegen meist kaum mehr als insgesamt 20 ml Milch abgesondert. Aber am 7. Lebenstag sind es bereits täglich durchschnittlich 400 bis 500 ml.
Vgl. auch →Anlegen an die Brust (Technik), →Gewichtsverlauf im Babyalter, →Gewichtsverlust des Neugeborenen,

→Neugeborenes, Nahrungsbedarf, →Stillfähigkeit, →Stillhindernisse, →Stillprobe

Anorexie →Appetitlosigkeit

Anpassungsstörungen des Neugeborenen

Nicht nur →Frühgeborene, sondern auch reife, ausgetragene Neugeborene können nach der Geburt Probleme mit ihrer Anpassung an das Leben außerhalb des Mutterleibes haben. Denn das Neugeborene muß ja unmittelbar nach der Geburt nicht nur selbst atmen und seine Lungen entfalten, selbst trinken und verdauen, sondern auch noch mit den es umgebenden Keimen fertigwerden. Auch seine Körpertemperatur muß es selbst regulieren und sich insgesamt der neuen Umwelt außerhalb der Gebärmutter schnell anpassen.

A. d. N. äußern sich oft durch erschwerte Atmung (Stöhnen, Nasenflügelatmung und sog. →Einziehungen des Brustkorbs; vgl. →Atmung, normale und gestörte). Ursache dafür ist in der Regel nicht ein Mangel an Lungenreife wie bei frühgeborenen Babys, sondern noch in der Lunge verbliebenes Fruchtwasser oder – seltener – eine Lungenentzündung (Pneumonie), verursacht durch Bakterien, die beim Geburtsablauf von der Mutter auf das Kind übertragen wurden (z.B. B-Streptokokken).

Wenn Anpassungsstörungen auftreten, ist es manchmal notwendig, eine Verlegung in eine Kinderabteilung oder Kinderklinik zur eingehenden Untersuchung vorzunehmen.
Vgl. auch →Neugeborenes

Ansteckung →Infektionskrankheiten, →Verhütung von Ansteckung bei Infektionskrankheiten

Ansteckungsverhütung →Verhütung von Ansteckung bei Infektionskrankheiten

Antibiotika

Als A. wird eine große Gruppe von Arzneistoffen bezeichnet, welche die Fähigkeit haben, das Wachstum oder die Vermehrung von krankmachenden Bakterien zu stoppen oder ihre Wirkungen zu verhindern. A. enthalten teilweise Substanzen, die ursprünglich aus Schimmel- und anderen Pilzen gewonnen wurden und die man später, nach der Aufklärung ihrer chemischen Formel, z.T. auch synthetisch oder halbsynthetisch herstellen konnte, was sie preiswerter und verträglicher machte. Das bekannteste Antibiotikum ist das Penicillin.

Die Anwendung von A. sollte nur auf ärztliche Verordnung erfolgen. Nur so ist gewährleistet, daß das beste, wirkungsvollste und unschädlichste Präparat zielgerichtet eingesetzt wird und Nebenwirkungen ausbleiben.
Vgl. auch →Arzneimittelverabreichung

Anti-D-Immunglobulin →Blutunverträglichkeit

Antipyretika →Fieberbehandlung

Anzeigepflicht →Infektionskrankheiten, →Meldepflicht bei Infektionskrankheiten

Apgar-Skala

Apgar-Score, Apgar-Zahl; Bezeichnung für ein Befund- und Dokumentationssystem zur Beurteilung des Zustandes und der Lebensfunktionen von neugeborenen Babys. Es ist nach der amerikanischen Narkoseärztin (Anästhesistin) Virginia Apgar benannt, die es entwickelt hat.

Beurteilt werden mit diesem Schema vom Arzt und/oder von der Hebamme innerhalb der ersten Lebensminute nach Geburt sowie nach 5 und 10 Minuten Herzschlag (Puls), Atemtätigkeit, Muskelspannung, Reflexerregbarkeit und Hautdurchblutung des Neugeborenen.

Eine hohe Punktzahl (maximal 10 Punkte) bedeutet Vitalität und Lebensfrische, niedrige Werte (minimal 0 Punkte) hingegen mehr oder weniger schwere Störungen der bewerteten Funktionen.
Vgl. auch →Frühgeborenes, Frühgeburt →Neugeborenes

Appendizitis →Blinddarmentzündung

Appetitlosigkeit

»Wer satt ist, lobt das Fasten!«
(Deutsches Sprichwort)

Bei einem gesunden Kind wechseln sich Sättigungsgefühl und Hunger, Nahrungsverweigerung und Appetit (Eßlust) in regelmäßiger Folge ab. Dabei ist es nicht ungewöhnlich, sondern eher häufig, wenn sich Schwankungen im Eßverhalten zeigen und mal weniger, mal mehr gegessen wird.

Dieser Wechsel hängt u.a. vom Füllungszustand des Magens ab: Erst wenn dieser die vorhergehende Nahrungsportion gänzlich verarbeitet, an den Darm weitergegeben und sich so wieder weitgehend entleert hat, kommt es erneut zu Appetit und Hunger. Zu seiner Entleerung benötigt der gefüllte Magen etwa 3 bis 4 (bis 5) Stunden, je nach Art der zu verarbeitenden Nahrung. Im Lebensrhythmus eines regelgerecht ernährten und gefütterten Babys und Kleinkinds spielen Appetit, Hunger und Sättigungsempfindung die Rolle von sich fortwährend abwechselnden, sehr sinnvollen Steuerungsmechanismen, die einerseits eine ausreichende Nahrungsaufnahme garantieren und andererseits eine Überladung und Überfütterung zuverlässig verhindern. Diese Mechanismen sind angeboren und vom ersten Lebenstag an wirksam.

A. wird von Eltern und besonders von Großeltern oft in ihrer Bedeutung für die Entwicklung des Kindes überschätzt. Sie hat nur dann echten Krankheitswert, wenn sie längere Zeit anhält und eine dadurch bedingte Nahrungsverweigerung die kindliche Entwicklung stört oder verzögert. In diesem Fall muß unbedingt der Kinderarzt aufgesucht werden, um die Ursache der A. zu klären.

Daß übrigens ein krankes, fieberndes Kind keinen oder einen reduzierten Appetit hat, ist eine normale Erscheinung des Krankseins, die jeder kennt.

Bei der Behandlung von A. sollten Sie folgende Erfahrungstips berücksichtigen:

1. Bitten Sie Ihren Kinderarzt ggf. um die Aufstellung eines sachgemäßen Kostplans (oder stellen Sie selbst einen solchen auf), den Sie unbedingt einhalten müssen, wenn er wirken soll. Sein Prinzip: Verminderung oder Ausschluß von Milch, Weißbrot, Kuchen, Mehlspeisen und stark zuckerhaltigen Getränken (Fruchtsäfte, Limonaden bei älteren Kindern). Ernähren Sie das Kind im übrigen entsprechend den Empfehlungen unter →Ernährung des Kleinkinds. Von größter Wichtigkeit ist die strikte Unterlassung jeglicher Nahrungszufuhr oder Beikost (Kekse, Obst, Milchgetränke und Milch, Coca-Cola, Schokolade, Bonbons usw. (→Süßigkeiten) zwischen den einzelnen regulären Mahlzeiten.
   Alle Haushaltsangehörigen haben sich unbedingt daran zu halten! Jede Übertretung dieses Gebots – auch die kleinste – garantiert den Mißerfolg !
2. Erzeugen Sie bei Ihrem Kind einen Empfindungswandel dadurch, daß Sie es wieder dazu bringen, Hunger als regelrechtes Erlebnis erneut kennenzulernen. Dies erreichen Sie am besten dadurch, daß Sie ihm die Wahl lassen, zur Mahlzeit entweder das zu essen, was ihm gemäß Kostplan in nicht allzu

großen Mengen (nur halb gefüllte Teller oder kleinere Portionen) angeboten wird, oder aber auf das Essen ganz zu verzichten. Sofern sämtliche Bezugspersonen in der Umgebung des Kindes wirklich konsequent dabei bleiben, gibt es kaum Rückschläge.
Haben Sie keine Angst! Eine kürzere Fastenzeit führt nicht gleich zum Verhungern oder zu wesentlichem Gewichtsverlust. Geduld kann allerdings in einzelnen Fällen nötig werden, denn mitunter kann es mehrere Tage dauern, ehe das Kind sich umgestellt und die neue Situation zu akzeptieren gelernt hat.
3. Nötigen oder zwingen Sie die einmal verweigerte Mahlzeit niemals später noch einmal auf. Sie würden damit u.U. einen unüberwindlichen Widerwillen erzeugen.

Ausschlaggebend für den Erfolg der Behandlung ist nicht zuletzt, daß Sie durch Ihre absolut konsequente Haltung dem Kind nicht mehr erlauben, sich und sein Eßverhalten zum Mittelpunkt des Interesses und der Diskussionen der Erwachsenen (in Gegenwart des Kindes) zu machen: Sprechen Sie deshalb niemals bei den Mahlzeiten über sein Verhalten beim Essen und seinen Appetit. Erwecken Sie zumindest den Anschein, als sei es Ihnen ganz unwichtig, ob das Kind ißt oder nicht. Sie erreichen damit, daß sich beim Kind nach und nach eine Verhaltensumkehr einstellt: Es wird dann nicht mehr das Essen als Zwang, sondern Nichtessen als Nachteil empfinden!

Argentumkatarrh →**Credé-Prophylaxe**

Armlähmung

Seltene Geburtskomplikation, Folge einer erschwerten Entbindung, deshalb auch »Entbindungslähmung« genannt. Sie entsteht durch stärkere Druck- und/oder Zugeinwirkung (Dehnung bis zur Zerreißung) auf das Nervenbündel im Hals- und Schulterbereich meist einer Körperseite, das für die Nervenversorgung der Armmuskulatur verantwortlich ist. Durch den Nervenausfall hängt bei der sog. oberen A., die häufiger als die sog. untere A. ist, der betroffene Oberarm schlaff herab, die Schulter sinkt nach vorne und unten, der Oberarm liegt dem Oberkörper an, der Vorderarm ist leicht gebeugt. Dabei sind und bleiben die Finger beweglich. Bei der unteren A. ist die Unterarm-, Hand- und Fingermuskulatur gelähmt, während Oberarm und Schulter beweglich bleiben. Die Rückbildungsaussichten bis hin zur Erreichung einer normalen Funktion sind bei der oberen A. im ganzen etwas günstiger als bei der unteren A.

In jedem Fall von A. ist ärztliche, vor allem orthopädische Behandlung dringend erforderlich, um sowohl Muskelüberdehnungen wie aber vor allem Schrumpfungen des Schultergelenks und Versteifungen des Armes zu verhüten.
Vgl. auch →Geburtsverletzungen

Armmanschette →**Ekzem**

Arzneimittelausschlag

Arzneiexanthem; kleinfleckiger, meist über große Teile des Körpers ausgebreiteter, juckender Hautausschlag, der nach der Einnahme bestimmter Arzneien akut auftritt und oft masern- oder scharlachähnlich aussieht (Farbtafel). Gelegentlich kann sich ein A. aber auch anders, z.B. in Form eines Bläschenausschlages oder mit juckenden Quaddeln nach Art einer sog. Nesselsucht manifestieren.

Ein A. tritt zumeist am ganzen Körper auf, kann aber auch auf das Gesicht oder die Umgebung des Mundes beschränkt bleiben, andererseits das Gesicht ganz aussparen. Das Allgemeinbefinden der

Betroffenen ist, abgesehen vom Juckreiz, zumeist nicht wesentlich beeinträchtigt.

Ein A. ist Ausdruck einer Unverträglichkeit von bestimmten Medikamenten. Es gibt wohl kaum ein Arzneimittel, das nicht einmal einen A. hervorrufen könnte, wenn eine entsprechende Überempfindlichkeit vorhanden ist oder sich neu entwickelt hat.

Besonders häufig tritt ein A. nach oder während der Behandlung mit einigen →Antibiotika auf. Ein A. dieser Art kommt deshalb meist in Zusammenhang mit bestimmten Infektionen vor und ist fast ausschließlich harmlos und vorübergehend. Wird allerdings das auslösende Medikament später erneut gegeben, dann vertragen es die Betroffenen manchmal, ohne daß wiederum ein A. auftritt.

In jedem Fall von A. sollte dieser dem behandelnden Arzt gezeigt werden, nicht zuletzt, um künftig mit einer anderen Medikamentenauswahl einen A. sicher zu vermeiden.

Eine spezielle Behandlung ist in den meisten Fällen nicht erforderlich. Das Weglassen des betreffenden Medikaments (nach Rücksprache mit dem behandelnden Arzt) genügt in der Regel, um alle Erscheinungen und den Juckreiz schnell zum Verschwinden zu bringen.

Erfahrungstip:
Wenn Ihr Kind jemals einen A. gehabt hat, dann sollten Sie um spätere Wiederholungen zu vermeiden, unbedingt den Namen des auslösenden Medikaments aufschreiben (z.B. im →Impfpaß) und ihn dem Arzt bei jeder Arzneimittelverschreibung mitteilen.
Vgl. auch →Hautausschlag

Arzneimitteldosierung

Für die Verabreichung von Arzneimitteln und ihre Dosierung gelten im Kindesalter, besonders aber im Babyalter, aus verschiedenen Gründen andere Regeln als für den Erwachsenen. Abgesehen davon, daß es vor allem beim Baby fast immer Sache des Kinderarztes sein muß, zu entscheiden, ob die Anwendung von Arzneistoffen überhaupt notwendig ist, hat er auch die Verpflichtung, deren genaue Dosierung festzusetzen und schriftlich auf dem Rezept zu vermerken.

Es gibt einige Arzneimittel, die in den ersten Monaten des Säuglingsalters wegen ihrer speziellen Wirkungen nicht erlaubt sind (z.B. Morphium und Opiumpräparate) und die auch danach nur in besonders niedriger Dosierung verordnet werden dürfen.

Andererseits gibt es eine ganze Reihe von Arzneistoffen, denen gegenüber das junge Kind relativ unempfindlich ist und die daher sogar in relativ höherer Dosierung eingenommen werden müssen, um ausreichend zu wirken. Diese Umstände machen die A. vor allem im Säuglingsalter zu einer nicht einfachen ärztlichen Kunst. Stets müssen bei jeder A. sowohl die persönliche Empfindlichkeit wie die oben angeführten Ausnahmen Berücksichtigung finden.

Erfahrungstip 1:
Nachdrücklich ist davor zu warnen, von der ärztlich angeordneten A. abzuweichen.

Erfahrungstip 2:
Aufmerksame Eltern werden auf vielen Beipackzetteln der Medikamente einen Hinweis darauf finden, daß das verschriebene Medikament bei Kindern unter einem bestimmten Alter nicht oder nur eingeschränkt angewandt werden soll oder daß keine Erfahrungen über die Anwendung dieses Medikaments im Kindesalter vorliegen. Fragen Sie daher Ihren Kinderarzt, wenn Sie durch diese Hinweise verunsichert sind. Kinderärzte sind mit diesen Fragen vertraut und werden Ihnen eine befriedigende Antwort geben.

Vgl. auch →Arzneimittelverabreichung, →Rezept, ärztliches

Arzneimittelverabreichung

Die Art der A. wird gewöhnlich durch die ärztliche Verordnung festgelegt.

Sie ist entweder auf dem →Rezept vermerkt oder läßt sich aus der jedem Medikament beigelegten, gedruckten Anweisung (Beipackzettel) ersehen. Medikamente können durch den Mund (oral) eingegeben (aufgelöstes Pulver, Tabletten, Tropfen, Säfte), in die Haut eingerieben (Salben, Lösungen), eingespritzt (Ampullen) oder in den Darm als Zäpfchen (Suppositorien) eingeführt werden.

Folgende Regeln sind dabei zu beachten:

Medikamenteneingabe durch den Mund:

Erfahrungstip 1:

Bei der Arzneimitteleingabe durch den Mund ist manchmal die Mitwirkung von zwei Personen notwendig, wobei die eine das Kind auf den Schoß nimmt und die Hände des Kindes festhält und die zweite davorstehende Person sein Köpfchen im Nacken umfaßt und mit der anderen Hand den Löffel führt, den sie schnell hinter die obere Zahnreihe schieben muß, sobald das Kind den Mund öffnet, um ihn dann langsam kippend zu entleeren. Dabei ist der obere Löffelrand ständig mit den oberen Schneidezähnen in Berührung zu halten. Bei halbwegs geschicktem Vorgehen kann sich das Kind dabei weder verschlucken, noch geht Arznei verloren (Abb.).

Falls Sie keinen Saft (Suspension) anwenden, lösen Sie das Medikament am besten in einer möglichst kleinen Flüssigkeitsmenge auf. Fügen Sie es niemals einer ganzen Flaschenmahlzeit hinzu, da nicht immer sicher ist, daß diese auch völlig ausgetrunken wird. Vitamin D- bzw. Vitamin D-Fluorid-Tabletten u.a. gibt man gelöst in einem Teelöffel Milch oder Tee vor der Mahlzeit, die meisten anderen Medikamente sollten besser nicht auf ganz leeren Magen, sondern zu oder nach der Mahlzeit gegeben werden (Ausnahme: Eisentropfen, die auf den leeren Magen gegeben werden sollten).

Durch ablehnendes oder widerstrebendes Verhalten des Kindes darf man sich keinesfalls davon abhalten lassen, ihm die für die Heilung notwendigen, ärztlich verordneten Medikamente einzuflößen.

Jede, auch eine vielleicht einmal unangenehm schmeckende Arznei kann man einem Kind ohne Mühe und Quälerei auf die oben geschilderte Weise verabreichen.

Einreibungen von Medikamenten:
→Brusteinreibungen

Einspritzungen (Injektionen):
Sie können a) unter die Haut (subkutan), b) in die Haut (intrakutan), c) in den Muskel (intramuskulär) oder d) in die

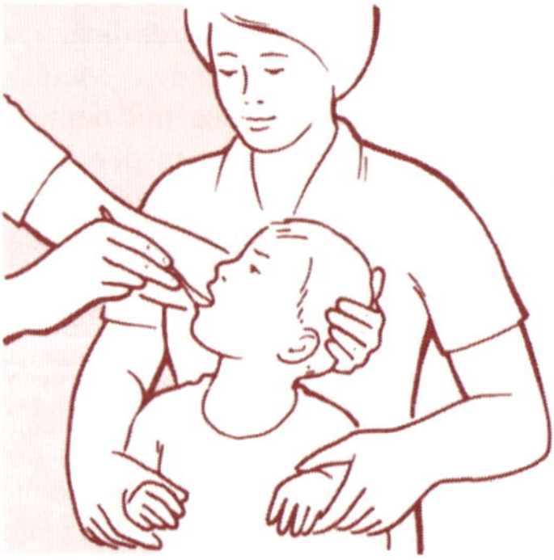

Zur Arzneimitteleingabe durch den Mund müssen oft zwei Personen mitwirken, die eine zum Halten der Hände des Kindes, die andere zum Halten des Köpfchens und Führen des Löffels, der schnell hinter die obere Zahnreihe geschoben wird, sobald das Kind den Mund öffnet. Der obere Löffelrand soll ständig mit den oberen Schneidezähnen Berührung haben.

Blutader (intravenös) erfolgen, je nach dem besonderen Zweck der einzuspritzenden Substanz.

Injektionen führt in der Regel der Arzt selbst oder die geschulte Krankenschwester in seinem Auftrag mit Hilfe einer Injektionsspritze aus. Bei widerstrebenden Kindern ist meist die Hilfe einer zweiten Person notwendig. Diese muß das Kind so festhalten, daß dessen Händchen die Injektionsstelle und -spritze nicht erreichen können.

Darmzäpfchen (Suppositorien):
Ihre Anwendung ist einfach und deshalb vor allem bei jüngeren Kindern mit Recht beliebt. Auch wird bei dieser Verabreichungsweise der Magen nicht belastet, und das Medikament kommt vergleichsweise schnell zur Wirkung.

Erfahrungstip 2:
Zäpfchen geben Sie Ihrem Kind am besten in Seitenlage bei angezogenen Knien. Führen Sie es durch den Afterschließmuskel unbedingt so weit ein, daß es nicht wieder von selbst zurückgleiten kann. Prüfen Sie bei späterem erneuten Gebrauch der gleichen Zäpfchenart stets zuvor das Verfallsdatum.

Erfahrungstip 3:
Ganz allgemein gilt: Reste eines früher verschriebenen Medikaments dürfen bei erneuter Erkrankung nicht ohne weiteres wieder verabreicht werden. Vorher Arzt befragen!

Arztbesuch

Ein Hausbesuch des Arztes sollte nur dann erbeten werden, wenn ein Kind so schwer erkrankt ist, daß ihm der Transport in die Sprechstunde des Arztes nicht zugemutet werden kann. Abgesehen von dem beträchtlichen Zeitaufwand, den der Hausbesuch erfordert, verfügt der Arzt in der Sprechstunde über umfangreichere, bessere und zweckmäßigere Untersuchungsmöglichkeiten als im Haus des Kranken. Daher ist in den Praxisräumen meist eine schnellere und präzisere Diagnosestellung möglich.

Der Transport von Säuglingen und Kleinkindern ist heutzutage in Tragetaschen und beheizten Autos so gefahrlos, daß die Vorteile der Untersuchung eines kranken Kindes unter Sprechstundenverhältnissen bei weitem überwiegen. Auf jeden Fall stellen erhöhte Temperaturen allein zumeist keinen ernsthaften Hinderungsgrund dar, die Praxis des Arztes aufzusuchen.

Ist der A. im Haus unumgänglich, dann sollte er nach Möglichkeit schon früh am Morgen erbeten werden. Zu den Vorbereitungen auf den A. gehören u.a. die vorherige Temperaturmessung des Kranken (→Fiebermessung) sowie die Aufbewahrung von Erbrochenem, Stuhl und Urin zu Untersuchungszwecken.
Vgl. auch →Erste Maßnahmen im Erkrankungsfall

Ascorbinsäure →**Vitamin C**

Asphyxie →**Atemstillstand**

Aspiration →**Verschlucken**

Aspirationspneumonie →**Verschlucken**

Asthma (Asthma bronchiale)

Das A. ist eine chronische, sich anfallsweise verstärkende entzündliche Erkrankung der Atemwege, an der verschiedene Zellen des spezifischen und unspezifischen Abwehrsystems des Körpers beteiligt sind. Im Rahmen eines akuten Asthmaanfalls kommt es zu einer hochgradigen Atemnot infolge einer krampfartigen Verengung der feinen Luftröhrenäste und Bronchialverzweigungen. Sie geht vor allem bei Säuglingen und Kleinkindern mit einer stark vermehrten Schleimabsonderung der Bronchien einher. Typisch für die Atemstörung bei A. ist, daß die Einatmung anfangs noch relativ gut vonstatten geht, während die Ausatmung erhebliche Schwierigkeiten bereitet, was man sogar hören kann (asthmatisches Keuchen und Giemen). Bereits im Babyalter kann es zu heftigen Asthmaerscheinungen kommen (sog. asthmoide Bronchitis oder spastische Bronchitis).

Die Betroffenen sind häufig nervös und übererregbar, auch finden sich unter ihnen nicht selten solche, die als Baby unter →Ekzem und allergischen Hauterscheinungen zu leiden hatten.

Häufig nimmt bei entsprechend disponierten Kindern die Asthmabereitschaft mit steigendem Lebensalter allmählich zu, wobei an sich harmlose Erkältungsinfekte, Abkühlung, Kontakt mit bestimmten Staubarten oder Tierhaaren sowie seelische (Angst, Unsicherheit u.ä.) und körperliche Belastungen oft als Auslösefaktoren für einen Asthmaanfall wirken.

Die nicht einfache Behandlung des A. und der A.-Disposition bei Kindern besteht aus mehreren Einzelfaktoren:

- Allgemeintherapie, z.B. durch Expositionsprophylaxe (Ausschluß von Passivrauchen, Reduzierung oder völlige Vermeidung von Tierkontakten)
- Physiotherapie (Atemtherapie, Inhalationen, Atemübungen)
- medikamentöse Stufentherapie (in Abhängigkeit vom Schweregrad des A.)
- Klimatherapie (Reizklima, Meeresklima, adäquate Urlaubsplanung)

In Deutschland gibt es Fachkliniken, Rehabilitationskliniken und Kinderkurheime sowie speziell ausgebildete Kinderärzte, die sich mit der Behandlung von A. bei Kindern befassen.

Ferner verfügen die meisten Universitätskinderkliniken über Fachabteilungen für Diagnostik und Therapie des A.

Bitte informieren Sie sich dazu bei Ihrem Kinderarzt!

Atemstillstand

Plötzlicher Stillstand der Atemtätigkeit, die beim Neugeborenen auch als Asphyxie (Atemlosigkeit) bezeichnet wird. Diejenigen Ursachenfaktoren, die beim neugeborenen Kind oder jungen Baby zu einem A. führen, können gelegentlich auch schon vor der Geburt des Kindes wirksam werden. In diesem Fall beginnt das Neugeborene nach der Geburt nicht von selbst zu atmen, oder es kommt in den ersten Lebensstunden zu einem oft unvermittelt auftretenden A. Ein A. beim Neugeborenen ist entweder durch Unreife (→Frühgeborenes, Frühgeburt) oder Funktionsstörungen des Atemzentrums im Gehirn verursacht (z.B. nach langer, schwerer Geburt und Narkose der Mutter; sog. zentraler A.), oder er entsteht durch eine mechanische Verlegung der Atemwege, z.B. infolge der Einatmung von Schleim, Fruchtwasser oder Blut während der Geburt (sog. peripherer A.). Aus den genannten Gründen kommt A. vorzugsweise nach schwierigen und langdauernden Geburten vor.

Bei älteren Säuglingen und Kleinkindern kann ein A. durch »Verschlucken« von Fremdkörpern, die in die Atemwege gelangt sind, durch Entzündungen (Kehldeckelentzündung – Epiglottitis) oder während eines Ertrinkungsunfalls u.a. ausgelöst werden.

Ein längerer A., auch wenn er sich beheben ließ, kann schwere Gehirnschäden verursachen, denn die Nervenzellen des Gehirns sind gegen mangelnde Sauerstoffversorgung äußerst empfindlich. Hierdurch entstandene Schäden können später zu verzögerter Entwicklung, Körperbehinderung durch Lähmungszustände und Krampfanfälle führen.

Erfahrungstip:
Weil jeder A. eine schwerste Lebensbedrohung darstellt, müssen Sie selbst und unverzüglich handeln (künstliche Beatmung, z.B. mit →Mund-zu-Mund-Beatmung, bei Babys Mund-zu Mund/Nase-Beatmung), während eine zweite Person den Notarzt ruft (dringender Notfall!). Wenn es Ihnen gelingt, diese Maßnahmen unverzüglich einzuleiten, besteht Aussicht, daß die kritische Situation überwunden werden kann.
Vgl. auch →Atmung, gestörte, →Erstickung

Atmung, gestörte

Eine g.A. nach der Neugeborenenzeit entsteht in der Regel als Folge von Erkrankungen der oberen und unteren Luftwege. Wenn ein schon etwas älteres Baby plötzlich beginnt, laut und geräuschvoll zu atmen, kann es sich entweder um einen →Krupphusten, um →Asthma oder eine andere behandlungsbedürftige Erkrankung der Atemwege handeln. Je nach Sitz der Störung treten hörbare Atemgeräusche entweder bei der Ein- oder bei der Ausatmung auf. Bei tiefsitzenden Infekten der Luftwege, vor allem bei →Lungenentzündung, aber auch schon bei einfachen fieberhaften Zuständen (→Fieber) kommt es häufig zu einer beschleunigten, manchmal geradezu hechelnden Atmung. Ein besonderes Zeichen einer erschwerten Atmung ist die sog. Nasenflügelatmung (Blähung und lebhafte Bewegungen der Nasenflügel bei der Einatmung). Das kann ein Hinweis auf eine bestehende Lungenentzündung sein.

Die weitaus häufigste Ursache einer g.A. bei Säuglingen ist ein »einfacher« →Schnupfen. Vor allem für das jüngere Baby, das zur Hauptsache auf die Atmung durch die Nase angewiesen ist (z.B. beim Trinken und Saugen), kann Schnupfen zu einer ernstlichen Behinderung der Atmung führen (→Nasenatmung).

Erfahrungstip:
Die bei Schnupfen zumeist auch beträchtlich behinderte Nahrungsaufnahme können Sie dadurch erleichtern, daß Sie vor der Fütterung spezielle, für Babys geeignete schleimhautabschwellende →Nasentropfen einträufeln (nie mehr als 1 Tropfen je Nasenloch). Gehen Sie mit diesen Tropfen sparsam um, und wenden Sie sie nur an, wenn es notwendig ist.

Bei älteren Säuglingen und Kleinkindern ist eine Behinderung der Nasenatmung (erkennbar auch an nächtlichem Schnarchen und Atmung bei ständig geöffnetem Mund) oft durch eine vergrößerte Rachenmandel verursacht (→Adenoide). Die dabei meist einsetzende Mundatmung begünstigt ihrerseits wiederum eine Anfälligkeit für Entzündungen und Infektionen der Luftwege sowie für Mittelohrentzündungen, Tubenkatarrh und Schwerhörigkeit. Nicht selten kommt es auch zu Appetit- und Schlafstörungen. Diese Probleme lassen sich zumeist durch eine Rachenmandelentfernung beheben (→Rachenmandel).

Selten kommt bei jungen Babys eine abnorme Weichheit und Nachgiebigkeit der Luftröhre (Tracheomalazie) vor, was zur Entstehung einer erschwerten Atmung führen kann (Röcheln).

Jede Form einer deutlich erschwerten Atmung bedarf ärztlicher Diagnostik und Behandlung, besonders schnell und dringlich aber dann, wenn sie akut aufgetreten ist und rasch stärker wird.

Stockende Atmung unmittelbar nach der Geburt →Atemstillstand. Geräuschvolle Atmung im Säuglings- und Kleinkindalter →Schnarchen, →Röcheln, →Asthma.
Vgl. auch →Adenoide, →Asthma, →Atmung, normale, →Krupphusten, →Lungenentzündung, →Nasenatmung, →Schnupfen

Atmung, normale

Mit jedem Atemzug wird die Zufuhr des lebensnotwendigen Sauerstoffs aus der Luft in den Körper (Einatmung) und die Abgabe der aus dem Körperstoffwechsel anfallenden Kohlensäure (Ausatmung) realisiert. Dieser sog. Gasaustausch findet vom ersten Atemzug an in der Lunge statt, deren feinste Bläschen bei Ein- und Ausatmung voll mit Luft gefüllt und wieder entleert werden. Das gesunde Neugeborene beginnt unmittelbar nach der Geburt selbständig zu atmen und bekundet durch den ersten Schrei nach dem ersten Atemzug sein eigenständiges Dasein. Gerät die n. A. aus irgendeinem Grund nach der Geburt ins Stocken, dann ist dies immer eine akut lebensbedrohliche Störung (→Atemstillstand).

Die Zahl der Atemzüge beträgt beim Neugeborenen normalerweise durchschnittlich 40 bis 50, beim Kleinkind etwa 25 bis 35 und beim Erwachsenen 15 bis 20 in der Minute. Die normalen Atemzüge gesunder Babys sind sehr leise, fast unhörbar, worüber sich manche junge Eltern manchmal unnötige Sorgen machen. Ein begleitendes Geräusch der Atmung hingegen, ein Brummen, Stöhnen oder Rasseln, ist ein Hinweis auf eine erschwerte Atmung oder eine Erkrankung der Atemwege (→Atmung, gestörte). Normalerweise wird überwiegend durch die Nase geatmet, der Mund bleibt geschlossen. Die Atemzüge erfolgen nicht immer ganz regelmäßig. Äußere Reize wie Schreck oder erweckte Aufmerksamkeit führen oft zu einer Vertiefung und Verlangsamung, manchmal sogar zu einem kurzdauernden, vorübergehenden Anhalten der Atmung. Im Tiefschlaf sind die Atemzüge vertieft und verlangsamt.

Vgl. auch →Atmung, gestörte, →Röcheln, →Schnarchen

Atopische Dermatitis →Ekzem

Atrophie

Extremste und bedrohlichste Form der Abmagerung eines Babys, bei der es zum Verlust fast seines gesamten Fettpolsters kommt. Die A. ist eine in den Industrieländern sehr selten gewordene Folge schwerer chronischer →Ernährungsstörungen, →Ernährungsfehler und extremer Hungersituationen, deren Ursache meist nicht beim Baby selbst, sondern in seinem sozialen Umfeld zu suchen sind (soziale Vernachlässigung, Deprivation). Im Zustand der A. sind insbesondere der Darm und der Organismus des Säuglings zumeist so weit geschädigt, daß Nahrungsstoffe kaum noch aufgenommen und verwertet werden können (Zustand der Unernährbarkeit). Babys mit A. befinden sich in höchster Lebensgefahr und können gewöhnlich nur, wenn überhaupt, mit intensivmedizinischen Maßnahmen am Leben erhalten werden.

Vgl. auch →Dystrophie

Aufschrecken, nächtliches →Pavor nocturnus, →Schlafstörungen, →Schreien, nächtliches

Aufsetzen →Entwicklung, geistig-seelische, →Sitzen

Aufstoßen

»Bäuerchen machen«, Ausschütten. Durch die besondere Mechanik des Trinkvorgangs beim Baby und die besondere Anatomie seiner Speiseröhre und seines Magens verschlucken nahezu alle Kinder beim Trinken aus der Flasche, aber auch an der Brust größere Luftmengen. Diese sammeln sich in der Kuppel des Magens und werden dort allmählich zu einer immer größer werdenden (und drückenden!) Luftblase. Oft unterbrechen die Babys bei einer gewissen Größe dieser Luftblase vorzeitig von selbst das Trinken und setzen die Nahrungsaufnahme auch so lange nicht fort, bis sich die verschluckte Luft durch kräftiges A. entleert hat.

Erfahrungstip 1:
Sie können das A. oftmals dadurch erleichtern, daß Sie das Baby aufrecht auf Ihrem Arm sitzend gegen Ihre Schulter lehnen und ihm mit Ihrer freien Hand mehrfach sanft auf den Rücken klopfen. Achtung! Legen Sie zuvor eine Windel (Speiwindel) über Ihre Brust und Schulter, um die oftmals beim A. mitherausgebrachten Nahrungsteilchen von Ihrer Kleidung abzuhalten (Farbtafel).

Erfahrungstip 2:
Bei Babys, die sich besonders schwer mit dem A. tun, kann es zum Erfolg führen, wenn Sie durch mehrfachen Lagewechsel nachhelfen (z.B. sie kurz auf Rücken oder Bauch legen und dann erneut wie oben hochnehmen).

Es ist unbedingt notwendig, daß Ihr Baby nach Abschluß jeder Mahlzeit aufstößt (»bäuert«). Tritt es nämlich erst später im Bettchen auf, kann es vorkommen, daß die beim A. hervorgebrachte Nahrung in die Atemwege gerät (sog. →Verschlucken) und daß dadurch eine unmittelbare Lebensbedrohung entsteht.

Erfahrungstip 3:
Um derartige Zwischenfälle bei verzögertem oder ausbleibendem A. zu verhüten, schieben Sie ein etwas härteres Kissen (z.B. einen gewöhnlichen Kopfkeil) unter den Kopf des auf der rechten Seite liegenden Babys, so daß es etwa in einem Winkel von 30° liegt. Nach ca. 20 Minuten können Sie das untergeschobene Kissen wieder entfernen und das Baby flach wie gewohnt lagern.
Vgl. auch →Erbrechen, →Speien

Auge

»Wie groß ein Auge sein mag, zwei Augen sind besser.« *(Deutsches Sprichwort)*

Das A. ist bei Geburt schon relativ groß und auch recht weit entwickelt. Das Neugeborene blinzelt bereits bei Blendung. Nach etwa 3 bis 4 Wochen beginnen die Babys dann, Licht oder helle Gegenstände kurzdauernd anzublicken. Mit 2 bis 3 Monaten hat das Kind gelernt, auch beide A. richtig auf etwas einzustellen, d.h. zu fixieren, und beweglichen Dingen für kürzere Zeit mit dem Blick zu folgen. Der Zeitpunkt des frühesten →Fixierens ist ein Anhaltspunkt für den Stand der geistigen Entwicklung eines Babys und daher von Bedeutung. Vorübergehende ungleiche A.stellung (→Schielen) kann und darf dabei zunächst noch vorkommen.

Die endgültige A.farbe (d.h. Farbe der Iris) ist in den ersten Lebensmonaten häufig noch nicht einwandfrei zu erkennen. Manche mehr stahlgraue A. können später noch eine bräunliche Farbe annehmen. Die Schutzvorrichtungen des A. sind bei Geburt noch nicht voll entwickelt: Der Lidschlag erfolgt selten, und die Absonderungen der Tränendrüsen sind oft noch spärlich. Erst im Alter von etwa 6 Wochen ist es dem Baby möglich, richtig Tränen zu »vergießen«.

Erfahrungstip:
Normalerweise sind die beiden Augäpfel annähernd gleich groß; dies ist für eine übereinstimmende beidseitige Sehfunktion wichtig. Ungleichgroße Augäpfel (stärkere Ungleichheit ist mit den Fingerspitzen fühlbar) bedürfen augenärztlicher Kontrolle und evtl. auch einer späteren Brillenverordnung zur Korrektur eines Sehfehlers.
Vgl. auch →Augenspülung, →Augenwaschung, →Bindehautentzündung, →Schielen, →Sehen

Augenentzündung →Bindehautentzündung

Augenfarbe →Auge

Augenprophylaxe →Credé-Prophylaxe

Augenspülung

Während eine einfache →Augenwaschung, d.h. Waschen der Lidränder vor dem Einträufeln von →Augentropfen, in der Regel ausreicht, muß insbesondere bei Unfällen im Kleinkindalter (z.B. beim Eindringen von ätzenden Flüssigkeiten in die Augen) eine A. vorgenommen werden. Sie ist eine wichtige Erstmaßnahme zur Abwendung bleibender Schäden am Auge.

So wird's gemacht:
Zweckmäßigerweise wird in einem solchen Notfall eine A. unter fließendem, lauwarmem Wasser (z.B. unter der Dusche) vorgenommen, um möglichst viel von der in das Auge (die Augen) eingedrungenen Substanz zu entfernen. Da das Eindringen von Fremdkörpern oder Fremdsubstanzen in das Auge oft mit Schmerzen und somit einer verständlichen Abwehrreaktion des Kindes verbunden sind, wird eine A. besser von zwei Personen durchgeführt, um das Kind festhalten und den meist fest geschlossenen Lidspalt wenigstens teilweise öffnen zu können.
Vgl. auch →Augentropfen, →Augenwaschung

Augentropfen

A. sind flüssige oder in Flüssigkeit gelöste, ärztlich verordnete Heilmittel zur Anwendung im Bindehautbereich der Augen. Sie dienen vor allem der Behandlung von Entzündungs- und Reizzuständen der empfindlichen Augenbindehaut.

Die Tropfen werden mit Hilfe einer Pipette körperwarm eingeträufelt, und

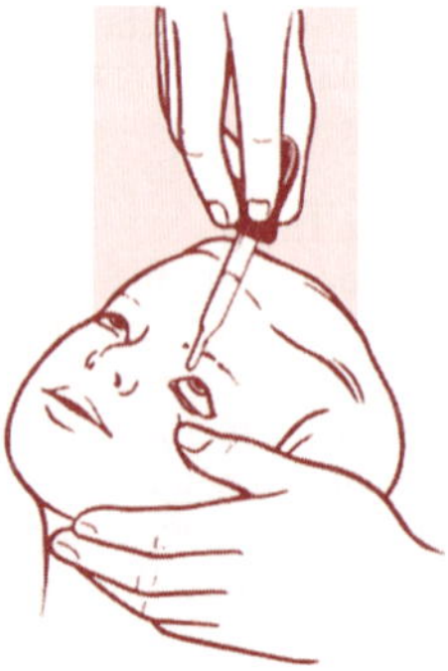

Verabreichung von Augentropfen mit der Pipette, wobei zugleich das untere Augenlid etwas nach unten gezogen wird, so daß es eine kleine Tasche bildet, die die Tropfen aufnimmt

zwar gewöhnlich 1 bis 2 Tropfen in jede Lidspalte. Dabei wird das untere Augenlid etwas nach vorn und unten gezogen, so daß eine kleine Tasche entsteht, welche die Tropfen auffängt und aufnehmen kann (Abb.). Wie bei der →Augenwaschung und der →Augenspülung ist häufig auch bei der Verabreichung von A. eine Hilfsperson notwendig, die Kopf und Hände des Kindes gut festhält.

Erfahrungstip:
Sie können sich das Einträufeln von A. dadurch erleichtern, daß Sie es nach einer Mahlzeit vornehmen – die Kinder sind dann gewöhnlich viel ruhiger!
Vgl. auch →Augenspülung, →Augenwaschung, →Credé-Prophylaxe

Augenwaschung

Einfaches, oberflächliches Waschen der Lidränder. Die A. dient zur Entfernung schleimiger oder eitriger Absonderungen aus dem Bindehautsack vor dem Einträufeln von →Augentropfen. Eine eigentliche →Augenspülung ist demgegenüber seltener und im Prinzip nur bei

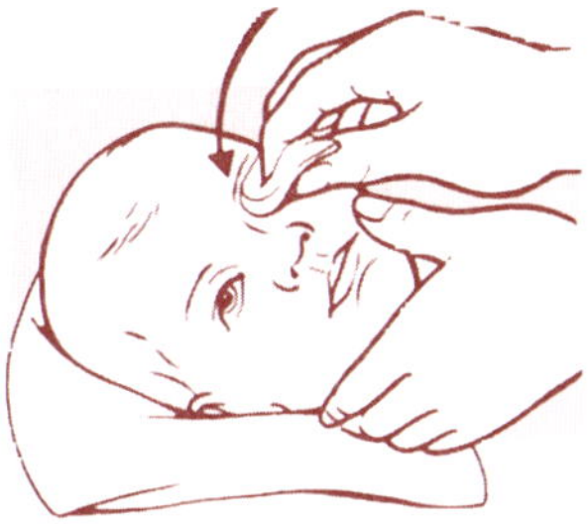

Der zur Augenwaschung verwendete Mulltupfer wird stets vom äußeren zum inneren Augenwinkel geführt

Verätzung des Auges, d.h. als Notfallmaßnahme, erforderlich.

So wird's gemacht:
Entfernen Sie zuerst die äußerlich sichtbaren Absonderungen oder evtl. vorhandene krustige Auflagerungen mit einem trockenen Mulltupfer oder Wattebausch vorsichtig vom äußeren zum inneren Augenwinkel hin wischend. Nun legen Sie Daumen und Zeigefinger einer Hand auf das Unter- und Oberlid des Kindes und spreizen die Lider leicht. Führen Sie dann mit der anderen Hand – wiederum von außen zur Nase hin – einen mit lauwarmem Kamillentee satt getränkten Mulltupfer unter gleichzeitigem Ausdrücken zart (!) über den Lidspalt (Abb.). *Für jedes Auge ist ein frischer angefeuchteter Tupfer zu verwenden. Anschließend werden die Augentropfen eingeträufelt.*

Ausbrütezeit →Infektionskrankheiten, →Inkubationszeit

Ausdrücken der Brust →Abdrücken der Brustmilch

Ausfahren

Das A. im →Kinderwagen vermittelt dem Baby den notwendigen Kontakt mit der weiteren Umwelt und der frischen Luft. Es gehört auch zu den wichtigsten und zweckmäßigsten Maßnahmen einer wohldurchdachten →Abhärtung im Säuglingsalter. Erfahrungsgemäß übt der regelmäßige Aufenthalt an der frischen Luft einen beruhigenden und schlaffördernden Einfluß aus und erhöht das Wohlbefinden des Kindes ganz offensichtlich.

Die Entscheidung, ob das Kind im Kinderwagen regelrecht ausgefahren oder nur ins Freie gestellt werden soll, hängt weitgehend von den Zeitverhältnissen der Eltern, vor allem der Mutter ab. Es darf dabei allerdings nicht vergessen werden, daß ein kleiner entspannender Spaziergang auch einer gehetzten Mutter oder einem gestreßten Vater sehr gut tun kann. Auf jeden Fall behält man beim A. einen ständigen und unmittelbaren Kontakt mit dem Baby und kann außerdem frühzeitig evtl. Unbehaglichkeit des Kindes, Bloßstrampeln u.a. erkennen und sofort beseitigen. Andererseits gibt es keine nennenswerten Nachteile, wenn Sie das Kind nur an geschützter Stelle im Wagen ins Freie stellen, vorausgesetzt, daß Sie in kürzeren Abständen immer wieder nach ihm sehen können.

Mit dem regelmäßigen A. kann bei einem gesunden Kind im Sommer schon etwa 2 Wochen, im Winter etwa 5 bis 6 Wochen nach der Geburt begonnen werden. Am Anfang genügt eine halbe Stunde. Jüngere Babys sind allerdings gegen Auskühlung noch ziemlich empfindlich. Deshalb müssen Bekleidung und Zudecke sorgfältig der Witterung angepaßt sein. In der kühlen und kalten Jahreszeit, aber nur in dieser, können deshalb Wolljacke, Mantel, Mützchen, Handschuhe und Federbett, evtl. auch eine →Wärmflasche erforderlich sein.

Erfahrungstip:
Um sicher zu sein, daß Ihr Baby zum A. auch richtig bekleidet und angemessen

zugedeckt ist, fühlen Sie seine Händchen an: Sie dürfen zwar kühl, aber weder kalt noch heiß sein!
Vgl. auch →Abhärtung, →Freiluftbehandlung, →Sonnenbad

Ausfahrt, erste →Ausfahren

Ausfluß des Neugeborenen

Ein bei neugeborenen Mädchen in den ersten Lebenstagen auftretender weißlicher Ausfluß aus der Scheide (Fluor albus) ist eine Teilerscheinung der sog. →Schwangerschaftsreaktionen des Neugeborenen, in deren Verlauf sich die oberflächlichsten Schichten der Haut und Schleimhäute verstärkt abschilfern. Auch die äußeren Geschlechtsorgane der neugeborenen Mädchen nehmen an diesem Prozeß teil und scheiden daher in den ersten Lebenstagen eine mehr oder weniger deutlich wahrnehmbare Absonderung aus. Ein A.d.N. dieser Art und zu diesem Zeitpunkt ist normal, harmlos und nicht behandlungsbedürftig. Er verliert sich nach der Neugeborenenzeit von selbst.
Vgl. auch →Geschlechtsorgane, →Scheidenblutung des Neugeborenen

Auskochen →Flaschenpflege

Auskühlung →Ausfahren, →Bad, erwärmendes, →Untertemperatur

Ausschütten →Aufstoßen, →Erbrechen, →Speien, »gewohnheitsmäßiges«

Ausstattung des Säuglings →Erstausstattung

Austauschtransfusion →Blutaustauschtransfusion

Austrocknung

Wasserverluste, wie sie bei jeder schweren →Ernährungsstörung mit →Erbrechen und Durchfall (→Durchfall, akuter) auftreten, führen zu einer sog. allgemeinen A. des Organismus. Die Verluste entstehen einerseits infolge von Durchfall und Erbrechen, andererseits durch eine ungenügende Nahrungs- und Flüssigkeitsaufnahme und -ausnutzung. Erkennbar wird der Wasserverlust (und damit der Grad der A.) an starken Gewichtsverlusten (oft innerhalb von Stunden), an Trockenheit von Haut, Lippen und Zunge sowie an einer deutlichen Verminderung der →Gewebsspannung.

Stärkeres, vorher nicht vorhandenes Trinkbedürfnis, längeres Trockenbleiben der Windeln, manchmal auch →Fieber (sog. →Durstfieber) weisen zusätzlich auf größeren Flüssigkeitsverlust und damit auf eine A. hin. Infolge der besonderen Empfindlichkeit des Säuglingsorganismus gegenüber Flüssigkeitsmangel muß dieser ohne Zeitverzug ärztlich behandelt und beseitigt werden.

Erfahrungstip:
Sie können selbst unschwer feststellen, ob bei Ihrem Baby eine A. vorhanden ist oder nicht: Heben Sie mit Daumen und Zeigefinger eine Hautfalte am Bauch des Kindes ab, und beobachten Sie, wie sie sich nach dem plötzlichen Loslassen verhält (Farbtafel). Wenn sie sich nur langsam und deutlich verzögert ausgleicht und verstreicht, ist bereits eine bedrohliche A. vorhanden. In diesem Fall handelt es sich um einen Notfall! Rufen Sie den Notarzt!
Vgl. auch →Flüssigkeitsbedarf, →Gewebsspannung

Autofahren

Auch jüngere Babys vertragen nicht allzu lang ausgedehnte Autofahrten meist recht gut. Ihre Eltern gewinnen dadurch größere Freiheit und erleichtern sich ihr Angebundensein, indem sie ihr Baby einfach mitnehmen.

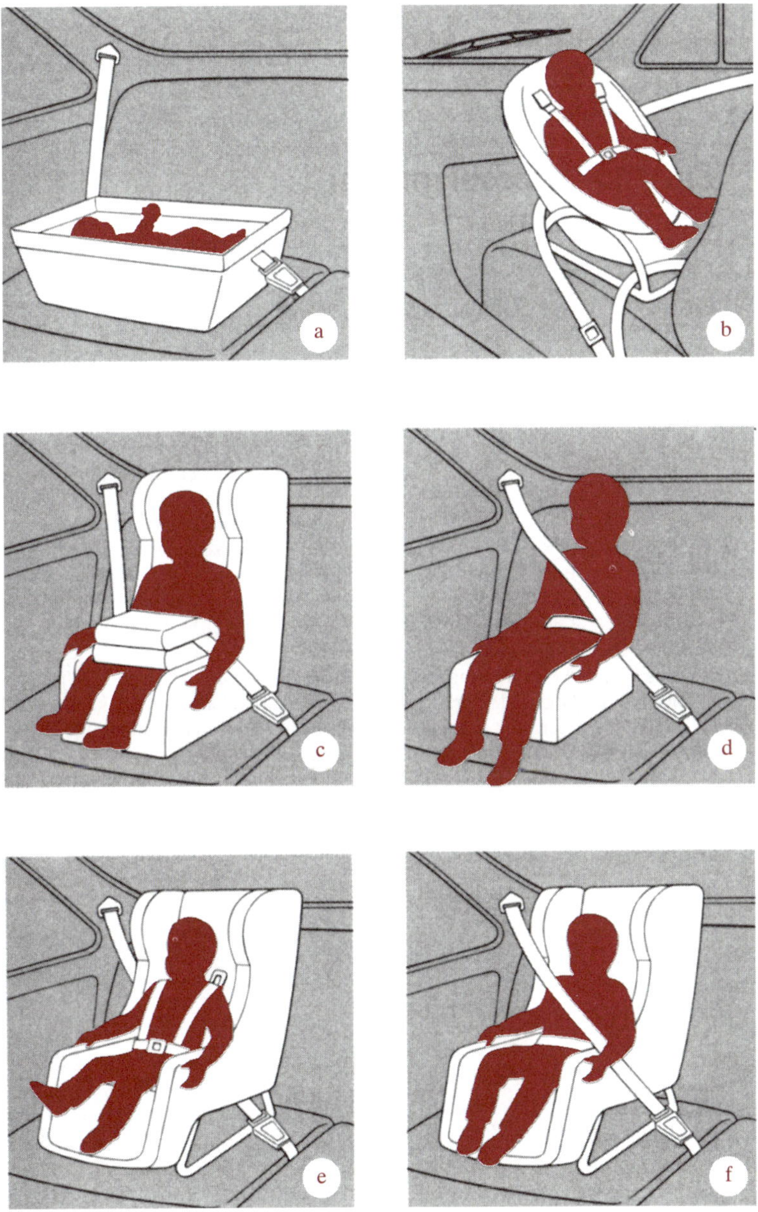
a
b
c
d
e
f

Bei längeren Reisen mit dem Auto ist die Situation, insbesondere für jüngere Säuglinge, allerdings nicht ganz problemlos. Steigt z.B. die Lufttemperatur stärker an, wie dies bei Reisen im Sommer oder in den Süden meist der Fall ist, kann die Hitze im Autoinneren sehr unangenehm werden.

Erfahrungstip:
Lassen Sie deshalb Ihre Kinder (Babys und Kleinkinder) niemals, auch wenn sie ruhig schlafen, bei höheren Außentemperaturen im verschlossenen und geschlossenen Auto allein: Bei hochsommerlichem Wetter mit Sonneneinstrahlung können die Temperaturen im Inneren des Autos innerhalb weniger Minuten auf bis zu 60° C ansteigen. Hitzschlag und Todesfälle sind dann möglich (→Hitzeschädigung).

Niemals darf ein Baby ohne Spezialsicherheitssitz auf dem Vordersitz, auch nicht auf dem Schoß des Beifahrers, mitgenommen werden. Dies berücksichtigt auch die Straßenverkehrsordnung, denn die Unfallgefahr ist dabei viel zu groß. Für Babys und Kleinkinder sind eigens für diesen Zweck entwickelte, mit Einhänge- bzw. anderen Befestigungsvorrichtungen versehene Tragetaschen die optimale Art der Unterbringung im Auto. Allerdings kann man sich auch mit dem abnehmbaren Oberteil des Kinderwagens behelfen, der am besten auf dem Autoboden zwischen Vorder- und Rücksitz plaziert wird. Babykörbe oder Tragetaschen dürfen jedenfalls niemals einfach nur auf dem Rücksitz abgestellt werden. Vielmehr müssen diese stets durch spezielle Haltegurte fixiert werden (Abb. a). Netze oder im Behälter eingefügte Strampelsäcke verhindern, daß der Säugling bei einem Unfall mit Überschlagen des Autos herausgeschleudert und verletzt werden kann. Aber auch in seiner Schale darf ein Kind nicht ohne schützendes Haltesystem und nur entgegen der Fahrtrichtung liegen (Abb. b). Sobald das Kind selbst sicher sitzen kann, nimmt man zum Transport einen der verschiedenen im Handel erhältlichen sog. Babysicherheits-Autositze (TÜV-geprüft und der Norm nach ECE 44 entsprechend), der auf dem Hintersitz (Abb. c–f) oder auf dem Beifahrersitz (Vorsicht bei Airbag auf der Beifahrerseite!) angebracht werden kann.
Vgl. auch →Reisen mit Babys und Kleinkindern

B

Baby

»Ein Baby ist ein Engel, dessen Flügel schrumpfen, während seine Beine wachsen« (französisches Sprichwort).

Babyfertigkost →Beikost

Babyflasche →Flasche

Babyhopser →Laufiernstuhl

Babykost →Beikost, →Ernährungsplan für das Babyalter, →Säuglingsnahrungen

Babyrucksack →Tragesitz

Babyrückentrage →Tragesitz

Babyschwimmen →Schwimmen

Babysitter

Eine Person, die das Baby oder das Kleinkind beaufsichtigt und während der Zeit versorgt, in der die Eltern abwesend sind, nennt man »neudeutsch« Babysitter. Jedem Elternpaar, dem wenigstens zeitweise eine solche Hilfsperson zur Verfügung steht, ist damit eine große Sorge abgenommen, wenn das →Alleinlassen des Kindes einmal unvermeidlich ist. Doch die Eltern wie auch das Kind sollten den B. hinreichend kennen.

Bei gesunden Kindern, die nachts durchschlafen, hat der B. nur die Aufgabe, zuverlässig und aufmerksam »da zu sein«. Aber vor allem bei Kleinkindern, die unwohl sind und vielleicht nachts aufwachen, ist es wichtig, daß für sie eine Person erreichbar ist, die sie bereits kennen und die sie auch mögen. Es ist daher zweckmäßig, sich vorher zu überzeugen, daß der B. mit dem Kind umgehen kann.

Stets sollte der B., bevor die Eltern fortgehen, mit den Eigenheiten des Kindes vertraut gemacht werden, und die Eltern sollten ihm auch erklären, auf welche Weise ihr noch nicht sprechendes Kind möglicherweise Wünsche und Bedürfnisse äußert. Sinnvoll ist es auch, für Notfälle die Telefonnummer des Arztes, befreundeter Nachbarn, evtl. der Rettungswache am Telefon zu hinterlegen. Vgl. auch →Alleinlassen des Kindes

Babysitz →Autofahren

Babyswing →Laufiernstuhl

Babytee →Teegetränke für Babys

Babywäsche →Erstausstattung

Bad, abkühlendes

Stärker abkühlend wirkende Badeprozedur (auf besondere ärztliche Anordnung). Das a. B. ist bei manchen, jedoch nicht allen hochfieberhaften Zuständen angezeigt und sinnvoll (→Fieber). Es kommt allerdings nur bei älteren Säuglingen und Kleinkindern als Behandlungsmethode in Betracht.

So wird's gemacht:

Beginnend mit einem warmen Bad von 35° bis 37° C senkt man die Wassertemperatur innerhalb von etwa 5 Minuten durch allmähliches Zulaufenlassen von kaltem Wasser über 34° und 30° bis auf höchstens 28° C ab (→Badethermometer verwen-

den!). Dabei wird die Haut des Kindes zugleich kräftig mit einem Waschlappen abgerieben. Das a. B. soll insgesamt nicht länger als 20 Minuten dauern. Genaue Beobachtung des Kindes ist dabei erforderlich, weil nicht jedes eine derartige Abkühlungsmaßnahme gut verträgt. Sollten sich die Lippen des Kindes blau-lila verfärben, dann ist das Bad sofort abzubrechen, das Kind schnell abzufrottieren und wieder ins Bettchen zu bringen.

Die Wirkung eines a. B. ist ähnlich wie diejenige einer abkühlenden →Packung, jedoch intensiver. Es kommt dabei zu Wärmeabgabe und Fiebersenkung. Die mechanische Abreibung im Wasser mit dem Waschlappen erhöht den temperatursenkenden Effekt des Bades.
Vgl. auch →Abkühlungspackungen, →Badeprozeduren, →Beinwickel, abkühlender, →Brustwickel, →Packung, abkühlende

Bad, erwärmendes

Bademaßnahme (nur auf ärztliche Anordnung) zur schnellen Wiedererwärmung stärker ausgekühlter Kinder.

So wird's gemacht:
Die Wärme des Badewassers soll anfangs 35° bis 37° C betragen. Durch langsames (!) Zulaufenlassen von warmem Wasser steigert man die Wassertemperatur allmählich über 39° bis auf höchstens 40° C. Die Temperaturüberwachung muß dabei ständig mit einem →Badethermometer erfolgen. In diesem heißen Bad soll das Kind etwa 5 Minuten verbleiben, muß dabei aber genau beobachtet werden. Nach dem Bad wird es im vorgewärmten Badetuch zart, aber gründlich frottiert und dann schnell ins Bettchen gebracht. Zur Verstärkung der Wirkung des e. B. kann man den Körper des Kindes im Wasser mit einem rauhen Waschlappen oder einer weichen Badebürste vorsichtig abreiben, was die Hautdurchblutung besonders anregt.

Vgl. auch →Badeprozeduren, →Reinigungsbad

Badeprozeduren

Besondere B. als heilende oder vorbeugende Maßnahmen, die über das →Reinigungsbad hinausgehen, sind bei Babys stets nach sorgfältiger Abwägung, meist auch nur auf ärztliche Verordnung angebracht. Je jünger das Baby ist, desto zurückhaltender seien Sie deshalb mit der Anwendung solcher B.

Erfahrungstip:
Bäder, vor allem solche mit bestimmten Zusätzen oder mit anderen als den üblichen Wassertemperaturen (37° bis 38° C), wirken teilweise als recht kräftige Reize. Achten Sie deshalb stets auf Kreislauf und Atmung des Kindes!
Vgl. auch →Bad, abkühlendes, →Bad, erwärmendes, →Kamillenbad, →Reinigungsbad

Badethermometer

Spezielles Thermometer für Badezwecke, das für die normale Badewassertemperatur (37° C) besondere Markierungen trägt.

Erfahrungstip:
Leisten Sie sich den (nur scheinbaren) Luxus eines B. Mit der fühlenden Hand allein kann die richtige Wassertemperatur niemals exakt beurteilt werden. Im Ausnahmefall ermöglicht das Eintauchen des ganzen Unterarms eine einigermaßen hinreichende Abschätzung der Wassertemperatur.
Vgl. auch →Reinigungsbad

Badewasserzusatzstoffe

B. sind Substanzen, die dem Badewasser zugesetzt werden können, um bestimmte Heilwirkungen über die Haut und um Hautpflege- oder besondere Reinigungseffekte zu erreichen (→Badeprozeduren). Eine große Anzahl industriell hergestellter B. für Babys und Kleinkinder ist im Handel. Einige enthalten – je nach Präparat – z.B. Pflanzenextrakte, denen spezielle Wirkungen auf den Organismus zugesprochen werden:

Baldrian: beruhigend, entspannend, schlaffördernd
Fichtennadeln: allgemein kräftigend
Heublumen: stoffwechselanregend
Hopfen: schlaffördernd
Kamille: beruhigend, entkrampfend
Lavendel: belebend, entspannend
Melisse: entkrampfend, entspannend, beruhigend
Rosmarin: kreislaufanregend
Thymian: schleimlösend

Vgl. auch →Badeprozeduren, →Kamillenbad, →Kinderseife

Badezeiten

Es ist empfehlenswert, das →Reinigungsbad des Babys stets zur gleichen Tageszeit durchzuführen. Gewöhnlich wird dazu die Zeit vor der zweiten Mahlzeit, also zwischen 9 und 10 Uhr morgens, bevorzugt, aber auch jede andere Zeit kann dafür gewählt werden. Berufstätige Mütter (oder Väter) baden ihre Babys oft und gerne am frühen Abend, z.B. vor der 18-Uhr-Mahlzeit. Das Reinigungsbad noch später durchzuführen ist deshalb weniger empfehlenswert, weil die Anregung, die das Baden mit sich bringt, u.U. schlafvertreibend wirkt. Allerdings gibt es auch Babys, die gerade nach dem Bad besonders leicht und schnell einschlafen. Einschließlich der Vorbereitungen und der darauf folgenden Fütterung müssen Sie – ohne Hetze – mit einem Zeitaufwand von etwa 1 Stunde rechnen.

Für Kind und Mutter oder Vater kann das Bad eine Quelle des vergnügten und herzlichen Kontakts sein. Darüber hinaus wirkt sich beim Baby die Einhaltung konstanter täglicher B. schon frühzeitig prägend hinsichtlich des Reinlichkeitsgefühls, des Ordnungssinns und der Zeitempfindung im regelmäßigen Tagesrhythmus aus.

Erfahrungstip:
Lassen Sie das Kind niemals, auch nicht für einen kurzen Augenblick, unbeaufsichtigt in der Wanne sitzen!

Vgl. auch →Badeprozeduren, →Badewasserzusatzstoffe, →Kinderseife, →Reinigungsbad

Bäuerchen machen →Aufstoßen

Bäuern →Aufstoßen

Bakterienruhr →Ruhr

Balanitis →Vorhautentzündung

Ballaststoffe

Als B. bezeichnet man die Gesamtheit aller unverdaulichen Nahrungsbestandteile. Klassische Ballaststoffe sind Zellulose (z.B. in Gemüsen oder Getreidehülsen) und Keratin. Durch ihr Volumen regen B. die Darmtätigkeit (Peristaltik) an und fördern somit den Darmtransport. Eine Nahrung, die arm an B. ist, begünstigt die Entstehung einer →Verstopfung (Obstipation). Auch aus diesem Grund hat die Gabe von →Beikost, die viel B. aus Gemüse und Obst enthält, eine wichtige Funktion bei der Ernährung von Säuglingen und Kindern.

Vgl. auch →Beikost

Banane

Die B. ist eine in vieler Hinsicht ideale Tropenfrucht, und dies nicht nur deshalb, weil sie das ganze Jahr über verfügbar ist. Für Babys, Kleinkinder und auch ältere Menschen ist sie wegen ihrer milden Süße, dem weichen, keimfreien Fruchtfleisch sowie ihrer leichten Verdaulichkeit ein hervorragend schmackhaftes und bekömmliches Nahrungsmittel.

Die B. enthält in 100 g Fruchtfleisch 90 bis 94 kcal (380 kJ), also mehr als 100 ml Kuhmilch enthält, und etwa so viel wie eine mittelgroße Kartoffel. Allerdings ist weniger Stärke der Hauptkalorienträger, vielmehr der Frucht- und Traubenzuckergehalt. Im einzelnen enthalten 100 g Fruchtfleisch etwa 75 ml Wasser, 1,3 g Eiweiß, 0,6 g Fett, 5 bis 10 g Stärke und 17 bis 19 g Zucker sowie reichlich →Vitamin A, →Vitamin B und →Vitamin C, ebenso für die Verdauung wichtige →Ballaststoffe. Die B. ist zwar die kochsalzärmste Frucht der Welt, sie ist aber reich an Kalium und Magnesium, während sie praktisch fett- und cholesterinfrei ist. Gegenüber vielen anderen Früchten hat die B. einen besonderen Vorzug: Das Fruchtfleisch ist, solange es von der Schale geschützt wird, frei von Keimen.

Die allgemein bekannte gute Wirkung einer B.-Diät und von B.-Zubereitungen bei Durchfallstörungen von Kindern ist größtenteils auf die leichte Verdaulichkeit des Fruchtfleischs zurückzuführen. Deshalb findet sich die B. auch als Bestandteil von Nahrungen, die bei Durchfallerkrankungen im späteren Baby- und Kleinkindalter angewandt werden (→Heilnahrungen). Die B. eignet sich ferner als Grundlage verschiedenster Breikompositionen, die optimal zusammengesetzt als sog. »Gläschenkost« kommerziell angeboten werden, aber auch selbst hergestellt werden können. Einige Rezepturen finden Sie unter →Bananen-Brei, →Bananen-Quark-Speise, →Bananen-Zwieback-Brei

Bananen-Brei
So wird's gemacht:
Eine gut ausgereifte, jedoch noch nicht braunfleckige Banane wird auf dem Teller mit der Gabel fein zerdrückt, mit Apfelsinen- oder →Zitronensaft etwas verdünnt und schaumig geschlagen. Mit →Zucker oder →Honig kann im Bedarfsfall noch leicht gesüßt werden.

Auch andere Zubereitungen mit Banane können die Milchmahlzeit des Nachmittags ersetzen.
Vgl. auch →Bananen-Quark-Speise, →Bananen-Zwieback-Brei

Bananen-Quark-Speise
So wird's gemacht:
Eine gut ausgereifte Banane wird mit der Gabel zerdrückt und schaumig geschlagen. Geben Sie dazu 1 bis 2 Eßlöffel Magerquark und 1 bis 2 Teelöffel Zucker (5 bis 10 g) und verrühren Sie alles gründlich. 1 bis 2 Eßlöffel Milch können Sie zur Verdünnung zufügen, ebenso etwas Zwiebackmehl.

Achtung! Die B. ist nicht länger haltbar. Sie sollten sie deshalb unmittelbar vor dem Verzehr zubereiten.
Vgl. auch →Quark

Bananen-Zwieback-Brei
So wird's gemacht:
Eine ausgereifte Banane wird mit der Gabel fein zerdrückt und nach Zusatz von 2 Teelöffeln Zucker (oder einem Teelöffel Honig) zu schaumigem Mus geschlagen. Geben Sie dann zu dem Mus etwa die gleiche Menge Zwieback- oder Keksmehl hinzu, und verrühren Sie das Ganze gründlich. Um den Brei etwas dünnflüssiger zu machen, können Sie nach Bedarf noch 1 Eßlöffel Kondensmilch (oder Kleinkindmilch) zufügen.

Barfußlaufen →Kinderschuhe, →Laufställchen

Barlow-Krankheit →Säuglingsskorbut

Bauchauftreibung →Blähungen

Bauchhoden →Geschlechtsorgane

Bauchlage

Weil das junge Baby noch nicht von selbst die B. einnehmen kann, wurde lange Zeit hindurch die Rücken- oder Seitenlage als seine einzig natürliche und zweckmäßige Lage angesehen. Doch hat sich in neuerer Zeit – wenn auch nicht unumstritten – zunehmend eingebürgert, den Säugling zeitweilig, ja sogar ausschließlich in B. zu halten.

Es besteht kein Zweifel daran, daß gerade die B. eine stärkende Wirkung auf die Rückenmuskulatur ausübt. Es mag auch sein, daß diese Lage zugleich die Ausbildung einer schmalen Kopfform begünstigt, die am ehesten dem Schönheitsideal vieler Menschen unserer Breiten entspricht.

Bei manchen sog. Speikindern (→Speien, »gewohnheitsmäßiges«) bessert sich zwar möglicherweise in B. deren Neigung zum Speien von Milchresten (→Aufstoßen), leider aber nicht bei allen, denn bei einigen verstärkt sich diese Neigung nicht unerheblich speziell in B. Ferner ist – möglicherweise auf dieser Grundlage – zu befürchten und nach neueren Untersuchungen auch denkbar, daß die B. das Risiko eines plötzlichen Kindstods (→Kindstod, plötzlicher) erhöht. Wir meinen daher, daß man ein Baby möglichst nicht in B. bringen sollte, solange es diese nicht von selbst einnehmen kann. Befindet sich ein Baby in B., dann dürfen Sie ihm keine weichen Kissen unter den Kopf legen, damit seine Atmung nicht behindert wird (Erstickungsgefahr!). Halten Sie sich, zumindest anfangs, während der Zeit, in der sich das Baby in B. befindet, auch ständig im Zimmer auf. Viele, aber nicht alle Kinder gewöhnen sich rasch an die B.

Aus der B. sollte man keine Weltanschauungsfrage machen, sondern sich auch am Verhalten des Kindes orientieren. Es gibt Babys, die immer und gern auf dem Bauch liegen, aber auch solche, die nur in Rücken- oder Seitenlage schlafen.

Zur Vermeidung von Liegeschäden durch ausschließliche oder überwiegende Bauch- oder Rückenlage wird vielfach empfohlen, Babys nachts in Rückenlage und tagsüber vorwiegend in B. schlafen zu legen.

Vgl. auch →Matratze, →Rückgratverkrümmung

Bauchschmerz

B. ist während des gesamten Kindesalters ein sehr häufiges Symptom. Er kann sowohl harmloser als auch ernsterer Natur sein. Es ist eine spezielle Eigenart von Kindern, auch bei vielen, ganz bauchfernen Unpäßlichkeiten (etwa Nasen-Rachen-Katarrh, →Mittelohrentzündung, Halsentzündung) ihr Unbehagen gezielt auf den Bauchraum zu projizieren und über Schmerzen im Leib zu klagen.

Erfahrungstip 1:
Wenn Sie Zweifel haben, ob Sie die Situation als ernst oder als harmlos ansehen müssen, dann halten Sie sich am besten an die Regel, daß B., der ununterbrochen länger als 1 bis 2 Stunden anhält, ernst genommen werden und daher unbedingt durch den Arzt beurteilt werden muß.

Zur richtigen Einschätzung der Situation müssen Sie stets auch auf evtl. Begleiterscheinungen des B. achten (→Fieber, →Erbrechen, Kollapsneigung). Ganz wichtig ist die Stuhlbeurteilung (z.B. häufige, wäßrige Stühle, akuter →Durchfall, oder Stuhlverhaltung mit harten, sehr festen Stühlen). Von Bedeutung sind ferner Blut- oder/und Schleimbeimengungen zum Stuhl.

Erfahrungstip 2:
Bei jüngeren Kindern, die die Art ihres Schmerzes und seinen genauen Sitz noch nicht exakt angeben können, sind vor allem straff gespannte Bauchdecken und

verstärkte Schmerzempfindungen beim Abtasten des Leibes sowie anhaltende Unruhe stets alarmierende Hinweise.

Glücklicherweise ist B. häufig von harmloser Natur. Nicht wenige nervöse oder sensible Kinder beantworten seelische Erregung und Spannung, aber auch nur allgemeines Mißbehagen mit B. Dazu muß man aber wissen, daß auch ein auf diese Art ausgelöster B. gelegentlich so heftig sein kann, daß das Kind sich vor Schmerz regelrecht krümmt und deshalb stärkste Besorgnisse bei seiner Umgebung auslöst. B. dieses Typs wird zumeist in der Gegend des Nabels lokalisiert und deshalb als »Nabelkolik« bezeichnet. Bewiesen wird die Ungefährlichkeit von B. dieser Art dadurch, daß er sich schnell und endgültig schon durch einfache beruhigende Maßnahmen, Zuwendung, Streicheln, Wärmeanwendung (→Leibwickel) und Bettruhe beseitigen läßt.

Erfahrungstip 3:
Auch B. vom Typ der » Nabelkolik« muß, wenn er wirklich harmlos ist, spätestens nach 1 bis 2 Stunden verschwunden sein. Wenn dies nicht der Fall sein sollte, dann ist er u.U. nicht harmlos und beruht auf anderen Ursachen, denen der Arzt nachgehen muß.

Eine besondere Spielart dieses harmlosen B. wird gelegentlich bei jüngeren, besonders leicht erregbaren Babys während der ersten drei Lebensmonate beobachtet. Man nimmt an, daß bei ihnen offenbar die Erregung des Saugreizes auf die Bewegungsvorgänge des Magen-Darm-Kanals überspringt. Dies führt nicht nur gelegentlich zu Stuhlentleerung während des Stillens, sondern löst zuweilen ein derartiges Unbehagen und B. nach Art von Leibkoliken aus, daß das Kind unter deutlichen Unlustäußerungen den Stillvorgang oder die Nahrungsaufnahme unvermittelt abbricht und ein Verhalten zeigt, das manchmal fälschlicherweise als »Brustscheu« gedeutet wird. Durch geeignete Medikamente, vielfach aber allein schon durch Ruhe und Auflegen einer gut angewärmten Windel auf den Leib vor Beginn der Mahlzeit, lassen sich B. dieser Art lindern oder verhüten. Vgl. hierzu auch →Dreimonatskoliken.

In anderen Fällen ist B. ein unmittelbares Symptom einer echten körperlichen Erkrankung im Bereich des Bauchraums. Hier kommen vor allem als Ursachen in Betracht:

- akuter Durchfall, ausgelöst durch verschiedene Erreger. Tritt Erbrechen (→Brechdurchfall) zum B. hinzu, sollten Sie unbedingt ärztlichen Rat einholen.
- →Harnweginfektion, die sich bei Kindern oft – neben den typischen Beschwerden beim Wasserlassen – durch B. äußert. Deshalb pflegt der Arzt bei B. gewöhnlich auch eine Harnuntersuchung durchzuführen.
- →Blinddarmentzündung (Entzündung des Wurmfortsatzes des Blinddarms), die, wenn auch äußerst selten, bereits im 1. Lebensjahr vorkommen kann. Schon im 2. bis 4. Lebensjahr ist sie durchaus nicht selten.
- →Darmverschluß

Die beiden letztgenannten Krankheiten können u.U. eine schwere Lebensbedrohung bedeuten, die nur durch rechtzeitige ärztliche, meist chirurgische Behandlung behoben werden kann. Jedes längere Zuwarten erhöht die Gefahr beträchtlich.

Vgl. auch →Blasen- und Nierenbekkenentzündung, →Blinddarmentzündung und weiteres bei den oben außerdem genannten Stichworten

BCG-Impfung →Tuberkuloseschutzimpfung

Behinderung, geistig-seelische und körperliche

Der Begriff »Behinderung« ist vor allem durch die Sozialgesetzgebung genau festgelegt. Danach gelten als Behinderte – mit allen juristischen Konsequenzen im Sinne des Bundessozialhilfegesetzes – u.a.

- Personen, deren Bewegungsfähigkeit erheblich eingeschränkt ist
- Personen mit erheblichen, entstellenden Spaltbildungen des Gesichts oder des Rumpfes
- Personen, deren körperliches Leistungsvermögen durch Erkrankung, Schädigung oder Fehlfunktion in erheblichem Umfang eingeschränkt ist
- Blinde oder schwer Sehbehinderte
- Personen, die gehörlos sind
- Personen, die nicht sprechen können
- Personen, die geistig oder seelisch so wesentlich behindert sind, daß ihre Fähigkeit zur Eingliederung in die Gesellschaft in erheblichem Umfang beeinträchtigt ist
- Personen, die von einer der genannten Behinderungen bedroht sind.

Das Bundessozialhilfegesetz (BSHG) sieht auch heilpädagogische Maßnahmen für Kinder vor, die noch nicht im schulpflichtigen Alter sind, wie z.B. die Unterbringung in Sonderkindergärten oder -tagesstätten.

Nach Lage der Dinge stellen geistig-seelisch und/oder körperlich behinderte sowie erheblich entwicklungsgestörte Kinder die Eltern vor besonders schwerwiegende Aufgaben und Pflichten.

Doch hat der Gesetzgeber mit dem Schwerbehindertengesetz und Bundessozialhilfegesetz dafür gesorgt, daß für die Betroffenen und deren Eltern zahlreiche finanzielle und soziale Hilfen zur Verfügung stehen (Auskünfte geben die jeweiligen örtlichen Sozialämter, Versorgungs- und Gesundheitsämter). Darüber hinaus gibt es eine große Zahl von Selbsthilfe- und Förderorganisationen des Behindertenwesens, die Informationsschriften, Jahrbücher oder periodisch erscheinende Zeitschriften herausgeben.

Beifütterung →Beikost

Beikost

Unter dieser Bezeichnung werden alle Nahrungsmittel zusammenfassend bezeichnet, die ein Baby im ersten Lebensjahr neben Muttermilch oder →Säuglingsnahrungen erhält. Die Beikost ist insgesamt ein wichtiger Bestandteil der Ernährung von Babys. Sie setzt sich vor allem aus Breien (selbst hergestellte oder als »Gläschenkost«), Säften sowie →Teegetränken für Babys zusammen. Übrigens: Das Wort »Beikost« ist eines der wenigen deutschen Wörter, die auch die Amerikaner und Engländer in ihren Sprachschatz aufgenommen haben.

Aus verschiedenen Gründen ist eine Fütterung von B. vom Ende des 5. Lebensmonats an sinnvoll und notwendig: Ihr Kind ist mit zunehmendem Alter aktiver und mobiler geworden und braucht deshalb mehr Nahrungsenergie (etwa 95 kcal/kg Körpergewicht und Tag). Auch sein Eiweißbedarf ist höher geworden, ca. 1,6 g/kg Körpergewicht und Tag. Die Jod-, Eisen und Vitaminversorgung wird durch Beikost optimiert. Ist Ihr Baby schon älter oder bereits im Kleinkindalter, achten Sie beim Kauf von Brot bitte darauf, daß es mit jodiertem Speisesalz hergestellt wurde (→Kochsalz). Für eine ausreichende Versorgung mit Kalzium braucht Ihr Baby aber auch weiterhin eine, besser zwei Milchmahlzeiten pro Tag. Optimal hierfür ist im 2. Lebenshalbjahr →Kleinkindmilch. Ihr Baby ist aufgrund seiner körperlichen und geistigen Entwicklung auch in der Lage, bereits mit dem Löffel zu essen (→Löffelfütterung). B. fördert eine altersgemäße Entwicklung und unterstützt die allmähliche Heranführung des Babys an die Familienkost.

Anfangs-B. muß einige Voraussetzungen erfüllen, um für die Ernährung von Babys geeignet zu sein: Sie soll einfach zusammengesetzt, allergenarm und glutenfrei sein (Gluten, ein Klebereiweiß in Weizen, Hafer, Roggen und Gerste kann bei einigen Kindern die Darmkrankheit Zöliakie auslösen. Glutenhaltige Nahrung sollte daher auf jeden Fall erst nach dem 6. Monat gefüttert werden; s. auch →Kost, glutenfreie). Bei Selbstherstellung von B. soll diese zunächst ohne Salz, Gewürze und Zucker und schonend zubereitet werden.

Bis zum Ende des 5. Lebensmonats können Sie Ihr Kind also entweder ausschließlich stillen oder aber mit einer der →Säuglingsnahrungen ernähren. Erst danach sind folgende wichtige Entwicklungsschritte als Voraussetzung für die Gabe von B. erreicht: Der koordinierte Kau- und →Schluckreflex ist voll entwickelt. Das Baby kann mit Unterstützung sitzen und seinen Kopf frei halten. Die Verdauungs- und Nierenfunktionen Ihres Babys sind bis zum 5. Lebensmonat soweit gereift, daß es B. ohne Probleme verwerten und vertragen kann.

Übrigens: Wie die Selbstherstellung der Milchnahrung hat auch die Selbstherstellung der B. gegenüber der fertigen Babynahrung im Gläschen keinerlei Vorteile, denn »Gläschenkost« unterliegt ebenso wie die Säuglingsnahrungen genauen Qualitätskontrollen und entspricht somit den strengen Kriterien der deutschen Diät-Verordnung. Die »Gläschenkost« ist praktisch frei von Schadstoffen, ihre Qualität und Zusammensetzung werden wie bei kaum einem anderen Lebensmittel ständig überwacht. Ferner enthält »Gläschenkost« dem Bedarf des Babys entsprechende Aufbaustoffe, z.B. Jod, Eisen, Vitamine, Kalzium, essentielle Fettsäuren. Sie ist fix und fertig zubereitet und muß nur noch erwärmt werden. Schließlich ist sie hygienisch einwandfrei, denn sie ist steril und damit keimfrei verpackt und auch für unterwegs sehr praktisch.

So wird's gemacht:
Wenn Sie beim Öffnen des Gläschens ein hörbares »Knack« vernehmen, können Sie sicher sein, daß die Konserve in Ordnung ist. Erwärmen Sie das Gläschen langsam im Wasserbad und rühren Sie zwischendurch den Inhalt um. Vermeiden Sie die Erwärmung im Mikrowellenherd, in dem der Gläscheninhalt nur unregelmäßig erwärmt wird. Wenn Sie es dennoch tun, müssen Sie den Gläscheninhalt vor dem Füttern ganz besonders sorgfältig umrühren! Anfangs kann die Verwendung eines →Warmhaltetellers nützlich sein. Er ist innen mit heißem Wasser gefüllt und hält auch bei etwas längerer Dauer der Fütterung die Kost stets gut warm.

Mit dem Beginn der Fütterung von B. muß das Baby sich langsam an den Löffel und an andere Geschmacksrichtungen als die Milchkost gewöhnen. Seine Verdauungs- und Stoffwechselvorgänge werden durch neue Nahrungsmittel stärker gefordert, und das Abwehrsystem wird mit vielen neuen Stoffen konfrontiert.

In der ersten Woche der Breifütterung sollten Sie am besten nur Karotten-Brei füttern, also nur eine einzige Gemüsesorte verwenden. Wenn es Ihr Kind allmählich akzeptiert hat, vom Löffelchen zu essen, und den Karotten-Brei gut verträgt, ersetzen Sie zunächst eine, dann zwei und weitere Milchmahlzeiten durch andere →Gemüse-Breie, z.B. →Kartoffel-Gemüse-Brei, Kartoffel-Gemüse-Fleisch-Brei (wichtig für die Eisenversorgung Ihres Kindes), Milch-Getreide-Brei (dieser kann vom Ende des 6. Lebensmonats an in den Speiseplan Ihres Babys eingeführt werden). Er kann die Milchmahlzeit am Abend ersetzen (in Pulverform oder als »Gläschenkost« im Handel). Im 7. Monat wird die Milchmahlzeit des Nachmittags durch einen Getreide-Obst-Brei ersetzt. Da Ihr Baby durch die übrigen Mahlzeiten bereits ausreichend mit Eiweiß versorgt ist, sollte dieser Brei wenig Eiweiß enthalten. Seine Hauptbestandteile sind daher Getreide, Obst und Pflanzenöl. Damit ist eine ausreichende Versorgung Ihres Kindes mit Vitaminen, Jod und anderen Mineralstoffen sowie essentiellen Fettsäuren gewährleistet.

Wechseln Sie die Breisorten nicht zu häufig! Beachten Sie bitte auch, daß es nicht unbedingt erforderlich ist, daß die Breie Ihnen selbst geschmacklich zusagen. Sie sollen den Nahrungsbedarf des Kindes decken. Verzichten Sie also möglichst auf Nachzuckern, Nachsalzen, Nachwürzen oder das Zugeben von Butter, Sahne oder sonstigen Zutaten!

Wie Sie richtig füttern sollten (Fütterungstechnik), erfahren Sie bei →Löffelfütterung. Auch wenn diese zunächst schwerfällt und ein Teil der Mahlzeit auf der Tischdecke landet: Sie fördern so das selbständige Essen Ihres Kindes!

Auch bei der Fütterung von B. sollten Sie die Ausübung von Zwang auf jeden Fall vermeiden. Kommt es zu Ablehnung oder stärkerer Abwehr des Kindes, ist es manchmal notwendig, die B. vorübergehend fortzulassen und sie erst nach einigen Tagen erneut anzubieten.

Feste Kost, d. h. Familienkost, kann Ihr Kind ab einem Alter von 10 bis 12 Monaten an erhalten: Sie besteht aus Brot, Obst, Gemüse, Kartoffeln, Fleisch und anderen Mahlzeiten (z.B. Reis oder Nudeln). Voraussetzung für das Anbieten von Familienkost ist, daß eine regelrechte Zahnentwicklung (→Zahnung, normale) erfolgt ist und das Kind beißt und kaut (→»Kaufaulheit«). Gewöhnen Sie Ihr Kind langsam an den Mahlzeitenrhythmus der Familie, der aus 3 Haupt- und 1 bis 2 kleinen Zwischenmahlzeiten bestehen sollte. Das Mittagessen kann Ihr Kind in seinem Stuhl am Familientisch einnehmen.

Neben den Breien beinhaltet die B. auch Flüssigkeiten, die Ihr Kind außer der Muttermilch bzw. einer Säuglingsnahrung erhält. In aller Regel handelt es sich dabei um Tee oder Teegetränke für Babys sowie um Obst- und Gemüsesäfte.

So wird's gemacht:
1. bis 4. (5.) Lebensmonat: Solange Sie ausschließlich stillen bzw. Ihr Kind mit einer Flaschennahrung ernähren, ist es im Prinzip nicht nötig, zusätzliche Getränke anzubieten. Ausnahme: Bei Hitze im Sommer, überheizten Räumen im Winter, →Fieber oder Durchfall (→Durchfall, akuter) müssen Sie zusätzlich Flüssigkeit anbieten, weil Ihr Baby dann einen erhöhten Wasserbedarf hat! Geeignet ist in den ersten 4 bis 5 Lebensmonaten Mineralwasser (ohne Kohlensäure) oder ungesüßter, dünner schwarzer Tee. Sollte Trinkwasser ausnahmsweise für die Ernährung Ihres Babys nicht geeignet sein, verwenden Sie zur Teezubereitung am besten Mineralwasser, das den ausdrücklichen Hinweis »geeignet zur Zubereitung von Säuglingsnahrung« trägt.

Nach dem 4. (5.) Lebensmonat: Mit dem Beginn der B.-Ernährung braucht Ihr Baby neben Milch zusätzliche Flüssigkeit, jedoch möglichst nicht mehr als ca. 250 ml pro Tag.

Bitte beachten Sie, daß das Fläschchen mit Tee oder anderen Flüssigkeiten nicht zum »Dauerberuhigungsschnuller« wer-

den darf (→Flaschen-Karies). Am besten ist es daher, wenn Sie Ihrem Kind zu oder besser nach der Mahlzeit ein kleines Getränk anbieten. Dafür eignen sich neben Trink- oder Mineralwasser und Tees auch mit Wasser verdünnte Frucht- und Gemüsesäfte oder bereits fertige Mischungen aus Fruchtsaft und Mineralwasser.
Vgl. auch →Ernährungsplan für das Babyalter, →Gemüse-Brei, →Kartoffel-Gemüse-Brei, →Löffelfütterung

Beinverkrümmungen

B. mäßigen Grades im Sinne von angedeuteten X- oder O-Beinen sind, sofern sie nicht die Folge einer krankhaften Knochenweichheit (→Rachitis) oder eines angeborenen Skelettfehlers sind, nicht in jedem Fall krankhaft. Denn die Beine des Kindes erfahren in der Zeit zwischen der Geburt und dem Schulalter eine Streckung und einen Gestaltwandel. Dabei gleichen sich die meisten B. allein schon durch Belastung und Wachstum oft vollständig oder teilweise aus.

Wahrscheinlich ist ein Teil der unmittelbar nach der Geburt feststellbaren B. (meist in Form von O-Beinen) auf die Zwangshaltung des ungeborenen Kindes in der relativ engen Gebärmutter zurückzuführen. Bei anderen B. beruhen diese auf einer erblichen Anlage. Angeborene O-Beine des ersteren Typs bleiben gewöhnlich während der ganzen Babyzeit unverändert. Sie gleichen sich erst dann allmählich aus, wenn das Kind mit dem Laufen beginnt.

Etwas anders verhält es sich bei den im späteren Babyalter infolge einer rachitisbedingten, krankhaften Knochenerweichung entstehenden B. (Farbtafel; Abb. a). Diese können sich nur dann einigermaßen ausgleichen, wenn die aktive Rachitis durch eine sachgemäße Behandlung vollständig ausheilt und die B. nicht zuvor schon allzu ausgeprägt sind. Solche Verformungen sind heutzutage zuverlässig allein schon dadurch vermeidbar, daß eine →Rachitisprophylaxe durchgeführt wird.

B. im Sinne von X-Beinen bilden sich in der Regel erst im Verlauf des 2. bis 5. Lebensjahres aus. Sie sind zumeist Folge einer anlagemäßigen Schwäche der Bänder des Kniegelenks. Ihre Ausprägung verstärkt sich, wenn die Kinder übermäßig an Gewicht zunehmen. Aber auch bei ihnen wirkt sich der erwähnte Gestaltwandel im Verlauf der Kindheit

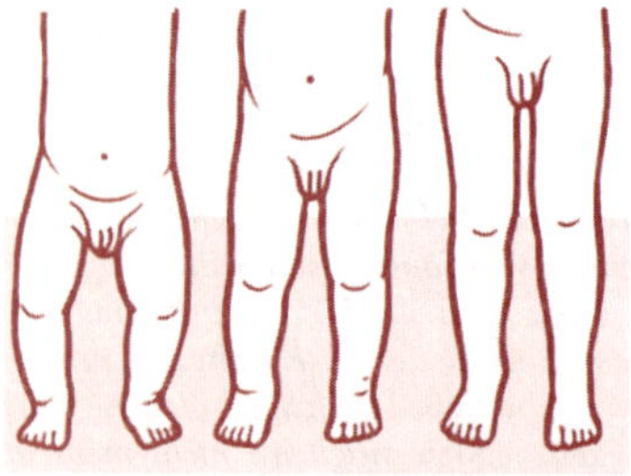

a Ausgeprägte O-Beine beim Kleinkind sind meist Folge einer rachitischen Knochenweichheit; sie gleichen sich nach deren Ausheilung im Verlauf von 1–3 Jahren zumeist vollständig aus

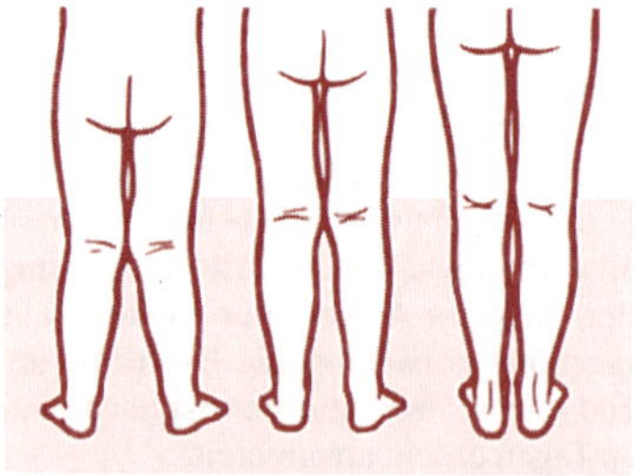

b Leichtere, anlagemäßige X-Beinbildung bei 2jährigem Kleinkind und deren weitere Veränderung und Ausgleich innerhalb von 4 Jahren zumeist noch korrigierend aus (Abb. b). Häufig sind X- Beine mit einer mangelnden Ausbildung des natürlichen Fußgewölbes kombiniert (→Fußentwicklung).

Alle schweren und schwersten Ausprägungsgrade von X- und O-Beinen bedürfen einer sachgemäßen orthopädischen Behandlung.
Vgl. auch →Fußentwicklung, →Kinderschuhe

Beinverkürzung

Eine deutlich sichtbare Verkürzung eines Beines bei einem Baby kann ein Hinweis auf einen bestehenden Anlagefehler des Hüftgelenks (→Hüftgelenkdysplasie, angeborene) sein. Derartige Fehler kommen in verschieden starker Ausprägung bei etwa jedem 500. Kind vor. Mädchen sind etwas häufiger betroffen als Knaben.

Die äußerlich sichtbare B. beruht aber zumeist nicht auf einer echten Verkürzung der Beine, sondern entsteht dadurch, daß der Hüftgelenkskopf des Oberschenkelknochens nicht ordnungsgemäß in die Gelenkpfanne eingefügt, sondern nach oben verschoben ist. Mitunter ist diese Fehlposition des Hüftgelenkskopfes mit (scheinbarer) B. nur geringfügig. Bei deutlich ausgeprägten Hüftgelenksabweichungen sind neben der scheinbaren B. Seitenunterschiede im Verlauf der Gesäß-, Oberschenkel- und Kniefalten der Haut zu beobachten. Hierauf wird deshalb bei den ärztlichen →Vorsorgeuntersuchungen für Kinder (speziell bei der U 3) besonders geachtet.

Bei jeder nachgewiesenen B. ist es unbedingt notwendig, frühzeitig zu klären, ob eine und welche Behandlung erforderlich ist. Bei frühem Behandlungsbeginn (in den ersten Lebenswochen) sind auch schwerere Fälle von angeborener Hüftgelenkdysplasie durch rein orthopädische Maßnahmen (z.B. spezielle Windelanordnungen mit Spreiz-

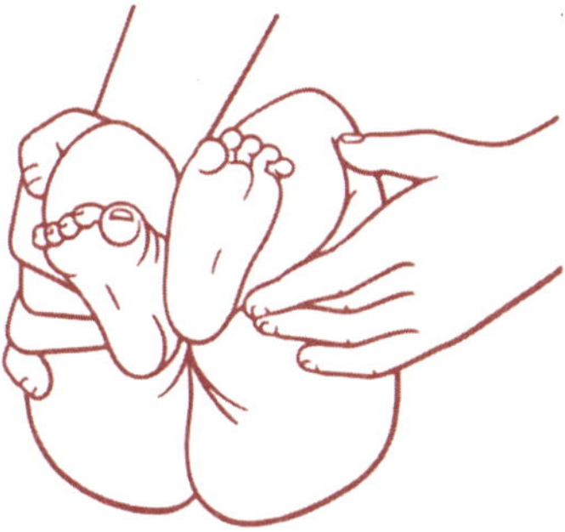

höschen, Bandagen u.ä.) ohne Operation endgültig heilbar. Letztere ist nur bei besonders schweren Fehlbildungen der Hüfte nötig und angezeigt.

Erfahrungstip:
Eine B. können Sie in Rückenlage des Babys bei Knie- und Hüftbeugung am tiefer stehenden Knie sowie an Hautfaltendifferenzen zwischen beiden Seiten erkennen (Abb.).
Vgl. auch →Hüftgelenkdysplasie, angeborene

Beinwickel, abkühlender

Der a.B. ist ein einfaches, natürliches Hausmittel zur Fiebersenkung (→Fieber). A.B. sind bereits bei jüngeren Säuglingen möglich und sehr wirksam.

So wird's gemacht:
Legen Sie das fiebernde Kind so auf eine Wolldecke, daß diese von der Hüfte bis zu

a Anlegen der angefeuchteten Windeln um die Beine

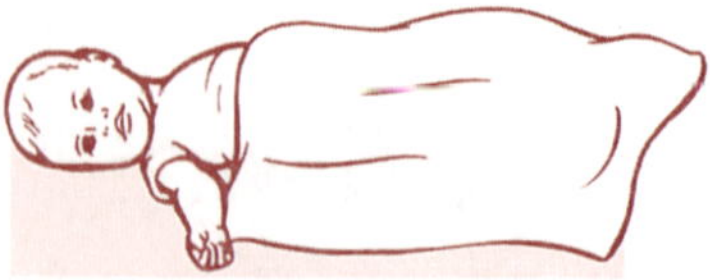

b Fertiger Sitz der Packung

den Füßen reicht. Dann schlagen Sie die Beine einzeln bis etwa zur Mitte der Oberschenkel in eine Windel ein, die Sie mit kühlem (bis handwarmem) Wasser gut angefeuchtet haben (Farbtafel; Abb. a). *Um das Bett vor Feuchtigkeit zu schützen, schlagen Sie nun die Wolldecke locker über die Beine des Patienten* (Abb. b). *Nach einer Einwirkungsdauer von etwa 10 bis 15 Minuten nehmen Sie die inzwischen warm gewordenen Windeln ab, tränken sie erneut mit kühlem Wasser und legen sie wie zuvor an. Dies sollte 4 bis 5mal wiederholt werden. Die Prozedur kann auch mehrmals täglich durchgeführt werden.*
Vgl. auch →Abkühlungspackungen, →Bad, abkühlendes, →Brustwickel

Beißring

Glatter, aus Hartgummi oder Kunststoff bestehender massiver, flacher Ring, der dem Baby zur Befriedigung von Kau- und Beißbedürfnissen dient. Der B. muß peinlich sauber gehalten werden und sollte auch häufiger in kochendem Wasser entkeimt werden (→Flaschenpflege), vor allem dann, wenn er auf den Fußboden gefallen ist – was häufig vorkommt. Sehr vielen Babys bereitet ein B. offensichtlich Freude. Er kommt ihrem Beschäftigungsdrang und unwiderstehlichen Trieb entgegen, erreichbare Gegenstände im Mund zu erfühlen. Es kann sein, daß ein B. einige Kinder vom →Daumenlutschen abhält. Auf jeden Fall gibt er dem Kind gute Gelegenheit zu einer selbstgesteuerten Kiefergymnastik, die als Vorübung auf das spätere Kauen und Beißen dient. Darüber hinaus wirkt ein B. auch beruhigend und lindernd bei den im Verlauf der Zahnung nicht selten auftretenden Mißempfindungen im Bereich des Kieferkamms.

Erfahrungstip:
Achten Sie unbedingt darauf, daß der B. so groß ist, daß er nicht als Ganzes in den Mund gesteckt und verschluckt werden kann, daß er keine scharfen Kanten hat und daß er unbeschädigt ist. Unbemerkt abbrechende kleinere Stückchen oder Splitter können das Baby durch →Verschlucken in plötzliche Lebensgefahr bringen.
Vgl. auch →Zahnung, normale

Bellhusten →Krupphusten

Beratung, genetische

Die genetische →Familienberatung hat sich in den letzten Jahrzehnten als wirksam erwiesen, um das wiederholte Auftreten eines erblichen Leidens in derselben Familie zu verhindern. Manche Paare riskieren es nämlich nicht, sich ein Kind zu wünschen, weil sie aus eigener Kenntnis nicht abschätzen können, wie groß das Risiko tatsächlich ist, daß bei diesem eine in ihren Familien bereits bekannte Erbkrankheit auftreten könnte. Andere Paare wiederum bekommen ahnungslos kranke Kinder und wissen gewöhnlich nicht, ob für weitere erwünschte Kinder evtl. ein erhöhtes Wiederholungsrisiko besteht oder nicht und wie groß dieses ist. In solchen Situationen bietet die g. B. Hilfe an. Bei bestehender genetischer Belastung kann sie eine sehr wichtige Entscheidungshilfe für die weitere Familienplanung anbieten.

Hauptberatungssituationen sind ererbte Fehlbildungen der äußeren Körpergestalt und deren Begleiterscheinungen, erbliche Stoffwechselstörungen, erbliche Krankheiten des Zentralnervensystems, erbliche Augenleiden, erbliche Schwerhörigkeit und Taubheit, erbliche Hauterkrankungen, angeborene Herzfehler, Fehlbildungen der Nieren und Harnwege. Aber auch manche anderen Krankheiten und Defekte, die nur ein- oder erstmalig in der Familie aufgetreten sind, können durch Vererbung oder durch Besonderheiten der in den Zellen des Körpers vorhandenen Erbinformationsträger (z.B. Chromosomenabweichungen) bedingt sein. Auch hierbei kann eine g. B. angezeigt und ratsam sein.

Bei 3 bis 5 % aller Neugeborenen treten ganz oder teilweise erblich bedingte körperliche Abweichungen und Schäden auf, die nicht selten zu lebenslanger Behinderung, chronischem Kranksein oder zu frühem Tod führen. Zwar kann die moderne Medizin die Auswirkungen und Folgen vieler Erbkrankheiten bis zu gewissen Grenzen korrigieren oder mildern, aber eine Beseitigung der verursachenden Erbanlagen ist, zumindest vorerst, noch unmöglich.

Häufig wird das Auftreten einer Erbkrankheit in einer Familie als schicksalhaft, als Schande und mitunter sogar als Strafe des Himmels oder der Vorsehung empfunden und ihre Existenz schamhaft verschwiegen. Doch sie ist, im Gegenteil, weder vorhersagbar noch schuldhaft verursacht. Es ist ein meist ganz unerwartetes Schicksal und keine Schande. Es kann jedermann treffen. Eine g. B. kann insofern besonders hilfreich sein, als sie die Wiederholungswahrscheinlichkeit für künftige Geschwister bei einer erstmalig in der Familie aufgetretenen erblichen Störung abschätzt.

Im einzelnen hängt das Wiederholungsrisiko vom Erbgang des Leidens und vom Verwandtschaftsgrad zwischen dem Erkrankten und einem zu erwartenden Kind ab. Wird im Rahmen der g. B. die Größe dieses Risikos festgestellt, kann seine Kenntnis den Ratsuchenden Hilfen bieten, sich für oder gegen weitere Kinder zu entscheiden.

Genetische Beratung und genetische Diagnostik werden sowohl von niedergelassenen Fachärzten für Humangenetik als auch von Humangenetischen Instituten der Universtitäten und größeren Krankenhäusern angeboten. Bei letzteren können Sie auch die nächstgelegenen Einrichtungen, Institute oder Fachärzte erfragen.

Beruhigungstee →**Tee, schwarzer**

Beschneidung

Zirkumzision; ringförmige oder anderweitige operative Abschneidung des größten Teils der Vorhaut des Penis, die dessen Eichel (Glans) umschließt und bedeckt. Dabei wird zumeist auch das sog. Vorhautbändchen an der Gliedunterseite durchtrennt.

Die B. ist eine seit Jahrtausenden in verschiedener Form geübte Maßnahme. Besonders im Orient und in Afrika führen viele Völker sie, meist aus rituellen Gründen, gewohnheitsmäßig bereits im frühesten Kindesalter (Frühbeschneidung) durch, oft schon bei Neugeborenen. Ungefähr vom Beginn dieses Jahrhunderts an, besonders aber in den letzten Jahrzehnten, sind vor allem hygienische Erwägungen für die Empfehlung an Eltern, bei ihrem Kind eine B. ausführen zu lassen, in den Vordergrund getreten: Maßgeblich dafür war die Vermutung, daß eine B. Peniskrebs verhüten könne. Von ähnlicher Bedeutung mag wohl auch die – allerdings nach wie vor umstrittene – Beobachtung gewesen sein, nach der bei den Geschlechtspartnerinnen von unbeschnittenen Männern Gebärmutterkrebs zweieinhalb mal häufiger auftreten soll als bei den Frauen beschnittener Männer.

Während in den USA heutzutage die B. entgegen den Empfehlungen der amerikanischen Kinderärztegesellschaft noch überaus häufig durchgeführt wird (in den Großstädten bei bis zu 90% der Neugeborenen), ist die Ablehnung dieses Eingriffs in den meisten europäischen Ländern groß, wofür weniger die Zurückhaltung gegenüber rituellen Argumenten maßgebend sein dürfte als das Gefühl für die Normalität und Richtigkeit eines naturgegebenen, d.h. normalen Zustands.

Die B. ist bei sachgemäßer Ausführung ein relativ einfacher Eingriff, bei dem Komplikationen nur gelegentlich auftreten (Blutungen, Wundinfektion, Harnröhrenentzündung, übermäßige verstümmelnde und/oder spätere funktionsbehindernde Narbenbildung).

Bei den Überlegungen, eine B. bei Ihrem Sohn durchführen zu lassen, müssen Sie bedenken, daß sie für ihn einen verstümmelnden Eingriff in seine Intimanatomie darstellen könnte, der u.U. für das spätere Sexualleben nicht ganz unbedeutend ist. Jedenfalls ist der Entschluß, bei einem noch nicht selbst entscheidungsfähigen Kind eine B. ausführen zu lassen, für dessen Erwachsenenleben manchmal von größerer Bedeutung als zunächst angenommen. Sie sollten ihn daher sehr genau und reiflich überdenken, denn wirklich notwendig ist eine B. aus medizinischen Gründen nur dann, wenn häufige Infektionen an der Penisspitze (Balanitis, →Vorhautentzündung) oder Probleme bei der Harnentleerung auftreten.
Vgl. auch →Geschlechtsorgane, →Vorhautentzündung, →Vorhautverengung

Bestrahlung →Rotlichtbestrahlung, →Sonnenbad

Bett →Kinderbett

Bettausstattung

Das →Kinderbett ist zweckmäßigerweise so auszustatten, daß es leicht sauber gehalten und das Kind optimal darin versorgt werden kann. Alle zur B. gehörenden Gebrauchs- und Wäscheteile müssen austauschbar und gut zu reinigen sein.

Über die →Matratze wird ein Bettlaken (Leintuch) gespannt und nach unten eingeschlagen. Die früher zum Schutz der Matratze vor Verunreinigungen verwendeten Gummiunterlagen (→Betteinlagen) sind bei Verwendung moderner Einmalwindeln entbehrlich. Auf ein Kopfkissen sollte möglichst verzichtet werden. Auf keinen Fall dürfen Federkissen oder andere weiche Kopfunterlagen verwendet werden, sondern allenfalls ein kleines, flaches, nicht zu weiches Kissen oder Polster. Neigt Ihr Baby zu häufigerem Speien oder Erbrechen, dann schützen Sie das Kopfpolster gegen Verunreinigungen am besten durch eine kleine gummierte Moltonunterlage, über die Sie den Kissenbezug (aus Leinen) ziehen. Am einfachsten und durchaus ausreichend ist aber in jedem Fall eine unter das Köpfchen gelegte, gefaltete und gut saugfähige Stoffwindel (sog. →Speiwindel). Als Zudecke ist am besten eine weiche, nicht zu schwere Woll- oder Steppdecke geeignet, die so in einen Bettbezug eingezogen werden muß, daß sie darin nicht verrutschen und zusammengedrückt werden kann. An diesen Bezug können Sie u.U. an allen vier Ecken noch Bänder annähen, mit denen Sie die Zudecke am Bettgitter befestigen, damit das Kind sich nicht bloßstrampeln kann (→Bettdecke). Auf ein →Federbett sollten Sie besser verzichten. Bei einer Zimmertemperatur von 18° bis 19° C wäre das Kind damit zu warm zugedeckt und könnte allzu leicht schwitzen. Nur dann, wenn im Winter der Schlafraum nachts wesentlich kühler ist, können Sie über die normale Zudecke noch ein leichtes, bezogenes Federkissen legen.

Vgl. auch →Bettdecke, →Betteinlagen, →Erstausstattung, →Federbett, →Kinderbett, →Matratze, →Strampeldecke

Bettdecke

Als Zudecke für Babys und Kleinkinder ist vor allem eine leichte Wolldecke geeignet, die in einen heißwaschbaren Bezug eingezogen wird. Für Neugeborene und jüngere Babys wird von manchen Eltern, insbesondere in der kühleren Jahreszeit, eine nicht zu kleine, aber leichte Daunensteppdecke bevorzugt. Ein regelrechtes →Federbett alter Art ist für das Kinderbett äußerst ungeeignet.

Um ein Verrutschen der Wolldecke innerhalb ihres Bezugs zu verhindern, wird sie an allen vier Ecken des Bezugs durch Bänder befestigt (von der Verwendung von Sicherheitsnadeln sollten Sie aus Sicherheitsgründen absehen!). Vom 3. bis 4. Lebensmonat an reicht das einfache Anbinden der Decke an den Stäben des Gitterbettchens nicht mehr aus, um ein Bloßstrampeln zu verhindern. Um diesem entgegenzuwirken, können eine ganze Reihe einfacher Vorrichtungen (z.B. Bettdeckenhalter) sowie →Strampeldecken und sog. Strampelsäcke verwendet werden.

Vgl. auch →Bettausstattung, →Federbett, →Kinderbett, →Strampeldecke

Betteinlagen

Molton-B. besitzen ein wasserdichtes Mittelteil (z.B. Liegelind-Betteinlagen), das Schutz vor einer eventuellen Durchnässung der Matratze gewährleistet.

Bettnässen →Blasenfunktion (normale und gestörte)

Bettwäsche →Bettausstattung

Bewegungsdrang →Bewegungstrieb

Bewegungstrieb

Ein ungehemmter Bewegungsdrang, die Freude an lebhaften Bewegungen von Armen und Beinen (→Strampeln) ist für das gesunde Baby charakteristisch und ein unübersehbares Merkmal seines guten Gedeihens und Wohlbefindens. Der B. sollte daher niemals unterbunden werden, z.B. durch zu stramm angelegte Windeln. Die Windelversorgung und Bekleidung des Kindes haben lediglich die Aufgaben der Hygiene und des Wärmeschutzes zu erfüllen, müssen aber sonst so leicht und flexibel wie irgend möglich sein.

Später, im Laufe der Kindheit, äußert sich der Bewegungstrieb in einer großen Lauf- und Springfreudigkeit, mit der sich ein gesundes Kind Erfahrungen aneignet und seine eigene Welt erobert. Erst mit dem 5. bis 6. Lebensjahr werden die Bewegungsaktivitäten vieler Kinder etwas bedächtiger und ruhiger: Damit ist dann das erste Stadium der Schulreife erreicht und eine wichtige Voraussetzung für einen sinnvollen Schulbesuch erfüllt.

Die Freude jedes Kindes an körperlicher Bewegung ist Ausdruck von Gesundheit, einer natürlichen Lebensaktivität und Vitalität und auch eine wesentliche Voraussetzung für die Entwicklung einer harmonischen Persönlichkeit. Die Behinderung des B. jeder Art kann, wie man heute sicher weiß, sowohl zu einer Minderung der psychischen und emotionalen Lebendigkeit wie auch zu unerwünschten Ausbrüchen von aufgestauter und fehlgeleiteter Energie, z.B. in Form von Zerstörungswut, Aggressionshandlungen, Mißlaunigkeit und kindlicher Kriminalität, führen.

Vgl. auch →Strampeln

Bewußtsein des Neugeborenen

Ein eigentliches Bewußtsein im Sinne des Bewußtseins eines Erwachsenen wie auch Erinnerungsfähigkeit hat das Neugeborene nach sachlichen Erfahrungen zwar noch nicht, dennoch kann die Tatsache, daß das neugeborene Kind Empfindungen verschiedener Art wahrnimmt und auf sie subtil mit der ihm gemäßen Art reagiert, bereits als ein gewisses Bewußtsein angesehen werden. Dennoch ist das B.d.N. im Gegensatz zum Bewußtsein des Erwachsenen noch nicht zielgerichtet. Für das Neugeborene heben sich gelegentlich einige bedeutsamere Inhalte heraus, z.B. das schreckhaft wirkende Erlebnis eines grellen Lichtstrahls, eines lauten Geräuschs, aber auch das beruhigende eines freundlich lächelnden Gesichts oder leiser, harmonischer Musik. Doch werden auch diese Inhalte weniger erlebt als bemerkt, ganz ähnlich wie der Erwachsene das meiste, was ihm begegnet, nur bemerkt, ohne es ausdrücklich als Erlebnis festzuhalten (z.B. Hintergrundgeräusche).

Der Zustand des B.d.N. äußert sich demzufolge auch in eigener Weise: Wohlbefinden und Behagen äußert es durch gelöstes Stillsein. Unlustempfindungen, die durch Hunger, Durst, Naßliegen, Frieren oder Druck hervorgerufen werden, beantwortet es zunächst noch mit einförmigem Schreien und Bewegungsunruhe. An den allmählich erkennbar werdenden Veränderungen und zunehmenden Variationen solcher Elementaräußerungen während der ersten Lebensmonate kann man die Weiterentwicklung der Bewußtseinslage und damit der Gehirnfunktionen des jungen Kindes ganz deutlich erkennen. Dennoch dauert es bis zum 2. und 3. Lebensjahr, ehe Bewußtsein und Erinnerungsfähigkeit so weit entwickelt sind, daß Erinnerungen auch dauerhaft bleiben. So kommt es, daß die frühesten Erinnerungen, über die ein erwachsener Mensch verfügt, nicht weiter zurückreichen als bis in das 2. oder 3. Lebensjahr.

Vgl. auch →Bewußtseinsstörungen, →Entwicklung, geistig-seelische, →Fixieren, →Lächeln, erstes, →Sprachentwicklung

Bewußtseinsstörungen

Als B. oder Bewußtseinstrübungen bezeichnet man alle Störungen des klaren, aufmerksamen Bewußtseins – also nicht nur den Zustand der vollkommenen Bewußtlosigkeit. B. sind ernsthafte Störungen und schwerwiegende Krankheitszustände. Es ist daher sehr wichtig, etwa auftretende B. eines Kindes möglichst früh zu erkennen und richtig zu deuten. Allerdings sind leichtere Formen der B. manchmal recht schwer zu erkennen, vor allem bei Babys.

Anhaltspunkte für vorhandene B. sind folgende:

Bei älteren Babys geben schon das Ausbleiben des Mienenspiels und der willkürlichen Bewegungen auf äußere Reize (Händeklatschen, Rufen, Berühren usw.) einen brauchbaren Hinweis. Vom 4. bis 6. Monat an greift das nicht bewußtseinsgestörte Kind gezielt nach vorgehaltenen Gegenständen. Auffallende Gegenstände verfolgt es schon vom 3. bis 4. Monat an mit den Augen. Rasche Fingerbewegungen der vorgehaltenen Hand (nach Art des Klavierspielens) oder eine Lichtquelle erregen seine Aufmerksamkeit besonders leicht. Auch die Reaktion des Kindes auf Schallreize (Händeklatschen) kann zur Beurteilung des Bewußtseinszustandes verwendet werden. Mit absinkender Bewußtseinslage vermindert sich allmählich auch die Schmerzempfindung.

B. aller Schweregrade können in den ersten Lebensmonaten besonders häufig bei allen schwereren →Ernährungsstörungen, bei akutem →Durchfall und →Brechdurchfall sowie bei Entzündungen des Hirns (Enzephalitis) und der Hirnhäute (→Hirnhautentzündung) auftreten. Frühzeitige Erkennung und richtige Deutung dieses Zustands sind von höchster Wichtigkeit und können die Einleitung der notwendigen und oft lebensrettenden Behandlung beschleunigen.

Erfahrungstip:
Allgemeine Anzeichen von B. bei den genannten Krankheiten sind: Bewegungsarmut, Starre des Gesichts, matte, halbgeöffnete Augen mit seltenem Lidschlag bei völligem Mangel an Aufmerksamkeit oder Zuwendung auf Zuruf. Das Kind wirkt wie »in Gedanken versunken« und läßt sich auch durch Aufrütteln oder Aufnehmen nur vorübergehend aus seiner Apathie und Lethargie herausbringen. Bei jeder offensichtlichen B. eines Kindes, auch schon bei bestehendem Verdacht, ist die unverzügliche Zuziehung des Arztes notwendig. Eine B., gleich welcher Ursache, signalisiert unmittelbare, schwerste Gefahr.
Vgl. auch →Bewußtsein des Neugeborenen

Bienenhonig →Honig
Bifidusbakterien →Frauenmilch

Bindehautentzündung

Eine Augenbindehautentzündung, Konjunktivitis oder B. ist eine Entzündung derjenigen Schleimhaut, die die Innenseite der Augenlider mit dem Augapfel verbindet. Kennzeichen einer B. sind starke Rötung der Lidinnenseiten sowie wäßrige, schleimige oder eitrige Absonderungen der Lidränder und oft deren Verklebung. Bei jungen Babys fallen dabei krampfartiges Zusammenkneifen der Augen, Lichtscheu, bei stärkerer Entzündung auch eine merkliche Schwellung der Lider auf.

Eine B. ist nicht selten Begleiterscheinung einiger Infektionskrankheiten, vor allem von →Masern und den meisten sog. Erkältungskrankheiten. Manchmal ist eine B. auch Ausdruck von allergischen Reaktionen, z.B. bei Heuschnupfen. Außerdem kann eine B. durch die Einwirkung verschiedener Chemikalien und Reizstoffe entstehen. In die Lidspalten gelangte Fremdkörper (Staub, Insekten) verursachen gleichfalls einen Reizzustand der Bindehäute, der oft auch dann, wenn der Fremdkörper sich bereits nicht mehr im Lidspalt befindet, für längere Zeit fortbestehen kann. Beim Neugeborenen zeigt sich manchmal eine B. mit stärkerer Sekretion als Folge einer Infektion der Bindehäute durch Scheidenbakterien während der Geburt. Leichtere Bindehautreizungen beim Neugeborenen können gelegentlich auch nach der →Credé-Prophylaxe auftreten.

So wird behandelt:
Bei einer einfachen B. (Rötung und leichtes Brennen der Bindehäute, Tränenträufeln) ist außer einer →Augenwaschung, z.B. mit →Kamillentee oder lauwarmem Wasser, keine besondere Behandlung nötig. Direkte Sonneneinwirkung und stärkerer Luftzug sind zu vermeiden. Aber jede schwerere, insbesondere jede eitrige B. gehört grundsätzlich in ärztliche Behandlung, da in diesen Fällen die Möglichkeit besteht, daß eine Schädigung der Augenhornhaut mit Beeinträchtigung des Sehvermögens eintritt und u.U. sogar Erblindungsgefahr besteht. Bei der ärztlichen Behandlung gelangen u.a. medikamentöse →Augentropfen und →Augenspülungen, Umschläge, manchmal auch innerlich einzugebende Medikamente zur Anwendung.
Vgl. auch →Augenspülung, →Augentropfen, →Augenwaschung

Bioelemente →Spurenelemente

Bio-Milch

Als B.-M. wird eine Kuhmilch bezeichnet, die aus sog. organisch-biologisch wirtschaftenden Erzeugerbetrieben stammt. Solche Betriebe sind in den anerkannten Bio-Verbänden zusammengefaßt. Diese Verbände haben Richtlinien für den ökologischen Landbau festgelegt. Deren Einhaltung wird fortlaufend kontrolliert. Für die Erzeuger von B.-M. gelten vor allem folgende Grundsätze: artgerechte Haltung der Tiere und ihre Ernährung mit überwiegend hofeigenem, ökologisch erzeugtem Futter. Der Einsatz von Masthilfsmitteln und anderen »Leistungsförderern« ist streng verboten.

Blähungen

Blähsucht, Blähbauch, Meteorismus; eine übermäßige Auftreibung des Leibes durch starke Luft- oder Gasansammlung im Magen und vor allem im Darmkanal. Der Magen-Darm-Kanal jedes Kindes enthält unter normalen Bedingungen gewisse Luft- und Gasmengen bereits kurz nach der Geburt. Doch sind diese nicht so bedeutend, daß sie Erscheinungen wie z.B. stärkere Bauchauftreibung, häufigeres Aufstoßen oder vermehrten Abgang von Gasen (»Winden«) aus dem After (Flatulenz) verursachen.

Gase und Luft im Magen und Darm stammen entweder von beim Schluckvorgang und Saugen mitverschluckter freier Atemluft, von den in der Nahrung enthaltenen Luftanteilen und/oder den bei der Verdauung bestimmter Nahrungsmittel sowie den bei Gärungs- und Fäulnisvorgängen mitwirkenden gasbildenden Darmbakterien.

Mitverschluckte Luft (→Luftschlukken) verursacht allerdings zumeist keine stärkeren B., denn sie wird für gewöhnlich durch →Aufstoßen wieder aus dem Magen entleert. Nur bei intensiverem Luftschlucken (Aerophagie), z.B. bei hastigem Trinken, gelangen auch größere Luftmengen mit der Nahrung in den Darm und können dann Blähungserscheinungen mitverursachen. Die Hauptursache von stärkeren B., die auch zu Beschwerden und Bauchauftreibung führen, ist stets eine übermäßige Darmgasbildung aufgrund einer zugrundeliegenden Krankheit oder übermäßiger Zufuhr von Zuckerstoffen, z.B. durch Fruchtsäfte. Auch eine Behandlung mit Antibiotika kann durch Störung der sonst vorhandenen Darmbakterien vorübergehend B. verursachen. Auch können B. einmal Begleiterscheinung einer ernsten Erkrankung sein, z.B. einer →Blinddarmentzündung, eines eingeklemmten →Leistenbruchs, einer Bauchfellentzündung oder eines →Darmverschlusses.

Bei stärkeren B. von Babys ist der Bauch prall gespannt und deutlich vorgewölbt (sog. Trommelbauch), jedoch nicht stärker druck- oder berührungsempfindlich. Meist besteht während dieses Zustands Unruhe (Schreien, Strampeln usw.). Es gehen spontan oder bei sanftem Massieren des Bauchs Gase ab. Oft beruhigen sich Babys schnell, wenn man sie auf den Arm nimmt, bäuchlings über die Schulter legt oder wenn plötzlich »Winde« (häufig zusammen mit zerfetzten Stuhlanteilen) abgehen. Es gibt auch Zustände von hochgradigen B., bei denen es zu beschleunigter, oberflächlicher Atemtätigkeit infolge der Hochdrängung des Zwerchfells durch die gasgeblähten Darmschlingen kommt.

Die Behandlung von B. ist von ihrer eigentlichen Ursache abhängig. Sie beruht auch auf der genauen Feststellung der Ernährungsart: Bei eindeutigem →Ernährungsfehler ist eine entsprechende Korrektur erforderlich. Auch nach einer eventuellen Unverträglichkeit von bestimmten Nahrungsmitteln muß gefahndet werden. Stärkere Gärungs- und abnorme Fäulnisvorgänge im Darm fördern intensivere Gasentwicklung. Im Kleinkindalter begünstigen bestimmte Nahrungsmittel und -bestandteile die Entstehung von B.

Dies sind u.a. Hülsenfrüchte, Kohl, frisches Schwarzbrot, Zwiebeln.

Einige wenige Babys leiden schon bei Ernährung mit milchzuckerhaltiger Nahrung, wie es z.B. auch die Frauenmilch ist, unter erheblichen B. In solchen Fällen muß der Kinderarzt entscheiden, ob an der Nahrung etwas Grundlegendes geändert werden muß. Übrigens kann es bei B., die gelegentlich bei gestillten Babys auftreten, hilfreich und zweckmäßig sein, wenn die stillende Mutter in ihrer eigenen Ernährung blähende Nahrungsstoffe strikt vermeidet (Zwiebel, Knoblauch, Kohl, Hülsenfrüchte u.a.).

Bei allen leichteren B. haben sich einige Hausmittel als wirksam erwiesen: Feuchtwarme Umschläge auf den Leib (→Leibwickel) und vorsichtige Massage der Bauchdecke sowie kurzdauernder Nahrungsentzug und Ersatz von einer oder zwei Flaschenmahlzeiten durch ungesüßten →Fencheltee. Wenn dies nicht hilft, ziehen Sie bitte einen Kinderarzt zu Rate!

Erfahrungstip 1:
Bei stärkerem Luftschlucken und zugleich erschwertem Aufstoßen bilden sich im Magen und in den oberen Darmabschnitten häufig gekammerte Luftblasen. Deren Auflösung können Sie durch oberflächenaktive Substanzen erreichen. In solchen Fällen ist es empfehlenswert, ein entschäumend wirkendes Präparat (z.B. Espumisan, Lefax oder Sab simplex) zu geben oder in die Nahrung einzurühren.

Erfahrungstip 2:
B., die bei Babys infolge krankhaften Luftschluckens entstehen, vermeidet man am sichersten durch häufigere Unterbrechungen der Mahlzeit und besonders geduldiges (!) Warten, bis das Baby kräftig aufgestoßen hat (vgl. →Luftschlucken). Helfen kann evtl. schon die Verkleinerung des Lochs im Sauger und Lagerung des Kindes nach dem Trinken mit leicht erhöhtem Oberkörper (30°-Neigung, s. →Aufstoßen).

Vgl. auch →Aufstoßen, →Bauchschmerz, →Dreimonatskoliken, →Luftschlucken

Blässe

Hautblässe; die Haut eines gesunden Neugeborenen sieht wegen ihres besonderen Blutreichtums, ihrer guten Durchblutung sowie wegen der anfänglichen Durchsichtigkeit der obersten Hautschichten kräftig rot, manchmal sogar hochrot aus. Diese Röte schwindet normalerweise nach der Neugeborenenzeit allmählich, und die Hautfarbe geht in einen mehr rosigen Teint mit leicht gelblichem Unterton über (→Gelbsucht des Neugeborenen).

Sieht die Haut eines Kindes blaß aus, dann ist dies nicht unbedingt krankhaft. Denn Hautfarbe und Intensität der Hautdurchblutung sind individuelle Merkmale und variieren deshalb von Mensch zu Mensch. Allerdings kann eine auffallende B. tatsächlich auch Anzeichen für ein krankhaftes Geschehen sein (→Blutarmut). Eine wirkliche Blutarmut läßt sich aber niemals allein an der Hautfarbe erkennen, sondern nur durch eine exakte Bestimmung des Blutfarbstoffgehalts (Hämoglobin) und der Zahl der roten Blutkörperchen (Erythrozyten) durch den Arzt.

Erfahrungstip:
Manche Kinder wirken dadurch blutarm, daß sich die Blutgefäße ihres Gesichts in Abhängigkeit von Erregungen (Freude, Schreck) stark verengen. Die deshalb vermindert durchbluteten Wangen sehen sehr blaß aus, ohne daß tatsächlich eine Blutarmut vorhanden ist (Schein-Blutarmut). Eine zumindest grobe Unterscheidung zwischen echter und nur scheinbarer Blutarmut ist durch die Betrachtung

der Augenbindehaut bei Tageslicht möglich (durch Abziehen des unteren Augenlids wie bei Verabreichung von →Augentropfen). Bei Schein-Blutarmut ist sie gut durchblutet, also hochrot, bei echter Blutarmut auffallend blaß.
Vgl. auch →Blutarmut

Blasenbildung der Haut →Schälblasenkrankheit, →Verbrennung, →Windpocken

Blasenentleerung →Blasenfunktion (normale und gestörte)

Blasen- und Nierenbeckenentzündung

Im Baby- und Kleinkindalter, vor allem bei Mädchen verhältnismäßig häufig vorkommende Infektion und Entzündung der Schleimhäute der Harnröhre, Harnblase, des Harnleiters und des Nierenbeckens, d.h. der ableitenden Harnwege.

Die Erkrankung entsteht entweder aufsteigend von den unteren Harnwegen her (Harnröhre, Harnblase) oder durch Einschleppung von Krankheitskeimen auf dem Blut- und Lymphwege aus bereits vorbestehenden Krankheitsherden im Körper. Vorausgehende Abkühlung der unteren Körperhälfte kann manchmal eine begünstigende Rolle spielen.

Die B. u. N. kann sowohl in Form einer schweren, akuten, hochfieberhaften Erkrankung in Erscheinung treten (→Harnweginfektion), aber auch mit nur geringen Krankheitszeichen schleichend verlaufen. Manchmal ist sie auch die eigentliche Ursache eines offensichtlichen Nichtgedeihens eines Babys.

Erfahrungstip:
Bei allen unklaren Krankheitserscheinungen, vor allem bei solchen im Babyalter (→Fieber, →Appetitlosigkeit, →Erbrechen, Nichtgedeihen, Gewichtsverlust ohne Durchfall usw.) ist stets eine Urinuntersuchung zum Nachweis oder Ausschluß einer Harnweginfektion vordringlich zu empfehlen (→Harnuntersuchung).

Der bei älteren Kindern bei B. u. N. meist auftretende Schmerz beim Wasserlassen läßt sich beim Baby meist nicht ohne weiteres erkennen. Kommt es schon frühzeitig zum Auftreten und zu mehrfacher Wiederholung einer B.u.N., muß stets auch an die Möglichkeit einer Fehlbildung der harnableitenden Wege gedacht werden, die die eigentliche Ursache einer B.u.N. sein kann. Diese Situation ist aber nur durch eine Spezialuntersuchung zu sichern oder auszuschließen. Ist eine solche nachgewiesen, muß u.U. eine chirurgisch-urologische Korrektur vorgenommen werden, um eine chronisch werdende B.u.N. zur Ausheilung zu bringen.

Selbstverständlich ist jede B. u. N. unbedingt ärztlich zu behandeln.
Vgl. auch →Harngewinnung beim Baby, →Harnuntersuchung, →Harnweginfektion

Blasenfunktion (normale und gestörte)

Die Entleerung der Harnblase erfolgt während des gesamten Babyalters automatisch-reflektorisch und unbewußt viele Male im Laufe des Tages und der Nacht, und das meist auch in sehr unregelmäßigen Zeitabständen. Ausgelöst wird die Blasenentleerung durch Reflexe, die vom Füllungs- und Spannungszustand der Blase abhängen. Auch plötzliche Abkühlung der Unterbauchregion, z.B. beim Bloßliegen oder Windelwechsel, kann ebenso wie ein warmes Bad zu einer reflektorischen Blasenentleerung führen. Dieser automatisch-reflektorische Vorgang wird, abhängig vom geistigen Reifezustand des Kindes, allmählich im Verlauf des 2. Lebensjahres durch eine zunächst im Wachzustand willentlich gesteuerte Beherrschung der Blasenentleerung ersetzt.

Der genaue Zeitpunkt hierfür ist individuell unterschiedlich, bei Mädchen liegt er oft etwas früher als bei Jungen. Er hängt auch bis zu einem gewissen Grad davon ab, wie eine Mutter es anstellt, das Kind zur Blasenbeherrschung zu bringen, und wann sie beginnt, es systematisch abzuhalten (→Abhalten, frühzeitiges). Während ein Großteil der Kinder innerhalb des 2. Lebensjahres zumindest während der Tagesstunden sauber, d.h. »trocken« wird, brauchen andere dafür bis zum 3. Lebensjahr, ohne daß dies unbedingt krankhaft sein muß. Wenn die Windel allerdings nach diesem Zeitraum auch weiterhin und fortlaufend tags- und nachtsüber eingenäßt wird, dann läßt dies an eine organische Ursache denken, und deshalb sollte unbedingt eine Klärung der Situation durch den Arzt erfolgen.

Tritt nach einer bereits völligen Beherrschung der Blasenentleerung ein erneutes wiederholtes Einnässen bei Tag oder (vor allem) während der Nacht auf, dann bezeichnet man diesen Zustand als Enuresis (nächtliches Einnässen). Der Enuresis liegen nur selten echte organische Ursachen zugrunde (→Blasen- und Nierenbeckenentzündung, Fehlbildungen, Blasenlähmung u.a.), sondern die Hauptrolle spielen dabei meist unbewußte seelisch-psychologische Einflüsse. Zum Beispiel ist das Auftreten einer Enuresis zum Zeitpunkt der Geburt eines Geschwisters sehr charakteristisch. Tatsächlich läßt sich in vielen Fällen die Enuresis als Ausdruck des Protests, der Angst, eines Vernachlässigungsgefühls, der →Eifersucht oder als eine spezielle Reaktion des Kindes auf vermeintlich oder tatsächlich fehlende Liebeszuwendung, auf Heimweh, auf unbefriedigte Pflegebedürfnisse usw. deuten. Allerdings sind derartige Ursachen keineswegs immer mit genügender Sicherheit zu ergründen. Dementsprechend kann sich die Behandlung oft recht schwierig gestalten.

Erfahrungstip:
Bei der Behandlung der Enuresis ist unbedingt darauf zu achten, daß alle bestrafenden, beschämend oder entehrend wirkenden Maßnahmen vermieden werden. Eine Behandlung von sog. Bettnässern muß außerdem stets individuell angepaßt werden und nach Maßgabe der durch Untersuchung und Besprechung aufgedeckten Ursache erfolgen.

Gelegentliches nächtliches Einnässen, wie es im Kleinkindalter bis zum Schulalter nicht selten vorkommt, darf man noch nicht als Enuresis im eigentlichen Sinn ansehen und als krankhaft bezeichnen. Es kommt bei lebhaft träumenden und/oder besonders tief schlafenden Kindern vor allem nach reichlichem abendlichen Trinken als harmlose Erscheinung vor und bedarf dementsprechend keiner besonderen Behandlung.

Vgl. auch →Abhalten, frühzeitiges

Blasensprung →Fruchtwasser

Blausucht

Zyanose; ständiger bläulicher oder blaugrauer Farbton der Haut und der Schleimhäute ist im allgemeinen ein Zeichen dafür, daß eine ungenügende Sauerstoffsättigung des Bluts vorhanden ist. Während das normal mit Sauerstoff gesättigte Blut hellrot ist, sieht sauerstoffärmeres Blut dagegen dunkelrot aus. Das helle Rot des sauerstoffreichen Bluts schimmert ebenso wie das Blaurot des sauerstoffarmen Bluts durch die Haut hindurch und und bestimmt ihre jeweilige Farbe. Eine B. kann am ganzen Körper unter Betonung der Hände, Füße und des Gesichts auftreten oder auch nur einzelne Körperregionen betreffen (z.B. Gesicht, Mundbereich, Arme, Hände, Beine).

Die Ursachen einer B. sind vielfältig. Bei Neugeborenen beruht sie häufig auf zunächst mangelnder Atmungstätigkeit, sei es wegen anfänglicher noch unvollkommener Entfaltung der Lungen, allgemeiner (vorübergehender) Beeinträchtigung durch den Geburtsvorgang oder einer Hirnblutung sowie – am häufigsten – aufgrund einer angeborenen Fehlbildung des Herzens (→Herzfehler, angeborener). Die genaue Feststellung der Ursache einer B. beim Neugeborenen oder bei jüngeren Babys ist manchmal schwierig und oft nur mit den diagnostischen Hilfsmitteln einer Kinderklinik möglich.

B., die akut im Verlauf von Krankheiten auftritt, kann auf eine Kreislaufstörung oder auch auf eine ausgedehntere Lungenkomplikation hinweisen. Manchmal tritt eine B. bei dieser Situation nur im Mundbereich auf (Lippenzyanose). Ihr Vorhandensein sollte auf jeden Fall Anlaß sein, den Arzt zu konsultieren.
Vgl. auch →Atemstillstand, →Atmung, gestörte, →Atmung, normale, →Herzfehler, angeborener, →Lungenentzündung

Blennorrhö →Bindehautentzündung, →Credé-Prophylaxe

Blinddarmentzündung

Appendizitis; Entzündung des Wurmfortsatzes des Blinddarms. Sie ist zwar überwiegend eine Erkrankung des älteren Kindes, kommt aber gelegentlich auch schon im Babyalter vor.

In den meisten Fällen ist eine unverzügliche operative Entfernung des Wurmfortsatzes notwendig, um eine Bauchfellentzündung zu verhüten. Deshalb kommt es auf die Früherkennung an. Als erste Krankheitszeichen treten →Bauchschmerz mit anfangs meist nur leicht erhöhten Temperaturen (bis 38° C) auf, beides beim Baby und Kleinkind oft recht vieldeutige Zeichen. Auch die weiteren Krankheitssymptome sind im Babyalter zumeist wenig charakteristisch: →Erbrechen, Stuhlverhaltung oder akuter →Durchfall. Deshalb bereitet eine frühzeitige Diagnosestellung manchmal große Schwierigkeiten oder ist gar nicht möglich. Erst im weiteren Krankheitsverlauf entwickelt sich dann meist schnell eine zunehmend schmerzhafte Spannung der Bauchdecke, die die Diagnosestellung erleichtert und sicherer macht. Kinder, bei denen der Verdacht auf eine B. besteht, müssen in der Klinik stationär beobachtet werden, um sie ständig – auch nachts – überwachen und notfalls sofort eingreifen zu können.

Erfahrungstip:
Ziehen Sie bei jedem hartnäckigen Bauchschmerz, der länger als 2 Stunden anhält, sicherheitshalber umgehend den Arzt zu, gleichgültig, ob →Fieber besteht oder nicht. Bei schwerer B. kann die Frühdiagnose dadurch lebensrettend sein, daß sie die in solchen Fällen unumgängliche Operation (innerhalb der ersten 8 Stunden nach Erkrankungsbeginn) ermöglicht.
Vgl. auch →Bauchschmerz, →Blähungen

Blutarmut

Anämie; Symptom und/oder Erkrankung, bei der eine Verminderung der Zahl der roten Blutkörperchen und des Hämoglobingehalts (eisenhaltiger Blutfarbstoff) vorhanden ist.

Zum Nachweis einer (echten) B. gehört stets die Untersuchung des Bluts durch den Arzt (Blutbild). Blasse Wangen und schlechtes Aussehen allein genügen für die Annahme einer B. noch nicht. Sie sind oft Merkmale einer Schein-Blutarmut.

Die Ursachen einer B. können vielfältig sein: Mängel der Ernährung (z.B. Eisenmangel), gehäufte Infekte und chronische Infektionskrankheiten führen nicht selten zu B. Eine verstärkte Neigung zur B. besteht bei frühgeborenen Kindern, besonders im 2. bis 6. Lebensmonat. B., die durch direkte Blutverluste entsteht, ist dagegen bei Kindern, vor allem bei Babys, äußerst selten.

Die Behandlung einer echten B. richtet sich nach ihrer Ursache. Sie gestaltet sich im Baby- und Kindesalter meist relativ einfach und ist erfolgreich (Eisenpräparate, Vitamine, Ernährungsumstellung nach ärztlicher Anordnung usw.). Blutübertragungen (Transfusionen) sind nur in Einzelfällen und besonderen Situationen notwendig.
Vgl. auch →Blässe

Blutaustauschtransfusion

Sehr wirksame, aber heute nur noch selten notwendige Behandlung von schwerer, durch Unverträglichkeit zwischen mütterlichen und kindlichen Blutgruppeneigenschaften (→Blutunverträglichkeit) entstehender →Gelbsucht des Neugeborenen.

Wenn eine B. notwendig ist, wird sie schon bei dem nur wenige Stunden alten Neugeborenen durchgeführt. Dabei werden ihm durch das noch durchgängige Hauptblutgefäß des Nabels (Vene) die eigenen, sich verstärkt auflösenden roten Blutkörperchen portionsweise entzogen und Zug um Zug durch verträgliches Spenderblut ersetzt (Austausch). Der Eingriff wird gewöhnlich sehr gut vertragen. Er ist notwendig, um schwere Spätschäden zu verhüten, die eine solche Blutunverträglichkeit verursachen kann. In besonderen Fällen ist die B. sogar lebensrettend.
Vgl. auch →Blutunverträglichkeit, →Phototherapie, →Rhesusfaktor

Bluterbrechen

Wenn Erbrochenes mit frischen, meist bräunlichen, verschieden starken Beimengungen von Blut durchsetzt ist, spricht man von B. Dieses Blut stammt für gewöhnlich aus dem Magen.

Beim heftigen →Erbrechen eines an →Magenpförtnerkrampf leidenden Babys können z.B. infolge kleiner Defekte der Magenschleimhaut oder durch die Bildung kleiner Magengeschwüre nicht selten geringe Blutspuren in der →Speiwindel nachgewiesen werden. Stärkeres B., meist zugleich mit dem Abgang von dunklem oder schwarzem Blut im Kot kann – selten – auch einmal in den ersten Lebenstagen vorkommen (Meläna, →Blutstuhl). Die genaue Feststellung der Ursache von B. ist in jedem Fall in einer Kinderklinik notwendig.

Vom »echten« B. muß ein »falsches« B. (auch Schein-B.) abgegrenzt werden: Bei letzterem stammt das Blut entweder aus einem blutenden Einriß der mütterlichen Brustwarze (→Brustwarzenschrunden) oder aus dem Nasen-Rachen-Raum des Kindes.

Erfahrungstip 1:
Erbrochenes Blut, das aus dem Nasen-Rachen-Raum stammt und nicht in den Magen gelangt war, sieht stets hellrot aus.

Das »falsche« B. ist meist harmlos. Allerdings muß dabei auch die Herkunft des verschluckten Blutes ermittelt werden.

Erfahrungstip 2:
Denken Sie angesichts von Erbrochenem, das rote, blutähnliche Beimengungen enthält, stets auch daran, daß erbrochene rote Früchte und Fruchtsäfte gelegentlich blutähnlich aussehen und deshalb ein echtes B. vortäuschen können.
Vgl. auch →Blutstuhl, →Erbrechen, →Magenpförtnerkrampf

Blutgefäßmal →Blutschwämmchen, →Storchenbiß

Blutschwämmchen

B. (Hämangiome) sind häufige Neubildungen, die von den Blutgefäßen der Haut ausgehen (Farbtafel). Nicht sichtbare B. können sich darüber hinaus in inneren Organen bilden (zumeist in der Leber).

B. können bereits von Geburt an vorhanden, also sichtbar sein oder sich in den ersten Lebensmonaten bilden.

Falls Ihr Baby ein B. hat, sollten Sie es in jedem Fall bei einem Arzt vorstellen. Er kann Ihnen raten, ob eine Behandlung notwendig ist bzw. welcher Art diese sein sollte. Die früher übliche abwartende Haltung bei einem Baby mit B. wird heute allgemein nicht mehr akzeptiert, da die weitere Entwicklung des B. nicht vorherzusagen ist. Ferner kann durch die heutzutage vorhandenen und schonenden Behandlungsverfahren sogar schon bei sehr jungen Babys schnell und komplikationslos geholfen werden.

Folgende Behandlungsverfahren stehen heute zur Verfügung: Kontaktkryotherapie (sog. Kältetherapie), Lasertherapie (sog. gepulster Farbstofflaser), Operation.

Die Behandlungsart richtet sich nach dem Sitz (Lokalisation) des B. sowie nach seiner Ausdehnung und Wachstumstendenz. Nur noch in Ausnahmefällen wird Ihnen der behandelnde Arzt (zumeist ein Hautarzt oder Kinderchirurg) zu einer abwartenden Haltung raten, wobei auf eine spontane Rückbildung des B. gehofft wird.

Vgl. auch →Storchenbiß

Blutstuhl

Stuhl, dem Blut beigemengt ist, oder Entleerung von reinem Blut aus dem Darm, wird als B. bezeichnet. Im ganzen bei Kindern ein seltenes Ereignis, ist ein B. jedoch stets ein alarmierendes Symptom. Seine Ursache sollte daher umgehend in einer Kinderklinik geklärt werden, da ihm eine behandlungsbedürftige Darmerkrankung zugrunde liegen kann.

Das Auftreten eines oder mehrerer B., manchmal zugleich mit →Bluterbrechen, kann schon gelegentlich in der Neugeborenenzeit vorkommen (sog. Meläna). Blutungen dieser Art sind bei sachgemäßer, meist klinischer Behandlung gutartig (→Vitamin K). Tritt jedoch ein B. zugleich mit heftigen Leibkoliken auf, muß die Ursache ohne jeglichen Zeitverlust geklärt werden, um möglichst schnell die richtige Behandlung einzuleiten.

Zu den häufigsten Ursachen des B. gehören der →Darmverschluß (Ileus) und durch Viren (besonders Rotaviren) und Bakterien (besonders Salmonellen) verursachte infektiöse Darmerkrankungen (→Durchfall, akuter).

Erfahrungstip:
Hellrotes Blut stammt meist aus den untersten Darmabschnitten oder direkt aus dem unmittelbaren Afterbereich. Demgegenüber weist die Entleerung von schwarzen, teerartig aussehenden Blutbeimengungen zum Stuhl (sog. Teerstuhl) auf verschlucktes Blut, auf Blutungen im Magen oder in den oberen Darmabschnitten hin (Farbtafel).

Blutung aus dem Darm →Blutstuhl

Blutunverträglichkeit

Die beim Menschen vorkommenden Blutgruppen A, B, AB und 0, deren Untergruppen und der Blutfaktor Rh (→Rhesusfaktor) mit seinen Untergruppen vererben sich nach ganz bestimmten Regeln. Die Blutgruppeneigenschaften sind bereits beim ungeborenen Kind vorhanden und ändern sich im Lauf des Lebens nicht mehr.

Gewisse Eiweißstoffe der Blutgruppen des ungeborenen Kindes, die mit den roten Blutkörperchen durch den Mutterkuchen zuweilen ins Blut der Mutter gelangen, können dort dann Abwehrreaktionen auslösen, wenn die Blutgruppen oder die Rh-Faktoreneigenschaften bei Mutter und Kind unterschiedlich sind. Hierbei entstehen Immunstoffe im mütterlichen Organismus, die gegen die kindlichen Blutkörperchen gerichtet sind. Wenn diese mütterlichen Abwehrstoffe nun ihrerseits durch den Mutterkuchen zum Kind gelangen, können sie dort dessen Blutkörperchen angreifen und teilweise auflösen (Hämolyse) und auf diese Weise den kindlichen Organismus schwer schädigen. Vor allem bei Unterschieden des Rhesusfaktors zwischen Mutter und Kind spielt dieser Mechanismus eine Rolle.

Wenn eine derartige B. besteht, muß sie nicht bereits beim ersten Kind Folgen haben. Aber bei weiteren Schwangerschaften kann es beim zweiten und dritten Kind zu schwerer Gelbsucht, Blutarmut und Lebensschwäche schon kurz nach der Geburt kommen. Eine in diesen Fällen möglichst frühzeitig ausgeführte →Blutaustauschtransfusion kann vor allem in Verbindung mit einer Lichtbehandlung (→Phototherapie) heute praktisch alle betroffenen Kinder am Leben erhalten und sie auch zuverlässig vor Spätschäden (insbesondere Hirnfunktionsstörungen) bewahren.

Bei Kinderwunsch oder bereits eingetretener Schwangerschaft sollten aus Sicherheitsgründen die Blutgruppen- und Blutfaktoreneigenschaften beider Eltern festgestellt und in den Mutterpaß eingetragen werden. Wird bei dieser Untersuchung eine Konstellation der Faktoren nachgewiesen, die eine spätere B. zwischen Mutter und Kind möglich macht (z.B. Vater: Rh-positiv, Mutter: rh-negativ), ist es notwendig, daß die Schwangere während der Schwangerschaft regelmäßig ärztlich überwacht wird (mehrere Blutproben mit Ausführung eines sog. Coombs-Tests lassen erkennen, ob Gefahr für das Kind besteht oder nicht).

Blutübertragungen, insbesondere auf Schwangere, dürfen nur durchgeführt werden, wenn zuvor genaueste Blutgruppen- und Faktorenbestimmungen bei Blutspender und Blutempfängerin ausgeführt sind und damit die unerwünschte Anbahnung von B.- Reaktionen ausgeschlossen ist.

Hat eine rh-negative Mutter ein Rh-positives Kind geboren, lassen sich weitere Schwangerschaften dadurch risikoärmer gestalten, daß man der Mutter ein Anti-D-Immunglobulinpräparat injiziert, das eine B. »neutralisiert«.
Vgl. auch →Blutaustauschtransfusion, →Fetopathie, →Gelbsucht des Neugeborenen, →Rhesusfaktor

Bonbons →Süßigkeiten

Botulismus →Nahrungsmittelvergiftung

Brechdurchfall

Mit heftigem, meist wiederholtem →Erbrechen einhergehender, akuter →Durchfall (Gastroenteritis) wird als B. bezeichnet. Er ist die schwerste Form einer Magen- und Darmstörung im Säuglings- und Kleinkindalter. Bei dem meist plötzlichen Erkrankungsbeginn kommt es zur schnellen Entwicklung eines schweren Krankheitszustandes mit Erbrechen, spritzender Entleerung von wässrigen Stühlen, →Appetitlosigkeit, →Fieber (oder Untertemperaturen), raschem körperlichen Verfall und beträchtlichen Gewichtseinbußen infolge von Flüssigkeitsverlusten. In besonders schweren Fällen kann auch noch eine zunehmende Bewußtseinstrübung (→Bewußtseinsstörungen) hinzutreten (Toxikose). Dieser Zustand ist besonders alarmierend und immer als Notfall einzustufen!

Erfahrungstip:
Mit Versuchen der Selbstbehandlung Ihres Kindes, etwa durch wiederholtes, löffelweises Anbieten von Flüssigkeit (z.B. mit Süßstoff gesüßter Tee plus eine Prise Salz) kann in der Anfangsphase eines B. durchaus begonnen werden. Zumeist wird die Flüssigkeit jedoch wieder erbrochen, und es geht leider oftmals wichtige Zeit verloren, die man besser für eine sofortige Arztvorstellung nutzen sollte. Bei starkem Erbrechen und Durchfall kann für Ihr Kind sehr schnell eine lebensgefährliche Situation entstehen. Stellen Sie daher Ihr Kind unverzüglich und jederzeit – auch nachts und an Wochenend- und Feiertagen – bei einem Arzt oder in einer Kinderklinik vor. Besonders sorgfältig müssen Sie ferner auf gute Warmhaltung des erkrankten Kindes achten.

Die noch vor wenigen Jahren recht häufig vorkommende, lebensgefährliche Erkrankung tritt heute zwar seltener auf und hat durch konsequente Behandlungsmaßnahmen viel von ihrer Gefährlichkeit verloren. Dennoch handelt es sich bei jedem schweren B. um ein im Einzelfall dramatisches Krankheitsbild, das schnelle und kompetente Hilfe durch den Kinderarzt erfordert. Einzelheiten bezüglich der zu treffenden Sofort- und Erstmaßnahmen und des notwendigen pflegerischen Verhaltens s. →Durchfall, akuter.
Vgl. auch →Ernährungsstörungen

Breinahrung →Beikost

Breitasse →Löffelfütterung

Brennwert der Nahrung →Joule, →Kalorienbedarf

Bronchitis

Eine B. ist eine meist durch Viren verursachte Entzündung der mittleren und unteren Atemwege (Bronchien) und zumeist Teilerscheinung einer allgemeinen »Erkältung«, von der neben den Bronchien stets auch die gesamten Luftwege (Nase, Nasennebenhöhlen, Rachen, Luftröhre, Kehlkopf) betroffen sind.

Die Symptome der B. sind Hustenreiz, heftiger Husten und oft schlafstörende Hustenanfälle. Dabei kommt es bei Babys und jüngeren Kindern kaum zu nennenswertem Auswurf. Sofern die entzündeten Bronchien Schleim absondern, wird er von den Kindern zwar abgehustet, aber regelmäßig verschluckt und manchmal im Rahmen eines heftigen Hustenanfalls zusammen mit Mageninhalt erbrochen. Vielfach tritt →Fieber oder zumindest eine mäßige Erhöhung der Körpertemperatur auf. Gelegentlich kann sich aus einer B. durch Übergreifen der Entzündungsvorgänge auf das Lungengewebe eine von den Bronchien ausgehende →Lungenentzündung (Bronchopneumonie) entwickeln.

Neben der vom Arzt zu verordnenden und dem speziellen Krankheitsfall angepaßten medikamentösen Behandlung der B. gibt es noch eine Reihe von gebräuchlichen und bewährten einfachen Hausmitteln und Hilfsmethoden, so z.B. warme Bäder mit kalten Abgießungen, um tieferes Durchatmen zu erreichen und das Abhusten zu erleichtern, ferner →Abreibungen, →Brusteinreibung, →Brustwickel. Desgleichen kann kontrollierte →Freiluftbehandlung manchmal gleichfalls den Hustenreiz dämpfen. Diese verschiedenen Allgemeinmaßnahmen wirken in unterschiedlicher Weise schleimlösend, fiebersenkend, beruhigend und hustenlindernd.

Obwohl Husten eines der Hauptsymptome einer B. ist, darf nicht jeder Husten oder Hustenanfall mit einer B. gleichgesetzt werden, denn Husten kann auch durch Reizzustände im Bereich des Nasen-Rachen-Raums allein sowie durch eingeatmete Fremdkörper und Nah-

rungsbestandteile hervorgerufen werden (→»Verschlucken«). Der Nachweis einer B. erfolgt durch →Abhören des Brustkorbs durch den Arzt.
Vgl. auch →Brustwickel, →Krupphusten

Bronchopneumonie →Lungenentzündung

Brucheinklemmung →Leistenbruch

Brust, mütterliche

Brustdrüse, Mutterbrust, Mamma; die m.B. besteht zur Hauptsache aus milchbildendem Drüsengewebe. Daneben enthält sie Fett- und Bindegewebe, die das Drüsengewebe schützend umgeben und Form und Größe der m. B. bestimmen. Es gibt Brüste, die reichlich Drüsengewebe und wenig Fett- und Bindegewebe, aber ebenso auch Brüste, die wenig Drüsengewebe, aber viel Fett- und Bindegewebe enthalten. Für das Ausmaß der Stillfähigkeit einer m. B. ist allerdings nur das milchbildende Drüsengewebe entscheidend. So kommt es, daß es sehr große Brüste gibt, die wenig milchergiebig sind, weil sie überwiegend aus Fettgewebe bestehen, aber ebenso auch sehr kleine Brüste, deren Milchabgabe für das Nahrungsbedürfnis eines Babys mehr als ausreichend ist.

Im einzelnen setzt sich das Drüsengewebe der m.B. aus vielen Drüsenläppchen zusammen (etwa 12 bis 15 in jeder Brust). Jedes dieser Drüsenläppchen steht mit einem feinen Ausführungsgang mit der Brustwarze in Verbindung. Dicht unterhalb des Warzenhofs erweitern sich diese Gänge zu einem kleinen Sammelbecken (sog. Milchsäckchen), die dann einzeln in der Warze ausmünden (Abb.). Die Zellen, die innerhalb des Drüsengewebes die Wände der Milchgänge auskleiden, haben die Fähigkeit, aus dem Blut der Mutter diejenigen Stoffe zu entnehmen, die für die Milchbildung ge-

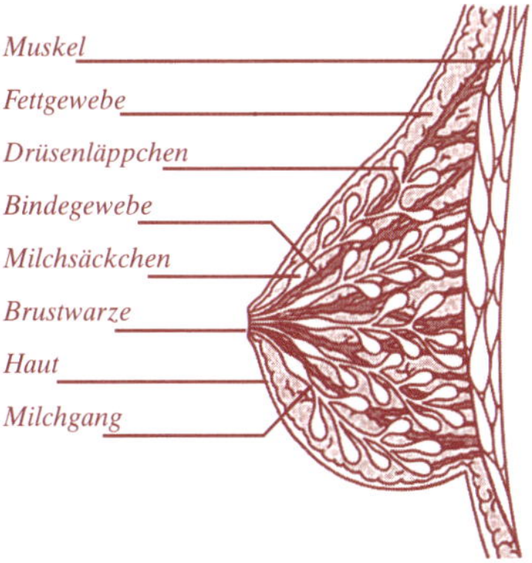

Längsschnitt durch die weibliche Brust

braucht werden, sie in fertige Milch umzuwandeln und in die Ausführungsgänge hinein abzusondern.

Die Menge der gebildeten Milch der m.B. ist entscheidend davon abhängig, ob die B. regelmäßig und gänzlich entleert wird oder nicht. Regelmäßiges Anlegen und Saugen an der Warze sowie vollständige Entleerung geben den entscheidenden Anreiz für die Milchbildung.

In einer Brust, an der das Baby nicht mehr saugt oder die nicht wenigstens künstlich durch →Abpumpen der Brustmilch oder →Abdrücken der Brustmilch entleert wird, findet sehr schnell keine weitere Milchbildung mehr statt. Etwa noch vorhandene oder gebildete Milch staut sich zurück, die Brust schwillt an, wird u.U. schmerzhaft und kann sich schnell eitrig entzünden (vgl. →Brustdrüsenentzündung, →Milchfieber, →Milchknoten).

Bereits etwa von der Mitte der Schwangerschaft an verändert sich die m.B. durch Hormoneinwirkungen und wird dabei auf die spätere Milchbildung und -abgabe vorbereitet: Sie vergrößert

sich deutlich, die Warze tritt stärker hervor und beginnt von da an auch, auf äußere Reize noch stärker als zuvor zu reagieren, sich zusammenzuziehen (Kälte) oder aufzurichten (Berührung, Streicheln, sexuelle Erregung). Von diesem Zeitpunkt an ist eine besonders sorgfältige →Brustpflege zugleich wirksame Vorbereitung auf das Stillen und Vorbeugung der Brustdrüsenentzündung.
Vgl. auch →Brustmilchmangel, →Brustpflege, →Brustwarzen, →Brustwarzenschrunden, →Einschießen der Brustmilch, →Milchbildung, →Milchfieber, →Milchfluß, unfreiwilliger, →Milchknoten, →Milchpumpe, →Stillhindernisse

Brust, schwergehende

Es gibt sog. leichtgehende und schwergehende Brüste, d.h. sowohl solche, die schon bei geringem, und solche, die erst bei höherem Saugdruck Milch aus den Ausführungsgängen der Brustwarze abgeben. Solche Verschiedenheiten entstehen durch unterschiedliche Spannungszustände der Muskulatur der Brustwarzen, unterschiedliche Füllungsgrade der Milchsäckchen der Brust und durch eine individuell unterschiedlich intensive Ansprechbarkeit der die Milchentleerung regulierenden Reflexe und äußeren Reizfaktoren.

Eine s. B. kann besonders für saugschwächere Babys vor allem in den ersten Stilltagen ein ernstliches →Stillhindernis sein und diesen so erheblichen Saugwiderstand bereiten, daß es ihnen nicht gelingt, der Brust die Milchmengen zu entnehmen, die sie benötigen – obwohl diese ja vorhanden sind. Dies wiederum verhindert, daß die Brüste bei den Mahlzeiten vollständig entleert werden, mit der Folge, daß die weitere Milchbildung stagniert und die notwendige Steigerung der Milchmenge ausbleibt.

Erfahrungstip:
Helfen Sie in solchen Fällen dem Baby beim Trinken an der Brust dadurch, daß Sie den Milchabfluß durch Melkbewegungen fördern und die Brust nach dem Trinken regelmäßig mechanisch (z.B. durch →Abdrücken der Brustmilch oder →Abpumpen der Brustmilch) vollständig entleeren. Die so gewonnene Milch bieten Sie – nach dem eigentlichen Stillen – mit der Flasche oder besser mit dem Löffel an, falls das Baby tatsächlich zu wenig getrunken haben sollte (zuvor mit der sog. →Stillprobe prüfen!).
Vgl. auch →Abdrücken der Brustmilch, →Abpumpen der Brustmilch, →Milchpumpe

Brustdrüsenentzündung

Mastitis; Entzündung der Brustdrüse während der Stillzeit, die mit Rötung, Schwellung, Schmerz und Fieber einhergeht. Die B. nimmt oft von →Brustwarzenschrunden ihren Ausgang, durch die bakterielle Entzündungserreger in das für Infektionen sehr empfängliche Brustdrüsengewebe eindringen. Jede B. ist eine ernstzunehmende, schwerwiegende Gefährdung des Stillens. Wenn sie nicht unverzüglich energisch bekämpft wird, führt sie meist zu einer erheblichen Beeinträchtigung des mütterlichen Gesundheitszustands. Brustwarzenschrunden müssen daher als potentielle Eintrittspforten von Infektionen rechtzeitig behandelt werden, d. h. noch bevor es zu einer B. kommt. Zugleich ist es Teil der Vorbeugung der B., wenn Sie dafür sorgen, daß jeglicher Milchrückstau vermieden wird (→Milchknoten). Der Arzt, der auch schon die Behandlung einer eben beginnenden B. übernehmen und den gesamten Verlauf überwachen sollte, muß entscheiden, ob ein Weiterstillen bei vorhandenen Schrunden, evtl. unter Verwendung eines →Saughütchens, noch möglich und zweckmäßig ist oder ob das Kind besser für kürzere Zeit abgesetzt und die Brustmilch solange nur abgepumpt werden soll, bis sich die Brustwarzenhaut wieder genügend erholt hat.

Bei rechtzeitiger sachgemäßer Behandlung ist es zumeist möglich, eine B., ohne daß es zu einer Vereiterung und Abszeßbildung kommt, zur Ausheilung zu bringen. Aber alle Behandlungsmethoden haben nur dann einige Aussicht auf einen schnellen Erfolg, wenn sie innerhalb der ersten 6 Stunden nach dem Auftreten der ersten Entzündungszeichen beginnen. Versuchen Sie daher niemals, länger als diese Zeit mit den üblichen Hausmitteln (kühlende, feuchte Umschläge, →Hochbinden der Brust u.a.) auszukommen! Langdauernde, schmerzhafte und schließlich hartnäckig eiternde B. ist dann oft die unvermeidliche Folge. Legen Sie bis zur Konsultation des Arztes Ihr Baby weiter an, oder, wenn dies wegen der Schmerzhaftigkeit nicht möglich ist, versuchen Sie wenigstens, die Brust mit einer →Milchpumpe so gut wie möglich zu entleeren, um sie zu entspannen, ihre Blutzirkulation zu verbessern und die Schmerzen zu mindern. Sind bereits Brustwarzenschrunden vorhanden, müssen Sie jeglichen Kontakt mit ansteckendem Material (Eiter) strikt vermeiden.

Bei beginnender B. sind sofortige Bettruhe und Hochbinden der betroffenen Brust notwendig, insbesondere wenn bereits Fieber aufgetreten ist. Alkoholumschläge (Weingeist zur Hälfte mit kaltem Wasser verdünnen) wirken entzündungswidrig und können bis zur Übernahme der Behandlung durch den Arzt von Nutzen sein.

Vgl. auch →Brustpflege, →Brustwarzenschrunden, →Hochbinden der Brust, →Saughütchen, →Stillhindernisse

Brustdrüsenschwellung des Neugeborenen

Eine mehr oder minder starke Anschwellung der Brustdrüse bei Neugeborenen beiderlei Geschlechts in den ersten Tagen (bis Wochen) nach der Geburt gehört zu den harmlosen und sich von selbst zurückbildenden sog. →Schwangerschaftsreaktionen des Neugeborenen. Sie ist Folge von Hormoneneinwirkungen, die von der Mutter und vom Mutterkuchen ausgehen. Es handelt sich dabei um die gleichen Hormone, die auch die mütterliche Brust zur vollen Reife bringen und sie auf die Milchbildung und das Stillen vorbereiten. Die B.d.N. kann Kirsch- oder Pflaumengröße erreichen und meist auch einige Wochen lang bestehen bleiben (Abb.). In einigen Fällen sondert diese kleine Brustdrüse auch tropfenweise eine milchartige Flüssigkeit ab, die im Volksmund auch →Hexenmilch genannt wird.

Erfahrungstip:
Unterlassen Sie unbedingt jedes Drücken, Betasten oder Ausdrücken der geschwollenen Brustdrüsen des Neugeborenen, denn dadurch kann, wenn auch

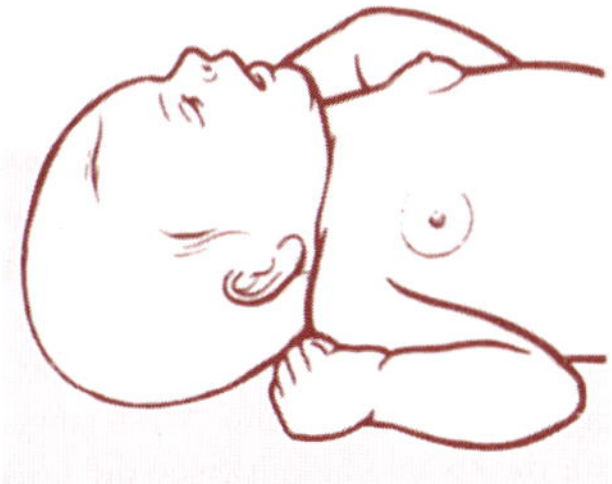

Drücken, Betasten oder Ausdrücken der geschwollenen Brüstchen ist unbedingt zu vermeiden, da dadurch – allerdings in seltenen Fällen – eine eitrige Brustdrüsenentzündung (Mastitis) provoziert werden kann

selten, eine eitrige Brustdrüsenentzündung (Mastitis) provoziert werden.
Vgl. auch →Hexenmilch

Brusteinreibungen

B. sind ein altes Hausmittel und wurden ursprünglich vor allem mit Fett (Butter, Schmalz, Speck) durchgeführt. Sie sind eine bei der Behandlung von Hustenreiz, →Bronchitis und →Lungenentzündung anwendbare unterstützende Maßnahme. Heute werden B. meist mit den in Apotheken und Drogerien käuflichen Hauteinreibemitteln ausgeführt, die atmungserleichternde Wirkstoffe und ätherische Öle enthalten.

So wird's gemacht:
Reiben Sie Brust und Rücken je 2- bis 3mal täglich mit einer etwa erbsgroßen Menge (sparsam, nicht mehr!) der Salbe gründlich mit dem Handballen ein. Sodann hüllen Sie den Brustkorb in eine warme Decke oder ein Moltontuch. Bei Kindern mit empfindlicher Haut kann es nach dem Einreiben gelegentlich zu einer erheblichen Hautrötung kommen. Ihr Abklingen sollten Sie erst abwarten, ehe Sie an eine weitere Einreibung denken.

Die handelsüblichen Einreibesalben enthalten verschiedene ätherische, bei Körpertemperatur leicht verdunstende und kräftig aromatisch riechende Öle (Latschenkieferöl, Thymol, Menthol, Eukalyptusöl, Kampfer u.a.), die z.T. entweder direkt durch die Haut eindringen oder deren Dämpfe vom Kind fortlaufend inhaliert werden. Sie bewirken zusammen mit der mechanischen Hautmassage eine Beruhigung des Kindes, eine Milderung des Hustenreizes und begünstigen die Lösung von Schleim und dessen Abhusten.

Erfahrungstip:
Achtung: Viel hilft nicht viel! Die entsprechenden Salben sind nur für die Einreibung auf Brust und Rücken bestimmt und dürfen, insbesondere bei jungen Babys, nicht ins Gesicht, vor allem aber niemals in Nase, Augen und Mund gelangen. Die Gefahr von Reizungen der Atemwege mit Auslösung von Atemstörungen wäre damit verbunden!

Während B. bei den leichteren Erkältungskrankheiten oft schon als einzige Maßnahme wirksam sind, genügen sie bei schweren und hochfieberhaften Erkrankungen (→Fieber) meist nicht als einziges Behandlungsverfahren. In solchen Fällen muß man den Arzt zuziehen, der alle zusätzlich notwendigen Behandlungsmaßnahmen veranlassen wird.
Vgl. auch →Bronchitis, →Brustwickel

Brusthütchen →Saughütchen

Brustkind

Bezeichnung für ein Baby, das ganz oder überwiegend natürlich ernährt, d.h. an der mütterlichen Brust gestillt wird. Der Begriff weist auf die uralte Erkenntnis hin, daß es vor allem der Einfluß der Ernährung mit Muttermilch ist, der zu optimalem Gedeihen und zu höchster Vitalität des sog. Stillkinds führt.

Ein wesentlicher Vorteil der Ernährung an der Brust ist gegenüber jeder anderen Form der Nahrung, daß das Kind die Milch direkt der Brustdrüse entnimmt und schon dadurch die Möglichkeit einer bakteriellen Verunreinigung und Zersetzung der Milch vor dem Trinken wegfällt. Nicht in dieser Weise natürlich ernährte Säuglinge, (→Flaschenkinder) haben diesen Vorteil dagegen nicht. Darüber hinaus ist aber auch von Bedeutung, daß sich durch das Anlegen bei Mutter und Baby ein gegenseitiges Gefühl der engen Zusammengehörigkeit entwickelt.

Das Baby ist, wenn ausreichende Brustmilchmengen vorhanden sind, wesentlich zufriedener, denn es kann sein natürliches Saugbedürfnis weit besser an der Brust befriedigen als beim Notbehelf der als »Ersatzbrust« dienenden Flasche. Eine Folge davon ist z.B., daß das B. erfahrungsgemäß meist seltener am Daumen lutscht als ein Flaschenkind. Vom rein praktischen Standpunkt aus betrachtet, erspart die Ernährung an der Brust der Mutter viel Arbeit und Mühe: Sie muß weder die Nahrung kaufen, vor- und zubereiten und vor dem Füttern anwärmen, noch ist sie gezwungen, nach der Mahlzeit die Fläschchen und Sauger zu reinigen und zu sterilisieren.

Ein gesundes B. unterscheidet sich oft schon durch sein Aussehen und Verhalten vom Flaschenkind: Seine rosige, gut durchblutete Haut, seine gleichmäßig verteilten Fettpolster und die straffe Beschaffenheit seines Unterhautzellgewebes, seine Bewegungsfreudigkeit, seine äußerlich erkennbare Zufriedenheit und Harmonie sind sichtbarer Ausdruck seiner besonderen Vitalität. Dies liegt nicht zuletzt auch daran, daß ein B. mit der Muttermilch zahlreiche Immun- und Schutzstoffe zur optimalen Abwehr von Krankheitserregern aufnimmt, die sein Infektionsrisiko mindern.

Ernährungsbiologisch betrachtet, nimmt das B. Milch zu sich, die auf seine ganz speziellen Bedürfnisse nicht nur aufs feinste abgestimmt ist, sondern auch weder zuviel noch zuwenig an Substanz enthält. Die Verdauungsanforderungen bei Muttermilchernährung sind aus diesem Grund weit ökonomischer als diejenigen des künstlich ernährten Flaschenkindes. Hauptsächlich abhängig vom Fettgehalt der Muttermilch, der von Mahlzeit zu Mahlzeit sowie von Mutter zu Mutter variieren kann, wirkt die Muttermilch stärker oder schwächer sättigend. Aufgrund dessen gibt das Baby sein Verlangen nach neuerlichem Stillen nach 3- oder 4stündiger Ruhe- und Verdauungspause durch Unruhe und Schreien unüberhörbar bekannt. Falls Sie nicht ganz sicher sind, ob Ihr Kind an der Brust auch wirklich satt wird, vielleicht weil es sich häufiger meldet und öfter schreit, können Sie sich mit Hilfe einer →Stillprobe, d.h. durch Wiegen des Kindes jeweils vor und nach der Mahlzeit, von der Ergiebigkeit Ihrer Brust ein genaues Bild machen.

Die Stuhlentleerungen des B. sind charakteristisch für dessen Ernährungsform. An ihnen kann man schon ersehen, ohne nähere Umstände zu kennen, daß sie von einem B. stammen (→Frauenmilchstuhl). Vgl. auch →Absetzen von der Brust, →Abstillen, →Abstilldyspepsie, →Anlegen an die Brust (Technik), →Anlegen, erstes, →Beikost, →Brust, mütterliche, →Brustkind, Nahrungsbedarf, →Brustmilchmangel, →Brustpflege, →Brustwarzen, →Brustwarzenschrunden, →Einschießen der Brustmilch, →Ernährung, natürliche, →Frauenmilch, →Fütterungszeiten, →Mutter-Kind-Beziehungen, →Stillprobe, →Trinkschwierigkeiten (an der Brust), →Zwiemilchernährung

Brustkind, Nahrungsbedarf

Nach praktischer Erfahrung trinkt der gesunde Säugling an der normal milchgebenden mütterlichen Brust in den ersten Lebenswochen täglich durchschnittlich etwa 20 % (= 1/6 bis 1/5) seines Körpergewichts. Von der Mitte des 2. Lebensvierteljahres an 14 bis 16 % (= 1/7 bis 1/6) und im 2. Halbjahr 12 bis 13 % (= 1/8) des Gewichts.

In runden Zahlen ausgedrückt, verzehrt er im 1. Monat täglich etwa 500 bis 600 ml, im 2. täglich etwa 700 bis 900 ml, im 3. täglich etwa 900 ml, vom 4. an täglich etwa 1000 ml Muttermilch. Pro kg Körpergewicht berechnet, sind dies im 1. Vierteljahr reichlich 150 ml, im 2. etwas weniger, im 3. etwa 120 bis 130 ml täglich.

Wenn man von der Annahme ausgeht, daß der natürliche Nahrungstrieb und Instinkt die Nahrungszufuhr insgesamt dem wahren Bedürfnis entsprechend regelt, dann können die genannten Zahlenwerte als Grundlage der Ermittlung des tatsächlichen Nahrungsbedarfs des Brustkindes angesehen werden. Natürlich kann und darf es im Einzelfall Abweichungen geben. Solche sind nicht allzu selten; ihre Ursachen liegen z.T. im mehr oder weniger großen Fettgehalt der Milch, in der Gängigkeit der Mutterbrust und in Eigenheiten des Kindes (lebhafte, unruhige Kinder haben meist einen etwas größeren Bedarf als ruhige, friedliche Babys, kranke einen anderen als gesunde usw.). Deshalb ist letztlich nicht die absolute Trinkmenge, sondern der Ernährungserfolg entscheidend. Er zeigt sich im Allgemeinverhalten und am Aussehen des Kindes, kann aber auch mit Hilfe der Gewichtskurve und regelmäßigem Wiegen gut objektiv beurteilt werden (→Gedeihen).
Vgl. auch →Flaschenkind, Nahrungsbedarf, →Neugeborenes, Nahrungsbedarf, →Stillprobe, →Zwiemilchernährung

Brustmilchmangel

Hypogalaktie; Folge von Minderleistung und Unergiebigkeit der mütterlichen Brustdrüse. B. zeigt sich in zwei verschiedenen Erscheinungsformen:

1. *Verzögertes und verspätetes →Einschießen der Brustmilch:*
   Zu Beginn des Stillens kann es infolge von verzögerter Milchbildung und hinausgeschobenem Einschießen der Brustmilch zu einem anfänglichen, vorübergehenden B. kommen. Genaugenommen ist diese Variante der Hypogalaktie in Wirklichkeit kein echter B. Aber diese Situation wird oft und zu vorschnell als ein solcher gedeutet. Das führt u.U. dazu, daß weitere Versuche des Stillens vorzeitig aufgegeben werden, obwohl gerade bei dieser Form des B. allein das Beharren und geduldige Zuwarten zum sicheren Erfolg führen kann: Es ist leider immer noch zu wenig bekannt, daß der Beginn des Einschießens der Milch sich bis zum 6. Tag und zuweilen sogar noch länger hinauszögern kann. Gelegentlich kommt es sogar vor, daß sich die Milchbildung trotz beharrlichen Anlegens erst nach zwei, drei oder vier Wochen so weit steigert, daß das Baby auch ausreichend satt wird. So wird erklärlich, daß in solchen Situationen nur wenige Mütter die notwendige Geduld und die hartnäckige Zielstrebigkeit aufbringen, um doch noch volle Stillfähigkeit zu erreichen, und leider meist vorzeitig kapitulieren.
   Wenig beachtet wird auch, daß der durch saugschwache und »trinkfaule« Babys ausgeübte Saugreiz schon unter normalen Verhältnissen, erst recht aber bei anfänglich träger Absonderung der Brust oft nicht ausreicht, um die Milchabsonderung gehörig und schnell in Gang zu bringen.
2. *Vorzeitiger Rückgang der Milchbildung:*
   Bei Brüsten, die von vornherein wenig Milch abgeben, ist ein vorzeitiger Rückgang der Milchbildung häufig. Aber auch bei bereits ausreichenden Milchmengen kommt es vor, daß diese sich allmählich vermindern. Am häufigsten geschieht dies gegen Ende des 2. Monats, vor allem dann, wenn die Mutter zu früh wieder voll berufstätig wird. Manchmal fällt spätes Einschießen der Milch mit einer frühzeitigen Entlassung aus der Entbindungsklinik zusammen. Dann ist die Mutter zumeist gezwungen, noch ehe die Milchbildung voll in Gang gekommen ist, Haushaltsarbeit zu leisten. Die Versorgung des Haushalts, des Babys und das Stillen zugleich können dann u.U.

die Kräfte der Mutter so in Anspruch nehmen, daß die Milchbildung schnell nachläßt.

Erfahrungstip:
Sorgen, Probleme, hohe Arbeitsbeanspruchung und Versagensangst sind Feinde des Stillens. Auf der anderen Seite bedeutet Selbstvertrauen und die Überzeugung, das eigene Baby an der Brust ausreichend sättigen zu können, die Öffnung Ihrer eigenen Milchquelle! Zweifeln Sie also nie von vornherein an Ihrer vollen Fähigkeit zum Stillen. Mit nachhaltigem Anlegen, regelmäßigem Abpumpen oder Abdrücken von in der Brust verbliebenen Milchresten nach dem Anlegen (→Abdrücken der Brustmilch, →Abpumpen der Brustmilch), durch Vermeidung übermäßiger Arbeitsbelastung, Einschaltung von Ruhepausen, durch vernünftige, vielseitige Ernährung (aber kein Übermaß von Milch!) und normales Selbstvertrauen ist fast jede Mutter fähig, ihr Kind ganz oder wenigstens teilweise zu stillen.

Beachten Sie: Auf Brusternährung und Stillen sollte eigentlich nur nach sehr sorgfältiger Prüfung der Situation durch Arzt oder Hebamme und niemals ohne schwerwiegende Gründe ganz verzichtet werden.
Vgl. auch →Anlegen an die Brust (Technik), →Anlegen, erstes, →Brust, schwergehende, →Brustkind, Nahrungsbedarf, →Einschießen der Brustmilch, →Menstruation der Stillenden, →Milchbildung, mütterliche, →Stillfähigkeit, →Stillfehler, →Stillhindernisse, →Stillprobe

Brustpflege

In der Schwangerschaft und während der Stillperiode erfordert die B. besondere Aufmerksamkeit.

Die B. vor der Geburt des Babys besteht im wesentlichen aus Maßnahmen, mit denen eine Abhärtung der Haut, besonders des Brustwarzenbereichs erreicht wird. Dazu gehören: Abwaschungen mit kaltem Wasser morgens und abends, Luftbäder, vorsichtige Sonnenbestrahlung, vermehrte Betätigung der Brustmuskulatur (besonders geeignete Turnübungen sind z.B. Armbewegungen wie beim Bügeln, Wäscheaufhängen und Kehren), leichte Brustmassage und Vermeidung zu enger oder die Brust zu stark hebender Bekleidungsstücke. Alkohol- bzw. Franzbranntweinabwaschungen der Brustwarze sind dagegen nicht angebracht, weil sie der Haut viel Fett entziehen und sie spröde und rissig machen.

Die B. der Stillenden richtet sich hauptsächlich auf die Vorbeugung der →Brustdrüsenentzündung. Deshalb steht hier peinliche Sauberkeit im Vordergrund: Sorgfältiges Händewaschen vor jedem Anlegen und überhaupt vor jeder Berührung der Brust ist notwendig. Dies gilt natürlich auch für Familienangehörige und Pflegepersonen. Im übrigen wird die Brust morgens und abends wie sonst auch mit Seife gewaschen. Sie jedoch vor und nach jedem Anlegen mit klarem Wasser abzuwaschen, ist eine Ermessensfrage. Es hat sich nämlich als zweckmäßig herausgestellt, nach jedem Stillen etwas Milch einfach an den Brustwarzen antrocknen zu lassen. Einen besseren Schutz gegen das Eindringen von Krankheitserregern als diese natürliche »Versiegelung« gibt es kaum.

Feuchtigkeitsundurchlässige Stoffe und Gummieinlagen im Büstenhalter sind dagegen sehr unzweckmäßig, weil längere Feuchtigkeitseinwirkung bei gleichzeitigem Luftabschluß zu Erweichung der Hautoberfläche führt und die Keimbesiedlung begünstigt (Mastitisgefahr!). Geeignete Stillbüstenhalter sind so beschaffen, daß sie ein Einlegetuch aufnehmen und zugleich die schwerer werdenden Brüste stützen. Sie dürfen

aber weder allzusehr einengen noch allzusehr anheben, weil beides die Milchbildung vermindert.
Vgl. auch →Brust, mütterliche, →Brustdrüsenentzündung, →Brustwarzenschrunden, →Milchauffänger, →Milchfluß, unfreiwilliger

Brustscheu →**Trinkschwierigkeiten**

Brustsuchen →**Saugreflex**

Brustwarzen

Mamillen; diejenigen runden, dunkel pigmentierten Teile in der Mitte der Brüste, aus denen sich die Milch entleert. Sie sind vom sog. Warzenhof umgeben. Die B. sind individuell unterschiedlich groß und unterscheiden sich auch bezüglich ihrer Aufrichtungsfähigkeit (Erektion) und Berührungsempfindlichkeit. Dagegen sind Formabweichungen der B. nicht übermäßig häufig und haben, vor allem wenn sie nicht allzu schwerwiegend sind, für die Funktion keine allzu große Bedeutung (Abb.).

Solche Formabweichungen sind:

Flachwarzen, d.h. Warzen mit mangelnder oder ganz fehlender Aufrichtungsfähigkeit. Sie liegen im Niveau der Brüste und überragen sie nicht. Beim ersten Kind kann es sein, daß sie ihm das Fassen der Brust erschweren, doch überwinden kräftig saugende Babys dieses Hindernis gewöhnlich leicht. Lediglich schwächer saugende oder frühgeborene Kinder können dadurch ernstlich am Saugen behindert werden, vor allem dann, wenn die Brüste gleichzeitig sehr straff und prall sind. Mitunter gelingt es, die B. bei Verwendung eines →Saughütchens oder einer →Milchpumpe besser aufzurichten. Auf diese Weise lassen sich die B. manchmal auch leichter waschen und säubern. Ab und zu erleichtern die Saughütchen bei schlecht faßbaren B. auch das Trinken des Kindes. Allerdings haben manche Frauen und ihre Babys auch dabei gewisse Schwierigkeiten.

Normale Warze in Ruhe — Normale Warze aufgerichtet — Flachwarze

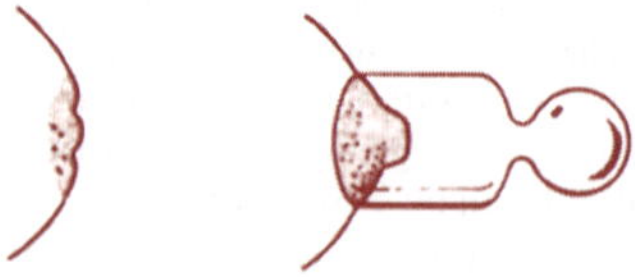

Hohlwarze — Flachwarze, aufgerichtet mit Hilfe einer Milchpumpe

Bei den sog. *Hohlwarzen* ist die Warzenspitze nach innen gezogen und damit weder faßbar noch aufrichtbar. Sie können das Stillen zuweilen beträchtlich erschweren, allerdings nur während der ersten Stilltage. Sobald das Baby eine gewisse Übung im Fassen der Brust gewonnen hat, treten auch die Hohlwarzen noch recht gut aus ihrer Versenkung heraus. Es ist sogar möglich, daß sie nach 1 bis 2 Wochen von selbst in der normalen Stellung verbleiben. Auch hierbei kann die Anwendung eines Saughütchens (oder einer Milchpumpe) vor dem Anlegen das Stillen erleichtern. Allerdings gibt es, wenn auch selten, so tief eingesunkene Hohlwarzen, daß sie sich mit keinem Hilfsmittel herausbringen und aufrichten lassen.

Ein Großteil der Babys erlernt es aber auch in diesen Fällen, die ganze Brustkuppe zu fassen und doch noch genügend Milch zu bekommen.

Das wichtigste »Heilmittel« bei fast allen Formen nicht normaler Warzenbildung, soweit sie sich zunächst als scheinbar unüberwindliches Stillhindernis auswirken, ist das ganz konsequent durchgeführte und geduldig wiederholte Anlegen. Die meisten der geschilderten Schwierigkeiten treten überhaupt nur beim erstgeborenen Baby auf.

Bei ungewöhnlich gesteigerter Berührungsempfindlichkeit der B., die zuweilen so stark sein kann, daß das Fassen und Saugen des Kindes größtes Mißbehagen bei der Mutter hervorruft, muß manchmal durch Einreibung mit einer die Empfindlichkeit herabsetzenden Creme Abhilfe geschaffen oder gleichfalls zum Saughütchen gegriffen werden. In diesem Fall sollte aber vorher der Arzt konsultiert werden.

Vgl. auch →Brust, schwergehende, →Milchauffänger, →Saughütchen, →Stillhindernisse

Brustwarzenschrunden

Brustwarzenrhagaden; kleine, meist recht schmerzhafte, manchmal auch leicht blutende Einrisse der Haut der Brustwarzen.

B. entstehen besonders leicht bei Frauen mit zarter Haut. Für ihre Entstehung wirken sich überlanges Saugen des Babys an der Brustwarze sowie eine zu tiefe Lagerung des Kindes beim Anlegen begünstigend aus. Dadurch ist das Kind gezwungen, die Brustwarze besonders intensiv nach unten zu ziehen. Auch zwischen den Stillzeiten ständig absickernde, kleinere Milchmengen (→Milchfluß, unfreiwilliger) können zum Aufweichen der Warzenhaut führen und damit den Boden für die Schrundenbildung bereiten. Hierbei ist die Verwendung eines sog. →Milchauffängers zwischen den Mahlzeiten prophylaktische Brustwarzenpflege!

Beim Saugen des Kindes an der wunden Brustwarze tritt meist ein so starker Schmerz auf, daß weiteres Stillen unmöglich werden kann.

Jede B. kann zur Eintrittspforte für bakterielle Infektionen werden, d. h. zu einer →Brustdrüsenentzündung führen. Deshalb ist die Verhütung von B. zugleich Vorbeugung von Brustdrüsenentzündung. B. dürfen wegen der Gefahr für das absondernde Brustdrüsengewebe nicht unbehandelt bleiben. Mit vom Arzt anzuwendenden geeigneten Tinkturen, Pudern und Salben wird ihre Abheilung beschleunigt. In manchen Fällen ist es notwendig, das Baby bis zur vollständigen Abheilung der B. entweder abzusetzen und die Milch abzupumpen oder sich ein →Saughütchen zu beschaffen und dieses beim weiteren Stillen bis zur Abheilung der B. zu verwenden.

Erfahrungstip:
Um Ihre Brustwarzen vor solchen Einrissen zu bewahren, ist es notwendig, daß Sie die Dauer des Anlegens auf das Notwendigste begrenzen: Legen Sie Ihr neugeborenes Baby während der ersten 3 Tage bei jeder Mahlzeit nicht länger als 5 Minuten an, 10 Minuten am 4. Tag, 15 Minuten am 5. Tag und schließlich am 6. Tag höchstens 20 Minuten. Diese Stillzeit sollten Sie dann möglichst nicht überschreiten, vorausgesetzt, das Baby ist gesund und verhält sich normal.

Sehr sinnvoll ist es, wenn Sie die Brustwarzen schon während der Schwangerschaft auf die kommende Belastung gut vorbereiten (Waschungen mit kaltem Wasser, leichte Massage).

Vgl. auch →Brustpflege, →Saughütchen

Brustwickel

Der B. ist ein einfaches, althergebrachtes Hausmittel zur Behandlung von Erkältungskrankheiten (→Erkältung) und →Bronchitis. Ein B. kann in mehreren Formen angewendet werden:

So wird's gemacht:
Trockener B.: *Nach der Einreibung der Haut des Brustkorbs (→Brusteinreibun-*

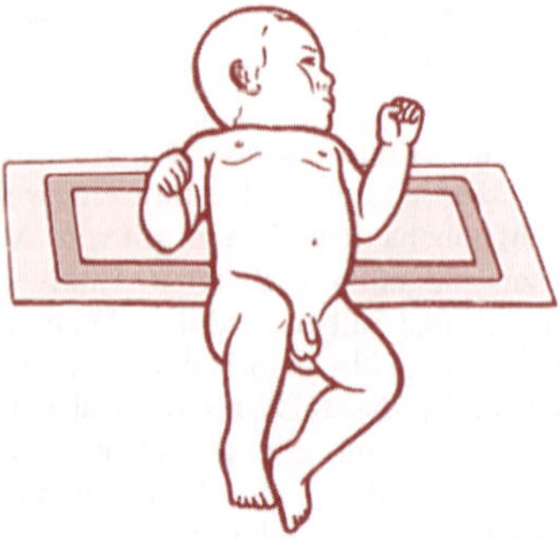

Anordnung und Reihenfolge der Umschlagtücher beim Wasserwickel. Soll dessen Wirkung besonders verstärkt werden, kann zwischen das feuchte innere Tuch und das äußere bedeckende Wolltuch u.U. noch eine wasserundurchlässige Einlage geschoben werden (dunkel gezeichnet)

gen) mit einem Balsam, einem Medikament oder auch einfacher Hautcreme legen Sie ein trockenes, leicht erwärmtes Moltontuch über Brust und Rücken und befestigen es mit Sicherheitsnadeln oder Band. Lassen Sie die Packung mindestens 1 Stunde oder länger wirken.

Lauwarmer Wasserwickel: Tauchen Sie ein der Länge nach gefaltetes Handtuch (oder eine Windel) in körperwarmes Wasser, drücken Sie es aus und legen es dann unterhalb der Achselhöhlen um den Brustkorb. Darüber kommt ein Molton- oder Wolltuch, das das feuchte Tuch vollkommen bedeckt und mit Sicherheitsnadeln gut befestigt werden muß (Abb.; Farbtafel). *Der Wickel bleibt 1/2 bis 1 Stunde liegen. Frottieren Sie anschließend die feuchte Haut des Brustkorbs sorgfältig ab. Zugluft vermeiden! Die Prozedur kann mehrmals täglich wiederholt werden.*

Warmer Wasserwickel: Ausführung wie oben, jedoch soll das verwendete Wasser höchstens so warm sein, daß man noch gut hineinfassen kann. Wickel dieser Art werden 2- bis 3mal in kurzen Abständen hintereinander angewendet. Zweckmäßig ist ein Wechsel nach jeweils 5 bis 10 Minuten. Nach Entfernung des letzten Wickels gut abfrottieren!

Die Prozedur wirkt bei stärkerem Reizhusten, auch bei →Keuchhusten zumeist deutlich hustenhemmend und beruhigend.

Vgl. auch →Brusteinreibungen

Brutkasten →Frühgeborenes, Frühgeburt

Büchsenmilch →Kondensmilch

Buggy

Ein sog. B. ist die moderne Version des früheren »Sportwagens« für ältere Babys und jüngere Kleinkinder, die bereits sicher sitzen können.

Das Gefährt besteht aus einem leichten, trotzdem stabilen Fahrgestell, hat beidseitig feststellbare Radbremsen, als

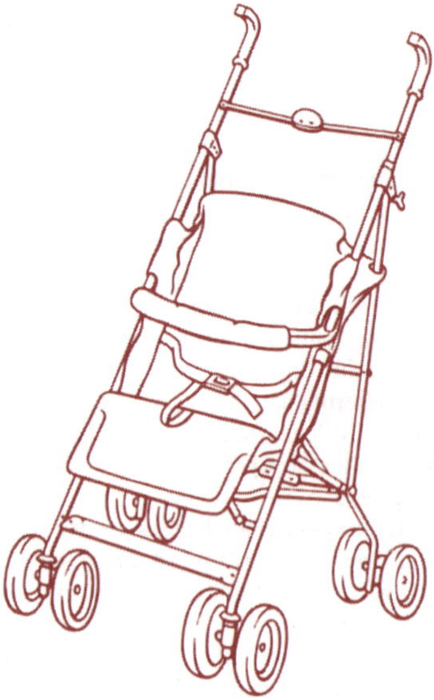

Schutz gegen das Herausfallen Sicherheitsgurte und ist mit praktischen Handgriffen gut steuerbar. Die Sitzhöhe des Kindes beträgt ca. 30 cm (bei herkömmlichen »Sportwagen« ca. 40 cm). Die besonders kleinen Räder sind so angeordnet, daß das Kind sie nicht mit den Händen erreichen kann (Abb.). Das B.-Grundmodell ist TÜV-geprüft und -zugelassen. Einige B.-Typen sind völlig zusammenklappbar und dann leicht wie ein Schirm über dem Arm tragbar, was vor allem für Reisen und bei engen Wohnungen von Vorteil ist.

Allerdings verfügen viele B. nur über eine einzige Sitzposition. Bei einer längeren Ausfahrt, z.B. im Urlaub, ist das nicht optimal. Entscheiden Sie sich daher beim Kauf eines B. unbedingt für ein Modell mit der Option einer Liegeeinstellung, in der das Kind z.B. auch ohne Probleme schlafen kann.

Vgl. auch →Ausfahren, →Kinderwagen

Buttermilch

B. ist ein Molkereierzeugnis, das bei der Verbutterung von Milch nach Abscheiden des Butterfettes anfällt. Nach den Molkereibestimmungen darf dabei die diesem sog. Butterungsgut zugesetzte Wassermenge nicht mehr als 10 % oder – falls Magermilch Verwendung findet – nicht mehr als 15 % des anfallenden Erzeugnisses betragen. Reine B. ist B. ohne Zusatz von Wasser oder Magermilch zum Butterungsgut. Sie enthält höchstens zwischen 0,1 und 1,0 %, im Mittel 0,3 % Fett.

B. ist besonders wegen ihrer Fett- und Milchzuckerarmut und ihres gleichzeitig hohen Eiweiß- und Salzgehalts ein gutes Diätetikum, das früher bei der Behandlung von Ernährungsstörungen von Babys eine wichtige Rolle spielte, heute allerdings diesbezüglich keine derartige Bedeutung mehr hat.

C

Calcium →Kalzium

Calmette-Guérin-Impfung →Tuberkuloseschutzimpfung

Camping →Reisen mit Babys und Kleinkindern

Chlamydien →Credé-Prophylaxe

Coombs-Test →Blutunverträglichkeit

Craniotabes →Kraniotabes

Credé-Prophylaxe

Vorbeugende Maßnahme zur Verhütung von Augeninfektionen bei Neugeborenen. Dabei werden dem Kind unmittelbar nach der Geburt ein Tropfen einer verdünnten Silbernitratlösung (Argentum nitricum 1%ig) oder Antibiotikatropfen in die Lidspalten geträufelt. So werden Infektionen der Augenbindehaut verhütet, die durch die Absonderungen des Geburtskanals und deren Bakterien verursacht sind.

Die C.-P. wird in Deutschland seit über 75 Jahren systematisch durchgeführt. Die gesetzliche Vorschrift zu ihrer Durchführung ist allerdings aufgehoben. Nach Befragung und Aufklärung der Eltern kann sie daher heute wahlweise durchgeführt werden.

Nach neueren Untersuchungen ist sie nach wie vor empfehlenswert, da bei frühzeitiger Durchführung auch ein Schutz der Bindehäute des Neugeborenen vor einer Chlamydieninfektion gewährleistet ist (Chlamydien werden in den Geburtswegen Schwangerer relativ häufig nachgewiesen).

Die C.P. hat dafür gesorgt, daß Erblindungen als Folge von Augeninfektionen, vor allem mit Gonokokken, den Erregern der Gonorrhö (Tripper), seither praktisch nicht mehr vorkommen. Vor allem die desinfizierend wirkenden Silbernitrat-Tropfen können zuweilen bei empfindlichen Neugeborenen leichte, vorübergehende Bindehautreizungen verursachen. Diese sind aber durchweg harmlos und klingen gewöhnlich nach kurzer Zeit wieder von selbst ab.

Cytomegalie →Zytomegalie

D

Darmblutung →Blutstuhl

Darmeinklemmung →Darmverschluß

Darmeinstülpung →Darmverschluß

Darmverschlingung →Darmverschluß

Darmverschluß

Ileus; eine besonders im Baby- und Kleinkindalter seltene, allerdings meist ganz plötzlich aus vollem Wohlbefinden heraus akut auftretende Verlegung oder Unterbrechung der Durchgängigkeit des Darmes an einer oder mehreren Stellen. Dieser Zustand ist stets lebensbedrohlich (Notfall!). Jedem Verdacht auf D. muß unverzüglich und konsequent nachgegangen werden. Jede Stunde ist kostbar, vielleicht lebensentscheidend, denn bei frühzeitiger Behandlung bestehen gute Aussichten, die Störung zu beheben.

Ein D. macht sich anfangs durch ganz plötzlich auftretende (man kann die Uhrzeit genau registrieren) Unruhe des Kindes, Schreien (aufgrund von heftigstem Bauchschmerz), Auftreibung des Bauches und Stuhlverhaltung bemerkbar. Manchmal kommt es auch zu Abgang von blutig durchsetztem Stuhl (→Blutstuhl) und zu einem sichtlichen Kräfteverfall. →Erbrechen von gallig-kotiger Flüssigkeit tritt gewöhnlich erst in späteren Verlaufsstadien hinzu.

Neben dem D., der durch ein Ineinanderschlüpfen von Darmteilen und Einstülpung eines höher gelegenen in einen tiefer gelegenen Darmabschnitt (Invaginationsileus) entsteht, kann auch eine Verdrehung von Darmabschnitten (Darmschlingendrehung, Volvulus) zum D. führen. Eine seltene Sonderform, die beim Neugeborenen vorkommt, ist der D. infolge einer krankhaften Eindickung und besonderen Zähigkeit des Kindspechs (Mekoniumileus). Nur sehr selten können auch im späteren Kindesalter verhärtete Kotballen bei schwerster Verstopfung zu einem D. führen.

Vgl. auch →Leistenbruch

Darmvorfall

Mastdarmvorfall; Austreten und Ausstülpung von Teilen des Enddarms aus der Afteröffnung.

Ein D. tritt bei entsprechender Veranlagung meist nach stärkerem Pressen beim Stuhlgang (infolge von Verstopfung oder bei Durchfall) auf. An der Afteröffnung sieht man dabei die fleischrote, feuchte, umgestülpte Darmschleimhaut, meist in Länge von einem bis mehreren Zentimetern. Ein D. kann sowohl ein einmaliges Ereignis sein, sich aber auch bei fast jedem stärkeren Stuhlpressen wiederholen. Zumeist gelingt es mühelos, wenn das Pressen aufhört, den vorgefallenen Darmabschnitt durch die Afteröffnung zurückzudrükken.

Wiederholt sich ein D. häufiger oder sogar regelmäßig bei stärkerem Stuhlpressen, dann kann eine Medikamenteneinspritzung im Afterbereich oder auch ein kleiner chirurgischer Eingriff diese Situation auf Dauer beheben. Auf jeden Fall ist es aber notwendig, einen D. stets unverzüglich zurückzubringen, weil sonst die zarte, empfindliche und leicht blutende Darmschleimhaut verletzt werden kann. Wenn dem D. eine schwere Verstopfung, Durchfall oder eine andere Erkrankungen ursächlich zugrunde liegen, müssen diese natürlich behandelt und beseitigt werden. Bei bestehender Neigung zu D. wirkt es vorbeugend und ist von Vorteil, wenn Sie das Kind nicht allzu lange auf dem Töpfchen sitzen lassen.

Erfahrungstip:
Erschrecken Sie nicht, wenn Sie zum ersten Mal einen solchen D. sehen. Bewahren Sie Ruhe! Denn zumeist gelingt es Ihnen mühe- und problemlos, den herausgetretenen Darmteil durch den After wieder zurückzudrücken. Sie benötigen dazu aber zumeist eine Hilfsperson: Ziehen Sie das auf dem Rücken liegende Kind an den gespreizten Beinen hoch, während die zweite Person gleichzeitig mit zarter (!) Hand und eingefetteten Fingern (Fettsalbe, Fett- oder Pflegecreme u.ä.) den Darm vorsichtig zurückdrängt. Für gewöhnlich gleitet er, besonders während einer Schreipause des Kindes, plötzlich in seine natürliche Lage zurück.

Daumenlutschen

Während des gesamten Baby- und Kleinkindalters ist zeitweises D. (oder Fingerlutschen) eher die Regel als die Ausnahme. Es ist deshalb zunächst als »normal« anzusehen. Da die Lippen des Babys sehr sensibel sind und sein Brustsuch- und →Saugreflex als die wichtigsten Funktionen seiner Existenzsicherung stark ausgebildet sind, ist es nicht verwunderlich, daß Saugaktivitäten nicht allein auf die mütterliche Brustwarze oder auf das Saugen an der Flasche beschränkt bleiben, sondern ebensogut auf andere naheliegende und gut zugängliche Objekte wie die eigenen Hände ausgedehnt werden. Manchmal kann D. beim Baby allerdings ein Zeichen für Hunger

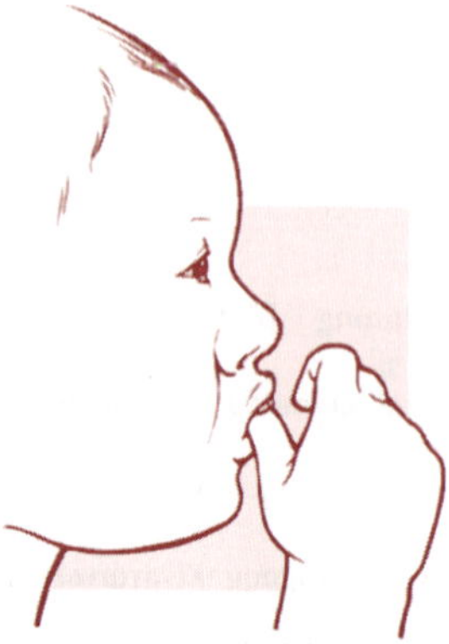

Langanhaltendes und intensives Daumenlutschen kann zu Kieferverformung und abnormer Zahnstellung führen (»Lutschgebiß«)

sein. Da aber D. auch ohne Nahrungsaufnahme offensichtlich Lust bereitet, kann es je nach Wesensart des Säuglings mehr und mehr die Bedeutung einer leicht zu bewerkstelligenden, lusterzeugenden und befriedigenden Betätigung auch ohne Nahrungsaufnahme gewinnen, die Langweile vertreibt und schlaffördernd ist.

Dem D. kommt nur dann eine besondere Bedeutung zu, wenn es weit über das Säuglingsalter hinaus als offensichtlicher Ersatz für gewünschte und nicht erreichbare Zärtlichkeit und Zuwendung beibehalten wird.

Die meisten Kinder geben das D. im Verlauf der ersten Lebensjahre von selbst wieder auf, nur wenige Kinder halten bis zum Schulalter beharrlich daran fest. In diesen Fällen entstehen häufig erhebliche Zahnstellungsabweichungen und Kieferverformungen (»Lutschgebiß«; Abb.), die dann im Schulalter wieder mühsam und unter erheblichem Kostenaufwand kieferorthopädisch beseitigt werden müssen. Auch sog. Lutschekzeme am betreffenden

Daumen oder Finger können hartnäckig sein und lassen sich nur mühsam behandeln.

Erfahrungstip:
Hartnäckigen Daumenlutschern sollte man besser einen →Schnuller geben, der später leichter als das D. abzugewöhnen ist.

Einige Autoren haben das Überziehen eines Fäustlings oder eines groben Leinensäckchens über die Hand zum Abgewöhnen des D. empfohlen. Die Erfolge damit sind aber zweifelhaft. Abschreckungsmethoden (wie z.B. die Geschichte vom Konrad im »Struwwelpeter«) sind aus heutiger Sicht psychologisch nicht mehr zu vertreten.
Vgl. auch →Einschlafgewohnheiten

Decke →Bettdecke

Dentition →Zahnung, normale

Dermatitis, atopische →Ekzem

Dermatitis solaris →Sonnenbrand

Desinfektionsmittel

D. sind keimabtötende oder das Bakterienwachstum hemmende chemische Substanzen, die gut hautverträglich sind und damit benetzte Gegenstände (Wäsche, Waschschüssel, Badewanne, Instrumente u.a.) materiell nicht angreifen. D. dürfen niemals zugleich mit Seife verwendet werden, weil Seife u.U. ihre Desinfektionskraft herabsetzen kann.

Während des Wochenbetts, vor allem aber in der Entbindungsklinik, wo viele Babys aus verschiedenen Familien eng beieinander liegen und versorgt werden, ist eine sehr exakte und strenge Desinfektion besonders der Hände der pflegenden Personen notwendig. Dazu sind vor allem spezielle Händedesinfektionsmittel geeignet (lassen Sie sich vom Apotheker bei der Wahl des geeigneten D. beraten). Neben den Händedesinfektionsmitteln gibt es außerdem Flächen- und Raumdesinfektionsmittel, wobei die Raumdesinfektion (sog. Schlußdesinfektion) von einem amtlich zugelassenen Desinfektor durchgeführt wird.

D. sollen und müssen auf jeden Fall zweckgebunden, zielgerichtet und sparsam angewendet werden. Vor jeder Anwendung eines neuen, bisher unbekannten D. sollten Sie unbedingt die Gebrauchsanweisung sorgfältig lesen.

Generell befinden sich alle derzeit verfügbaren D. in stetiger Weiterentwicklung. Sie unterliegen einer ständigen strengen Prüfung auf Eignung und eventuelle Gefährdungspotentiale für Mensch und Umwelt.

Eßgeschirre und Eßbestecke, Flaschen und Sauger müssen nicht chemisch mit D. desinfiziert, sondern können durch einfaches Auskochen (10 Minuten im sprudelnden Wasser) oder durch Entkeimung im Dampftopf (Vaporisieren) keimfrei gemacht werden. Wertet man die im Haushalt üblichen Entkeimungsverfahren, die Auskoch-Methode, die Heiß-Desinfektions-Methode (mit dem Vaporisator) und die chemische Kalt-Desinfektions-Methode (oft fälschlicherweise Kalt-Sterilisations-Methode genannt) nach Kriterien aus, die am Infektionsschutz, der Materialverträglichkeit und Produktsicherheit orientiert sind, dann schneidet die Heiß-Desinfektions-Methode mit dem Vaporisator besonders gut ab. Das auf dem Prinzip der Abtötung der Erreger mit heißem Wasserdampf beruhende Verfahren hat alle Vorzüge einer thermischen Desinfektion: Es tötet die in Betracht kommenden Krankheitserreger auch ohne Einwirkung von Chemikalien ab. Durch die automatische Zeitsteuerung moderner Vaporisatoren wird kein Übermaß an Energie verbraucht. Dadurch werden Sauger und Kunststoff nicht mehr als notwendig erhitzt, und die Materialien werden nicht überstrapaziert.

Dextrose →**Traubenzucker**

Diät

Das Wort D. kommt aus dem Griechischen und heißt eigentlich Lebensweise. Gemeint ist damit im kinderärztlichen und allgemeinen medizinischen Sprachgebrauch eine Ernährung, die an die speziellen Bedürfnisse eines Patienten angepaßt ist. Zur Orientierung kann man folgende D.formen unterscheiden:

Sog. Schonkost: Besonders leicht verdauliche Kost, die bei reduziertem Allgemeinzustand empfohlen wird und auch bei geringerem Kalorienverbrauch (z.B. bei Einhalten von Bettruhe) sinnvoll ist.

Reduktionskost: Diät mit Verringerung der Nahrungsmenge und damit der Energiezufuhr. Sie wird aus verschiedenen medizinischen Gründen, zumeist mit dem Ziel der Herabsetzung des Körpergewichts bei Übergewicht, verordnet.

Spezialdiäten: Durch sie werden gezielt bestimmte, u.U. krankmachende Nahrungsanteile aus der Ernährung eliminiert. Z.B. können einige Zuckerarten (Fruchtzucker, →Milchzucker) bei Durchfallerkrankungen (→Durchfall, akuter) nicht oder nur eingeschränkt vertragen und müssen in der Kost daher vermieden werden. Bei Diabetes mellitus (Zuckerkrankheit) erfolgt die Zufuhr von Kohlenhydraten, Eiweißen und Fetten ebenfalls im Sinne einer gezielten Spezialdiät. Auch bei einigen Erkrankungen der Leber, der Nieren, der Bauchspeicheldrüse sowie bei einigen angeborenen Stoffwechseldefekten können diese Diäten erforderlich sein und müssen im Einzelfall sogar ganz strikt und konsequent eingehalten werden, um →Ernährungsfehler zu vermeiden.

Diphtherie

Durch D.-Bazillen verursachte, selten gewordene Infektionskrankheit. Die D. kann – allerdings äußerst selten – auch schon bei Neugeborenen durch Übertragung von D.-Erregern aus der unmittelbaren Umgebung des Kindes (auf dem Weg der sog. »Tröpfcheninfektion« oder »Schmierinfektion« (über die Nabelwunde) nach einer Ausbrütezeit (Inkubation) von 2 bis 5 Tagen auftreten.

Auf demselben Übertragungsweg entsteht die typische Rachen-D. der Kleinkinder, bei der eigenartig riechende, flächenhafte weißliche Beläge auf den Mandeln, den Gaumenbögen, dem Zäpfchen und an der Rachenwand entstehen. Die Lymphknoten des Halses schwellen dabei schmerzhaft an und werden im Kieferwinkel tast- und sichtbar.

Vor allem Babys sind es, die mitunter an einer D. der Nasenschleimhaut erkranken können. Sie zeigt sich in Form von Schnupfen mit blutig borkigem Sekret. Lokalisiert sich die D. im Kehlkopfbereich, dann entwickelt sich oft eine mehr und mehr beengende Atemnot mit Stimmlosigkeit (→Atmung, gestörte).

Die Behandlung der D. und die notwendige Isolierung von D.-Kranken sollte wegen des meist schweren Verlaufs der Krankheit und ihrer Komplikationen in einer Kinderklinik erfolgen.

Die D. gehörte noch vor 50 Jahren zu den häufigen und mit Recht sehr gefürchteten, lebensgefährlichen Kinderkrankheiten (»Würger der Kinder«). Heute kommt sie wegen der vorbeugenden, allgemein praktizierten →D.-Schutzimpfungen kaum noch vor.

Vgl. auch →Diphtherie-Schutzimpfung, →Impfkalender

Diphtherie-Schutzimpfung

Wichtigste vorbeugende Impfmaßnahme zur Verhütung einer Erkrankung an →Diphtherie. Zwar ist die D.-S. nicht

	Diphtherie
Ansteckungsfähigkeit von Mensch zu Mensch (Infektiosität)	mäßig; gewöhnlich bis zu 2 Wochen nach Krankheitsbeginn vorhanden; bei antibiotischer Behandlung 3 bis 4 Tage; Zweiterkrankungen innerhalb der Familie nicht häufig
Übertragungsweise	Direktkontakt, Tröpfcheninfektion
Inkubationszeit	2 bis 5 Tage (gelegentlich länger)
Absonderungszeit	Wiederbesuch von Kindergarten und Schule nach dem Abklingen der Krankheitserscheinungen und nach 3 nacheinander abgenommenen negativen Abstrichen (Rachen oder Nase)
Schlußdesinfektion	erforderlich
Vorbeugung	Diphterie-Schutzimpfung (→Impfkalender) 3mal im 3., 4. und 5. Lebensmonat
Meldepflicht bei Erkrankung	

mehr gesetzlich vorgeschrieben, doch in der Regel z.B. Vorbedingung dafür, daß Kinder in Kindergärten und Kinderheimen aufgenommen werden können. Abgesehen davon ist sie jedoch schon wegen der großen Gefährlichkeit einer Diphtherieerkrankung allgemein und grundsätzlich dringend anzuraten, zumal es praktisch keine Gegengründe oder durch sie verursachte Komplikationen gibt.

Die Impfung wird heute nach den Empfehlungen der Ständigen Impfkommission (STIKO) zunehmend im Rahmen einer sog. →Sechsfachimpfung durchgeführt. Dabei wird mit einer Injektion (nur ein einziger kleiner »Pieks«) gleichzeitig gegen →Diphtherie, →Wundstarrkrampf (Tetanus), →Haemophilus influenzae b-Infektionen (eitrige Hirnhautentzündung und Kehldeckelentzündung), →Keuchhusten (Pertussis), infektiöse Gelbsucht (Hepatitis B) und →Kinderlähmung (Poliomyelitis) geimpft. Die Impfung verursacht gewöhnlich keine nennenswerten Reaktionen. Eine allenfalls einmal auftretende Rötung und Schwellung für ein bis zwei Tage an der Impfstelle (Oberarm oder Oberschenkel) ist harmlos und läßt sich mit kühlenden Umschlägen schnell beheben. Nach der Impfung können Sie das Kind unbedenklich baden.

Die D.-S. wird nach dem Impfkalender planmäßig im 3., 4. und 5. Lebensmonat durchgeführt und dann im 2. Lebensjahr und evtl. zur Auffrischung des Impfschutzes bei Schulbeginn nochmals wiederholt (→Mehrfachimpfung). Über den günstigsten Impftermin informieren Sie sich am besten im Stichwort →Impfkalender.

Die segensreiche Wirkung der D.-S. ist unübersehbar und über jeden Zweifel erhaben, ist ihr doch zur Hauptsache zu verdanken, daß die gefährliche Diphtherie in allen westlichen Industriestaaten praktisch verschwunden ist.
Vgl. auch →Diphtherie, →Fünffachimpfung, →Impfkalender, →Mehrfachimpfung, →Sechsfachimpfung

Disposition

Fachausdruck für eine vorhandene Erkrankungsbereitschaft, Anfälligkeit oder Empfänglichkeit für bestimmte Krankheiten. Eine D. kann zeitweise oder ständig vorhanden sein und ebenso auch im Verlauf des Lebens kommen und gehen. Allgemein dispositionsmindernd wirken vor allem optimale Ernährung, ausreichender Schlaf, ausgeglichene Stimmungslage, systematische →Abhärtung sowie spezielle Schutzimpfungen.
Vgl. auch →Impfungen

Dosenmilch, homogenisierte →Kondensmilch

Dreifachimpfung →Mehrfachimpfung

Dreifachlebendimpfung →Mehrfachimpfung

Dreimonatskoliken

Trimenonkoliken; bei Babys in den ersten drei Lebensmonaten nicht allzu seltene, anfallsartige Zustände von offensichtlichem Bauchschmerz. Dabei schreit das Kind ungewöhnlich heftig, verweigert die Flasche, unterbricht das Trinken oder läßt die Brust los. Manchmal krümmt sich das Baby sogar krampfartig, ähnlich wie bei einer Bauchkolik. Bevorzugt treten solche Zustände abends (»Abendkoliken«), während einer Mahlzeit, manchmal aber auch während der Nacht auf.

Es wird angenommen, daß derartige Bauchschmerzattacken, die meist nur kürzere Zeit anhalten und gewöhnlich von selbst wieder abklingen, durch Blähungen (sog. versetzte Winde) und verstärkte (schmerzhafte) Darmbewegungen, in manchen Fällen möglicherweise auch durch zu hastiges Trinken und verstärktes →Luftschlucken ausgelöst werden.

Diese ihrem Wesen nach harmlosen Anfälle können die Eltern infolge ihrer Häufigkeit und schwierigen Beeinflußbarkeit oft zur Verzweiflung bringen. Die Besorgnis ist aber unbegründet, denn die betroffenen Babys lassen auch bei genauester körperlicher Untersuchung durch den Arzt keinen krankhaften Befund erkennen, sind also gesund und nehmen dementsprechend auch regelmäßig an Gewicht zu.

In den allerwenigsten Fällen ist eine grundlegende Änderung des Nahrungsangebots notwendig, zumal die D., wie ihre Bezeichnung besagt, zum Zeitpunkt des Übergangs auf Breikost meist von selbst aufhören.

Erfahrungstip:
In manchen Fällen können Sie dadurch Abhilfe und Linderung erreichen, daß Sie bei der Bereitung der Flaschennahrung →Fencheltee anstelle von Wasser zum Auflösen des Milchpulvers verwenden oder der Nahrung ein Präparat zur Entschäumung und Bindung verschluckter Luft (z.B. Espumisan, Lefax, Sab simplex) nach Empfehlung des Kinderarztes hinzugeben.

Im akuten Schmerzzustand können bereits Lageänderung, geduldiges Aufstoßenlassen (→Aufstoßen) und/oder leichtes Massieren des Bäuchleins schnelle Linderung bewirken. Ist diese eingetreten, trinken die Babys zumeist wieder so, als sei nichts gewesen.

Vgl. auch →Aufstoßen, →Bauchschmerz, →Blähungen, →Schreien, nächtliches

Dreitagefieber

Exanthema subitum; harmlose, durch Viren verursachte Infektionskrankheit, die praktisch nur bei Säuglingen und Kleinkindern (bis zum 4. Lebensjahr) auftritt. Die Inkubationszeit beträgt 7 bis 14 Tage. Typisch für sie ist, daß nach einer dreitägigen Fieberperiode (→Fieber), die gewöhnlich ohne nennenswerte Krankheitszeichen verläuft, die Körpertemperatur rasch auf normale oder sogar unternormale Werte absinkt. Gleichzeitig damit tritt am Rumpf, seltener auch im Gesicht und an den Gliedmaßen, ein feinfleckiger, hellroter Hautausschlag auf. Dieser erinnert sehr an →Röteln und wird deshalb auch oft damit verwechselt. Eine spezielle Behandlung erübrigt sich, insbesondere ist eine Antibiotikabehandlung nicht angezeigt. Eine Isolierung ist nicht vorgeschrieben und nicht erforderlich.

Beachten Sie bitte: In der Phase rascher Schwankungen der Körpertemperatur (schneller Anstieg oder Abfall der Körpertemperatur) besteht das Risiko eines →Fieberkrampfs!

Die überstandene Krankheit hinterläßt lebenslängliche Immunität.

Vgl. auch →Hautausschlag

Drüsenschwellung →Lymphknotenschwellung

Dunstverband, feucht-warmer →Mittelohrentzündung

Durchfall →Brechdurchfall, →Durchfall, akuter, →Ernährungsstörungen

Durchfall, akuter

Darmkatarrh, Darminfektion, akute Enteritis; der Magen-Darm-Trakt ist während der gesamten Säuglingszeit, besonders jedoch in den ersten Lebensmonaten, vergleichsweise empfindlicher und krankheitsanfälliger als später. Seine normale Funktion kann er nur dann erfüllen, wenn ihm eine verträgliche Nahrung in altersgemäßer Qualität und Quantität angeboten wird.

Schneller Nahrungswechsel, Unregelmäßigkeiten der Nahrungszufuhr und unsachgemäße Nahrungszusammensetzung sowie Infektionskrankheiten, besonders solche des Magen-Darm-Kanals, können einen a. D. verursachen. Am häufigsten sind es Infektionen mit krankmachenden Viren (meist Rotaviren) oder Bakterien. Aber auch →Infekte an anderer Stelle des Körpers (obere Luftwege, Mittelohr, Bronchien, Lungen, Harnwege) können eine akute Durchfallsituation herbeiführen. Ganz oder wenigstens zum Teil gestillte Kinder erkranken durchschnittlich seltener an einem a. D. als nichtgestillte. Die schwerste Form eines a. D. ist die akute Gastroenteritis, der →Brechdurchfall.

Hauptmerkmale eines a. D. sind:
Vermehrte Entleerung von wäßrigen, ständig dünner werdenden, oft grün gefärbten und spritzend entleerten Stühlen (→Stuhlbeschaffenheit). Den wäßrigen Anteil des Durchfalls erkennt man am Wasserhof in der Windel um die festen Stuhlbestandteile (von einem Durchfall zu unterscheiden ist der sogenannte →Frauenmilchstuhl gestillter Babys, der zwar auch weich, evtl. sogar dünn, jedoch nicht vermehrt wasserhaltig ist). Trinkunlust oder →Appetitlosigkeit, →Erbrechen, evtl. →Fieber und relativ schneller Gewichtsverlust bei a.D. deuten auf einen schweren Verlauf hin, der bereits in kurzer Zeit Notfallcharakter erreichen kann. Schon am ersten oder zweiten Krankheitstag kann die Gesäßhaut wund (→Wundwerden) und schmerzhaft werden. Viele Eltern bemerken, daß dem eigentlichen a. D. häufig ein kurzes Stadium von schlechtem Aussehen und Verminderung des Appetits vorausgeht und daß sich die kommende Störung mitunter bereits

durch eine leicht erhöhte Körpertemperatur ankündigt. Manchmal kann mehrfaches Erbrechen dem später auftretenden Durchfall um Stunden vorausgehen.

Erfahrungstip

Jeder a. D. bei Babys ist ein dringender Grund, den Arzt aufzusuchen. Dies aber vor allem dann, wenn

- ein Baby länger als 6 Stunden mehrfache, wäßrige Stuhlentleerungen hat,
- unabhängig vom Alter gleichzeitig Erbrechen und hohes Fieber vorhanden sind,
- das Kind dabei ungenügend trinkt, Bauchschmerzen hat sowie matt und krank wirkt,
- das Kind schon länger als 6 Stunden keinen Urin mehr ausgeschieden hat, die Mundschleimhaut und/oder Zunge sehr trocken sind und auch die Haut Austrocknungszeichen zeigt (→Austrocknung, →Gewebsspannung).

Verlieren Sie bei einem a. D. keine Zeit! Ein schwerwiegender Flüssigkeitsverlust stellt sich bei Babys innerhalb weniger Stunden ein und führt zu einem u.U. lebensbedrohlichen Krankheitsbild. Stellen Sie Ihr Kind mit a. D. und Erbrechen daher lieber früher als zu spät bei einem Arzt vor, und zwar jederzeit, also auch nachts. Versuchen Sie wiederholt, Ihrem Kind Flüssigkeit in kleinen Mengen anzubieten (Stillen, verdünnte Säuglingsmilch, ggf. zusätzlich auch etwas dünnen schwarzen →Tee oder →Fencheltee).

Während heutzutage alle schweren Fälle von a. D. schon aus pflegerischen, therapeutischen und diätetischen Gründen besser in der Klinik behandelt werden sollten, kann in engem Zusammenwirken mit dem Arzt bei leichteren Fällen das Kind auch zu Hause behandelt werden. Dabei wird im Prinzip so vorgegangen, daß diejenigen Bestandteile der Nahrung, welche die Durchfallsymptomatik aufrechterhalten oder sogar verstärken können, für eine gewisse Zeit nicht oder nur eingeschränkt verabreicht werden dürfen (insbesondere Zucker).

Die Behandlung eines a. D. orientiert sich an den Empfehlungen von kinderärztlichen Fachgremien. Danach ist es besonders wichtig, daß keine allzu großen Flüssigkeitsverluste auftreten, d.h. daß ausreichend und wiederholt zu trinken angeboten wird: Gestillte Babys werden daher weiterhin gestillt, bekommen also trotz des Durchfalls weiter Muttermilch und außerdem ein zusätzliches Flüssigkeitsangebot, am besten in Form einer sog. oralen Rehydratationslösung (ORL), die der Arzt verschreibt. Nichtgestillte Babys erhalten ihre bisherige Säuglingsnahrung zwar weiter, aber 1:1 bis 1:2 mit Wasser, besser mit der ORL, verdünnt. Ältere durchfallskranke Kinder erhalten keine Milch oder Milchprodukte, keine Fruchtsäfte und keine stärker fruchtzuckerhaltigen, d.h. süßen Obstsorten. Nach dem Ausgleich von eingetretenen Flüssigkeitsverlusten (Rehydratation) wird ein schonender Kostaufbau durchgeführt. Dabei hat sich →Karottensuppe (nach Moro) oder auch Karotten-Brei als sehr günstig für die Wiederherstellung der normalen Darmflora und -funktion erwiesen.

Sollte sich bei länger anhaltendem Durchfall eine andere Ursache ergeben als die einer Magen-Darm-Infektion mit Viren oder Bakterien, muß eine entsprechende gegen die Ursache gerichtete Behandlung eingeleitet werden. In solchen Fällen, vor allem wenn gleichzeitig Appetitlosigkeit und Erbrechen bestehen, wird der Arzt aber empfehlen, die Behandlung des Kindes in einer Kinderklinik fortzusetzen.

Meist führen diese Maßnahmen schnell zum Rückgang des a. D.; jedoch bedeutet dies nicht zugleich schon eine völlige Ausheilung der gesamten Erkrankung. Eine zusätzliche, ärztlich zu verordnende Anwendung moderner Heilmittel in Form von →Antibiotika ist aber nur in besonders schweren Fällen einer nachgewiesenen bakteriellen Darminfektion (z.B. durch Salmonellen) erforderlich.

Die heute propagierten sog. →Heilnahrungen erfüllen in erster Linie und zumeist die Anforderung, gut darmverträglich und weitgehend allergenarm zu sein. Der Begriff »Heilnahrung« darf aber nicht zu der landläufigen, jedoch falschen Annahme führen, daß damit etwa die erkrankte Darmschleimhaut sofort »geheilt« werden könne. Sog. Heilnahrungen heutiger Zusammensetzung haben nicht primär zum Ziel, den Stuhl im Sinne einer »Stuhlkosmetik« wieder zu normalisieren, sondern dem Baby eine ausreichende und bedarfsgerechte Zufuhr an Flüssigkeit, Eiweiß und Energie in einer Phase eines hohen Bedarfs an Baustoffen sicherzustellen.

Vgl. auch →Brechdurchfall, →Ernährungsstörungen, →Heilnahrungen, →Stuhlbeschaffenheit

Durchschlafstörung →Schlafstörungen

Durst

Der Flüssigkeitsbedarf eines Babys ist im Verhältnis zu seinem Körpergewicht sehr viel größer als derjenige eines Erwachsenen (bei einem Baby von 6 kg Körpergewicht beträgt dieser Bedarf innerhalb von 24 Stunden insgesamt etwa 1 Liter Flüssigkeit; dies würde bei einem Erwachsenen von 60 kg Körpergewicht etwa 10 Litern entsprechen). Weil beim jungen Säugling die Fähigkeit, das Wasser im Körper festzuhalten, noch viel geringer ist als beim Erwachsenen, kann er leichter und schneller in Situationen eines Flüssigkeitsmangels geraten. Durch Erbrechen, Durchfall, stärkeres Schwitzen (z.B. bei →Fieber oder in der Sommerhitze bei unzweckmäßiger Bekleidung), ja allein schon durch längeres Schreien kann es rasch zu erheblichen Flüssigkeitsdefiziten kommen.

Durstende Babys zeigen Unruhe, trockene Lippen und Zunge (→Austrocknung) und u.U. auch erhöhte Körpertemperatur (→Durstfieber).

Zur Durststillung in den oben angegebenen Situationen verabreichen Sie neben der normalen Nahrung am besten zusätzliche Flüssigkeit in Form von Trink- oder Mineralwasser (letzteres sollte für die Zubereitung von Säuglingsnahrungen geeignet sein; Aufschrift beachten!). Auch Tee (mit →Süßstoff gesüßter, dünner schwarzer →Tee, →Kamillen- oder →Fencheltee) können Sie anbieten. Das Kind darf und soll sich damit »satt«trinken. Bei Durchfall mit Erbrechen gelten besondere Vorschriften und Regeln (→Durchfall, akuter, →Erbrechen und →Brechdurchfall).

Zu unterscheiden von einem echten, tatsächlichen D. ist die »Vieltrinkerei« älterer Kinder aus schlechter Angewohnheit. Aber auch einige Krankheiten, z.B. die Zuckerkrankheit (Diabetes mellitus) oder die sog. Wasserharnruhr (Diabetes insipidus) äußern sich durch einen ungewöhnlich großen Trinkmengenbedarf. Bei unerklärlichem Vieltrinken eines Kindes ist daher die Suche nach einer möglicherweise vorhandenen derartigen Ursache durch den Kinderarzt notwendig.

Vgl. auch →Durstfieber, →Flüssigkeitsbedarf, →Hitzeschädigung, →Tee, schwarzer, →Teegetränke für Babys

Durstfieber

Infolge der Besonderheiten des Babyorganismus (→Flüssigkeitsbedarf, →Durst) reagieren insbesondere jüngere Kinder auf unzureichende Wasserzufuhr empfindlicher als ältere und Erwachsene. Bei ungefähr 10 % aller Babys kommt es leicht zu erhöhter Temperatur oder

→Fieber, wenn ihre Flüssigkeitsaufnahme auf weniger als 50 ml pro kg Körpergewicht und Tag absinkt, vor allem aber dann, wenn zugleich damit auch noch Flüssigkeitsverluste (z.B. durch Schwitzen im Sommer oder anhaltendes Schreien) auftreten. Solches Fieber nennt man seiner Ursache nach D.

Manchmal tritt D. bereits am 3. bis 5. Lebenstag auf, wenn die Nahrungs- und Flüssigkeitsaufnahme des Neugeborenen mengenmäßig noch unzureichend ist.

Kinder mit D. haben fast immer eine auffallend trockene Zunge und trockene Lippen. Allein auf Durst beruhendes Fieber ist gewöhnlich ungefährlich, wenn es als solches erkannt wird: Wiederholte zusätzliche Gaben von Flüssigkeit (z.B. dünner, mit →Süßstoff gesüßter schwarzer →Tee, →Kamillen- oder →Fencheltee), in kleineren Portionen angeboten, beseitigen es in der Regel schnell.

Erfahrungstip:
Wenn Sie den Verdacht auf D. haben, vergessen Sie nie, zuerst zu prüfen, ob das Baby nicht vielleicht etwas zu warm angezogen ist und deshalb durch verstärktes Schwitzen Flüssigkeitsverluste eingetreten sein könnten.
Vgl. auch →Durst, →Fencheltee, →Flüssigkeitsbedarf, →Hitzeschädigung, →Kamillentee, →Tee, schwarzer, →Teegetränke für Babys

Dysenterie →Ruhr

Dyspepsie →Brechdurchfall, →Durchfall, akuter, →Ernährungsstörungen

Dystrophie

Gedeihstörungen mit mangelndem Gewichtsansatz beim Baby und Kleinkind infolge ganz unterschiedlicher Ursachen (→Ernährungsstörungen, chronische Krankheiten, →Ernährungsfehler oder Unterernährung) werden insgesamt unter dem Begriff D. zusammengefaßt.

Hauptsächliches Zeichen einer D. ist die ausbleibende Gewichtszunahme bzw. die →Gewichtsabnahme mit allmählicher Verminderung (oder fast vollständigem Schwund) der Fettpolster, so daß die Haut gewissermaßen zu weit, schlaff und spannungsarm wird. Dabei verliert sie auch regelmäßig ihre normale rosige Farbe und sieht statt dessen fahl und blaß aus. Im Extremfall kann die D. in ihre stärkste Form, die →Atrophie, übergehen.

Die D. ist bei Beseitigung der sie verursachenden Ernährungsmängel und -fehler gewöhnlich allmählich wieder ausgleichbar. Dies dauert aber stets länger als ihre Entstehung. Dabei ist es zumeist notwendig, vor allem bei denjenigen Formen, die Folge einer chronischen Durchfallstörung sind, die zugeführten Nahrungsmengen nur langsam und sehr vorsichtig zu steigern. Hierbei sind laufende ärztliche Beratungen ebenso notwendig wie viel Geduld der Eltern. Man muß dabei berücksichtigen, daß zu große und zu früh gestellte Anforderungen an die Verdauungsfunktionen in der Rekonvaleszenz eines Babys allzuleicht Rückfälle auslösen können.
Vgl. auch →Atrophie, →Ernährungsfehler, →Ernährungsstörungen

E

Ei →Hühnerei

Eierstöcke →Geschlechtsorgane

Eifersucht

E. ist ähnlich wie Neid eine ursprüngliche und sich teilweise unbewußt auswirkende Empfindung, von der wohl kein Mensch gänzlich frei sein dürfte. Neid und E. können bereits in der Gefühlssphäre des frühen Kindesalters gegenüber Geschwistern oder einem Elternteil eine bedeutsame Rolle spielen, wenn sich das Kind in seinem »Eigentumsanspruch« an die Mutter vermeintlich benachteiligt fühlt. Die Art der Äußerung von Neid und E. ist natürlich von der Verschiedenheit des individuellen Charakters geprägt. Vor allem die Geburt eines Geschwisters ist oft ein Anlaß für E. und für mit diesem Ereignis zusammenhängenden heftigen Affektreaktionen des Erstkindes.

Erfahrungstip 1:
Solche Reaktionen können Sie weitgehend vermeiden, wenn Sie das Erstkind vor der Geburt, d.h. bereits während der Schwangerschaft, behutsam auf die Ankunft eines Geschwisterchens und die Art des künftigen Zusammenlebens mit dem »Neuankömmling« vorbereiten.

Abnorme eifersuchtsbedingte Affektreaktionen können sich sowohl äußern in allgemeiner Verstimmung, Nahrungsverweigerung (→Appetitlosigkeit), unerwarteten Trotzreaktionen, →Schlafstörungen, Bettnässen, Einkoten als auch in aktiven tätlichen Handlungen gegen das neue Familienmitglied, das als »Eindringling« betrachtet wird.

Ähnliche Reaktionen der E. treten auch manchmal gegenüber dem Vater auf, wenn dieser z.B. nach Feierabend die Zuwendung, Aufmerksamkeit und Zärtlichkeit der Mutter erkennbar vom Kind abzieht und diese für sich in Anspruch nimmt.

Erfahrungstip 2:
Nicht in jedem Fall ist es empfehlenswert oder ratsam, das ältere Geschwisterchen beim Stillen zusehen zu lassen, weil hierbei die starke gefühlsmäßige und körperliche Zuwendung der Mutter zu dem neuen Geschwisterchen besonders deutlich erkennbar wird.

In Einzelfällen kann die E. eines Geschwisters in einen regelrechten seelischen Notstand ausarten, zu dessen Überwindung sehr viel Takt, Geschick und Einfühlungsvermögen seitens der Erwachsenen notwendig ist.

Vgl. auch →Einzelkind, →Trotzalter

Einfetten der Haut

Die gesunde Babyhaut sondert normalerweise genügend eigenes Hautfett ab, um sie geschmeidig und weich zu halten. Nur wenn überdurchschnittlich häufig und lange gebadet wird und dabei auch noch stärker entfettend wirkende Seifen oder Badezusätze Verwendung finden (→Kinderseife) oder wenn das Kind anlagemäßig eine ungewöhnlich trockene und spröde Haut hat, ist es zweckmäßig, das Kind nach dem Abtrocknen mit einer reizstoffreien →Kindercreme sparsam (!) einzufetten. Die Verwendung von →Kinderöl wird hierzu von Hautärzten aber weniger empfohlen. (Kinderöl soll vor allem zum Entfernen von angetrockneten Stuhlresten und zum Reinigen im Windelbereich angewandt werden. Ebenso gut oder besser dafür ist eine sog. →Reinigungslotion.) Empfehlenswert und meist auch notwendig ist das regelmäßige E. im Bereich der Windelregion, weil dadurch die erweichende Wirkung von Urin und Stuhl auf die Haut verringert wird. Bei bestehenden Ausschlägen des Gesichts und bei →Gneis sollten Sie mit dem E. Zurückhaltung üben.

Sie werden schnell selbst herausfinden, ob (und wie intensiv) Ihr Baby wirklich eingefettet werden muß oder ob es dies weniger gut verträgt.
Vgl. auch →Hautpflegemittel für das Baby, →Kindercreme, →Kinderöl, →Kinderseife, →Reinigungsbad

Eingeweidewürmer →Madenwürmer

Einlagen, orthopädische →Fußentwicklung, →Kinderschuhe

Einnässen →Abhalten, frühzeitiges, →Blasenfunktion (normale und gestörte)

Einreiben →Brusteinreibungen

Einschießen der Brustmilch

Die mütterliche Brust ist im Augenblick der Geburt durch zusätzliches Wachstum während der Schwangerschaft gut darauf vorbereitet, Milch zu bilden und abzusondern. Nennenswerte Milchmengen als Folge von Hormoneinwirkungen werden aber nicht vor dem 2. oder 3. Tag nach der Entbindung gebildet, dann aber ziemlich plötzlich (»Einschießen«). In Einzelfällen kann sich dieses E. d. B. sogar bis zum 5. Tag oder noch länger hinauszögern.

Das E. d. B. ist daran erkennbar, daß sich die Brüste verhältnismäßig plötzlich prall zu spannen beginnen. Besonders in den ersten Wochen nach der Entbindung empfinden nicht wenige Mütter einen z.T. mehrmals täglich stechenden, vom Rücken bis in die Brustspitzen ziehenden Schmerz, der etwa 5 Sekunden anhält. Seine Ursache ist nicht genau bekannt. Eine psychische Ursache, z.B. durch den Anblick des Babys oder den Gedanken an den Stillvorgang selbst, wird diskutiert. Diese Schmerzempfindung beim E. d. B. geht oft mit besonderem Glücksgefühl und einer Wärmeempfindung für das Kind einher. Gelegentlich kann es bei derartigen Schmerzepisoden zu etwas Fieber kommen. Auch kann das E. d. B. aber fast unmerklich erfolgen.

Mit dem E. d. B. wird das zuvor in der Brustdrüse schon vorhandene, spärliche Sekret, die sog. →Vormilch (Kolostrum) durch die sog. →Zwischenmilch ersetzt, d.h. die Milchzusammensetzung ändert sich relativ schnell. Etwa am 20. Tag nach der Entbindung hat die Milch dann ihre endgültige Zusammensetzung erreicht und ist damit »ausgereift«. Nun erst hat die Brustdrüse den Höhepunkt ihrer Leistungsfähigkeit erreicht.

Übrigens: Wenn die Milch besonders spät einschießt, bedeutet dies nicht, daß Stillen nicht möglich ist, und völliger Milchmangel bei einer entbundenen Frau kommt so gut wie nie vor.

Erfahrungstip:
Zur schnellen Erreichung einer vollen Stillfähigkeit ist es unbedingt notwendig, daß Sie die Brust vor und während des E. d. B. regelmäßig und vollständig entleeren, besonders aber dann, wenn das Baby die Brüste nicht ganz leergetrunken haben sollte. In diesem Fall ist →Abdrücken der Brustmilch oder →Abpumpen der Brustmilch erforderlich.
Vgl. auch →Anlegen an die Brust (Technik), →Brust, mütterliche, →Frauen-

milch, →Milchbildung, mütterliche, →Stillfähigkeit, →Zwischenmilch

Einschlafgewohnheiten

»Gewohnheiten sind zuerst Spinnweben, dann Drähte.« (Spanisches Sprichwort)

Fast jeder Mensch hat eigene und besondere Einschlaf- und Schlafgewohnheiten, die ihm zum schnellen Einschlafen und zum guten Durchschlafen verhelfen. Solche Gewohnheiten werden oft schon im Babyalter erkennbar. Manchmal ist es nur eine ganz bestimmte Körperhaltung oder -stellung, die zum schnellen Einschlafen verhilft. Viele Kinder brauchen aber dazu noch ihre persönliche »Einschlafhilfe«, ein kleines Kissen, eine Puppe oder anderes Spielzeug (Abb.). Der Gutenachtkuß, ein Nachtgebet, ein Märchen, ein Lied und viele andere äußere Hilfsmittel können sich auch bei einem gesunden Kind als wirksame Einschlafhilfe erweisen. Ihr Fehlen oder absichtliches Weglassen kann u.U. zu hartnäckigen Einschlafstörungen führen. Auch der →Schnuller spielt bei Kleinkindern beim Einschlafen eine oftmals entscheidende Rolle. Ähnliches gilt für den Daumen als Quelle der Beruhigung durch Lutschen (→Daumenlutschen).
Nicht alle diese Gewohnheiten sind völlig harmlos. Abzulehnen ist z.B. eine Gewöhnung an →Süßigkeiten im Rahmen des Einschlafzeremoniells (sog. Betthupferl), ebenso die regelmäßige Gabe eines Fläschchens mit zuckerhaltigen Getränken, da dieses den frühzeitigen Zerfall des Milchgebisses durch Karies (sog. →Flaschen-Karies) begünstigt.

Es besteht kein Zweifel daran, daß diejenigen Kinder, die ein unkompliziertes und wenig aufwendiges Zeremoniell zum Einschlafen benötigen, von Umweltbedingungen weit weniger abhängig sind, als die von umfangreichen und somit viel leichter störbaren E. abhängigen Kinder.

Erfahrungstip:
Achten Sie von vornherein oder frühzeitig darauf, daß die E. möglichst schlicht, wenig aufwendig und damit auch wenig störbar bleiben und gehalten werden. Eventuellen Einschlaf- und Durchschlafstörungen im späteren Leben können Sie damit u.U. wirksam vorbeugen.
Vgl. auch →Daumenlutschen, →Schlafhaltung, →Schlafstörungen

Einschlafstörungen →Einschlafgewohnheiten, →Schlafstörungen

Einzelkind

»Ein Kind – Angstkind, zwei Kinder – Spielkinder.« (Deutsches Sprichwort)

Das sog. E. ist ein Kind, das ohne Geschwister innerhalb des Familienverbandes lebt und aufwächst. E. ist also auch jedes erstgeborene Kind so lange, bis weitere Geschwister nachfolgen.

Dem E. kommt insofern eine Sonderbedeutung zu, als es erzieherisch wie auch im zwischenmenschlichen Verhältnis im Rahmen der engeren Familie andere Probleme schafft, als es die von kinderreichen Lebensgemeinschaften sind: Dem E. fehlen Beispiel und Vorbild von älteren Geschwistern, und es gerät im Verhältnis von Mutter-Vater-Kind oftmals allzusehr in den Mittelpunkt. Ohne Geschwister lernt es ungleich schwerer, Verzicht zu leisten und einmal freiwillig zurückzustehen, Rücksicht zu nehmen, kurz: sich reibungslos sozial einzuordnen, wie dies in einer größeren Kindergemeinschaft fast von selbst geschieht. Der ständige oder über längere Zeit alleinige Umgang des E. mit Erwachsenen, vor allem aber deren oft allzu bereites und konzentriertes Eingehen auf ihr einziges und damit unvermeidbar in den Mittelpunkt geratendes Kind führen nicht selten zu Altklugheit, egozentrischer Überheblichkeit, überzogenen Erwartungen und Ansprüchen auf Zuwendung, aber auch zu Rücksichtslosigkeit und erschwerter sozialer Anpassung an Gleichaltrige.

Eltern von E. tun daher gut daran, wenn sie dies bei der Erziehung ihres E. nicht aus den Augen verlieren. Tun sie es doch, kann es das E. im späteren Leben in vielen Situationen häufig schwerer haben, sich in eine Gruppe einzuordnen.

Erfahrungstip:
Bleibt es, aus welchen Gründen auch immer, beim E., dann sorgen Sie bitte dafür, daß Ihr Kind frühzeitig intensiveren Kontakt mit etwa gleichaltrigen Kindern bekommt.
Vgl. auch →Eifersucht, →Overprotection, →Trotzalter

Einziehungen des Brustkorbs

E. d. B. sind die Anzeichen einer erschwerten Atmung bei →Früh- und Neugeborenen. Sie treten im Rahmen von →Anpassungsstörungen, aber auch bei →Lungenentzündung oder anderen Lungen- und Atemwegserkrankungen unmittelbar nach der Geburt auf. Man sieht sie seitlich am Brustkorb, wo sich die Zwischenrippenräume synchron mit den Atemzügen einziehen. Aber auch über dem Brustbein, über beiden Schlüsselbeinen und in der Magengrube können E. d. B. bei schweren Lungenerkrankungen sichtbar werden.

E. d. B. treten aber nicht nur bei Neugeborenen auf. Sie kommen bei Babys und Kleinkindern mit schweren Störungen der Atemfunktion (z.B. Lungenentzündung) vor. In jedem Fall, wenn E.d.B. auftreten, muß deren Ursache geklärt werden. Zögern Sie also beim Auftreten von E. d. B. nicht mit einer sofortigen Vorstellung beim Kinderarzt oder in einer Kinderklinik.

Eisbeutelanwendung

Sehr wirksames Verfahren, um eine gezielte Abkühlung einer bestimmten Körperstelle z.B. bei Entzündungen, Schwellungen oder Prellungen herbeizuführen. Bei Babys ist eine E. allerdings seltener angezeigt. Feuchte, kalte oder warme Umschläge (→Brustwickel, →Halswickel u.a.) sind hier vorteilhafter.

So wird's gemacht:
Füllen Sie einen wasserdichten Beutel (Gummi, Kunststoff) mit zerkleinerten Eisstückchen. Vor dem Verschließen legen Sie ihn flach auf den Tisch, damit Sie die überstehende Luft ausstreichen können. Den gut verschlossenen Beutel hüllen Sie dann in ein Tuch (z.B. Moltontuch oder Handtuch) ein und legen ihn auf den abzukühlenden Körperteil.

Erfahrungstip:
Bringen Sie bitte den Eisbeutel niemals unmittelbar auf die Haut, sondern stets nur mit einer Stoffumhüllung. Hautschädigungen durch lokale Erfrierungen könnten sonst auftreten.

Eisenbedarf

Eisen wird im menschlichen Organismus zur Bildung des roten Blut- und Muskelfarbstoffs (Hämoglobin, Myoglobin) sowie als Katalysator für viele Stoffwechselvorgänge benötigt. Stärkerer Mangel an Eisen führt daher zu →Blutarmut und allgemeinen Symptomen wie Abgeschlagenheit, Schwäche, Müdigkeit und Spielunlust. Eisenmangel macht Babys also »schlapp«. Er beeinträchtigt längerfristig ihre Entwicklung, denn der schnell wachsende Organismus hat einen vergleichsweise hohen E.

In den ersten Lebensmonaten kann das Baby seinen Bedarf an Eisen zwar noch weitgehend aus den Vorräten decken, die ihm von seiner Mutter mitgegeben wurden. Aber ohne Zufuhr mit der Nahrung sind diese relativ schnell erschöpft, denn die Blutmenge eines Babys verdoppelt sich zwischen dem 3. und 12. Lebensmonat, und dementsprechend ist auch der E. im Säuglingsalter etwa 6mal höher als im späteren Leben. Obwohl Frauenmilch und Kuhmilch gleichermaßen relativ eisenarm sind, wird das Eisen aus der Frauenmilch ungleich besser vom Organismus des Babys aufgenommen und nutzbar gemacht, d.h. es ist wesentlich besser »bioverfügbar«. Wenn sich eine stillende Mutter also mit einer Mischkost ernährt, die ausreichend Eisen enthält, ist ihr gestilltes Baby kaum dem Risiko eines Eisenmangels ausgesetzt. Auch bei vorschriftsmäßiger Ernährung mit →Säuglingsnahrungen, die alle mit Eisen angereichert sind, ist dieses Risiko erheblich geringer als etwa bei der Selbstherstellung der Flasche aus Kuhmilch.

Vom 5. Lebensmonat an sollten Sie zur Optimierung der Eisenversorgung mehrmals in der Woche fleischhaltige Beikost anbieten. Hieraus kann der Säugling das Eisen in wesentlich stärkerem Umfang aufnehmen als aus rein pflanzlichen Nahrungsmitteln. Das darin enthaltene Eisen kann im Darm nur schlecht aufgenommen und somit wenig nutzbar gemacht werden. Bei Beachtung dieser Ernährungsgrundsätze ist es nicht notwendig, zusätzlich eisenhaltige Medikamente zu geben.

Anders bei →Frühgeborenen: Diese haben einen besonders gesteigerten E., weil ihr von der Mutter herrührendes Eisendepot in Leber und Knochenmark infolge ihrer verkürzten Tragzeit geringer ist als dasjenige von ausgetragenen, reifgeborenen Babys. Bei ehemaligen Frühgeborenen sind daher relativ häufig medikamentöse Eisenverordnungen erforderlich, die im Einzelfall vom Arzt verschrieben werden.

Auf die Risiken einer fleischarmen oder gar fleischfreien, d. h. rein vegetarischen oder gar veganischen Kost im Babyalter kann nicht oft genug hingewiesen werden. Die Folge einer solchen Ernährung stellt nicht nur die notwendige Zufuhr von Eisen, sondern auch jene lebenswichtiger Vitamine in Frage und muß daher abgelehnt werden.

Vgl. auch →Beikost, →Säuglingsnahrungen

Eiweiß

Protein; hochmolekularer, strukturell kompliziert aus Kohlenstoff, Wasserstoff, Stickstoff und teilweise Schwefel zusammengesetzter, wichtiger organischer Baustoff der Natur – Grundlage allen Lebens. E. kommt in allen Zellen der Lebewesen vor und ist ein wichtiger Teil der Nahrung des Menschen.

Jede Pflanzen- und Tierart hat ihr eigenes, spezifisch zusammengesetztes E. Um aus dem mit der Nahrung zugeführten E. eigenes, artspezifisches E. zu bilden, muß der Mensch zunächst das artfremde E. im Magen-Darm-Kanal in kleinere, aufnahmefähige Bruchstücke (Peptide, Aminosäuren) zerlegen. Nicht jedes Nahrungs-E. enthält auch alle für das menschliche Körper-E. erforderlichen Aminosäuren; etwa 10 von ihnen sind für den Menschen lebensnotwendig (essentiell). Sind diese im Nahrungs-E. nicht sämtlich oder nur in

Spuren vorhanden (wie z.B. im E. vieler Pflanzen), dann ist ein derartiges E. für die menschliche Ernährung unterwertig (z.B. bei streng vegetarischer oder gar veganischer Ernährung). Der Mangel an essentiellen Aminosäuren kann ähnliche Erscheinungen hinsichtlich Wachstum, Entwicklung und Infektabwehr wie Vitaminmangel (→Vitaminmangelkrankheiten) hervorrufen.

Tierisches E. enthält alle diese lebensnotwendigen Aminosäuren und ist daher für den Menschen von höherer biologischer Wertigkeit als rein pflanzliches E. Von höchster biologischer Wertigkeit, vor allem für den wachsenden und aufbauenden Organismus, ist das E. der Milch, für das Baby besonders das der arteigenen Frauenmilch. In absteigender Reihe folgt dann das in Fleisch, Fisch, Ei, Hafer, Kartoffeln, Sojabohnen, Getreide und Hülsenfrüchten enthaltene E.

E. wird vom Organismus ständig zur Vermehrung seiner Körpersubstanz und zum Aufbau, d.h. zum Wachstum gebraucht. Der Bedarf an E. läßt sich rechnerisch ermitteln (→Eiweißbedarf). Wird z.B. in Hungersituationen ein bestimmtes E.-Minimum nicht mit der Nahrung zugeführt, dann muß der Körper zur Deckung seines Stoffwechselbedarfs u.U. seine eigenen E.-Bestände in Anspruch nehmen und abbauen, was zu schweren Gesundheitsschäden führen kann (→Dystrophie, →Atrophie). Im Übermaß zugeführtes E. hingegen wird im Körper nur als Energiequelle (wie Fette und Kohlenhydrate) und nicht zum Aufbau verwendet und im Stoffwechsel bis zu den Grundelementen verbrannt, d.h. unter Wärmebildung abgebaut.
Vgl. auch →Eiweißbedarf

Eiweißbedarf

Die lebensnotwendige Eiweißmindestmenge, die täglich zugeführt werden muß, damit Wachstum, Entwicklung und Zellstoffwechsel des Körpers normal verlaufen können, wird als E. bezeichnet. In Zahlen ausgedrückt heißt das: Babys im Alter bis zu etwa 3 Monaten benötigen durchschnittlich täglich pro kg Körpergewicht 2,0 bis 2,5 g Eiweiß, ältere Säuglinge täglich ca. 2,0 g pro kg Körpergewicht und Kleinkinder im 2. Lebensjahr etwa 1,5 g pro kg Körpergewicht. Diese Zahlen sind Richtwerte. Ein normal ernährtes Baby erhält stets mehr an Eiweiß, als diesen Zahlen entspricht, und seine Ernährung mit Milch und Milchprodukten sichert zudem die Zufuhr einer besonders hochwertigen Eiweißart.

Erfahrungstip:
Viel hilft nicht viel! Eine sog. »kräftigende Kost« für ältere Babys und Kleinkinder, die sich überwiegend aus einem Überangebot (täglich 1 Liter und mehr) an eiweißreicher Kuhmilch (Kuhmilch enthält mit ca. 3,5% etwa 3mal soviel Eiweiß wie Frauenmilch) und daneben noch aus Fleisch und Eiern zusammensetzt, hat viele Nachteile. Sie belastet in erheblichem Maße den Stoffwechsel, insbesondere der Leber und der Nieren. Diese Kost bewirkt daher keine »Kräftigung«, sondern stellt eine unnötige Belastung dar.
Vgl. auch →Mehlnährschaden, →Milchnährschaden

Eiweißüberfütterung →Milchnährschaden

Ekzem (atopisches, seborrhoisches)

Als E. werden mehrere unterschiedliche Krankheitszustände der Haut bezeichnet. Unter diesen spielen im Kindesalter vor allem zwei Formen eine wichtige Rolle: Das sog. endogene E. (atopisches E., atopische Dermatitis, Neurodermitis) und die sog. seborrhoische Dermatitis des frühen Babyalters (seborrhoisches E. des Säuglings).

Die *seborrhoische Säuglingsdermatitis* entwickelt sich bereits in den ersten Lebenswochen, ist gutartig und heilt bei sachgemäßer Hautpflege und -behandlung meist bereits im Alter von 3 bis 4 Monaten allmählich ab. Die erste Erscheinung dieses E.-Typs, die manchmal auch die einzige bleiben kann, ist eine verstärkte fettige Schuppenbildung im Bereich der behaarten Kopfhaut, die auch →Gneis genannt wird. Von der Kopfhaut dehnt sich die Störung dann zumeist weiter auf die Stirn, die Augenbrauen, die seitlichen Nasenfalten, hinter den Ohren und bis in den Bereich der Halsfalten aus. Später folgen u.U. auch noch die Achselhöhlen und die Leistenbeugen. Die Erscheinungen gehen, im Gegensatz zum endogenen atopischen Ekzem, ohne wesentlichen Juckreiz einher. Auch ist das Allgemeinbefinden der betroffenen Babys in der Regel unbeeinträchtigt.

(Die Behandlung von Gneis ist unter diesem Stichwort besprochen.)

Die untenstehende Tabelle zeigt die wesentlichen Unterschiede zwischen einem seborrhoischen und einem atopischen E.

Das endogene E. ist eine durch einen mehr chronischen oder chronisch-rezidivierenden Verlauf gekennzeichnete, stets stark juckende Hauterkrankung. Ihm liegt zwar in der Regel eine weitgehend familiäre Disposition zugrunde, doch werden die Erscheinungsform und besonders schwere Verläufe außerdem noch durch verschiedene Umweltfaktoren wesentlich beeinflußt. Diese E.-Form ist sehr häufig: Sie tritt in unterschiedlich starker Ausprägung bei etwa 2 bis 3 % aller Kinder auf und ist somit die in der Bevölkerung am weitesten verbreitete Hautkrankheit überhaupt.

Die Symptome des endogenen E. stellen eine Kombination von verschiedenen Hautreaktionen dar, die sich gewöhnlich im Alter zwischen 4 und 24 Monaten entwickeln: Im Gesicht, besonders auf den Wangen, zeigen sich zunächst kleine rote Flecken, die etwas erhaben sind. Durch Vergrößerung sowie Zusammenfließen bilden sie bald eine zusammenhängende gerötete Fläche, auf der Schuppen sitzen (Farbtafel). Im Laufe des weiteren Fortschreitens entstehen im Entzündungsbereich der Haut außerdem wiederholt kleine Bläschen, die alsbald platzen. Dann beginnt das E. zu nässen. Die ausgetretene Blasenflüssigkeit trocknet teilweise zu gelblichen Krusten ein, die ziemlich fest auf der Haut haften.

Zwar ist die Hauptlokalisation des endogenen E. das Gesicht. Doch können die Erscheinungen in schwereren Fällen auch auf die behaarte Kopfhaut, den Hals, den Oberkörper, die Arme und Handgelenke, die Schenkel und andere Stellen des Körpers übergreifen. Außerhalb des Gesichts verändert sich die Haut allerdings meist nur bis zum Stadium der Rötung und

	Seborrhoisches Ekzem	Atopisches Ekzem
Alter bei Auftreten	bis 3. Lebensmonat	nach 3. Lebensmonat
Allgemeinzustand	ausgeglichen, normal	verschlechtert, gereizt
Juckreiz	fehlt	ausgeprägt
Schlaf	normal	gestört
Hauptlokalisation	behaarter Kopf, Achselhöhlen, Halsfalten, hinter den Ohren	Wangen, Stirn, Hals, Nacken
Allergische Erkrankungen	keine	Asthma, Heuschnupfen

Schuppung, nässende Stellen und Krustenbildung kommen dort nur selten und am Rumpf überhaupt nicht vor.

Alle von einem E. geplagten Kinder leiden unter heftigem Juckreiz, so daß sie, sobald sie es nur können, sich ständig zu kratzen versuchen. Offenbar jucken die nur geröteten Hautbezirke ebenso intensiv wie die nässenden.

Kinder mit E. zeigen nicht selten zusätzliche Störungen: Sie neigen zu Erkältungskrankheiten und Durchfallstörungen (→Durchfall, akuter). Von Bedeutung ist auch das sehr häufige (und nicht zufällige) Zusammentreffen eines E. mit →Asthma und mit der Neigung zu Heuschnupfen, beides Krankheiten, die wie das E. auf einer sog. atopischen Anlage beruhen.

Besonders gefährdet sind Kinder mit E., wenn sich Eitererreger in der wunden und offenen Haut ansiedeln und ausbreiten. Durch Kratzen, Unsauberkeit, Kontakt mit Kindern mit eitrigen Infektionen (Schnupfen, Mittelohrentzündung, Angina) kann es schnell zu einem derartigen Bakterienbefall kommen. In diesem Fall nimmt die Rötung der Haut plötzlich zu, sie schwillt an, und die vorher klar-gelben Krusten werden eitrig-trüb.

Die anfänglichen, akut nässenden und verkrustenden Hauterscheinungen des E. verschwinden meist im Verlauf des zweiten oder dritten Lebensjahres. An einzelnen Körperstellen können allerdings Überreste des einstigen E. zurückbleiben: etwas verdickte und trockenspröde Hautbeschaffenheit und weiterhin mehr oder minder starker Juckreiz an diesen Stellen (vor allem in den Gelenkbeugen).

Die Behandlung des E. fordert von Patienten, Eltern und Ärzten sehr viel Geduld. Keine Behandlung kann die angeborene Anlage zum E. beseitigen, wohl aber die Symptome lindern, die Hautveränderungen beeinflussen und so den Leidensdruck grundlegend mindern. Die vom Arzt im einzelnen zu verordnenden und durch ihn auch zu überwachenden Verfahren betreffen die örtliche Behandlung der Haut (mit Salben, Lotionen, Cremes usw.), die Allgemeinbehandlung (z.B. mit Substanzen, die den Juckreiz abschwächen) und sonstige begleitende Maßnahmen (z.B. Vermeidung bestimmter Substanzen, Infektionsschutz usw.).

Angelegte, steife bzw. nicht biegbare Armmanschetten verhindern Kratzen und Scheuern im Gesicht und am Oberkörper bei E., ohne Hand- und Schulterbewegungen zu behindern

Es gibt viele unterschiedliche, sich zum Teil sogar widersprechende Wege der Behandlung, die zum gewünschten Erfolg führen. Manchmal müssen sogar mehrere Behandlungsmöglichkeiten zunächst erprobt werden, bis sich die wirksamste herausstellt. Bei der Erfolgsbeurteilung muß stets berücksichtigt werden, daß die Neigung zu spontanen Rückfällen sehr groß ist. Wenn die Eltern glauben, sie könnten z.B. eine wirksam gewesene Salbe bereits fortlassen, weil die Haut nahezu reizlos aussieht, kann es vorkommen, daß das E. nach wenigen Stunden oder Tagen erneut »aufblüht« und wieder genauso aussieht wie vor dem Behandlungsbeginn.

Die meisten Kinder mit E. vertragen normale Toilettenseife ausgesprochen schlecht. Deshalb reinigen Sie deren Haut besser mit Olläppchen. Vorteilhaft kann es sein, wenn Sie anstelle des Reinigungsbades ein →Kleie-Bad bereiten, das beruhigend und juckreizlindernd wirkt. Bei akut nässendem E. sollten Sie das Kind nicht baden und die nässenden Stellen mit häufig (Tag und Nacht!) gewechselten feuchten Umschlägen (z.B. mit kaltem schwarzen Tee oder Kamillentee getränkt) bedecken. Überhaupt gilt als eine Grundregel der Lokalbehandlung, daß man ein E. im nässenden Zustand mit feuchten, wasserhaltigen Substanzen und ein trockenes, nicht nässendes E. mit trockenen, wenig wasserhaltigen Substanzen behandelt.

Auch bei der Ernährung des E.-Patienten ist einiges zu beachten. Zwar gibt es keine spezielle Diätform, die einen wirklich gesicherten günstigen Einfluß auf den Hautzustand ausübt. Die Ernährung soll aber obst- und gemüsereich sein. Die tägliche Milchgesamtmenge ist einzuschränken, mehr als 400 ml sollten auf keinen Fall gegeben werden. Die Mahlzeiten dürfen Fett in normalen Mengen enthalten, Margarine oder Speiseöl sind wahrscheinlich etwas vorteilhafter als Butter. Frühzeitige Umstellung von der Flasche auf Breie ist angebracht, damit die aufgenommene Flüssigkeitsmenge eingeschränkt bleibt. Auf keinen Fall darf das Kind aber dursten und/oder wesentlich an Gewicht verlieren. Es sollte andererseits auch nicht gemästet werden (regelmäßige Gewichtskontrollen!). Da viele E.-Patienten erfahrungsgemäß den Saft von Zitrusfrüchten schlecht vertragen, sind diese zu meiden. Einzelheiten bezüglich der Ernährungsgestaltung sollten Sie mit dem Kinderarzt besprechen. Sie sollte jeweils der speziellen Fallsituation angepaßt werden.

Erfahrungstip:
Einige allgemeine Maßnahmen sind besonders zu beachten. Da sich fast jedes an einem atopischen E. leidende Kind mehr oder weniger intensiv kratzt, müssen Sie die Fingernägel stets besonders kurz geschnitten halten. Wenn sich das Kind ununterbrochen im Gesicht reibt, kratzt und die Haut auf diese Weise ständig erneut verletzt und reizt, ist das zeitweise Anlegen von Armmanschetten nicht immer vermeidbar. Diese Manschetten sind steife, nicht verbiegbare Kunststoffhülsen, die vom Handgelenk bis zum Oberarm reichen und durch ein im Rücken verknüpftes Band gehalten werden (zu beziehen in Apotheken oder Sanitätsgeschäften; Abb.). Sie verhindern stärkere Beugungen der Ellenbogengelenke und damit ein gezieltes Kratzen im Gesicht und am Oberkörper mit den Fingern, ohne daß die Armbeweglichkeit sonst im ganzen allzu stark behindert wird, wie dies beim Festbinden der Arme am Bettrand der Fall wäre.

Vgl. auch →Gneis

Ekzema infantum (Säuglingsekzem)
→Ekzem (atopisches, seborrhoisches)

Embryopathie

Bezeichnung für Entwicklungsstörungen und Erkrankungen des Embryos im Mutterleib, die während der Bildung und Entwicklung der kindlichen Körperorgane (Embryogenese), d.h. bis zur 12. Schwangerschaftswoche, entstanden sind. Sie sind Folge der Einwirkung infektiöser, chemischer (z.B. Tablettenmißbrauch, Alkohol) oder physikalischer (Strahlen) Schadensfaktoren auf den mütterlichen Organismus und die Frucht während der Frühschwangerschaft.

Die während der Embryogenese einwirkenden Schadensfaktoren können zu Zellteilungsstörungen und damit zu Organfehlbildungen (Herz, Hirn, Auge, Ohr, Niere, Blase, Geschlechtsorgane, Kiefer, Lippen, Gliedmaßen usw.) oder zur →Fehlgeburt (Abort) führen.

Besonders bekannte Beispiele sind die →Rötelnembryopathie (infolge der Erkrankung der Mutter an →Röteln während der Frühschwangerschaft), die Alkohol-E. (nach längerdauerndem regelmäßigen und übermäßigen Alkoholmißbrauch der Schwangeren) und die diabetische E. (bei Zuckerkrankheit der Mutter).
Vgl. auch →Fetopathie, →Rötelnembryopathie

Englische Krankheit →Rachitis

Entbindungslähmung →Armlähmung

Entwicklung, geistig-seelische

»Im Leben lernt der Mensch zuerst das Gehen und Sprechen. Später lernt er dann stillzusitzen und den Mund zu halten.« (*Marcel Pagnol*)

Während der ersten Lebenswochen ist das Neugeborene und das junge Baby noch nicht imstande, direkte oder unmittelbare geistige Beziehungen zu seiner Umwelt herzustellen. Das Kind schläft noch viel und ist oft nur während der Mahlzeiten, beim Waschen und beim Wechseln der Windeln wach. Frühestens gegen Ende des 1. Monats, zumeist aber erst im Alter von etwa 6 bis 8 Wochen beginnt das Baby, einen sich bewegenden Gegenstand kurze Zeit mit dem Auge zu verfolgen (→Fixieren). Auch lassen sich zu diesem Zeitpunkt zumeist schon Lust und Unlustempfindungen an Lächeln und Weinen, aber auch an der Modulation des Schreiens erkennen. Das Weinen geht mit Tränenabsonderung einher.

Kurz danach, ungefähr am Ende des 2. Monats, kommt es neben dem Lächeln schon zu Äußerungen von hörbaren Lachlauten, die zuweilen zu kräftigem Jauchzen übergehen können. Auch das gegen Ende des 2. Monats allmählich einsetzende Lallen (vor allem Laute wie »Gurre«, »Ärre« u. ä.) sind als Ausdruck einer behaglichen Stimmung deutbar.

Im 3. Monat nimmt die zwischenmenschliche Kontaktaufnahme mit dem Spiel der Augen bewußtere Formen an: Im Unterschied zum einfachen Verfolgen vorgehaltener Gegenstände werden die Augen nun willkürlich auf einen Gegenstand oder auf eine Person gerichtet. Deutlich ist dabei an der Reaktion des Kindes, an Lächeln und an Zappeln mit Armen und Beinen, z.B. beim Erblicken des Gesichts der Mutter, das Erkennen und Wiedererkennen ablesbar. Ebenso wie das Kind nun mit den Augen seine Umwelt mehr und mehr zu erschauen sucht, führen Gehöreindrücke zu Hinwendung der Augen und des Kopfes zur Schallquelle. Seine ersten direkten Beziehungen zur Umwelt stellt das Baby aber durch Ertasten und Erschmecken mit Lippen und Zunge her, eine besondere frühkindliche Eigenart, die sich erst im 2. Lebensjahr wesentlich abschwächt und dann größtenteils von anderen Beziehungen zu den Gegenständen abgelöst wird.

Einen wesentlichen Fortschritt im sozialen und erkennenden Bereich bringt das im 4. Lebensmonat beginnende zielbewußte Greifen des Kindes nach vorgehaltenen Gegenständen, aus dem sich allmählich ein umfassenderes und tiefergehendes »Begreifen« entwickelt. Zwar irrt sich das Kind anfangs noch oft in der Abschätzung der Entfernungen von Gegenständen, und die Bewegungen erfolgen unsicher, doch dauert es nicht allzu lange, bis auch die räumliche Orientierung so gut ist, daß das Kind dann nur nach den-

Leistungen	Termin	
• Kopfheben aus Bauchlage	3. [4. 5. 6.] 7. 8.	Woche
• Verfolgen vorgehaltener Gegenstände mit den Augen	6. 7. [8. 9. 10. 11.] 12.	Woche
• Erstes Lächeln	6. 7. [8. 9. 10. 11.] 12.	Woche
• Kopf wird minutenlang frei gehalten	10. 11. [12. 13. 14. 15.] 16.	Woche
• Kopf wird einer Schallquelle zugewandt	10. 11. [12. 13. 14. 15.] 16.	Woche
• Erkennen vertrauter Personen	10. 11. [12. 13. 14. 15.] 16.	Woche
• Festes Aufsetzen der Beine auf die Unterlage, wenn der Oberkörper gehalten wird	3. [4.] 5. 6.	Monat
• Greifen nach glänzenden Gegenständen	4. [5.] 6. 7.	Monat
• Aufrechtes Sitzen auf dem Arm der Mutter	4. [5.] 6. 7.	Monat
• Sitzen ohne Unterstützung	5. [6. 7.] 8.	Monat
• Stehen mit Unterstützung	6. [7. 8.] 9.	Monat
• Aufstehen und Aufrichten im Bettchen	8. [9.] 10. 11.	Monat
• Gehen mit Unterstützung	9. [10. 11. 12.]	Monat
• Befolgen kleiner Aufforderungen (»gib es mir«)	11. [12.] 13. 14.	Monat
• Freies Laufen	[12. 13. 14. 15.]	Monat
• Deutlichmachung von Wünschen (ohne Schreien)	9. [11. 13.] 15.	Monat
• Sagt bewußt »Papa« oder »Mama«	10. [11. 12. 13.] 14.	Monat
• Trinken aus der Tasse	10. [12. 14. 16.] 18.	Monat
• Rückwärtslaufen	12. 14. [16. 18. 20.] 22.	Monat
• Ausziehen von Kleidungsstücken	14. [16. 18. 20. 22.] 24.	Monat
• Treppensteigen	14. 16. [18. 20. 22.] 24.	Monat
• Zeigen eines benannten Körperteils	16. [18. 20. 22.] 24.	Monat

(Die umrandeten Zeitpunkte markieren das durchschnittliche Verhalten gesunder Kinder)

jenigen Gegenständen greift, die es mit den Armen erreichen kann. Dies ist auch der Zeitpunkt, an dem das Wiedererkennen immer sicherer wird. Hand in Hand mit diesen sich entwickelnden geistig-seelischen Funktionen geht die Ausbildung der statischen Muskelfunktionen und die Sprachentwicklung (→Entwicklung, körperliche).

Erfahrungstip:
Machen Sie sich über die wichtigsten Entwicklungsdaten Ihres Babys Aufzeichnungen, denn diese können bei Erkrankungen zur Beurteilung der Situation für den Arzt sehr bedeutsam sein. Wie dies am besten gemacht wird, sehen Sie anhand der Tabelle (s.o.). Sie enthält einige wesentliche Entwicklungsmerkmale und die Termine (umrandet), zu denen normalerweise diese Leistungen vom gesunden, sich durchschnittlich entwickelnden Kind erbracht werden. In der Tabelle können Sie den Zeitpunkt (Woche oder Monat) selbst ankreuzen, zu dem Sie diese Merkmale bei Ihrem Kind erstmals festgestellt haben.

Sie müssen bei der Beurteilung von Entwicklungsmerkmalen stets berücksichtigen, daß auch bei ganz normalen, gesunden Kindern Abweichungen vom durchschnittlichen Verhalten vorkommen können. Derartige Abweichungen sind nicht unbedingt und in jedem Fall als eine tatsächliche Entwicklungsstörung

anzusehen. Im Zweifelsfall sollten Sie unter Vorlage Ihrer Aufzeichnungen den Kinderarzt konsultieren.
Vgl. auch →Gehör, →Intelligenzbeurteilung, →Laufen, →Meilensteine der motorischen Entwicklung, →Sprachentwicklung, →Stehen

Entwicklung, körperliche

Körperformen, Körperproportionen:
Der sich entwickelnde Organismus befindet sich in fortwährender Veränderung: von der befruchteten Eizelle über den Embryo, den Fetus, die noch ungeborene Leibesfrucht, das →Neugeborene, den Säugling, das Kleinkind und das Schulkind, den Jugendlichen und den Erwachsenen bis hin ins Greisenalter. Je jünger das Lebewesen, desto schneller und sprunghafter vollziehen sich die Veränderungen von Entwicklungsstufe zu Entwicklungsstufe. Besonders deutlich zeigt sich dies am äußeren Erscheinungsbild des Körpers, an den Körperformen und den Proportionen. Diese lassen erkennen, daß das Kind nicht einfach ein verkleinertes Abbild des Erwachsenen ist, sondern etwas durchaus anderes, etwas von spezieller Eigenständigkeit: Kinder sind eben keine kleinen Erwachsenen.

Betrachtet man die verschiedenen Entwicklungsstufen einmal so, als hätten das neugeborene Kind und der Erwachsene die gleiche Größe, dann erkennt man besonders deutlich die vorhandenen Proportionsunterschiede (Abb. a, S. 101: Der Kopf des Neugeborenen beansprucht insgesamt etwa ein Viertel der gesamten Körperlänge, der des Erwachsenen jedoch nur ein Achtel. Arme und Beine sind bei ihm relativ kürzer als beim Erwachsenen. Die Körpermitte liegt bei ihm über, beim Erwachsenen deutlich unter dem Nabel. Erst mit etwa 6 Jahren befindet sich der Nabel ziemlich genau in Körpermitte. Die Beinlänge, beim Neugeborenen nur etwa drei Achtel der gesamten Körperlänge ausmachend, nimmt beim Erwachsenen bereits die halbe Länge ein, das gleiche gilt für die Arme. Ähnlich unterschiedlich verhalten sich auch die Breitenproportionen. Die Unterschiede sind für das besondere Erscheinungsbild von Babys verantwortlich.

Im einzelnen unterscheidet sich natürlich auch der Gesichtsschnitt von Entwicklungsstufe zu Entwicklungsstufe beträchtlich. Dies vor allem deshalb, weil der Hirnschädel des Neugeborenen im Vergleich zum Gesichtsschädel unverhältnismäßig groß ist, weil auch die Augen des Babys relativ groß sind, die Nasenform noch wenig ausgeprägt ist, weil zwischen Nase und Mund andere Abstände bestehen, kurzum weil alle kindlichen Proportionen andere sind als die des Erwachsenen. Gerade diese Einzelheiten der Gesichtsbildung und entwicklung sind es, die dem Baby und Kleinkind eine unverwechselbare Eigenheit und seinen besonderen Liebreiz verleihen.

Längenwachstum:
Die durchschnittliche Körperlänge des Kindes beträgt bei Geburt 50 bis 55 cm, mit 3 Monaten 60 cm, mit 6 Monaten 66 cm, mit 9 Monaten 70 cm und mit einem Jahr etwa 74 bis 80 cm. Das zweijährige Kind ist durchschnittlich 85 bis 88 cm, das dreijährige 93 bis 95 cm und das vierjährige 100 bis 105 cm groß. Wie man aus den Daten leicht entnehmen kann, wächst das Kind anfangs schneller als später, d.h. das Wachstumstempo verlangsamt sich mehr und mehr, so daß der Zuwachs im 1. Lebensjahr 25 cm, im 2. Lebensjahr 10 cm, im 3. Lebensjahr 8 cm und im 4. Lebensjahr nur noch 7 cm beträgt. Mit dem vollendeten 2. Lebensjahr hat Ihr Kind etwa die Hälfte seiner späteren Erwachsenengröße erreicht.

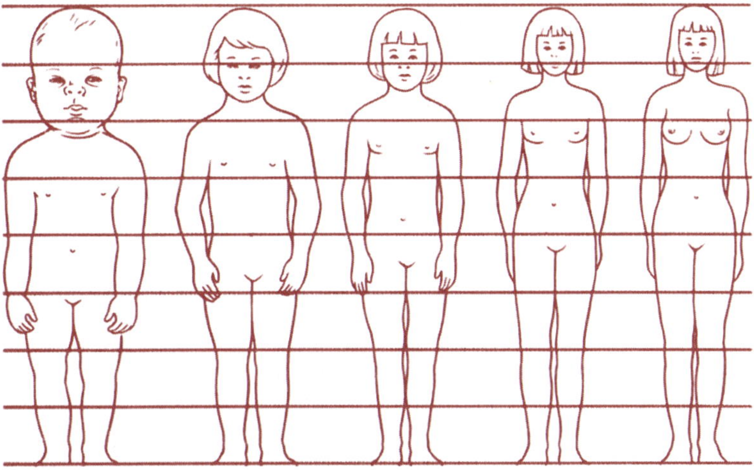

a Die unterschiedlichen Körperproportionen in den verschiedenen Lebensaltern

Erfahrungstip:
Stellen Sie deshalb unbedingt am Geburtstag Ihres Kindes seine genaue Körpergröße fest. Sie gewinnen damit einen wichtigen Anhaltspunkt für seine zu erwartende endgültige Körpergröße nach Abschluß des Längenwachstums.

Vgl. auch →Längenwachstum

Kopfwachstum:
Der Kopf des Kindes, dessen Umfang bei Geburt 32 bis 34 cm beträgt, wächst im 1. Lebensjahr besonders stark. Deshalb beträgt sein Umfang am Ende dieses Jahres bereits etwa 46 bis 47 cm. Danach verlangsamt sich das Kopfwachstum mehr und mehr: Der endgültige Kopfumfang beim Erwachsenen beträgt 53 bis 59 cm. Das Kopfwachstum verläuft mit dem Hirnwachstum nahezu parallel.

Vgl. auch →Kopfumfang

Gewichtswachstum:
Das durchschnittliche Gewicht des Neugeborenen nach einer normalen Schwangerschaftsdauer (280 bis 282 Tage) beträgt 3000 bis 3500 g, gelegentlich auch etwas mehr. Bereits einen Monat später liegt es, nachdem in den ersten Lebenstagen ein vorübergehender geringer Gewichtsverlust aufgetreten ist, um 500 g höher. Innerhalb von 4 bis 5 Monaten verdoppelt sich das Geburtsgewicht, und mit einem Jahr hat es sich mindestens verdreifacht.

Im 1. Lebensvierteljahr nimmt das gesunde Baby im Durchschnitt täglich etwa 28 bis 30 g, im 2. Vierteljahr etwa 20 g, im 3. Vierteljahr etwa 15 g und gegen Jahresende noch 12 g zu. Danach kann die weitere Gewichtszunahme sehr langsam erfolgen oder einige Zeit sogar ganz ausbleiben, ohne daß dies krankhaft ist. Man muß allerdings beachten, daß die genannten Gewichtszahlen nur Anhaltswerte sind, die keineswegs auch für jeden einzelnen Tag zutreffen müssen. Je häufiger man wiegt, desto unregelmäßiger verläuft die Gewichtskurve. Es gibt auch bei völlig gesunden Babys Tage ohne Ge-

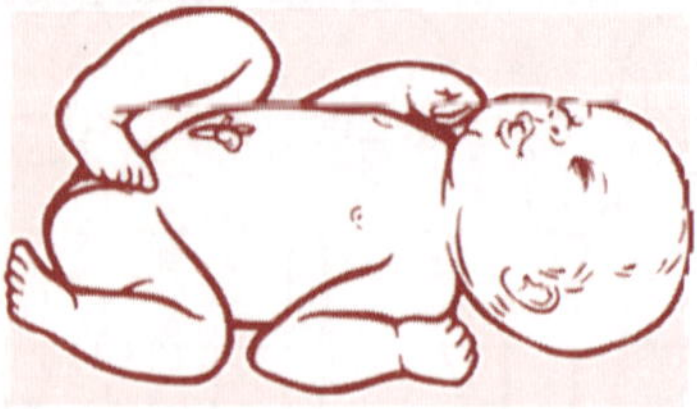

b Das Neugeborene

wichtszunahme, zuweilen sogar mit geringer Abnahme, denen dann wieder Tage mit stärkerem Gewichtsgewinn folgen. Wiegt man nur allwöchentlich und teilt den gesamten Wochenzuwachs durch 7, dann ergeben sich aber zumeist die oben genannten Durchschnittswerte. Ganz erhebliche Abweichungen hiervon sind oft durch krankhafte Vorgänge bedingt, die beseitigt werden müssen.
Vgl. auch →Geburtsgewicht, →Gewichtsverlauf im Babyalter, →Wiegen (Wägen) des Babys
Gebißwachstum:
→Zahnung, normale
Entwicklung der Sinnesorgane:
→Bewußtsein des Neugeborenen, →Gehör, →Sehen
Entwicklung der Muskelfunktionen (statisch-psychomotorische Leistungen):
Beim Neugeborenen ist zwar Muskelkraft bereits vorhanden, doch erfolgen seine sämtlichen Bewegungen noch ungeordnet, nicht zielbewußt und ohne gewollte Zweckmäßigkeit (Abb. b). Weder kann der Kopf vom Baby selbst gehalten werden, noch kann es seine Augen in eine bestimmte Richtung lenken (→Fixieren). Aber bereits mit einem Vierteljahr ist das sich normal entwickelnde Baby imstande, den Kopf in Bauchlage zu heben, ihn kürzere Zeit frei zu halten sowie auf Sinnesreize (Lärm, Licht usw.) mit aktiver Zuwendung zu reagieren. Mit etwa einem halben Jahr kann das Kind schon mit der Hand zugreifen, vorgehaltene Gegenstände ergreifen, mit seinen eigenen Händen und Füßen spielen und die Beine aufstemmen, wenn man es hochhebt. Der Kopf wird nun vollständig frei und sicher gehalten. Mit 9 Monaten kann das Kind bereits sicher und ganz gezielt zufassen und Gegenstände festhalten sowie frei sitzen, nachdem es sich selbst aufgesetzt hat (Abb. c). Es kann mit Unterstützung stehen, oft auch schon kriechen, sowie sich von der Rücken- in die Bauchlage bringen und umgekehrt. Ein 12 bis 13 Monate altes Kind kann normalerweise frei stehen (→Stehen), manchmal auch bereits an der Hand laufen (oft schon einige Schritte frei, →Laufen; Abb. d). Bei Aufforderung führt es einfachere Bewegungsabläufe aus (»bitte, bitte«, »winke, winke« u.a.), die man ihm vorgemacht hat, und es spielt intensiv mit seinem Spielzeug, mit dem es allerdings zunächst noch eher planlos umgeht. Völlig selbständiges, freies Laufen ist meist mit etwa 15 bis 16 Monaten möglich.

Von diesen Entwicklungsdaten kommen auch bei ganz normal entwickelten

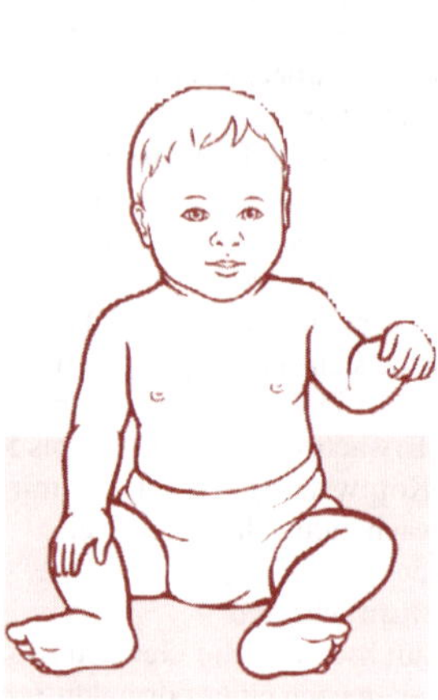

c Freies Sitzen mit 6 bis 9 Monaten

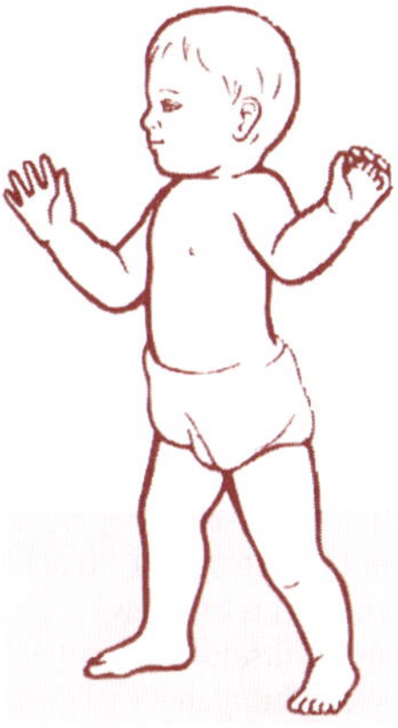

d Freies Stehen und erste selbständige Gehversuche mit 12 bis 15 Monaten

Kindern u.U. gewisse Abweichungen vor. Allerdings sind wesentliche Verzögerungen der Regelentwicklung oft Anzeichen für eine krankhafte Störung. Im Zweifelsfall sollten Sie unbedingt einen Kinderarzt konsultieren.

Sprachentwicklung:
→Sprachentwicklung

Für Eltern, die die wichtigsten Entwicklungsdaten ihres Kindes festhalten möchten, sind im Anhang dieses Buchs für diesen Zweck spezielle Tabellen eingefügt. In diese können Sie die jeweiligen Daten direkt eintragen.

Vgl. auch →Entwicklung, geistig-seelische

Entwicklungsstufen →Altersstufen, →Entwicklung, geistig-seelische, →Entwicklung, körperliche

Entwöhnen von der Brust →Abstillen

Enuresis →Blasenfunktion (normale und gestörte)

Erbrechen

»Sich Übergeben«; ein plötzliches, krampfartiges Herauswürgen von Mageninhalt nach einem Vorstadium von »Übelkeit« und/ oder Schwindel. E. und Übelkeit können zwar u.U. sinnvolle Schutzmaßnahmen des Körpers gegen Aufnahme unverträglicher Nahrung sein, doch kommt ihnen auch eine Bedeutung als regelrechtes Krankheitssymptom zu. E. kann also Ausdruck einer belanglosen, schnell vorübergehenden Störung des Allgemeinbefindens, aber auch ein hinweisendes Zeichen auf eine schwere Erkrankung sein. Ebenso kann E. als Begleiterscheinung eines krankhaften Geschehens auftreten oder gänzlich im Mittelpunkt einer Krankheit stehen. E. wird nicht nur bei krankhaften Zuständen des Magen-Darm-Kanals beobachtet, sondern auch bei zahlreichen anderen Störungen, bei denen eine Mitbeteiligung des Magens oder Darms nicht erkennbar ist. Diese mehrdeutige Situation hat aber zur Folge, daß es recht schwierig sein kann, das Symptom E. richtig zu deuten und zu bewerten.

Im allgemeinen erbrechen Kinder, vor allem aber Babys und Kleinkinder, viel eher als Erwachsene. Das liegt u.a. daran, daß ihre Reizschwellen niedriger als bei diesen liegt. Das E. erfolgt bei ihnen leichter (und »sitzt lockerer«), weil die anatomische Situation von Rachen, Speiseröhre und Magen eine andere ist und E. begünstigt.

Auf jeden Fall ist das E. eines Kindes für seine Umgebung stets ein alarmierendes Ereignis. Immer zwingt es dazu, der Frage nach der auslösenden Ursache nachzugehen. Manchmal lassen sich schon aus der Art des E. wie auch aus der Beschaffenheit des Erbrochenen hierüber gewisse Anhaltspunkte gewinnen.

Am sichtbaren Ablauf des E. werden, besonders im Babyalter, weitere Hinweise auf die Art der Störung erkennbar:

Einfaches Spucken (oder Speien): Dieses erfolgt bei ein- und demselben Baby bald seltener, bald häufiger. Dabei werden jedesmal nur sehr kleine Nahrungsmengen herausgebracht. Das Gedeihen der Kinder ist ungestört, auch ihr Gewicht steigt ausreichend an (→Speien, »gewohnheitsmäßiges«). Begünstigend wirkt extremes →Luftschlucken bei hastigem Trinken.

Schlaffes, spannungsloses (atonisches) E.: Die Menge der dabei im schlaffen Schwall entleerten, sauer riechenden Nahrung ist umfangreicher. Sie läuft dem Baby gewöhnlich über Wangen, Kinn und Hals. Nach Art und Häufigkeit wird dieses E. auch als »gewohnheitsmäßiges« (habituelles) E. bezeichnet. Eine organische Ursache liegt ihm meist nicht zugrunde. Früher wurde diese Art des E. dem Formenkreis der →Neuropathie zugeordnet. Begünstigend wirken offenbar ungeschickter, unsicherer Umgang mit dem Baby nach dem Trinken, Hast und Unruhe beim Füttern.

Spastisches (krampfartiges) E.: Dabei wird fast der gesamte Mageninhalt, manchmal unmittelbar nach der Mahlzeit, manchmal auch längere Zeit danach, in hohem, kräftigem Bogen erbrochen. Bei häufigerem Vorkommen dieses E. entstehen schnell Gewichts- und Wasserverluste. Schon deshalb ist es als Notfallsituation zu bewerten. Diese Art des E. weist auf einen →Magenpförtnerkrampf hin, der operativ behoben werden muß.

Ein uncharakteristisches, »gewöhnliches« E. ohne besondere Merkmale kommt meist nur einmal und aus verschiedensten Ursachen vor.

Von den Ursachen dieser letzten Gruppe des E. her gesehen, kann es Folge (und Begleiterscheinungen) sein von

- →Überfütterung (z.B. Zustand nach Kindergeburtstag, »verdorbener Magen«)
- Erkrankungen des Magen-Darm-Kanals (→Brechdurchfall, akuter →Durchfall, sog. Magen-Darm-Grippe, →Blinddarmentzündung)
- Erkrankungen des Zentralnervensystems (Entzündungen, Tumoren, hierbei besonders Nüchtern-E. am Morgen!)
- Infektionskrankheiten (z.B. als einleitendes Symptom bei →Scharlach, →Keuchhusten u.a.)
- Infekten der Luftwege (→Angina, →Mittelohrentzündung, Nebenhöhlenentzündung, Bronchitis u.a.)
- →Harnweginfektionen
- Nahrungsmittelunverträglichkeiten oder -vergiftungen
- →Vergiftungen

Erfahrungstip:
Jedes nicht nur einmal, sondern wiederholt auftretende E. eines Babys oder Kleinkinds muß möglichst schnell ursächlich vom Arzt geklärt werden, damit keine beginnende ernstlichere Störung übersehen wird. Gleiches gilt bei E. von Babys, das mit Gewichtsstillstand oder größeren Gewichtsverlusten einhergeht.

Vgl. auch →Aufstoßen, →Brechdurchfall, →Durchfall, akuter, →Luftschlukken, →Magenpförtnerkrampf, →Überfütterung

Erektion

Versteifung und Aufrichtung des Glieds bei Knaben kommt zuweilen schon im Baby- und Kleinkindalter vor. Sie tritt meist spontan auf, oft am Morgen nach dem Schlafen, wenn die Blase gefüllt oder die Penisvorhaut entzündlich gereizt ist. Eine E. in diesem Alter hat noch keinerlei innere oder äußere Beziehung oder direkte Analogie zum Vorgang der sexuellen Erregung des erwachsenen Mannes.

Erinnerungsfähigkeit →Bewußtsein des Neugeborenen

Erkältung

Den sog. Erkältungskrankheiten mit Entzündung der Nase (→Schnupfen), des Rachens, der Bronchien (→Bronchitis), der Augenbindehaut (→Bindehautentzündung) und auch der Harnblase liegen ausnahmslos Infektionen mit Krankheitserregern (meist Viren) zugrunde. Dabei spielt das »Erkälten« als Folge einer Ab- oder Auskühlung selbst nur die Rolle eines begünstigenden Faktors insofern, als sie offenbar durch Veränderung der Durchblutungsverhältnisse in den Schleimhäuten der Atemwege deren Abwehrfähigkeit gegenüber diesen Erregern herabsetzt. Allerdings sind auch heute die Kenntnisse über die genauen Zusammenhänge noch immer recht unvollkommen.

»Erkältungskrankheiten« sind die häufigsten Gesundheitsstörungen im Kindesalter überhaupt. Nur Babys sind in der ersten Lebenszeit zunächst noch nicht übermäßig anfällig. Allerdings kann ein »gewöhnlicher« Schnupfen im Babyalter durch Behinderung der Nasenatmung zu einer durchaus ernsthaften Erkrankung werden. Erst wenn die Kinder älter werden, steigert sich zugleich mit der Möglichkeit einer Ansteckung deren Krankheitsbereitschaft und -häufigkeit.

Kein Zweifel besteht daran, daß sich vor allem wenig abgehärtete Menschen, die ständig zu warm angezogen sind und sich in überheizten Räumen aufhalten, leichter »erkälten« als andere (→Abhärtung). Alle Erkältungskrankheiten werden gewöhnlich durch persönlichen Kontakt direkt von Mensch zu Mensch weiterverbreitet (Anhusten, Anniesen, Tröpfcheninfektion), so daß meist alle Familienmitglieder zugleich oder hintereinander erkranken.

Zur Vermeidung von Erkältungskrankheiten ist es zweckmäßig, bereits akut erkrankten Menschen aus dem Weg zu gehen und sich selbst abzuhärten. Die Vermeidung einer Ansteckung innerhalb der Familie ist allerdings bei engeren Wohnverhältnissen kaum möglich. Insbesondere in geschlossenen Räumen mit Menschenansammlungen werden durch →Husten, →Niesen und Sprechen (Tröpfcheninfektion) die Erreger in der Raumluft verbreitet und besonders von jüngeren Kindern aufgenommen. Daher bietet es auch nur wenig Sicherheit, wenn eine erkältete Mutter bei der Versorgung ihres Babys einen Mundschutz trägt. Sie sollte es allerdings vermeiden, das Kind direkt anzuhusten oder anzuniesen. Überhaupt sollte sie zumindest in der akuten (noch ansteckenden) Phase ihrer E. (1. bis 8. Tag) versuchen, etwas mehr Distanz als sonst einzuhalten, z.B. das Baby nicht im allgemeinen Wohnraum der Familie versorgen und es für sich allein schlafen legen.

Erfahrungstip:
Die Vorstellung, daß ein Baby besonders gut warmgehalten werden muß, um sich nicht zu »erkälten«, spielt gedanklich oft eine so überwertige Rolle, daß manche Eltern in bester Absicht weitaus zuviel tun. Sie decken es zu warm zu oder ziehen es übermäßig dick an. Die Folge: Das Kind schwitzt allzu leicht und »erkältet« sich dann viel eher als ein normal angezogenes, das nicht schwitzt. Finden Sie hierbei unbedingt ein objektives und realistisches Mittelmaß, und das nicht nur im Winter, sondern erst recht im Sommer. Entscheidungshilfe: Wenn das Baby angemessen bekleidet ist, darf es zwar kühle, aber keine kalten, keine heißen und keine schwitzenden Hände haben.

Vgl. auch →Abhärtung, →Angina, →Bronchitis, →Harnweginfektion, →Mittelohrentzündung, →Niesen, →Schnupfen, →Verhütung von Ansteckung bei Infektionskrankheiten

Erkrankung der Mutter →Notmütterdienst

Ernährung, alternative

Unter a. E. versteht man ganz allgemein Ernährungsweisen, die in bezug auf die Nahrungsauswahl von der herkömmlichen mitteleuropäischen Kost mit ihrer Mischung aus tierischen und pflanzlichen Nahrungsmitteln abweichen.

Beispiele für alternative Ernährungsweisen sind:

Ovo-lakto-vegetarische Ernährung: Verzehrt werden Eier- und Milchprodukte, z.T. auch Fisch, sonst keine Fleischerzeugnisse. Ernährungsdefizite sind bei richtiger Lebensmittelauswahl im Prinzip vermeidbar.

Lakto-vegetarische Ernährung: Milchprodukte, z.T. auch Fisch werden akzeptiert, jedoch keine Fleischprodukte, Eier und Eiprodukte.

Veganische (streng vegetarische) Ernährung: Alle tierischen Produkte werden strikt abgelehnt, d.h. weder Fleisch noch Milch oder Milchprodukte werden akzeptiert, häufig nicht einmal Honig.

Die Beweggründe für solche alternativen Ernährungsformen sind mannigfaltig und liegen in weltanschaulichen, religiösen oder ökologisch-ökonomischen Überzeugungen von Bevölkerungsgruppen unterschiedlicher ethnischer und sozialer Zugehörigkeit. Der Begriff »alternativ« suggeriert, daß die beschriebenen Ernährungsformen tatsächlich eine Alternative zu den von kinderärztlichen oder anderen wissenschaftlichen Fachgremien empfohlenen Ernährungsrichtlinien darstellen. In Wirklichkeit ist dies nicht der Fall – im Gegenteil, denn übertriebene »alternative« Ernährungsformen können handfeste Risiken für Babys und Kinder mit sich bringen. Dies kann z.B. für eine rein veganische Ernährung einer Stillenden zutreffen, deren Milch es dann an wichtigen Vitaminen für das Baby fehlt, aber auch für die übertrieben vegetarische oder gar veganische, makrobiotische und anthroposophisch dominierte Ernährung älterer Säuglinge und Kleinkinder. Wenn Sie eine optimale Ernährung Ihres Kindes anstreben, halten Sie sich am besten an die Empfehlungen Ihres Kinderarztes.

Vgl. auch →Beikost, →Ernährungsplan für das Babyalter, →Säuglingsnahrungen, →Vitaminmangelkrankheiten

Ernährung des Kleinkinds

Neben den Bemühungen um eine bedarfsgerechte Ernährung von Babys ist in den letzten Jahren auch die E. d. K. kritischen Wertungen unterzogen worden. Neue Erkenntnisse der Ernährungswissenschaft auf diesem Gebiet haben ihren Niederschlag in Produkten gefunden, die den speziellen ernährungsphysiologischen Bedürfnissen des Kleinkindalters in besonderem Maße entsprechen (z.B. spezielle Kleinkindkost und →Kleinkindmilchen). Bei der E. d. K. geht es – wie auch bei Babys – in erster Linie um eine sinnvolle Bedarfsdeckung, die die Besonderheiten des Kleinkindalters berücksichtigt und bei der →Ernährungsfehler, z.B. durch →Überfütterung, vermieden werden, welche derzeit die weitverbreitetste Form der Fehlernährung von Kleinkindern ist. Eine Überfütterung entsteht nicht selten durch die irrtümliche Annahme, daß ein wohlgenährtes, besonders dickes Kleinkind auch am besten gegen Krankheiten geschützt sei. Doch trifft genau das Gegenteil zu: Überfütterte Kleinkinder sind weit weniger widerstandsfähig als normal ernährte.

Die Besonderheiten des älteren Säuglings- und des Kleinkindalters, die bei der E. d. K. berücksichtigt werden müssen, bestehen vor allem in noch ausreifenden Stoffwechselfunktionen, ständigen Strukturveränderungen des Körpers, hoher Wachstumsrate und stetiger Zunahme der Bewegungsaktivität. Zur Deckung des damit verbundenen relativ hohen Energiebedarfs müssen die Hauptbestandteile der Nahrung, d.h. Kohlenhydrate, Fette und Eiweiße, in einem richtigen Verteilungsverhältnis zueinander stehen: Anteilsmäßig sollen Kohlenhydrate 50 bis 55 %, Fette 30 bis 35 % und Eiweiße 10 bis 12 (15)% des täglichen Nahrungsangebots ausmachen. Das bedeutet, daß Kleinkinder pro kg Körpergewicht und Tag etwa 10 g Kohlenhydrate, 2,5 g Eiweiß und 3 g Fett zu sich nehmen sollten. Zur Bedarfsdeckung und zur gleichzeitigen Vermeidung von Übergewicht und →Mastfettsucht (Adipositas) sowie ihren Folgeerscheinungen (z.B. Herz-Kreislauf-Erkrankungen) ist beim Fettkonsum auf Qualität zu achten: Ein hoher Anteil pflanzlicher Öle ist besser geeignet, weil in ihnen die Zusammensetzung der Fettsäuren günstiger ist. Deshalb sollten tierische Fette zugunsten pflanzlicher Fette und Öle äußerst sparsam verwendet werden.

Außerdem gelten für die E. d. K. folgende Empfehlungen:

Die Nahrung sollte einen relativ hohen Anteil an möglichst komplexen Kohlenhydraten (z.B. aus Getreideprodukten, Obst, Gemüse) haben; leicht und schnell im Darm verfügbarer Zucker (z.B. Kochzucker oder süße Getränke) sind dagegen weitgehend zu meiden.

Ferner ist eine ausreichende Versorgung mit sog. Mikronährstoffen, d.h. mit →Vitaminen, Jod (Jodsalz verwenden!) und Eisen (→Eisenbedarf) sicherzustellen (→Spurenelemente). Meiden Sie in der E. d. K. möglichst bis zum 3. Lebensjahr unveränderte, d.h. rohe →Kuhmilch. Verwenden Sie besser spezielle sog. →Kleinkindmilchen. Diese Produkte (z.B. Alete 5-Korn-Milchnahrung, Milupa Milupina-Kindermilch oder Nestlé-Neslac) werden im Handel angeboten und haben den Vorteil, daß ihnen die für die Entwicklung von Kleinkindern notwendigen Spurenelemente, Vitamine und Mineralien bedarfsentsprechend zugesetzt sind.

Als Getränke eignen sich für das Kleinkindalter neben dem normalen Trinkwasser kohlensäurearmes Mineralwasser, aber auch ungesüßte Kräuter- und Früchtetees (sog. Kleinkindertees). Vermeiden Sie möglichst reine, unverdünnte Fruchtsäfte, da diese sehr viel Zucker, vor allem Fruchtzucker (ca. 10%) enthalten und die Entstehung von frühzeitiger Zahnkaries (→Flaschen-Karies) fördern. Bei vielen Kindern, die übermäßig viel Fruchtzucker, z.B. in Form von solchen Säften, zu sich nehmen, kommt es außerdem oft zu Bauchschmerzen, die durch übermäßige Darmgasbildung infolge des Fruchtzucker-Überangebots in ihrer Nahrung verursacht sind. Verdünnen Sie aus diesen Gründen Fruchtsäfte mindestens 1:1 mit Wasser. Entsprechendes gilt für Fruchtsaftgetränke, Fruchtnektare, Brausen, Cola-Getränke, Limonaden und Malzbier, die sämtlich nicht zu einer geeigneten E. d. K. gehören.

Erfahrungstips:

Bevorzugen Sie für Ihr Kleinkind anstelle von einer konzentrierten und hochwertigen, aber relativ einförmigen Babynahrung eine gemischte Kost aus verschiedenen, weniger konzentrierten Nahrungsmitteln. Schon ein 16 bis 18 Monate altes Kleinkind ist in der Lage, auch etwas gröbere Speisen zu kauen und zu verdauen. Es zeigt in der Regel sogar eine ausgesprochene Freude an der Kostabwechslung.

Meiden Sie rohe, unbehandelte Kuhmilch, und ersetzen Sie sie durch eine spezielle Kleinkindmilch (s.o.). Bieten Sie ausreichend Gemüse (auch Kartoffeln) und Obst sowie Fleisch an. Geben Sie auch gröbere Brotsorten dazu, denn die einseitige Gabe von Weißmehlprodukten ist aus ernährungsphysiologischer Sicht nicht optimal.

Dem schon etwas älteren Kleinkind können Sie Salate anbieten und das Milchangebot durch verschiedene Milchprodukte wie Joghurt, Quark, Käse bereichern.

Verzichten Sie aber im 2. Lebensjahr noch auf Kohl und Hülsenfrüchte und besonders schwer kaubare Nahrungsbestandteile.

Vermeiden Sie es weitgehend, Kindern jenseits ihres 1. Geburtstages noch wie einem Baby die Flasche zu geben.

Die Gabe von →Süßigkeiten sollten Sie nach Häufigkeit und Menge begrenzen; Süßspeisen geben Sie bitte nur am Ende und niemals vor oder zu der Mahlzeit.

Passen Sie die Zahl und Einteilung der Mahlzeiten des Kleinkindes in zunehmendem Maße den Verhältnissen der übrigen Familie an; drei bis vier, höchstens fünf Mahlzeiten sind für das Kleinkind angemessen.

Kleinkinder jenseits des 2. Geburtstages sollten durchaus am Tisch zusammen mit den Eltern und/oder Geschwistern essen.

Wegen ihrer lebhaften Beweglichkeit und Bewegungsaktivität sowie aus anderen Gründen benötigen Kleinkinder zwar ausreichende Mengen an Flüssigkeit, aber nur in Form wirklich geeigneter Getränke (s.o.).

Vgl. auch →Appetitlosigkeit, →Mastfettsucht, →Speiseplan für das Kleinkind

Ernährung, künstliche (unnatürliche)

Bezeichnung für alle Ernährungsformen des Babys, die nicht auf der natürlichen Ernährung des Kindes an der Brust mit Muttermilch beruhen.

Vgl. auch →Brustkind, →Brustkind, Nahrungsbedarf, →Ernährung, natürliche, →Frauenmilch, →Säuglingsnahrungen

Ernährung, milchfreie →Säuglingsnahrungen

Ernährung, natürliche

Bezeichnung für die Ernährung eines Säuglings mit der für ihn naturgegebenen Nahrung, der →Frauenmilch. Dabei umfaßt der Begriff »natürlich« sowohl die Ernährung eines Babys unmittelbar an der Mutterbrust durch →Anlegen, was auch als Stillen bezeichnet wird, als auch die Verfütterung von Mutter- oder Frauenmilch mit der Flasche sowie die Ernährung eines Babys mit gespendeter Frauenmilch.

Die Bezeichnung »natürliche« Ernährung entstand aus dem Bedürfnis, hervorzuheben, daß es für den menschlichen Säugling nur eine einzige Form der natürlichen Nahrung gibt und daß alle anderen Nahrungen eben keine natürlichen, sondern »künstliche«, nicht primär naturgegebene Ernährungsformen sind.

Vgl. auch →Brustkind, Nahrungsbedarf, →Ernährung, künstliche, →Frauenmilch, →Neugeborenes, Nahrungsbedarf, →Stillfähigkeit

Ernährungsfehler

Wegen der besonderen Empfindlichkeit des Darms und der speziellen Abhängigkeit von Babys von einer richtig zusammengesetzten Nahrung werden nicht selten unbeabsichtigt E. gemacht. Sie entstehen fast ausnahmslos durch selbsthergestellte Säuglingsnahrungen aus Milch und Beikost oder durch sog. alternative Ernährungsformen (→Ernährung, alternative). E. entstehen aber auch durch Nichtbeachtung der Empfehlungen und Vorschriften zur Herstellung der →Flaschennahrung.

Die häufigsten Folgen von E. im Säuglings- und Kleinkindalter sind Mangelernährung, vor allem in Form von Vitaminmangel (→Vitaminmangelkrankheiten), Unterernährung, Überernährung

(→Überfütterung) und einseitiger Fehlernährung. Im Einzelfall können sich mehrere dieser E. auch kombinieren, so z.B. beim sog. →Mehlnährschaden, der fast immer mit Vitaminmangelerscheinungen (Vitamin A, D, E, K) verbunden ist, während der sog. →Milchnährschaden oftmals die Entstehung einer Rachitis durch Mangel an Vitamin D begünstigt.
Vgl. auch →Mehlnährschaden, →Milchnährschaden, →Überfütterung, →Vitaminmangelkrankheiten

Ernährungsplan für das Babyalter

Für die Ernährung eines Kindes während seines ersten Lebensjahres gibt es bestimmte allgemeine Richtlinien und Normen. Sie lassen sich in einem auf praktischer Erfahrung und wissenschaftlicher Erkenntnis beruhenden E. f. d. B. zusammenfassen.

1. Monat:

Gleich nach der Geburt sollte das Neugeborene an die Brust der Mutter angelegt werden (→Anlegen, erstes). Damit werden die frühzeitige Entwicklung der für das Saugen wichtigen Reflexe, die Milchbildung in der mütterlichen Brust und die Mutter-Kind-Beziehung gefördert. Geben Sie Ihrem Baby so lange und so oft die Brust, bis sein Hunger gestillt ist. In der Regel kommen Sie dabei auf ungefähr 6 Mahlzeiten täglich. Die Trinkmengen pro Tag lassen sich in den ersten 10 Tagen nur ungefähr berechnen. Nach dem Kinderarzt Finkelstein zählt man dazu das Lebensalter in Tagen, subtrahiert davon 0,5 und multipliziert mit 70 ml (hier ein Beispiel für ein 8 Tage altes Baby: 8 – 0,5 = 7,5 x 70 ml = 525 ml).

Dies bedeutet, daß Ihr Kind in diesem Fall pro Tag eine Trinkmenge zu sich nimmt, die in etwa 1/5 bis 1/6 seines Körpergewichts entspricht. Dieses Verhältnis bleibt auch in den nächsten Wochen im Prinzip unverändert, auch wenn das Baby an dem einen Tag einmal etwas mehr, am anderen etwas weniger trinken mag. Durch Wiegen des Babys (→Wiegen (Wägen) des Babys) können Sie vergleichen, ob es in etwa diese Menge an der Brust trinkt (→Stillprobe).

Besteht aus medizinischen oder anderen Gründen für Sie nicht die Möglichkeit zu stillen, geben Sie entsprechende Säuglingsnahrung nach dem Prinzip »ad libitum«, d.h. nach dem Bedürfnis des Babys (→Ad-libitum-Ernährung). Die Milchmengen sind in diesem Fall mit den oben genannten identisch.

2. Monat:

Da die Muttermilch alle Bestandteile für eine optimale Ernährung des Babys enthält, reicht sie bis zum 5. Monat als alleinige Nahrung vollkommen aus. Es ändert sich auch nichts an den unter *1. Monat* angegebenen Mengen einer Säuglingsnahrung, d.h. also insgesamt 1/5 bis 1/6 des Körpergewichts pro Tag.

3. und 4. Monat:

Auch im 3. und 4. Monat ist Muttermilch vollkommen ausreichend. Das Baby sollte weiterhin nach Bedarf (wenn es Hunger hat) angelegt werden. Inzwischen hat sich in der Regel ein täglicher Rhythmus von ca. 6 Mahlzeiten eingespielt. Das Baby wird wiederum ungefähr 1/5 bis 1/6 des Körpergewichts in Form von Muttermilch oder bei Stillproblemen einer Säuglingsnahrung zu sich nehmen.

5. Monat:

Morgens: Stillen bzw. Anfangsnahrung oder auch schon Folgenahrung (d.h. →Säuglingsnahrungen) mit der Kennzeichnung 1 für Anfangsnahrung oder 2 für Folgemilch auf der Packung. Trinkmenge: ca. 210 bis 240 ml.

Vormittags: Wie morgens.

Mittags: Stillen bzw. eine Säuglingsnahrung (s.o.). Zur schrittweisen Gewöhnung an Beikost können Sie aber auch schon einen Brei geben. Beginnen Sie am besten mit einem →Gemüse-Brei, z.B.

mit einem Karotten-Brei. Andere Breisorten sollten Sie erst im 6. oder 7. Monat anbieten (s.u.).

Nachmittags: Wie morgens.

Abends: Wie morgens.

6. Monat:

Morgens: Säuglingsnahrung mit der Kennzeichnung 2. Trinkmenge: ca. 240 ml.

Vormittags: Bei Bedarf, d.h. wenn das Kind Hunger hat, können Sie ein halbes Glas Früchte- oder Gemüse-Brei füttern.

Mittags: Gemüse-Fleisch-Brei.

Nachmittags: Säuglingsnahrung mit Kennzeichnung 2. Trinkmenge: ca. 240 ml.

Abends: ca. 200 g Milchbrei oder ein Glas Reis-Früchte-Brei.

7. bis 9. Monat:

Morgens: Säuglingsnahrung mit Kennzeichnung 2. Trinkmenge: ca. 240 ml.

Vormittags: Bei Bedarf, d.h. wenn das Kind Hunger hat, können Sie ein halbes Glas Früchte-Brei oder Kinderkeks oder Vollkorn-Früchte-Brei anbieten.

Mittags: Gemüse-Reis-Fleisch-Brei oder Nudel-Gemüse-Fleisch-Brei oder Tomaten-Reis-Fleisch-Brei oder Kartoffel-Gemüse-Fleisch-Brei. Die Mittagsmahlzeit enthält im Verlauf dieser 3 Monate immer mehr Zutaten und auch Masse.

Nachmittags: Vollkorn-Früchte-Brei.

Abends: 200 g Milchbrei oder ein Glas Reis-Früchte-Brei.

10. bis 12. Monat:

Morgens: Säuglingsnahrung mit Kennzeichnung 2. Trinkmenge: ca. 240 ml.

Vormittags: 10. bis 11. Monat als Zwischenmahlzeit ca. ein halbes Glas Vollkorn-Früchte-Brei.

Mittags: 10. bis 11. Monat Gemüse-Reis-Fleisch-Brei oder →Gemüse-Kartoffel-Fleisch-Fett-Brei oder Nudel-Gemüse-Fleisch-Brei oder Tomaten-Reis-Fleisch-Brei oder Kartoffel-Gemüse-Fleisch-Brei.

Nachmittags: als Zwischenmahlzeit ca. ein halbes Glas Vollkorn-Früchte-Brei. Ab dem 12. Monat gibt es als Zwischenmahlzeit ein Glas Vollkorn-Früchte-Müsli.

Abends: ca. 200 g Milchbrei oder ein Glas Brei, z.B. mit Gemüse, Reis, Fleisch.

Ab 12. Monat:

Kleinkindnahrung, z.B. Kartoffeln mit Blumenkohl und Kalbfleisch oder Schinkennudeln in Tomatensauce oder Gemüse mit Kartoffeln und Putenfleisch (→Kochrezepte für das ältere Baby und das Kleinkind).

Zum Ende des 1. und Anfang des 2. Lebensjahres sollten Sie die Essenszeiten wie auch die Ernährungsart an die der übrigen Familie annähern. Die Kost muß in zunehmend geringerem Maße passiert, sondern kann allenfalls mit der Gabel zerdrückt werden. Neben Brotstückchen kann das Kind auch Apfelschnitzchen oder Apfelsinen- und Bananenstückchen zum Kauen bekommen, aber nicht zwischen, sondern zu oder nach den Mahlzeiten.

Wenn Sie die letzte Abendmahlzeit auf 18.30 Uhr oder 19.00 Uhr legen, bekommen Sie Ihre verdiente Abendruhe, und das Kind kommt frühzeitig genug ins Bett.

Vgl. auch →Beikost, →Ernährung des Kleinkinds, →Kochrezepte für das ältere Baby und das Kleinkind, →Speiseplan für das Kleinkind, →Tagesplan

Ernährungsstörungen

Heute nur noch selten gebrauchter Fachausdruck für die Gesamtheit aller Krankheitserscheinungen, Begleit- und Folgeschäden bei einem an Magen-Darm-Störungen erkrankten Baby. Diese weitgefaßte Bezeichnung sollte zum Ausdruck bringen, daß bei Magen-Darm-Störungen eines Säuglings sich zumindest ein Teil der Erscheinungen jenseits des Darmbereichs im gesamten Organismus, insbesondere im Stoffwechsel abspielt (Wasserhaushalt, Mineralstoffwechsel, Kreislauf, Fetthaushalt, Nervensystem u.a.).

Der Begriff E. erfaßt also über die lokale Darmerkrankung hinaus alle Erscheinungen, die mit der Ernährungsfunktion unmittelbar und mittelbar zusammenhängen oder von ihr abhängig sind.

Bezüglich des pflegerischen Vorgehens und der Behandlung der E. s. →Durchfall, akuter, →Brechdurchfall.

Erstausstattung

Wäsche und Gebrauchsgegenstände, die für die sachgemäße Pflege und Erstversorgung eines Babys erforderlich sind, nennt man E. Eine zweckmäßige E. können Sie etwa folgendermaßen zusammenstellen:

6 bis 8 sog. Bodys verschiedener Größen (56 und 62), die heute anstelle der früher üblichen Hemdchen Anwendung finden und auch Frotteehöschen sparen helfen
6 bis 8 →Jäckchen verschiedener Größen (56 und 62).
mehrere Packungen Windeln (Einmal- oder Stoffwindeln, →Höschenwindeln)
4 bis 5 Frotteehöschen (s.o.)
6 bis 8 →Strampelhosen mit Fuß
1 bis 2 Paar Wollschuhchen
Molton-Wickeltücher, 80 x 80 cm
Ausfahrgarnitur mit Mütze, Wolljäckchen, Fausthandschuhen für die kühlere Jahreszeit
6 bis 8 →Lätzchen
6 Spucktücher (Mullwindeln) oder -kragen
3 Kinderbettlaken
3 Kinderbettbezüge
1 →Bettdecke, ca. 75 x 100 cm
1 leichtes, dünnes Kopfkissen
2 bis 3 Kopfkissenbezüge
2 bis 4 Badetücher
6 Waschlappen verschiedener Farbe
Wickelunterlage (möglichst abwischbar)
→Badethermometer
Wattestäbchen
feiner (Staub-)Kamm
weiche Haarbürste
Nagelschere
Reinigungstücher
→Kinderseife
→Kinderöl
→Kindercreme
5 bis 6 Trinkflaschen (→Flasche), evtl. nach Bedarf nachkaufen
Fieberthermometer (→Fiebermessung)
→Kinderbett bzw. sog. Stubenwagen (→Korbwagen)
Babywaage (evtl. leihweise)

Diese Grundausstattung können Sie natürlich entsprechend Ihrer Einzelsituation ergänzen oder variieren. Wenn Sie die Gegenstände frühzeitig einkaufen, haben Sie Zeit, durch Preisvergleiche viel Geld zu sparen. Es gibt auch Fachgeschäfte für Baby- und Kinderbedarf sowie darauf spezialisierte Versandhäuser, die komplette Erstlingswäscheausstattungen sowie Bade- und Pflegebedarfsgegenstände anbieten (Katalog anfordern).

Erste Maßnahmen im Erkrankungsfall

Bei allen akuten Erkrankungen des Babys müssen Sie sich zunächst so lange selbst helfen, bis der Arzt eintrifft, es sei denn, Sie machen sich sofort auf den Weg zum Arzt oder in eine Kinderklinik.

Erfahrungstip:
Zielbewußte und wirklich sinnvolle erste Maßnahmen sind die beste Hilfe für das Kind wie auch für den Arzt. Als wichtigste Grundregel für Ihr Verhalten gilt: Überlegt handeln, niemals kopflos werden und Ruhe bewahren!

Bei akuten Erkrankungen Ihres Kindes ist es zumeist hohes →Fieber, das Sie beunruhigt. Bei der Feststellung der Temperatur sollten Sie sich aber niemals auf

Ihr Gefühl verlassen, sondern stets das Fieberthermometer verwenden (→Fiebermessung). Bei höheren Temperaturen (39,5 bis 41° C) wirkt häufig ein gewöhnliches Bad (35° C Wassertemperatur) oder ein abkühlender Wickel um die Waden (→Beinwickel, abkühlender) erleichternd, beruhigend und temperaturabsenkend. Bleibt das Kind dennoch unruhig, können Sie ein →Fieberzäpfchen geben.

Liegt eine offensichtliche Magen-Darm-Störung vor (→Erbrechen, akuter →Durchfall, belegte Zunge, Flüssigkeits- und Wasserverlust), bewahren Sie möglichst die letzte Stuhlentleerung (und evtl. auch Erbrochenes) auf, um sie dem Arzt zu zeigen. Wenn irgend möglich sollte auch eine Urinportion zur Untersuchung bereitgestellt werden. Wenn es sich um einen akuten Durchfall oder um einen →Brechdurchfall handelt, geben Sie Ihrem Kind bis zum Eintreffen des Arztes keinerlei Nahrung und statt dessen nur dünnen, ungesüßten schwarzen →Tee mit einer Prise Salz.

Vgl. auch →Arztbesuch, →Bewußtseinsstörungen, →Fieber, →Fiebermessung

Erstickung

E. im Bettchen durch akute Verlegung der Atemwege ist die früheste Art tödlich ausgehender Kinderunfälle. Bei genügender Sorgfalt lassen sich aber solche Unfälle verhüten, wenn Sie alle Gefahrenquellen entfernen oder beseitigen, die eine E. evtl. verursachen können. Dies sind u.a. folgende:

- Große, zu weiche und schlecht befestigte Kissen, Decken sowie Kunststoff- und Gummiunterlagen: Sie sind deshalb so gefährlich, weil ein unbeaufsichtigtes Kind sich im Schlaf in ihnen derart »festwühlen« kann, daß die Möglichkeit einer E. besteht.
- Haltegurte jeder Art: Sie hindern das Baby zwar daran, sich allzu frei zu bewegen, aus dem Bettchen oder Kinderwagen zu fallen, sind aber nur mit besonderer Vorsicht zu verwenden. Ein falsch angebrachter →Haltegurt kann im ungünstigsten Fall zu einer regelrechten Selbsterdrosselung führen. Gleiches gilt auch für sonstiges Festbinden von Kindern (z.B. auf dem Töpfchen). Besondere Vorsicht ist ebenfalls bei quer über das Kinderbettchen gespannten Schnüren oder Bändern notwendig, ebenso wenn Sie Ihr Kind mit Halsbändern oder Halsketten schmücken.
- Verschluckbare Fremdkörper: Da ein Baby während einer bestimmten Entwicklungsphase ständig versucht, alles in den Mund zu stecken, was es nur erreichen kann, müssen Sie unbedingt alle Gegenstände, die es versehentlich verschlucken oder an denen es sich verschlucken könnte, von ihm fernhalten, z.B. Spielzeugteile, abgebissene Sauger- oder Schnullerteile, Knöpfe, Druckknöpfe, Sicherheitsnadeln, Nadelkissen und einzelne Nadeln, Münzen, Kugeln, Papiertaschentücher, Miniknopfbatterien u.a.
- Kunststoff- bzw. Plastikbeutel aller Formen und Größen: Diese werden von Kindern oftmals spielerisch über den Kopf gezogen. Durch ihre Anschmiegsamkeit und elektrostatische Ladung legen sich die Beutel aber häufig so eng an die Gesichtshaut an, daß dabei Mund und Nase verschlossen werden und E. eintreten kann.
- Frei herumliegende Schmink- oder Puderdosen: Atmet ein Kind beim Aufgehen der Dose plötzlich große Pudermengen ein, dann kann es an ihnen ersticken. Noch gefährlicher ist pulverisierter grüner oder schwarzer Pfeffer, dessen Einatmung tödlich ausgehen kann.
- Kühlschrank oder Tiefkühltruhe müssen Sie abschließen oder mit im Han-

del erhältlichen Sicherheitsmechaniken so sichern, daß Kinder nichts entnehmen oder beim Spielen oder Naschen nicht in die Geräte hineingelangen können.

- Schlecht ziehende Kamine oder Öfen: Diese geben u.U. giftiges Kohlenmonoxidgas ab, das sich, weil es etwas schwerer als Luft ist, zunächst in den unteren Luftschichten des Zimmers (Atembereich des spielenden Kindes) ausbreitet. Lassen Sie Kamine und Öfen deshalb regelmäßig vom Fachmann kontrollieren!

Die ersten Hilfsmaßnahmen bei E. richten sich im Einzelfall natürlich nach dem Unfallhergang.

Vgl. auch →Atemstillstand, →Mund-zu-Mund-Beatmung, →Unfälle, →»Wegbleiben«

Erstlingsschuhe →Kinderschuhe

Erwärmungsbad →Untertemperatur

Erythroblastose →Blutunverträglichkeit

Erziehbarkeit

Die Bereitschaft und Fähigkeit eines Kindes, gewisse sozial notwendige und erwünschte Verhaltensweisen und Gewohnheiten anzunehmen, bezeichnet man als E. Sie ist eine Fähigkeit, die es dem heranwachsenden Kind ermöglicht, sich allmählich in eine soziale Ordnung einzufügen und einer geordneten Umwelt so anzupassen, daß es Triebe und Affekte beherrschen und dabei auch das Verhalten zu entwickeln lernt, welches die Persönlichkeit ausmacht. Im Ausmaß und Grad der E. gibt es teilweise sehr erhebliche individuelle Unterschiede und familiäre Eigenheiten.

Voraussetzung für jede E. ist letztlich die sich allmählich ausbildende Verstandesfunktion. Soll eine Erziehung erfolgreich verlaufen, dann muß ein überhaupt erziehbares Individuum imstande sein, zunächst unbewußt, später auch bewußt, das Vorbild und Beispiel des Erziehenden zu erfassen und auf die klassischen Mittel der Erziehung wie Belohnung, Anerkennung, Lob, Tadel und Strafe sinnvoll zu reagieren.

Vom Tag seiner Geburt an ist der Mensch Objekt erzieherischer Bemühungen. Beim jüngeren Baby beschränken sich diese zunächst und vorwiegend auf die Erfüllung der für Wachstum und Gedeihen sowie auch auf die Schaffung der für die psychische und soziale Entwicklung notwendigen Voraussetzungen. Wenn die höheren Verstandesfunktionen sich mehr und mehr vervollkommnen, treten Anleitung und einfühlsame Führung durch die Bezugsperson sowie die Beobachtung des Vorbildes durch das Kind selbst stärker in den Vordergrund. Das Erziehungsgeschehen, das auf einer ständigen, vielfältigen Wechselwirkung zwischen Erziehendem und Kind beruht, wird natürlich von den Eigenheiten der Persönlichkeitsstruktur und des Charakters beider Personen gestaltet, wobei die größere Reife und Lebenserfahrung des Erziehenden diesem stets ein gewisses Übergewicht verleiht, ihm aber zugleich auch besondere Verantwortung auferlegt.

Bei seiner Tätigkeit wird der Kinderarzt häufig direkt oder indirekt mit Erziehungsfragen konfrontiert. Da diese sehr stark von den familiären, d.h. subjektiv geprägten Rahmenbedingungen abhängen, sind die Kinderärzte manchmal mit derartigen Fragen überfordert. Erwarten Sie daher nicht, daß jeder Kinderarzt in der Lage ist, alle spezifischen wie auch pädagogisch komplizierten Erziehungsfragen zu beantworten. Bei der Beurteilung des geistigen und motorischen Entwicklungsstandes Ihres Kindes als Voraussetzung für bestimmte Erziehungserfolge wird er Ihnen dagegen ein kompetenter Ratgeber sein.

Vgl. auch →Einzelkind, →Erziehung, allgemeine, →Mutter-Kind-Beziehungen, →Nestwärme, →Overprotection

Erziehung, allgemeine

»Bevor ich heiratete, hatte ich sechs Theorien über die Erziehung von Kindern, jetzt habe ich sechs Kinder und keine Theorie.«

(J.W. Rochester)

Die a.E. des Kindes und Jugendlichen sucht durch bewußt und gezielt durchgeführte pädagogische Maßnahmen und Prozesse, deren soziale Eingliederungsfähigkeit zu fördern.

Dabei wirken die allgemeinen Verhältnisse der Umwelt, die Familie und die Gesellschaft gleichermaßen erzieherisch.

Ziele der a.E. sind, die geistigen und körperlichen Anlagen, d.h. die ganze Persönlichkeit des Kindes zu voller Entfaltung zu bringen, eine möglichst optimale Anpassung an die soziale Umwelt und eine Gewöhnung an bestimmte Pflichten innerhalb der engeren und weiteren menschlichen Gemeinschaft zu erreichen. Dazu gehört auch eine gewisse Steuerung, jedoch nicht die Unterdrückung des Trieblebens.

Der Erfolg jeder Erziehung wird aber auch weitgehend von den geistigen und seelischen Fähigkeiten und Anlagen des zu erziehenden Kindes mitbestimmt (→Erziehbarkeit).

Mit den verschiedenen Fragen der a.E. befassen sich zwei Wissenschaftszweige, die Pädagogik (Erziehungswissenschaft) und die Psychologie (Seelenkunde). Die Pädagogik vermittelt Wissen, Fähigkeiten und Fertigkeiten sowie Werte und Normen einer Gesellschaft. Die Psychologie ist zwar eine selbständige Wissenschaft, innerhalb der Pädagogik gleichzeitig jedoch eine wichtige Teildisziplin.

Mit zunehmender geistiger Reifung des Kindes verläuft a.E. mehr und mehr über die unmittelbare Einwirkung auf den Verstand und die Einsicht. Dabei treten pädagogische Hilfsmittel (Lob, Tadel, Belohnung, Erfolgserlebnisse u.a.) in den Vordergrund. Eine wesentliche Rolle für die a.E. spielen die Imitation, d.h. die Nachahmung von Beispielen, und vor allem das Vorbild des Erziehenden.

Vgl. auch →Erziehbarkeit, →Mutter-Kind-Beziehungen, →Nestwärme, →Trotzalter

Erziehungsgeld

Nach dem Bundeserziehungsgeldgesetz (BErzGG) haben wahlweise Mütter oder Väter Anspruch auf E. und eine →Erziehungszeit.

E. wird für zwei Jahre nach der Geburt eines Kindes gezahlt. Die Höhe des E. ist von Einkommensgrenzen abhängig. (Ab 31.12.2000 ist die Einkommensgrenze für das ungekürzte Erziehungsgeld für Eltern mit einem Kind auf 32200 DM Nettoeinkommen, für Alleinerziehende mit Kind auf 26400 DM gestiegen.)

Das nach der Entbindung zustehende Mutterschaftsgeld wird auf das E. angerechnet.

Erziehungsurlaub kann von Arbeitnehmern für drei Jahre in Anspruch genommen werden.

Für die Zahlung des E. sind die Länder zuständig, von denen folgende Stellen/Behörden für die Ausführung bestimmt wurden, bei denen das E. zu beantragen ist:

Baden-Württemberg	Landeskreditbank
Bayern	Versorgungsamt
Berlin	Bezirksamt
Brandenburg	Jugendämter bei den Kreisen und kreisfreien Städten
Bremen	Stadtgemeinde Bremen: Amt für soziale Dienste

	Stadtgemeinde Bremerhaven: Jugendamt
Hamburg	Bezirksamt
Hessen	Versorgungsamt
Niedersachsen	Kreisfreie Städte, Landkreise, große selbständige Gemeinden
Nordrhein-Westfalen	Versorgungsamt
Rheinland-Pfalz	Kreisfreie Städte und Landkreise
Saarland	Versorgungsamt
Sachsen	Amt für Familie und Soziales
Sachsen-Anhalt	Amt für Versorgung und Soziales
Schleswig-Holstein	Versorgungsamt
Thüringen	Amt für Soziales und Familie

Vgl. auch →Erziehungszeit

Erziehungsurlaub →Erziehungszeit

Erziehungszeit

Seit 1986 können Mütter und auch Väter im Anschluß an die Mutterschutzfrist E. in Anspruch nehmen. Mit dem Bundeserziehungsgeldgesetz (BErzGG) will es der Gesetzgeber Eltern (in Härtefällen auch Großeltern und anderen Verwandten) ermöglichen, ihr Kind hauptsächlich selbst zu betreuen. Erstmals ab 1. 1. 2001 kann die E. von beiden Partnern ganz oder teilweise parallel genommen werden. Die Gesamtdauer für beide Elternteile zusammengenommen bleibt aber unverändert. Die E. können Sie maximal bis zum Ende des 3. Lebensjahrs Ihres Kindes in Anspruch nehmen und sich dafür von der Arbeit freistellen lassen. Das 3. Jahr kann mit Zustimmung des Arbeitgebers bis zum 8. Lebensjahr des Kindes genommen werden.

Während der E. dürfen Sie nur in geringem Stundenumfang einer Beschäftigung nachgehen, das normale Arbeitsverhältnis ruht. Gleichzeitig bestehen Kündigungsschutz, weitere Mitgliedschaft in der gesetzlichen Krankenversicherung und Arbeitslosenversicherung beitragsfrei fort.

Beamte haben Anspruch auf E. nach den entsprechenden beamtenrechtlichen Bestimmungen.

Nach Ablauf der E. haben Sie das Recht, wieder auf einem gleichwertigen Arbeitsplatz beschäftigt zu werden. Diese Beschäftigungsgarantie bezieht sich jedoch nicht unbedingt auf Ihren alten Arbeitsplatz, und so werden Sie u.U. auf einen anderen versetzt. Wenn befristete Verträge vor Antritt der E. bestanden haben, verlängern diese sich in der Regel nicht, und wenn Ihr Arbeitsvertrag während der E. ausläuft, haben Sie keinen Anspruch auf Weiterbeschäftigung.

Ausnahmen bilden Ausbildungsverträge und Verträge wissenschaftlicher Mitarbeiter im Rahmen des Hochschulrahmengesetzes (HRG).

Einige wichtige Bestimmungen und Empfehlungen zur E.:

- Sie müssen Ihre Absicht, E. zu nehmen, spätestens vier Wochen vor ihrem Beginn bei Ihrem Arbeitgeber anmelden. Zu Ihrer eigenen Sicherheit sollten Sie das schriftlich tun, z.B. mit einem formlosen Schreiben. Sobald Sie Ihrem Arbeitgeber dies mitgeteilt haben, müssen Sie zugleich deren Dauer, also Beginn und Ende der E. festlegen. Eine Änderung (Verlängerung, Verkürzung oder Verschiebung) ist danach nur mit Zustimmung des Arbeitgebers möglich.
- Während der E. müssen Sie das Kind überwiegend selbst betreuen und erziehen.
- Sie dürfen in der E. nicht mehr als 19 Wochenstunden arbeiten.
- Während der E. besteht in Betrieben

mit mindestens 15 Arbeitnehmern ein Rechtsanspruch auf Teilzeitarbeit.

Da die gesetzlichen Bestimmungen laufenden Überarbeitungen und Änderungen unterworfen sind, empfehlen wir dringend, die jeweils aktuellen Informationen beim zuständigen Ministerium einzuholen, das die Broschüre »Erziehungsgeld – Erziehungszeit« herausgegeben hat (erhältlich beim Bundesministerium für Familie, Senioren, Frauen und Jugend, Postfach 110207, 10832 Berlin).

Eßstörungen →**Appetitlosigkeit**

Exanthem →**Hautausschlag,** →**Infektionskrankheiten**

Expositionsprophylaxe →**Asthma**

Exsikkation →**Austrocknung**

Familienberatung, genetische →Beratung, genetische

Familienerholung →Urlaub mit der Familie

Faulecken
Sog. faule Mundwinkel, Mundwinkelrhagaden; oberflächliche Einrisse des Lippenrots im Mundwinkelbereich. F. sind meist weißlich oder borkig belegt. Bei stärkerer Öffnung des Mundes und beim Essen sind sie sehr schmerzhaft. Ohne Behandlung heilen sie nur zögernd ab.

Die Ursache der F. ist noch nicht geklärt; manchmal liegt ein Eisenmangel zugrunde.

Die eingerissenen Schleimhautpartien werden schnell von allen möglichen Bakterien und Pilzen (→Soor) besiedelt. Vor allem gegen diese richtet sich die Behandlung durch den Arzt (z.B. Pinseln mit antiseptischer Flüssigkeit).

Fazialislähmung →Gesichtsnervenlähmung

Federbett
Speziell für ein →Kinderbett heute wenig geeigneter Bestandteil der →Bettausstattung. Abgesehen davon, daß es schwierig ist, eine hygienisch einwandfreie Reinigung des F. durchzuführen, kann seine Verwendung bei jüngeren Kindern leicht zu Wärmestauung (→Hitzeschädigung) führen. Auch ist es schon vorgekommen, daß Babys in dicken F. erstickt sind (→Erstickung). Lediglich in ungeheizten Schlafräumen könnte im Winter ein F. (in Form einer dünnen Daunendecke), evtl. über der eigentlichen Zudecke aus Wollstoff, noch Verwendung finden.
Vgl. auch →Bettausstattung, →Bettdecke

Fehlernährung →Blähungen, →Ernährungsfehler, →Mastfettsucht, →Mehlnährschaden, →Milchnährschaden, →Überfütterung

Fehlgeburt
Das vorzeitige Ende einer Schwangerschaft mit Ausstoßung einer bereits abgestorbenen oder nicht lebensfähigen Leibesfrucht innerhalb der ersten 28 Schwangerschaftswochen (entspricht 197 Schwangerschaftstagen), also zu einer Zeit, in der die Länge der Frucht weniger als 35 cm beträgt, wird als F. bezeichnet. Erst nach dem genannten Zeitpunkt bestehen heute reale Chancen, daß die Frucht auch außerhalb des Mutterleibes lebensfähig ist. In diesem Fall bezeichnet man das Ereignis als extreme Frühgeburt und das dabei geborene Kind als Frühgeborenes.
Vgl. auch →Frühgeborenes, Frühgeburt →Schwangerschaftsdauer

Fehlhaltung (Fehlstellung) der Füße
Bei Geburt vorhandene F. d. F. lassen sich passiv ausgleichen und korrigieren. Manchmal empfiehlt der Orthopäde dazu kurzfristige Behandlungen mit Bandagen. Bei Fehlstellungen ist es etwas komplizierter, da sich diese nicht ohne weiteres ausgleichen lassen. Die häufigste Fehlstellung ist der →Hackenfuß, bei dem der Fuß nach oben gebeugt ist und sich nicht normal strecken läßt. Zumeist ist

die eingeschränkte Bewegungsmöglichkeit im Mutterleib bei bestimmten Lagen des Kindes oder durch zuwenig Fruchtwasser die Ursache. Der Hackenfuß läßt sich meistens innerhalb einiger Wochen mit Hilfe von Bandagen beheben.

Seltener ist der angeborene →Sichelfuß (nach innen gebogen) oder →Klumpfuß (komplexe Fehlstellung). Auch dabei werden therapeutisch zunächst korrigierende Bandagenbehandlungen versucht. Bei deren Erfolglosigkeit sind Schienen- oder Gipsbehandlung, evtl. auch eine korrigierende Operation notwendig.
Vgl. auch →Fußentwicklung, →Hackenfuß, →Klumpfuß, →Sichelfuß

Fehlsichtigkeit (Sehfehler)

Babys bis zu 3 Monaten können noch nicht richtig mit beiden Augen zugleich fixieren und schielen daher zeitweise, was in diesem Entwicklungsstadium noch normal ist. F. oder Sehfehler sind dagegen immer dann zu vermuten, wenn Ihr Kind beim Blick in die Ferne häufig mit den Augen blinzelt, wenn es Gegenstände zum genauen Betrachten dicht vor die Augen hält oder »falsch« greift. Auch häufiges Augenreiben oder Kopfschmerzen können auf F. hinweisen.

Ein relativ häufiger Sehfehler ist das →Schielen (Strabismus). Dieses muß auch bereits bei Babys behandelt werden, z.B. durch Schielpflaster, wenn eine Brille allein nicht ausreicht. Dabei wird das gesunde Auge zeitweise abgedeckt, um das schwächere Auge zum Sehen zu zwingen und so zu trainieren. Manchmal werden auch beide Augen abwechselnd abgedeckt.
Vgl. auch →Fixieren, →Schielen, →Sehen

Feiung, stille

Eine s. F. ist eine Immunisierung durch ein unbemerktes, d.h. symptomloses Überstehen einer Infektionskrankheit. Die auf diese Weise zustande kommende Unempfänglichkeit für eine solche Krankheit erkennt man daran, daß es trotz einer massiven Infektionsmöglichkeit nicht zu einer Erkrankung kommt. Diesen überraschenden Vorgang beobachtet man immer wieder vor allem in kinderreichen Familien, wo sich eines oder mehrere Kinder entgegen der Erwartung nicht mit einer Infektion anstecken, obwohl sie diese Krankheit zuvor noch nicht durchgemacht haben und obwohl reichlich Gelegenheit zu einer Ansteckung vorhanden gewesen wäre. In solchen Fällen ist eine vorangegangene s. F. anzunehmen, die etwa in der Art wirksam wird wie eine zuvor erfolgte Schutzimpfung gegen diese Krankheit.
Vgl. auch →Infektionskrankheiten

Fencheltee

F. ist ein Tee, der aus der getrockneten Frucht des Fenchels, eines im Mittelmeergebiet heimischen Doldengewächses, bereitet wird.

F. ist ein uraltes, heute noch beliebtes und weit verbreitetes Hausmittel bei Husten, →Blähungen und leichteren Darmstörungen jüngerer Kinder. Er wird in konfektionierter Form als Fertigpräparat angeboten (in Apotheken, Drogerien), kann aber auch selbst hergestellt werden.

So wird's gemacht:
Vom käuflichen Fenchelpulver oder von den Körnern wird ein gestrichener Teelöffel in 1/2 Liter Wasser kurz aufgekocht und das Ganze durchgesiebt.
Vgl. auch →Kamillentee, →Tee, schwarzer, →Teegetränke für Babys, →Teepause

Ferien mit Babys →Autofahren, →Luftreisen mit Babys, →Reisen mit Babys und Kindern

Fertigkost →Beikost

Fertigmilchnahrung →Säuglingsnahrungen

Fetopathie

Zusammenfassende Bezeichnung für vorgeburtliche Funktionsstörungen oder Schäden der Leibesfrucht, die nach Abschluß der sog. Embryonalzeit, d.h. zwischen dem 4. Schwangerschaftsmonat und der Geburt (sog. Fetalzeit), auftreten oder entstehen. Ursachen einer F. sind vor allem Stoffwechselkrankheiten der Mutter, z.B. Zuckerkrankheit (Schwangerschaftsdiabetes), verschiedene Infektionen (z.B. →Toxoplasmose, →Zytomegalie, →Listeriose, Syphilis) sowie →Blutunverträglichkeit zwischen dem Ungeborenen (Feten) und der Schwangeren.

Im Gegensatz zu Störungen innerhalb der ersten 3 Schwangerschaftsmonate (→Embryopathie), beruhen die Erscheinungen einer F. nicht auf Organfehlbildungen, sondern vorwiegend auf Entzündungen von Organen und deren funktionellen Störungen.

Eine besonders schwere F. kann u.U. zu →Fehlgeburt, Frühgeburt (→Frühgeborenes, Frühgeburt) oder zu Totgeburt führen.

Fett

F. ist neben Kohlenhydraten und Eiweiß einer der drei Grundbestandteile jeder Nahrung. F. dient im Stoffwechsel überwiegend als Wärme- und Energiespender, als Depotsubstanz (Fettgewebe), als Transporteur fettlöslicher →Vitamine und Aromen sowie als Grundbaustoff für Hormone und Zellwände.

Das Nahrungsfett besteht aus einer Verbindung von Glyzerin mit verschiedenen gesättigten und ungesättigten Fettsäuren (vor allem Palmitin-, Stearin- und Ölsäure), deren Anzahl und Art den Charakter, Schmelzpunkt, Geschmack und die Verdaulichkeit der jeweiligen Fettart bestimmen.

F. wird im Darm durch Verdauungssäfte wieder in Glyzerin und Fettsäure aufgespalten. Beide gelangen, dann von der Darmwand aufgenommen, in die Fettdepots des Organismus und werden dort wieder zu F. zusammengesetzt. Bei gesteigertem Energiebedarf wird F. im Zellstoffwechsel schrittweise in Wasser und Kohlensäure zerlegt, wobei Wärme (Verbrennungswärme) freigesetzt wird. F. ist somit ein wesentlicher Kalorienspender (1 g F. liefert 9,1 Kalorien bzw. 29 kJ). Es erhöht den Nähr- und Geschmackswert einer Nahrung beträchtlich und wirkt zudem stark sättigend. Biologisch besonders wertvolles F. enthält die Milch (insbesondere die Frauenmilch).

Wird F. in sehr großen Mengen zugeführt, d.h. in Mengen, die zur Energie- und Wärmebildung aktuell nicht benötigt werden, wird der überschüssige Anteil in Form von Fettzellen in den Fettdepots des Körpers gespeichert.

Für das Baby ist das Frauenmilchfett (Konzentration 3,5 bis 4,0%) besonders gut ausnutzbar und bekömmlich: Frauenmilchfett enthält mehr ungesättigte als gesättigte Fettsäuren und unterscheidet sich dadurch deutlich vom Butterfett der Kuhmilch und von anderen tierischen Fetten. Diese Erkenntnis wird heute bei der Produktion moderner →Säuglingsnahrungen umgesetzt (Fettaustausch). Vgl. auch →Fettbedarf

Fettaustausch →Säuglingsnahrungen

Fettbedarf

Über den notwendigen F. und die günstigste Fettmenge in der Nahrung des Babys können bis heute nur geschätzte Zahlenwerte angegeben werden. Sie beruhen größtenteils auf Beobachtungen beim natürlich ernährten, d.h. voll gestillten Brustkind. Dieses nimmt mit der Muttermilch im Durchschnitt täglich 5 bis 6 g Fett pro kg Körpergewicht oder mehr zu sich (d.h., daß ein Brustkind von ca. 5000 g Gewicht täglich mindestens 25 bis

30 g Fett erhält). Etwa in dieser Größenordnung dürfte der F. des Säuglings auch bei künstlicher Ernährung liegen, d.h. wenn er nicht mit Muttermilch, sondern mit konfektionierten →Säuglingsnahrungen ernährt wird.

Mit steigendem Lebensalter vermindert sich der F. des Kindes allmählich: Das Kleinkind benötigt pro kg Körpergewicht noch etwa 2 bis 3 g, das Schulkind 1 bis 2 g. Kein Zweifel besteht daran, daß eine Überfütterung mit Fett (bei Überschreitung dieser Richtzahlen) fast ebenso ungünstige Auswirkungen haben kann wie hochgradiger Fettmangel oder absolute Fettlosigkeit der Nahrung.

Die Ausnutzungsquote der Fette in den meisten modernen Säuglingsnahrungen reicht fast an die Werte der Frauenmilch heran, deren Fett bis zu 95% ausgenutzt wird.

Mit den mit der Nahrung zugeführten Fettmengen wird sowohl ein großer Teil des Energiebedarfs des Körpers (Fette sind Wärmebilder) gedeckt als auch das Körperfett gebildet und Fettgewebe angelegt. Werden mit der Nahrung ausreichende Mengen gut ausnutzbaren Fettes angeboten, entwickelt das Baby ein straffes, gleichmäßiges Fettpolster, das ihm sein wohlgenährtes Aussehen gibt und gleichmäßigen Schutz vor Wärmeverlusten sicherstellt. Bei voll gestillten →Brustkindern sind die Fettpolster deshalb gewöhnlich optimal ausgebildet. Dies gilt allerdings auch für jene Babys, die mit modernen Säuglingsnahrungen, die den geltenden Empfehlungen kinderärztlicher Fachgremien entsprechen, ernährt werden.
Vgl. auch →Fett

Fettgewebe →Fett, →Fettbedarf

Fettpolster →Fett, →Fettbedarf

Fettstuhl

Bei stärkerer Ausscheidung von Fett und Fettsäuren mit dem Stuhl spricht man von F. Erkennbar ist ein F. daran, daß er fettglänzend aussieht, unangenehm stechend und übel riecht und auf Wasser schwimmt (Farbtafel).

Ein F. ist stets ein Anzeichen für eine Verdauungsschwäche mit mangelnder Fettaufspaltung und Fettverdauung im Darm. Die gestörte Fettverdauung kann sowohl Ausdruck einer Allgemein-, als auch einer Darmerkrankung oder einer →Mukoviszidose sein. Diese Möglichkeiten lassen sich nur durch ein spezielles Untersuchungsverfahren unterscheiden, und von dessen Resultat hängt die erforderliche Behandlung ab.

Feuermal →Blutschwämmchen, →Storchenbiß

Fibrose, zystische →Mukoviszidose

Fieber

Von F. im eigentlichen Sinne spricht man dann, wenn die Körperkerntemperatur, d.h. die im After, in der Mundhöhle oder im Gehörgang gemessene Körpertemperatur mehr als 38,5° C beträgt (→Fiebermessung). F. ist keine Krankheit an sich, sondern lediglich ein Symptom einer krankhaften Störung. Zumeist zeigt es an, daß der Körper sich mit einer Infektion auseinandersetzt. Dabei entsteht vermehrt Wärme, was zu Erhöhung der Körpertemperatur führt.

F. zeigt sich bei Kindern viel eher und häufiger und erreicht meist auch höhere Grade als bei Erwachsenen. Deshalb ist auch die Höhe des F. bei Kindern selten ein direkter Maßstab und sicherer Anhaltspunkt für den Schweregrad der fieberauslösenden Erkrankung. Wenn die Körpertemperatur allerdings auf 41° C und darüber ansteigt, zeigt dies, daß eine kritische Situation eingetreten ist.

Obwohl man es den meisten Kindern schon ansieht, anmerkt oder anfühlt, daß sie F. haben, ist es dennoch notwendig, die Körpertemperatur auch exakt zu messen. Fiebernde Kinder fühlen sich heiß an, und zwar nicht nur im Gesicht und an der Stirn, sondern auch am übrigen Körper. Ihre Augen glänzen oft stärker als sonst und wirken manchmal auch größer. Die Gesichtsfarbe bei F. ist unterschiedlich, häufig sehr blaß (meist im Fieberanstieg) oder auch hochrot (meist im Fieberabfall). Außerdem atmet das fiebernde Kind schneller als normal (→Atmung, normale), was besonders im Schlaf auffällt. Der Schlaf ist oft viel unruhiger als sonst. Gelegentlich kann ein besonders rascher Fieberanstieg zu Beginn einer Erkrankung, zumal bei jüngeren Kindern, einen sog. →Fieberkrampf auslösen. Viel häufiger führt schneller Anstieg der Körpertemperatur jedoch zu Frösteln oder sogar zu Schüttelfrost. Schneller Temperaturabfall hingegen geht stets mit Schweißausbruch einher.

Nicht immer ist F. gleichbedeutend mit einer Auseinandersetzung des Körpers mit einem Krankheitserreger. Es kann auch dadurch zustande kommen, daß die normale Wärmeabgabe durch die Haut behindert ist und es dadurch zu einer sog. Wärmestauung kommt. Besonders im Babyalter kann dieser Mechanismus gelegentlich zur Ursache von F. werden, das man in diesen Fällen auch als »Hitze-F.« bezeichnet (→Hitzeschädigung). Hitze-F. kann vor allem in der warmen Jahreszeit dann leicht auftreten, wenn ein Baby zu warm und dick angezogen ist, vielleicht sogar mit einem Federkissen zugedeckt in seinem Körbchen oder Kinderwagen liegt und seinen Schweiß nicht genügend abdunsten kann. Körpertemperaturen bis zu 39° C oder sogar 40° C können auf diese Weise entstehen. Entkleidet man in diesen Fällen das Kind, dann sinkt die Temperatur meist schnell wieder auf normale Werte ab, ohne daß weitere Maßnahmen notwendig werden.

Leidet ein Baby an →Durst, weil es aus verschiedenen Gründen stärkere Wasserverluste erlitten hat (z.B. durch stärkeres →Erbrechen oder akuten →Durchfall), dann kann der Körper infolge ungenügender Schweißbildung seine Temperatur schlecht regulieren, und es kommt u.U. zu einem sog. →Durstfieber.

Daß es – sehr selten – Kinder gibt, bei denen ständig oder häufiger (»gewohnheitsmäßig«) erhöhte Temperaturen auftreten, denen keinerlei Krankheitszustand zugrunde liegt, soll nur der Vollständigkeit halber erwähnt werden. Ehe Sie aber gerade diesen Zustand für gegeben annehmen dürfen, ist es notwendig, durch eine sehr sorgfältige allgemeine ärztliche Körperuntersuchung versteckte F.-Ursachen sicher auszuschließen.

Übrigens kommt es wohl auch gelegentlich vor, daß F. oder erhöhte Temperaturen nur dadurch vorgetäuscht werden, daß minderwertige oder ungeeichte Fieberthermometer benutzt werden, die falsche Werte anzeigen. Mit den heutigen, modernen Digitalthermometern oder auch mit sog. Ohrthermometern (Messung im Gehörgang) lassen sich diese Unwägbarkeiten reduzieren.

Übrigens: Fiebernde Kinder fühlen sich subjektiv keineswegs immer krank. Trotzdem gehören sie ins Bett, vor allem aber dann, wenn ihr Allgemeinbefinden beeinträchtigt ist.

Vgl. auch →Fieberbehandlung, →Fieberkost für Kleinkinder, →Fieberkrampf, →Fiebermessung, →Fieberzäpfchen

Fieberbehandlung

Erhöhte Temperatur und →Fieber bedeuten für sich allein noch keine Krankheit, sondern sind lediglich eine Reaktion des Körpers auf eine Krankheit, die u. U. auch einen bereits einsetzenden Heilungsprozeß anzeigt. Deshalb wäre es falsch, eine solche Reaktion in jedem Fall zu unterdrücken und nicht die Krankheit, sondern nur das Fieber zu behandeln. Lediglich in den Fällen, in denen längeranhaltendes und höheres Fieber das Allgemeinbefinden, den Appetit und den Schlaf sehr stark beeinträchtigen oder in denen als Begleiterscheinung des Fiebers sogar ein sog. →Fieberkrampf auftritt, ist eine eingreifendere medikamentöse F. angezeigt – dies jedoch nur dann, wenn einfachere Maßnahmen und Hausmittel sich zuvor als erfolglos erwiesen haben. Zu diesen gehören z.B. abkühlende Waden- oder →Beinwickel, sachgemäß ausgeführte →Abkühlungspackungen, Frottierungen des ganzen Körpers sowie abkühlende Bademaßnahmen (→Bad, abkühlendes). Hierdurch gelingt es in den meisten Fällen, die Körpertemperatur zu senken und zugleich die Hautdurchblutung, das Wohlbefinden und den Appetit zu steigern. Erst wenn solche Maßnahmen erfolglos bleiben, sollten Sie die Verabreichung fiebersenkender Medikamente (für das Baby meist in Form von →Fieberzäpfchen nach ärztlicher Verordnung) erwägen.

Erfahrungstip:
Denken Sie immer daran, daß Fieberabsenkung nicht mit Krankheitsheilung gleichbedeutend ist, ja daß sie u.U. die Einleitung der Krankheitsheilung sogar verzögern kann und daß es in jedem Fall besser ist, die Krankheit ursächlich zu behandeln und nicht nur eines ihrer Symptome, wie z.B. das Fieber.

Vgl. auch →Fieber, →Fieberkost für Kleinkinder, →Fiebermessung, →Fieberzäpfchen

Fieberkost für Kleinkinder

Eine F.f.K. im engeren Sinne gibt es nicht. Bei der Flüssigkeits- und Nahrungszufuhr ist allerdings zu bedenken, daß ein krankes, fieberndes Kind in der Regel keinen Appetit hat und oft feste Nahrung verweigert. Die erhöhte Körpertemperatur und die damit zusammenhängende verstärkte Schweißabgabe verursachen aber häufig stärkeren Durst. Wenn eine fieberhafte Krankheit nur von kurzer Dauer ist, hat eine vorübergehende Nahrungsverweigerung (→Appetitlosigkeit) keine größere Bedeutung. Dauert sie aber länger, z.B. mehrere Tage, dann muß dafür gesorgt werden, daß das Kind von Anfang an sachgemäß ernährt und die Nahrung nach Menge, Beschaffenheit und Darreichungsform dem Krankheitszustand gut angepaßt ist. Bis auf ganz wenige Ausnahmen kann man sich hier übrigens sehr gut auf die gute alte »Wunschkost« verlassen. Es spricht nichts dagegen, wenn Sie einem fiebernden Kleinkind etwas Eis oder auch nur Pudding bzw. Joghurt aus dem Kühlschrank anstelle von fester Nahrung anbieten (insbesondere bei Hals- und Schluckschmerzen).

Erfahrungstip:
Als Grundregel gilt, dem fiebernden Organismus nicht zu viel zuzumuten, d.h. ihn nicht zu überlasten: Die Nahrung muß leicht beizubringen, vorwiegend flüssig oder breiförmig und gut verdaulich sein. Sie sollten sie außerdem in kleineren, aber häufigeren Mahlzeiten geben. Beachten Sie dabei die besondere Geschmacksrichtung des Patienten. Denken Sie daran, daß sehr fettreiche Nahrungen wenig geeignet sind, bestehen Sie auch nicht unbedingt auf Milch und verzichten Sie auf Butter oder Sahne ganz, wenn Ihr Kind diese nicht mag.

Fiebernde Kleinkinder trinken besonders gerne Obst- und →Fruchtsäfte (Apfel-, Johannisbeer-, Kirsch-, Erdbeer-, Apfelsinensaft u.a.). Auch Kompotte,

Apfel-Brei oder →Bananen-Brei finden zumeist Anklang, sind allerdings bei längerem Kranksein als alleinige Nahrung nicht bedarfsdeckend. Auch leichte und lockere (z.B. mit geschlagenem Eiweiß angereicherte) Puddings, Quarkspeisen, Joghurt und Grützen sind geeignet.

Etwas abwechslungsreicher können Sie die Kost gestalten, wenn die Kinder – wie dies oft der Fall ist – gewürzte Bouillonsuppen akzeptieren, die man dann mit Grieß, Reis, Nudeln, evtl. Suppengrün noch anreichern kann. Auch lockerer, geschlagener Kartoffelbrei (→Kartoffeln) mit Rührei, fein gehacktem Kalbfleisch oder Leber sowie frisch bereitete Tomatensuppe finden meist – in kleinen Portionen – Zustimmung.

Wenn die Erkrankung mit Durchfall oder Erbrechen einhergeht, gelten andere, strengere Diätregeln, die der Arzt anordnen sollte (→Durchfall, akuter, →Erbrechen, →Brechdurchfall). Besondere Probleme bereitet die Ernährung von Kindern mit Entzündungen der Mundschleimhaut (→Mundfäule) und des Rachens (→Angina), die das Kauen und Schlucken sehr schmerzhaft machen können. Hier sind meist übergroße Geduld und Nachsicht vonnöten, um dem Kind wenigstens kleinste Nahrungs- und Flüssigkeitsmengen, evtl. mit dem Trinkstrohhalm, beizubringen. Oft werden sie in gekühlter Form (Eistee, Fruchtsaft, Softeis usw.) bevorzugt.

Fieberkrampf

Plötzlicher, meist nur kurz dauernder Krampfzustand mit Zuckungen der Gliedmaßen und des Gesichts. Er kommt vor allem im Alter zwischen 6 Monaten und 6 Jahren während eines rasch ansteigenden →Fiebers im Beginn eines Infekts vor. Auslösend kann jede fieberhafte Erkrankung sein. Charakteristisch für einen F. ist, daß er meist nur zu Beginn des Fieberanstiegs auftritt.

Erfahrungstip 1:
Seien Sie bei einem Kind, das schon einmal auf diese Weise auf einen beginnenden Fieberzustand reagiert hat, bis zu seinem 6. Lebensjahr darauf gefaßt, daß sich ein derartiges Ereignis bei erneutem Fieber wiederholen kann. Später kommt ein F. kaum noch vor.

Ein F., der unerwartet »wie aus heiterem Himmel« auftritt, löst verständlicherweise große Besorgnis aus. Er wird aber in der Regel ohne jeglichen bleibenden Schaden überwunden: Nach Sekunden bis wenigen Minuten löst sich der Krampf, meist unter Schweißausbruch, und geht regelmäßig in Schlaf über, den Sie nicht stören sollten. Ein herbeigerufener Arzt findet daher gewöhnlich nur ein schlafendes, wenn auch fieberndes Kind vor.

Ein F. ist nicht unbedingt mit einem echten epileptischen Krampfanfall oder epileptischen Krampfleiden (→Krampfanfälle) gleichzusetzen. Tatsächlich bleibt die Mehrzahl der Kinder, die jemals einen oder zwei F. erlebt haben, im späteren Leben frei von Krampfanfällen. Lediglich bei einem kleinen Teil von ihnen besteht auch später noch weiterhin eine gesteigerte Krampfbereitschaft. Mit Hilfe von Spezialuntersuchungen (Hirnstromableitung, EEG) läßt sich diese Bereitschaft erkennen – und ggf. auch vorbeugend behandeln.

Krampfanfälle, die nicht im Beginn des Fieberanstiegs einer fieberhaften Erkrankung, sondern erst im weiteren Verlauf auftreten und die sich vielleicht auch einstellen, ohne daß Fieber vorhanden ist, sind meist von anderer Art als der F. und bedürfen in jedem Fall einer ursächlichen Klärung durch den Arzt.

Erfahrungstip 2:
Erste und wichtigste Regel bei einem F.: Ruhe bewahren, denn ein F. ist gefahrlos.

Die Maßnahmen, die Sie sofort selbst durchführen können und sollen, sind: Temperatur messen (→Fiebermessung), Fieberbekämpfung (→Fieberbehandlung), evtl. auch intensives Frottieren des mit lauwarmem Wasser gewaschenen Körpers oder →Abkühlungspackungen zur Fieberabsenkung.
Vgl. auch →Krampfanfälle, →Spasmophilie, →»Wegbleiben«, →»Zahnkrämpfe«

Fiebermessung

Die Körpertemperatur Ihres Kindes sollten Sie immer dann kontrollieren, wenn es sich unwohl fühlt und seine Haut sich heiß anfühlt.

Die normale Körpertemperatur bei Messung im After schwankt zwischen 36,8° und 37,2° C, bei Messung in der Achselhöhle liegen die Meßwerte um 0,6° bis 0,7° C niedriger. Nachmittags und abends sind die Temperatur-Normalwerte meist um etwa 0,5° C höher als morgens und vormittags. Um zuverlässige Meßergebnisse zu erhalten, sollten Sie daher morgens, mittags und abends jeweils zur gleichen Zeit messen und die Meßwerte sofort notieren!

Es gibt verschiedene Möglichkeiten, die Körpertemperatur Ihres Kindes mit ausreichender Genauigkeit zu messen:

- Bei Babys und Kleinkindern wird vielfach im After gemessen (rektale Messung), die Messung ist einfach und genau (Farbtafel).
- Mit modernen Ohrthermometern kann auch schon bei Kindern dieser Altersgruppen die Messung im Gehörgang vorgenommen werden (Farbtafel).
- Ähnlich wie das Ohrthermometer funktionieren die neu entwickelten sog. Schläfenthermometer, die noch einfacher zu handhaben sind und in jeder Altersgruppe verwendet werden können.
- Bei größeren Kindern kann die Messung der Körpertemperatur auch in der Mundhöhle (oral), unter dem Arm (axillär), im Gehörgang (aurikulär) oder an der Schläfenhaut erfolgen. Beachten Sie aber dabei: Da in der Achselhöhle und an der Schläfenhaut keine Körperkerntemperatur gemessen werden kann, sind die Meßergebnisse nicht ganz so exakt wie bei den anderen Methoden.

So wird's gemacht:
Die rektale Messung können Sie bei Babys mit einem herkömmlichen Quecksilberthermometer durchführen. Vor der Messung müssen Sie das Thermometer »herunterschlagen« oder »herunterschütteln«. Säubern Sie zuerst den Po. Auf die untere Spitze des auf unter 36° C heruntergeschlagenen Thermometers geben Sie etwas Fettcreme oder Vaseline, damit es sich leichter einführen läßt. Nehmen Sie dann mit der linken Hand die Beine des Babys hoch, indem Sie die Füße umgreifen, und führen Sie mit der rechten Hand das Quecksilberende des Thermometers vorsichtig in den After ein (Abb. a). *Halten Sie während der F. das Thermometer ständig fest, damit es nicht wieder herausgedrückt werden kann. Nehmen Sie es frühestens nach 2 Minuten heraus, und lesen Sie die Temperatur ab.*

Etwas größere Kinder können Sie auf der Seite oder auf dem Bauch liegend messen (Abb. b). *Reinigen Sie das Thermometer nach jeder Messung mit einem in Seifenwasser oder Alkohol getauchten Zellstofftupfer, und schlagen Sie es herunter. Achten Sie darauf, daß das Quecksilberthermometer nicht zerbricht, da in diesem Fall giftige Quecksilberdämpfe entstehen.*

Für die F. stehen eine ganze Reihe unterschiedlicher Thermometer zur Verfügung.

Wenn Sie ein Digitalthermometer benutzen, können Sie bei der rektalen Messung prinzipiell wie beschrieben vorgehen. Ein Signalton zeigt das Ende der Messung an.

Messungen der Temperatur in der Mundhöhle, die bei Kindern weniger gebräuchlich und zweckmäßig sind, können sowohl mit Quecksilber- als auch mit Digitalthermometer durchgeführt werden, allerdings nur bei größeren Kindern. Für Babys sind auch sog. Thermometerschnuller im Handel. Ein Signalton zeigt auch hier das Ende der Messung an. Sie haben allerdings den Nachteil, daß man sie nicht exakt reinigen und desinfizieren kann.

F. unter dem Arm, die sog. axilläre Messung, ist allenfalls bei älteren Kindern üblich. Dabei ist es wichtig, daß die Spitze des Thermometers in der Mitte der Achselhöhle liegt, weil die Werte sonst zu ungenau sind. Dies gilt unabhängig davon, ob mit einem konventionellen Quecksilber- oder einem Digitalthermometer gemessen wird. Das Quecksilberthermometer muß bei Messung in der Achsel etwa 10 Minuten bei angelegtem Arm dort bleiben. F. in der Achselhöhle sollte daher nicht nur aus diesem Grund

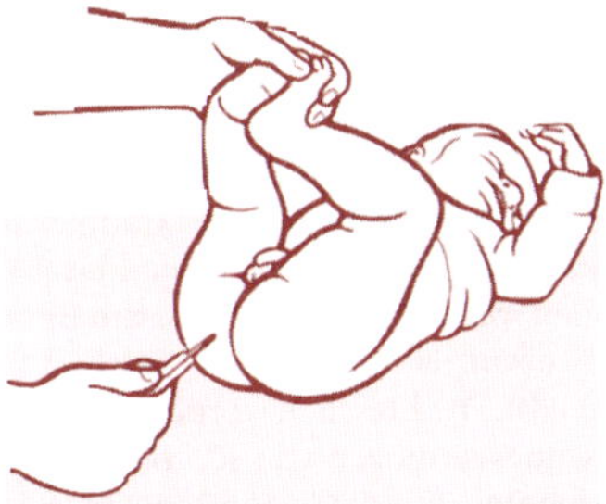

a Rektale Fiebermessung beim jüngeren Baby: Dabei werden die hochgezogenen Beine mit einer Hand an den Füßen festgehalten

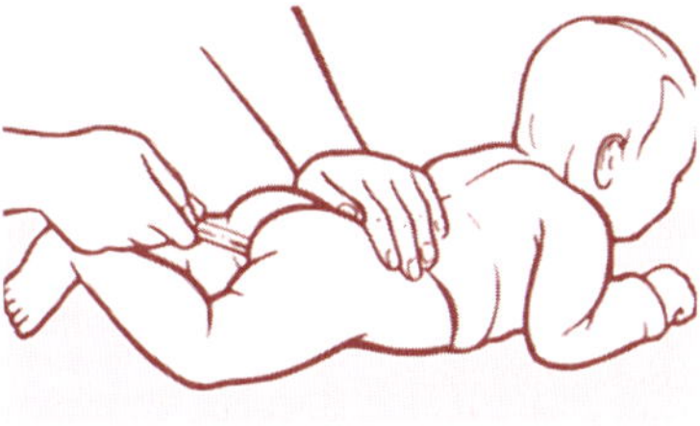

b Rektale Fiebermessung in Bauchlage beim älteren Kind

bei kleineren Kindern generell unterlassen werden.

Bei der F. im Ohr mit einem elektronischen Ohrthermometer handelt es sich um eine neue, sehr komfortable und bei exakter Durchführung auch genaue Temperaturmessung. Das Ohrthermometer erfaßt die im Mittelohr herrschende Körperkerntemperatur durch Messung der Intensität der Infrarotstrahlung (Wärmestrahlung), die vom Trommelfell und dem umgebenden Gewebe abgestrahlt wird. Die Vorteile sind angenehme und schnelle Messungen (nur 1 Sekunde) und Wegfall jeglicher hygienischer Probleme durch Wechsel des Gehörgangsaufsatzes bei jeder Messung. Ein Nachteil ist, wie bei allen Digitalthermometern, die begrenzte Lebensdauer der energieliefernden Knopfzellen oder Batterien.

Bei der sog. Schläfenhautthermometrie handelt es sich gleichfalls um eine neue Meßmethode, die so zuverlässige Ergebnisse erbringen soll wie die rektale F. Auch sie beruht auf einer Infrarot-Meßmethode.

Vgl. auch →Fieber, →Fieberbehandlung, →Fieberkost für Kleinkinder, →Fieberkrampf, →Fieberzäpfchen

Fieberthermometer →**Fiebermessung**

Fieberzäpfchen

F. sind kegel- oder granatförmige Zäpfchen (Suppositorien) aus einer bei Zimmertemperatur festen, bei Körpertemperatur jedoch schmelzenden Substanz, die fiebersenkende Arzneimittel enthalten. F. werden in den Enddarm eingeführt (Rektalzäpfchen).

Die Verabreichung fiebersenkender Mittel auf diese Art ist dann besonders vorteilhaft, wenn die fieberhafte Störung zugleich mit →Erbrechen, Appetitminderung und Magenverstimmung einhergeht, wenn das Kind sich der Einnahme von Medikamenten durch den Mund heftig widersetzt oder wenn es diese wieder ausspuckt oder erbricht. Allerdings kann es bei der Verabreichung von Zäpfchen gelegentlich vorkommen, daß diese, bevor sie im Darm geschmolzen sind und wirksam werden können, wieder herausgepreßt werden.

Erfahrungstip:
Geben Sie Zäpfchen, wenn irgend möglich, stets erst nach einer Stuhlentleerung, und achten Sie darauf, daß sie so weit hinter den Afterschließmuskel eingeführt sind, daß sie nicht mehr von selbst zurückgleiten können. Die Einführung gelingt gewöhnlich am besten bei Seitenlage des Kindes (bei angezogenen Beinen). Zweckmäßig ist es auch, nach der Einführung des Zäpfchens für eine gewisse Zeit die Gesäßbacken noch leicht zusammenzudrücken, was das Wiederherauspressen erschwert.
Vgl. auch →Fieber, →Fieberbehandlung

Fingerlutschen →Daumenlutschen

Fixieren

Das Festhalten und Verfolgen eines Gegenstandes mit dem Blick nennt man F. Es zeigt an, daß das Kind sehen kann und eine bewußte Objektwahrnehmung vorhanden ist. Obwohl das neugeborene Kind bereits auf Lichtreize reagiert (Pupillenverengung und reflektorischer Lidschluß), ist es jedoch noch nicht imstande zu fixieren.

Frühestens von der 3. Lebenswoche an beginnt das Baby, seine Augen einer stärkeren Lichtquelle zuzuwenden. Das eigentliche F. aber, also das Anschauen von Personen und vorgehaltenen Gegenständen sowie das Nachschauen und Kopfwenden beim Verfolgen von Bewegungen, erfolgt erst zwischen der 3. und 12. Lebenswoche, spätestens bis zur 16. Woche. Der Erwerb der Fähigkeit zum F. ist ein wichtiges Zeichen für die Reifung der Gehirnfunktion.

Erfahrungstip:
Erfolgt bei Ihrem Baby das F. Ihrer Meinung nach verzögert oder überhaupt nicht, konsultieren Sie bitte unverzüglich einen Kinderarzt zur Feststellung der Ursachen.
Vgl. auch →Auge, →Entwicklung, geistig-seelische, →Fehlsichtigkeit, →Lächeln, erstes, →Sehen, →Schielen

Flachwarze →Brustwarzen

Flasche

Säuglingstrinkflaschen bzw. Babyflaschen gibt es in zahlreichen Varianten aus Glas und Kunststoff für den Dauergebrauch oder als Einwegflaschen. Die Babyflaschen sollen aus durchsichtigem, hitzebeständigem Material gefertigt sein. Außen muß eine gut erkennbare Graduierung (Skala) angebracht sein. Der Flaschenboden soll eine Innenwölbung am Boden aufweisen, damit sich die F. besser reinigen läßt. Die Flaschen werden mit einem Fassungsvermögen von 125 oder 250 ml angeboten. Für die ersten Monate ist auf jeden Fall die F. aus Glas zu bevorzugen, da sie geruchs- und geschmacksneutral ist und auch bleibt. Doch auch wenn das Baby das Fläschchen selbst halten will, sollten sie bei der F. aus Glas bleiben und nicht auf die unzerbrechliche Kunststoff-F. umsteigen. Diese führt meist zu der Unsitte, daß das ältere Baby und später das Kleinkind ständig an den immer verfügbaren Flaschen nuckelt. Die Folgen sind übermäßige Kalorienzufuhr und das hohe Risiko der →Flaschen-Karies.

Praktisch und daher empfehlenswert sind F. mit weiter Halsöffnung (sog. Weithalsflaschen), weil bei ihnen die Reinigung und das Einfüllen der Nahrung leichter ist als bei Enghalsflaschen.

Im Rahmen der →Erstausstattung benötigen Sie für den Dauergebrauch 5 bis 6 Flaschen. Ferner gehört zur Ausstattung eine entsprechende Anzahl passender Sauger und Verschlußkappen oder aufschraubbarer oder zuverlässig festklemmbarer Kunststoffverschlüsse.
Vgl. auch →Flaschen-Karies, →Flaschenpflege, →Sauger

Flaschenbrei →Beikost

Flaschendesinfektion →Flaschenpflege

Flaschen-Karies

F.-K., auch Saugerflaschen-Karies (engl. »bottle-fed-caries« oder auch »nursing-bottle«-Syndrom), bezeichnet die Entstehung von Zahnfäule (Karies) bei älteren Babys und Kleinkindern (Farbtafel). Verursacht wird die F.-K. durch bestimmte Streptokokken-Arten, die die in der Mundhöhle sich befindlichen Zuckerstoffe zu organischen Säuren abbauen, die den Zahnschmelz der Zähne angreifen oder sogar zerstören. Besonders kariogene, d.h. kariesfördernde Zucker sind Rohr- oder Rübenzucker (Saccharose), einige Zweifachzucker (z.B. Malzzucker, Milchzucker) aber auch sog. Einfachzucker (z.B. Traubenzucker, Fruchtzucker).

Die Kariesentstehung wird vor allem dadurch begünstigt, daß ältere Babys und Kleinkinder es gelernt haben, selbständig – und häufig unbeaufsichtigt – zuckerhaltige Getränke aus Kunststoffflaschen zu trinken, die sich ständig in ihrer Reichweite befinden. Der offensichtliche Schaden derartiger Gewohnheiten wird nicht nur an der kariösen Milchzahnzerstörung und der Zerstörung der Zahnkeimanlagen der bleibenden Zähne deutlich, sondern er äußert sich auch in Kieferfehlbildungen, verzögerter Sprachentwicklung und Beeinträchtigung der Kaufunktion.

Vorbeugen ist besser als heilen – dieser Grundsatz gilt ganz besonders für die F.-K. Sie können dieser langandauernden Beeinträchtigung der Gesundheit Ihres Kindes am besten vorbeugen, wenn Sie ganz auf die Verwendung von Kunststoffflaschen verzichten und statt dessen nur Glasflaschen verwenden, die einem Baby oder Kleinkind aus naheliegenden Gründen nicht zum Selbstgebrauch überlassen werden können. Zuckerhaltige Getränke sollten nur sehr zurückhaltend und auch nicht dauernd angeboten werden bzw. zeitlich nur begrenzt verfügbar sein.

Der gänzliche Verzicht auf zuckerhaltige Getränke ist allerdings keinesfalls als ausreichende Prophylaxe einer F.-K. anzusehen, da auch Mineralwässer oder andere zuckerfreie Getränke die Kariesentstehung dadurch begünstigen, daß der schützende Speichel ständig von den Zähnen weggespült und dem Zahnschmelz auf diese Weise der Speichel als »Schutzfaktor« entzogen wird.

Eine ähnliche Unsitte und ebenso kariesbegünstigend wie die ständige Verfügbarkeit von zuckerhaltigen Getränken in Kunststofflaschen ist das andauernde Saugen an mit Honig, Sirup oder Zucker bestrichenen Nuckeln. Auch diese Unsitte führt schon beim älteren Baby und Kleinkind zu nachhaltigen Schäden am Gebiß, da neben den

Milchzähnen auch die Zahnkeimanlagen der bleibenden Zähne beeinträchtigt werden.
Vgl. auch →Rachitisprophylaxe, →Zahnpflege

Flaschenkind

Ein Baby, das nicht natürlich, d. h. an der Brust (→Brustkind), sondern mit der Flasche, d.h. mit →Säuglingsnahrungen ernährt wird, nennt man F. Die hochentwickelte Technologie der Säuglingsnahrungsindustrie hat es mit sich gebracht, daß heutzutage die Unterschiede zwischen einem F. und einem Brustkind verwischt und damit nicht mehr so relevant sind wie in früheren Jahrzehnten. Brustkinder haben allerdings häufiger eine etwas rosigere Hautfarbe als F.

Das F. ist bei Nichteinhalten der Empfehlungen zur Auswahl und Zubereitung der Säuglingsnahrungen eher dem Risiko eines →Ernährungsfehlers ausgesetzt als das Brustkind, das eine ständig gleichbleibende, optimale natürliche Nahrung erhält. Ferner ist das F. dadurch benachteiligt, daß es nicht an der mütterlichen Brust direkt liegen, trinken und saugen kann. Der unmittelbare körperliche Kontakt mit der Mutterbrust, die ihm das Gefühl der Geborgenheit vermittelt, bleibt dem F. versagt. Die sich beim Brustkind »automatisch« entwickelnde enge Beziehung zur Mutter wird von vielen Psychologen im Hinblick auf die spätere Entwicklung zwischenmenschlicher Bindungen für besonders bedeutsam gehalten. Beim F. können Sie diesen Effekt zumindest teilweise dadurch erreichen, daß Sie beim Geben des Fläschchens durch entsprechendes Halten des Babys für möglichst intensive Blickkontakte sorgen (Farbtafel).
Vgl. auch →Flaschenkind, Nahrungsbedarf

Flaschenkind, Nahrungsbedarf

Um optimal zu wachsen und zu gedeihen, benötigt ein Baby eine an seine Bedürfnisse eigens angepaßte Nahrung. Eine solche Nahrung ist z.B. die Muttermilch. Ist sie nicht verfügbar, muß das Baby mit der Flasche mit einer eigens zusammengestellten Säuglingsmilchnahrung (»künstlich«) ernährt werden. Mit den heute verfügbaren, ernährungsphysiologisch optimal zusammengesetzten →Säuglingsnahrungen und bei Einhaltung der Empfehlungen für ihre Zubereitung kann davon ausgegangen werden, daß ein Flaschenkind seinen Energie- und Substanzbedarf (Eiweiße, Fette, Kohlenhydrate, Vitamine, Spurenelemente und Mineralien) bestens decken kann.

Besonders aus diesem Grund hat die Selbstzubereitung der Flaschennahrung keine Vorteile, sondern erhöht eher das Risiko, daß das Baby nicht adäquat ernährt wird (→Brustkind, Nahrungsbedarf).
Vgl. auch →Ad-libitum-Ernährung, →Ernährungsplan für das Babyalter, →Fütterungszeiten, →Gewichtsverlauf im Babyalter, →Neugeborenes, Nahrungsbedarf, →Säuglingsnahrungen

Flaschennahrung, Temperatur

Um unbeabsichtigte Verbrühungen durch zu heiße Flaschennahrung zu vermeiden, ist es unbedingt notwendig, die Temperatur der Flaschennahrung unmittelbar vor der Fütterung zu prüfen.

Erfahrungstip:

Spritzen Sie zu diesem Zweck eine kleine Nahrungsportion in die Hautgrube, die sich durch Abspreizen Ihres Daumens auf dem Handrücken bildet, oder halten Sie die gut geschüttelte Flasche an die zarte Haut in Nähe Ihrer Augenlider und prüfen so die Wärme (Abb.). Sowohl die auf den Handrücken aufgebrachte Nahrung als auch die an-

Um die Verfütterung zu heißer Nahrung zu vermeiden, prüft man die Wärme der Flasche an der Gesichtshaut in Nähe des Augenlids

gehaltene Flasche sollen Sie dabei als angenehm warm, aber nicht als heiß empfinden.

Besondere Vorsicht ist angebracht, wenn Sie die mit Nahrung gefüllte Flasche im Mikrowellenherd erwärmen wollen. Hierbei können im Flascheninnern Kerntemperaturen bis zu 60° C entstehen bei einer zugleich normalen, »handwarmen« Außentemperatur der Flasche. Wenn Sie diese Möglichkeit nicht beachten, kann es beim Trinken zu Verbrühungen am Gaumen und im Rachen des Babys kommen. Wenn es schreit, ist es bereits zu spät!
Vgl. auch →Verbrennung und Verbrühung

Flaschenpflege

Babys sind für Infektionen bedeutend anfälliger als ältere Kinder und Erwachsene. Besonders Durchfallerkrankungen (→Durchfall, akuter) und Verdauungsstörungen durch Viren, Bakterien und Pilze können vor allem Babys schwer zu schaffen machen. Dabei kann die Übertragung der Krankheitserreger sowohl durch nicht einwandfrei gereinigte Babyflaschen und Sauger als auch durch nicht sachgerecht zubereitete Säuglingsnahrung erfolgen. Daher müssen einwandfreie hygienische Bedingungen geschaffen werden. Dies beginnt schon bei der Pflege der Flasche, die nach jedem Gebrauch gründlich mit Wasser gereinigt werden soll, damit keine Milchrückstände zurückbleiben, die sich sehr leicht festsetzen und zur Bakterienvermehrung führen können. Nach der Vorspülung unter fließendem Wasser kann die weitere Reinigung auch im Geschirrspüler erfolgen. Doch am Ende muß die Flasche noch desinfiziert werden. Dazu können Sie verschiedene Verfahren anwenden.

So wird's gemacht:
1. Auskochen: Damit kann eine sichere Abtötung aller Krankheitserreger erreicht werden. Die Flasche muß dazu 2 bis 3 Minuten im kochenden Wasser verbleiben. Achten Sie darauf, daß sie dabei vollständig vom Wasser bedeckt bleibt und sich keine Luftblasen in ihr ansammeln.

2. Vaporisieren: Dieses auf dem Prinzip der Abtötung der Erreger mit heißem Wasserdampf beruhende Verfahren hat alle Vorzüge der thermischen Desinfektion. Es tötet die in Betracht kommenden Krankheitserreger ohne Chemikalien ab. Durch die automatische Zeitsteuerung der Geräte wird kein Übermaß an Energie verbraucht, der Kunststoff der Flaschen, Verschlußklappen und Sauger wird nicht mehr als notwendig erhitzt, das Material wird nicht überstrapaziert.

3. Mikrowelle: Sie eignet sich durchaus

zur Desinfektion der Flaschen, nicht jedoch zur Erwärmung des Fläschchens vor der Fütterung des Babys.

Der Geschirrspüler ist zur Desinfektion ungeeignet, da in ihm meist nur eine Betriebstemperatur von etwa 60° C erreicht wird.

Erfahrungstip:
Vermeiden Sie es unbedingt, die Flasche ungespült oder nur grob vorgespült mit Wasser gefüllt längere Zeit stehen zu lassen. Denn dies führt dazu, daß sich vorhandene Bakterien im Wasser explosiv vermehren. Spülen Sie daher die Flasche immer unmittelbar nach Gebrauch!

Flaschenwärmer

Milchflaschenwärmer; elektrisches Gerät zum gleichmäßigen Anwärmen und zur Warmhaltung einzelner Trinkflaschen. Der in dem Gerät eingebaute Thermostat sorgt dafür, daß sich die Heizung nach Erreichen der erwünschten Temperatur automatisch abschaltet.

Ein F. ist dann nützlich, wenn Sie die Mahlzeiten für maximal 24 Stunden im voraus zubereiten (in diesem Fall bitte im Kühlschrank aufbewahren!). Sie brauchen dann die jeweilige Flasche nur zur Mahlzeit aus dem Kühlschrank zu nehmen und im F. anzuwärmen.

Erfahrungstip:
Bereiten Sie das Fläschchen möglichst immer frisch zu, und füttern Sie die Flasche innerhalb einer Stunde. Halten Sie die Flasche keinesfalls für längere Zeit im F. warm, und wärmen Sie keine Reste auf.

Flatulenz →Blähungen

Flechte →Ekzem, →Hautausschlag

Fleischkost

Das Fleisch in der Nahrung liefert nicht nur Eiweiß, sondern auch wichtiges Eisen (→Eisenbedarf), das zur Bildung des roten Farbstoffs des Blutes (Hämoglobin) und der Muskulatur (Myoglobin) notwendig ist. Bereits vom 6. Monat an ist es daher sinnvoll, fleischhaltige →Beikost zu füttern.

Besonders das in den feinpürierten Produkten milchfreier Fertigkost der Nahrungsmittelindustrie (sog. »Gläschenkost«) enthaltene Fleisch ist sehr gut ausnutzbar. In den entsprechenden Produkten werden verschiedene Fleischsorten so mit Gemüse (Karotten, Spinat u.a.) oder Reis gemischt und abgefüllt, daß das Baby pro Mahlzeit etwa 20 bis 25 g Fleisch zu sich nimmt.

Fliegen mit Babys →Luftreisen mit Babys, →Reisen mit Babys und Kleinkindern

Flohstiche →Insektenstiche

Flüssigkeitsbedarf

Gemessen an seinem Körpergewicht hat ein Baby einen wesentlich größeren F. und Flüssigkeitsumsatz als ältere Kinder und Erwachsene. Dies ist durch die Eigenheiten seiner Körperzusammensetzung (75 bis 78 % Wasser), seines Stoffwechsels, seiner Atemfrequenz, seines Wachstumstempos und seiner Nierenfunktion bedingt. Rein rechnerisch schlägt sich das in folgenden Zahlen nieder: Der F. eines Babys von 2 bis 10 kg Körpergewicht beträgt 100 bis 165 ml pro kg und Tag, während ein Kind von 10 bis 40 kg dagegen nur noch 45 bis 100 ml pro kg Körpergewicht und Tag benötigt. Eine genaue Kenntnis des F. eines Babys zu haben ist notwendig, damit Sie seinen ungefähren Bedarf an flüssiger Nahrung überschlagsweise ermitteln können. Der besonders hohe F. des Babys macht es empfindlich gegen Flüssigkeitsverluste, wie sie z.B. durch →Erbrechen, akuten →Durchfall, stärkeres Schwitzen und bei →Fieber entstehen können.

Erfahrungstip:
Demzufolge ist in solchen Situationen jeweils ein verstärktes Flüssigkeitsangebot erforderlich. Bieten Sie Ihrem Baby bei auftretender Unruhe Tee oder mit Tee verdünnte Fruchtsäfte an, vor allem in der warmen Jahreszeit oder bei Fieber.
Vgl. auch →Austrocknung, →Flaschenkind, Nahrungsbedarf, →Gewebsspannung, →Teegetränke für Babys

Flugreise mit Babys →Luftreisen mit Babys

Fluor →Ausfluß des Neugeborenen

Fluorprophylaxe, →Rachitisprophylaxe, →Zahnpflege

Fontanelle

Die im Babyalter noch bestehenden größeren Lücken zwischen den einzelnen Knochen der Schädeldecke werden Fontanellen genannt. Diese Knochen sind beim Neugeborenen und jüngeren Baby noch nicht fest miteinander verwachsen, um dem noch erheblich wachsenden Gehirn des Kindes Raum zur Ausdehnung zu lassen. Im Scheitelbereich (zwischen Stirn- und Scheitelbein) befindet sich die große (quadratisch bzw. rhombisch begrenzte) F., am Hinterhaupt zwischen beiden Scheitelbeinen und dem Hinterhauptsbein die mehr dreieckige kleine F. (Abb.).

Vor Verletzungen und dergleichen im Bereich der Fontanelle ist das Gehirn durch die zähe Kopfschwarte, das straffe Bindegewebe zwischen den Knochen der Schädeldecke, und die Hirnhäute ausreichend geschützt.

Betastet man die F., spürt man normalerweise einen leichten, federnden Widerstand, und auch den Pulsschlag kann man fühlen. Stellen Sie dabei eine stärkere Vorwölbung oder auch ein schlaffes Einsinken der F. fest, dann müssen Sie diese Abweichung unbedingt vom Arzt überprüfen lassen.

Gleiches gilt, wenn die große (vordere) F. (Stirnfontanelle) länger als normal tastbar und federnd-weich bleibt, wenn sie größer statt kleiner oder sehr frühzeitig untastbar wird, d.h. sich vorzeitig durch Verknöcherung verschließt.

Normalerweise sind die knöchernen Ränder der F. fest und derb, nur bei schwerer →Rachitis wird die Begrenzung der F. unscharf (»uferlos«).

Der vollständige und endgültige Verschluß der F. durch Verknöcherung erfolgt in der Regel während des 2. Lebensjahres (zumeist mit 12 bis 18 Monaten). Es gibt allerdings auch bei ganz gesunden Kindern geringere Abweichungen von diesem Termin.

Besteht eine nicht oder nicht ausrei-

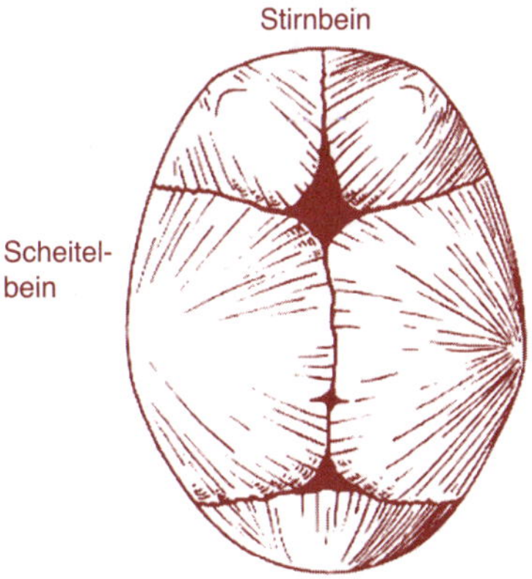

Blick von oben auf die Schädelknochen, Gesicht nach oben gerichtet. Lage der großen Fontanelle (oben) und der kleinen Fontanelle (unten)

chend behandelte Rachitis, kann der Fontanellenschluß aber beträchtlich verzögert eintreten.
Vgl. auch →Kopfumfang

Frauenmilch

Die chemische Beschaffenheit und Zusammensetzung der F. ist den speziellen Bedürfnissen des menschlichen Säuglings genau angepaßt. Als einzige natürliche Nahrung während der ersten Lebensmonate sichert sie dem jungen Baby optimales Gedeihen und Wachstum. F. enthält alles, was das junge Kind in dieser Zeit benötigt. Insgesamt sind dies etwa 50 verschiedene Substanzen, darunter arteigenes Eiweiß, besonders zusammengesetztes Fett, Milchzucker, Mineralstoffe, Enzyme, Spurenelemente und Vitamine sowie Immun- bzw. Abwehrstoffe und Wuchsfaktoren für die bei Ernährung mit F. einzigartige Bakterienflora (Bifidusbakterien) im Dickdarm des gestillten Babys. Alle Bestandteile der F. sind in einem fein abgestimmten, harmonischen Gleichgewichtsverhältnis so gemischt, daß in jeder Phase der Stillperiode und der kindlichen Entwicklung ihre günstigste Ausnutzung gewährleistet ist.

In den ersten Tagen nach der Entbindung sondert die Brust zunächst in meist spärlicher Menge die gelbliche, recht dickflüssige →Vormilch (Kolostrum) ab, die sich vor allem durch einen noch relativ hohen Eiweiß- und Mineralgehalt auszeichnet. Aber schon nach wenigen Tagen geht diese Vormilch, meist zugleich mit dem sog. →Einschießen der Brustmilch, ihrer Beschaffenheit nach in eine etwas weniger eiweißreiche und zuckerreichere →Zwischenmilch (transitorische Milch) über. Mit etwa drei Wochen ist der Reifungsvorgang der F. im wesentlichen abgeschlossen, und die Zusammensetzung der sog. reifen F. bleibt dann während der gesamten Stillzeit weitgehend unverändert. Die reife F. ist demzufolge eine Nährflüssigkeit von kennzeichnender Zusammensetzung. Sie enthält pro 100 ml 1,0 bis 1,2 g Eiweiß, ca. 7,0 g Kohlenhydrate (überwiegend →Milchzucker), etwa 3,3 g Fett, 0,18 bis 0,22 g Mineralien und 68 bis 72 kcal Energie.

Neben den chemischen und physikalischen kommt auch den biologischen Eigenschaften der F. eine große Bedeutung zu, denn sie ist keine »tote« Nährlösung, sondern eine lebende, zu vielen biologischen Wirkungen befähigte Substanz. Hierfür sind vor allem die zahlreichen Enzyme, Bioaktivatoren und Immunstoffe verantwortlich. Sie geben ihr nicht nur den Rang eines einfachen Nahrungsstoffs für das Baby, sondern bis zu einem gewissen Grad auch den eines Schutz- und Heilmittels. Vor allem darin ist der Grund für die Überlegenheit der natürlichen Ernährung des Babys mit F. über jede andere Form von Ersatz zu sehen.

Keine andere Nahrungsform wird so vollkommen ökonomisch ausgenutzt wie F. Außerdem ist die vom Kind aus der Brust entnommene F. frei von Krankheitskeimen und hat zudem auch noch die richtige Temperatur (zum F.-Bedarf des Brustkinds s. →Brustkind, Nahrungsbedarf, zur teilweisen Ernährung des Kindes mit F. s. →Zwiemilchernährung und zur Technik der Baby-Ernährung mit F. an der Brust s. →Anlegen an die Brust (Technik), →Anlegen, erstes, →Stillfähigkeit sowie →Stillfehler).

Zur Bildung der F. entnimmt die mütterliche Brustdrüse in z.T. noch ungeklärter Weise alle zur Milchbildung erforderlichen Bau- und Nährstoffe aus dem mütterlichen Blutstrom. Dabei können auch andere, im Blut der Mutter vorhandene Arznei- und Wirkstoffe gelegentlich in die Milch übergehen und somit indirekt auch beim Brustkind zur Wirkung kommen. Es ist eine Vielzahl von Arzneimitteln bekannt, die über die F. in den Babyorganismus gelangen und auch dort wirksam werden können. Aus diesem Grund sollten stillende Mütter solche Medikamente nicht oder nur mit aller Vorsicht einnehmen.

Erfahrungstip:
Wenn Sie stillen, sollten Sie nur dann Arzneimittel einnehmen, wenn Sie zuvor den Arzt befragt haben und das Baby laufend ärztlich kontrolliert wird.

Besondere Vorsicht ist bei Morphin- und Kodeinpräparaten sowie bei manchen Anregungsmitteln (z.B. Weckamine) angezeigt.

Eine ganze Reihe von anderen Substanzen, die eine Stillende u.U. mit der Nahrung zu sich nimmt, kann gleichfalls mehr oder weniger stark in die Milch übergehen und beim Baby gelegentlich unerwartete oder unerwünschte Wirkungen hervorrufen. Zu diesen Substanzen gehören vor allem Alkohol und einige ätherische Öle (Zwiebel, Knoblauch, Paprika). Auch Nikotin ist bei Raucherinnen in der Milch nachweisbar.
Vgl. auch →Anlegen an die Brust (Technik), →Anlegen, erstes, →Brustkind, Nahrungsbedarf, →Einschießen der Brustmilch, →Ernährung, natürliche, →Frauenmilch, Schadstoffbelastung, →Milchbildung, mütterliche, →Stillfähigkeit, →Stillhindernisse, →Stillprobe, →Vormilch, →Zwischenmilch

Frauenmilch, Abdrücken →Abdrücken der Brustmilch

Frauenmilch, Abpumpen →Abpumpen der Brustmilch

Frauenmilch, Einschießen →Einschießen der Brustmilch

Frauenmilch, Schadstoffbelastung

Seit einigen Jahrzehnten ist bekannt, daß gewisse Schadstoffe, insbesondere Rückstände von Pflanzenschutz- bzw. Schädlingsbekämpfungsmitteln, über die Nahrungskette auch in die Frauenmilch gelangen können. Anfang der 50er Jahre führte der Nachweis von DDT-Konzentrationen in der Frauenmilch, die weit über denen der Kuhmilch lagen, zu erheblicher Beunruhigung. Nicht zuletzt deshalb ist die Verwendung von DDT und seinen Verbindungen als Insektizide bei uns seit 1970 gesetzlich verboten. Doch auch noch heute sind die durchschnittlichen DDT-Konzentrationen in Frauenmilch generell höher als etwa in industriell hergestellten →Säuglingsnahrungen, da der Mensch mit seiner Ernährungsweise am Ende der Nahrungskette steht. Obwohl hierin ein offensichtlicher Nachteil der Frauenmilch gegenüber diesen Säuglingsnahrungen liegt, gibt es keinerlei Veranlassung, deshalb vom Stillen abzuraten. Die in Frauenmilch gemessenen Konzentrationen von DDT und anderen Rückständen sind seit Jahren ständig im Abnehmen begriffen.

Die heute mit hochempfindlichen Analysegeräten gemessenen Konzentrationen sind für das Baby tolerabel und deshalb als Argument gegen das Stillen keinesfalls stichhaltig. Die unbestrittenen Vorteile der Ernährung mit Frauenmilch dürfen mit Hinweis auf die Schadstoffbelastungen nicht unzulässigerweise in den Hintergrund gedrängt werden.

Die für DDT und andere Schädlingsbekämpfungsmittel angeführten Argumente gelten auch für weitere Schadstoffe, wie z.B. Dioxine. Auch hier ist davon auszugehen, daß sich diese Substanzen in der Nahrungskette, vor allem im Fettgewebe von Tier und Mensch anreichern. Durch effektive Umweltschutzmaßnahmen in den Ländern der Europäischen Union ist aber auch bei Dioxinen und verwandten Schadstoffen von einem fortschreitenden Abfall der Konzentration in der Frauenmilch auszugehen. (Die Belastung der Frauenmilch mit Dioxinen und Furanen hat zwischen 1990 und 1997 um etwa zwei Drittel abgenommen, auch andere Organochlorverbindungen wie DDT und PCB zeigten einen deutlichen Abfall.)

Bezüglich der Schadstoffe in der Frauenmilch wird häufig die Kuhmilch zu Vergleichen herangezogen, dabei aber übersehen, daß die Kuh am Anfang einer Nahrungskette steht, die Mutter aber an ihrem Ende. Der Vergleich ist also wenig brauchbar.

Zu den am stärksten mit Schadstoffen belasteten Nahrungsmitteln des Menschen gehören derzeit Hühnereier und vollfette Milchprodukte. Auf diese sollten stillende Mütter soweit wie möglich verzichten, ebenso – aus gleichem Grund – auf besonders fettreiche Fleisch- und Fischsorten.

Im übrigen läßt sich aber die Frage, ob und wie lange Babys im Hinblick auf die Schadstoffbelastung der Frauenmilch gestillt werden sollen, nicht eindeutig beantworten. Weltweit hat sich bisher kein einziges Expertengremium dazu veranlaßt gesehen, etwa aufgrund der Schadstoffbelastung der Frauenmilch vom Stillen abzuraten. Die Empfehlung der Fachleute lautet derzeit nach wie vor ganz unverändert: Stillen Sie Ihr Baby nach Möglichkeit uneingeschränkt 5 Monate voll, und geben Sie ab dem 6. Monat zusätzlich →Beikost. Diese Empfehlung gründet sich auf den Umstand, daß die Frauenmilch eine auf die körperlichen Bedürfnisse des Babys fein abgestimmte Nahrung ist, ebenso darauf, daß Stillen für ein Baby viel mehr bedeutet als nur eine rein materielle Ernährung, nämlich Vermittlung von lebensnotwendiger, optimaler Nahrung für den Körper einerseits und Sicherheit durch psychische und physische Zuwendung andererseits.

Frauenmilchangepaßte Milch →Säuglingsnahrungen

Frauenmilchstuhl

Die Stuhlentleerungen von gestillten und »künstlich« ernährten, d.h. nichtgestillten Babys unterscheiden sich deutlich voneinander: Ein typischer F. ist goldgelb, breiig (bald mehr salbenartig, bald mehr pastenartig) und riecht deutlich »säuerlich-aromatisch«. Einzelne Schleimfäden können ihm beigemengt sein. Nicht selten zeigt normaler F. eine etwas mehr ins Grünliche spielende Farbe und eine klumpige, sog. »zerhackte« Beschaffenheit. Häufig enthält er kleine weißliche Bröckelchen, die aus Fett und Kalk bestehen und keine besondere Bedeutung haben.

Was die Zahl der Stuhlentleerungen anbetrifft, so kann diese sowohl von Baby zu Baby wie aber auch von Tag zu Tag schwanken. Bis zu 5 Stuhlentleerungen täglich sind bei Brustkindern noch normal. Es kommt allerdings auch vor, daß jede Windel etwas Stuhl enthält, daß also zahlreichere, aber kleinere Entleerungen erfolgen. Andererseits können bei Brustkindern Stuhlentleerungen für mehrere Tage bis zu einer Woche (selten noch länger) ausbleiben, und der Stuhl wird dann in einer größeren Portion entleert. Diese ist dann zumeist recht dunkel gefärbt. Bei sonstigem Wohlbefinden und störungsfreiem →Gedeihen des Kindes ist diese sog. →Scheinverstopfung als harmlos anzusehen. Sie spricht für eine besonders gute Ausnutzung der ballaststoffarmen Muttermilch im Darm.

Vgl. auch →Scheinverstopfung (beim Brustkind), →Stuhlbeschaffenheit, →Verstopfung

Freiluftaufenthalt →**Abhärtung,** →**Freiluftbehandlung**

Freiluftbehandlung

Bei allen entzündlichen Erkrankungen der Luftwege (→Bronchitis, →Lungenentzündung, →Krupphusten u.a.) hat die F. große Bedeutung. Frische, kühle Luft beeinflußt die Atemtätigkeit sehr positiv. Unter ihrer Einwirkung mindert sich eine etwa vorhandene Atemnot schnell, betroffene Kinder beruhigen sich und schlafen besonders fest und tief. Wo und wann immer möglich, sollte man diese Wirkung nutzen.

Dazu können Sie das Kinderbett entweder in ein Zimmer mit weit geöffneten Fenstern stellen (Zugluft vermeiden) oder – besser – das Bett ins Freie bringen (Balkon, Garten). Dort sollte das Kind möglichst – allerdings unter ständiger Aufsicht – viele Stunden des Tages (evtl. auch während der Nacht) bleiben. Eine direkte Sonneneinwirkung ist dabei aber zu vermeiden, ebenso übertrieben warme Bekleidung und übermäßig dicke Bettdecken (→Hitzeschädigung). Bei jeder F., gleich, ob kurz- oder langdauernd, erfordert es eine gewisse pflegerische Geschicklichkeit und Erfahrung, um die jeweils richtige klima- und temperaturangepaßte Bekleidung und Zudecke auszuwählen.

Beim Gebrauch eines Gitterbettchens im Freien ist es zweckmäßig, die offenen Bettseiten an windigen Tagen ringsum mit Decken zuzuhängen. Die Decken müssen allerdings gut befestigt werden.
Vgl. auch →Abhärtung, →Ausfahren

»Fremdeln«

Als F. bezeichnet man eine bestimmte typische Verhaltensweise von älteren Babys und Kleinkindern: Während diese allen vertrauten Angehörigen der Familie meist unbefangen-fröhlich zugeneigt sind, ziehen sie sich plötzlich zurück oder wenden sich ab, wenn ein anderer, ihnen nicht (näher) bekannter Mensch in ihre Nähe kommt, gleichgültig, wie freundlich sich dieser auch verhalten mag.

Dieses Verhalten ist für einen Teilabschnitt der kindlichen Sozialentwicklung kennzeichnend. Tritt es auf, ist eine bestimmte Entwicklungsstufe erreicht: Das Kind hat nun gelernt, die Mitmenschen nach ihrer Bedeutung für sein Leben einzuschätzen, Personen kritisch und wertend zu beurteilen sowie sie eindeutig voneinander zu unterscheiden.

Ein gelegentlich übersteigertes, mit besonders ängstlichen Reaktionen einhergehendes F. wird in der Regel ebenso wie das gewöhnliche F. schon etwas später von einer normalen, fein abgestuften Zurückhaltung gegenüber Nichtangehörigen der Familie abgelöst.
Vgl. auch →Angst und Ängstlichkeit

Fremdkörperaspiration →**Verschlucken**

Frischmilch →**Kuhmilch**

»Froschbauch«

Als Folge einer die →Rachitis begleitenden allgemeinen Muskelschlaffheit und -schwäche kann sich der Bauch des Babys erheblich nach vorne und seitlich vorwölben, eine Erscheinung, die volkstümlich-vergleichend als F. bezeichnet wird. Schweregrade der Rachitis, die zum F. führen, kommen allerdings heute kaum noch vor.
Vgl. auch →Rachitis

Fruchtsaft

Obstsaft, Saft meist ungekochter, reifer Früchte. F. setzt sich aus Wasser, verschiedenen Zuckern (vor allem Fruchtzucker), Fruchtsäuren, Fruchtaromen, Mineralsalzen, Eisen (→Eisenbedarf), →Spurenelementen und →Vitaminen (vor allem Vitamin C) zusammen.

Neben den Breien ist auch F. definitionsgemäß ein Teil der →Beikost. Wenn Sie Ihr Kind stillen oder mit einer der →Säuglingsnahrungen ernähren, brauchen Sie F. erst ab dem 5. oder 6. Lebensmonat zu geben.

So wird's gemacht:
F. gibt man anfangs teelöffelweise, später auch in größeren Mengen (50 bis 100 ml) als Zugabe zu Breien, mitunter auch als Zusatzgetränk an heißen Tagen gegen Durst.

Zur Herstellung von F. für das Baby (z.B. mit Hilfe einer Fruchtpresse) sind Orangen und andere Zitrusfrüchte, Johannisbeeren, Himbeeren, Trauben, Holunderbeeren, Sanddornbeeren, Tomaten, Karotten, rote Rüben u.a. geeignet.

Sterilisierter oder pasteurisierter F. wird auch von der Industrie in größtenteils ausgezeichneter Qualität als Konserve hergestellt und vertrieben. Er hat gegenüber der Selbstherstellung von F. im Haushalt einige Vorteile: Die Rohstoffe stammen aus kontrolliertem, streng überwachten Anbau, und die Säfte sind bedarfsgerecht mit Vitaminen und Spurenelementen angereichert.

Erfahrungstip:
Bei der Auswahl von industriell hergestellten F. sollten Sie auf die Inhaltsstoffe achten und solche mit der Kennzeichnung »ohne Zuckerzusatz« bevorzugen.
Vgl. auch →Beikost, →Möhrensaft, →Zitronensaft

Fruchtwasser

Wasserartige, leicht gelbliche Flüssigkeit, die das ungeborene, noch in der Gebärmutter befindliche Kind in der Fruchtblase umgibt und in der es frei schwimmt. Das F. sorgt dafür, daß das Kind im Mutterleib stets beweglich bleibt, daß es vor Stößen von außen geschützt ist und sich in gleichmäßiger Wärme und Umgebung störungsfrei entwickeln kann.

Im Ablauf des Geburtsvorgangs fließt das F. nach dem sog. Blasensprung nach außen ab. Bei Störungen des Geburtsablaufs kommt es gelegentlich vor, daß das Kind mit seinen ersten Atemzügen zugleich F. einatmet (→Fruchtwassereinatmung).
Vgl. auch →Fruchtwassereinatmung, →Verschlucken

Fruchtwassereinatmung

Fruchtwasseraspiration, Einatmen und Eindringen von →Fruchtwasser in die kindlichen Atem- und Luftwege infolge vorzeitiger Atembewegungen des Kindes vor oder während des Geburtsablaufs. Dabei können die Atemwege plötzlich teilweise oder gänzlich verlegt werden (→Verschlucken) und sich die Lungen u.U. nicht ordnungsgemäß entfalten. Dies führt dann wiederum zu Atmungsproblemen (→Atmung, gestörte) und zu Sauerstoffmangelzuständen des Neugeborenen. Enthält das verschluckte und eingeatmete Fruchtwasser Krankheitskeime oder viele abgeschilferte kindliche Haut- und Haarbestandteile, dann besteht das Risiko, daß sich beim Neugeborenen eine nachfolgende Lungenentzündung (sog. Fruchtwasseraspirationspneumonie) entwickelt. Jede mit Atemstörung verbundene F. muß stets in einer Klinik behandelt werden.
Vgl. auch →Atmung, gestörte, →Verschlucken

Früchte-Brei →Beikost, →Ernährungsplan für das Babyalter

Früchte-Zwieback-Brei →Beikost

Frühgeborenes, Frühgeburt

Definition: Ein Kind, das nach einer verkürzten Schwangerschaftsdauer zu früh, d.h. wesentlich vor dem errechneten Geburtstermin, zur Welt kommt, bezeichnet man als Frühgeborenes und das Geburtsereignis selbst als Frühgeburt (d.h.

zu frühe Geburt). Unter einer verkürzten Schwangerschaftsdauer (Gestationsdauer) versteht man in diesem Zusammenhang ihre Verkürzung auf weniger als 38 Wochen (entspricht 270 Tagen).

Bei Beendigung einer Schwangerschaft vor der 28. Gestationswoche (entspricht 196 Tagen) werden meist Frühgeborene mit sehr niedrigem Geburtsgewicht (unter 1000 g) geboren. Bei weniger als 25 Gestationswochen (weniger als 175 Tage) kommt es meist zur Tot- oder →Fehlgeburt.

Geburtsgewicht: In der Regel beträgt das →Geburtsgewicht von Frühgeborenen weniger als 2500 g (→Geburtsuntergewicht). Für das Überleben und die spätere Entwicklung des Frühgeborenen ist das Geburtsgewicht aber nicht so entscheidend wie sein sog Gestationsalter oder die Schwangerschaftsdauer, denn von diesen hängt der im Mutterleib erreichte Reife- oder Unreifegrad des Frühgeborenen ab. Die früher, ab 1950 geltende internationale Konvention, nach der die Abgrenzung eines frühgeborenen Kindes gegen ein ausgetragenes Kind durch sein unter 2500 g liegendes Geburtsgewicht (und einer →Geburtslänge von weniger als 47 cm) definiert war, ist inzwischen durch die genauere Methode der Bestimmung des realen Gestationsalters des Kindes ersetzt, wobei auch die sonstigen Anzeichen einer Unreife besonders beachtet werden müssen (Merkmale s.u.). Sehr unreife Frühgeborene, die meist nur ein Geburtsgewicht von weniger als 1500 g (und teilweise weit darunter) auf die Waage bringen, bezeichnet man als »Frühgeborene mit sehr niedrigem Geburtsgewicht« (sog. »very low birthweight infants«).

Lebens- und Überlebensfähigkeit: Eine untere Grenze des Geburtsgewichts, mit dem ein Frühgeborenes bei optimaler Pflege und Versorgung noch am Leben erhalten und großgezogen werden kann, ist im Einzelfall nicht bestimmbar. Sie liegt aber heute in den allermeisten Fällen deutlich unter 1000 g.

Häufigkeit: Etwa 7 bis 8 % aller Schwangerschaften enden unter mitteleuropäischen Lebensdingungen mehr oder weniger zu früh, sind also Frühgeburten (bei der Berechnung des voraussichtlichen Geburtstermins und der Schwangerschaftsdauer kommen allerdings gelegentlich Irrtümer vor, so daß nicht jedes Kind, das früher als berechnet zur Welt kommt, auch tatsächlich ein Frühgeborenes ist; vgl. →Schwangerschaftsdauer).

Ursachen: Die Ursachen der Frühgeburtlichkeit sind vielfältig, manchmal komplex und oft unbekannt. In den meisten Fällen lösen Infektionen der Geburtswege eine Frühgeburt aus. Auch verschiedene Erkrankungen, gynäkologische Anomalien, Schwerarbeit, seelische Belastungen der Schwangeren u.a. können zur Frühgeburt führen. Auf der kindlichen Seite sind anlagebedingte vitalitätsmindernde Störungen, Fehlbildungen, aber auch →Fetopathien sowie Mehrlinge (→Zwillinge) häufiger der Anlaß für eine zu frühe Geburtsauslösung.

Vitalfunktionen: Während das reife Neugeborene die wichtigsten Lebensfunktionen, wie z.B. Atmung, Nahrungsaufnahme und -verarbeitung, Regulierung und Erhaltung der Körpertemperatur in der Regel sofort nach der Geburt bewältigt (→Neugeborenes), ist das Frühgeborene hierzu noch nicht oder nur unvollkommen imstande. So kommt es beim Frühgeborenen häufig zu Störungen der Atemtätigkeit, zur Unfähigkeit zu einer selbständigen Nahrungsaufnahme und zur Neigung zu Untertemperatur.

Es ist auch verständlich, daß ein unreifes Kind durch den Geburtsvorgang, auf den es entwicklungsmäßig ungenügend vorbereitet ist, noch leichter vorübergehend oder bleibend geschädigt werden kann als reife, ausgetragene Kinder (→Geburtsverletzungen, →Hirnblutung (als Geburtsfolge), →Risiko-Kinder).

Besondere Merkmale: Das Frühgeborene unterscheidet sich – neben seinem niedrigeren Geburtsgewicht – äußerlich vom reifgeborenen Kind durch den Mangel an Unterhautfettgewebe, durch die Röte und Durchsichtigkeit seiner Haut, durch das Vorhandensein eines den ganzen Körper bedeckenden feinen Wollhaarkleids (Lanugobehaarung), durch die mangelhafte Entwicklung des Ohr- und Nasenknorpels, durch oft kraftloses Schreien und langsame, träge Bewegungen, durch ein größeres Schlafbedürfnis und gelegentlich durch erhebliche Unregelmäßigkeiten der Atmung (→Unreifezeichen des Neugeborenen, →Reifezeichen des Neugeborenen).

Probleme der Pflege: Die Pflege und medizinische Behandlung eines Frühgeborenen sind große und manchmal auch sehr schwierige Aufgaben. Sie erfordern nicht nur genaue Kenntnisse über die besonderen Lebensäußerungen des F., sondern auch pflegerische Erfahrung, ärztliche Beobachtungsgabe und »Fingerspitzengefühl« sowie spezielle technische Einrichtungen und Hilfsmittel (z.B. Inkubatoren, Beatmungsgeräte, Atemhilfsapparaturen, Wärmebettchen, elektronische Kreislauf- und Atmungsmonitoren usw.; Farbtafeln →Frühgeborenes und →Phototherapie). Aus diesen Gründen wird die Pflege von Frühgeborenen heutzutage überwiegend von besonderen Frühgeborenen- und Intensivpflegestationen übernommen, die meist den Kinder- und/oder Entbindungskliniken angegliedert sind.

Die dort durchgeführten Maßnahmen umfassen u.a. den Schutz des Kindes vor Infektionen und vor Auskühlung, die Anfeuchtung der Atemluft und ihre Anreicherung mit Sauerstoff, die ständige Kontrolle von Atmung und Kreislauf sowie eine sachgemäße, situationsangepaßte Ernährung. Alle Pflegemaßnahmen werden durch die Benutzung von Inkubatoren erleichtert. In ihnen können die Kinder nackt oder nur locker in eine Windel eingeschlagen auf einer weichen Unterlage (z.B. Schafwollfell) liegen und sich unbehindert bewegen. Durch die durchsichtige Plexiglashaube der Inkubatoren lassen sich die Kinder jederzeit gut beobachten.

Ernährung und Nahrungsformen: Grundsätzlich sind bei der Ernährung und der Zusammensetzung der Nahrung von Frühgeborenen einige Besonderheiten zu beachten, die von ihrem Reifezustand, Geburtsgewicht, ihrer Trink- und Schluckfähigkeit sowie von evtl. vorhandenen Begleiterkrankungen (z.B. Infektionen) abhängen: Sind die Kinder besonders unreif, wie dies z.B. nach einer Schwangerschaftsdauer von nur 28 Wochen oder weniger der Fall ist, können sie anfangs meist nur durch die Zufuhr von Flüssigkeit und Aufbaustoffen über die Blutgefäße versorgt werden. Sie werden künstlich über eine Vene durch Infusion ernährt. Andere Frühgeborene sind einfach noch zu schwach, und die Entwicklung ihrer Gehirnfunktionen ist noch nicht so weit gediehen, daß sie den komplizierten Saugvorgang und das Schlucken genügend beherrschen und so koordinieren können, um problemlos bereits an der Mutterbrust zu saugen. Ihnen werden kleinste Nahrungsmengen zunächst über einen weichen Kunststoffschlauch (Ernährungssonde, s. →Sondenernährung) zugeführt, der über die Nase und die Speiseröhre direkt in den Magen gelangt und so eine sichere und schonende Ernährung ermöglicht.

Die allerersten Nährstoffe, die sehr unreife Frühgeborene erhalten, bestehen gewöhnlich aus einer →Traubenzucker- oder – besser – Maltodextrinlösung. Im Anschluß daran wird vorsichtig und schrittweise Muttermilch oder auch Milch einer Frauenmilch-Spenderin in zunächst nur kleinsten Mengen (1 bis 2 ml) gegeben. Bei sehr kleinen Frühgeborenen wird die Milch anfangs noch mit Traubenzucker- oder Maltodextrinlösung verdünnt. Nicht allzu unreife Frühgeborene trinken dagegen manchmal aus der Flasche oder können sogar gestillt werden. Stillen stellt natürlich für die Mutter und das Frühgeborene die beste Möglichkeit dar, einen ständig engen, die Entwicklung des Kindes fördernden Körperkontakt aufrechtzuerhalten.

Die Anzahl der Mahlzeiten ist von der Reife des Kindes und evtl. bestehenden Krankheiten abhängig: Frühgeborene mit einem Geburtsgewicht von weniger als 1000 g erhalten meist 12 Mahlzeiten pro Tag, größere gewöhnlich zunächst 8 Mahlzeiten. Die Nahrungsmengen werden langsam so lange gesteigert, bis sie mit ca. 180 ml/kg/Tag ausreichend sind (manchmal sind sogar erst 200 ml/kg/Tag ausreichend).

Zur Kräftigung des Saugreflexes erhalten kleine Frühgeborene anfangs täglich mehrmals durch eine Physiotherapeutin oder eine Kinderschwester eine manuelle Stimulation im Mundbereich (periorale Stimulation), die später von der Mutter weitergeführt werden kann.

Energie- und Eiweißgehalt der meist per Sonde zugeführten Muttermilch reichen zur vollständigen Deckung des entsprechenden Bedarfs von Frühgeborenen nicht ganz aus. Deshalb wird sie mit Kohlehydraten, Eiweiß, Kalzium, Phosphorsalzen und Vitaminen angereichert.

Frühgeborenen-Spezialnahrungen: Es gibt auch spezielle industriell hergestellte sog. Frühgeborenen-Nahrungen, die den besonderen ernährungsphysiologischen Erfordernissen von Frühgeborenen angepasst sind. Sie entsprechen zwar grundsätzlich den →Säuglingsnahrungen der Stufe 1, enthalten jedoch etwas mehr Energie, Eiweiß, Kohlehydrate, Vitamine, Spurenelemente und Mineralstoffe. Bei einigen Produkten werden sog. hypoallergene (HA) Eiweißhydrolysate als Eiweißkörper verwendet, und außerdem ist ihr Fettkörper modifiziert (Anreicherung mit mehrfach ungesättigten Fettsäuren). Alle Frühgeborenen-Nahrungen sind glutenfrei (→Gluten) und enthalten keinen Kochzucker.

Nach den Richtlinien der Europäischen Union werden die Verpackungen von Frühgeborenen-Nahrungen grundsätzlich mit einer 0 gekennzeichnet (sog. 0-Nahrungen). Genaue Vorschriften für die Zubereitung sind jeweils auf den Packungen angegeben.

Transportprobleme: Frühgeborene benötigen gewöhnlich sofort nach ihrer Geburt eine Behandlung in einer Klinik, die über die spezifischen Pflegemöglichkeiten eines Frühgeborenen-Zentrums verfügt. Da eine unerwartete vorzeitige Geburt jederzeit und an den verschiedensten Orten erfolgen kann, muß das Frühgeborene, dessen Vitalität oft noch zusätzlich durch einen überstürzten Geburtsablauf (Sturzgeburt) beeinträchtigt ist, nicht nur möglichst schnell, sondern auch unter besonders schonenden Transportbedingungen in die nächstgelegene entsprechend ausgerüstete Kinderklinik gebracht werden.

Im deutschen Sprachraum bestehen zu diesem Zweck flächendeckende sog. Abholorganisationen für den Frühgeborenen-Transport. Diese ermöglichen es, daß bereits während des Transports die erforderliche Notfallversorgung (Inkubator, Sauerstoff, Beatmung, Infusionen usw.) erfolgen kann. Bis zum Eintreffen des Transportdienstes, der gewöhnlich von einem speziell hierfür ausgebildeten

Kinderarzt (Neonatologe) begleitet wird, muß das Frühgeborene unbedingt durch geeignete Pflegemaßnahmen vor stärkeren Wärmeverlusten bewahrt werden (→Wärmeschutz).

Obwohl der Frühgeborenen-Transport heute sehr gut organisiert ist, sollte gerade seine Vermeidung eine vordringliche Aufgabe des Gesundheitswesens, insbesondere der Geburtshilfe darstellen. Da aber Frühgeburten nicht völlig vermeidbar sind, ist die Überlegung nicht verfehlt, daß der Transport eines noch nicht geborenen Kindes bei drohender Frühgeburt im Mutterleib selbst unter allen Möglichkeiten die beste ist: Das bedeutet, daß eine Schwangere bei absehbaren geburtshilflichen Problemen schon frühzeitig in ein sog. Perinatalzentrum verlegt oder primär vor der Geburt dort aufgenommen werden sollte.

Frühmilch →**Vormilch**

Frühsommermeningo-enzephalitis (FSME)

Die F. (FSME) ist eine durch Zecken (Holzböcke) übertragene, nur in bestimmten Gebieten (endemisch) vorkommende virale Infektionskrankheit mit einer Inkubationszeit von 7 bis 10 Tagen. Vor allem in Süddeutschland, Österreich, Tschechien, Südosteuropa und Südschweden ist sie verbreitet.

Nach einem Beginn mit zunächst grippeähnlichen Symptomen kommt es nach einem fieberfreien Intervall zu Entzündungen der Hirnhäute und des Gehirns. Als Komplikationen sind Lähmungen und Taubheit beobachtet worden, auch Todesfälle.

Besonders dann, wenn Sie mit Ihrem Kind in die genannten Gebiete reisen wollen, empfiehlt sich ein vorbeugender Impfschutz. Dafür ist ein hochwirksamer Impfstoff verfügbar. Zur Grundimmunisierung braucht man 3 Impfungen, der damit erreichbare Impfschutz hält etwa 3 Jahre an. Lassen Sie sich von Ihrem Arzt beraten!

Beachten Sie: Die F. (FSME)-Impfung schützt nicht vor der Infektion durch Borrelien, d.h. vor einer anderen, ebenfalls durch Zecken übertragenen bakteriellen Infektion, die bei Kindern ebenso mit einer →Hirnhautentzündung (Meningitis) einhergehen kann. Um Kleinkinder hiervor zu schützen, sollten diese bei Spaziergängen im Wald und auch im hohen Gras grundsätzlich eine die Haut von Armen und Beinen bedeckende Kleidung sowie ein Mützchen tragen. Auch das Absuchen der Haut nach Zecken und die möglichst frühzeitige Entfernung einer Zecke von der Haut beugt Borrelien-Infektionen vor. Ein Arzt sollte aber dennoch konsultiert werden.

Fünffachimpfung

Die F. ist ein Impfverfahren, bei dem mit einer einzigen Injektion (»Pieks«) zugleich gegen 5 verschiedene Krankheiten geimpft wird: →Diphtherie, Tetanus (→Wundstarrkrampf), Pertussis (→Keuchhusten), Poliomyelitis (→Kinderlähmung), →Haemophilus influenzae b-Infektionen.

Durch dieses Verfahren wird der erreichbare Impfschutz verbessert, und die bei früheren Schluckimpfungen gegen Kinderlähmung (→Polio-Schutzimpfung) zuweilen aufgetretenen unerwünschten Nebenwirkungen werden vermieden.

Vgl. auch →Impfkalender, →Impfungen, →Impfungen in der Schwangerschaft, →Sechsfachimpfung

Fütterungszeiten

Abgesehen von den allerersten Lebensstunden und -tagen, für die besondere Regeln bei der Fütterung zur Anwendung kommen (→Anlegen, erstes), wird das neugeborene Baby, wenn es gesund, reifgeboren und vital ist, nach dem vielfachen Vorbild der Natur ernährt. Dieses folgt nicht festen Zeiten, Regeln und Riten, sondern unterliegt dem Bedarf: Wie beim Stillen bestimmt Ihr Baby auch bei der Ernährung mit der Flasche diejenige Menge, die es trinken mag (→Ad-libitum-Ernährung = »self demand feeding«). Es zeigt Ihnen durch Wegdrehen des Köpfchens und Erlöschen des Brustsuchreflexes, daß es satt ist. Es ist normal, daß es an manchen Tagen mehr und an anderen Tagen weniger trinkt. Seine Aktivität und sein Wachstum sind ebenfalls nicht jeden Tag gleich. Wenn Ihr Baby zufrieden ist und eine normale Gewichtsentwicklung hat, sind die Trinkmengen ausreichend und richtig.

Erfahrungstip:
In den meisten Fällen können Sie also der Natur ihren Lauf lassen, da sich bei einem gesunden Baby durch den Wechsel zwischen Hunger- und Sättigungszuständen eine ausreichende und bedarfsdeckende Versorgung mit Nahrung von selbst einstellt.
Vgl. auch →Ad-libitum-Ernährung, →Brustkind, Nahrungsbedarf, →Ernährungsplan für das Babyalter, →Flaschenkind, →Gedeihen, →Gewichtsverlauf im Babyalter, →Hunger, →Sättigung, →Schreien, nächtliches

Furunkel

Ein F. entsteht durch eine umschriebene Vereiterung und Abszeßbildung von Talgdrüsen und/oder Haarbälgen, bei Babys auch von Schweißdrüsen (sog. Pseudofurunkel) der Haut. Auslösend ist in der Regel eine Infektion mit Eiterkeimen (besonders Staphylokokken).

Im Beginn zeigt sich der F. als umschriebene, harte, gerötete und schmerzempfindliche Schwellung der Haut. Meist schmilzt diese nach einigen Tagen in der Mitte eitrig ein. Ansteckungsquelle ist manchmal eine geringfügige Hauteiterung anderer Personen. Die Übertragung erfolgt zumeist mit den Händen oder Pflegegegenständen. Begünstigend für die Entstehung eines F. wirken herabgesetzter Allgemeinzustand des Kindes, vorangehende Krankheiten, z.B. →Ernährungsstörungen, sowie ungenügende Pflegeverhältnisse. Bevorzugt treten F. in Hautbereichen auf, die durch Schweiß, Urin oder Aufliegen besonders beansprucht sind, also Gesäß, Rücken, Oberschenkel, Hinterkopf und Achselhöhle.

Die Behandlung besteht zumeist in der Eröffnung des »reifen« F. und ggf. in der Verabreichung von bakterienabwehrenden Medikamenten (→Antibiotika). Bei der Pflege ist sorgfältig darauf zu achten, daß nicht aus dem bereits eröffneten F. Eiter auf andere Hautstellen verschmiert wird. Daher ist auch bei frisch eröffnetem F. das Baden unzweckmäßig, weil sich die Eitererreger u.U. sofort im Badewasser verteilen. Gründliches Händewaschen vor und nach der Versorgung von Babys mit F. ist besonders wichtig!

Erfahrungstip:
Hauteiterungen jeder Art bei Babys unter 6 Monaten sollten Sie stets dem Arzt zeigen, der auch die notwendige Behandlung durchführt.
Vgl. auch →Desinfektionsmittel, →Pustulosis

Fußentwicklung

Die Fußsohle des jungen Babys läßt noch keine Gewölbebildung wie beim älteren Kind erkennen und ist noch ganz flach. Das liegt daran, daß das bändergestützte Fußgewölbe zunächst nur wenig ausgebildet ist und zudem noch durch Fetteinlagerung ausgeglichen wird. Dies bedeutet aber nicht etwa, daß ein »Plattfuß« vorhanden ist.

Das eigentliche Fußgewölbe entwickelt sich meist erst im Verlauf des 2. Lebensjahrs deutlicher, wenn das Kind zu laufen begonnen hat. Falls diese Entwicklung anlagebedingt oder aus Krankheitsgründen (z.B. →Rachitis) unterbleibt, verzögert oder ungenügend erfolgt, kann daraus später ein echter Platt- oder Plattknickfuß resultieren.

Erfahrungstip:
Für die Förderung und Kräftigung des Fußgewölbes ist es besonders wichtig, daß die Kinder in der Zeit, in der sie zu stehen und zu laufen beginnen, dies nicht auf einer nachgiebigen, weichen Matratze ihres Bettchens tun, sondern auf einer harten, unnachgiebigen Unterlage. Aus diesem Grund ist zu empfehlen, z.B. eine Sperrholzplatte von Matratzengröße herzustellen, die, mit Wachstuch oder Kunststoff bezogen oder gestrichen, für die Dauer der Spielzeiten des Kindes über die Matratze gelegt werden kann.

Es gibt auch spezielle Böden aus Weidengeflecht für das →Laufställchen (dort Abb.), die eine besonders wirksame, aktive Fußgymnastik mit Kräftigung des Fußgewölbes beim stehenden oder laufenden Kind bewirken.

Andererseits ist es zur Verhütung von Überlastungsschäden des Fußes wichtig, daß Sie das Kind nicht früher stehen und laufen lassen, als es dies aus eigenem Antrieb wirklich auch tun möchte. Für Kinder, die besonders schwer sind, oder für solche, die eine Rachitis durchgemacht haben, gilt dies in besonderem Maße. Jede offensichtliche Unlust der Kinder zum →Stehen oder →Laufen sollten Sie als Zeichen dafür werten, daß die Füße der Belastung noch nicht voll gewachsen sind.

Für die F. ist auch die Auswahl eines geeigneten Schuhwerks sehr wichtig (→Kinderschuhe).

Vgl. auch →Fehlhaltung (Fehlstellung) der Füße, →Hackenfuß, →Kinderschuhe, →Klumpfuß, →Laufställchen, →Sichelfuß

G

Galaktorrhö →Milchfluß, unfreiwilliger

Galaktosämie →Screenings

Gaumenspalte

»Wolfsrachen«; angeborene Spaltbildung des harten und/oder weichen Gaumens. Dabei besteht eine offene Verbindung zwischen dem Mund- und Nasenraum (Farbtafel). Hierdurch kann die Nahrungsaufnahme bei Babys erheblich gestört sein (getrunkene Nahrung läuft in den Nasenraum, und das Saugen wird dadurch beeinträchtigt, daß in der Mundhöhle kein richtiger Sog erzeugt werden kann). Ferner besteht die Gefahr, daß flüssige Nahrung in die Luftwege gerät (→Verschlucken). Manchmal sind die Trinkschwierigkeiten so ausgeprägt, daß die betroffenen Kinder zeitweise nur mit einer Sonde ausreichend ernährbar sind (→Sondenernährung). Da die Mundhöhle bei einer bestehenden G. keinen vollständigen Abschluß gegen den Nasenraum hat, kann auch die Sprachentwicklung und Sprachakustik erheblich gestört sein, wenn der Spalt nicht frühzeitig verschlossen wird.

Die Behandlung der G. besteht in einer kieferchirurgischen Korrektur, deren Zeitpunkt der jeweiligen Situation des Einzelfalles angepaßt werden sollte (meist spätestens mit 1 1/2 Jahren, manchmal aber auch schon früher). Zur Festlegung des günstigsten Operationstermins ist bereits im Neugeborenenalter eine ärztliche Beratung notwendig. In Abhängigkeit vom jeweiligen Befund wird zunächst eine den Spalt gegen den Nasenraum verschließende Gaumenplatte angepaßt. Später erst (Zeitraum s.o.) wird der Spalt auch operativ verschlossen.

Besteht gleichzeitig neben der G. noch eine →Lippenspalte oder eine Lippen-Kieferspalte, dann wird diese zuerst, noch vor der G., korrigiert.

Die kieferchirurgischen Operationsmethoden sind heute so ausgereift, daß es zumeist ohne Schwierigkeiten gelingt, ein kosmetisch wie funktionell befriedigendes Resultat zu erreichen.

Zur Förderung der Sprachentwicklung sollte nach der Operation eine fachkundige Sprachheilbehandlung von einem Logopäden durchgeführt werden.
Vgl. auch →Lippenspalte

Gebiß →Zahnung, normale

Geburtsgeschwulst

Kopfgeschwulst, eine örtlich umgrenzte Schwellung, oft mit Bluterguß, von einigen cm Durchmesser im Bereich des behaarten Kopfes bei Neugeborenen. Die G. entsteht dadurch, daß während der Austreibungsperiode der Geburt infolge der starken Druckunterschiede Blut- und Gewebsflüssigkeit in den vorangehenden Kopfhautteil des Kindes hineingepreßt wird. Die G. ist harmlos und schwillt ohne Behandlung innerhalb einiger Tage und ohne Folgen wieder ab.
Vgl. auch →Geburtsverletzungen, →Kopfblutgeschwulst

Geburtsgewicht

Das durchschnittliche Gewicht eines reifen und ausgetragenen Neugeborenen bei der Geburt beträgt zwischen 3000 und 3500 g (im Mittel 3250 g). Knaben sind bei Geburt oft etwas schwerer als Mädchen und erstgeborene häufiger etwas leichter als nachgeborene Kinder.

Das G. gibt einen gewissen Hinweis auf den Reifezustand eines Kindes bei Geburt. So beträgt z.B. das G. von unreif geborenen (frühgeborenen) Kindern höchstens 2500 g, es kann sogar noch weit unter 2000 g liegen (→Frühgeborenes, Frühgeburt).

Überschwere, dabei aber oft vermindert vitale Neugeborene (über 4000 g) kommen gelegentlich bei mütterlicher Zukkerkrankheit (Diabetes mellitus) vor, manchmal auch bevor die Krankheit bei der Mutter erkennbar geworden ist (→Geburtsübergewicht).

Ist das G. eines Kindes nach normaler →Schwangerschaftsdauer wesentlich geringer als 3000 g, liegt also zeitlich gesehen keine Frühgeburt vor, dann kann das auffallend geringe G. ein Hinweis darauf sein, daß die Entwicklung des Kindes im Mutterleib gestört abgelaufen ist (z.B. bei Erkrankungen oder Fehlbildungen des Mutterkuchens). Kinder mit →Geburtsuntergewicht sind als →Risiko-Kinder anzusehen. Sie benötigen besondere Aufmerksamkeit und manchmal auch die gleichen Pflegemaßnahmen wie frühgeborene Kinder, weil sie ähnlich wie diese zu Störungen der Atmung oder des allgemeinen Gedeihens neigen und ihre Vitalität u.U. herabgesetzt ist.

Erfahrungstip:
Das G. hat einen sehr hohen diagnostischen Aussagewert. Merken oder notieren Sie sich deshalb dieses Gewicht gut, ebenso die →Geburtslänge sowie den →Kopfumfang Ihres Babys bei Geburt. Dann können Sie, wenn erforderlich, Ihrem Arzt jederzeit genaue Angaben darüber machen.

Vgl. auch →Armlähmung, →Geburtslänge, →Geburtsverletzungen, →Gesichtsnervenlähmung, →Kopfumfang

Geburtslänge

Bei einem durchschnittlichen Geburtsgewicht von 3000 bis 3500 g beträgt die Körperlänge des reifen, ausgetragenen neugeborenen Kindes durchschnittlich 50 bis 55 cm. Die Durchschnittswerte für das →Geburtsgewicht und die G. sind in der Regel am geringsten bei Erstgeburten und pflegen mit jeder weiteren Geburt etwas zuzunehmen, immer vorausgesetzt, daß die Kinder reif und ausgetragen zur Welt kommen. Ein unreif (zu früh) geborenes Kind ist entsprechend kleiner (und leichter).

Im allgemeinen stellt die Hebamme oder die Geburtsschwester unmittelbar nach der Geburt des Kindes im Verlauf der Erstversorgung des Neugeborenen dessen Länge, Gewicht, Kopf- und Brustumfang fest.

Erfahrungstip:
Lassen Sie sich unbedingt diese Meßdaten mitteilen und achten Sie auch darauf, daß diese zuverlässig im →Mutterpaß sowie im gelben Untersuchungsheft Ihres Kindes (Vorsorgeheft) eingetragen werden.

Vgl. auch →Geburtsgewicht, →Längenmessung des Babys

Geburtsschädigung →Geburtsverletzungen

Geburtstermin, voraussichtlicher, →Schwangerschaftsdauer

Geburtsübergewicht (Hypertrophie)

Das normale, durchschnittliche →Geburtsgewicht, das beim ausgetragenen Kind zwischen 3000 und 3500 g beträgt, wird gelegentlich auch bei normaler →Schwangerschaftsdauer beträchtlich überschritten. Neugeborene, die ein Geburtsgewicht von 4000, 4500, gelegentlich sogar von 5000, 5500 und 6000 g aufweisen, kommen vor. Man bezeichnet sie wegen ihres außergewöhnlichen G. und ihrer Überlänge (55 bis 65 cm) vielfach als »Riesenbabys«.

Eine derartig ungewöhnliche Überschreitung des normalen Geburtsgewichts und die allgemeine Übergröße solcher Kinder bedeuten u.U. für Mutter und Kind eine beträchtliche Geburtserschwernis. So ist z.B. die Zahl von →Geburtsverletzungen unter Kindern mit G. deutlich größer als bei Neugeborenen mit normalem, durchschnittlichem Geburtsgewicht. Mit steigender Kinderzahl pflegt übrigens das Geburtsgewicht von Kind zu Kind anzusteigen.

Erfahrungstip:
Haben Sie etwa ein solches »Riesenbaby« zur Welt gebracht? Wenn ja, denken Sie bitte daran, daß bei Ihnen selbst eine bisher noch nicht erkannte Zuckerkrankheit (Diabetes mellitus) im Kommen sein könnte. Denn manchmal ist die Geburt eines solchen Kindes nur die erste, frühzeitige Ankündigung einer derartigen, u.U. viele Jahre später auftretenden Stoffwechselstörung. Eine regelmäßige Urinkontrolle (z.B. halbjährlich) auf eine evtl. Zuckerausscheidung ist daher für Mütter von Riesenbabys sinnvoll und im Hinblick auf deren Früherkennung und Frühbehandlung wichtig. Die Riesenkinder selbst sind dagegen regelmäßig frei von Zuckerkrankheit.

Alle Kinder mit G. zählen zur Gruppe der sog. →Risiko-Kinder.
Vgl. auch →Geburtsgewicht

Geburtsuntergewicht (Hypotrophie)

Ein Gewicht, das bei ausgetragenen Kindern bei Geburt wesentlich unter der Norm von 3000 bis 3500 g liegt, wird als G. bezeichnet. G. ist zumeist ein Hinweis darauf, daß das Kind im Mutterleib nicht regelgerecht gewachsen ist. Ursächlich kommen dafür vor allem Abweichungen der inneren weiblichen Geschlechtsorgane und/oder eine Unterfunktion des das Kind im Mutterleib ernährenden Mutterkuchens (Plazenta) in Betracht. Deshalb wird ein Kind mit G. nach zeitlich normaler →Schwangerschaftsdauer z.T. auch als →Mangelgeborenes bezeichnet. Es muß besonders sorgfältig untersucht und überwacht werden. Ähnlich wie die gleichfalls stets untergewichtigen Frühgeborenen brauchen Mangelgeborene nicht selten vermehrte und intensivere Pflege. Dabei zeigen sie zumeist eine sehr gute Entwicklungs- und Aufholtendenz. Kinder mit G. zählen zur Gruppe der →Risiko-Kinder.

Zu unterscheiden von einem echten G. ist das nur scheinbare G. bei Kindern aus kleinwüchsigen Familien und Bevölkerungsgruppen, deren normales Geburtsgewicht deshalb unter der Durchschnittsnorm unserer Bevölkerung liegt. In diesen Fällen besteht also kein »unnormaler« oder krankhafter Zustand.
Vgl. auch →Geburtsgewicht, →Geburtsübergewicht (Hypertrophie), →Mangelgeborenes

Geburtsverletzungen

Bezeichnung für alle Verletzungen des Kindes während des Geburtsablaufs. G. sind allerdings nicht unbedingt und in jedem Fall Folge einer besonders schwer verlaufenen Geburt oder einer komplizierten Entbindung. Völlig harmlos sind kleinere Einblutungen in die Kopfhaut und in die Augenbindehaut, die stets innerhalb weniger Tage von selbst »aufgesaugt« werden und keiner Behandlung bedürfen (→Geburtsgeschwulst). Die etwas größere →Kopfblutgeschwulst (Bluterguß unter der Knochenhaut einzelner Schädelknochen) ist ebenfalls zumeist harmlos und bildet sich von selbst innerhalb von Wochen zurück. Auch die selteneren, verschieden lokalisierten Knochenbrüche (meist Schlüsselbein, seltener ein Arm oder Bein) pflegen bei sachgemäßer ärztlicher Behandlung (Schienenverbände u.ä.) fast immer gut und ohne Restschäden auszuheilen.

Bedeutsamer und nicht immer so harmlos sind die seltenen, nach schweren Geburten und Zangenentbindungen vorkommenden Nervenschädigungen, von denen die →Gesichtsnervenlähmung und die →Armlähmung die wichtigsten sind. Zu den ernsteren G. gehören auch alle Blutungen im Schädelinneren, z.B. →Hirnblutung (als Geburtsfolge). Sie können z.T. recht schwerwiegende Folgen haben, z.B. →Krampfanfälle, →Atemstillstand, →Trinkschwierigkeiten, Entwicklungsstörungen aller Art, und gelegentlich sogar tödlich ausgehen.

Aber umgekehrt können manche anfangs äußerst bedrohlich erscheinende G., die zunächst den Verdacht auf Hirnblutung erwecken, sich ohne irgendwelche Spätfolgen restlos zurückbilden. Kinder mit Knochenbrüchen oder Hirnblutungen durch G. bedürfen fast immer einer speziellen Krankenhausbehandlung.
Vgl. auch →Armlähmung, →Geburtsgeschwulst, →Gesichtsnervenlähmung, →Hirnblutung (als Geburtsfolge), →Kopfblutgeschwulst

Geburtsvorbereitungskurse

Kurse, um werdende Mütter (und Väter) auf die Geburt vorzubereiten, werden in allen größeren Entbindungskliniken von Ärzten, Hebammen oder entsprechend geschultem Personal durchgeführt. In ihnen werden Entspannungs- und Atemtechniken sowie bestimmte gymnastische Übungen erläutert und praktisch erlernt. Viel Zeit wird auch Gesprächen und dem Erfahrungsaustausch gewidmet. Vorteilhaft ist es, daß sich in dem zahlenmäßig meist kleinen Teilnehmerkreis gute Gelegenheiten ergeben, sich über manche Sorgen und Probleme auszusprechen und/oder sich beraten zu lassen.

Eine Teilnahme zwischen dem 6. und 9. Schwangerschaftsmonat ist zu empfehlen.

Gedeihen

Um zu beurteilen, ob ein Baby gedeiht, können verschiedene Kriterien herangezogen werden: z.B. das Gewichtsverhalten, die Widerstandsfähigkeit gegen Infektionskrankheiten, die Häufigkeit von Erkältungskrankheiten, das seelische Gleichgewicht und die Stimmungslage, der Zustand der Muskel- und Hautspannung sowie des Fettgewebes und die Bewegungsfreudigkeit.

Störungen des G. zeigen sich bei Babys zumeist gleichzeitig an allen diesen unterschiedlichen Merkmalen. Leichtere Formen manifestieren sich vor allem durch Gewichtsstillstand oder verminderte Gewichtszunahme, durch Hautblässe, Trinkunlust, manchmal auch durch eine verminderte Haut- und Gewebsspannung. Bei schweren Gedeihstörungen kommt es außerdem noch zu erheblichen Gewichtsverlusten, zu Schwund der Fettpolster, Bewegungsarmut, schwerer Mißlaunigkeit und weitgehender Nahrungsverweigerung (→Appetitlosigkeit). Solche Störungen können durch verschiedene Krankheiten, vor allem als Folge von →Ernährungsfehlern, →Ernährungsstörungen, von Pflegefehlern, ja schon allein durch mangelnde mütterliche Zuwendung entstehen.

In jedem Fall muß den Ursachen von Gedeihstörungen nachgegangen werden, um sie zu beseitigen. Um etwa schleichend sich einstellende Störungen des G. schon frühzeitig zu erkennen, dient vor allem die regelmäßige Gewichtskontrolle (→Wiegen (Wägen) des Babys) und die genaue Beobachtung der oben genannten Kriterien.
Vgl. auch →Appetitlosigkeit, →Bewegungstrieb, →Blässe, →Dystrophie, →Ernährungsstörungen, →Gewebsspannung, →Gewichtsverlauf im Babyalter

Gedeihstörungen →**Gedeihen**

Gefäßmal →**Blutschwämmchen,** →**Storchenbiß**

Gehen →**Laufen**

Gehirnerschütterung →**Sturzverletzungen**

Gehör

Das Hören gehört zu den wichtigsten Sinnesfunktionen eines Menschen. Ob sich ein Kind auf normale Weise entwickelt, vor allem ob es richtig und zum normalen Termin sprechen lernen wird, hängt ganz entscheidend vom G. ab.

Bei Geburt ist das Hörorgan des Neugeborenen zwar schon gut entwickelt, doch ist die sichere Beurteilung seiner Hörfähigkeit und seines G. zunächst recht schwierig. Man muß dabei die verschiedenen Reaktionen des Kindes auf Schallreize genau beobachten. Zu diesen gehören z.B. schnelles Schließen oder Zusammenkneifen der Augenlider (Lidschlußreaktion), Schreckreaktionen mit plötzlichem Zusammenzucken, Verziehen des Gesichts und Wendung des Kopfes zur Schallquelle, manchmal auch plötzliche Unterbrechung des Schreiens eines unruhigen Babys durch Zuruf. In den meisten Entbindungskliniken wird heute bereits ein generelles Hör-Screening mit einer elektronischen Apparatur vorgenommen. Diese zeichnet sog. akustisch evozierte Potentiale (AEP) auf und ermöglicht somit eine frühzeitige Erfassung von evtl. Hörstörungen.

Ähnlich wie das Neugeborene gelegentlich schon eine Lichtquelle anzublicken vermag, so ist es manchmal, wenn auch keineswegs regelmäßig imstande, den Kopf oder die Augen in Richtung auf eine Schallquelle zu wenden. Die Möglichkeit eines jungen Babys, auf Geräusche zunehmend häufiger zu reagieren, entwickelt sich normalerweise schnell: Zunächst reagiert es nur auf stärkere Geräusche mit Bewegung der Glieder und Zusammenzucken.

Etwas später schon horcht es auf, wenn z.B. die Mutter es ruft, während es auf fremde Geräusche noch nicht reagiert. Noch etwas später tut es auch dies. Schließlich reagiert es auf alle Geräusche und auf Anruf auch mit genauer Richtungserkennung und Zuwendung dorthin. Schon 7 bis 8 Wochen alte Babys lokalisieren eine rufende Person genau. Krankheiten verschiedener Art können den Erwerb dieses Lokalisierungsvermögens allerdings verzögern.

Allein schon die genaue Beobachtung eines Kindes kann ohne Heranziehung komplizierter Apparaturen bereits verläßliche Hinweise auf ein vorhandenes oder mangelhaftes G. geben. Eltern können selbst das G. ihres Babys im Alter zwischen 6 und 12 Monaten sowie im 2. Lebensjahr nach folgenden Merkmalen beurteilen:

6 bis 12 Monate alte Babys
- Ein normal hörendes Baby erschrickt sichtlich bei plötzlich einsetzendem, lauten Geräusch.
- Es beruhigt sich, wenn es bekannte Stimmen vernimmt, die zu ihm sprechen.
- Es horcht auf Geräusche (Händeklatschen, Türenschlagen, Glocke, Radio), wendet sich deutlich den Geräuschquellen zu und unterbricht dabei auch sein Schreien.
- Es versucht, aus eigenem Antrieb Laute von sich zu geben.
- Es beschäftigt sich gerne mit geräusch- oder klangerzeugendem Spielzeug (→Klapper, Glöckchen u.a.).

Kinder im 2. Lebensjahr

Bis zum Ende des 1. Lebensjahres und am Beginn des 2. Lebensjahres kommen an weiteren Leistungen hinzu:

- Das Kind versucht, durch Schreien und Lallen die Aufmerksamkeit auf sich zu lenken.
- Es lallt vor sich hin, auch wenn es allein ist.
- Es drückt Unbehagen und Mißfallen durch »lallendes Schimpfen« aus.
- Es horcht auf das Ticken einer vorgehaltenen Uhr.
- Es gibt Laute (als Antwort), wenn es gerufen oder direkt angesprochen wird.
- Es spricht zweisilbige Wörter klar aus (»dada«, »Auto«, »Mama« usw.).
- Es antwortet mit »Ja«- und »Nein«-Sagen oder mit Kopfnicken und Kopfschütteln.

Erfahrungstip:
Haben Sie aufgrund vorstehender Leistungsnormen den Eindruck gewonnen, daß Ihr Kind nicht gut oder gar nicht auf Schall reagiert, dann befragen Sie bitte ohne Verzug Ihren Arzt. Frühzeitige Hilfe kann für die weitere Entwicklung Ihres Kindes entscheidend sein.

Jede Einschränkung der Gehörfunktion bedeutet eine beträchtliche Behinderung der geistig-seelischen und sozialen Entwicklungsmöglichkeiten. Deshalb darf man sich bei sicher nachgewiesenen Störungen des Hörvermögens niemals mit der Hoffnung beruhigen, daß sich diese mit der weiteren Entwicklung des Kindes von selbst bessern würden.

Das derzeit günstigste Alter für die Diagnostik angeborener Schwerhörigkeit (und ggf. einer Hörgerätanpassung) ist der 6. Lebensmonat.

Bei folgenden Situationen besteht ein erhöhtes Risiko, daß Einschränkungen der Gehörfunktion auftreten können:

- Vorkommen schwerer Hörstörungen in der engeren Familie (z.B. taubstumme Eltern)
- Vorhandensein angeborener Fehlbildungen der Ohrmuscheln oder des Gehörgangs
- von der Mutter während der ersten drei Schwangerschaftsmonate durchgemachte schwere Virusinfekte verschiedener Art (vor allem Röteln, Grippe, Masern)

Taubgeborenen oder in frühester Kindheit ertaubten Kindern bleibt der natürliche Zugang zur Sprache durch das Hören verschlossen. Heute kann man einigen von ihnen mit modernen Therapieverfahren (sog. Cochleaimplant) helfen. Für den Erfolg einer jeden Therapie und Hilfestellung ist aber unbedingte Voraussetzung, daß die Hörstörung schon frühzeitig als solche erkannt wird.

Will man Fehlbeurteilungen vermeiden, muß man beachten, daß auch hörgeschädigte Babys einfache Lautfolgen allein schon aufgrund ihres starken Nachahmungstriebes imitieren können, indem sie die Lippenbewegungen ihrer Mutter sehen und »ablesen«. Hierdurch werden die Eltern oft, manchmal sogar der Arzt, über eine bestehende Hörunfähigkeit für eine gewisse Zeit hinweggetäuscht und bemerken diese u.U. unverhältnismäßig spät. Kennzeichnend für diese Situation ist, daß die betreffenden Kinder im »Plapperalter« (etwa vom 6. Monat an) nach und nach ihr spontanes »Plappern« wieder einstellen, weil sie die Antwort und Reaktion ihrer Umgebung nicht hören können, die sie zum »Zwiegespräch« anregen würden.

In spezialisierten Einrichtungen (sog. Phoniatrisch-pädaudiologische Zentren) kann man Hör- und Sprachstörungen sowie Sprachentwicklungsstörungen bei Kindern mit geeigneten Methoden sicher erkennen und eine gezielte Behandlung einleiten. Eltern von Kindern mit entsprechenden Störungen können in jedem Sozialpädiatrischen Zentrum sowie in jeder größeren Klinik, insbesondere in je-

der Universitätsklinik für Hals-Nasen-Ohrenheilkunde fachlichen Rat einholen.
Vgl. auch →Sprachentwicklung

Gehörgangreinigung

Der Gehörgang des Babys ist ein ziemlich enger und etwas gekrümmt verlaufender Kanal. Bei unsachgemäßer Durchführung der G. kann er sich verhältnismäßig leicht durch die Absonderungen der Talgdrüsen des Gehörgangs (»Ohrenschmalz«, Cerumen) und durch abgeschilferte Hautzellen verstopfen. Durch häufiges Baden (besonders in schmutzigem Wasser), unsachgemäße Ohrreinigung, die zu kleinen Verletzungen der Haut führen kann, oder durch ins Ohr gesteckte Fremdkörper (z.B. kleine Spielzeugteile) sowie durch eine Haarbalgentzündung kann es zu einer Entzündung des gesamten Gehörgangs kommen.

Erfahrungstip:
Bei der G. sollte folgendes beachtet werden:

- Mit den (meist verwendeten) Wattetupfern entfernen Sie bitte nur jenes Ohrenschmalz, das sich bereits auf der Ohrmuschel befindet! Führen Sie den Tupfer auf keinen Fall in den Gehörgang ein (Farbtafel)!
- Ist reichliches und/oder verhärtetes Ohrenschmalz vorhanden, sollten Sie möglichst nicht selbst am Ohr manipulieren, sondern das Kind einem Kinderarzt oder HNO-Arzt vorstellen. Nach vorherigem Einträufeln spezieller Ohrentropfen kann er den Pfropf gewöhnlich mit einer Spülung entfernen.
- Eine G. bei entzündeten, d.h. »laufenden« Ohren (→Mittelohrentzündung) muß besonders vorsichtig durchgeführt werden, auch dürfen dabei Flüssigkeiten nur auf ausdrückliche ärztliche Anweisung eingeträufelt werden.

Gelberübensaft →**Möhrensaft**

Gelbsucht des Neugeborenen

Eine gewöhnlich nicht vor dem 3. bis 4. Lebenstag auftretende und innerhalb von 8 bis 10 (bis 14) Tagen wieder vollständig verschwindende, leichte Gelbfärbung der Haut tritt bei etwa 80 % aller Neugeborenen auf (Farbtafel). Diese Form einer G. d. N. ist nicht krankhaft, auch wenn sie zuweilen vorübergehend mit schlechterem Trinken oder etwas stärkerer Schläfrigkeit einhergeht.

Sie entsteht als Folge des Abbaus der speziell für das Leben des Ungeborenen im Mutterleib produzierten roten Blutkörperchen, die nach der Geburt als Sauerstoffträger nicht mehr benötigt werden. Die bei diesem Vorgang verhältnismäßig plötzlich anfallenden gelben Farbstoffe des Bluts können von der kindlichen Leber nicht sofort, sondern nur allmählich verarbeitet und ausgeschieden werden. Bis dahin werden diese Farbstoffe in der Haut »zwischengelagert«. Die Farbe des Stuhls wird dabei zumeist besonders intensiv gelbbraun. Bei Frühgeborenen und auch bei etwas unreifen Neugeborenen, besonders wenn sie gestillt werden, kann eine derartige Gelbsucht intensiver sein und dann auch etwas länger bestehen bleiben. Aber auch sie ist in der Regel unbedenklich und verschwindet von selbst.

Anders ist die Situation, wenn schon im Augenblick der Geburt eine deutlich sichtbare G. d. N. vorhanden ist oder sich rasch bereits in den ersten Lebensstunden einstellt. Denn dann beruht sie zumeist auf einer sogenannten →Blutunverträglichkeit, die unverzüglich in einer Klinik behandelt werden muß (→Blutaustauschtransfusion, →Phototherapie).

Seltene Fälle von über die Neugeborenenzeit hinaus fortbestehender Gelbsucht, bei denen es gleichzeitig zu einer deutlichen und schließlich fast vollständigen Entfärbung des Stuhls kommt, beruhen möglicherweise auf einer angeborenen Fehlbildung der Gallenwege. Die betreffenden Babys müssen zur diagnostischen Klärung sowie zur rechtzeitigen Durchführung einer (u.U. notwendigen) Operation ebenfalls in einer Klinik vorgestellt werden.

Sind Eltern ernstlich unsicher darüber, wie sie eine auftretende Gelbsucht beurteilen sollen, dann ist die unverzügliche Konsultation eines Kinderarztes die richtige Entscheidung.

Vgl. auch →Phototherapie

Gemüse-Brei

Gemüse spielt in der Ernährung von älteren Babys und später im gesamten Kindesalter eine wichtige Rolle. Sein Reichtum an lebenswichtigen Salzen und Vitaminen macht es für den wachsenden Organismus unentbehrlich. Die meisten Gemüsesorten sind infolge ihres sehr hohen Wassergehalts (meist über 80 %) für sich allein nur wenig nahrhaft. Aber sie lassen sich durch entsprechende Zusätze zu einer auch kalorisch hochwertigen Nahrung für Kinder machen. Als Zusätze können Sie vor allem Fett (meist in Form von Butter) und Milch verwenden.

Obwohl Sie Gemüse-Zubereitungen und G.-B. zweifellos im Haushalt selbst herstellen können, haben diese gegenüber der im Handel erhältlichen sog. »Gläschenkost« keine Vorteile, jedoch eine Reihe von Nachteilen (→Beikost).

Als Gemüse für Babys eignen sich vor allem Karotten, Teltower Rübchen, Mangold, Kopfsalat (gekocht), Blumenkohl, zarte grüne Erbsen und (junger) Kohlrabi. Als Wintergemüse sind auch gekochte Tomaten und Rote Bete (Rüben) geeignet. Mit gröberen Kohlsorten und Hülsenfrüchten sollten Sie aber im Babyalter noch zurückhaltend sein.

So wird's gemacht:
Dünsten Sie das geputzte, gewaschene und zerkleinerte Gemüse in wenig Wasser so lange, bis es weich genug ist, um durch ein Sieb gedrückt zu werden. Das passierte Gemüse rühren Sie dann z.B. in eine sog. Butter-Mehl-Einbrenne ein und füllen das Ganze zu gleichen Teilen mit Milch und Gemüsewasser auf. Dann garen Sie es unter Umrühren so lange, bis eine dünnbreiige Masse entsteht. Gegen die Verwendung von Suppengrün oder einigen Tropfen Würze ist nichts einzuwenden. Die Kost soll damit lediglich etwas schmackhafter gemacht werden.

Andere Gemüsezubereitungen, insbesondere auch Variationen ohne Milch, sind möglich (→Kartoffel-Gemüse-Brei, →Gemüse-Kartoffel-Fleisch-Fett-Brei).

Es ist allerdings empfehlenswerter, als Beikost sog. »Gläschenkost« der Babynahrungsindustrie zu verwenden. Der Vorteil liegt in ihrer stets gleichbleibenden Qualität. Die »Gläschenkost« erlaubt eine vielfältige Auswahl und ermöglicht es Ihnen, dem Baby während des ganzen Jahres gemischte und abwechslungsreiche Gemüsekost zu geben. Die industriell hergestellte »Gläschenkost« hat dadurch ernährungsphysiologische Vorteile, daß sie durch kontrollierten, bedarfsgerechten Zusatz wichtiger Aufbaustoffe und Mineralien besonders hochwertig gemacht wird.

Für die Ernährung mit G.-B. und generell mit Beikost gilt allgemein, daß diese erst nach der Periode des ausschließlichen Stillens oder der Ernährung mit →Säuglingsnahrungen, d.h. erst nach dem 5. Lebensmonat zweckmäßig und angezeigt ist.

Vgl. auch →Beikost, →Gemüse-Brei mit Fleisch oder Ei, →Gemüse-Kartoffel-Fleisch-Fett-Brei, →Kartoffeln

Gemüse-Brei mit Fleisch oder Ei

So wird's gemacht:
100 g Gemüse (Blumenkohl, Kohlrabi, Karotten oder Tomaten) wird gewaschen, geputzt und zerkleinert, in wenig Wasser gegart und dann mit der Gabel zerdrückt. Dazu kommen 20 bis 50 g Fleisch (Huhn), in kleinen Würfeln weichgekocht und püriert.

Einmal wöchentlich können Sie anstelle des Fleischs ein Eigelb zufügen.
Vgl. auch →Beikost

Gemüse-Kartoffel-Fleisch-Fett-Brei
So wird's gemacht:
2 Teile gegartes Gemüse (anfangs am besten Karotten, später Kohlrabi, Blumenkohl, Fenchel oder Spinat), 1 Teil gekochte und passierte oder kleingedrückte Kartoffel und 10 g Fett (Butter oder Keimöl) werden mit Fleisch (bis zu 35 g mageres, gekochtes, püriertes Schweine- oder Geflügelfleisch im Wechsel) vermengt.

Anstelle der genannten Fleischsorten können Sie in größeren Abständen, z.B. innerhalb von je 14 Tagen, auch gekochte Schweineleber und/oder einmal pro Woche ein Eigelb geben.
Vgl. auch →Beikost

Gemüsestuhl →Stuhlbeschaffenheit

Genetische Beratung →Beratung, genetische

Genitalien →Geschlechtsorgane

Gepäck für die Klinik →Klinikgepäck

Gesäßfalten, ungleiche →Beinverkürzung →Hüftgelenkdysplasie, angeborene

Gesäßreinigung

Bei jedem Wechseln einer Windel, in der sich Stuhl befindet, führen Sie auch eine gründliche G. durch. Dabei beseitigen Sie zunächst mit einem sauber gebliebenen Windelzipfel oder mit Zellstoff (in Rollenform wie Toilettenpapier perforiert käuflich zu haben) die gröbsten Verunreinigungen.

Erfahrungstip 1:
Führen Sie die Reinigung und das Abwischen der Gesäßgegend bei Mädchen stets von vorne nach hinten durch. So vermeiden Sie eine zusätzliche Verschmutzung der äußeren Geschlechtsteile.

Nach dem Abwischen reinigen Sie die Haut mit lauwarmem Wasser und Waschlappen oder Feuchttüchern, mit Hautpflegeöl und Watte, Ölpflegetüchern oder mit einem Mullbausch gründlich. Am schonendsten und daher zu empfehlen ist aber die Reinigung mit →Kinderöl. Zum Schluß trocknen Sie sorgfältig ab (alle Hautfalten beachten), entfernen die Ölreste und cremen die Haut mit →Kindercreme ein.

Zur G. und im Sinne einer vorbeugenden →Hautpflege beachten Sie bitte auch:

Erfahrungstip 2:
Häufiger Windelwechsel pflegt die Haut Ihres Babys am besten. Dadurch vermeiden Sie Hautreizungen!

Puder ist für die Pflege Ihres Kindes weniger geeignet, weil sich in Verbindung mit Feuchtigkeit unangenehme Krümel bilden und es dadurch zu Hautreizungen kommen kann.

Bei jeder stärkeren Rötung des Gesäßes oder bei →Wundwerden ist die Anwendung von Wasser nicht zweckmäßig, sondern die Reinigung mit Kinder-Öl vorzuziehen, weil dies die Haut nicht nur schont, sondern auch zugleich pflegt und Hautreizungen lindert.

Vgl. auch →Hautpflege des Babys, →Reinigungslotion, →Wickeltechnik, →Wundwerden

Geschlechtsorgane

Als »äußere« Geschlechtsorgane werden diejenigen Anteile der G. bezeichnet, die äußerlich sichtbar und zugänglich sind. Bei *Mädchen* sind dies: Scheidenvorhof (Vulva), Kitzler (Klitoris), kleine und große Schamlippen sowie Scheide (Vagina), die durch das verschieden geformte sog. Jungfernhäutchen (Hymen) nach außen noch weitgehend verschlossen ist. Bei *Jungen* sind es: Glied (Penis), Hodensack (Scrotum), Nebenhoden (Epididymis), Hoden (Testes).

Die »inneren Geschlechtsorgane« sind dagegen diejenigen Anteile, die im Inneren des Körpers liegen und nicht sichtbar sind. Bei *Mädchen* sind dies: Gebärmutter (Uterus), Eileiter (Tuben) und Eierstöcke (Ovarien). Bei *Jungen* sind dies: Vorsteherdrüse (Prostata), Samenbläschen, Samenleiter und Samenstrang.

Die äußeren wie auch die inneren G. sind bei Geburt des ausgetragenen, reifen Neugeborenen in großen Zügen fertig ausgebildet, wenn auch noch nicht bis zur Endstufe voll entwickelt. Erst im späteren Verlauf der Kindheit gelangen sie zu voller Größe und schließlich zur Funktionsfähigkeit. Der Entwicklungszustand dieser Organe im Augenblick der Geburt gibt gewisse Hinweise auf den allgemeinen Reifezustand des Neugeborenen (→Reifezeichen des Neugeborenen).

Besonderheiten bei Knaben:

Hoden: Bei der Geburt befinden sich bei reifgeborenen Babys die beiden etwa bohnengroßen Hoden (Volumen ca. 1,1 ml) gewöhnlich bereits im Hodensack. Während der Kindesentwicklung im Mutterleib senken sie sich aus der Bauchhöhle durch den Leistenkanal in den Hodensack herab.

Es kommt aber nicht allzu selten vor, daß diese Wanderung der Hoden im Augenblick der Geburt noch nicht vollständig abgeschlossen ist. In diesem Fall befinden sie sich entweder noch im Bauchraum (Bauchhoden) oder im Leistenkanal (Leistenhoden) (sog. Maldescensus). Leisten- und Bauchhoden wandern aber bei einem Teil der Babys noch im Verlauf des ersten Lebensjahres in den Hodensack hinein.

Erfahrungstip:
Wenn Sie feststellen, daß dies bei Ihrem Baby nicht der Fall ist, konsultieren Sie ohne langes Abwarten den Arzt, der die erforderliche Behandlung oder Kontrolle veranlassen wird. Diese ist notwendig, um die spätere normale Hodenfunktion sicherzustellen.

Im Fall von in der Bauchhöhle zurückgebliebenen Hoden (Bauchhoden) ist die Chance geringer als bei Leistenhoden, daß eine nachträgliche Hodenwanderung noch spontan und von selbst erfolgt. Deshalb müssen häufiger operative Korrekturen der Hodenposition vorgenommen werden.

Penis: Der ausgestreckte Penis des Neugeborenen (und des Säuglings) ist normalerweise 2 bis 4 cm lang und sieht ein wenig rüsselförmig aus, weil er sich nach vorne zu etwas verjüngt. Der kleine Penis von Babys und Kleinkindern kann sich zuweilen schon frühzeitig versteifen und aufrichten. Dieser Vorgang ist bedeutungslos und nicht abnorm oder krankhaft (→Erektion).

Vorhaut: Die das Gliedende allseits umschließende Vorhaut läßt nur eine kleine, runde Öffnung von etwa Stricknadelstärke frei, durch die das Baby den Harnstrahl entleert. Im Baby- und teilweise auch noch im Kleinkindalter läßt sich die Vorhaut gar nicht oder nur geringfügig zurückziehen, weil ihr innen gelegener Schleimhautüberzug zunächst noch mit der darunterliegenden, zarten Eichelschleimhaut fest verklebt ist. Diese Verklebung ist im Babyalter der Normalzustand! Solange der Harn problemlos im Strahl entleert werden kann und keine Entzündungen im Bereich der Vorhaut vorhanden sind, ist jede künstliche Erweiterung der normalen Vorhautenge absolut unnötig und falsch. Erst wenn die Harnentleerung offensichtlich deutlich behindert ist, spricht man von →Vorhautverengung (Phimose). Diese allerdings ist behandlungs- und korrekturbedürftig. Welche Art der Behandlung im konkreten Fall zu empfehlen sein wird, kann Ihnen Ihr Kinderarzt sagen, dem Sie das Kind auf jeden Fall vorstellen sollten.

Harnröhrenausmündung am Penis: Fehlbildungen der männlichen ä.G. betreffen vorwiegend die Lokalisation der Harnröhrenmündung am Glied. Diese befindet sich in solchen Fällen entweder anstatt an der Spitze der Eichel mehr an der Unterseite des Penis (Hypospadie) oder, seltener, an seiner Oberseite (Epispadie). Oft ist in diesen Fällen auch die Vorhaut abnorm beschaffen (z.B. gespalten). Sind zur Herstellung normaler Verhältnisse operative Korrekturen notwendig, worüber Sie Ihr Kinderarzt beraten wird, ist der günstigste Zeitpunkt dafür in den meisten Fällen das Jahr vor der Einschulung der Kinder (→Vorhautverengung, →Beschneidung).

Hodensack (Skrotum): Einseitige, seltener beidseitige Auftreibung und Schwellung des Hodensacks im frühen Babyalter kommt bei dem nicht seltenen, aber meist harmlosen sog. Wasserbruch (Hydrozele) vor, der auf einer gesteigerten Flüssigkeitsabsonderung der Hodenhüllen beruht. Er kann aber auch durch einen Leistenbruch verursacht sein. Wenn die Schwellungen plötzlich aufgetreten und evtl. auch schmerzhaft sind, ist es notwendig, unverzüglich den Arzt zu befragen (→Leistenbruch).

Allgemeine Penishygiene:

Erfahrungstip:

Beachten Sie bei der Penishygiene bei unbeschnittenen Kindern, daß Sie die Vorhaut in der Neugeborenenzeit überhaupt nicht manipulieren und im Baby- und Kleinkindalter zur Reinigung und zum Waschen nur dann zurückstreifen, wenn dies ganz ohne Schwierigkeiten möglich ist. Lösen Sie diese natürliche Verklebung deshalb auch nicht gewaltsam. Verletzungen, schmerzhafte Einrisse und spätere Narbenbildung in der zarten Schleimhaut könnten die Folge sein.

Im Alter von etwa 4 Jahren zeigen Sie Ihrem Sprößling, wie die Vorhaut zurückzustreifen ist und wie man den Penis und die Eichel wäscht.

Nach einer gewissen Zeit der Kontrolle und Hilfe können Sie es ihm dann selbst überlassen, sich entsprechend zu pflegen und zu reinigen.

Besonderheiten bei Mädchen:

Scheidenvorhof (Vulva): Bei der Geburt eines ausgetragenen, reifen neugeborenen Mädchens werden die Klitoris und die kleinen Schamlippen von den großen fast gänzlich bedeckt. In den ersten Lebenstagen tritt außerdem häufig ein vorübergehender weißlicher Ausfluß auf, und gelegentlich können in dieser Zeit auch leichte, menstruationsartige →Scheidenblutungen des Neugeborenen auftreten. Beide Erscheinungen sind harmlos. Sie entstehen durch die Wirkungen mütterlicher Hormone und von Hormonen des Mutterkuchens (Plazenta), die auf das Kind übergegangen sind (→Schwangerschaftsreaktionen des Neugeborenen).

Fehlbildungen des äußeren Genitale: Fehlbildungen kommen in Form einer Verlagerung der Harnröhrenausmündung (z.B. in die Scheide), einer Verklebung der großen Schamlippen oder eines totalen Verschlusses des Jungfernhäutchens vor.

Vulvahygiene: Bezüglich der Reinigung und des Waschens des äußeren Genitale bei Mädchen s. →Gesäßreinigung.
Vgl. auch →Ausfluß des Neugeborenen, →Scheidenblutung des Neugeborenen, →Schwangerschaftsreaktionen des Neugeborenen

Gesichtsnervenlähmung

Fazialislähmung; Funktionsausfall desjenigen Nervs, der die Bewegungen der Gesichtsmuskeln steuert.

Eine G. tritt meist einseitig auf und ist daran erkennbar, daß ein Auge schlechter geschlossen werden kann als das andere oder daß ein Mundwinkel nicht bewegt wird (»hängt«). Eine leichte Verziehung des Mundes zur ungelähmten Seite hin kann zusätzlich vorhanden sein.

Die häufigste Ursache einer bereits bei Geburt vorhandenen G. ist eine Druckschädigung des Gesichtsnervs während der Geburt (Spontangeburt, Zangenentbindung u.a.). Eine so entstandene G. pflegt sich jedoch innerhalb von einigen Tagen bis zu zwei Wochen allmählich zurückzubilden, selten ist eine langsamere Heilung und noch seltener das Ausbleiben einer völligen Wiederherstellung der Funktion der Gesichtsnerven.
Vgl. auch →Geburtsverletzungen

Gestationsalter →Frühgeborenes, Frühgeburt

Gestationsdauer →Schwangerschaftsdauer

Getreideflocken

Kornflocken; aus dem ganzen, meist maschinell geschälten, gedämpften (oder auch gerösteten) und gewalzten Getreidekorn hergestelltes Nahrungsmittel. Die bekannteste und verbreitetste G.-Art sind →Haferflocken; außerdem gibt es Gerste-, Reis-, Hirse- und Maisflocken. G. dienen zur Herstellung von dünnen Schleimen (→Schleimabkochungen) oder in roher Form zur Selbstbereitung von →Müsli.
Vgl. auch →Beikost, →Haferflocken, →Haferschleim

Gewebsspannung

Gewebsturgor; jedes Gewebe steht unter einer bestimmten natürlichen Spannung und fühlt sich im Normalfall straff und elastisch an. Besonders augenfällig ist eine straffe G. der Haut und des Unterhautzellgewebes eines gesunden Babys.

Insbesondere Störungen des Wasser- und Elektrolytstoffwechsels sind es, die Veränderungen der G. hervorrufen können. Die Beurteilung der G. ist vor allem im Babyalter ein wichtiges Hilfsmittel, um Krankheiten früh zu erkennen und ihre Schwere abzuschätzen. Da die G. besonders davon abhängig ist, wieviel Wasser das Gewebe enthält und speichert, führen vor allem stärkere Wasserverluste des Körpers zu einer deutlichen Verminderung der G. mit auffallendem »Welkwerden« der Haut.

Der relativ wasserreiche Säuglingskörper reagiert auf akute Wasserverluste (z.B. bei akuten →Durchfällen und →Erbrechen) oder Wassermangel (→Durst) schnell und empfindlich mit einer Verminderung der natürlichen G. Dies ist ein wichtiges Alarmzeichen: Es weist darauf hin, daß der bestehende Flüssigkeitsmangel, gleich welcher Ursache, möglichst umgehend durch eine sachgerechte ärztliche Behandlung behoben werden muß.

Bleibt das Flüssigkeitsdefizit längere Zeit unbehandelt, gerät das Baby u.U. in ernste Gefahr.

Erfahrungstip:
Sie können die G. selbst dadurch prüfen, daß Sie eine Hautfalte am Bauch mit zwei Fingern vorsichtig abheben und dann plötzlich loslassen. Während sich die hochgezogene Hautfalte bei normaler G. sofort wieder ausgleicht und verschwindet, führt eine verminderte G. dazu, daß die Falte kürzere Zeit stehen bleibt und deutlich verzögert verstreicht.
Vgl. auch →Austrocknung, →Flüssigkeitsbedarf

Gewichtsabnahme

Über einen Zeitraum von mehreren Tagen betrachtet, nimmt das gesunde, normal gedeihende Baby regelmäßig an Gewicht zu (→Gewichtsverlauf im Babyalter). Steigt hingegen das Gewicht eines Babys jenseits des Neugeborenenalters mehrere Tage lang nicht an, oder nimmt es sogar fortlaufend mehr oder weniger ab, dann müssen Gesundheitszustand, Nahrungsaufnahme und Nahrungsform unbedingt genau überprüft werden. Denn G. bedeutet, wenn sie nicht kurzdauernd und nur vorübergehend ist, daß sich eine echte Störung des normalen →Gedeihens eingestellt hat.

Sie kann die verschiedensten, aber stets behandlungsbedürftigen Ursachen haben: Im einfachsten Fall entsteht eine G. (oder ein Gewichtsstillstand) durch ungenügende Nahrungs- und Flüssigkeitsaufnahme oder unzweckmäßige Nahrungszusammensetzung. Meist ist sie jedoch Folge einer Magen- und Darmerkrankung und in diesem Fall als ein Warnzeichen anzusehen.

Im Kleinkindalter ist eine G. allerdings etwas anders zu beurteilen, denn hier ist die mittlere Gewichtszunahme nicht nur viel geringer als im Babyalter, sondern es gibt auch bei völlig gesunden Kindern Zeiten, in denen Gewichtsstillstand, manchmal sogar eine gewisse G. auftreten kann, ohne daß dieser eine krankhafte Ursache zugrunde liegen muß.
Vgl. auch →Brustkind, Nahrungsbedarf, →Dystrophie, →Ernährungsfehler, →Ernährungsstörungen, →Flaschenkind, Nahrungsbedarf, →Gewichtsverlust des Neugeborenen, →Wiegen (Wägen) des Babys

Gewichtsbestimmung →Wiegen (Wägen) des Babys

Gewichtsverlauf im Babyalter

Das reife, gesunde Neugeborene wiegt bei Geburt durchschnittlich 3000 bis 3500 g (→Geburtsgewicht).

In den ersten 3 bis 5 Lebenstagen vermindert sich sein Gewicht zunächst fast regelmäßig um 100 bis 300 g (→Gewichtsverlust des Neugeborenen). Der Wiederanstieg des Gewichts, etwa vom 4. Lebenstag an, erfolgt im allgemeinen langsamer als sein Abfall, so daß das ursprüngliche Geburtsgewicht gewöhnlich spätestens mit 10 bis 14 Tagen wieder erreicht oder überschritten ist.

Das Geburtsgewicht verdoppelt sich bei normalem Gedeihen innerhalb der ersten 4 bis 5 Monate (auf 6000 bis 7000 g) und verdreifacht sich zumindest bis zum Ende des 1. Lebensjahres (auf 9000 bis 10000 g). Bei Kindern mit unterdurchschnittlichem, d.h. niedrigem Geburtsgewicht tritt die Verdoppelung bereits etwas früher ein, bei Kindern mit überdurchschnittlich hohem Geburtsgewicht etwas später.

Erfahrungstip:
Bei gesunden und richtig ernährten Säuglingen beträgt die wöchentliche durchschnittliche Gewichtszunahme
- im 1. Vierteljahr 210 bis 220 g (oder pro Monat 850 bis 900 g)

Gewichtsverlauf im Babyalter

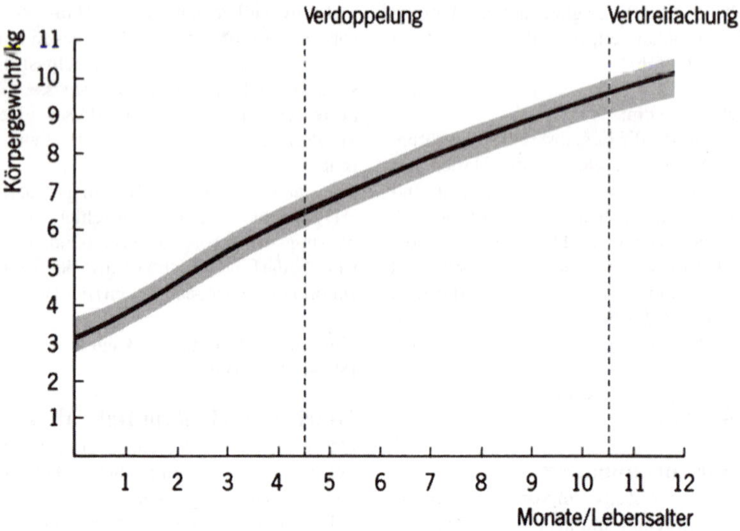

Durchschnittlicher Gewichtsverlauf im 1. Lebensjahr (dicke Linie) mit der vorkommenden (und noch normalen) Abweichung nach oben und unten. Mit etwa 5 Monaten hat sich das Geburtsgewicht normalerweise verdoppelt, mit etwa 11 bis 12 Monaten verdreifacht

- im 2. Vierteljahr ca. 140 bis 170 g (oder pro Monat 600 bis 700 g)
- im 3. Vierteljahr ca. 100 bis 110 g (oder pro Monat 400 bis 500 g)
- im 4. Vierteljahr ca. 85 bis 90 g (oder pro Monat 360 g).

Diese Zahlen sind Richtzahlen und bedeuten nicht, daß die Gewichtszunahme täglich einen bestimmten Wert erreichen muß. Sie gelten als Mittelwerte bei längerfristig durchgeführten Gewichtskontrollen. (Man errechnet den Mittelwert, indem man die gesamte Gewichtszunahme, z.B. während 10 bzw. 20 Tagen, durch 10 bzw. 20 teilt).

Wichtiger als das Erreichen des angegebenen Durchschnittsgewichts zu den angegebenen »Normalzeiten« ist eine relativ gleichbleibend stetige Gewichtszunahme, die in großen Zügen dem Verlauf der Gewichtsnormalkurve (und ihren »erlaubten«, d.h. normalen Abweichungen) entspricht (Abb. s.o.). Denn schließlich gibt es auch schon im Babyalter schlanke und fülligere Körperbautypen.

Die fortlaufende Registrierung des Gewichtsverlaufs eines Babys, zum Beispiel durch →Wiegen (Wägen) des Babys alle 3 bis 6 Tage ist zweckmäßig, aber nicht zwingend notwendig, denn das Gewichtsverhalten ist nur ein Anhaltspunkt unter vielen anderen für das →Gedeihen eines Babys.

Noch wichtiger ist z.B. der Gesamteindruck, den das Kind macht und der sich aus verschiedenen Einzelmerkmalen zusammensetzt (z.B. Trinkfreudigkeit, →Gewebsspannung, →Stimmungslage des Babys).

Vgl. auch →Gedeihen, →Gewichtsverlust des Neugeborenen, →Wiegen (Wägen) des Babys

Gewichtsverlust des Neugeborenen

Das gesunde Neugeborene, das durchschnittlich bei Geburt zwischen 3000 und 3500 g wiegt, nimmt in den ersten 3 bis 5 Tagen zunächst etwas ab. Der tiefste Gewichtsstand wird meist am 3. Lebenstag erreicht. Dieser sog. physiologische (normale) G. d. N. macht etwa 6 bis maximal 10 % des Körpergewichts aus, also zumeist zwischen 200 und 300 g, selten mehr, manchmal aber auch weniger. Er ist bei schwereren Kindern größer als bei leichteren.

Der Gewichtsverlust entsteht als Folge von Wasserverlusten durch Ausscheidung von Harn, Kindspech und Schweiß in dem Zeitraum, in dem das Kind gleichzeitig noch relativ wenig Nahrung und Flüssigkeit zu sich nimmt. Der Ausgleich des anfänglichen Gewichtsverlusts und das Wiedererreichen des Geburtsgewichts erfolgt bei idealem Verhalten in recht steilem Gewichtsanstieg spätestens bis zum 10. (bis 14.) Lebenstag.

Nur selten treten hierbei Verzögerungen (bis in die 3. oder gar 4. Woche) auf. Manchmal sind diese durch eine zu geringe Nahrungsaufnahme, gelegentlich auch durch eine besondere Veranlagung des Kindes bedingt, über deren Art aber noch wenig Genaues bekannt ist. In solchen Fällen ist es weder falsch noch übertrieben vorsichtig, den Arzt zu befragen.
Vgl. auch →Gewichtsverlauf im Babyalter, →Neugeborenes, →Neugeborenes, Nahrungsbedarf

Gewichtswachstum →Gewichtsverlauf im Babyalter

Gewichtszunahme, mittlere →Gewichtsverlauf im Babyalter

Gewürze in der Babykost

Gewürze (z.B. Pfeffer, Paprika, Nelken, Ingwer, Kümmel) und Gewürzkräuter (z.B. Beifuß, Estragon, Dill, Bohnenkraut, Borretsch, Kerbel, Majoran, Liebstöckel, Rosmarin, Petersilie, Salbei, Schnittlauch, Knoblauch, Thymian, Zwiebel) gehören nicht in die normale Nahrung für Babys und Kleinkinder. Die meisten von ihnen würden Speisen, die damit zubereitet sind, ohnehin ablehnen. Bei Babys vom 10. Lebensmonat an und bei Kleinkindern können Sie aber ggf. von der leicht appetitanregenden Wirkung einer gut entfetteten, höchstens ganz schwach gesalzenen Fleischbrühe bei der Zubereitung der Mittagsmahlzeit Gebrauch machen.

Süßstoff als süße »Würze« wird dann angewandt, wenn Zucker aus gesundheitlichen Gründen in der Nahrung weggelassen oder vermindert werden soll.
Vgl. auch →Kochsalz, →Süßstoff

Gichter →Zuckungen des Babys

»Gläschenkost« →Beikost, →Gemüse-Brei

Gliadinfreie Kost →Kost, glutenfreie

Glied, männliches →Geschlechtsorgane

Gliedversteifung →Erektion

Glukose →Traubenzucker

Glutenfreie Kost →Kost, glutenfreie

Glyzerin →Einfetten der Haut

Gneis

Als G., Kopfgneis, Kopfseborrhö, Kopfschuppen oder Kopfgrind wird eine übermäßig starke und fettige Schuppenbildung auf dem behaarten Kopf des Babys bezeichnet (Farbtafel). In besonders intensiver Ausprägung tritt G. meist im Bereich des Scheitels und der großen →Fontanelle auf. Manchmal kann die Schuppenbildung so stark werden, daß sie eine zusammenhängende, dicke, fettige, auch übelriechende Auflagerung bildet. Löst man diese ab, dann ist die Haut darunter oft gerötet, evtl. sogar wund und nässend. Entsprechende Erscheinungen können auch gelegentlich im Bereich der Augenbrauen auftreten. Die Störung juckt im Gegensatz zu einer Neurodermitis nur gering oder gar nicht.

G. ist die häufigste und leichteste Erscheinung bei einer sog. Dermatitis seborrhoides (→Ekzem, atopisches, seborrhoisches). Dieser besondere Entzündungszustand der Haut mit übermäßiger Fettabsonderung, Schuppung und Rötung entwickelt sich, wenn überhaupt, schon im Verlauf der ersten Lebenswochen.

So wird's gemacht:
Die Behandlung besteht in einer medikamentösen Erweichung der Krusten mit einem Verband (oder einer Kopfhaube), der mit Kinderöl, Olivenöl oder 1- bis 2%iger Salizylvaseline versehen ist. Er wird über Nacht angelegt. Die damit aufgeweichten Schuppenauflagerungen lassen sich dann meist schon am nächsten Morgen vorsichtig mit einem feinen Staubkamm schmerzlos ablösen und auskämmen. Diese Behandlung muß u.U. wöchentlich wiederholt werden.

Die örtliche Nachbehandlung nach dieser Prozedur besteht je nach Zustand der Kopfhaut und Verordnung des Arztes in der Auftragung bestimmter Heilpasten oder -salben.
Vgl. auch →Ekzem (atopisches, seborrhoisches), →Haarpflege

Grieß

Als G. bezeichnet man die von den Schalen befreiten, grobkörnig zerkleinerten Getreideteilchen (Weizen, Mais) von einer Korngröße zwischen 0,2 bis 1,5 mm Durchmesser. Besonders der feinere G. aus Weizen dient der Bereitung von G.-Brei für Babys.

Grieß-Brei-Zubereitungen

Milch-Grieß-Brei:

So wird's gemacht:
200 ml Milch (am besten →Säuglingsnahrungen oder →Kleinkindmilchen) werden mit 20 g Zucker (ca. 4 gestrichene Teelöffel) zum Kochen gebracht. In die wallende Milch lassen Sie 16 g (3 gestrichene Teelöffel) G. fadendünn einlaufen und unter fortwährendem Rühren mit dem Schneebesen 10 Minuten lang aufwallen. Dann nehmen Sie den Brei sofort vom Herd.

Zweidrittel- und Halbmilch-Grieß-Brei:

So wird's gemacht:
Unter Verwendung von 2 Teilen Milch (s.o.) und 1 Teil Wasser (2/3-Milch) oder 1 Teil Milch und 1 Teil Wasser (l/2-Milch) gleiches Vorgehen wie oben.

(Diese Rezepturen gelten nur für die feinen G.-Sorten. Bei gröberem G. ist es sinnvoll, diesen nach dem Aufkochen nachquellen zu lassen.)

Die Verfütterung dieses Breis nehmen Sie am besten aus der Tasse (sog. Tassenbrei) oder vom →Warmhalteteller vor.

Industrie und Handel stellen auch ein reichhaltiges Sortiment an Fertig-Grieß-Brei-Gerichten zur Verfügung.
Vgl. auch →Beikost, →Kochrezepte für das ältere Baby und das Kleinkind

Grippe

Durch Tröpfcheninfektion (Anhusten, Anniesen) übertragene fieberhafte Virusinfektion. Husten, Schnupfen, manchmal →Nasenbluten und oft sehr hohes →Fieber sind die typischen Krankheitserscheinungen. Vielfach beherrschen auch Verdauungsstörungen mit Erbrechen und Durchfällen (»Darmgrippe«) das Bild (→Durchfall, akuter, →Erbrechen). Komplikationen der G. im Baby- und Kleinkindalter sind vor allem →Lungenentzündung und →Mittelohrentzündung. Die G. tritt zumeist in Epidemien ohne strenge Bindung an bestimmte Jahreszeiten und Altersstufen auf. Nur neugeborene Kinder bleiben zumeist verschont.

Bisher gibt es noch keine direkt gegen die G.-Erreger gerichteten wirksamen Heilmittel. Deshalb muß sich die Behandlung der G. auf die Behebung der Krankheitssymptome konzentrieren. Bei hohem Fieber und Unruhe des Kindes wirken abkühlende →Beinwickel oft lindernd. In jedem Fall ist die Hinzuziehung des Arztes ratsam, der auch die sonstigen zweckmäßigen Behandlungsmaßnahmen (z.B. →Fieberzäpfchen und/oder andere Medikamente) verordnen wird.

In Epidemiezeiten sollte man Kinder vor Kontakt mit G.-Kranken schützen. Dazu gehört auch, Menschenansammlungen in geschlossenen Räumen oder in Verkehrsmitteln möglichst zu meiden. Es besteht zudem die Möglichkeit, eine aktive G.-Schutzimpfung zur G.-Vorbeugung durch den Arzt vornehmen zu lassen.

Vgl. auch →Fieberbehandlung, →Fieberzäpfchen, →Infekt, grippaler

Grippeschutzimpfung →Grippe

Großmutter

»Verwöhne ein Kind, und du wirst seiner Mutter Kummer bereiten.«

(Philippinisches Sprichwort)

Im Familiengefüge, besonders aber bei der Kindererziehung und -betreuung spielt die G., und zwar vor allem die Mutter der Mutter, oft eine wichtige, manchmal auch beherrschende und sogar recht überwertige Rolle.

Ganz besonders jungen, mit Kindern noch unerfahrenen Eltern können die tätige Mithilfe und der Rat der G. unentbehrlich sein. Sie kann vielfach eigene pflegerische Erfahrungen vermitteln, die die Eltern selbst noch nicht besitzen, und ihnen durch Arbeits- und Pflegehilfe Erholungsmöglichkeiten verschaffen, die ohne sie nicht gegeben wären. Insofern sind Einsatz und persönliches Engagement einer G. wichtig und dankenswert.

Andererseits läßt die Anwesenheit mancher dominanten G.-Persönlichkeit auch gelegentlich Probleme aufkommen und kann zuweilen sogar zur tieferen Ursache schwerwiegender Erziehungsfehler werden.

Deshalb beweist eine kluge G. ihre wirkliche Lebenserfahrung und Weisheit durch Zurückhaltung in Rat, Beeinflussung und Einmengung und berücksichtigt die Tatsache, daß auch junge Eltern bereits Erwachsene sind, die selbständig handeln und entscheiden können und wollen. Eine derartige »Ideal«-G. sollte sich immer darum bemühen, jenes Wort Lügen zu strafen, das besagt, daß Eltern die Kinder erziehen, Großeltern sie aber verziehen. Naturgemäß sind ältere Menschen Kindern gegenüber zumeist nachsichtiger als jüngere Personen. Ihre Milde kann sie aber zu einer konsequenten Erziehung von Kindern ganz ungeeignet machen, auch wenn sie einst ihre eigenen Kinder durchaus richtig erzogen haben. Denn nicht selten hat eine G. längst völlig vergessen, wie ein Baby im 1. Lebensjahr zweckmäßig ernährt und gepflegt wird, selbst dann, wenn sie in ihrer Zeit als Mutter alle einschlägigen Probleme bei mehreren Kindern möglicherweise vorbildlich gelöst hat. So ist es nicht ungewöhnlich, daß manche G. irrtümlich besten Glaubens ist, noch genaue Kenntnisse über Kinderpflege und -erziehung zu besitzen, ohne daß dies tatsächlich der Fall ist.

Dabei wäre es besonders wertvoll, wenn die G. noch ganz genau wüßte, wie sich ihre Kinder als Babys verhalten haben, denn an den Enkelkindern wiederholen sich oftmals gesetzmäßig alle Erscheinungen und Schwierigkeiten, die schon bei den jungen Eltern im frühen Kindesalter aufgetreten waren. Diesen Nutzen gibt aber die Erinnerung der G. leider nur in seltenen Fällen noch her. Statt dessen führen solche Erinnerungslücken oft zu Unzufriedenheit mit den Enkelkindern, zu entmutigender Kritik an den Erziehungsmethoden der jungen Eltern oder zu unhaltbaren Ratschlägen, die manchmal sogar den zweckmäßigen Anordnungen eines Arztes hindernd im Weg oder konträr entgegenstehen. Aus alledem kann gelegentlich ein ungünstiger Einfluß, besonders auf den erstgeborenen Enkel resultieren.

Eine G., die sich bei der Pflege eines Babys nützlich machen will, ist zumeist hochwillkommen. Sie sollte zuvor aber versuchen, ihre vergessenen Kenntnisse der Kinderpflege durch Teilnahme an Kursen einer Mütterschule aufzufrischen und zu aktualisieren.

Vgl. auch →Einzelkind, →Erziehung, allgemeine, →Overprotection

Guthrie-Test

PKU-Test; biochemischer Test aus einem Blutstropfen, der zum Nachweis der Stoffwechselkrankheit Phenylketonurie (PKU) meist zwischen dem 3. und 5. Lebenstag aus der Ferse entnommen wird. Nicht ganz zutreffend werden mit dem Begriff »G.-T.« auch andere Methoden zur Früherkennung (→Screenings) von angeborenen Stoffwechselstörungen bezeichnet. Der Test wird in den Entbindungskliniken routinemäßig bei jedem Neugeborenen durchgeführt. Er dient dazu, evtl. vorhandene Stoffwechselstörungen frühzeitig zu erkennen. Dies ist notwendig, um rechtzeitig eine Behandlung (z.B. eine Diät) einzuleiten, die sonst unabwendbare, schwere geistige Schäden verhüten kann.

Gleichzeitig mit dem G.-T. wird ein Suchtest auf eine Schilddrüsenunterfunktion (→Hypothyreose) und auf eine Reihe anderer (relativ seltener) angeborener Stoffwechselkrankheiten durchgeführt.

Gymnastik des Babys

Für gesunde, lebensfrohe Babys sind spezielles Säuglingsturnen und Gymnastik kaum nötig, weil die Kinder auch ganz ohne jedwedes Zutun selbständig durch →Strampeln und andere Bewegungen Gymnastik treiben. Voraussetzung hierfür ist, daß keine zu engen Bekleidungstücke ihren natürlichen →Bewegungstrieb behindern. Anders liegen die Dinge bei bewegungsunlustigen Babys. Bei ihnen muß zunächst der Ursache ihrer Bewegungsarmut nachgegangen werden. Solche Störungen können Folge oder Merkmale von verschiedenen Krankheiten sein. In diesem Fall ist eine regelmäßige, aber sachgemäß ausgeführte G. d. B. nach ärztlicher Anordnung und unter ärztlicher Kontrolle oder nach genauer Anweisung durch eine geschulte Physiotherapeutin oder Heilgymnastin oftmals zweckmäßig.

Zu vermeiden sind dabei allerdings fehlerhafte Überbeanspruchungen. Jegliche Bewegungs- und Übungsbehandlungen sind spielerisch und mit sehr leichter Hand vorzunehmen. Das Erlernen einfacher Methoden der G. d. B. bereitet meist keine Schwierigkeiten. Verschiedene Möglichkeiten einer einfachen G. d. B. sind in den Abbildungen dargestellt.

Führen Sie eine G. d. B. am besten direkt vor dem →Reinigungsbad oder vor einer Mahlzeit im warmen Zimmer durch, nachdem Sie das Baby entkleidet haben. Die Übungen lassen sich am besten auf einem mit einer mehrfach gefalteten Wolldecke bedeckten Tisch durchführen.

Im Sinne der Eigengymnastik und des Muskeltrainings können Sie das Baby unter Ihrer Aufsicht regelmäßig und mehrfach tagsüber auf den Bauch legen (→Bauchlage). Dadurch übt und stärkt es seine Nacken-, Rücken-, Bein- und Bauchmuskulatur auch ohne Fremdhilfe. Vgl. auch →Bewegungstrieb

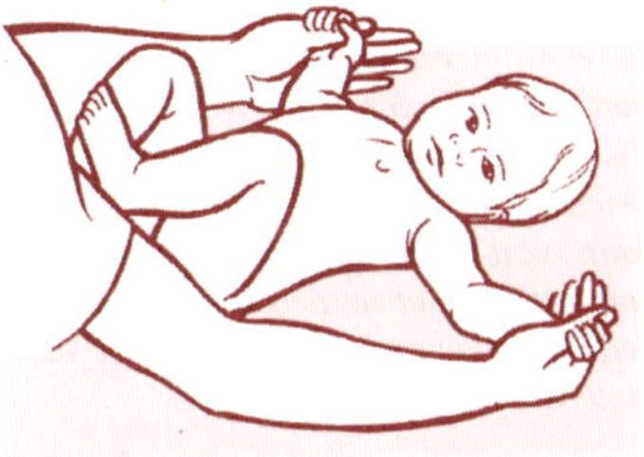

a Armübung: Man faßt die Hände des Kindes und legt den Daumen in seine Handflächen. Nun werden die Ärmchen nach vorne über den Kopf, auf das Bäuchlein und wieder in die Ausgangslage bewegt

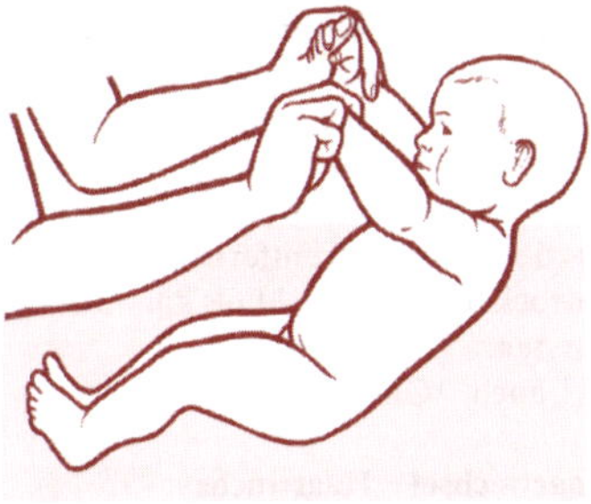

b Klimmzugübung: Dabei soll das Kind möglichst dazu angeregt werden, sich selbst hochzuziehen

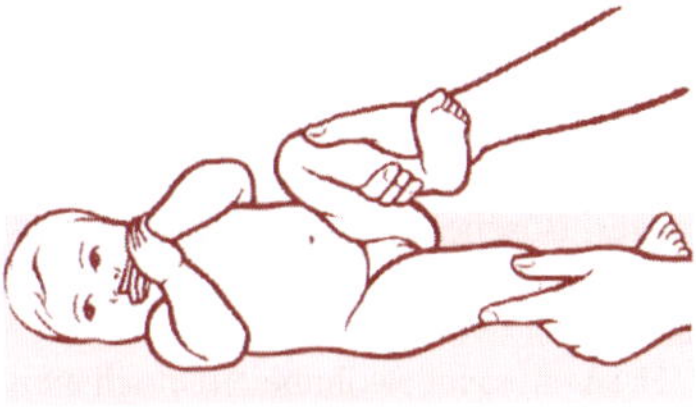

c Beinübung: Abwechselnde Streckung und Beugung je eines Beines sowie gleichzeitige Beugung und Streckung beider Beine

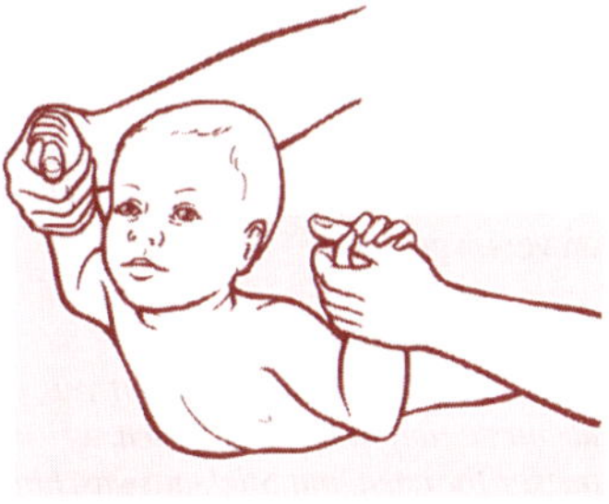

d Rückenübung in Bauchlage: Das Kind hebt sich kräftig von der Unterlage, wenn man seinen Ärmchen genügend Halt gibt

H

Haarausfall →Haarwuchs

Haarausreißen

Haardrehen, Haarspielen; eine manchmal schon am Ende des Babyalters auftretende Unart einiger Kinder. Sie besteht darin, daß sie sich, wahrscheinlich zum Zeitvertreib, stundenlang ganze Haarsträhnen um die Finger wickeln, fortwährend an den Haaren zupfen oder sie auch einzeln, gelegentlich sogar in ganzen Büscheln ausreißen und die ausgerissenen Haare auch in den Mund stecken und verschlucken.

H. ist eine Angewohnheit, die sich meist nur schwer abgewöhnen läßt. Manchmal hilft Anziehen von Fäustlingen für längere Zeit, Kurzschneiden und Kurzhalten der Haare, Anbieten anderer Spielzeuge zur Beschäftigung und vor allem – oft besonders wirksam – intensive Zuwendung und Beschäftigung mit dem Kind.
Vgl. auch →Neuropathie

Haarpflege

Zur täglichen Körperpflege gehört auch die H. Am besten, Sie führen sie als letzte Maßnahme im Anschluß an das →Reinigungsbad durch, wenn das Kind wieder bekleidet ist, Augen, Ohren und Händchen versorgt sind.

So wird's gemacht:
Bürsten Sie den behaarten Kopf mit der Haarbürste (am besten aus feinen, weichen Kunststoffborsten, mit Stiel, auswaschbar) in Richtung des Strichs so lange, bis die Haare glatt liegen und glänzen. Auch den Augenbrauen sollten Sie bei dieser Gelegenheit einen Bürstenstrich gönnen. Etwa vorhandene Schuppen auf dem Haarboden kämmen Sie vor dem Bürsten mit einem feinen Kamm gut aus. Ist die Kopfhaut sehr trocken, können Sie z.B. etwas Lygal-Kopfsalbe auftragen. Besteht eine stärkere Neigung zu lokaler →Gneis- oder Schorfbildung, ist es zuweilen notwendig, diese Auflagerungen am Abend vor dem Bad mit Öl oder Salizylvaseline (1- bis 2%ig, in der Apotheke zu beziehen) aufzuweichen. Vor dem Bad können Sie diese dann vorsichtig mit dem feinen Staubkamm auskämmen, den Kopf im Bad mit Seife waschen und die betreffenden Stellen hinterher wieder einölen.

Gneis- und Schorfbildung dürfen Sie niemals vernachlässigen, weil sie sich sonst leicht auf größere Kopfhautbereiche ausdehnen.

Die »weiche« Stelle des Schädels, die sog. →Fontanelle, dürfen Sie unbedenklich bürsten und vorsichtig kämmen. Dabei sind keinerlei Verletzungen zu befürchten.

Auch bei schwerkranken Kindern, die nicht baden dürfen, sollte in Abständen wenigstens der behaarte Kopf vorsichtig mit einem nassen Schwamm gewaschen werden, um eingetrockneten Schweiß aus den Haaren zu entfernen. Danach gut abtrocknen und gleichfalls kämmen oder bürsten.
Vgl. auch →Gneis

Haarwechsel →Haarwuchs

Haarwuchs

Bereits vom 3. Schwangerschaftsmonat an beginnt beim Fetus im Mutterleib der

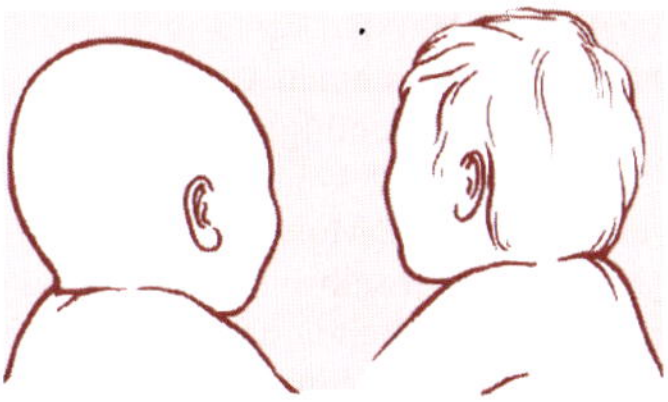

Verschiedene Behaarungstypen bei zwei normalen, gesunden Neugeborenen

H. Infolgedessen ist er bis zum 7. Schwangerschaftsmonat von einem zarten, flaumartigen Wollhaarkleid (sog. Lanugo) bedeckt. Mit zunehmender Reifung wird dieses allmählich spärlicher, jedoch sind bei vielen Neugeborenen, vor allem bei →Frühgeborenen, noch Reste von ihm deutlich zu sehen (besonders an Wangen, Stirn und im Schulterbereich). Während sich das Wollhaarkleid zurückbildet, wird es zunehmend vom sog. zweiten Haarkleid ersetzt, das bei Geburt meist schon gut entwickelt ist (Abb.). Dementsprechend hat das neugeborene Kind gewöhnlich auch wohlgebildete, kräftige Wimpern und Augenbrauen und oft auch schon volles, dichtes Haupthaar. Allerdings wird dieses häufig im frühen Babyalter schütterer, kann sogar fast ganz ausgehen und wird erst später, meist im 2. Lebensjahr, wieder durch neues Haar ersetzt (sog. Haarwechsel).

Es kommt aber auch nicht allzu selten vor, daß bei Neugeborenen nur eine relativ kümmerliche Kopfbehaarung vorhanden ist. Dies bedeutet, daß bei den Betreffenden der Haarwechsel bereits vor der Geburt eingesetzt hat.

Irgendwelche Rückschlüsse vom Behaarungszustand bei der Geburt auf die spätere Behaarung sind weder in bezug auf Dichte und Verteilung noch in bezug auf die endgültige Haarfarbe möglich. All dies kann sich später ändern: So kann ein Kind einerseits mit einem dichten, dunklen Haarschopf zur Welt kommen und nach dessen Ausfall »erblonden« oder andererseits zunächst blond oder hellhaarig sein, um dann später dunkelhaarig zu werden.

Viele lebhafte oder unruhige Babys bekommen während des 1. Lebensjahrs eine einzelne kahle Stelle am Hinterkopf. Sie entsteht durch ständiges Scheuern des Hinterkopfes am Bettuch. Eine Behandlung dieser harmlosen und vorübergehenden fleckförmigen Verdünnung des Haarwuchses erübrigt sich.
Vgl. auch →Haarpflege

Hackenfuß

Angeborene, meist beidseitige Form- und Haltungsabweichung des Fußes. Dabei wird der Fuß in Ruhestellung nicht ungefähr rechtwinklig, sondern spitzwinklig gebeugt, so daß die Zehen der vorderen Schienbeinkante angenähert sind und der Hacken betont vorspringt.

Ein H. muß möglichst frühzeitig (im Neugeborenenalter) orthopädisch behandelt werden, damit sich in der Folge eine normale Form, Haltung und Funktion des Fußes entwickeln kann.

Ausgeprägte Fälle von H. werden zumeist mit einem vorübergehend angelegten Gipsverband bchandelt.
Vgl. auch →Fehlhaltung (Fehlstellung) der Füße, →Fußentwicklung, →Klumpfuß, →Sichelfuß

Hämangiom →Blutschwämmchen, →Storchenbiß

Haemophilus influenzae b-Infektion

Der Haemophilus influenzae b (H.i.B.) genannte bakterielle Krankheitserreger hat in den letzten Jahren viel von sich reden gemacht, weil er bei Babys und Kleinkindern eine schwere, manchmal sogar lebensbedrohende →Hirnhautentzündung verursachen kann. Die Infektion kann sich auch anders, z.B. mit einer Kehlkopfentzündung, →Lungenentzündung, →Mittelohrentzündung oder mit Gelenkentzündungen manifestieren.

Um diese seit einigen Jahren deutlich zunehmende, vor allem Babys und Kleinkinder bedrohende Infektionskrankheit einzudämmen und zu verhüten, gibt es eine spezielle Schutzimpfung. Sie ist im regulären Plan für die Kinderimpfungen (→Impfkalender) enthalten. Die Impfung ist gut verträglich und wird meist als Kombinationsimpfung, z.B. zusammen mit den Impfungen gegen Diphtherie, Keuchhusten (Pertussis), Wundstarrkrampf (Tetanus), Hepatitis B und Kinderlähmung (Poliomyelitis) durchgeführt. Bei über 18 Monate alten Kleinkindern genügt die einmalige Impfung. Nach dem 4. Lebensjahr ist eine derartige Impfung nicht mehr notwendig, weil von da an die Gefahr einer H.i.B.-Infektion nur noch sehr gering ist.
Vgl. auch →Impfkalender

Händedesinfektion →Desinfektionsmittel

Hängematte

In der Werbung und im Fachhandel werden gelegentlich Tragetücher, Rückentragen, bestimmte Lauflerngeräte für Babys und die H. als für Babys angeblich »entwicklungsfördernd« angepriesen. Für die H. zumindest trifft dies aber im 1. Lebensjahr mit Sicherheit nicht zu, eher das Gegenteil.

In den ersten 3 Lebensmonaten kommt eine H. ohnehin kaum in Betracht. Aber auch wenn das Baby vom 4. Monat an schon längere Wachphasen hat und dann beginnt, das Auf-den-Bauch-Drehen zu versuchen, kann ihm das nur auf einer ebenen, festen Unterlage gelingen, nicht aber in einer durchhängenden H.

Etwa mit einem halben Jahr streckt das Baby besonders gerne seine Beinchen gebeugt nach oben und versucht, die Zehen in den Mund zu nehmen. Um die Beine gut hochzubringen, benötigt es wiederum eine feste, gerade und keine durchhängende Unterlage. Vom 7. Monat an möchten Babys sich häufiger selbständig vom Rücken auf den Bauch drehen und dies natürlich nach beiden Seiten hin. Auch diese gesunden Impulse verhindert eine H.

Erfahrungstip:
Eine H. als Schlaf- und Aufenthaltsort für ein Baby ist nicht nur ungeeignet, sondern entwicklungshemmend.
Vgl. auch →Lauflernstuhl, →Tragesitz, →Tragetuch

Hängesitz →Lauflernstuhl

Häufigkeit der Mahlzeiten →Fütterungszeiten

Haferflocken

H. sind aus dem Haferkorn durch Schälen, Dämpfen und Walzen hergestellte Getreideflocken. Das Korn des Hafers zeichnet sich durch eine besondere Quellfähigkeit aus und unterscheidet sich vom Korn des Weizens und Roggens durch seinen hohen Gehalt an sog. Schleimstoffen, die sich in Magen und Darm auf die Verdauungsvorgänge günstig auswirken. In der Baby-Ernährung werden H. bevorzugt zur Zubereitung von →Schleimabkochungen verwendet.
Vgl. auch →Haferschleim, →Müsli, →Schleimabkochungen

Haferschleim

Häufig verwendete, aus →Haferflocken hergestellte sog. →Schleimabkochung. Seine Zubereitung ist bei Verwendung spezieller, vorher weitgehend aufgeschlossener Haferflocken besonders einfach (geeignet hierfür sind alle sog. Trockenschleime). Für die Behandlung

von Verdauungsstörungen bei älteren Kindern und Erwachsenen hat sich auch ein sog. dicker H., d.h. ein regelrechter Hafer-Brei bewährt.
Vgl. auch →Haferflocken, →Schleimabkochungen

Halbmilch

Verdünnt man eine bestimmte Menge Vollmilch durch Zugabe der gleichen Menge Wasser (oder einer wäßrigen Verdünnungsflüssigkeit), dann entsteht eine sog. H.

H. war bis in die 60er Jahre die dominierende Nahrung für jüngere nichtgestillte Babys. Trotz der Verdünnung der Vollmilch und des Hinzufügens von Zucker und anderen Beigaben ist H. für eine bedarfsgerechte Ernährung von Babys weniger geeignet. Sie sollte heute keine Anwendung mehr finden, weil es geeignetere, bessere Alternativen gibt.
Vgl. auch →Säuglingsnahrungen

Halsentzündung →Angina, →Halswickel

Halswickel

Äußerliche, hydrotherapeutische Behandlungsmethode bei entzündlichen, meist auch fieberhaften Hals- und Rachenerkrankungen mit Hilfe feuchter lokaler Wärmeanwendung. Der H. ist wegen seiner schmerzlindernden, beruhigenden und fiebersenkenden Wirkung ein altbewährtes, einfaches Hausmittel.

So wird's gemacht:
Tauchen Sie ein längsgefaltetes großes Taschentuch (besser: eine dünne Windel) in gut handwarmes Wasser, drücken es schnell aus und wickeln es um den Hals. Darüber geben Sie einen Wollschal oder ein längsgefaltetes kleineres Moltontuch (Abb.). *Lassen Sie den H. dann etwa 45 Minuten liegen. Er kann mehrmals am Tag wiederholt werden.*

Wollen Sie eine etwas intensivere Wir-

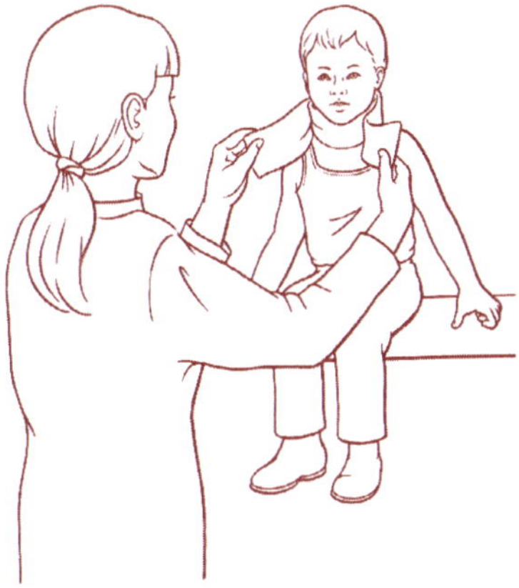

kung erreichen (z.B. bei vergrößerten Lymphknoten), dann legen Sie über das feuchte Tuch noch eine wasserundurchlässige Kunststoffolie, ehe Sie den Wollschal umlegen.

Haltegurt

Sicherheitsgurt, Sicherheitsbettgurt, Schutzgürtel, Gurt zur Verhütung des Herausfallens lebhafter Babys und Kleinkinder aus dem Bettchen oder →Kinderwagen. Je nach Verwendungszweck bietet der Fachhandel verschiedene Ausführungen und Größen eines H. an. Die meisten Kinderwagen haben an den Seitenwänden Ringschrauben zur Befestigung der beiden freien Bandenden des H. Ein H. kann bei sorgfältiger und vorsichtiger Anwendung auch dazu verwendet werden, ein Kind in seinem Bettchen nach dem Einschlafen vor dem Bloßstrampeln zu bewahren.

Gewiß ist in manchen Fällen die Verwendung eines H. zur Verhütung von Unfällen nützlich, vielleicht sogar notwendig. Doch hat die Verwendung eines H. auch Nachteile: Falsch angewendet (vor allem durch zu locker befestigte Seitenbänder) und ohne ständige Aufsicht können nämlich Gefahren dadurch entstehen, daß sich das Kind in den Schlingen der Bänder verwickelt, ja sich selbst erdrosselt, wenn diese sich um den Hals legen. Um das sicher zu vermeiden, müssen Sie unbedingt darauf achten, daß die Haltebänder nicht zu weit kopfwärts am Bett- oder Kinderwagenrand befestigt werden, daß der H. niemals nur an einer Seite des Bettes befestigt wird und daß die Haltebänder stets so kurz angelegt werden, daß die Möglichkeit einer Schlingenbildung sicher ausgeschlossen ist.

Erfahrungstip:
Für den Fall, daß Sie einen H. verwenden, lösen Sie diesen, sobald das Baby fest eingeschlafen ist, am besten (an beiden Seiten!) ganz ab.
Vgl. auch →Bettausstattung, →Strampeldecke

Halten des Babys

Das H.d.B. und alle Hantierungen mit ihm erfordern ruhige, gleichmäßige und gezielte Handgriffe. Werden diese falsch oder unsachgemäß ausgeführt, kann dem Kind u.U. unbeabsichtigt Schmerz oder eine Schädigung zugefügt werden. Falsch ist z.B. das Hochziehen eines liegenden Babys an nur einem Arm. Wichtig ist beim Umgang mit dem Kind, daß sein Körper, insbesondere aber sein Kopf, stets die richtige Unterstützung erhält, damit einseitige oder schädigende Überbeanspruchungen und Zerrungen sicher vermieden werden.

Halten des nackten Babys:
So wird's gemacht:
Umfassen Sie mit einer Hand die beiden Beine des Babys in der Knöchelgegend so, daß sich der Zeigefinger zwischen den Beinen befindet. Dabei umschließen Sie mit Daumen und Zeigefinger das eine Beinchen, während Sie das andere mit den restlichen 3 Fingern halten. Wenn Sie mit dieser Hand einen leichten Zug nach oben ausführen, heben sich Gesäß und Rücken des Babys von der Unterlage, so daß Sie

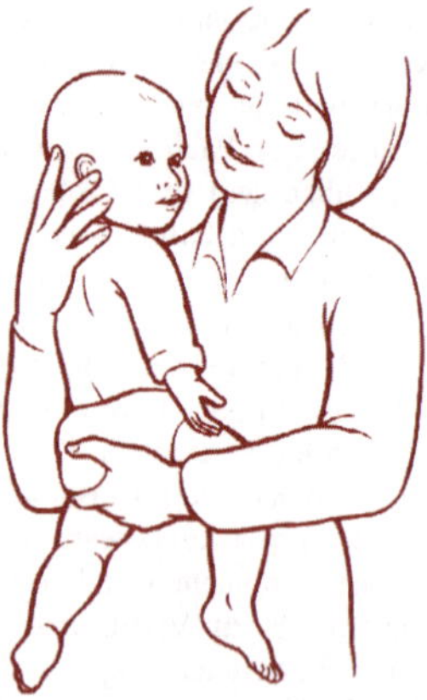

a Richtiges Halten des Babys auf dem Arm: Das Kind sitzt stets der Mutter zugewandt; die Mutter stützt Kopf und Rücken

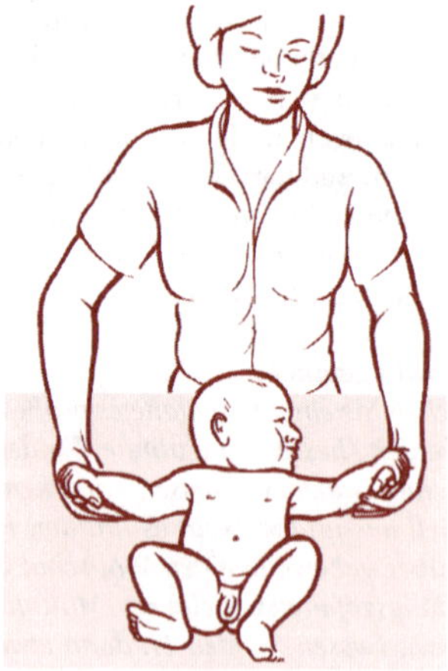

b Halten zur ärztlichen Untersuchung in Rückenlage

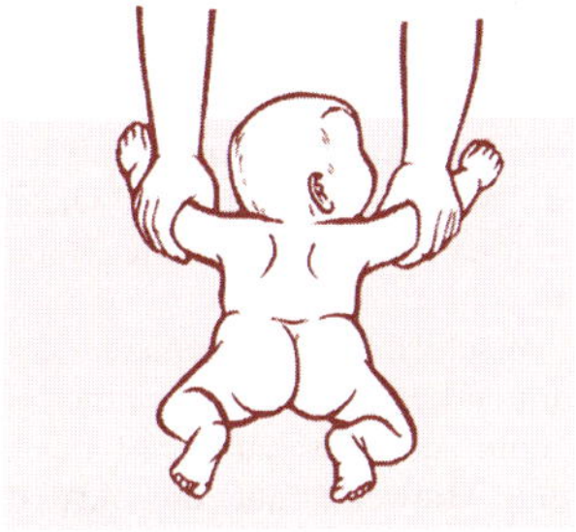

c Halten zur ärztlichen Untersuchung in Bauchlage

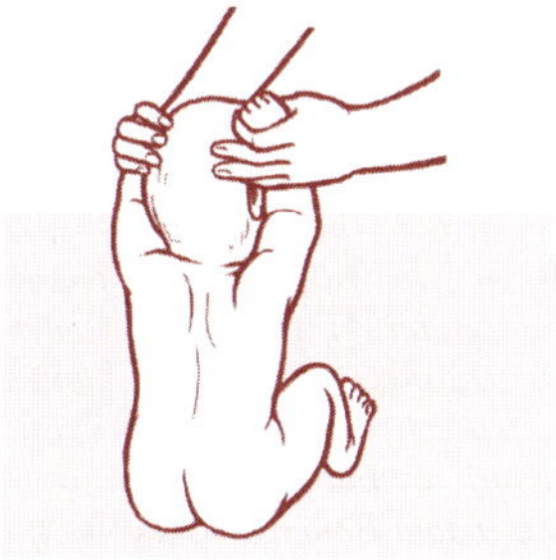

d Halten zur ärztlichen Untersuchung (Abhorchen) der Lunge. Dabei hält die Mutter die Ärmchen und stützt zugleich das Köpfchen

nun mit der anderen Hand leicht unter den Rücken greifen und auch den Kopf stützen können.

Halten des Babys im Reinigungsbad:
s. →Reinigungsbad

Halten des Babys auf dem Arm:
So wird's gemacht:
Jüngere Babys halten Sie am besten mehr tragend auf dem linken Arm, so daß der Kopf gut unterstützt in Ihrer Ellenbeuge liegt, während die rechte Hand das Kind durch Halten der Beine sichert. Ältere Babys sitzen am besten, Ihnen zugewandt, auf Ihrem angewinkelten Unterarm, und zwar so, daß die Beine nicht seitwärts weggedrückt werden. Mit Ihrem anderen Arm unterstützen und halten Sie das Kind, indem Sie ihn auf den Rücken des Kindes legen und Ihre Finger den Kopf von hinten umgreifen und stützen (Abb. a).

Weiterhin ist empfehlenswert, daß Sie das Kind abwechselnd mal auf dem rechten und mal auf dem linken Arm sitzen lassen. Längeres Tragen auf dem Arm sollten Sie aber so selten wie möglich praktizieren und unbedingt spätestens dann unterlassen, wenn das Kind bereits stehen und selbst laufen kann.

Erfahrungstip:
Wird ein Baby zu häufig, zu früh und falsch getragen, kann es sein, daß sich die Wirbelsäule und das Becken durch Fehlbelastung verformen, insbesondere dann, wenn eine →Rachitis vorhanden ist (→Sitzbuckel).

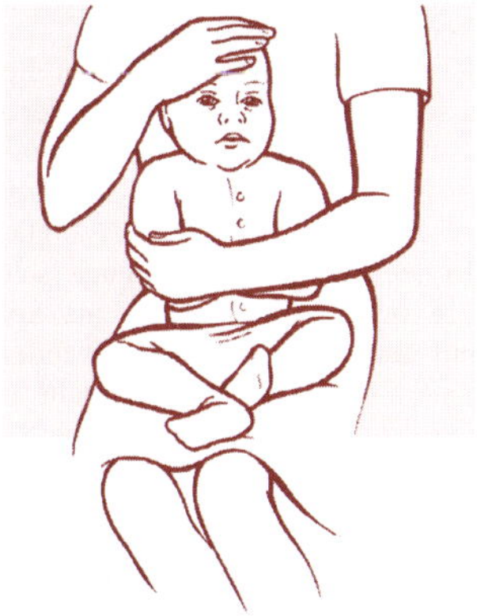

e Halten des Kindes im Sitzen auf dem Schoß, zum Beispiel zur Untersuchung der Augen und des Mundes

Halten des Babys bei ärztlichen Untersuchungen:
So wird's gemacht:
Liegt das Baby auf dem Rücken, dann halten Sie die vom Körper abgespreizten Arme von der Kopfseite des Kindes her fest, damit der Arzt den Körper des Kindes ungehindert untersuchen kann (Abb. b). Entsprechend werden die Arme über den Kopf geschlagen gehalten, wenn das Baby auf dem Bauch liegt (Abb. c).

Soll das Baby sitzend untersucht werden (z.B. zum Abhorchen von Herz und Lunge), halten Sie es mit flachen Händen seitlich am Brustkorb (unter den Achselhöhlen) oder, wenn es den Kopf noch nicht frei halten kann, mit seitlich hochgezogenen Armen am Kopf mit flachen Händen, wobei Sie einen leichten Zug nach oben ausüben (Abb. d). *Zum H. des Baby im Sitzen auf dem Schoß der Mutter s.* Abb. e.

HA-Nahrungen →Säuglingsnahrungen

Harn

Urin; gelbliche, wasserklare Absonderung der Niere, mit der der Körper Wasser, Stoffwechselschlacken und überschüssige Salze ausscheidet.

Bereits im Mutterleib erfolgen die ersten H.-Ausscheidungen. Nach der Geburt wird in den ersten Lebensstunden meist nur 1- bis 2mal in 24 Stunden H. ausgeschieden. Die Zahl der täglichen H.-Entleerungen steigt danach schnell auf 18 bis 25 (oder mehr) an. Später nimmt deren Zahl allmählich wieder ab (1. Halbjahr: 15 bis 20; 2. Halbjahr: etwa 16; mit 2 bis 3 Jahren: 10; mit 4 bis 8 Jahren: 7). Durch natürliche Reifungsvorgänge und Erziehungsmaßnahmen erfolgt in der Regel etwa zu Beginn des 2. Lebensjahres die allmähliche Umwandlung der unwillkürlichen H.-Entleerung in eine willkürliche; vgl. dazu →Blasenfunktion (normale und gestörte).

Der H. des jungen Babys kann gelegentlich und vorübergehend Salze in so hoher Konzentration enthalten, daß diese einen leicht rötlichen Niederschlag in der Windel verursachen. Diesem kommt aber keine krankhafte Bedeutung zu.

Bei verschiedenen Allgemeinerkrankungen und bei Funktionsstörungen der Niere kann die Beschaffenheit des H. wertvolle Hinweise auf die Art der Störung geben. Aus diesem Grund wird er vom Arzt in entsprechenden Krankheitsfällen untersucht.
Vgl. auch →Harngeruch, abnormer, →Harngewinnung beim Baby, →Harnuntersuchung

Harnblase →Blasenfunktion (normale und gestörte)

Harngeruch, abnormer

Der Geruch des frisch entleerten Harns in der Windel ist normalerweise unauffällig. Beginnt der Harn auffallend unangenehm, stechend-ammoniakalisch oder stark urinös zu riechen, so kann dies entweder ein Hinweis darauf sein, daß das Kind an einer →Rachitis leidet oder daß der Urin bakteriell zersetzt ist, d.h. ein Hinweis auf eine bakterielle →Harnweginfektion. In beiden Fällen sollten Sie den Arzt befragen.

Das Gesagte gilt allerdings nur für frisch entleerten Harn. Eine frühzeitige Harnzersetzung, ohne daß ihr eine krankhafte Bedeutung zukommt, wird nämlich u.U. durch das Tragen von luftundurchlässigen Gummi- oder Plastikhöschen begünstigt, die heute allerdings durch den Gebrauch von Einmalwindeln (Wegwerfwindeln) kaum noch verwendet werden. Der sich aus dem Harn bildende Ammoniak kann bei hautempfindlichen Babys zuweilen zu stärkeren Hautreizungen und auch zu →Wundwerden im Windelbereich führen. Hier

hilft vor allem besonders häufiges Wechseln der Windeln.
Vgl. auch →Harnweginfektion, →Wundwerden

Harngewinnung beim Baby

Bei zahlreichen Allgemeinerkrankungen, vor allem aber bei Verdacht auf →Harnweginfektion oder →Blasen- und Nierenbeckenentzündung ist zur Beurteilung der Situation eine →Harnuntersuchung notwendig. Diese macht aber zuweilen Probleme, da es nicht immer möglich ist, ohne gewisse technische Hilfsmittel den Harn von Babys zur Untersuchung zu gewinnen. Deshalb wurden zu diesem Zweck besondere Hilfsmittel entwickelt. Es sind dies gebrauchsfertige Plastikbeutelchen, die oben eine rundliche Öffnung bestizen und mit einem selbstklebenden Rand versehen sind.

So wird's gemacht:
Durch die Öffnung wird bei Knaben das gesamte Geschlechtsteil (Penis und Hodensäckchen) eingeführt und der Beutel nach Entfernung der Schutzfolie des Kleberandes ringsum an der Haut festgeklebt. Bei Mädchen wird der Beutel rund um die Schamspalte gut festgeklebt (Abb. oben). *Der klebende Abschluß sichert die H. b. B. ohne Gefahr einer Verunreinigung, z.B. durch den Stuhl* (Abb. unten).

Um den Kindern die Unannehmlichkeiten des angeklebten Beutelchens möglichst kurz zuzumuten, wählen Sie für die H. b. B. am besten die Zeit während oder unmittelbar nach dem Füttern, da dann erfahrungsgemäß bald eine Harnentleerung erfolgt. Den gewonnenen Harn sollten Sie möglichst umgehend zur Untersuchung bringen, weil er sich bei längerer Aufbewahrung zersetzt. Bei älteren Babys und Kleinkindern ist die Harngewinnung wesentlich einfacher, weil Sie diese über einem sauberen Töpfchen »abhalten« und so gewöhnlich schnell die zur Untersuchung gewünschte Harnportion gewinnen können. Fangen Sie dabei möglichst nicht die ersten Harnstrahlen auf, sondern erst die folgenden während des Urinierens (»Mittelstrahl«).

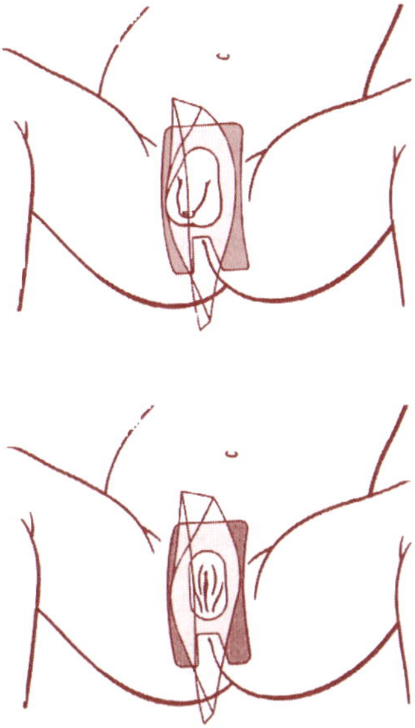

Harngewinnung mit Hilfe der Klebebeutelchen bei Jungen (oben) und Mädchen (unten)

Vgl. auch →Blasenfunktion (normale und gestörte), →Harn, →Harnuntersuchung

Harnuntersuchung

Bei zahlreichen Erkrankungen des Kindes ist es zur Klärung der Situation und zur Diagnosestellung des Arztes notwendig, eine H. durchzuführen. Das Auffangen des Harns macht allerdings, insbesondere bei Babys, manchmal Schwierigkeiten (→Harngewinnung beim Baby).

Bei der H. beachtet der Arzt u.a. die Harnmenge, die Zahl der Entleerungen, die Farbe und das sonstige Aussehen des

Harns sowie seinen Geruch. Die H. gibt darüber hinaus Auskunft, ob der Harn krankhafte Beimengungen enthält (Eiweiß, Zucker, rote und weiße Blutkörperchen, Zellen aus Nieren und Harnwegen, Bakterien u.a.).

Getrübter Harn ist nicht gleichbedeutend mit Eiweißharn, denn Harntrübungen können auch durch harmlose Ausscheidungen von Harnsäuresalzen entstehen. Eiweiß enthält der Harn bei zahlreichen fieberhaften Erkrankungen (→Fieber) sowie bei Nierenentzündung und Blasenkatarrh (→Blasen- und Nierenbeckenentzündung). Zuckerausscheidung im Harn bedeutet fast immer, daß eine behandlungsbedürftige Zuckerkrankheit vorliegt, doch ist diese im Baby- und Kleinkindalter sehr selten. Krankhafte, geformte Bestandteile des Harns, die unter dem Mikroskop nachgewiesen werden, wie z.B. rote und weiße Blutkörperchen, treten vor allem bei Erkrankungen der Nieren und Harnwege auf. Enthält der Harn sehr viele rote Blutkörperchen, dann nimmt er eine mehr oder minder rötliche Färbung an und sieht ähnlich wie Fleischwasser aus.

Erfahrungstip:
Ist ein Kind ernstlich erkrankt, und haben Sie den Arzt gerufen, dann ist es sinnvoll, wenn Sie eine Harnprobe des kranken Kindes in einer kleinen, zuvor gründlich gereinigten Flasche, die Sie mit Namen versehen haben, bereitstellen, damit der Arzt sie ohne Zeitverlust zur H. mitnehmen kann.

Vgl. auch →Blasen- und Nierenbeckenentzündung, →Blasenfunktion (normale und gestörte), →Harngeruch, abnormer, →Harngewinnung beim Baby, →Harnweginfektion

Harnweginfektion

Infektionen der Nieren und Harnwege (Nierenbecken, Harnleiter, Blase, Harnröhre) sind im Kindesalter häufig. Vor allem Kinder in den ersten Lebensjahren und Mädchen sind davon betroffen.

Voraussetzung für das Zustandekommen einer H. ist das Eindringen von krankmachenden Keimen in die Harnwege. Je jünger ein von einer H. befallenes Kind ist, desto häufiger ist feststellbar, daß ihr eine anderweitige Erkrankung (z.B. →Mittelohrentzündung, Nasen-Rachen-Katarrh, Hauteiterungen, Magen-Darm-Störungen) vorausging, von der die Krankheitskeime auf dem Blut- oder Lymphwege in die Harnwege eindringen konnten.

Die akute H. löst allgemeine Krankheitszeichen wie hohes →Fieber, Unruhe, →Appetitlosigkeit, →Erbrechen, →Blässe u.a. aus. Die von älteren Kindern oft beklagten Beschwerden wie vermehrter und schmerzhafter Harndrang, Schmerzen in der Blase und im Nierenlager sind beim Baby nicht wahrnehmbar. Eine chronische Verlaufsform der H. kann bei ihm nahezu symptomlos und damit tückisch verlaufen. Lediglich ein unerklärbares mangelndes →Gedeihen mit Appetitlosigkeit und fehlendem Gewichtsanstieg können dann als Hinweise auf den Entzündungsprozeß der Harnwege bewertet werden. Der sichere Nachweis und die Diagnose der H. stützt sich entscheidend auf das Ergebnis der →Harnuntersuchung.

Während die akute H. bei sachgemäßer ärztlicher Behandlung mit →Antibiotika gewöhnlich schnell und ohne Folgen ausheilt, gibt es unter den chronischen Formen der H. einige, die jeder Behandlung trotzen oder mit ständigen Rückfällen einhergehen, d.h. unter der Behandlung nur scheinbar ausheilen. Aus dieser Erfahrung resultiert das heutige, moderne Vorgehen bei einer H., das aus einer gründlichen Ultraschalluntersuchung der Nieren und ableitenden Harnwege bei oder nach einer erstmals bei einem Baby aufgetretenen H. besteht. Hauptziel hierbei ist es, eine evtl. vorhandene, die H. begünstigende Fehlbildung im Verlauf des gesamtes Harntraktes zu erkennen oder auszuschließen.

Der Erfolg der Behandlung mit Antibiotika wird durch ausreichende Flüssigkeitszufuhr unterstützt. Lokale Wärmeanwendung (Wärmflasche, Leibwickel) auf die Blasen- und Nierengegend ist neben der Einhaltung von Bettruhe wohltuend und zweckmäßig.
Vgl. auch →Blasen- und Nierenbeckenentzündung, →Harngeruch, abnormer, →Harngewinnung beim Baby, →Harnuntersuchung

Hasenscharte →Lippenspalte

Hausapotheke

In jedem Haushalt sollte für Notfallsituationen (Erste Hilfe), für akute Krankheitsfälle, aber auch für den Bagatellunfall eine kleine H. vorhanden sein. Ihr Inhalt richtet sich nach den wichtigsten Bedürfnissen, die sich erfahrungsgemäß an den genannten Situationen orientieren. Zur Pflege und Behandlung eines erkrankten Kindes ist folgende Grundausstattung sinnvoll und zu empfehlen:

Instrumente, Geräte: Fieberthermometer, mittelgroße (scharfe) Schere, kleine gebogene Hautschere, Pinzette, Mundspatel, Wärmflasche.

Konfektioniertes Verbandmaterial: Elastische sowie Baumwoll- und Mullbinden verschiedener Breite (z.B. 4, 6 und 8 cm breit), steril verpackter, selbstklebender Wundschnellverband verschiedener Größe, 1 Rolle Heftpflaster (2 cm breit), Merfen- oder Mercurochrom-Lösung zur Wunddesinfektion, Dreiecktuch, Verbandklammern, Sicherheitsnadeln.

Medikamente: Vom Arzt verschriebene Fieberzäpfchen und Schmerztabletten oder -zäpfchen für Babys als Selbsthilfearznei bei akuten Fieberzuständen, medizinische Kohletabletten, evtl. Hustentropfen, Nasentropfen, Salbe oder Gel gegen Juckreiz bei Hautallergie und Insektenstichen, Zinksalbe und -paste, evtl. kleinere Mengen verschiedener Kräutertees (Kamille, Fenchel, Pfefferminz).

Stärker wirksame und/oder rezeptpflichtige Arzneimittel sollten nicht gelagert, sondern stets nur entsprechend der Anweisung des Arztes gegeben werden, der insbesondere deren Menge (Dosis und Zeitfolge) bestimmt.

Auf allen sonstigen in der H. befindlichen, jemals ärztlich verordneten Medikamenten, die Sie nach dem ersten Gebrauch aufheben wollen, sollten Sie bei deren Einordnung in die H. das Datum der Verordnung und den Verwendungszweck vermerken. Außerdem müssen Sie die auf der Verpackung meist angegebenen Verfallsdaten beachten und bereits überalterte Arzneimittel unbedingt aussortieren (Entsorgung in der Apotheke). Nicht wenige Medikamente (und Salben) werden nach einer gewissen Lagerungszeit unbrauchbar oder unwirksam. Arzneimittel, deren Aufschrift verlorengegangen oder nicht mehr lesbar ist und über deren Art und Verwendungszweck Unklarheit besteht, müssen Sie unbedingt aus der H. entfernen, ebenso Medikamentenreste von früheren Behandlungen. Vor allem gilt dies aber für Augentropfen und Spezialsalben. Alle Medikamente dürfen nur im Originalbehälter (Packung, Flasche) aufbewahrt werden, denn jede andere Art der Aufbewahrung kann zu Mißverständnissen und damit zu gefährlichen Situationen führen.

Den Inhalt einer H. sollten Sie am besten in einem kleinen Wandschränkchen aus Metall, Holz oder Kunststoff unterbringen, das abschließbar ist und in einer Höhe an der Wand (oder in einem Schrank) so aufstellen oder anbringen, daß es für jüngere Kinder unerreichbar ist. Zweckmäßig ist es auch, an der Türinnenseite eine Liste des vorhandenen Inhalts anzubringen und dort – wie am Telefon – Anschrift und Telefonnummer des Haus- und/oder Kinderarztes zu notieren.

Hausbesuch des Arztes →Arztbesuch

Haushaltsmaße

Aus vielen Gründen ist es wichtig, einige für die Nahrungszubereitung eines Babys oder Kleinkindes notwendige H. zu kennen. So enthalten z.B.

1 gestrichener Teelöffel Zucker	4 bis 5 g
1 gestrichener Eßlöffel Zucker	15 g
1 gestrichener Teelöffel Kartoffel- oder Maisstärke	2 bis 2,5 g
1 gestrichener Eßlöffel Haferflocken	7 bis 8 g
1 gestrichener Eßlöffel Mehl	10 g
1 gestrichener Eßlöffel Grieß	10 bis 12 g
1 gestrichener Eßlöffel Reis	12 g
1 Teelöffel Öl	4 g
1 Eßlöffel Öl	10 g

Bei Flüssigkeiten entsprechen die Mengenangaben in ml etwa denjenigen in ccm und g.

Haustiere

Weil H. gelegentlich Überträger von Krankheitserregern und Darmparasiten sowie Ursache der Entstehung von Allergien (z.B. durch Tierhaare oder Federn) sein können, bilden sie, vor allem in Haushalten mit Babys und Kleinkindern, ein gewisses Gesundheitsrisiko, das nicht unbeachtet bleiben darf.

Hunde können z.B. Eier des Hundebandwurms und Spulwurmeier sowie Erreger der →Toxoplasmose auf den Menschen übertragen. Wenn Sie Hundehalter sind, sollten Sie daher sorgsam darauf achten, ob bei Ihrem Tierliebling etwa Würmer und/oder Wurmglieder mit dem Stuhl abgehen und den Hundekot in kürzerfristigen Abständen vom Tierarzt auf Wurmeier kontrollieren lassen. Selbstverständlich müssen Sie Ihren Hund grundsätzlich von Kinderspielplätzen fernhalten.

Katzen kommen hauptsächlich als Überträger von Toxoplasmose auf Schwangere in Betracht. Aber es gibt keinen ernsthaften Grund, wegen eines zu erwartenden Babys eine liebgewordene Katze einfach »abzuschaffen«, wenn Sie die in diesem Fall notwendigen Hygienemaßnahmen sorgfältig einhalten:

Erfahrungstip 1:
Säubern Sie »Katzenklo« und Freßnapf nur noch mit Einweg-Gummihandschuhen. Vermeiden Sie das Anfassen dieser Utensilien möglichst ganz! Ein Familienmitglied könnte dies an Ihrer Stelle übernehmen, und zwar möglichst bis zum Ende der Stillzeit.

Vorsichtshalber sollte jede Schwangere im Rahmen der Schwangerschaftsvorsorge-Untersuchung feststellen lassen, ob sie bereits gegen Toxoplasmose immun geworden ist (bei etwa 40 % trifft dies zu). Katzen, die ihr Leben hauptsächlich in der Wohnung verbringen und mit Fertignahrung und nicht mit rohem Fleisch gefüttert werden, kommen übrigens als Überträger von Toxoplasmose kaum in Betracht.

Erfahrungstip 2:
Erwarten Sie ein Baby, und der Toxoplasmosetest ist negativ ausgefallen (d.h., daß Sie noch für eine Toxoplasmoseinfektion empfänglich sind), meiden Sie den Umgang mit Haustieren (vor allem mit fremden), und essen Sie kein rohes Fleisch (Mett, Tartar, Carpaccio). Ist der Test po-

sitiv, besteht kein größeres Toxoplasmoserisiko für Sie und das erwartete Baby. Sind Katzen im Haushalt, dann sollten Katze und Baby nur dann zusammen in einem Zimmer sein, wenn jemand dabei ist. Während der Schlafenszeit des Babys muß die Katze aus dem Zimmer (Tür zuverlässig schließen!).

Vögel (Wellensittiche, Papageien, Tauben) können neben Toxoplasmose die sog. Papageienkrankheit (Psittakose) übertragen (Viruskrankheit mit Lungenentzündung). Aber auch Allergien können durch Vögel (insbesondere durch Vogelkot- und Federstaub) ausgelöst werden.

Von *kleineren Säugetieren* (Meerschweinchen, Kaninchen, Zwerghasen, Goldhamstern, weißen Mäusen u.a.) gehen im allgemeinen keine größeren Risiken aus, wenn sie in ihren Ställen und stets sauber gehalten werden und der Kontakt mit ihnen nicht zu intensiv ist.

Hautabszeß →Furunkel, →Pustulosis

Hautausschlag

Ein H. ist in den meisten Fällen die deutlich sichtbare Manifestation einer ablaufenden Infektionskrankheit an der Haut. An ihm kann man diese oft direkt erkennen.

Dies gilt z.B. für →Masern, →Röteln, →Scharlach, →Windpocken, →Dreitagefieber, Pocken, Typhus, Fleckfieber und einige andere →Infektionskrankheiten (Einzelheiten dazu s. bei den genannten Infektionskrankheiten). Allerdings ist zu betonen, daß ein H. für sich allein, auch wenn er noch so charakteristisch erscheint, die Diagnose nicht beweist, wenn nicht außerdem noch andere typische hautferne Symptome für sie sprechen. Bei jedem auftretenden H. sind daher unbedingt zumindest die →Fiebermessung und die →Rachen- und Mundinspektion durchzuführen.

Nicht jeder H. hat eine infektiöse Ursache. Er kann auch Ausdruck einer angeborenen oder erworbenen Überempfindlichkeitsreaktion (→Allergie) gegen zahlreiche verschiedene Substanzen (z.B. Arzneistoffe, Lebensmittel, eingeatmete Stoffe) sein.

Bei jedem nicht eindeutig zuzuordnenden, d.h. ungeklärten H. eines Kindes sollten Sie ärztlichen Rat einholen! Dabei ist deshalb Eile geboten, weil viele H. flüchtig sind und oft nur wenige Stunden bestehen bleiben.

Vgl. auch →Arzneimittelausschlag, →Dreitagefieber, →Ekzem, →Masern, →Röteln, →Scharlach, →Windpocken

Hauteiterungen →Furunkel, →Impetigo, →Pustulosis

Hautkrebsvorbeugung im Kindesalter →Sonnenbrand

Hautpflege des Babys

Die Haut ist nicht nur schützende Hülle, sondern zugleich auch ein sehr wichtiges Sinnesorgan des Menschen. Mit ihr nimmt er Wärme und Kälte, Spannung und Entspannung, Schmerzreize und Berührung wahr. Entsprechend der Bedeutung dieses größten Körperorgans und seiner Anhangsgebilde macht dessen Gewicht bei einem jungen Baby fast die Hälfte seines gesamten Körpergewichts aus.

Zu den Funktionen der Haut gehören nicht nur der mechanische Schutz des Körpers vor äußeren Einflüssen, sondern auch die Wärmeregulation und die Ausscheidung von Körpersubstanzen, z.B. mit dem Schweiß. Die Haut erneuert sich ständig, wächst und muß stets anschmiegsam sowie elastisch bleiben. Die Talgdrüsen der Haut sind es, die sie geschmeidig halten und für ihren normalen Fettgehalt sorgen. Durch die Poren der Schweißdrüsen tritt der Schweiß aus, der dann auf der Hautoberfläche verdunstet.

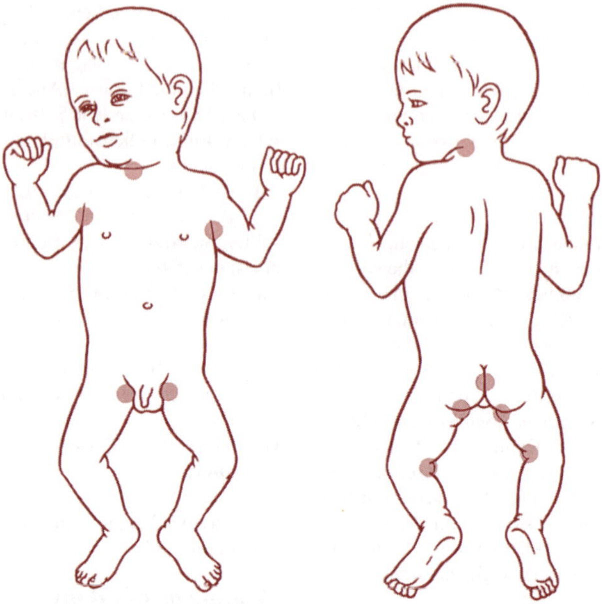

Die gekennzeichneten Hautfalten bedürfen stets besonders sorgfältiger Pflege

Die besondere Beanspruchung der noch relativ zarten Haut eines Babys ergibt sich aus seiner speziellen Lebenssituation: Es wird ja zum Schutz gegen Wärmeverluste und Auskühlung in mehrere Stoffschichten eingehüllt und liegt zunächst fast ständig im Bettchen. Es »sabbert«, spuckt häufiger Milch- und Nahrungsreste aus, schwitzt leicht und liegt fast ständig in einer feuchten oder stuhlhaltigen, recht fest anliegenden Windelpackung. Hauttalg und Bestandteile von Pflegepräparaten sowie Stoffteilchen sammeln sich in den Hautfalten. Deshalb steht bei der H. d. B. die häufige Reinigung und Befreiung insbesondere der Hautfalten von allen Substanzen, die der Haut schaden, sie reizen und die Hautporen verstopfen können, am Anfang aller Maßnahmen (Abb.).

Mit einer milden, fettabgebenden (rückfettenden) →Kinderseife und mit →Kinderöl kann die Hautreinigung schonend durchgeführt werden. Die sonstigen Maßnahmen der H. d. B. dienen dem Schutz und der Widerstandsverstärkung der Hautoberfläche gegen die Einwirkung von Urinfeuchtigkeit, Stuhlbestandteilen und Bakterien und schützen zugleich gegen Austrocknung. Besonders sorgfältige Pflege verlangen die Gesichtsregion und der Bereich der Windelpackung (Farbtafel). Für das Gesicht gilt die Regel, daß Fettsalbe und Öl weniger geeignet sind als Creme. Dagegen schützt weiche Zinkpaste die Haut in der Gesäß- und Geschlechtsteilgegend vor den Einwirkungen der Körperausscheidungen sehr gut. Alle diese Stoffe dürfen Sie aber erst dann auf die

Haut bringen, wenn diese wirklich vollständig gesäubert ist, also etwa nach dem →Reinigungsbad.

Das gänzliche →Einfetten der Haut Ihres Babys nach dem Bad ist nicht zu empfehlen, und Kinderöl sollten Sie nur zum Reinigen im Windelbereich und zum Ablösen von Krusten (Stuhlreste) benutzen. Den After, die Gesäßspalte und die Gesäßrundung versehen Sie beim Trockenlegen am besten nur mit einer dünnen Schicht Kindercreme.

Vgl. auch →Einfetten der Haut, →Gesäßreinigung, →Hautpflegemittel für das Baby, →Kindercreme, →Kinderöl, →Kinderseife

Hautpflegemittel für das Baby

Mittel, die der speziellen Hautpflege des Babys dienen und seiner besonderen Hautbeschaffenheit und Situation als Windelkind angepaßt sind (→Hautpflege des Babys), also vor allem →Kindercreme, →Kinderöl, →Kinderseife und spezielle Zusätze zum Badewasser (→Badewasserzusatzstoffe).

Eine gesunde Haut ist für das Wohlbefinden und Gedeihen des Kindes von so großer Wichtigkeit, daß Sie nur die besten Pflegemittel verwenden sollten. Bei ihrer Auswahl sollte der Preis nicht die entscheidende Rolle spielen, sondern Qualität und Verträglichkeit. Vor allem geht es dabei um die Vorbeugung von →Wundwerden.

Hautspannung →Gewebsspannung

Heilnahrungen

Unter H. versteht man allgemein speziell zubereitete Nahrungen, die bei Babys und Kleinkindern während einer Durchfallerkrankung (→Durchfall, akuter) Verwendung finden.

H. unterschiedlichster Zusammensetzung und Qualität werden schon seit vielen Jahrzehnten angewandt. In der Zeit vor und besonders nach dem 2. Weltkrieg hatten sie ihre Berechtigung und – auf den ersten Blick – auch einen durchfallhemmenden Effekt, der besorgte Mütter oder Eltern zufriedenstellte. Aus heutiger Sicht ist der Begriff H. aber doch etwas distanzierter zu sehen. Er suggeriert ja, daß es mit H. gelingen könne, die bei einer Durchfallerkrankung durch Bakterien oder Viren geschädigte Darmschleimhaut zu »heilen«, doch ist dies nicht so ohne weiteres der Fall.

Zweifellos ist und bleibt die Muttermilch die beste »Heilnahrung«. Deshalb sollte ein gestilltes Baby sie auch bei einer Durchfallerkrankung weiterhin bekommen. Bei nichtgestillten, also mit der Flasche ernährten Babys ist es nicht zweckmäßig und u.U. sogar schädlich, bei einem akuten Durchfall die bisherige Nahrung abzusetzen und statt dessen auf H. überzugehen.

Neuerdings geht man von dem Begriff H. mehr und mehr ab. An ihre Stelle sind sog. Durchfalldiäten getreten (die auch unter dieser oder einer ähnlichen Bezeichnung im Handel erhältlich sind). Sie entsprechen modernen wissenschaftlichen Erkenntnissen und Anforderungen an die Ernährung von Babys und Kleinkindern mit Durchfallerkrankungen besser als die gegenwärtig (noch) als H. bezeichneten Diätformula.

Vgl. auch →Durchfall, akuter, →Säuglingsnahrungen

Heizkissen

Elektrische H. als Wärmespender sind aus mehreren Gründen in der Babypflege nicht zu empfehlen. Hat doch die praktische Erfahrung gezeigt, daß bei ihrer Verwendung die Möglichkeit einer unkontrollierten Überhitzung der Kinder sowie die Gefahr der Verbrennung von ungeschützten Hautstellen besteht. Auch Kurzschlüsse sind bei intensiverer

Durchnässung des H. immer wieder einmal beobachtet worden.

Weit geeigneter und gefahrloser als Wärmespender für →Wärmeschutz, Erwärmung und therapeutische Wärmeanwendung sind die althergebrachten, wassergefüllten →Wärmflaschen des Haushalts (aus Steingut oder Gummi), wenngleich auch bei ihrer Anwendung Vorsicht und ständige Überwachung zur Vermeidung von →Hitzeschädigung (Überwärmung, →Verbrennung und Verbrühung) notwendig sind.
Vgl. auch →Hitzeschädigung, →Verbrennung und Verbrühung, →Wärmflasche

Hemdchen

Das H. ist das unterste, unmittelbar auf der Haut getragene Kleidungsstück für den Oberkörper des Babys. Neuerdings werden aber vielfach sog. Bodys bevorzugt, die die Funktion des H. mit dem Schutz der unteren Körperhälfte vor Wärmeverlust und anderen äußeren Einflüssen sinnvoll verbinden und durch angebrachte Druckknöpfe das An- und Auskleiden wesentlich erleichtern. Bevorzugen Sie aber H. , dann sind für ein Neugeborenes 6 bis 8 Stück der Regelbedarf. Wenn Sie allerdings täglich waschen, kommen Sie evtl. auch schon mit 3 bis 4 Stück aus.

Das H. sollte aus weichem, anschmiegsamen Stoff, Batist oder feiner kochfester gewirkter Baumwolle bestehen. Vor allem letztere ist besonders zu empfehlen und hat sich mehr und mehr durchgesetzt, weil Gewebe dieser Art sich weich anlegen und trotz sehr guter Luftdurchlässigkeit ausgezeichnet warmhalten. Die H. sollten ca. 25 cm lang sein. Empfehlenswert sind besonders die allseits geschlossenen sog. Flügel-H., die man nur über das Köpfchen zu streifen braucht. Der Halsausschnitt ist am besten kreisrund. Die ersten H. sollen nicht allzu klein gekauft werden, weil sie sonst zu schnell zu klein werden (Anfangsgröße 56). Die H.-Konfektionsgröße entspricht der Körperlänge des Kindes (s. Tabelle).

Größe der Babyhemdchen:

Alter Monate	Körpergröße cm	Konfektionsgröße
1	50 bis 52	50
2	56	56
4	62	62
8	68	68
12	74 bis 75	74

Vgl. auch →Erstausstattung, →Jäckchen

Herzfehler, angeborener

Ein angeborener, d.h. bei Geburt vorhandener H. ist Folge einer Fehlentwicklung des kompliziert gebauten Herzens im Mutterleib. Defekte an den Klappen des Herzens oder der Scheidewände spielen dabei die Hauptrolle und bewirken je nach der anatomischen Situation größere, kleinere oder praktisch bedeutungslose Funktionsstörungen der Pumptätigkeit des Organs.

Bei den schwereren Störungen, die sich meist bereits kurz nach der Geburt durch →Blausucht und eine stark beschleunigte und unruhige Atmung zu erkennen geben, kann der Zustand lebensbedrohlich sein, leichtere a.H. werden manchmal erst sehr viel später, oft sogar zufällig anläßlich einer ärztlichen Untersuchung entdeckt. Zur genaueren Analyse der Art eines a.H. und zur Entscheidung der Frage, ob und gegebenenfalls wann eine Operation ratsam und notwendig ist, sind eingehende Spezialuntersuchungen erforderlich, die nur an besonders hierfür eingerichteten Untersuchungsstellen (kinderkardiologische Zentren, gewöhnlich an den Universitäts-Kinderkliniken) durchgeführt werden.

Die meisten a.H. sind heutzutage einer chirurgischen Korrektur zugänglich und dadurch z.T. auch bis zu völliger Leistungsfähigkeit des Herzens heilbar.

An die meisten Kinder mit a. H. stellen die normalen Belastungen des Alltags, besonders aber die Infektionskrankheiten, stärkere Anforderungen als an Herzgesunde.

Hexenmilch

Eine milchartige Flüssigkeitsabsonderung aus den Brustdrüsen der Babys (beiderlei Geschlechts) etwa vom 3. Lebenstag an und in den ersten Wochen nach der Geburt wird volkstümlich als H. bezeichnet.

Die Bildung von H. ist normal und harmlos. Zeitlich geht sie parallel mit dem →Einschießen der Brustmilch bei der Mutter einher. Hierbei sind die gleichen hormonellen Einflüsse wirksam, die im mütterlichen Organismus die Milchbildung regulieren (diese Hormone gelangen aus dem und über den Mutterkuchen in den Körper des ungeborenen Kindes und regen dort ebenfalls die Brustdrüsen zu Wachstum und Entwicklung ihrer Funktion an).

Zunächst schwellen bei ausgetragenen, reifen Neugeborenen in den ersten Lebenstagen die Brustdrüsen deutlich an, manchmal bis zu Kirsch- oder Nußgröße und beginnen dann, leicht abzusondern. Chemisch entspricht diese Absonderung etwa der mütterlichen →Vormilch (Kolostrum).

Erfahrungstip:
Drücken Sie auf keinen Fall auf die angeschwollene Brustdrüse des Babys! Sie könnte sich danach entzünden (auch eitrig!) und außerdem auf diese Weise zu einer unnötigen Steigerung der nur schwachen Absonderung und Milchbildung angeregt werden. Bei starker Schwellung kann das Anlegen eines Mullverbandes zum Schutz zweckmäßig sein.

Entzündungen der Brustdrüsen der jungen Babys (meist nur einseitig) bedürfen ärztlicher Versorgung und – zumal bei Mädchen im Hinblick auf die spätere Funktion und Formerhaltung – sachgemäßer Behandlung.
Vgl. auch →Brustdrüsenschwellung des Neugeborenen, →Schwangerschaftsreaktionen des Neugeborenen

Hinfallen →Sturzverletzungen

Hirnblutung (als Geburtsfolge)

Intensivere Druckeinwirkungen auf den kindlichen Schädel sowie Sauerstoffmangel während der Geburt können manchmal Blutungen in die Hirnsubstanz hinein oder unter die Hirnhäute verursachen. Solchen Einwirkungen ist das Baby insbesondere bei schwerer und langdauernder Geburt ausgesetzt. Aber längst nicht jede schwere Geburt führt zu einer H. Vor dem errechneten, normalen Termin geborene Kinder (→Frühgeborenes, Frühgeburt) sind in dieser Hinsicht allerdings wesentlich stärker gefährdet.

Die H. als solche ist äußerlich zwar nicht ohne weiteres erkennbar, doch gibt es indirekte Anzeichen für sie, wie z.B. unregelmäßige Atmung oder Atemstillstand, Blässe, Bewußtlosigkeit (→Bewußtseinsstörungen), Trinkschwäche, →Trinkschwierigkeiten (an der Brust), allgemeine Muskelschlaffheit, Muskelzuckungen (→Zuckungen des Babys), →Krampfanfälle, Vorwölbung und Gespanntheit der großen →Fontanelle. Die Hinweiszeichen auf H. treten entweder sofort nach der Geburt auf oder machen sich erst im Lauf der ersten Lebensstunden oder -tage bemerkbar. Sie sind ernste Alarmzeichen und verlangen nach schnellster ärztlicher Behandlung.

Bei nur sehr wenigen Kindern verursacht eine H. derart schwere Schädigungen, daß es bei ihnen, wenn sie die ersten Stunden und Tage überlebt haben, später

zu Störungen ihrer geistigen und/oder körperlichen Entwicklung kommt.
Vgl. auch →Behinderung, geistig-seelische, →Behinderung, körperliche, →Geburtsverletzungen, →Gesichtsnervenlähmung, →Zuckungen des Babys

Hirnhautentzündung

Meningitis; eine H. ist die Entzündung derjenigen Membranen und Häute, die Gehirn und Rückenmark direkt umhüllen. Das mit ihnen in Berührung stehende Hirnwasser (Liquor) enthält bei einer H. zumeist die Erreger (Bakterien, Viren) sowie Zellen der körpereigenen Entzündungsabwehr (weiße Blutkörperchen). Beide, Erreger wie auch Reaktionszellen des Körpers, können bei mikroskopischer Untersuchung des Liquors nachgewiesen werden. Zur sicheren Diagnosestellung oder Ausschluß einer H. ist daher die Punktion des Rückenmarkskanals (Lumbalpunktion) notwendig, aus dem dabei eine kleine Liquorprobe entnommen wird.

Bei jüngeren Babys ist eine H. zwar selten, doch verläuft sie bei ihnen manchmal fast ohne diejenigen charakteristischen Symptome, die beim älteren Kind schon frühzeitig auf die Diagnose H. hinweisen: Kopfschmerz, Nackensteife, hohes Fieber, →Erbrechen, Schüttelfrost, →Appetitlosigkeit, →Bewußtseinsstörungen, Delirium u.a. Beim Baby kommt es andererseits oft zu einer sehr deutlich tastbaren Vorwölbung und Spannung der großen →Fontanelle. Jede H. muß in der Klinik behandelt werden!

Hirnwachstum →Kopfumfang

Hirnwasser →Hirnhautentzündung

Hitzefieber →Fieber, →Hitzeschädigung

Hitzepickel

Hitzefriesel, Hitzeausschlag, Schweißfriesel, Schwitzpickel; eine volkstümliche Bezeichnung für bei Hitze und starker Schweißabsonderung auftretende zahlreiche winzige Pickelchen und Wasserbläschen (Farbtafel). Die Hauptlokalisationen von H. sind Gesicht, Hals, Brust und Schultern. Seltener kommen sie am Bauch und an den Beinen vor. H. treten vor allem bei hellhäutigen, intensiver schwitzenden Babys und Kleinkindern in den Sommermonaten auf. Nur selten verursachen sie leichten Juckreiz.

Das Auftreten von H. kann darauf hinweisen, daß Sie Ihr Baby zu warm angezogen oder zugedeckt haben. Unabhängig davon sollten Sie Ihr Kind, wenn es zu H. neigt, im Sommer möglichst nicht allzusehr der Wärme aussetzen und es dabei stets besonders luftig kleiden.

Babys mit akut aufgetretenen H. wäscht man zunächst mit lauwarmem Wasser und pflegt die betroffenen Hautareale mit einer zarten Babycreme. Meist genügt dies schon, um die harmlosen H. schnell und folgenlos zur Abheilung zu bringen.
Vgl. auch →Hitzeschädigung, →Kopfschweiß, →Pustulosis, →Schwitzen

Hitzeschädigung

Allgemeine Bezeichnung für alle Erscheinungsformen von gesundheitlichen Schädigungen bei Babys und jüngeren Kindern, die durch Überwärmung, Überhitzung und sog. Wärmestauung verursacht sind.

Eine H. kann z.B. unmittelbar durch die Anwendung einer zu heißen →Wärmflasche (→Verbrennung und Verbrühung) oder durch längere direkte Sonneneinwirkung (→Sonnenbad, →Sonnenbrand) entstehen. Aber auch bei →Fieber kann eine H. vor allem dann ausgelöst werden, wenn ein fieberndes Baby zugleich zu warm bekleidet oder zu dick zugedeckt ist (Hitzschlag). In diesem Fall kann die Haut nicht mehr ausreichend Wärme durch Schweißverdunstung abgeben (→Schwitzen). In manchen Fällen kommt relativer oder absoluter Flüssigkeitsmangel noch verschlimmernd hinzu (bei Wärme besteht ein höherer Flüssigkeitsbedarf). So kann schnell ein ernster, ja zuweilen äußerst gefährlicher Krankheitszustand entstehen.

Zeichen einer H. sind erhebliche Unruhe oder Mattigkeit (beide sind oft zugleich Ausdruck von starkem Durst), Temperaturerhöhung bis zu hohen und höchsten Fiebergraden (→Durstfieber und Hyperthermie), hochrote Hautfarbe, Steigerung der Schweißabsonderung und der Herz- und Atemtätigkeit, gelegentlich Benommenheit oder sogar Bewußtlosigkeit (Hitzschlag). Auch durchfällige Stühle können als Begleiterscheinung hinzutreten.

Erfahrungstip:
Jede H. muß ernst genommen und unverzüglich behandelt werden! Entkleiden Sie bei sicherer H. oder Verdacht auf eine solche Ihr Kind gänzlich und so schnell wie möglich, und waschen Sie seinen ganzen Körper mit lauwarmem Wasser ab (evtl. können Sie auch ein abkühlendes →Bad erwägen). Geben Sie ihm außerdem reichlich kühle Flüssigkeit zu trinken (am besten dünnen schwarzen Tee mit einer Prise Salz) und bringen Sie es in den kühlsten Raum des Hauses. Dann messen Sie die Temperatur (→Fiebermessung) und rufen den Arzt.
Vgl. auch →Abkühlungspackungen, →Bad, abkühlendes, →Beinwickel, abkühlender, →Durst, →Durstfieber, →Packung, abkühlende, →Schwitzen, →Sonnenbad, →Sonnenbrand

Hitzschlag →Hitzeschädigung

H-Milch

Durch kurzzeitige Hocherhitzung (und nachfolgende sofortige Abkühlung) keimfrei gemachte, steril verpackte Kuhmilch, die bei Zimmertemperatur mindestens 4 Wochen haltbar ist.

Einzelheiten vgl. →Uperisierung der Milch.

Hochbinden der Brust

Das H. d. B. ist eine bei beginnender →Brustdrüsenentzündung (Mastitis) oder bei plötzlich notwendigem →Absetzen des Babys von der Brust erforderliche Maßnahme, um den Milchfluß und die Milchbildung schnell zu vermindern, eine Milchstauung, die Bildung von →Milchknoten und →Milchfieber zu verhüten.

So wird's gemacht:
Legen Sie ein auf etwa Handbreite längsgefaltetes Tuch (Dreiecktuch, notfalls Handtuch oder Windel) mit seiner Mitte unter die erkrankte Brust, und drücken Sie diese zugleich von unten her hoch. Das eine Tuchende legen Sie zwischen den beiden Brüsten zur Schulter der Gegenseite, das andere führen Sie durch die Achselhöhle schräg über den Rücken ebenfalls zur Schulter hin. Dort verknüpfen Sie beide Enden dann unter straffem Anzie-

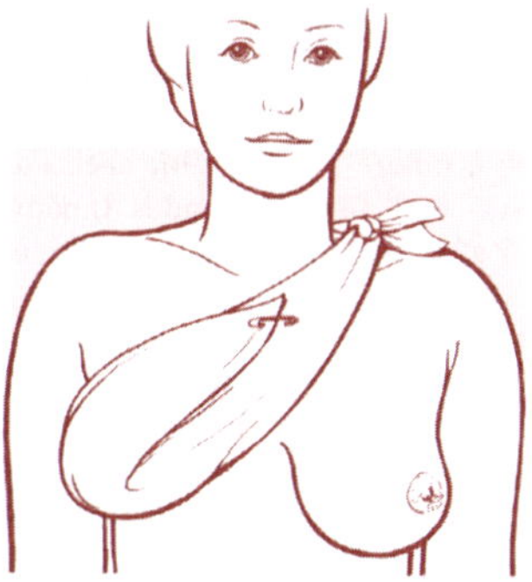

hen. Den freien mittleren Zipfel (Dreiecktuch) schlagen Sie über die Brust herauf und befestigen ihn mit einer Sicherheitsnadel (Abb.). *Mit diesem Brustverband lassen sich auch kühlende, feuchte Brustumschläge gut und rutschsicher anbringen.*

Wenn z.B. das Hochbinden beider Brüste notwendig oder erwünscht ist, läßt sich mit einigen Büstenhaltertypen beidseitig ein entsprechender Effekt erzielen.

Vgl. auch →Absetzen von der Brust, →Brustdrüsenentzündung, →Milchknoten

Hoden →Geschlechtsorgane

Hören →Gehör

Hörstummheit →Gehör, →Sprachentwicklung

Höschenwindeln

H. sind spezielle Windeln für Babys und Kleinkinder zum Einmalgebrauch, d.h. sog. Wegwerfwindeln. H. haben die früher zumeist benutzten Windelpackungen aus Stoffwindeln, Gummi- und Moltontuch wirksam ersetzt. Wegen ihrer praktischen und einfachen Verwendung sind sie zur derzeit am häufigsten gebrauchten Windelart geworden. Die größten Vorteile der H. gegenüber Stoffwindeln sind ihre weit besseren flüssigkeitsaufnehmenden und -festhaltenden Eigenschaften. Diese beruhen im Prinzip auf den 3 Schichten, die jede H. enthält (Abb.). Innere Schicht: Gut nach außen wasser- bzw. urinableitendes Innenvlies aus Zellstoff. Mittlere Schicht: Saugkissen, das hochsaugfähige und als sog. Supersorbents auch quellfähige Substanzen enthält, die sich mit hinzutretender Flüssigkeit (Urin) in ein unlösliches Gel umwandeln, das keine Flüssigkeit mehr abgibt. Äußere Schicht: Außenfolie aus weichem, wasserundurchlässigem Polyethylen oder Polyester, das die Kleidung und Wäsche vor Durchnässung schützt.

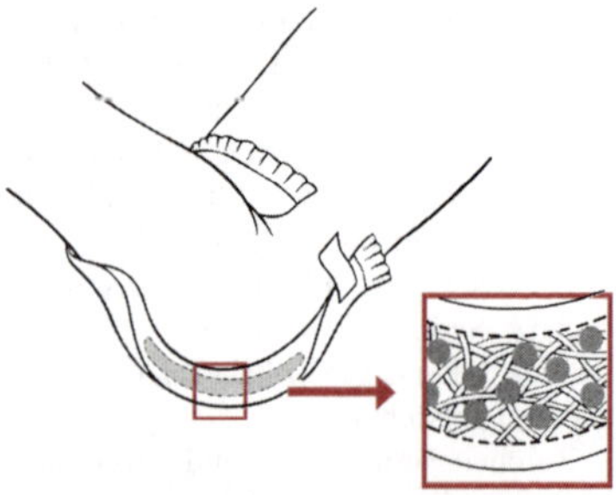

Funktionsprinzip einer Höschenwindel mit ihren drei Schichten. Bei Lupenvergrößerung (→) erkennt man den zentralen wasserfesthaltenden Gelkern

H. werden in Slipform hergestellt, sind mit Gummibündchen an den Beinen und wiederverschließbaren Klettenbändern sowie einer »Auslaufsperre« am Bund versehen.

Es gibt für jede Altersgruppe und je nach Gewicht des Kindes verschiedene Größen, besonders aufnahmefähige Typen für die Nacht und auch spezielle für Jungen oder Mädchen (»Boy« und »Girl«) vorgesehene Modelle.

Im Handel werden (weit über 20) verschiedene Fabrikate angeboten, unter denen Sie sich das geeignetste und passendste aussuchen müssen. Bei allen Produkten, die mit dem Zusatz »Ultra« versehen sind, ist die Flüssigkeitsaufnahmekapazität besonders groß.

Vgl. auch →Wickeltechnik, →Windeln, →Wundwerden

Hohlwarze →Brustwarzen

Homogenisierung der Milch

Unter Homogenisierung versteht man ein Zerkleinern (homogen, d.i. gleichartig) von in Flüssigkeiten schwebenden

Teilchen. In der Milchwirtschaft werden durch ein spezielles technisches Verfahren u.a. die Trinkmilch, Kaffeerahm, Kondensmilch, Milch zur Herstellung von Vollmilchpulver und Buttermilch homogenisiert. Dies bewirkt nicht nur eine sehr feine Zerkleinerung der Fetttröpfchen, sondern hat auch noch eine sog. Weichgerinnung des Milcheiweißes im Magen zur Folge. Die Milch wird dadurch auch schmackhafter.

Nach dem Milchgesetz ist homogenisierte Milch eine Milch, die infolge mechanischer Zerkleinerung der größeren Fettkügelchen das Fett in so feiner Verteilung enthält, daß sich während 24 Stunden nach der Homogenisierung keine neue Rahmschicht bildet. Diese durch die H. d. M. entstehende Eigenschaft garantiert einen ganz gleichmäßigen Fettgehalt in allen Milchportionen, was z.B. bei der Herstellung von Milchmischungen und der Fabrikation von →Säuglingsnahrungen wichtig ist.

Honig

Bienenhonig; ein in einigen Säuglingsfolgenahrungen enthaltener Zuckerstoff, der im wesentlichen (75 %) aus Trauben- und Fruchtzucker (Invertzucker) sowie Rübenzucker (Kochzucker, s. →Zucker) und Wasser (ca. 20 %) besteht. Daneben enthält er organische Aromastoffe, die einen speziellen Geschmack vermitteln, sowie Spuren von Eiweiß und Mineralstoffen.

Der Zusatz von H. und anderen Zuckern zu →Säuglingsnahrungen ist aus ernährungsphysiologischer Sicht nicht nur unnötig, sondern bringt auch gewisse Gesundheitsrisiken mit sich.

Vgl. auch →Flaschen-Karies, →Mastfettsucht, →Zahnpflege

Hospitalismus

H. ist die Bezeichnung für die Summe aller Folgen von Schadenseinwirkungen auf ein Kind, die durch Pflegemängel, Fehlernährung, erhöhte Infektionsgefährdung und/oder mangelnde psychische Betreuung und Zuwendung entstanden sind. H. kommt vor allem immer dann vor, wenn jüngere Kinder getrennt von Mutter oder Eltern längere Zeit in Anstalten (Hospitalen), Kinderheimen, Waisenhäusern, Krankenhäusern und ähnlichen Einrichtungen versorgt oder aufgezogen werden müssen.

Dem H. liegen meist mehrere der genannten Ursachen zugrunde. Der Hauptursache entsprechend kann man einen infektiösen H. (durch gehäufte und verstärkte Infektionsgefährdung in Kindergemeinschaften), einen ernährungsbedingten H. (durch Fehlernährung jeglicher Art), einen pflegebedingten H. (durch Pflegefehler, häufigen Wechsel der Pflegepersonen, mangelnden Freiluftaufenthalt u.a.) sowie einen psychischen H. (mangelnde Liebeszuwendung, Gleichgültigkeit oder übermäßige Strenge der Pflegepersonen) unterscheiden. Leichtere Formen des H., besonders die psychische Variante, können gelegentlich sogar im Familienverband entstehen, wenn ein besonders sensibles Kind dort nicht die zu seinem seelischen Gedeihen notwendige Liebe, Fürsorge und Zuwendung erfährt. Unter diesen Bedingungen entwickeln sich nicht selten auch noch zusätzliche Störungen vom neuropathischen Typ (→Neuropathie). Schwere Formen des H. erkennt man an Hemmung und Verzögerung der körperlichen und seelisch-geistigen Entwicklung der betroffenen Kinder (verspätetes →Stehen und →Laufen, verzögerte →Sprachentwicklung, Wachstumsstörungen, Verhaltensstörungen). Besonders schwerwiegend, nachhaltig und durchschlagend wirken sich die genannten Ursachenfaktoren im Baby- und Kleinkindalter aus.

Um die Entstehung von H. zu verhindern, bemüht man sich – falls die zwingende Notwendigkeit besteht, Kinder ohne Mutter oder Eltern aufzuziehen –, in den entsprechenden Heimen familienähnliche Verhältnisse zu schaffen oder die Kinder zu Pflegefamilien in Obhut zu geben.

Die Mitaufnahme von Eltern eines schwerkranken Kindes in eine Klinik im Sinne des sog. →Rooming-in gehört ebenfalls zu den modernen Präventivmaßnahmen gegen den H.

Vgl. auch →Liebeseinstellung der Mutter zum Kind, →Mutter-Kind-Beziehungen, →Nestwärme, →Rooming-in

Hüftgelenkdysplasie, angeborene

Sog. Hüftgelenkverrenkung; relativ häufig vorkommende (etwa bei jedem 500. Kind), anlagemäßige Fehlbildung eines oder auch beider Hüftgelenke. Eine eigentliche Gelenk-»Verrenkung« ist dabei aber zunächst noch nicht vorhanden. Ein solche kann sich aus einer a.H. während des 1. Lebensjahrs durch die Belastungen des Stehens und Laufens meist erst dann entwickeln, wenn diese bis dahin unerkannt und unbehandelt geblieben ist.

Die sichere Erkennung einer a.H. kann in einzelnen Fällen, vor allem aber bei den leichteren Störungen, zuweilen gewisse Schwierigkeiten bereiten. Für gewöhnlich wird bei allen in der Klinik geborenen Kindern bei den Allgemein- und →Vorsorgeuntersuchungen der Neugeborenen (U2, U3) auch besonders auf die a.H. geachtet. In vielen Kliniken wird heute ein sog. Hüftgelenk-Screening mit einer Ultraschalluntersuchung durchgeführt. Die Erkennung einer a.H. möglichst schon im Neugeborenenalter ist deshalb so wichtig, weil eine Frühbehandlung zu den besten Behandlungserfolgen führt und auch relativ einfach ist.

Die a.H. kommt bei Mädchen etwa 4mal häufiger vor als bei Knaben. Die betroffenen Kinder werden häufig aus Steißlage geboren. Gewisse Hinweise auf eine bestehende a.H. kann die Feststellung von auffallend unterschiedlichen Beinlängen (→Beinverkürzung) sowie von seitenungleichen Gesäß-, Oberschenkel- und Kniefalten geben (Abb. a). Allerdings kommen solche auch gelegentlich bei völlig hüftgesunden Babys vor.

Wird der Verdacht auf a.H. (z.B. aufgrund eines entsprechenden Ultraschall- oder Röntgenbefundes) bestätigt, dann kommt man bei unverzüglichem Behandlungsbeginn im frühen Babyalter in den allermeisten Fällen noch mit einer einfachen Spreizlagerung (breite Windelung, spezielles Spreizwindelhöschen, Spreizbandage, evtl. auch Spreizgips) zum Ziel (Abb. b). Die am besten geeig-

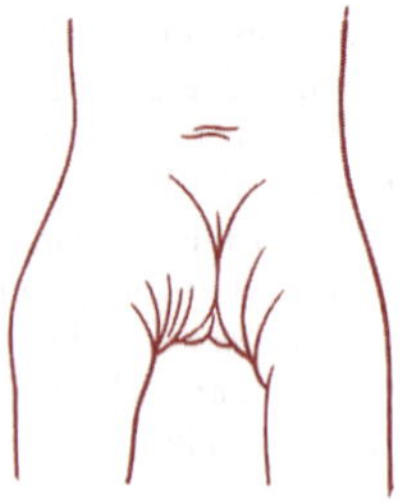

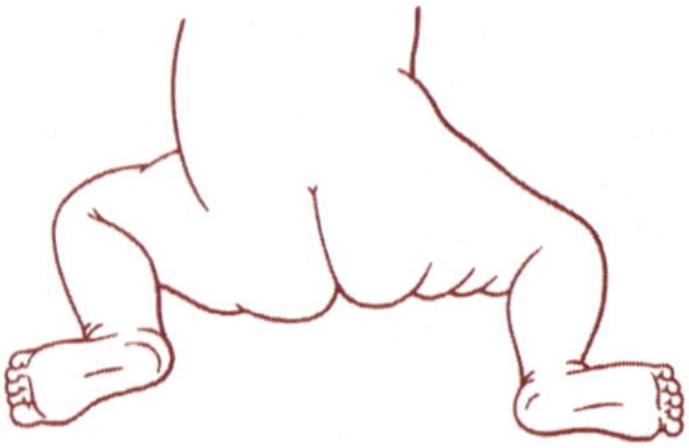

a Seitenunterschiede des Hautfaltenverlaufs an Oberschenkel und Gesäß können auf eine vorhandene Hüftgelenkdysplasie hinweisen

b Beinhaltung bei breiter Windelung (Spreizlagerung) mit Hilfe eines Spreizwindelhöschens zur Frühbehandlung der leichteren Formen der angeborenen Hüftgelenkdysplasie

nete Behandlung wird im allgemeinen von einem Arzt für Orthopädie vorgeschlagen und gemeinsam mit dem Kinderarzt überwacht.
Vgl. auch →Beinverkürzung

Hühnerei

Das H. ist ein bei den meisten Kindern beliebter und biologisch hochwertiger Eiweiß- und Fettträger in der Nahrung.

Bei der Selbstherstellung von Breien für Babys im 2. Lebenshalbjahr wird das gelegentliche Zusetzen von Eigelb zur Nahrung etwa 2mal pro Woche empfohlen. Begonnen wird hierbei zunächst mit einem halben, später mit einem ganzen Eigelb. Obwohl Eigelb ein vielfältiger Vitaminträger ist, der vor allem die sog. fettlöslichen Vitamine (A, D, E, K) sowie Lezithin, Kalzium, Phosphor, Eisen und manche wichtigen Spurenstoffe enthält, muß diese Empfehlung doch mit einem gewissen Vorbehalt gesehen werden: Die Selbstherstellung von Breien hat gegenüber der ausgewogen bedarfsdeckenden und gebrauchsfertigen sog. »Gläschenkost« keinerlei Vorteile, wird aber doch noch wegen eines gewissen »Mütterlichkeitsbedürfnisses« sowie wegen des Bemühens zum Selbermachen und aus Gründen eines gelegentlich vorhandenen Mißtrauens gegenüber Fabrik- oder Industrieprodukten häufiger durchgeführt. Die Nachteile dabei sind offensichtlich: Rohes H. kann zur Übertragung von Salmonellen und anderen Bakterien und Viren führen, die bei Babys problematische Erkrankungen auslösen können. Außerdem können Eigelb und das daran haftende Eiweiß u.U. als Nahrungsmittelallergene wirken und eine Nahrungsmittelallergie (Hühnereiallergie) verursachen.

Hüpfschaukel →Laufiernstuhl

Humangenetische Beratung →Beratung, genetische

Hunde →Haustiere

Hunger

»Ein nacktes Kind lacht, ein hungriges niemals.«
(Walisisches Sprichwort)

Es ist nicht immer leicht festzustellen, wann und ob ein junges Baby hungrig ist. Es heißt, »Hunger tut weh«, und tatsächlich klingt das Schreien hungriger Babys manchmal so, als hätten sie Bauchschmerzen. Zumindest zeigen sie bei H. sehr ausgeprägte Unlustempfindungen. Ein Hungergefühl entsteht wahrscheinlich als Folge des Absinkens des Blutzuckergehalts, was lebhafte Zusammenziehungen des leeren Magens (Hungerkontraktionen) hervorruft. Diese Bewegungsvorgänge sind es vermutlich, die als unangenehm, u.U. auch als schmerzhaft empfunden werden, das Baby aus dem Schlaf aufwecken und zum Schreien veranlassen.

Hungerschreien ist ein elementarer, sog. »Beziehungslaut« zwischen Baby und Mutter. Er veranlaßt letztere mit großer Zuverlässigkeit dazu, es in irgendeiner Form zu »stillen« (Aufnehmen des Kindes, Anlegen an die Brust oder Füttern mit der Flasche). Die meisten Mütter bzw. Eltern lernen bald, den Hungerschrei ihres Babys sicher zu deuten und vom Schreien aus anderen Gründen zu unterscheiden (z.B. allgemeines Unbehagen, Langeweile, Bauchweh, Naßliegen, Wundsein, drückende Windelpackung).

H. bildet für das normale Baby eine wichtige, für seine Gesundheit und sein Gedeihen unentbehrliche Triebfeder, die anfangs fast sein ganzes Dasein beherrscht.

Abgesehen vom Schreien bringt das Baby seinen H. auch mit lebhaften Bewegungen der Gliedmaßen sowie mit unruhigem Hin- und Herwerfen zum Ausdruck. Kennzeichnend für ein hungriges junges Baby ist auch das »Brustsuchen«: Berührt man mit einem Gummisauger seine Mundgegend, so verzieht das Kind die Lippen und wendet seinen Kopf zielgerecht dem Sauger zu, bis es ihn richtig in den Mund bekommt und daran saugen kann. Hungrige, saugbereite Babys wackeln auch mehrmals mit dem Kopf hin und her, und wenn sie sehr gierig sind, kommt es sogar vor, daß sie suchen, ohne überhaupt berührt worden zu sein.

Gesättigt benimmt sich das Baby ganz anders: Sein Bewegungsdrang ist verschwunden, und seine Stimmung wird »friedlich«.

Vgl. auch →Nachtfütterung, →Sättigung, →Schreien, nächtliches

Husten →Bronchitis, →Keuchhusten, →Krupphusten

Hydrotherapie

Gesamtbezeichnung für alle Formen der Behandlung mit Hilfe von äußerlichen Wasseranwendungen. Dabei kann das Wasser allein oder mit bestimmten Zusätzen versehen sowie in unterschiedlicher Temperatur angewandt werden.

Vgl. auch →Abkühlungspackungen, →Abreibungen, →Bad, abkühlendes, →Bad, erwärmendes, →Beinwickel, abkühlender, →Brustwickel, →Halswickel, →Leibwickel, →Packung, abkühlende

Hydrozele →Geschlechtsorgane

Hyperthermie →Hitzeschädigung

Hypoallergene Nahrungen →Säuglingsnahrungen

Hypogalaktie →Brustmilchmangel

Hypothermie →Untertemperatur

Hypothyreose

Eine Unterfunktion der vorne am Hals gelegenen Schilddrüse wird als H. bezeichnet. Das von dieser Drüse gebildete jodhaltige Hormon ist mitverantwortlich für die geistig-seelische Entwicklung, das körperliche Wachstum und das Reifen des Kindes. Bildet die Schilddrüse zu wenig von diesem Hormon, dann sind normales Wachstum, funktionsgerechte Stoffwechselabläufe und termingerechte geistige Entwicklungsvorgänge gefährdet.

Die Auswirkungen einer H. lassen sich durch eine Behandlung mit dem fehlenden Schilddrüsenhormon verhindern. Voraussetzung hierfür ist allerdings eine frühzeitige Erkennung des Hormonmangels, möglichst schon in den ersten Lebenstagen oder -wochen. Im Neugeborenenalter sind infolge der dem Kind noch mitgegebenen mütterlichen Schilddrüsenhormonmengen äußerliche Zeichen einer H. aber gewöhnlich noch nicht eindeutig erkennbar. Deshalb wird in deutschen Entbindungskliniken bei allen Neugeborenen ein Früherkennungsprogramm in Form eines speziellen biochemischen Suchtests (→Screenings) aus dem Blut am 4. bis 5. Lebenstag durchgeführt (TSH-Test). Bei Hausentbindung müssen Sie im eigenen Interesse unbedingt darauf achten, daß diese Untersuchung bei Ihrem Kind auch wirklich durchgeführt wird.

Wenn eine H. übersehen und die fehlenden Hormonmengen nicht ersetzt werden, dann entwickeln sich nach der Neugeborenenzeit allmählich die auch äußerlich erkennbaren Zeichen der Schilddrüsenunterfunktion: Trinkfaulheit, verstärkte Schläfrigkeit, Muskelschlaffheit, →Verstopfung, anhaltende Gelbfärbung der Augenbindehaut (u.U. über mehrere Wochen hinweg), trockene, gedunsene Haut u.a. Auf lange Sicht kommt es ohne Hormonbehandlung zu Hirnentwicklungsstörungen, die nicht vollständig aufgeholt werden können, selbst wenn später eine Schilddrüsenhormonbehandlung durchgeführt wird.
Vgl. auch →Guthrie-Test, →Screenings

Ikterus →Gelbsucht des Neugeborenen

Ileus →Darmverschluß

Impetigo

Impetigo contagiosa; eine ansteckende, oberflächliche Hauteiterung durch Infektion mit Eitererregern (meist Staphylokokken). Dabei treten zunächst rote Flecken auf, in denen sich schnell Bläschen mit klarem flüssigem Inhalt bilden, die sich rasch in gelbliche Eiterbläschen verwandeln. Diese platzen gewöhnlich und geben größere Flächen nässender Haut frei, die sich allmählich mit dicken, gelblichen, z.T. honiggelben Borken bedecken.

Die Behandlung ist, besonders im Bereich der behaarten Kopfhaut, manchmal schwierig und muß in jedem Fall ärztlich überwacht werden.

Besondere hygienische Maßnahmen zur Verhütung der Ausbreitung und Weiterverschleppung der Krankheit sind erforderlich (Arzt befragen).

Vgl. auch →Pustulosis, →Schälblasenkrankheit

Impfkalender

Nach dem Grundsatz »Vorbeugen ist besser als Heilen« gehören Schutzimpfungen gegen die wichtigsten Infektionskrankheiten zu den entscheidenden und fast schon selbstverständlich gewordenen aktiven Maßnahmen der Infektionsvorbeugung in allen entwickelten Ländern.

Für den günstigsten Zeitpunkt, die zweckmäßige Reihenfolge und die notwendigen Abstände der verschiedenen Impfungen gibt es genaue Richtlinien, die von der »**St**ändigen **I**mpf**ko**mmission« (STIKO) des Bundesgesundheitsamtes zuletzt im März 1998 erarbeitet worden sind. Diese Empfehlungen sorgen dafür, daß die Impfungen zeitlich geplant und besonders wirkungsvoll vorgenommen werden können. Die Übersicht auf S. 188 gibt diese Richtlinien unmittelbar wieder. Nach ihnen sollten Sie sich nach Möglichkeit richten, um die günstigsten Impftermine bei Ihrem Kind wahrzunehmen und keine empfohlene Impfung zu versäumen. Die Termine sind z.T. so gelegt, daß die meisten Impfungen zeitlich mit den Vorsorgeuntersuchungen zusammenfallen und daher zum gleichen Zeitpunkt bei Ihrem Kinderarzt durchgeführt werden können.

Grundsätzlich sollten nur gesunde Kinder geimpft werden. Ernstliche Gegen- und Hinderungsgründe sind z.B. schwerwiegende Nervenkrankheiten und Krampfleiden. Hierzu sollten Sie im Einzelfall immer den Arzt befragen.

Einige der verschiedenen zur Anwendung kommenden Impfstoffe sind sog. Lebendimpfstoffe (Masern, Mumps, Röteln). Das bedeutet, daß Impfstoffe dieses Typs lebende, wenn auch abgeschwächte und nicht mehr infektionsfähige Krankheitserreger enthalten. Aus Vorsichtsgründen sollten Impfungen mit diesen Impfstoffen dann nicht bei Kindern vorgenommen werden, wenn deren Mutter schwanger ist, sondern möglichst erst nach ihrer Entbindung. Im Zweifelsfall sollte auch in dieser Situation der Arzt befragt werden (→Impfungen in der Schwangerschaft).

Vgl. auch →Fünffachimpfung, →Impfungen, →Masernschutzimpfung, →Mehrfachimpfung, →Mumpsschutzimpfung, →Polioschutzimpfung, →Rötelnschutzimpfung, →Sechsfachimpfung, →Tuberkuloseschutzimpfung

Impfpaß

Der I. ist ein von den Gesundheitsbehörden herausgegebenes Ausweis- und Dokumentationsheft, in das sämtliche Impfungen und Serumeinspritzungen eingetragen werden. Der I. ist zur Vereinfachung der Impfnachweise sehr nützlich, ganz besonders deshalb, weil er jederzeit einen genauen Überblick über den Stand der Impfungen gestattet.

Der internationale I. (Abb. S 189) wird vom »Deutschen Grünen Kreuz« Marburg/L. herausgegeben und kann beim Verlag H. Hoffmann, Bergengruenstr. 263, 14163 Berlin, bezogen werden.
Vgl. auch →Impfkalender, →Impfungen

Impfungen

Die Verabreichung kleiner, genau dosierter Mengen von bestimmten, in ihrer krankheitsauslösenden Eigenschaft abgeschwächten (»Lebendimpfstoff«) oder abgetöteten (»Totimpfstoff«) Krankheitserregern vermittelt dem Körper die Abwehrfähigkeit gegen die jeweils im Impfstoff enthaltenen Erregersubstanzen oder Krankheitserreger. Dies bewirkt, daß der Geimpfte im Falle eines später erfolgenden Ansteckungsrisikos nicht mehr erkrankt, weil er durch die Impfung bereits immun geworden ist (Impfimmunität).

Die Verabreichung der jeweiligen Impfstoffe erfolgt heute ausnahmslos durch Einspritzung (Injektion) in oder unter die Haut oder in einen Muskel.

Die moderne Impfstrategie zielt darauf ab, mit einer möglichst geringen Impfstoffmenge eine möglichst hohe Abwehrfähigkeit (Immunität) zu erreichen. Es liegt in der erwünschten Natur der I., daß es zu einer Auseinandersetzung des Organismus mit den Impfstoffen kommt (Impfreaktionen), die sich bei normaler Stärke z.B. mit einer Rötung und Schwellung der Impfstelle mit vorübergehendem, leichterem Krankheitsgefühl und →Fieber äußern kann. Heftigere Reaktionen sind bei sachgemäß durchgeführter I. selten.

Die I. sind freiwillig.

Gebräuchlich und üblich sind I. gegen: →Kinderlähmung (→Polioschutzimpfung), →Diphtherie (→Diphtherieschutzimpfung), →Keuchhusten, →Wundstarrkrampf, →Mumps (→Mumpsschutzimpfung), →Masern (→Masernschutzimpfung), →Röteln (→Rötelnschutzimpfung), →Haemophilus influenzae b, Hepatitis A und B und →Tuberkulose (→Tuberkuloseschutzimpfung).

I. gegen Pocken (→Pockenschutzimpfung) sind seit einigen Jahren nicht mehr notwendig, da die Pocken laut Weltgesundheitsorganisation (WHO) weltweit praktisch erloschen sind. Schutzimpfungen gegen andere Infektionskrankheiten (z.B. Typhus, Cholera, →Grippe, Gelbfieber) werden in der Regel nur unter besonderen Umständen (Epidemien, spezielle Gefährdungen usw.) empfohlen.

Viele Impfstoffe sind so beschaffen, daß sie gemeinsam verabreicht werden können, wodurch eine Immunisierung gegen mehrere Infektionskrankheiten gleichzeitig mit einem einzigen Impftermin erreicht werden kann (→Mehrfachimpfung, →Fünffachimpfung, →Sechsfachimpfung).

Besondere Impfprobleme ergeben sich bei I. von Schwangeren (→Impfungen in der Schwangerschaft).

Über den zweckmäßigen Zeitpunkt der einzelnen I. und den notwendigen zeitlichen Abstand zwischen den Impfterminen sowie über optimale Impfstoffkombinationen informiert der →Impfkalender.

Impfkalender

lt. Empfehlungen der »Ständigen Impfkommission« (STIKO), Stand Januar 2001

Impfalter	Impfung gegen
Neugeborene	Tuberkulose mit Bacillus Calmette-Guérin (BCG), nur nach Indikation!
Ab 3. Monat	1. Diphtherie-Pertussis-Tetanus-Haemophilus influenzae b-Poliomyelitis-Hepatitis B
Ab 4. Monat	2. Diphtherie-Pertussis-Tetanus-Haemophilus influenzae b-Poliomyelitis
Ab 5. Monat	3. Diphtherie-Pertussis-Tetanus-Haemophilus influenzae b-Poliomyelitis-Hepatitis B
12. bis 15. Monat	4. Diphtherie-Pertussis-Tetanus-Haemophilus influenzae b-Poliomyelitis-Hepatitis B 1. Masern-Mumps-Röteln
Ab 6. Jahr	Tetanus-Diphtherie 2. Masern-Mumps-Röteln
11. bis 15. Jahr	Poliomyelitis-Tetanus-Diphtherie Hepatitis B für ungeimpfte Jugendliche Röteln (Nachholimpfung für alle Mädchen)
Alle 10 Jahre	Poliomyelitis-Tetanus-Diphtherie

Im allgemeinen übernimmt Ihr Kinderarzt die Funktion des zuständigen Impfarztes, der nicht nur impft, sondern Sie auch in allen Impffragen beraten und den Zeitplan der I. überwachen wird.

Die Kosten für alle von der »Ständigen Impfkommission« (STIKO) des Bundesgesundheitsamtes empfohlenen I. (im Impfkalender aufgeführt) werden entweder von der Krankenkasse oder von der öffentlichen Hand übernommen.

Impfungen in der Schwangerschaft

Schutzimpfungen gegen Infektionskrankheiten sollen nicht nur einen möglichst sicheren Schutz vor diesen herbeiführen, sondern müssen zugleich auch für Schwangere und deren ungeborenes Kind unschädlich sein. Vor allem unter letzterem Gesichtspunkt können viele Impfungen während der Schwangerschaft nicht ohne Einschränkung durchgeführt werden. Insbesondere sog. Lebendimpfstoffe können u.U. für das

International Sanitary Regulations / Règlement Sanitaire International / Internationale Gesundheitsvorschriften

WORLD HEALTH ORGANIZATION
ORGANISATION MONDIALE DE LA SANTÉ
WELTGESUNDHEITSORGANISATION

INTERNATIONAL CERTIFICATES OF VACCINATION
CERTIFICATS INTERNATIONAUX DE VACCINATION
INTERNATIONALE BESCHEINIGUNGEN ÜBER IMPFUNGEN UND IMPFBUCH
gemäß § 16 Bundes-Seuchengesetz
mit / with / avec
Ausweis für den Notfall/Emergency Certificate/Certificat pour urgence

issued to / délivré à / ausgestellt für

Vor- und Zuname ……

geboren am ……

in ……

Passport No. or Travel Document No. / Numéro du passeport ou de la pièce justificative / Reisepaß-Nr. oder Nr. des Pers.-Ausweises

Vorderseite des internationalen Impfpasses

werdende Leben ein gewisses Risiko bedeuten. Lebendimpfstoffe werden verwendet z.B. bei Impfung gegen →Masern, →Mumps, →Röteln, Gelbfieber, Tuberkulose, →Kinderlähmung u.a.

Impfungen mit sog. Totimpfstoffen (die nur Substanzen von abgetöteten Krankheitserregern enthalten) sind hingegen weit unbedenklicher. (Totimpfstoffe werden verwendet bei Impfungen gegen Tollwut, Typhus, Paratyphus, →Wundstarrkrampf, Cholera).

Insgesamt sollte jede Impfmaßnahme bei Schwangeren genau überlegt und nur aus zwingenden Gründen durchgeführt werden, und Impfungen im 1., 2., 3. und 10. Schwangerschaftsmonat sollten generell unterbleiben. In dieser kritischen Zeit sollte aus Vorsichtsgründen auch kein anderes Familienmitglied mit einem Lebendimpfstoff geimpft werden.
Vgl. auch →Impfkalender, →Impfpaß, →Impfungen

Infekt, grippaler

Eine zumeist fieberhafte Erkrankung mit Entzündungen der Luftwege (→Schnupfen, →Angina, Nasen-Rachen-Katarrh, →Bronchitis), die durch Ansteckung (Erreger sind Viren verschiedener Art) von Person zu Person übertragen wird, nennt man grippeartigen oder g. I. oder manchmal auch nur →Erkältung.

Die krankheitsauslösenden Viren sind zumeist in den Sekreten der Schleimhäute enthalten und werden durch Anhusten oder Anniesen weitergegeben (»Tröpfcheninfektion«). Erkältete Erwachsene, auch wenn sie nur unter leichteren Katarrherscheinungen leiden und sich nicht sonderlich krank fühlen, müssen vorsorglich strikt von jungen Babys ferngehalten werden. Ist die Mutter selbst erkrankt, und kann sie in der Versorgung des Kindes nicht vertreten werden, dann sollte sie bei der Pflege des Kindes einen Mundschutz tragen (Abb.), um die Gefahr einer Ansteckung zu vermindern.

Kinder im 2. Lebenshalbjahr sind besonders empfänglich, und in dieser Altersgruppe wie auch im Kleinkindalter können die Krankheitserscheinungen mit hohem →Fieber einhergehen. Komplikationen sind vor allem →Mittelohrentzündung, →Lungenentzündung, Verdauungsstörungen mit akutem →Durchfall, →Blasen- und Nierenbeckenentzündung, →Harnweginfektion. Vgl. auch →Erkältung, →Grippe

Infektionskrankheiten

Als I. im weiteren Sinn werden alle diejenigen Krankheiten bezeichnet, die durch eine Ansteckung (Infektion) verursacht sind. Im engeren und spezielleren Sinn sind I. Krankheiten, deren übertragbarer Erreger beim Angesteckten jeweils einen typischen Krankheitsverlauf auslöst, die eine nahezu gleich-

mäßige →Inkubationszeit haben und die nach Ausheilung beim Betroffenen eine meist lebenslängliche Immunität hinterlassen.

Die Ansteckung (Übertragung des Erregers auf Gesunde) kann direkt oder indirekt über Dritte oder Gegenstände erfolgen. Bei der direkten Ansteckung wird ein Gesunder durch Ausscheidungen des Kranken, in denen sich die Erreger befinden, unmittelbar angesteckt. Indirekt kann eine Ansteckung dadurch erfolgen, daß ein Erkrankter die Erreger auf einen Gesunden überträgt, der nicht erkrankt und als gesund bleibender sog. Zwischenträger die Erreger auf eine dritte, empfängliche Person überträgt. Als Zwischenträger wirken vor allem zuvor erkrankte, doch inzwischen genesene Personen (Keimträger, Keimausscheider), aber gelegentlich auch Gegenstände der Pflege oder des täglichen Gebrauchs sowie Wasser, Nahrungsmittel und Tiere. Auch durch Luftzug und Staub können I. übertragen werden (z.B. →Windpocken).

Die häufigste Übertragungsweise bei der direkten Ansteckung ist diejenige durch Anhusten oder Anniesen (»Tröpfcheninfektion«), wobei Sekret aus der Mundhöhle oder aus den Atemwegen, in Tröpfchenform verteilt, direkt auf die Schleimhäute (Nase, Mund, Rachen) einer gesunden, für die betreffende Infektionskrankheit empfänglichen Person gelangt.

Sind die Krankheitserreger in einen gesunden, aber empfänglichen Organismus eingedrungen, nimmt zwar die Infektion ihren Lauf, doch vergeht noch eine gewisse Zeit, ehe die ersten Krankheitserscheinungen auftreten (sog. Ausbrütezeit oder →Inkubationszeit). Diese Zeitspanne ist bei den einzelnen I. verschieden lang (Stunden, Tage oder Wochen), aber meist krankheitstypisch. In dieser Zeit vermehren sich die Krankheitserreger im Körper des Infizierten und lösen damit zugleich die reaktiven Abwehrvorgänge seines Körpers aus. Einige Infektionserreger können bereits während der Ausbrütezeit vom Angesteckten wieder ausgeschieden und auf Dritte übertragen werden, so daß dieser u.U. schon zu einem Zeitpunkt ansteckend ist, zu dem bei ihm noch keinerlei Krankheitszeichen erkennbar sind.

Jede Infektionskrankheit verläuft in bestimmten Stadien: Auf die Ausbrütezeit (noch ohne Krankheitserscheinungen) folgen die ersten Krankheitsvorläufer (sog. Prodromalzeit). Zwar sind in der Prodromalzeit gewöhnlich schon gewisse allgemeine Krankheitserscheinungen vorhanden (wie z.B. →Fieber, Krankheitsgefühl, →Appetitlosigkeit, →Erbrechen, Kopfschmerz, evtl. auch Katarrherscheinungen), jedoch sind sie sämtlich noch so uncharakteristisch, daß die Erkennung (Diagnose) der sich entwickelnden Infektionskrankheit noch nicht sicher möglich ist. Die Infizierten sind aber in diesem Stadium in der Regel bereits hochansteckend.

Diesem Stadium folgt dann der Ausbruch der für die jeweilige Infektion typischen Krankheitserscheinungen. Wenn es z.B. eine derjenigen I. ist, bei denen ein typischer Hautausschlag das auffallendste Symptom darstellt (z.B. →Masern, →Windpocken, →Röteln, →Scharlach, →Dreitagefieber), dann tritt dieser nun – manchmal unter Fieberanstieg – auf (sog. Ausschlag- oder Erythemstadium der I.). Damit kann der Ablauf einer Infektionskrankheit u.U. bereits zu Ende sein. Aber es kann auch noch zu anschließenden Komplikationen kommen.

Zahlreiche I. hinterlassen nach ihrer Überwindung einen bleibenden, oft lebenslänglichen Schutz gegen eine Wiederansteckung (Immunität). Auf diesem biologischen Phänomen beruhen alle Schutzimpfungen (→Impfungen).

Von besonderer Bedeutung für Kinder sind die gewöhnlich als Kinderkrankheiten bezeichneten I. (z.B. →Masern, →Röteln, →Windpocken, →Mumps, →Keuchhusten), deren hohe Infektiosität dafür sorgt, daß sich der Mensch bereits besonders früh, d.h. im Kindesalter, ansteckt, wenn er nicht zuvor gegen sie geimpft worden ist.

Für einige, sog. gemeingefährliche I. gelten besondere gesetzlich vorgeschriebene Bestimmungen, die dazu dienen, deren Ausbreitung zu verhüten. Diese Bestimmungen regeln zum Beispiel die →Meldepflicht bei Infektionskrankheiten in Verdachts- und Erkrankungsfällen sowie die erforderlichen Isolierungs- und Desinfektionsmaßnahmen (→Desinfektionsmittel).

Vgl. auch die einzelnen genannten Krankheiten, ferner →Feiung, stille, →Hautausschlag, →Impfkalender, →Impfungen, →Inkubationszeit, →Kinderkrankheiten, →Meldepflicht bei Infektionskrankheiten, →Verhütung von Ansteckung bei Infektionskrankheiten

Infektionsschutzgesetz

Das I. enthält Vorschriften für Schulen und sonstige Gemeinschaftseinrichtungen (Kinderheime, Kindergärten, Kindertagesstätten u.a.), um der Verbreitung übertragbarer Krankheiten entgegenzuwirken. Der behandelnde Arzt oder das Gesundheitsamt entscheiden, wann erkrankte Kinder diese Einrichtungen ohne Gefahr für die übrigen Kinder wieder besuchen dürfen.

Vgl. auch →Infektionskrankheiten (sowie die einzelnen dort aufgeführten Krankheiten), →Meldepflicht bei Infektionskrankheiten, →Verhütung von Ansteckung bei Infektionskrankheiten

Infektionsverhütung →Verhütung von Ansteckung bei Infektionskrankheiten

Inguinalhernie →Leistenbruch

Inkubationszeit

Die I. oder sog. Ausbrütezeit ist derjenige Zeitraum, der zwischen dem Augenblick der Ansteckung mit einem Infektionserreger und dem erkennbaren Ausbruch der eigentlichen Infektionskrankheit (→Infektionskrankheiten) vergeht und in dem noch keine eigentlichen oder erkennbaren Krankheitserscheinungen auftreten.

Die I. ist bei den verschiedenen Infektionskrankheiten unterschiedlich lang, aber jeweils typisch. Die I. bei den wichtigsten sog. →Kinderkrankheiten ist aus der Tabelle auf S. 192 ablesbar.

Erst nach Ablauf der I. treten die ersten, meist noch uncharakteristischen allgemeinen Krankheitszeichen auf, d.h. es kommt zu den sog. Krankheitsvorläufern (Prodromalstadium).

Obwohl definitionsgemäß während der I. noch keine Krankheitszeichen vorhanden sind, kann es dennoch vorkommen, daß infizierte Kinder in dieser Zeit ein unbestimmtes allgemeines Mißbehagen empfinden und z.B. weinerlicher sind als sonst.

Inkubationszeiten einiger sog. Kinderkrankheiten

Diphtherie	2 bis 5 Tage (gelegentlich länger)
Keuchhusten	1 bis 3 Wochen (meist 8 bis 10 Tage)
Kinderlähmung	6 bis 21 Tage (meist eine Woche)
Masern	(9 bis) 11 Tage (meist 11 Tage, Ausschlag am 14. Tag)
Mumps	12 bis 35 Tage (im Mittel 18 bis 21 Tage)
Röteln	14 bis 23 Tage (meist 17 Tage)
Scharlach	(2 bis) 3 bis 5 Tage
Windpocken	14 bis 21 Tage (meist 17 Tage)

Gegen Ende der I. sind die Infizierten vielfach schon ansteckend, vor allem aber in dem darauffolgenden, noch uncharakteristischen Anfangsstadium der Krankheit.
Vgl. auch →Kinderkrankheiten, →Verhütung von Ansteckung bei Infektionskrankheiten

Inkubator →**Frühgeborenes, Frühgeburt**

Insektenstiche

Stiche von Mücken (Schnaken), Wanzen und Flöhen können bei Babys relativ große, lebhaft gerötete und geschwollene Stichstellen verursachen. Sie finden sich in der Regel überwiegend in unbekleideten Hautarealen. Infolge des von ihnen verursachten oft sehr heftigen Juckreizes werden sie häufig aufgekratzt. Abgesehen von einer hierdurch gelegentlich hervorgerufenen Hautinfektion sind sie harmlos und heilen gewöhnlich ohne Folgen ab.

Gefährlicher schon sind Stiche von Wespen, Bienen und Hornissen, vor allem dann, wenn diese in die Mundhöhle geraten und dort ihre Stiche setzen. Trinkschwierigkeiten, Schluckstörungen, ja sogar schwerste mechanische Atembehinderungen können infolge von schnell entstehenden Schleimhautschwellungen auftreten.

Aber auch Stiche an anderer Stelle, z.B. im Augenbereich oder am Geschlechtsteil, können zu erheblichen Hautschwellungen führen.

Im allgemeinen genügen zur Behandlung (nach Entfernung des Stachels mit einer Pinzette – falls dieser erkennbar ist) lokale kühl-feuchte Umschläge (oder Puder), während juckreizstillende Salben zumeist entbehrlich sind.

Erfahrungstip:
Kommt es bei Kindern nach I. akut zu Schluckbeschwerden und/oder zu offensichtlichen Atembehinderungen und/oder Atemnot, dann besteht höchste Gefahr. Verständigen Sie deshalb unverzüglich den Notarzt!

Wichtig sind Vorbeugung und Verhütung: Liegt das Baby z.B. im Sommer im Garten oder auf dem Balkon, dann ist es sinnvoll, wenn Sie das Bettchen oder den Kinderwagen mit einem dünnen Mullschleier (gut befestigen!) gegen Insekten abschirmen.
Vgl. auch →Läuse

Intelligenzalter →**Intelligenzbeurteilung**

Intelligenzbeurteilung

»Intelligenz ist jene Eigenschaft des Geistes, dank derer wir schließlich begreifen, daß alles unbegreiflich ist.« *(Émile Picard)*

Unter Intelligenz versteht man die Fähigkeit, bestimmte Anforderungen und Lebenssituationen mit Hilfe von Denkleistungen optimal und logisch zu bewältigen.

Diese Fähigkeit kann mit bestimmten

ausgeklügelten Testmethoden geprüft werden. Allerdings ist im Babyalter eine zuverlässige I. aus mehreren Gründen noch sehr schwierig. In diesem Lebensabschnitt gilt als Ausdruck der Intelligenz noch jede Leistung des Gehirns, die über die automatisch ablaufende Steuerung rein körperlicher Grundfunktionen wie Atmung, Nahrungsaufnahme, Schlaf usw. hinausgeht, also Wahrnehmung und Verarbeitung von Sinneseindrücken, seelische Regungen und ihre Mitteilung, Lernfähigkeit, →Erziehbarkeit und Reaktionsfreudigkeit.

Die experimentelle Psychologie hat allerdings Methoden der etwas exakteren I. auch schon für frühe Kindheitsphasen entwickelt. Sie beruhen darauf, daß für jede Altersstufe bestimmte genau definierte Leistungen verlangt und abgefragt werden. Daraus ergibt sich das sog. Intelligenzalter, das an Aufgaben gemessen wird, die von der Mehrzahl der altersgleichen Prüflinge ohne weiteres gelöst werden können. Aus der Qualität dieser Leistungen ergibt sich dann wiederum der sog. Intelligenzquotient (IQ), bei dem das Intelligenzalter und das Lebensalter aufeinander bezogen werden. Ist der Intelligenzquotient eines Kindes größer als 100, dann liegt seine Intelligenz über der Norm seiner Altersstufe.

Die Tests zur I. sind, insbesondere im frühen Kindesalter, nicht immer leicht durchführbar. Zur richtigen Auswertung und Deutung sind Spezialkenntnisse erforderlich. Daher sind sie auch nur in der Hand des Experten genügend aussagekräftig.

Im Babyalter geben gewisse, wenn auch nicht allzu exakte Entwicklungsdaten die Möglichkeit einer I. Zu diesen gehören die Daten der geistig-seelischen →Entwicklung, der →Sprachentwicklung und die Ergebnisse der →Erziehung. Allerdings entwickeln sich die verschiedenen höheren Funktionen des Gehirns nicht bei jedem Kind im gleichen Alter und Tempo. Deshalb sind nur beträchlichere Abweichungen von diesen Entwicklungsdaten als Hinweise auf vorhandene →Intelligenzmängel verdächtig. Hierbei sollten Sie die Beurteilung einem erfahrenen Kinderarzt und/oder Kinderpsychologen überlassen, ehe Sie weitreichendere positive oder negative Schlußfolgerungen ziehen.
Vgl. auch →Behinderung, geistig-seelische und körperliche, →Entwicklung, geistig-seelische

Intelligenzmängel

Die geistige Begabung beruht auf einer Reihe verschiedener Fähigkeiten, deren wesentlichste die Intelligenz ist. Zu ihr gehören die Merkfähigkeit (Gedächtnis), die Kombinationsfähigkeit (Fähigkeit, verschiedene Erkenntnisse und Wissensfakten miteinander in sinnvolle Beziehung zu bringen), ferner die Fähigkeit, Gedächtnis, Erinnerungsvermögen und Kombinationsleistung an richtiger Stelle und bei zutreffendem Anlaß nutzbringend oder jedenfalls sinnvoll und logisch anzuwenden. Zur Intelligenz gehört auch das Verständnis für sprachliche Zusammenhänge, der Raum- und Orientierungssinn, Rechnen, Lesen, Schreiben, Wahrnehmungs- und Reaktionsgeschwindigkeit u.a. Bei vorhandenen I. können diese Leistungen einzeln (spezifische Intelligenz) oder alle gemeinsam (allgemeine Intelligenz) vermindert sein. Auch die sog. Durchschnittsbegabung resultiert als Summe aus verschieden hoher Leistung auf den einzelnen Sektoren der Gesamtintelligenz.

I. können angeboren-erblich oder erworben, d.h. Folge einer durchgemachten Erkrankung sein. Derartige Schädigungsmöglichkeiten sind z.B. vorgeburtliche Krankheiten der Leibesfrucht, Geburtsschädigungen (bei Schwergeburt, Frühgeburt, Sturzgeburt bei Frühgeburt,

→Hirnblutung (als Geburtsfolge) u.a.), Hirnerkrankungen verschiedener Art oder Unfälle.

Es ist nicht immer leicht, echte von scheinbaren I. zu unterscheiden: I. können etwa durch eine langsamere Gesamtentwicklung eines Kindes (sog. Spätentwickler), durch charakterliche Eigenarten (Trotz, Hemmung u.a.), aber auch durch körperliche Schwäche und längeres Kranksein, ungünstige Pflegesituationen (→Hospitalismus) sowie durch Funktionsstörungen einzelner Sinnesorgane (Seh- und Hörstörungen) nur vorgetäuscht, d.h. scheinbar sein.

Diese Unterscheidung ist schon deshalb wichtig, weil die scheinbaren I. im Gegensatz zu den echten allein schon durch verständnisvolle Betreuung und Zuwendung sowie durch sinnvolle Erziehungsmaßnahmen weitgehend ausgleichbar sind. Aber auch bei nachgewiesenen echten I. führen die gleichen Maßnahmen oft zu überraschend guten Ergebnissen und zu teilweisem Ausgleich oder zu Verbesserungen von vorhandenen I.

Demgegenüber haben Versuche, I. durch Medikamente zu beeinflussen, bislang keinen entscheidenden Erfolg gehabt. Allerdings können in einigen ausgewählten Fällen die geistige Aktivität und Zuwendungsfreudigkeit medikamentös etwas gesteigert werden, wodurch manche Förderungsbemühungen erfolgversprechender werden.
Vgl. auch →Behinderung, geistig-seelische und körperliche, →Entwicklung, geistig-seelische, →Frühgeborenes, Frühgeburt, →Intelligenzbeurteilung

Intelligenzquotient →**Intelligenzbeurteilung**

Intertrigo →**Wundwerden**

Invagination →**Darmverschluß**

J

Jäckchen

Das J. ist dasjenige Kleidungsstück, das ein Baby gewöhnlich über seinem →Hemdchen oder Body trägt. J. vermitteln einen zusätzlichen Wärmeschutz. Sie sind zumeist in Raglanform geschnitten, die Rückenteile greifen weit übereinander. Am Halsausschnitt befindet sich ein Kordeldurchzug.

Baby-J. sind im allgemeinen aus kochfestem, weichem Baumwoll- oder Mischgewebe gewirkt. J. aus Mischgewebe brauchen Sie zumeist nur in warmer Waschmittellauge auszudrücken, sollten dann aber kräftig nachspülen.

Vor allem die Erstlingsjäckchen sollten Sie nicht zu klein kaufen, weil sie sonst schnell ausgewachsen sind. Als Anfangsgröße bei normal großen Babys empfehlen wir daher die Größe 62. (Die J.-Konfektionsgröße entspricht der Körperlänge des Kindes in cm).

Vgl. auch →Hemdchen

Joghurt

Besonders gut bekömmliches, diätetisches Milchprodukt, hergestellt aus Milch (oder Sahne), die mit spezifischen thermophilen Reifungskulturen (J.-Pilz oder Laktobakterien) beimpft wird.

Der Fettgehalt von J. in 100 Gewichtsteilen beträgt 3,5 % (fettarmer J. hat nur 1,5 bis 1,8 % und Magermilch-J. höchstens 0,3 %).

Schon im 2. Lebenshalbjahr kann J. z.B. als Teil der Abendmahlzeit den Speisezettel gut erweitern. Die Zugabe von Zwieback, Zucker, Fruchtsäften oder Früchten sowie von Marmelade bringt zusätzliche Abwechslungsmöglichkeiten.

J. sollten Sie niemals direkt aus dem Kühlschrank füttern!

Joule

J. ist die nach internationalen Vereinbarungen an Stelle der Kalorie verwendete Maßeinheit für den sog. Brennwert, z.B. der Nahrung.

1 J. entspricht 0,23 Kalorien.

Vgl. auch →Kalorienbedarf

Juckblattern →Strophulus

Käseschmiere

Vernix caseosa; Bezeichnung für den streichkäse- oder schmalzartig aussehenden Talgüberzug der Haut des Neugeborenen. Die K. ist das Produkt der Talgdrüsen der Haut des Fetus, das dieser vom 5. Schwangerschaftsmonat an absondert.

Die K. überzieht vor allem Kopf, Gesicht, Ohren, Achseln, Leistenfalten und die Kreuzbeingegend in wechselnder Dicke. Am stärksten ist die Talgschicht gewöhnlich am Rücken, an den Ohren und im Nabelbereich ausgeprägt. Sie schützt die Haut des Fetus in der Gebärmutter vor der erweichenden Wirkung des Fruchtwassers, macht außerdem seine Hautoberfläche für den Geburtsvorgang besonders gleitfähig und verhindert ihr schnelles Austrocknen gleich nach der Geburt.

Die K. wird gewöhnlich mit dem ersten Bad nach der Geburt entfernt. Soweit danach noch Reste der K. vorhanden sind, verschwinden diese in wenigen Tagen von selbst oder lassen sich mit Öltüchern leicht entfernen.

Vgl. auch →Neugeborenes

Kaliumpermanganat-Bad

Spezielle Badeprozedur, um eine Desinfektion und Geruchsbeseitigung sowie eine leichte oberflächliche Hautgerbung bei Hautabszessen, Hauteiterungen und dgl. zu erreichen. Das K.-B. sollten Sie nur auf besondere ärztliche Verordnung anwenden.

So wird's gemacht:

Kaliumpermanganat in Kristallform (in der Apotheke erhältlich) wird zunächst in Wasser konzentriert gelöst. Zur Herstellung dieser Stammlösung nehmen Sie 1/2 g (1 Messerspitze) der blauvioletten Kristallnadeln und lösen diese in einer braunen Arzneiflasche von 150 bis 200 ml Fassungsinhalt in Wasser auf. Von der dabei entstehenden dunklen, braunvioletten Lösung geben Sie einem normal warmem Badewasser (37 bis 38° C) eßlöffelweise soviel zu, bis das Badewasser eine helle rosé-weinrote Farbe angenommen hat. Achten Sie auf genaue Dosierung und auch besonders darauf, daß Ihr Kind keinesfalls Badewasser verschluckt. Beobachten Sie es deshalb ständig!

Die Badedauer beträgt etwa 5Minuten. Seifen Sie das Kind nach dem Baden nicht ab, sondern spülen Sie es nur mit klarem, lauwarmem Wasser ab.

Das K.-B. können Sie im Bedarfsfall mehrmals in 1- bis 2tägigem Abstand wiederholen. Eine evtl. nach dem Bad auftretende braune Verfärbung der Badewanne läßt sich mit Wasserstoffsuperoxidlösung wieder entfernen.

Die Flasche mit der Stammlösung muß beschriftet und unbedingt vor unbefugtem Zugriff geschützt aufbewahrt werden (Vergiftungsgefahr!). Achtung: Die Kaliumpermanganat-Kristalle dürfen Sie nicht direkt und unaufgelöst in das Badewasser geben, weil sie sich dort nur zögernd auflösen würden und am Gesäß des Kindes u.U. Verätzungen verursachen könnten.

Kalkseifenstühle →Stuhlbeschaffenheit

Kalorienbedarf

Zur Berechnung des theoretischen Nahrungsbedarfs eines gesunden Organismus verwendet man die Kalorie, d.h. eine Wärmeeinheit. 1 Kalorie entspricht derjenigen Wärmemenge, die notwendig ist, um 1 l Wasser von 14,5° C um 1° C zu erwärmen.

Bei der Berechnung des Nahrungsbedarfs des gesunden Babys und Kleinkinds ergeben sich gegenüber den für den Erwachsenen geltenden Grundsätzen einige wesentliche Unterschiede: Während der Erwachsene die mit der Nahrung zugeführte Energiemenge in der Hauptsache für Muskelarbeit, Drüsenfunktionen sowie zur Erhaltung einer gleichmäßigen Körpertemperatur verbraucht, benötigt der kindliche Organismus zusätzliche Energiequellen für die Wachstumsleistungen, also für den Ansatz von Körpergewebe und die dazu notwendigen Stoffwechselvorgänge. Außerdem erhöhen Bewegungsdrang und die rascheren Bewegungsabläufe den Energiebedarf beim jungen Organismus.

Ein optimales Nahrungsangebot für Babys und Kleinkinder muß dies berücksichtigen und daher, bezogen auf das Körpergewicht, relativ größere Kalorienmengen enthalten als beim ausgewachsenen Menschen. Der tägliche K. des gesunden Kindes in den einzelnen Altersstufen ist aus der folgenden Tabelle zu entnehmen.

Täglicher Kalorienbedarf in Abhängigkeit vom Lebensalter

Lebensalter in Jahren	Kalorienbedarf pro kg Körpergewicht
1 Jahr	85 kcal
2 Jahre	75 kcal
3 Jahre	75 kcal
4 Jahre	75 kcal
5 Jahre	75 kcal
6 Jahre	70 kcal

Besondere Regeln gelten bei sehr jungen Babys und bei frühgeborenen Kindern. Jungen haben in der Regel einen etwas höheren K. als Mädchen.
Vgl. auch →Brustkind, Nahrungsbedarf, →Ernährungsplan für das Babyalter, →Flaschenkind, Nahrungsbedarf, →Joule

Kalk →**Kalzium**

Kalzium

Kalk; ist in Form von K.-karbonat und -phosphat ein elementarer Bestandteil der Körperzusammensetzung. K. hat vor allem für die Knochen- und Zahnbildung Bedeutung und spielt daneben auch bei der Blutgerinnung, für die Nerven- und Muskeltätigkeit, für die Herz- und für die Zellwandfunktion eine Rolle.

Stark erhöhter K.-Bedarf ist im Babyalter, in der Schwangerschaft und während der Stillzeit vorhanden. Nur wenn Vitamin D-Mangel und Sonnenlichtmangel zugleich bestehen, kann mit der Nahrung zugeführter K. nicht ausreichend vom Organismus verwertet werden, und es entwickelt sich im Verlauf der dabei entstehenden →Rachitis eine ausgesprochene K.-Verarmung des Knochensystems. Jede normal zusammengesetzte Nahrung stellt jedoch eine ausreichende K.-Zufuhr im Babyalter, in der Stillzeit und während der Schwangerschaft sicher. Nahrungsstoffe mit besonderem K.-reichtum sind Milch, Milchprodukte sowie die meisten Obst- und Gemüsesorten.

Bei nachgewiesenem K.-Mangel ist eine zusätzliche K.-Zufuhr weniger bedeutsam als die Regulierung der diesem Mangelzustand ursächlich zugrundeliegenden Grundstörung (Vitaminmangel, chronische Durchfälle, →Ernährungsfehler, Drüsenstörungen o.a.). Zusätzliche medikamentöse Gaben von K. bleiben nahezu wirkungslos, weil die meisten K.-Salze sehr schlecht aus dem Darm aufgenommen werden und ein Großteil der

K.-Präparate mit dem Stuhl wieder ausgeschieden werden. Dagegen kann K., als Injektion durch den Arzt verabreicht, unter bestimmten Umständen sehr wirksam und nützlich sein.
Vgl. auch →Rachitis, →Spasmophilie

Kamillenbad

Einfaches, bewährtes und leicht anwendbares Spezialbad. Es ist empfehlenswert bei Unruhezuständen, krampfartigen Schmerzen, Störungen der Harnentleerung sowie bei Entzündungs- und Reizzuständen im Bereich des Scheidenvorhofs.

So wird's gemacht:
250 g getrocknete Kamillen (Badekamillen) läßt man in einem zugebundenen Stoffbeutel im geschlossenen Topf in 2 l sehr heißem Wasser etwa 10 Minuten lang ziehen (nicht kochen!). Beutel und Kamillenwasser werden dann zusammen dem Badewasser (37° bis 38° C) zugefügt. Badedauer ca. 10 Minuten.

Es gibt für den gleichen Zweck auch gebrauchsfertigen Kamillenextrakt in der Apotheke.

Kamillentee

Die Überbrühung der getrockneten Blüten der Kamille mit kochendem Wasser ergibt K. In ihm sind das entzündungshemmende Aramazulen und vermutlich eine krampflösende und die Darmtätigkeit leicht anregende Substanz enthalten.

K. wird seit altersher äußerlich zu Bädern (→Kamillenbad), Umschlägen und Spülungen bei Haut- und Schleimhautentzündungen und innerlich als schweißtreibendes und Darmkrämpfe sowie →Blähungen beseitigendes Hausmittel verwendet.
Vgl. auch →Fencheltee, →Tee, schwarzer, →Teepause

Kariesverhütung →Flaschen-Karies, →Rachitis-Prophylaxe, →Süßigkeiten, →Zahnpflege

Karotinikterus →Karottengelbsucht

Karottengelbsucht

Gelbliche bis rotgelbliche Verfärbung der Haut, die beim Baby nach reichlicher Verfütterung von Karotten (gelbe Rüben, Möhren) und Karottensaft auftreten kann. Der gelbe Farbstoff ist Karotin, eine Vorstufe von →Vitamin A, das im Unterhautfettgewebe und in den Fettzellen der Haut eingelagert und dort gespeichert wird.

Die K. ist eine harmlose Begleiterscheinung der Karottensaftfütterung und darf nicht mit einer Gelbsucht infolge von Leberstörungen verwechselt werden, bei der sich im Gegensatz zur K. auch das Augenweiß gelblich verfärbt und die Stühle farblos werden. Eine Verringerung der Karottensaftmenge in der Kost bei Auftreten der K. ist daher nicht nötig. Eine K. kann bereits bei einer täglichen Verfütterung von 5 bis 10 g Karottensaft pro kg Körpergewicht des Babys entstehen.

Eine der K. entsprechende Erscheinung ist die Orangengelbsucht, die bei Verfütterung übergroßer Mengen von Apfelsinensaft auftreten kann. Auch hierin ist der Farbstoff Karotin in größeren Mengen enthalten.
Vgl. auch →Möhrensaft

Karottensaft →Möhrensaft

Karottensuppe (nach Moro)

Möhrensuppe; eine äußerst wirksame durchfallhemmende Karottenzubereitung, die auf den deutschen Kinderarzt Moro zurückgeht. Ihre segensreiche Wirkung hat in der Vergangenheit und während Notzeiten schon sehr vielen durchfallkranken Babys das Leben gerettet.

Die gekochte Karotte enthält reichlich Quellstoffe (Pektine) sowie bestimmte lebensnotwendige Mineralstoffe, die ein Baby bei akutem →Durchfall verstärkt verliert und die deshalb dringend wieder ersetzt werden müssen. Allerdings ist der Nährgehalt der K. nur gering, weshalb eine ausschließliche Ernährung mit K. über längere Zeit nicht möglich ist. Demzufolge ist K. nur zur kurzfristigen oder ergänzenden Behandlung akuter Durchfälle von Babys und Kleinkindern geeignet.

So wird's gemacht:
Waschen Sie 500 g möglichst frische Karotten gründlich, reinigen Sie sie durch Schaben, zerkleinern und kochen sie in 1 l Wasser oder fettarmer Fleischbrühe weich (20 bis 30 Minuten lang). Die Karottenmasse wird dann entweder mit dem Küchengerät zerkleinert oder durch ein feines Sieb passiert, so daß sie keine gröberen Teilchen mehr enthält. Mit abgekochtem Wasser füllen Sie diesen Brei wieder auf 1 l auf und geben einen halben Teelöffel (ca. 3 g) Kochsalz dazu.

Die K. wird mit der Flasche gefüttert, und zwar je nach ärztlicher Verordnung unter vorsichtiger Beifügung von →Säuglingsnahrungen (z.B. 2 Teile K. mit 1 Teil Milch, dann 1 Teil K. mit 1 Teil Milch oder 1 Teil K. mit 2 Teilen Milch). Bei größeren Kindern sind auch andere Mischungen je nach Situation möglich.
Vgl. auch →Brechdurchfall, →Durchfall, akuter

Karotten-Vollmilch-Brei →Vollmilch-Möhren-Brei

Kartoffel-Brei →Kartoffeln

Kartoffeln

K. sind für gesunde Kinder aller Altersgruppen ein sehr wichtiges, aber auch ein preiswertes sowie jederzeit verfügbares Nahrungsmittel. Allerdings sollten K. wegen ihrer Armut an Fett, Eiweiß und gewissen Salzen (Kochsalz und Kalziumsalze) nicht das überwiegende Nahrungsmittel sein (Nachteile für das Knochenwachstum und für die Zahnbildung und -entwicklung!). K. sind wichtige Vitamin C-Träger; allerdings sinkt ihr Vitamingehalt im Verlauf der Wintermonate allmählich so weit ab, daß mit dem beginnenden Frühling der Vitamin C-Gehalt von K.-Nahrung aus sog. Winterkartoffeln durch andere Vitaminträger ergänzt werden muß.

K. können in verschiedenster Form zubereitet werden, z.B. als K.-Brei, K.-Gemüse-Brei, Pell-K., Salz-K. und, bei älteren Kindern, als Brat-K. Auch von rohen K. kann man schon am Ende des Babyalters Gebrauch machen, z.B. in fein geriebener Form, mit denen Sie einen Gemüse-Brei andicken können (→Gemüse-Brei). Bei der Zubereitung von Salz-K. ist es empfehlenswert, das abgegossene Kochwasser einer Suppe oder einer Gemüsespeise wieder zuzusetzen, um den an sich schon ziemlich geringen Salzgehalt und den Vitamin C-Gehalt der K. zu bewahren.

Unter allen K.-Speisen ist K.-Brei am leichtesten verdaulich. Durch Zusatz von Milch, Sahne oder Butter läßt sich sein Nährwert bedeutend steigern. Besonders zu empfehlen ist er für das spätere Baby- und Kleinkindalter. Es gibt allerdings – selten – Babys, die K.-Brei – wahrscheinlich wegen seiner etwas sämigen Beschaffenheit – und alle Speisen, denen K. zugesetzt sind, hartnäckig ablehnen oder dabei Fütterungsschwierigkeiten bereiten (die Ursache hierfür mag eine Gaumenüberempfindlichkeit sein).

So wird K.-Brei gemacht:
Kochen Sie 200 g geschälte, rohe K. in Salzwasser gar, gießen sie ab, treiben sie durch ein feines Sieb und verrühren sie mit etwa 200 ml Milch oder der entsprechenden Menge Sahne (ca. 50 ml). Auf dem Herd schlagen Sie dann die Milch (oder Sahne) mit dem Schneebesen unter den sich verdickenden K.-Brei, bis er alle Milch aufgenommen hat und locker wie Schlagsahne aussieht. Zuletzt geben Sie etwas Salz und 5 g Butter (beides kann auch wegbleiben) hinzu. Insgesamt sollten Sie den Brei etwa 5 Minuten lang schlagen. 100 g Brei enthalten etwa 120 kcal.
Vgl. auch →Kartoffel-Gemüse-Brei, →Kochrezepte für das ältere Baby und das Kleinkind

Kartoffel-Gemüse-Brei

Gebräuchlicher, gut verträglicher Baby- und Kleinkindbrei mit salziger Geschmacksrichtung.

So wird's gemacht:
Rohe, geschälte Kartoffeln werden kleingeschnitten (danach aber nicht mehr gewässert, weil sonst größere Mengen von Stärke, Vitaminen und Salzen verlorengehen) und roh dem zu kochenden Gemüse beigegeben. Besonders geeignete Gemüse sind Karotten und Blumenkohl. Gemüse und Kartoffeln werden zusammen gargekocht, mit einem Teelöffel Butter versetzt und mit etwas Salz abgeschmeckt.

Eine etwas andere Kartoffel-Gemüse-Zubereitung ist die folgende: In der Schale gekochte Kartoffeln (Pellkartoffeln) werden nach dem Garwerden gepellt, fein zerkleinert, evtl. auch durch ein Sieb gedrückt und (anstelle von Mehl) gekochtem Gemüse zum Andicken zugefügt.

In gleicher Weise können Sie eine zu Brei zerdrückte Kartoffel käuflichen Gemüsekonserven für Babys (sog. »Gläschenkost«) zusetzen. Schließlich läßt sich von Ihnen selbst gekochtes Gemüse auch ausgezeichnet mit einem locker geschlagenen Kartoffelbrei mischen.
Vgl. auch →Gemüse-Brei

Kasein

K. ist der Käsestoff der Milch, ein in der Kuhmilch wichtiger und kompliziert zusammengesetzter Eiweißkörper. K. fällt bei Säuerung oder Labung der Milch flockig aus und bewirkt die sog. Dickung der Milch (z.B. in Sauermilch). K. ist Hauptbestandteil von Käse und Quark.

Die verschiedenen Säugetiermilchen haben einen unterschiedlich hohen K.-Gehalt: Während →Frauenmilch relativ kaseinarm ist, sind →Kuh- und Ziegenmilch besonders kaseinreich. Deshalb gerinnt Frauenmilch anders, und zwar feinflockiger als die kaseinhaltigeren Tiermilchen. Man vermutet, daß die relative Schwerverdaulichkeit der Kuhmilch für das menschliche Baby zum Teil auf dieser grobflockigen Ausfällung im Magen (bei Säuerung) beruht.

Die meisten Milchmischungen (→Halbmilch, →Zweidrittelmilch u.a.) und lebensmitteltechnisch hergestellten Produkte aus Kuhmilch (→Säuglingsnahrungen) haben einen im Vergleich zur nativen Kuhmilch deutlich geringeren Kaseingehalt. Sie sind dadurch für Babys besser verdaulich und enthalten mehr lebenswichtige (essentielle) Aminosäuren.

Katzen →Haustiere

»Kaufaulheit«

Als K. oder Kauunlust wird die Abneigung, ja Unwilligkeit und/oder Weigerung von älteren Babys und Kleinkindern bezeichnet, etwas gröber beschaffene Speisen mit den Zähnen zu zerkleinern und gründlich durchzukauen. Oft ist K. mit →Schlucküberempfindlichkeit sowie mit echter oder scheinbarer →Appetitlosigkeit verknüpft.

Man erkennt dieses abnorme Eßverhalten daran, daß die Kinder häufig die ihnen mühsam in den Mund gebrachte Nahrungsportion äußerst lange im Mund oder in den Backentaschen behalten und keine Anstalten machen, sie zu kauen und zu schlucken.

Eine ausgeprägte K. ist eine spezielle Form einer Verhaltensstörung. Sie wird offenbar durch unzweckmäßige Maßnahmen bei der Fütterung begünstigt: Ein Kind mit K. sieht sich täglich aufs neue einer als lustlos empfundenen Fütterungsprozedur unterworfen, denn ihm scheint eine natürliche Freude am Zubeißen und der Impuls zum Essen zu fehlen (Appetitlosigkeit). Die Erwachsenen, die sich einem solchen Verhalten gegenübersehen, sind zumeist rat- und hilflos, und das Kind mit ausgeprägter K. verlangt ihnen sehr viel Geduld und Langmut ab.

Vorbeugend wirksam sein können rechtzeitige Gewöhnung des Babys an vielerlei Darreichungsformen der Nahrung, z.B. an die frühe Verwendung des Löffels, manchmal aber auch ein rechtzeitiger Übergang von einer fein passierten zu etwas gröberer Kost.

Gelegentlich ist bei fortwährend demonstrierter, hartnäckiger K. als letzter Ausweg ein sog. »totaler Milieuwechsel« notwendig, also das Übergeben des Kindes in die Hände einer anderen Pflegeperson und in einen anderen Haushalt mit mehreren (gut essenden) Kindern, u.U. sogar eine Klinikbetreuung.
Vgl. auch →Appetitlosigkeit, →Ernährung des Kleinkindes, →Neuropathie, →Schlucküberempfindlichkeit

Kephalhämatom →Kopfblutgeschwulst

Keuchhusten

Stickhusten, Krampfhusten, Pertussis; eine hochansteckende, meist jüngere und nicht planmäßig schutzgeimpfte (→Impfkalender) Kinder befallende Infektionskrankheit, die nach ihrem Hauptsymptom, dem heftigen, anfallsartig auftretenden, keuchenden Husten bezeichnet ist.

K. wird nur durch direktes Anhusten vom Erkrankten auf Gesunde übertragen. Eine Übertragung durch Dritte (z.B. durch gesunde Pflegepersonen) oder Gegenstände kommt dagegen nicht vor, weil der Erreger des K. außerhalb des menschlichen Organismus nicht überlebensfähig ist.

Wird ein Kind mit K. angesteckt, vergehen zunächst meist 8 bis 10 Tage (längstens bis zu 3 Wochen), bevor die ersten Krankheitserscheinungen auftreten: Ein allmählich sich steigernder Husten, der jeder Behandlung trotzt, manchmal zunächst auch nur Schnupfen. Diese Anfangserscheinungen lassen sich gewöhnlich noch nicht sicher von einer der üblichen Erkältungskrankheiten mit Bronchitis unterscheiden. Erst im Verlauf von weiteren zwei Wochen wird der Husten zunehmend charakteristischer: Er wird nicht nur heftiger, sondern tritt immer deutlicher anfallsweise auf. Solche Anfälle sind dann vor allem in den späteren Nacht- oder frühen Morgenstunden sehr häufig. Dabei folgen jeweils längere Serien von Hustenstößen aufeinander, die nur durch eine laute, juchzende Einatmung unterbrochen werden. Die Zunge wird im Hustenanfall weit aus dem Mund herausgestreckt (Farbtafel), und gegen Ende des Anfalls wird oft zäher, glasiger Schleim herausgewürgt. Die Gesichtsfarbe der Kinder wird im Anfall vielfach blaurot. Heftigere und länger anhaltende Hustenanfälle enden oft auch mit →Erbrechen. Die Zahl der täglich auftretenden Husten- und Brechanfälle ist unterschiedlich. Sie kann sich u.U. bis zu einem Dutzend während einer einzigen Nacht steigern. Es gibt gelegentlich auch besonders leicht verlaufende Fälle von K., bei

	Keuchhusten
Ansteckungsfähigkeit von Mensch zu Mensch (Infektiosität)	beträchtlich, auch schon im frühen Babyalter, während des noch uncharakteristischen Anfangsstadiums (8 bis 10 Tage nach Ansteckung)
Übertragungsweise	Direktkontakt, Anhusten (Tröpfcheninfektion), nicht durch Dritte oder Gegenstände
Inkubationszeit	1 bis 3 Wochen, meist 8 bis 10 Tage
Absonderungszeit	bis zum Abklingen der Symptome; Wiederbesuch von Kindergarten oder Schule spätestens nach 3 Wochen erlaubt; Erwachsene und Geschwister bei ausreichendem Impfschutz: keine, sonst 1 bis 2 Wochen
Schlußdesinfektion	nicht erforderlich, Krankenzimmer abschließend gut lüften
Vorbeugung	Keuchhustenschutzimpfung vom 3. Lebensmonat an (Impfkalender); bei frischer Ansteckung Nichtgeimpfter evtl. Immunglobulin
Meldepflicht	nur Todesfälle

denen nur selten der typische Husten auftritt. Der unkomplizierte K. verläuft praktisch ohne Fieber. Tritt es auf, dann ist dies ein Hinweis darauf, daß sich eine Komplikation anbahnt (z.B. eine →Lungenentzündung).

Das Hauptstadium des K. dauert meist etwa 2 bis 3 Wochen. Danach werden die Hustenanfälle allmählich seltener und auch leichter.

K. ist vom Beginn an bis höchstens 6 Wochen danach ansteckend. Nach dieser Frist, meist sogar schon früher, besteht keine Ansteckungsgefahr mehr, auch dann nicht, wenn der Patient auch weiterhin noch in typischer Weise hustet. Schon Neugeborene können mit K. angesteckt werden. Hier und im Säuglingsalter gilt der K. zu Recht als besonders gefährliche Krankheit, weil es bei jungen Babys neben oder anstelle von sehr schweren Hustenanfällen gelegentlich auch zum Ausbleiben der Atmung (→Atemstillstand) sowie zu einer Gehirnentzündung (K.-Enzephalopathie) kommen kann. Es ist deshalb dringend darauf zu achten, daß Babys vor Ansteckung geschützt werden, auch dadurch, daß sie möglichst frühzeitig, d.h. schon im 3. Monat schutzgeimpft werden. K., der im späteren Kindesalter auftritt, wird zwar meist leichter und komplikationslos überwunden, kann aber u.U. eine pflegerisch anstrengende Situation bedeuten.

Die einmal überstandene Erkrankung bewirkt in fast jedem Fall eine lebenslängliche Immunität. Erwachsene und ältere Menschen, die in der Kindheit keinen K. durchgemacht haben und auch nicht gegen K. schutzgeimpft worden sind, können gelegentlich von ihren eigenen Kindern und Enkelkindern angesteckt werden und gleichfalls an K. erkranken.

Die beste Vorbeugung gegen K. ist die Vermeidung von Ansteckung durch Erkrankte oder die K.-Schutzimpfung. Erstere ist aber schwierig, weil die Krankheit zu Beginn, wenn sie bereits hochansteckend ist, wegen der anfangs ganz uncharakteristischen Symptome oft noch nicht als K. erkennbar ist.

Die Behandlung des K. durch den Arzt richtet sich nach der Schwere des Krankheitsverlaufs. Schwere Fälle von K. im Babyalter, vor allem wenn sich noch Komplikationen einstellen oder häufiges Erbrechen das Kind sehr mitnimmt, sollten in einer Kinderklinik behandelt werden. Die Nahrungsaufnahme löst bei ihnen nicht selten einen heftigen Hustenanfall aus. Oft sind die Kinder auf dem Höhepunkt der Erkrankung eine Zeitlang appetitlos und verweigern die Brust oder die Flasche gänzlich. In dieser Situation muß man viel Zeit und Geduld aufwenden, um dem Kind dennoch die erforderliche Nahrungs- und Flüssigkeitsmenge wenigstens in kleinen Portionen beizubringen.

Erfahrungstip:
Führen Sie bei Ihrem Baby das Anlegen oder die Fütterung mit der Flasche wenn irgend möglich unmittelbar nach einem Anfall durch. Dann ist die Hustenbereitschaft für eine gewisse Zeit herabgesetzt. Sie können aber auch so verfahren, daß Sie erst einen kleinen Teil der Mahlzeit füttern und zunächst abwarten, ob sich der erwartete Hustenanfall und das Erbrechen einstellen oder nicht. Wenn der Anfall überstanden ist oder ausbleibt, können Sie weiterfüttern.

Eine sehr wichtige Aufgabe für Sie ist es, das kranke Kind zu beruhigen, es beim Hustenanfall hochzunehmen oder aufzusetzen und es vom Geschehen so gut wie möglich abzulenken. Während der Nachtzeit sollten Sie das Zimmerfenster weit öffnen, denn frische und kühle Luft vermindert den Hustenreiz beträchtlich.

Bei schwersten Hustenanfällen müssen zuweilen vom Arzt verordnete hustenreizdämpfende und antibiotische Arzneimittel verabreicht werden, doch sollten Sie damit sparsam umgehen. Höhenflüge und Klimakammern sind als Behandlungsmaßnahmen des K. erwiesenermaßen unwirksam. Kinder, die K. überwunden haben, können zuweilen noch wochen- oder monatelang ständig oder bei Erkältungskrankheiten erneut keuchhustenartig husten, ohne daß dieser »eingeübte« Husten dann eine wesentlich krankhafte Bedeutung hat oder gar ansteckend ist.
Vgl. auch →Impfkalender

Kieferspalte →**Gaumenspalte**, →**Lippenspalte**

Kind im Krankenhaus →**Krankenhauseinweisung**

Kinder- und Jugendarzt

Der Arzt oder Facharzt für Kinder- und Jugendheilkunde ist ein Arzt, der für ein bestimmtes Gebiet der Heilkunde spezialisiert und ausgebildet ist. Zu seiner langjährigen Ausbildung gehören Abitur, Medizinstudium an einer Universität (12 Semester, das sind 6 Jahre) mit zwei Zwischenexamen und einem abschließenden Staatsexamen (Approbation) sowie eine fachspezifische, dem Inhalt nach genau vorgeschriebene Weiterbildungszeit im Fach der →Kinder- und Jugendheilkunde von 5 Jahren mit einer abschließenden Facharztprüfung. Mit letzterer wird der Erwerb eingehender Kenntnisse und Erfahrungen in der Beurteilung der körperlichen, seelischen, sozialen und intellektuellen Entwicklung von Kindern und Jugendlichen, der kinder- und jugendspezifischen Krankheiten sowie der einschlägigen Diagnostik und Behandlungsverfahren nachgewiesen.

Kinderbett

»Auf harten Betten liegt man sanft, auf weichen Betten liegt man hart.« (Deutsches Sprichwort)

Bei der Beschaffung eines geeigneten K. ist mehr zu bedenken, als man zunächst annehmen möchte. Das erste Bett soll ja nicht nur speziell auf die besonderen Bedürfnisse des Kindes und seine Sicherheit abgestimmt sein, sondern es muß auch hygienisch, pflegeleicht, stabil und in jeder Hinsicht praktisch sein. Ein →Kinderwagen in der Funktion eines K. kann diese Anforderungen nicht erfüllen, und ein →Korbwagen wird schnell zu klein.

Das bedeutet: Das erste Bett des Kindes muß aus solidem Material gebaut sein (massives Holz, gute, formaldehydfreie Spanplatten oder stabiler Kunststoff, ungiftiger Farbanstrich), es muß sorgfältig verarbeitet sein (speziell an den Verbindungsstellen!) und genügend lange, im richtigen Abstand stehende Gitterstäbe haben (mindestens 6, höchstens 7,5 cm). Sind die Abstände zwischen den Gitterstäben zu klein, dann besteht die Gefahr, daß sich ein Fuß oder Bein einklemmt. Sind sie zu groß, kann sich u.U. das Köpfchen zwischen zwei Stäben so einklemmen, daß es möglicherweise nicht mehr von selbst zurückgezogen werden kann. Wenn die Gitterstäbe zu kurz sind, kann das Kind bei Aufstehversuchen leicht kopfüber aus dem K. fallen und sich schwer verletzen. In diesem Zusammenhang müssen Sie auch darauf achten, daß die Matratzenhöhe 10 cm nicht übersteigt, weil sonst der notwendige, einem Herausfallen vorbeugende Sicherheitsabstand zur Gitteroberkante nicht mehr gewährleistet ist. Auch größere Lücken zwischen dem Bettrost und Kopf- oder Fußteil können dazu führen, daß Kinderfüße durchgesteckt und eingeklemmt werden können.

Außerdem darf das K. keine freien, überstehenden Teile haben, an denen sich z.B. Schnullerbänder oder Kleidungsteile verhaken können (Gefahr der Erdrosselung!). Alle Ecken und Kanten des K. müssen unbedingt glatt und gerundet sein. Die Gitterstäbe dürfen an keiner Stelle Querverbindungen aufweisen, weil das Kind sonst früher oder später anfängt, diese »Leiter« zum Klettern zu benutzen. Allzu leicht könnte es dabei in Gefahr geraten, kopfüber aus dem Bettchen zu fallen (Gefahr der Kopfverletzung!).

Zweckmäßig ist es, wenn sich einige Gitterstäbe entfernen lassen (sog. Schlupfsprossen), damit ein größer gewordenes Kind auch selbst aus dem K. aus- und einsteigen kann und dazu keine Kletterpartien nötig sind. Eine der beiden Gitterstabwände sollte nach Möglichkeit herunterschiebbar sein, damit Sie besser an das Kind herankommen und alle notwendigen Pflegemaßnahmen für Sie leichter ausführbar sind. Allerdings muß der Schiebemechanismus so beschaffen sein, daß das Kind ihn nicht aus dem Bett heraus selbst bedienen kann, sondern dies nur von außen her möglich ist. Später kann der Mechanismus dazu dienen, dem älter gewordenen Kind das normale Herein- und Hinausklettern zu ermöglichen.

1 Material: Holz, Spanplatte (E 1 oder formaldehydfrei) oder Kunststoff, stabile Ausführung. Achtung beim Kopf- und Fußteil: Grifflöcher sind nach DIN nicht zulässig!

2 Abstand der Gitterstäbe: mindestens 6, höchstens 7,5 cm. Das gleiche gilt auch für den Abstand Gitterstäbe/Kopf- und Fußteil.

3 Ecken und Kanten: Es darf keine Spalten oder überstehenden Teile geben, an denen Schnuller oder Bänder hängenbleiben können. Ecken und Kanten müssen glatt und gerundet sein.

4a Abstand zur Gitterober-
4b kante: Liegt der Bettrost auf der höchsten Stellung, mindesten 30 cm; liegt der Rost auf der untersten, mindestens 60 cm.

5 Beschläge: kontrollieren, ob die Beschläge fest angebracht sind (z.B. zwischen den Seiten- und Querteilen).

6 Abstand Rost/Betthaupt bzw. Fußende: Es darf kein Spalt entstehen, der so breit ist, daß ein Kinderfuß durchrutschen oder sich einklemmen kann.

7 Matratze: nicht höher als 10 cm, sonst stimmen die Sicherheitsabstände zur Gitteroberkante nicht mehr.

8 »Schlupfsprossen«: Einige Gitterstäbe sollen entfernt werden können, damit ein größeres Kind auch selbst aus- und einsteigen kann und dazu keine Kletterversuche nötig sind.

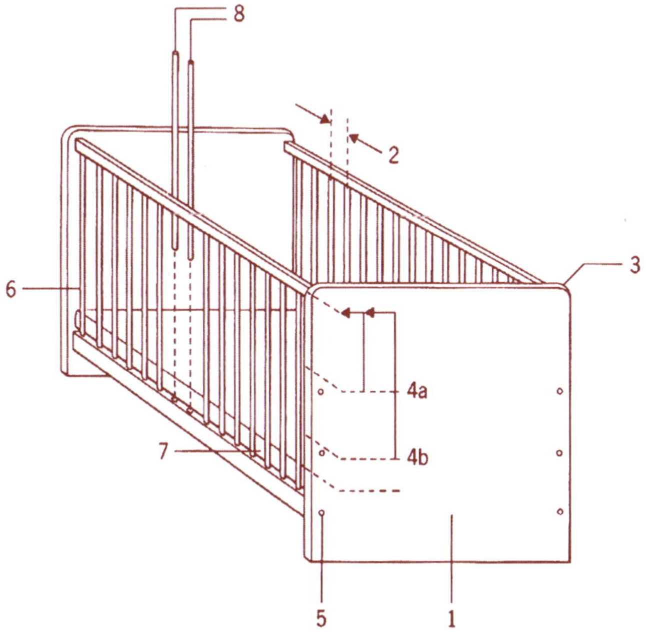

Der Boden des K., auf dem die Matratze aufliegt, sollte in der Höhe verstellbar sein, damit er mit zunehmendem Größerwerden des Kindes allmählich immer tiefer gesetzt werden kann. Auf diese Weise kann das K. dem Kind auch noch im Krabbelalter einen sicheren Aufenthaltsort bieten, u.U. sogar die Funktion eines →Laufställchens erfüllen, wenn es an Platz mangelt.

Manche Eltern schaffen aus Ersparnisgründen gleich zu Beginn ein etwas größeres K. an, das für Kinder bis zu 3 oder 4 Jahren oder sogar noch länger ausreicht (Abmessungen: 60 x 120 cm bis 70 x 140 cm; Abb.).

Das erste K. muß nicht unbedingt mit Rädern versehen sein. Wenn aber engere Wohnverhältnisse vorhanden sind, können sie das Abstellen des K. in einem anderen Raum, z.B. für die Nacht, sehr erleichtern. Auf jeden Fall sollten Sie darauf achten, daß die Räder sich bei Bedarf zuverlässig blockieren oder abmontieren lassen. Denn wenn das Kind erst die Möglichkeit des »Selbstfahrens« mit dem Bett entdeckt hat und unbeaufsichtigt durch ruckartige Bewegungen anfängt, das Bett in Bewegung zu setzen, können schwere Unfällen vorkommen.

Ob das K. aus Metall oder Holz, ob es verchromt, gestrichen, gebeizt oder furniert ist, hängt von Ihrem Geschmack (und Geldbeutel) ab. Die Industrie liefert ein reiches Sortiment größtenteils gut geeigneter und praktisch erprobter K.-Modelle. Diejenigen mit den Zeichen DIN oder GS entsprechen allen sicherheitstechnischen Anforderungen des »Fachnormenausschusses Hauswirtschaft« und sind besonders empfehlenswert. Aus sicherheitstechnischen Erwägungen ist von der Verwendung älterer, aus der Familie ererbter K. dringend abzuraten. Sie sind vielleicht in nostalgischer Hinsicht wertvoll, zugleich aber u.U. unsicher, d.h. gefährlich und meist auch noch in hygienischer Hinsicht nicht optimal.

Die innere Ausstattung des K. besteht aus →Matratze, →Betteinlage, einem kleinen, harten und flachen Kopfkissen (entbehrlich), Moltonunterlage, Woll- oder Steppdecke, evtl . auch →Strampeldecke, kleinem →Federbett (oder Federkissen) für den Winter (meist entbehrlich) und natürlich aus reichlich Bettwäsche (→Bettausstattung).

Das K. sollten Sie am besten zugfrei in Fensternähe so aufstellen, daß das Kind dabei zunächst nicht zum Fenster, sondern in den Raum blickt.

Vgl. auch →Kinderwagen, →Korbwagen

Kindercreme

Eine K. ist ein spezielles, für die Baby- und Kinderpflege zusammengestelltes Hautpflegepräparat, das vor allem dazu dient, den natürlichen Fettgehalt und die Geschmeidigkeit der Haut zu erhalten. Zugleich soll die K. die Haut vor unmittelbaren Einwirkungen von Urin und Stuhl im Windelbereich schützen und entzündungshemmend wirken. Die Zusammensetzung einer modernen, industriell hergestellten K. gewährleistet diese Wirkungen und Anforderungen in hohem Maße. K. enthält meist neben einer hautfreundlichen Glyzerin-, Euzerin- oder Lanolingrundlage entzündungshemmendes weißes Zinkoxyd, Vitamine (A und E) sowie verschiedene pflanzliche Auszüge und z.T. auch allergenfreie Duftstoffe.

K. läßt sich gewöhnlich weich und glatt auf der Haut verstreichen. Sie haftet gut und bildet einen gleichmäßigen elastischen Schutzfilm. Auf Windeln oder Kleidungsstücken hinterläßt eine gute K. gewöhnlich keine Flecken und ist auch leicht auswaschbar.

Vgl. auch →Hautpflege des Babys, →Hautpflegemittel für das Baby, →Kinderöl, →Kinderseife

Kindergarten

Einrichtung zur Versorgung, Beschäftigung und Förderung der Entwicklung von 3- bis 6jährigen Kindern durch Spiel, Pflege und altersstufengemäße Erziehung. Im K. werden innerhalb der Kindergruppe vor allem Selbständigkeit, Gemeinschaftssinn, Sprachentwicklung, altersentsprechendes Hygieneverhalten sowie andere Fähigkeiten und Eigenschaften gefördert.

Kindergärten werden gewöhnlich von Kommunen, Kirchen, Behörden, größeren Industrieunternehmen, Elterngruppen und Elterninitiativen getragen und unterhalten.

Neben dem sog. Regel-K. für gesunde, altersgerecht entwickelte Kinder gibt es spezielle Sonderkindergärten, z.B. für erziehungsschwierige, behinderte oder entwicklungsgehemmte Kinder.

Als Vorbereitung auf die Schule ist der Besuch eines K., ganz- oder halbtägig, vor allem für Einzel- und/oder Großstadtkinder berufstätiger Eltern empfehlenswert.

Ein K. sollte – entgegen manchen offiziösen, von wenig praktischer Erfahrung gestützten Auffassungen – erst dann besucht werden, wenn das Kind vollständig sauber ist, d.h. erst im 3. bis 4. Lebensjahr.

Kinder- und Jugendheilkunde

Die K.- u. J. als ein altersorientiertes, auf einen bestimmten Lebens- und Entwicklungsabschnitt des Menschen begrenztes Spezialgebiet der Heilkunde umfaßt die Erkennung und Behandlung aller körperlichen und seelischen Erkrankungen des Kindes von der Geburt an bis zum Abschluß seiner körperlichen Entwicklung. Eingeschlossen in diesen Tätigkeitsbereich des →Kinder- und Jugendarztes sind auch alle Vorbeugungs- und Vorsorgemaßnahmen, Schutzimpfungen, die kinderärztliche Intensiv- und Notfallmedizin, Rehabilitation und Fürsorge im Kindes- und Jugendalter.

Der Arzt, der sich fachspezifisch mit der K.- u. J. beschäftigt, durchläuft im Zuge seiner Ausbildung eine mehrjährige Weiterbildungszeit. Er führt die offizielle Gebietsbezeichnung »Arzt für Kinder- und Jugendheilkunde«.

Vgl. auch →Kinder- und Jugendarzt

Kinderkrankenschwester

Als K. darf sich eine weibliche Person bezeichnen, die Säuglings- und Kinderkrankenpflege beruflich ausübt und nach gründlicher dreijähriger Fachausbildung staatlich geprüft ist. Die Ausbildung einer K. erfolgt in Kinderkrankenhäusern, die zur Ausbildung von K. zugelassen und staatlich anerkannt sind. Die K. arbeitet in Kinder- und Säuglingsheimen, Kinderarztpraxen, Kinderkrankenhäusern sowie in Privathaushalten.

Kinderkrankheiten

Übliche, aber nicht sehr präzise Bezeichnung für eine Gruppe ansteckender Krankheiten, die der Mensch gewöhnlich im Kindesalter durchmacht (aber nicht durchmachen muß). Zu diesen sog. K. gehören vor allem →Masern, →Windpokken, →Röteln, →Keuchhusten, →Mumps, →Scharlach, →Kinderlähmung.

Bekanntlich kommen diese Krankheiten keineswegs nur bei Kindern vor, sondern auch bei solchen Erwachsenen, bei denen während ihrer Kindheit keine Gelegenheit zur Ansteckung war. Bei den meisten K. hinterläßt die einmal durchgemachte und überstandene Erkrankung eine lebenslänglich anhaltende Immunität.

Einzelne K. pflegen im frühen Babyalter deshalb noch nicht vorzukommen oder äußerst selten aufzutreten, weil jüngere Babys für einige Wochen oder wenige Monate über einen von der Mutter auf sie übergegangenen Infektionsschutz verfügen, wenn diese irgendwann früher selbst die betreffende K. durchgemacht hat. Dies gilt vor allem für Masern. Dagegen können Kinderlähmung, →Diphtherie, Keuchhusten, Windpocken u.a. K. auch bereits im frühen Babyalter vorkommen, wenn eine Gelegenheit zur Ansteckung vorhanden ist, weil bei diesen Krankheiten keine mütterlichen Immunstoffe auf das Kind übertragen werden.

Vgl. auch die einzelnen genannten Krankheiten sowie →Impfungen, →Infektionskrankheiten

Kinderkrippe →**Säuglingskrippe**

Kinderlähmung

Poliomyelitis, epidemische Lähme, volkstümlich verkürzt oft einfach nur Polio genannt, ist eine ansteckende Krankheit aus der Gruppe der sog. →Kinderkrankheiten.

Der Erreger ist das Poliomyelitis-Virus, das in 3 verschiedenen Typen vorkommt. Die Ansteckung erfolgt durch Anhusten oder durch Kontakt mit Ausscheidungen der Kranken, die in den ersten Krankheitstagen das noch ansteckungsfähige Virus enthalten. Möglicherweise können auch Fliegen und andere Insekten das Virus weiterverbreiten.

Wenngleich das frühe Kindesalter bis etwa zum 4. Lebensjahr am empfänglichsten ist, können auch ältere Kinder ebenso wie Erwachsene an K. erkranken. Die Dauer zwischen der Ansteckung und dem Ausbruch der Krankheit (Inkubationszeit) beträgt zwischen 6 und 21 Tagen, meist aber etwa 1 Woche.

Die K. ist eine ausgesprochene Spätsommer- und Frühherbsterkrankung und kommt in der übrigen Zeit des Jahres seltener vor.

Wie viele andere Infektionskrankheiten beginnt auch die K. mit einem uncharakteristischen Vorstadium: Kopfschmerzen, →Fieber, Hals- und Bauchschmerzen sowie allgemeines Unwohlsein. Auch →Erbrechen, →Verstopfung oder Durchfall (→Durchfall, akuter) sowie Husten und Schnupfen können die ersten Erscheinungen sein. Erst danach kommt es, oft nach vorübergehendem Fieberabfall, unter erneutem Temperaturanstieg zu Schmerzen in den Beinen oder Armen oder auch im Nacken.

Damit kann die Skala der Erscheinungen schon erschöpft, und der Patient sich nach wenigen Tagen bereits wieder ganz gesund fühlen und entfiebert sein. Tatsächlich verläuft bei den meisten Kindern die K. in dieser harmlosen Weise.

Nur bei etwa 1 bis 2 von 1000 Infizierten schreitet die Krankheit über dieses Stadium fort und führt dann zu sich steigernder allgemeiner Berührungsempfindlichkeit und schließlich auch zu schlaffen Lähmungen einzelner oder mehrerer Gliedmaßenabschnitte. Diese treten ziemlich plötzlich am 4. oder 5. Krankheitstag auf. Danach ist das akute Krankheitsgeschehen abgeschlossen, und weitere oder neue Lähmungen treten nicht mehr auf.

Die eingetretenen Lähmungen zeigen innerhalb der ersten 4 bis 6 Wochen oft noch eine deutliche Besserungstendenz. Zu einer besonderen Gefährdung kann es kommen, wenn Lähmungen des Zwerchfells und der übrigen Atemmuskulatur am Krankheitsgeschehen beteiligt sind.

Es gibt bisher noch kein gegen den Erreger umittelbar wirksames Mittel, auch käme dieses, wenn bereits Lähmungen aufgetreten sind und die sichere Diagnose K. gestellt werden kann, zu spät.

Die Behandlung einer K. muß stets in einer Kinderklinik erfolgen, sogar in Verdachtsfällen ist die Krankenhauseinweisung und Isolierung der Kranken gesetzlich vorgeschrieben.

Die Pflege und ärztliche Behandlung

	Kinderlähmung
Ansteckungsfähigkeit von Mensch zu Mensch (Infektiosität)	mäßig, 3 Wochen, manchmal länger; Zweiterkrankungen innerhalb der Familie selten
Übertragungsweise	Direktkontakt, Anhusten (Tröpfcheninfektion) oder durch Ausscheidungen, vielleicht auch durch Insekten (Fliegen)
Inkubationszeit	6 bis 21 Tage, meist 1 Woche
Absonderungszeit	Ende frühestens 3 Wochen nach Krankheitsbeginn; nicht erkrankte Geschwister ebenfalls 3 Wochen; bei vorhandenem, ausreichendem Impfschutz jedoch keine
Schlußdesinfektion	Raumdesinfektion gesetzlich vorgeschrieben (durch Desinfektor)
Vorbeugung	Polioschutzimpfung
Meldepflicht	Krankheitsverdacht, Erkrankung, Tod

gelähmter Kinder in der Klinik erfordert große Erfahrung und ständige Überwachung. Ist nur ein Kind der Familie unter den typischen Krankheitserscheinungen erkrankt, ist trotzdem damit zu rechnen, daß auch alle übrigen Familienmitglieder infiziert worden sind (ohne krank geworden zu sein). Sie sind als wahrscheinliche Erregerausscheider anzusehen. Geschwister des Erkrankten sollten deshalb für 3 Wochen weder den Kindergarten noch Schulen oder andere Kindergemeinschaften besuchen. Auch sollten sie in diesem Zeitraum alle stärkeren körperlichen Anstrengungen, Baden im Schwimmbad, Sonnenbäder und Reisen unterlassen. Die Absonderung der Kranken erfolgt in der Regel für die Dauer von mindestens 3 Wochen.

Der Vorbeugung der K. kommt die größte Bedeutung zu. Seit Einführung der →Polioschutzimpfung ist die Zahl der Erkrankungs-, Lähmungs- und Todesfälle so erheblich gesunken, daß die K. heute zur seltenen Krankheit geworden ist. Es ist bisher unbekannt, wie lange die schützende Wirkung der Impfung anhält; deshalb ist Impfwiederholung zur Immunauffrischung (sog. Boostern) von Zeit zu Zeit ratsam, worüber Sie der Arzt im einzelnen beraten wird.
Vgl. auch →Fünffachimpfung, →Impfkalender, →Impfungen, →Mehrfachimpfung, →Polioschutzimpfung, →Sechsfachimpfung

Kinderlöffel →Löffelfütterung

Kinderöl

Von der pharmazeutischen und kosmetischen Industrie speziell für die Hautpflege im Baby- und Kleinkindalter hergestellte ölhaltige Pflegemittel von besonderer Reinheit und Verträglichkeit nennt man K. Die meisten enthalten spezielle entzündungshemmende Zusätze, z.B. Zinkoxyd, Wismut, Kamillenextrakt u.ä. oder nährstoffartige Zusätze wie Cholesterin, Lezithin, Euzerin, Vitamine u.a. Oft ist auch noch ein Duftstoff beigefügt.

K. wird in der Regel zugleich als Hautreinigungs-, Hautpflege- und Hautschutzmittel sowie unter bestimmten Voraussetzungen auch manchmal als Heilmittel verwendet. Ein gutes K. ist vorzüglich zur schonenden Reinigung der stuhlverschmutzten Gesäßgegend und des Hauptbereichs der Windelpackung geeignet und gehört daher zur Standardausstattung des →Wickeltischs.

Das Einfetten des gesamten Körpers nach jedem Bad ist dagegen nicht empfehlenswert. Insbesondere Babys mit empfindlicher Haut können darauf mit Hautausschlägen und Hautreizungen reagieren. Besondere Zurückhaltung ist bei der Anwendung von K. bei Ausschlägen im Gesicht und an den Wangen angebracht. Auch bei →Gneis im Bereich des behaarten Kopfes wirken Einreibungen mit K. nicht unbedingt günstig. Grundsätzlich soll K. sparsam zur Anwendung gelangen, z.B. durch Verwendung von Ölpflegetüchern.
Vgl. auch →Gesäßreinigung, →Kindercreme, →Kinderpuder, →Kinderseife

Kinderpuder

K. besteht aus Talkum und weißer Tonerde (Zinkoxyd) sowie einigen speziellen Zusatzstoffen.

Aus heutiger Sicht ist K. für die Kinderpflege weniger empfehlenswert, weil es bessere Alternativen gibt (→Kinderöl, →Kindercreme) und es bei der Anwendung von K. in Verbindung mit Feuchtigkeit sehr schnell zu einer unangenehmen Krümelbildung mit Hautreizung kommen kann.
Vgl. auch →Hautpflege des Babys (dort Abb. dazu), →Kindercreme, →Kinderöl, →Reinigungsbad, →Wundwerden

Kinderschuhe

Das jüngere Baby benötigt Schuhe allenfalls als Wärmeschutz (z.B. beim Ausfahren an kalten Tagen). Geeignet hierfür sind aber nicht K. aus Leder, sondern aus Wolle gestrickte oder gewirkte. Sog. Erstlingsschuhe sind, zumindest im frühen Babyalter, ganz unnötig. Im Gegenteil wird heutzutage immer mehr darauf geachtet, daß dem jungen, sich entwickelnden Kinderfuß möglichst viel Bewegungsfreiheit gelassen wird.

Früher hieß es vielfach, Kinderfüße seien noch zart und hätten deshalb den Schutz und die Stütze nötig, die ihnen ein K. verleiht. Inzwischen wissen wir, daß dies unrichtig ist und daß der unbekleidete Kinderfuß ohne Hilfsmittel bestens zum Laufenlernen geeignet ist. Tatsächlich ist beim nackten Säuglingsfuß ein ganz erstaunlicher Bewegungsreichtum besonders der Zehen zu sehen. Um dem Kinderfuß möglichst viel Bewegungsfreiheit zu verschaffen, dürfen auch die Strampelhosen nicht zu klein sein.

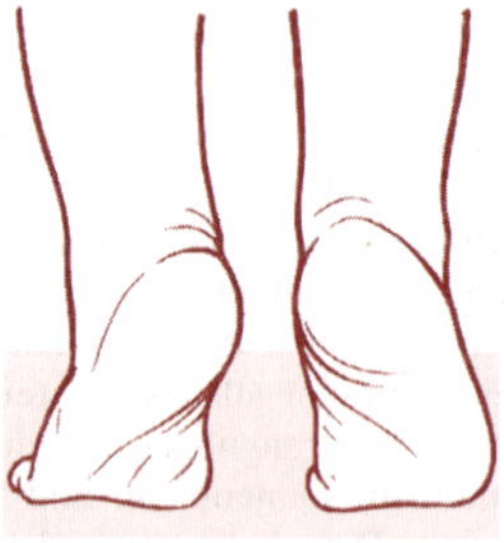

a Beim Zehenstand des Kindes zeigt sich die »Verwringung« des Fußes, die durch ungeeignetes Schuhwerk nicht behindert werden darf

Achten Sie also auf einen der Körpergröße Ihres Babys entsprechenden Strampelanzug, damit Ihr Baby die Füße ungehindert bewegen kann. Es wäre also sicher falsch, diese für die weitere Entwicklung wichtigen und notwendigen Aktivitäten durch allzu frühe Einzwängung in einen K. (sei er noch so bequem und schön) zu beschränken (→Fußentwicklung). Wer das Bewegungsspiel des kindlichen Fußes mit und ohne Belastung (also im Liegen und Stehen) sowie bei den ersten Laufversuchen genau beobachtet, muß zu dem Schluß kommen, daß Schuhe hierbei eigentlich nur stören können. Tatsächlich zeigt sich, daß das Kleinkind auf jedem Boden ohne Schuhe besser läuft als mit ihnen. Sein Fuß ist auf Verwringung (Verdrehung in sich selbst, Abb. a) angelegt, und es gibt keinen K., der diese Drehbewegungen nicht irgendwann behindern würde.

Erfahrungstip 1:
Erfahrene Kinderorthopäden sind deshalb der Ansicht, daß der Kinderfuß sog. Laufiernschuhe nur dann und dort braucht, wo der Fuß in Gefahr ist, sich zu verletzen oder allzu stark auszukühlen (kalte Nässe).

Sog. Lauflernschuhe sollten (wenn sie wirklich gebraucht werden) möglichst beweglich und so nachgiebig sein, daß sie das Laufenlernen so wenig wie möglich behindern. Die erforderliche Nachgiebigkeit der Lauflernschuhe betrifft aber nicht allein die Sohle, sondern ebenso den Gelenkbereich. Außerdem soll ein Lauflernschuh eine Fußbettung aufweisen, die so flach ist, daß sie nicht den ganzen Fuß stützt, sondern nur die ausgeprägten Rundungen der Ferse und des Vorfußes aufnimmt und schont. Sehr wichtig ist auch, daß die Brandsohlen der Schuhe 10 bis 12 mm länger sind als

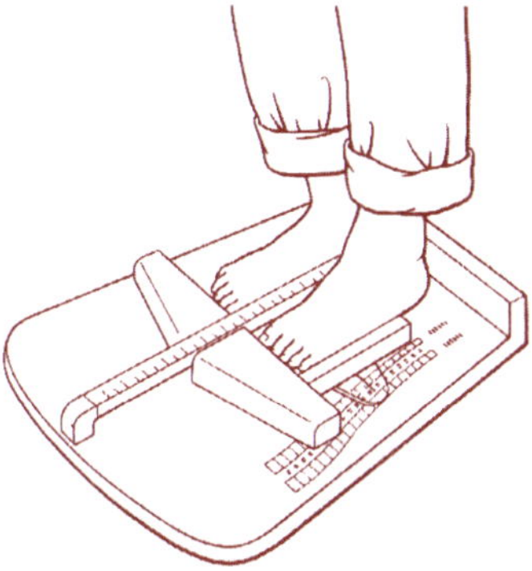

b Genormtes Fußmeßgerät, mit dessen Hilfe die Länge und Breite des Kinderfußes exakt bestimmt werden kann

der Fuß des Kindes (Messung vom Fersenende bis zum Ende der großen Zehen).

Erfahrungstip 2:
Wirklich passende K. sehen stets länger aus, als die meisten Eltern es für richtig und passend halten. Ein K., der zu klein gekauft wird, ist für die Fußentwicklung hinderlich. Außerdem soll der K. weit genug sein und einen freien Zehenstand ermöglichen.

Die Industrie stellt Lauflernschuhe und eigentliche K. in 3 Weiten her. Beim Schuhkauf müssen daher Fußlänge und Fußbreite berücksichtigt werden. Entsprechende Meßgeräte (WMS, Weiten-Maß-System) sind im kompetenten Fachhandel vorhanden (Abb. b). (Wichtig: Messungen dürfen nur bei voller Belastung des Fußes, d.h. im Stehen, durchgeführt werden!) Empfehlenswert ist der Kauf von K., die als Markenfabrikate von spezialisierten Firmen angeboten werden.

Erfahrungstip 3:
Fördern Sie das Barfußlaufen, wo immer dies möglich ist! Lassen Sie K. so selten

wie möglich und nur so häufig wie nötig anziehen. Verwenden Sie nur Lauflernschuhe, die wirklich passen, gelenkbeweglich sind und ein flaches Fußbett haben!

Für den Kauf der richtigen Schuhgröße gibt die nachstehende Tabelle Anhaltspunkte:

Fußsohlenlänge in cm (gemessen vom Fersenende bis zum vorderen Ende der großen Zehe)				
12	12,8	13,5	14,2	15
Schuhgröße				
18	19	20	21	22

Vgl. auch →Fehlhaltung (Fehlstellung) der Füße, →Fußentwicklung, →Laufställchen

Kinderschutzgürtel →Haltegurt

Kinderseife

K. ist eine Seife, die nach ihrer Zusammensetzung speziell für den Gebrauch bei Babys und Kleinkindern bestimmt ist. Allgemein ist Seife eine Verbindung von Fettsäure und Alkali (Lauge). Enthält sie viel freies Alkali, kann sie hautreizend wirken und bei häufigem Gebrauch eine primär gesunde Haut spröde und rissig machen. Milder und schonender sind die sog. neutralen und besonders die überfetten, sog. rückfettenden Seifen, die Fett im Überschuß und kein freies Alkali enthalten, was wichtige Eigenschaften der K. sind. Manche K. enthält noch eine bienenwachshaltige Creme, einige auch balsamische Öle aus nichtreizenden Heilpflanzen (z.B. aus Kamille). K. sollte aber nicht oder nur geringfügig parfümiert sein. Die Überfettung der K. bewirkt, daß trotz guter Reinigungswirkung der Haut nicht zuviel ihres eigenen Fettes entzogen wird und ihr sog. Säureschutzmantel erhalten bleibt.

Vor allem die Haut des Gesichts und des Gesäßbereichs reagiert empfindlich bei übermäßig häufiger Seifenanwendung. Deshalb ist dort nach dem Waschen die Anwendung einer milden →Kindercreme empfehlenswert. Achten Sie beim Waschen des Gesichts peinlich darauf, daß kein Seifenschaum in die Augen gelangt.

Bei besonders seifenempfindlichen Babys können Sie anstelle von K. flüssige, alkalifreie →Reinigungslotionen und Shampoos verwenden, die ebenfalls eine vorzügliche Reinigungswirkung besitzen, allerdings wesentlich teurer sind als »normale« rückfettende K. und zumeist auch Konservierungsmittel enthalten.

Vgl. auch →Hautpflegemittel für das Baby, →Kindercreme, →Kinderöl, →Reinigungslotion

Kinder-Tee →Fencheltee, →Kamillentee, →Tee, schwarzer, →Teegetränke für Babys

Kinderunfälle →Unfälle

Kinderwagen

Der K. dient zum →Ausfahren und Mitnehmen von Babys bei Spaziergängen und Einkäufen. Er gewährt dem Kind bei jedem Wetter guten Schutz. Bei Kauf und Auswahl des K. sollten vor allem die nachstehenden Überlegungen für Sie bestimmend sein:

- Die technischen Eigenschaften und Qualitäten eines K. sind wichtiger als Zierat, Stromlinienform oder andere modische Arabesken.
- Der K. muß einen ausreichenden Wärmeschutz bieten und sollte ein abnehmbares und zusammenfaltbares Verdeck besitzen, während eine sog. Windschutzscheibe entbehrlich ist.
- Der K. muß gut gefedert, kippsicher und darf nicht zu schwer sein.

- Das Baby sollte im Wagen nicht zu tief liegen, damit es genügend Licht, Luft und Sonne sowie Blickkontakt mit der Umwelt über den Wagenrand hinaus bekommen kann. Zugleich muß die Höhe des Wagenrands einen gewissen Schutz gegen das Herausfallen gewährleisten.
- Ringschrauben zur Befestigung eines Haltegurts an der seitlichen Wagenwand sollten ebensowenig fehlen wie eine Aufhängevorrichtung für eine Einkaufstasche und eine Feststellvorrichtung für die Räder.

Der Fachhandel bietet eine überaus reiche Auswahl schöner und praktischer K.-Modelle in allen Farben und Preislagen an, die jedem Geschmack und Geldbeutel Rechnung tragen.

Die Wahl eines kombinierten K. und »Sportwagens« (Abb.) macht die spätere nochmalige Anschaffung eines kleineren Gefährts überflüssig. Praktisch ist ebenfalls ein K., dessen Kasten sich vom Fahrgestell abnehmen läßt, denn dadurch kann dieser auch als →Tragetasche verwendet werden. Bei kleineren Wohnungen kann das oft praktisch sein. Falls Sie keinen kombinierten K. verwenden möchten, dann ist zum Zeitpunkt, an dem das Kind lieber sitzen möchte, also wenn es 10 bis 12 Monate alt geworden ist, ein Kindersportwagen oder – heutzutage beliebter – ein →Buggy zweckmäßiger. Für Eltern, die ihr Kind gerne auf Reisen und Autofahrten mitnehmen möchten, ist ein zusammenklappbarer K. besonders praktisch und empfehlenswert.

Die innere Ausstattung eines K. entspricht praktisch derjenigen eines →Kinderbetts. Zusätzlich brauchen Sie lediglich noch ein leichtes Kopfkissen als Zudecke und im Winter eine Wolldecke, mit der das Kind im Rücken gestützt werden kann, wenn es beginnt, sich aufzusetzen. Ein Kissen im Rücken des Kindes ist dagegen unzweckmäßig, denn ein Kind, das ohnehin sitzen will, gehört besser in einen »Sportwagen« oder Buggy, der bei Müdigkeit ggf. auch flaches Liegen ermöglicht. Das Wagenverdeck sollten Sie nur bei Regen und Sturm sowie bei praller Sonneneinwirkung halb oder ganz hochklappen, sonst aber am besten unten lassen oder ganz abnehmen.

Beispiel für einen kombinierten Kinderwagen, der sich mit ein paar Handgriffen zur Tragetasche oder zum »Sportwagen« umbauen läßt

Ein K. kann aus vielerlei Gründen kein Ersatz für ein regelrechtes Kinderbett sein. Es ist jedenfalls nicht empfehlenswert, Babys ständig, d.h. Tag und Nacht, in ihm liegen zu lassen.

Vgl. auch →Abhärtung, →Ausfahren, →Bettausstattung, →Buggy, →Kinderbett, →Korbwagen

Kinderzimmer

Wenn für Ihr Kind ein eigenes Zimmer verfügbar ist, dann ist das ein Idealzustand, der sich nicht immer verwirklichen läßt. In diesem Fall benutzen Sie am besten den ruhigsten Raum der Wohnung als K. Er soll natürlich heizbar, gut zu belüften, hell und leicht zu reinigen sein. Eine Möglichkeit zum Verdunkeln während der Schlafzeiten ist zweckmäßig. Sollte kein eigener Raum für das Kind vorhanden sein, stellen Sie das Bettchen am besten in Ihr Schlaf- oder in das Wohnzimmer. Die Küche ist wegen der dort herrschenden wechselnden Temperaturen und der Kochdünste sowie der Unruhe jedenfalls das ungeeignetste Ersatz-K.

Zu den notwendigen Einrichtungsgegenständen des K. gehören →Wickeltisch, →Kinderbett, Babywaage und Badezubehör (falls für das Baden nicht ein anderer Raum vorgesehen ist).

Stellen Sie das Bett nicht zu dicht unter ein offenes Fenster, aber auch nicht zu dicht an die Heizung. Bei kühlen Nachttemperaturen ist gelegentliches Nachschauen empfehlenswert, ob das Kind ausreichend zugedeckt ist und sich nicht bloßgestrampelt hat.

Die Möbel im K. sollten frei von Schadstoffen und ohne Gefahrenquellen sein (z.B. scharfe Ecken und Kanten, unverschlossene und leicht zu öffnende Schubladen, Schranktüren und Fenster). Erreichbare Steckdosen sollten Sie sichern (Kindersicherung) und elektrische Geräte aus der Umgebung des Kindes entfernen. Ferner sollten Sie gewährleisten, daß Ihr kleines Kind nicht aus eigener Kraft Fensterbrüstungen erklimmen, Balkons betreten oder Fenster und Türen öffnen kann.
Vgl. auch →Luftfeuchtigkeit, →Zimmertemperatur, normale

Kindspech

Mekonium; Bezeichnung für die ersten, pechartig aussehenden und zähklebrigen Stuhlentleerungen des Neugeborenen (Farbtafel). K. besteht aus stark eingedickten Verdauungssäften, abgeschilferten Darmwandzellen sowie aus Bestandteilen des →Fruchtwassers. Seine eigenartige, pechartige Beschaffenheit ändert sich schnell, sobald das Kind regelrechte Nahrung zu sich nimmt. Nach einigen Übergangsentleerungen in Form kindspechhaltiger Milchstühle erscheinen bei gestillten Kindern bald reine und typische →Frauenmilchstühle (→Stuhlbeschaffenheit).

Blutbeimengungen gehören nicht zu den Bestandteilen von K. Sie sind Anzeichen einer krankhaften Störung, deren Ursache in der Klinik geklärt werden muß (→Blutstuhl).

Kindstod, plötzlicher

SIDS (engl. **s**udden **i**nfant **d**eath **s**yndrome) ist ein plötzlicher, unerwarteter und auch unerklärlicher Tod eines Babys. Mit einer statistischen Häufigkeit von etwa 2 Todesfällen pro 1000 Lebendgeborenen ist der p.K. auch in Deutschland die häufigste Todesursache im Babyalter, d.h. im 1. Lebensjahr. Wie mit der Bezeichnung p.K. zum Ausdruck gebracht, handelt es sich dabei um einen ganz plötzlichen Todeseintritt ohne jegliche Vor- und Anzeichen bei bis dahin völlig gesunden und unauffällig gedeihenden Babys. Dementsprechend trifft ein derartiges Ereignis eine Familie völlig unvorbereitet. Dies um so mehr, als das Ableben des Kindes ohne erkennbare Ursache auftritt und ohne daß man dafür eine faßbare oder plausible Erklärung geben kann.

Fälle von SIDS hat es schon immer und weltweit gegeben. Die überwiegende Mehrzahl der Fälle von p.K. tritt zwischen dem 2. und 6. Lebensmonat auf, kaum früher und selten später. Die Babys werden meist morgens tot in ihrem Bettchen aufgefunden, Krankheitsmerkmale sind nicht erkennbar.

Das Bedrückende an dieser Situation ist, daß man trotz sehr umfangreicher wissenschaftlicher Untersuchungen bisher keine eindeutige Erklärung für Todesfälle dieser Art gefunden hat und daß demzufolge lediglich Vermutungen zur Deutung herhalten müssen. Bisher sind nur einige Umstände bekannt, die das Risiko für einen p.K. erhöhen könnten: Frühgeburtlichkeit (→Frühgeborenes, Frühgeburt), →Geburtsverletzungen und -komplikationen, →Mangelgeburt, →Geburtsuntergewicht (am häufigsten durch Rauchen in der Schwangerschaft), nicht optimale soziale Verhältnisse, →Bauchlage. Aus Erfahrungen weiß man aber, daß in betroffenen Familien bei einem nachfolgenden Kind sich ein derartiges Ereignis im gleichen Alter wiederholen kann.

Der Einsatz elektronischer Geräte (Monitore) zur Überwachung vitaler Funktionen von Babys im kritischen Alter, insbesondere der Atmung, in den erwähnten sog. Risikofamilien wird zwar empfohlen, ist aber nicht unproblematisch. Dies nicht nur, weil die Geräte häufig Fehlalarm geben und dadurch die Familie irritieren, sondern auch, weil Wiederbelebungsversuche nach gegebenem Alarm im häuslichen Milieu nur erfolgreich sein können, wenn sofort und gekonnt wiederbelebt wird.
Vgl. auch →Mund-zu-Mund-Beatmung

Kissen →Bettausstattung

Klapper

Hohlkörper aus Holz oder Kunststoff, der eine oder mehrere Kugeln enthält und beim Bewegen klappernde oder rasselnde Geräusche erzeugt. Die K. ist ein Spielzeug, das dem Baby schon sehr frühzeitig Gelegenheit gibt, durch eigene Aktivität – Ergreifen und Schütteln – einen Geräuscheffekt hervorzurufen. Schon jüngere Babys haben offensichtlich Vergnügen an dem erzeugten Geräusch und empfinden auch eine gewisse Befriedigung durch die erbrachte Leistung.

Die K. sollte keine Farbe abgeben, leicht faßbar sein (Griff) und keine scharfen Kanten haben, denn Babys versuchen gewöhnlich, sie in den Mund zu nehmen und/oder an ihnen zu lutschen. Sie muß außerdem heißes Abwaschen und die Einwirkung von Desinfektionsmitteln uneingeschränkt vertragen können.
Vgl. auch →Spielzeug

Kleie-Bad

Mild wirkende, spezielle Badeprozedur für Babys, bei denen eine verstärkte Neigung zum Wundwerden und zu Hautreizungen besteht. Während früher ein solches K.-B. noch per Hand eigens zubereitet werden mußte, gibt es heutzutage durch im Handel befindliche Fertigprodukte wesentlich einfachere Möglichkeiten, ein K.-B. zu verabreichen. Die normale Badedauer soll 5 bis 10 Minuten betragen. Achtung: Im Kleiewasser dürfen Sie keine Seife verwenden, denn dadurch würde die erwünschte Wirkung abgeschwächt.
Vgl. auch →Badeprozeduren, →Badewasserzusatzstoffe

Kleinkindmilchen

K. sind speziell für Kleinkinder ab dem 2. Lebensjahr konzipierte Milchzubereitungen aus Kuhmilch. Ihnen liegt prinzipiell das gleiche Konzept zugrunde wie den →Säuglingsnahrungen, die für das 1. Lebensjahr, d.h. im Babyalter empfohlen werden. Denn eine bedarfsgerechte und dem schnellen Wachstum Rechnung tragende Ernährung ist nicht nur bei Babys, sondern auch bei Kleinkindern folgerichtig und ernährungswissenschaftlich begründet und sollte daher über das Babyalter hinaus fortgesetzt werden.

Die unterschiedlichen im Lebensmittelhandel erhältlichen K. sind in trinkfertiger oder in Pulverform verfügbar und besonders mit jenen Aufbaustoffen an-

gereichert, die in →Kuhmilch nicht oder in nicht ausreichender Konzentration vorhanden sind, z.B. Vitamine (insbesondere wasserlösliche), Mineralien und Spurenelemente (z.B. Eisen, Kalzium, Jod) sowie Pflanzenöle mit mehrfach ungesättigten Fettsäuren.
Vgl. auch →Ernährung des Kleinkinds, →Kuhmilch, →Säuglingsnahrungen

Klinikaufnahme →Krankenhauseinweisung

Klinikgepäck (für das Baby)

Zur notwendigen Ausstattung des Neugeborenen (oder des jüngeren Babys) bei einer Klinikaufnahme oder zum Abholen von Kindern aus der Klinik gehören:
1 Hemdchen bzw. Body
1 Jäckchen
2 bis 3 Windeln (oder →Höschenwindeln)
1 wasserdichte Unterlage
1 Molton-Wickeltuch (80 x 80 cm)
Frotteehöschen (Strampler),
1 Ausfahrgarnitur (je nach Jahreszeit)
1 bezogene Wolldecke
Muß ein schon etwas älteres Baby oder ein Kleinkind in der Klinik aufgenommen werden, dann erleichtern Sie die Trennung durch die Mitgabe eines persönlichen Lieblingsspielzeugs.

Klinikgepäck (für die Mutter)

Beabsichtigt eine werdende Mutter, in der Klinik entbunden zu werden, dann ist es zweckmäßig, wenn sie das hierfür erforderliche Gepäck schon rechtzeitig (vom 7. Schwangerschaftsmonat an) zusammenstellt, damit es bei Bedarf schnell und jederzeit greifbar ist.

Empfohlen werden zur Mitnahme:
4 kochfeste Nachthemden, die vorne zu öffnen sind
1 leichtes Bettjäckchen
8 bis 12 kochfeste Schlüpfer
Monatsbinden
2 Stillbüstenhalter
2 kleine Frotteehandtücher
3 Waschlappen (Gesicht, Körper, Brust)
Morgenrock oder Bademantel
Heimkehrkleid
Hausschuhe
Strümpfe oder Strumpfhosen
Seife (evtl. Deodorants)
Zahnpasta, Zahnbürste
Parfüm
Nagelfeile und -schere, Kamm, Bürste
Papiertaschentücher
Kosmetika
Lesestoff

Im Augenblick des Aufbruchs sollten Sie auch Ihren Personalausweis, die Krankenhauseinweisung, Ihre Kassen-Chip-Karte, das Familienstammbuch, den →Mutterpaß, Bargeld, bei Selbstzahlern einen Scheck für den zu leistenden Kostenvorschuß nicht vergessen!

Erfahrungstip:
Wenn Sie Erstgebärende sind und die Wehen in regelmäßigen, kurzen Abständen (von 10 bis 20 Minuten) kommen, ist es Zeit, zum Krankenhaus zu fahren. Haben Sie aber zuvor schon einmal oder mehrmals entbunden, dann sollten Sie sich lieber schon beim Beginn der regelmäßigen Wehen auf den Weg machen.

Klumpfuß

Pes equinovarus; eine angeborene, oft doppelseitige Form- und Haltungsabweichung des Fußes, bei der der äußere Fußrand, besonders im Bereich des Vorfußes, nach unten gerichtet und tiefster Punkt des Beines ist, während die Fußsohle zugleich nach innen zeigt (Abb.; Farbtafel).

Jeder K. ist frühzeitig, möglichst schon im Neugeborenenalter, durch einen Orthopäden zu behandeln. Die Behandlung besteht im vorübergehenden Anlegen eines korrigierend wirkenden Gipsver-

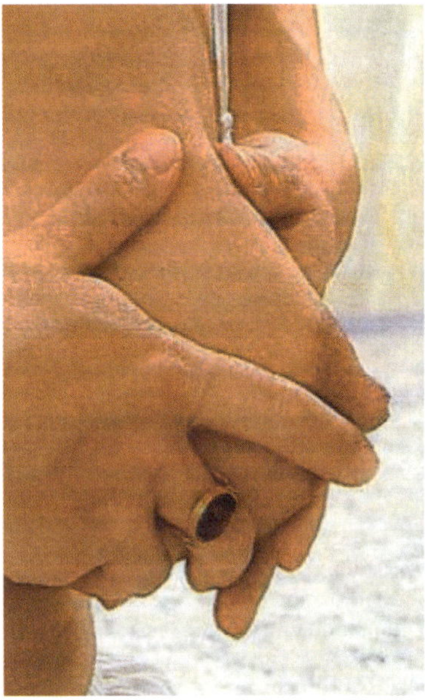

Abdrücken der Brustmilch
Richtige Position der Hände beim Abdrücken der Brustmilch

Anlegen an die Brust (Technik)
Richtiges Stillen in liegender Position

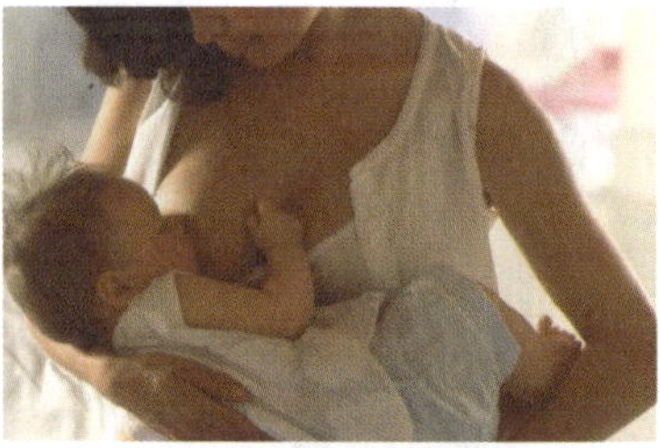

Anlegen an die Brust (Technik)
Richtiges Stillen in sitzender Position

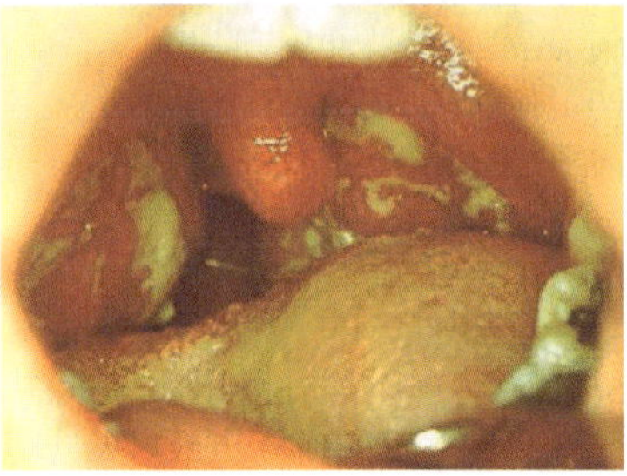

Angina
Eitrige Beläge auf den Rachenmandeln bei Angina

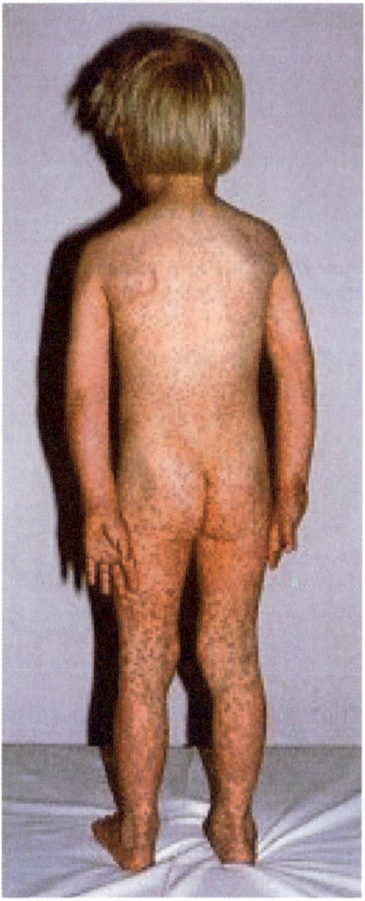

Arzneimittelausschlag
Masernähnlicher Hautausschlag als unerwünschte Nebenwirkung eines Arzneimittels

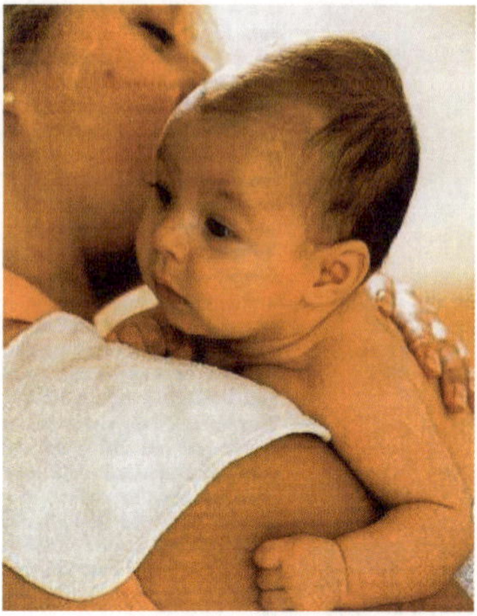

Aufstoßen
Diese Position erleichtert das Aufstoßen (»Bäuerchen«)

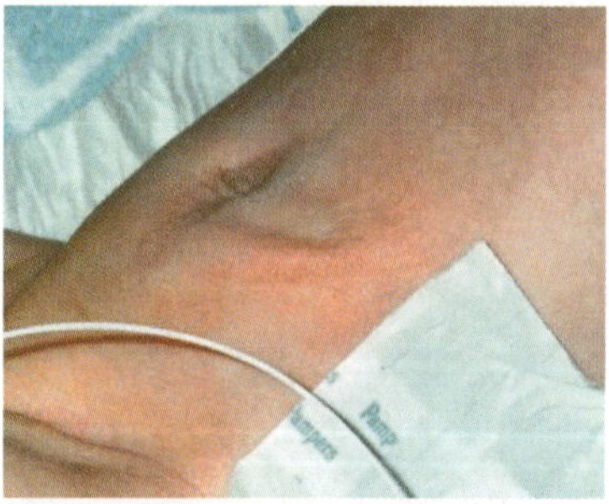

Austrocknung
Sog. »stehende« Bauchhautfalte bei starker Austrocknung eines Babys mit einer Durchfallerkrankung

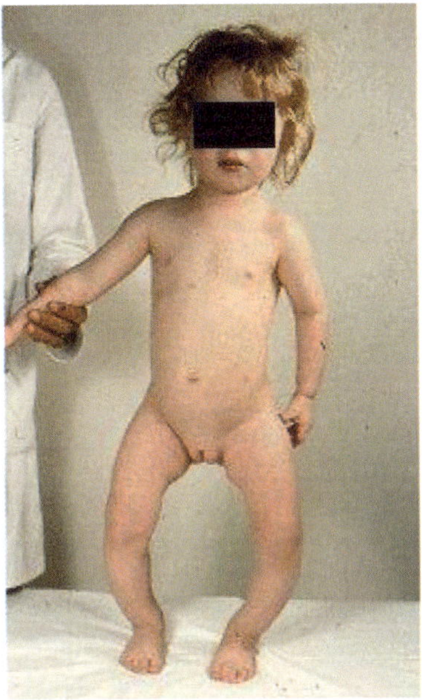

Beinverkrümmungen
Deutliche Beinverkrümmung (sog. O-Beine) bei Rachitis

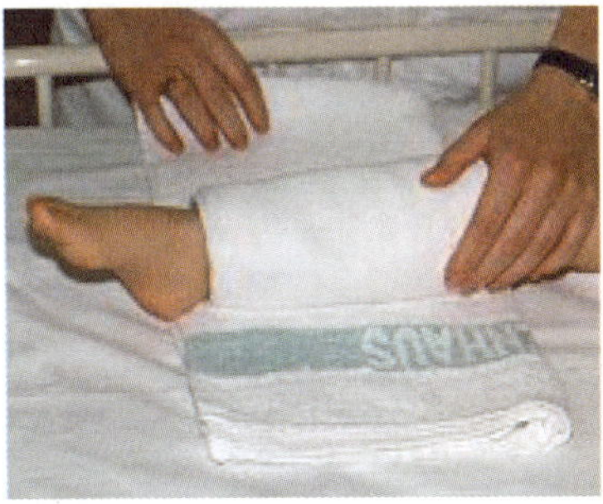

Beinwickel
Der Bein- oder Wadenwickel ist bei Fieber ein bewährtes Hausmittel

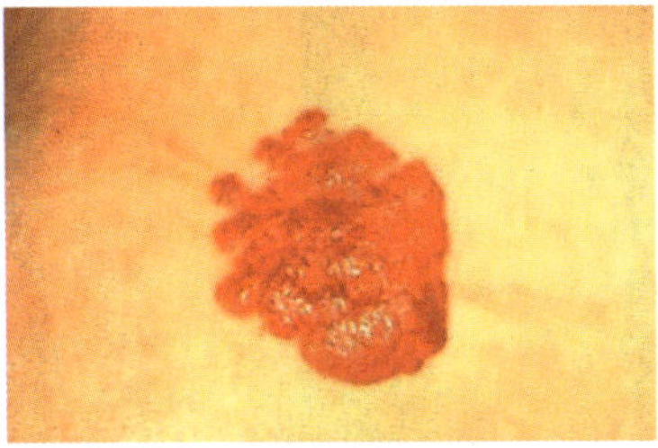

Blutschwämmchen
Pfenniggroßes Blutschwämmchen auf dem Unterarm eines Babys

Blutstuhl
Blutgerinnsel infolge einer schweren Darminfektion

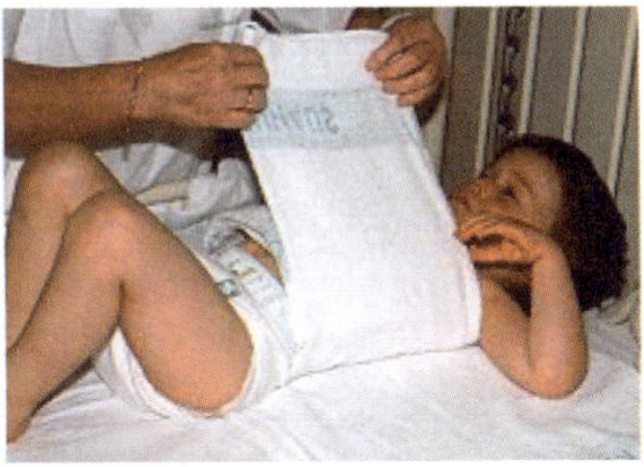

Brustwickel
Brustwickel, richtig gemacht, können sehr hilfreich sein

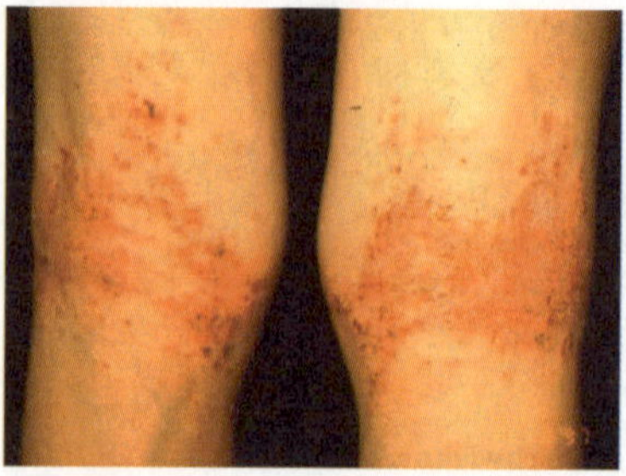

Ekzem
Atopisches Ekzem (Neurodermitis), hier mit Hautveränderungen an typischer Stelle in den Kniekehlen

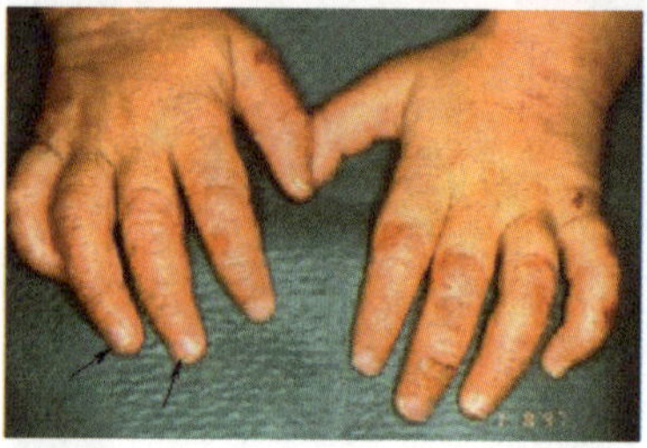

Ekzem
Atopisches Ekzem mit starker Entzündungsreaktion an den Händen; deutliche Kratzspuren infolge des starken Juckreizes

Fettstuhl
Typischer Fettstuhl bei einer Erkrankung der Bauchspeicheldrüse

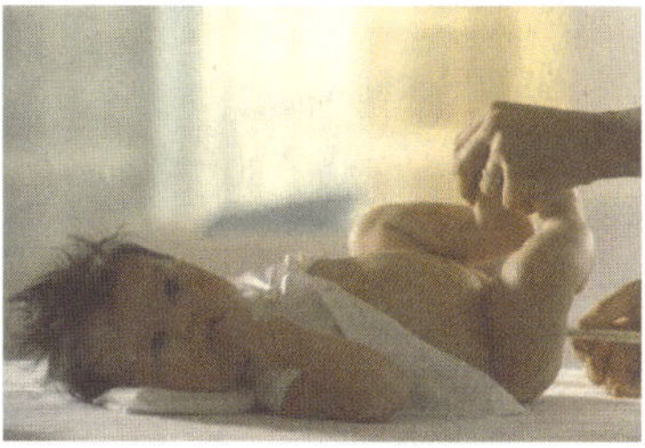

Fiebermessung im After
(rektale Messung)

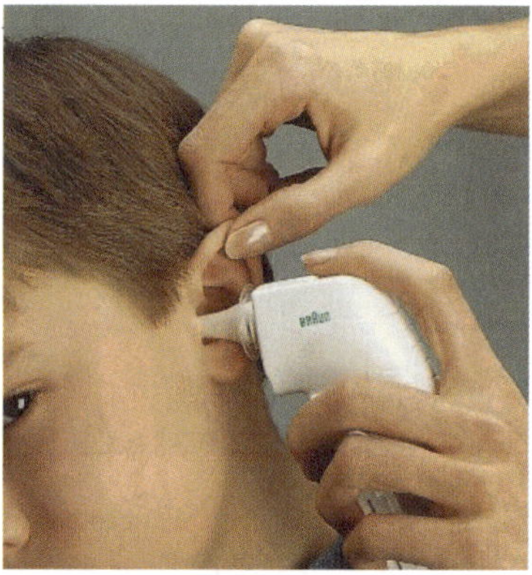

Fiebermessung im Ohr
(intra-aurikuläre Messung)

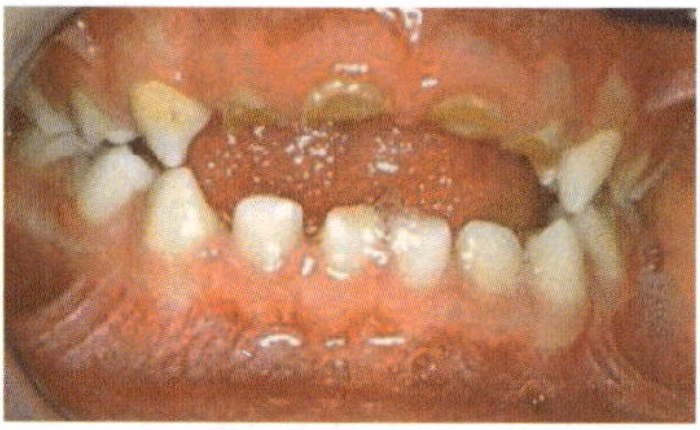

Flaschen-Karies
Dauerhaft zerstörtes Milchgebiß des Oberkiefers infolge von »Dauernuckeln« von zuckerhaltigen Getränken

Flaschenkind
Zweckmäßige Position beim Füttern mit der Flasche

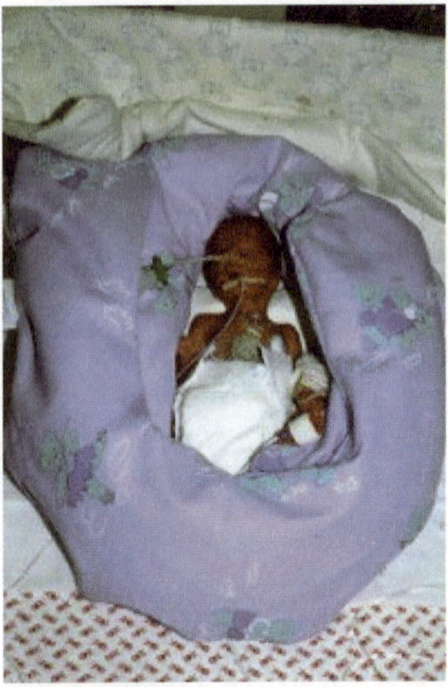

Frühgeborenes
Sehr kleines Frühgeborenes in geborgener Umgebung

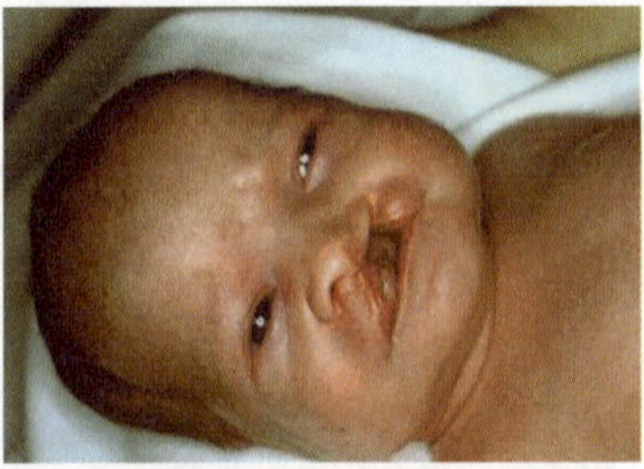

Gaumenspalte
Eine Lippen-Kiefer-Gaumenspalte erfordert eine fachgerechte kieferchirurgische Behandlung

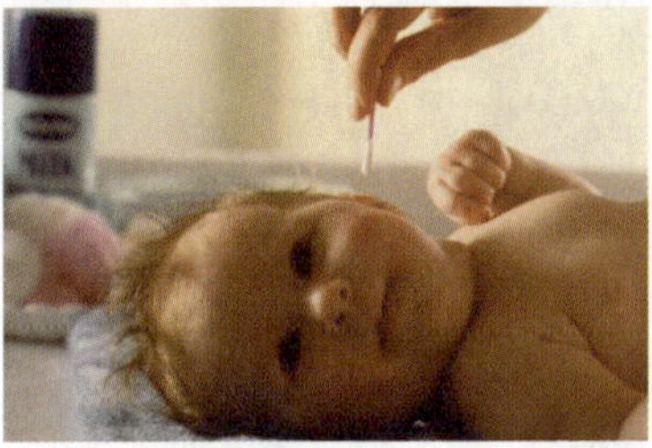

Gehörgangreinigung
Mit den handelsüblichen Wattestäbchen soll nur das äußere Ohr gereinigt werden

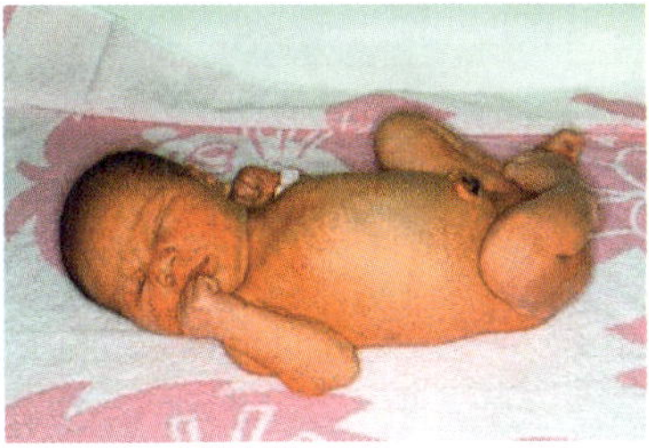

Gelbsucht des Neugeborenen
Harmlose Gelbfärbung der Haut bei einem neugeborenen Baby

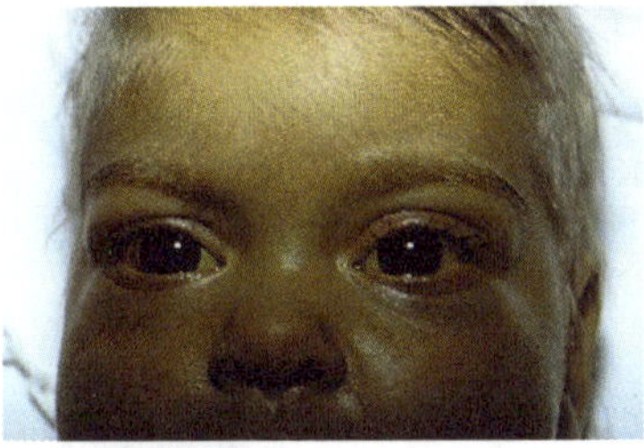

Gelbsucht
Deutliche Gelbfärbung der Augen und der Haut bei infektiöser Gelbsucht

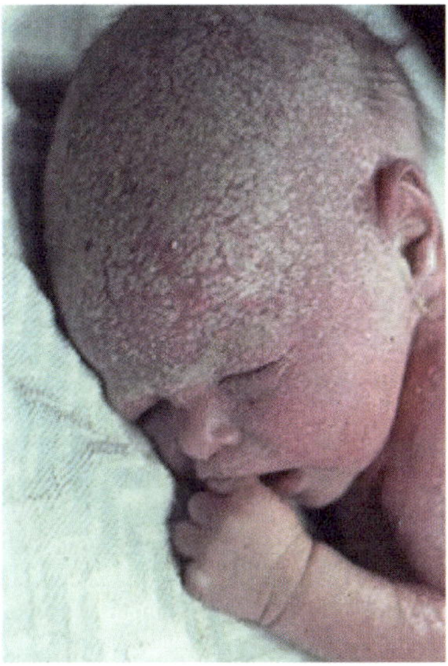

Gneis
Stark ausgeprägter Gneis (Dermatitis seborrhoides) auf der Kopfhaut

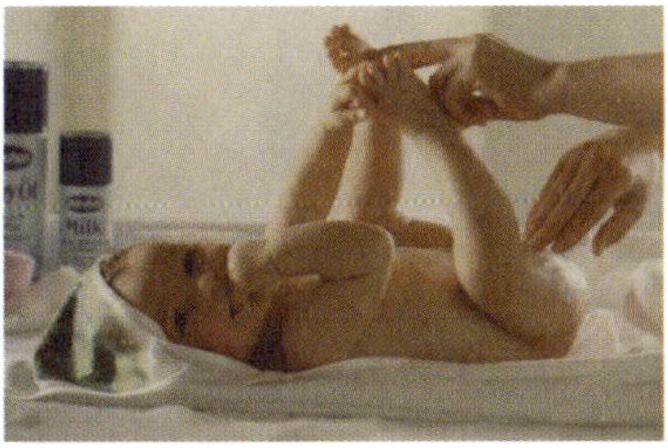

Hautpflege des Babys
Besonders im Windelbereich ist die Hautpflege sehr wichtig

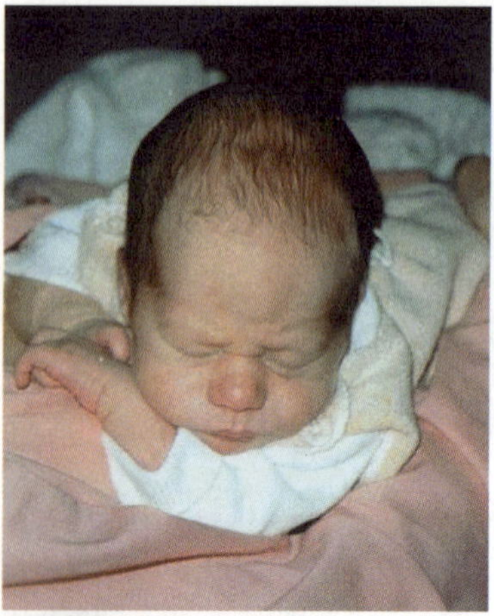

Hitzepickel
Hitzepickel (Milien) bei einem neugeborenen Baby

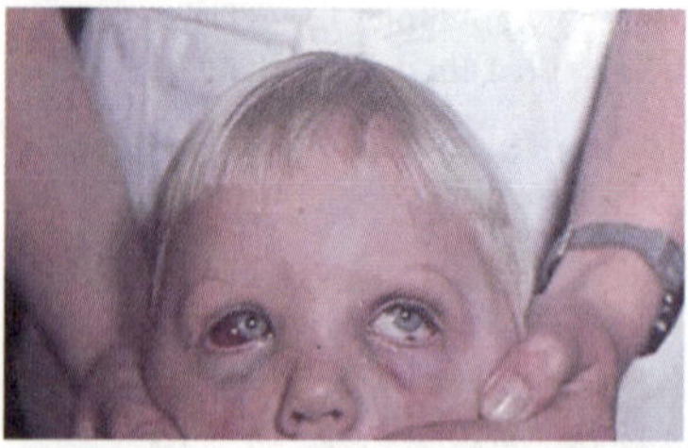

Keuchhusten
Bindehauteinblutung im rechten Auge als Folge von Keuchhustenanfällen

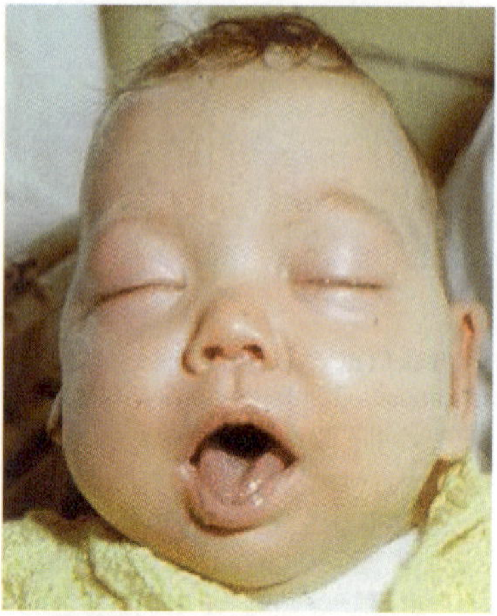

Keuchhusten
Weit herausgestreckte Zunge bei einem Keuchhustenanfall

Kindspech (Mekonium)
Der erste Stuhl eines Neugeborenen

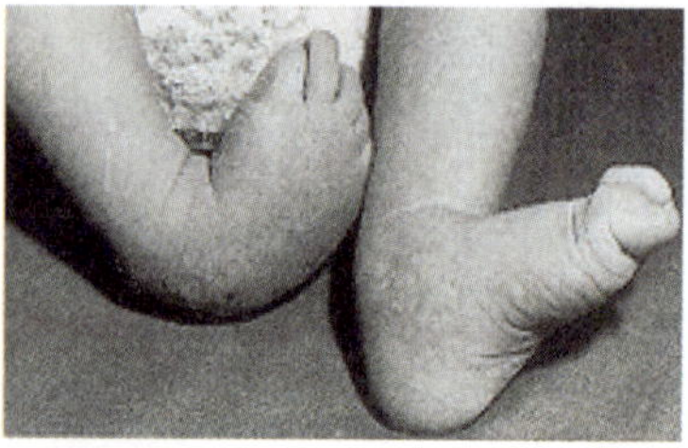

Klumpfuß
Typische Fußfehlhaltung bei Klumpfuß

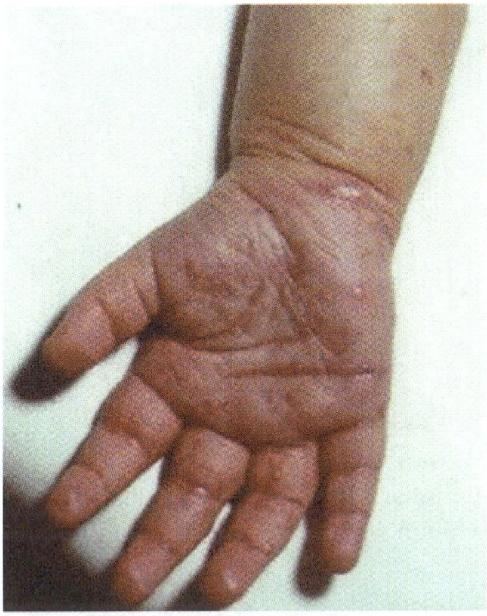

Krätze
Milbengänge und Kratzspuren an der Hand eines Babys mit Krätze (Skabies)

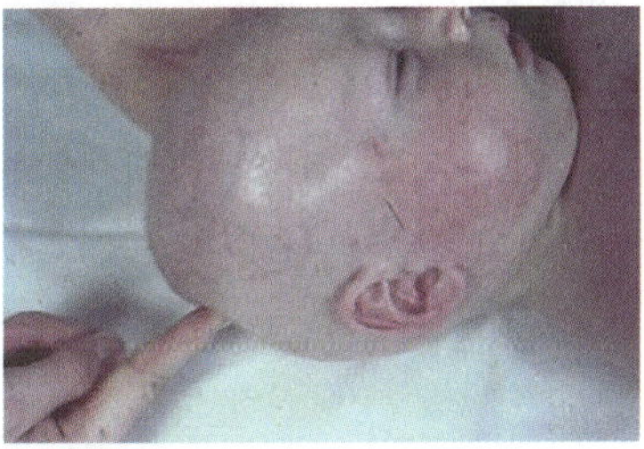

Kraniotabes
Mit dem Finger eindrückbarer Schädelknochen bei einem Baby mit Kraniotabes

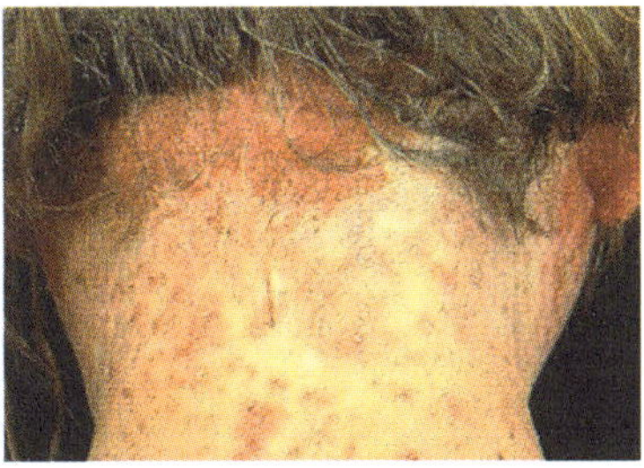

Läuse
Deutliche Kratzspuren an der Haut bei starkem Läusebefall

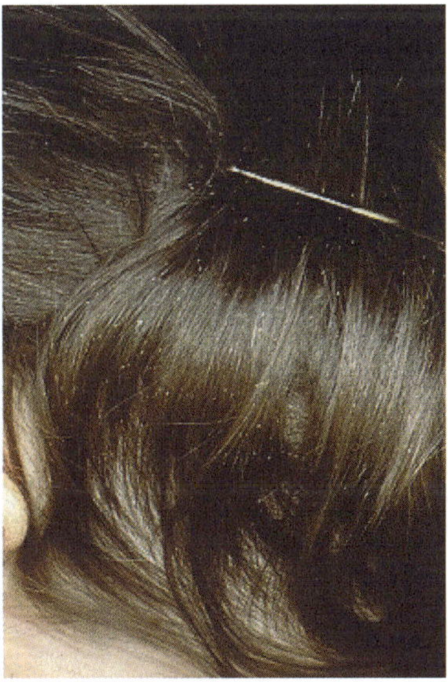

Läuse
Typische Nissen bei Lausbefall

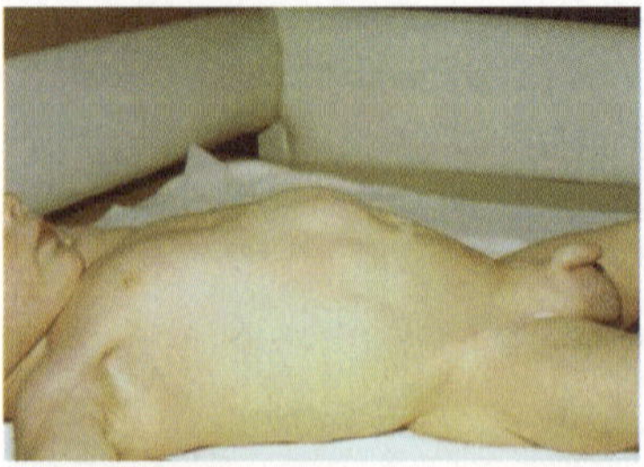

Magenpförtnerkrampf
Sichtbare, verkrampfte Magenmuskulatur bei einem Baby mit Magenpförtnerkrampf (Pylorusstenose)

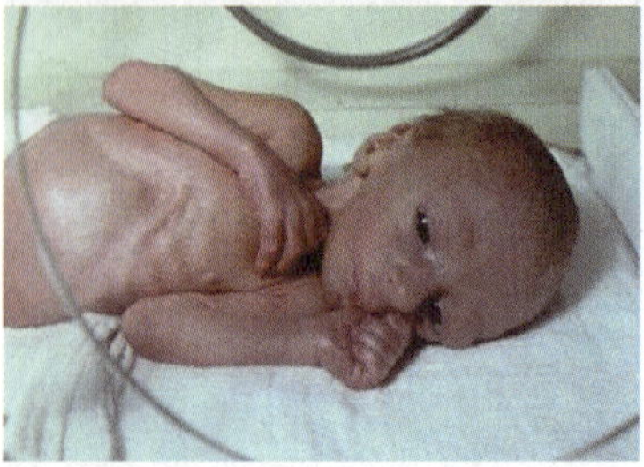

Mangelgeborenes
Sehr kleines, mit unzureichendem Geburtsgewicht geborenes Baby

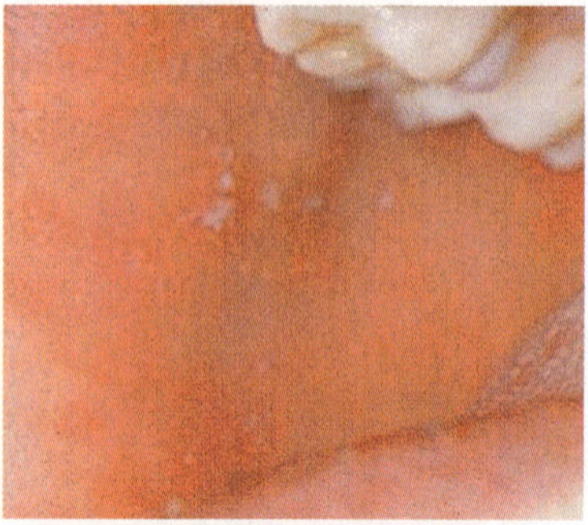

Masern
Typische Koplik-Flecken an der Wangenschleimhaut

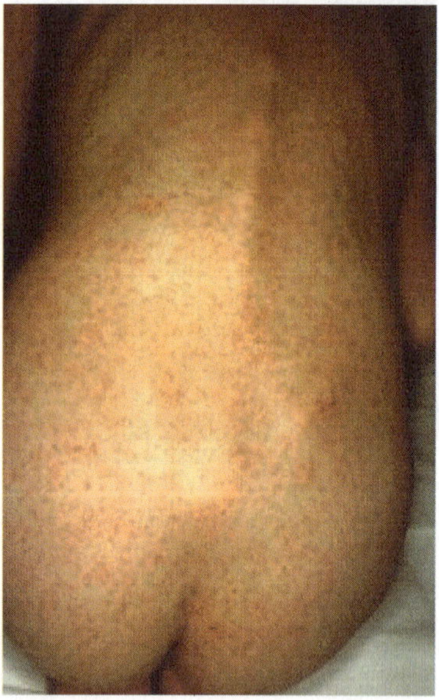

Masern
Grobfleckiger, teilweise zusammenfließender Hautausschlag

Milchpumpe und Saughütchen

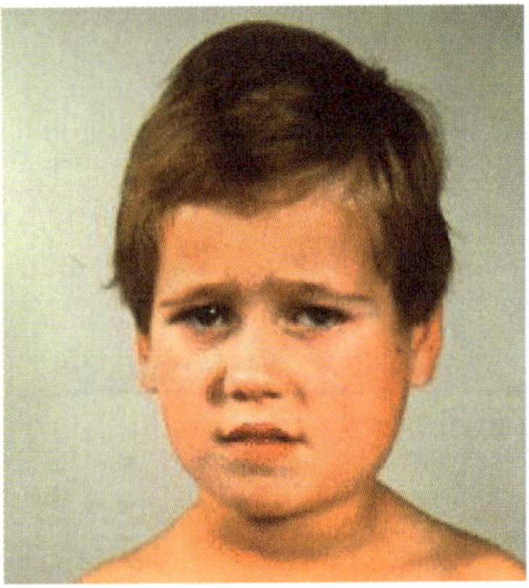

Mumps
Deutliche Schwellung der linken Wange durch Entzündung der Ohrspeicheldrüse

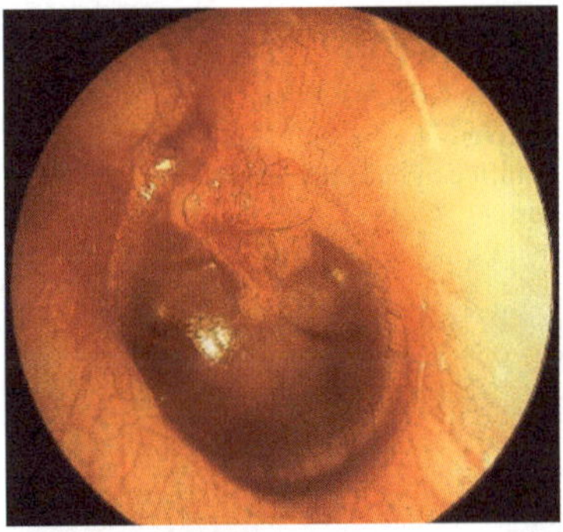

Mittelohrentzündung
Stark gerötetes und vorgewölbtes Trommelfell bei Mittelohrentzündung

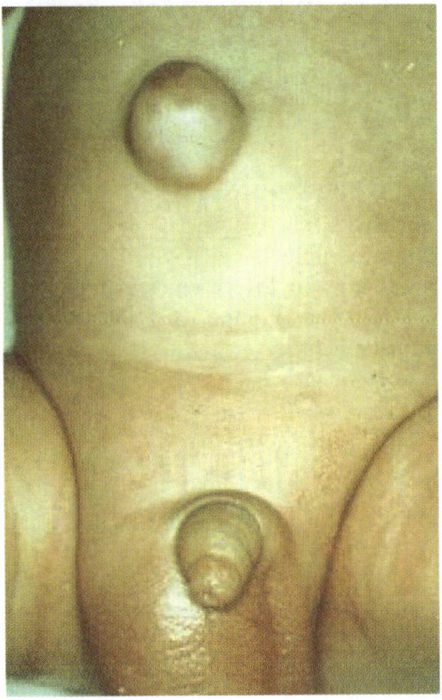

Nabelbruch/Leistenbruch
Drei Wochen altes Baby mit einem kirschgroßen Nabelbruch (oben) sowie einem rechtsseitigen Leistenbruch (unten)

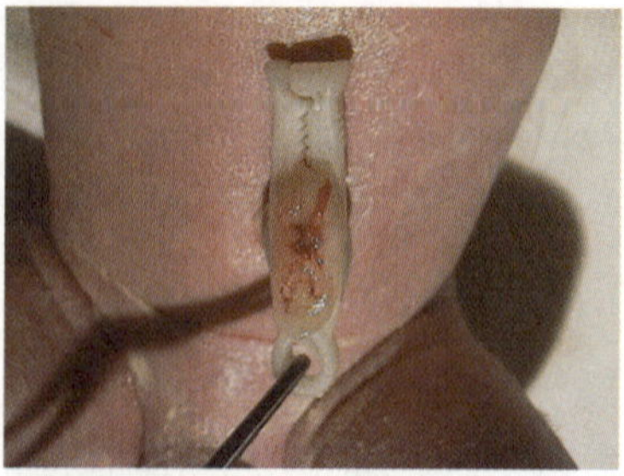

Nabelpflege
Nach der Abnabelung wird der Nabelschnurrest mit einer Nabelklemme abgeklemmt

Reinigungsbad
Sicheres Festhalten des Babys beim Baden ist wichtig

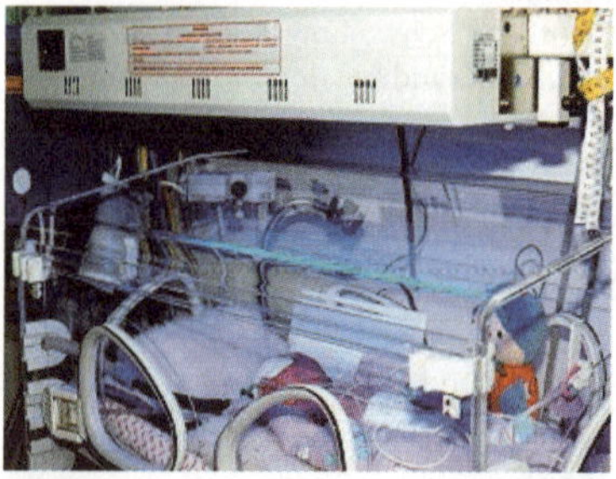

Phototherapie
Inkubator zur Pflege eines Frühgeborenen mit einer Lampe zur Phototherapie mit Blaulicht

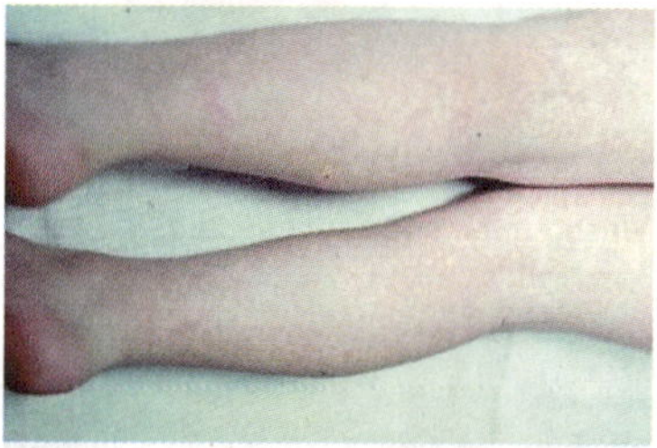

Röteln
Feinfleckiger Hautausschlag an den Beinen

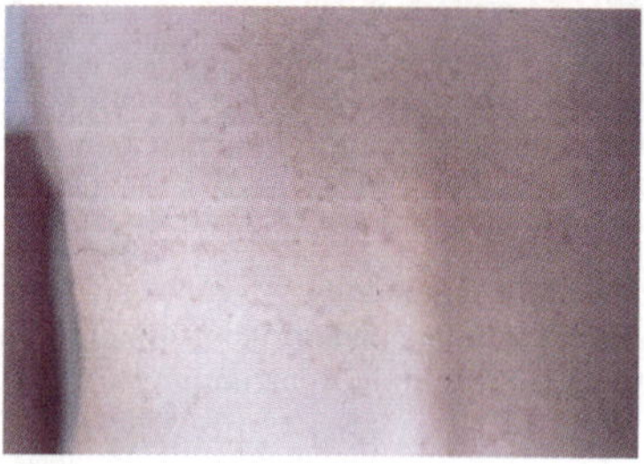

Röteln
Feinfleckiger Hautausschlag im Bereich des Rückens

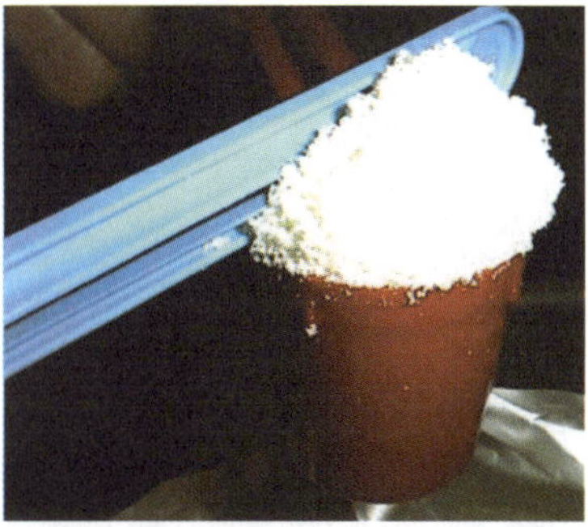

Säuglingsnahrungen
Auf die richtige Menge kommt es an: So können Sie die pulverisierte Milch exakt dosieren

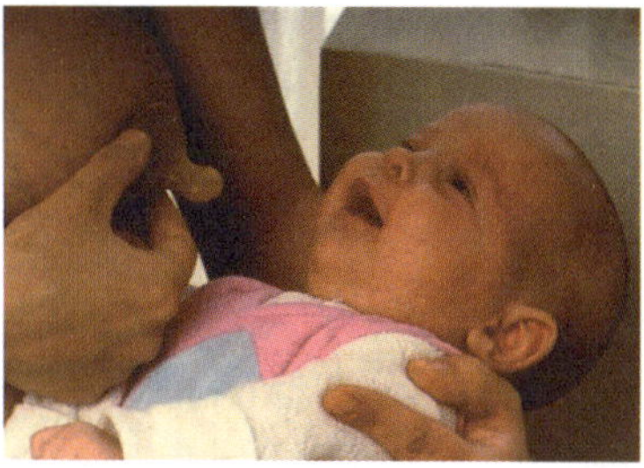

Saughütchen
Bei Hohl- oder Flachwarzen sind Stillhütchen empfehlenswert

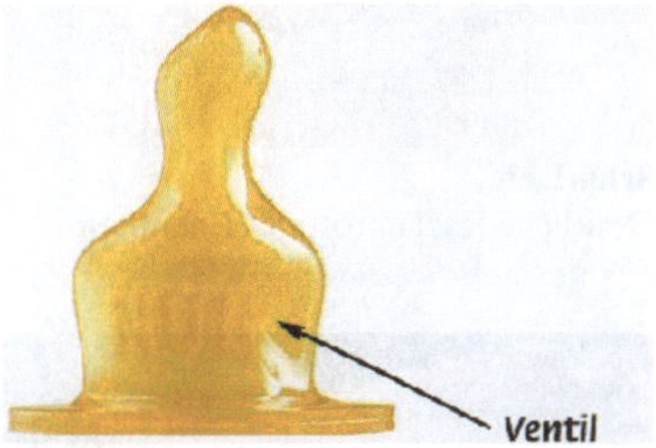

Sauger
Trinksauger sollten mit einem Ventil versehen sein, damit das Baby das Trinken aus der Flasche nicht unterbrechen muß

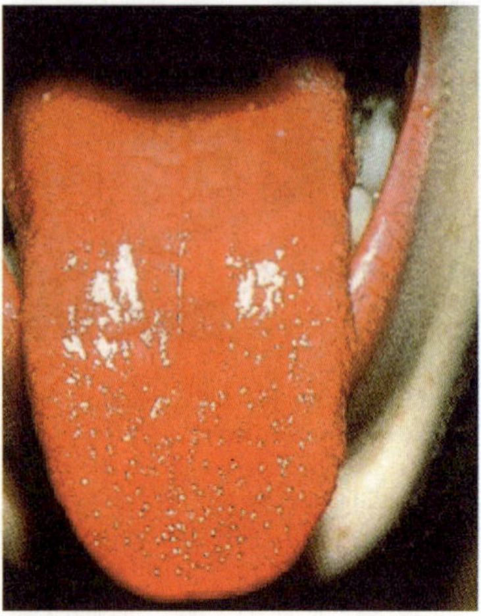

Scharlach
Typische »Himbeerzunge« durch Vergrößerung der Zungenpapillen

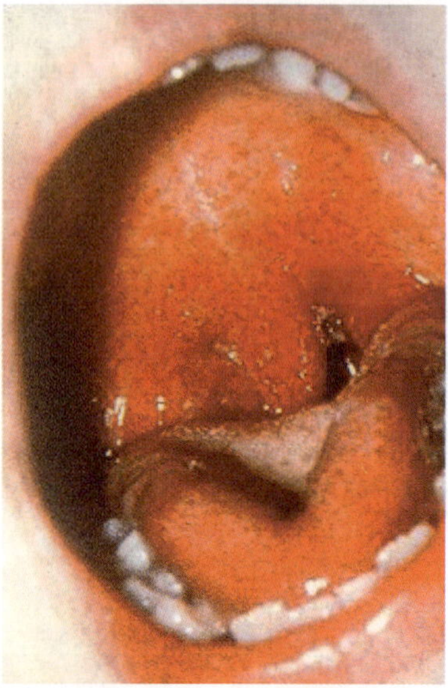

Scharlach
Deutliche Rachenrötung (Enanthem)

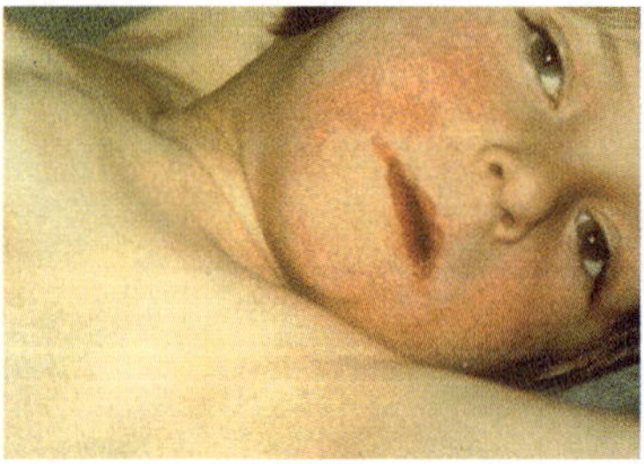

Scharlach
Feinfleckiger Hautausschlag (Exanthem) unter Aussparung der Mundregion

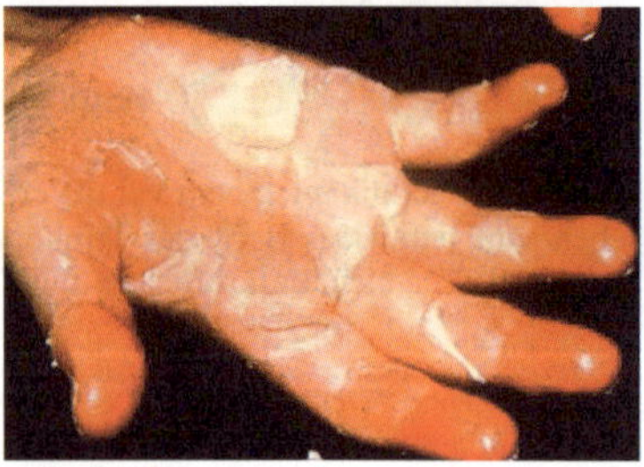

Scharlach
Lamelläre Hautschuppung am Ende der Krankheit

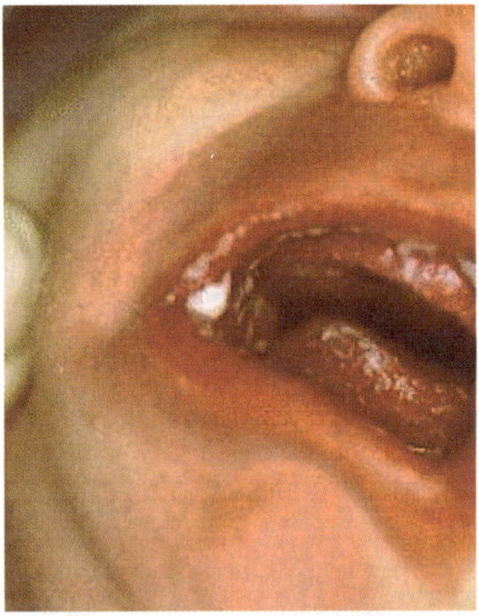

Soor
Weißliche Beläge auf der Zunge sowie der Mundschleimhaut bei einem Baby mit Soor

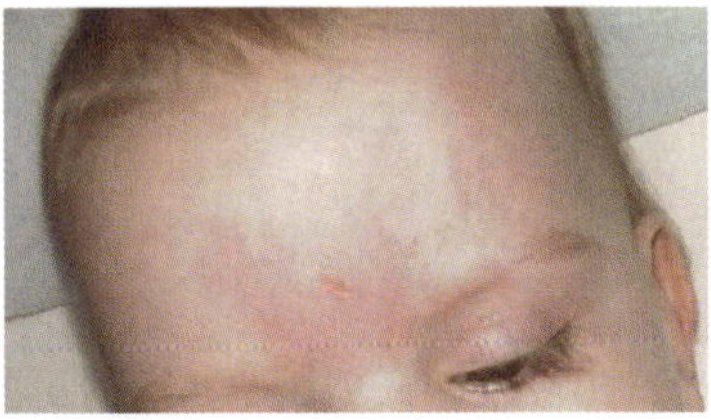

»Storchenbiß«
Abblassender »Storchenbiß« über der Nasenwurzel

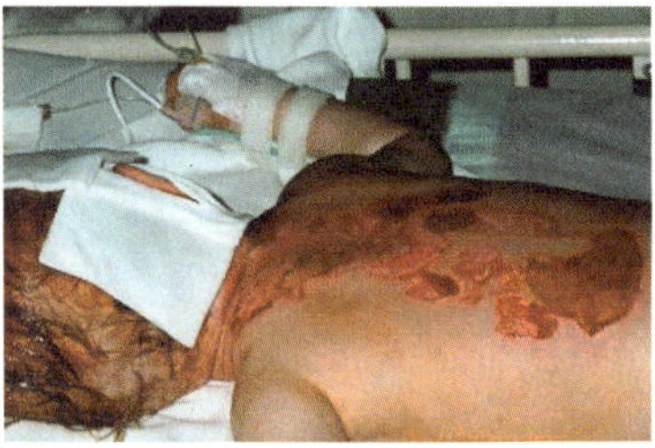

Verbrühung
Großflächige Hautverbrühung bei einem Kleinkind nach Herunterreißen einer Kanne heißen Kaffees

»Verschlucken«
Auswahl einiger von Kleinkindern in die Lunge eingeatmeter Gegenstände

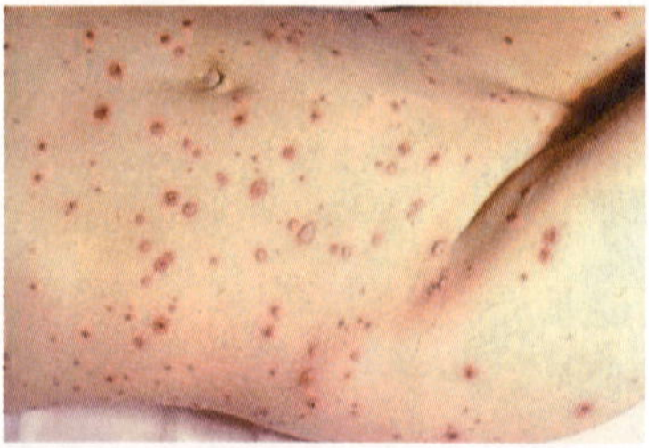

Windpocken
Der ganze Körper, auch der behaarte Kopf, ist von unzähligen Bläschen, Papeln und Pusteln übersät (»Bild des Sternenhimmels«)

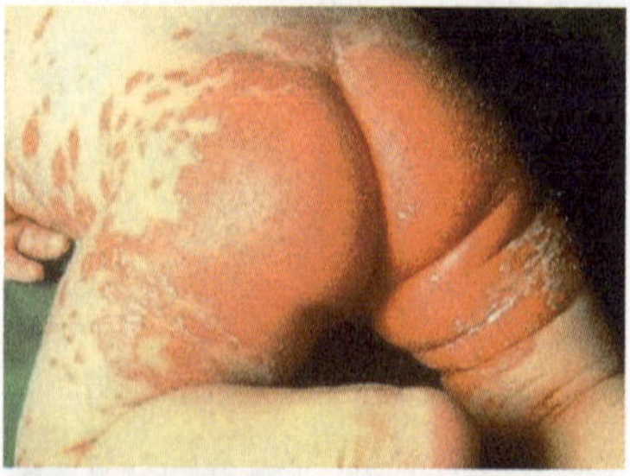

Wundwerden
Wundwerden (Windeldermatitis) im Bereich der Windelpackung (Rötung und nässende Stellen)

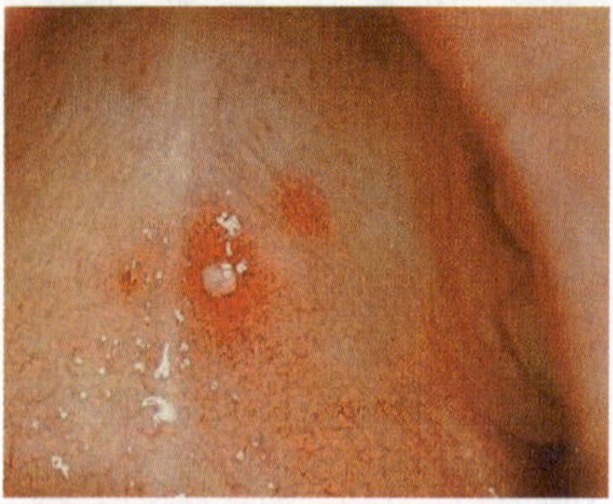

Windpocken
Windpocken-Bläschen am Gaumen

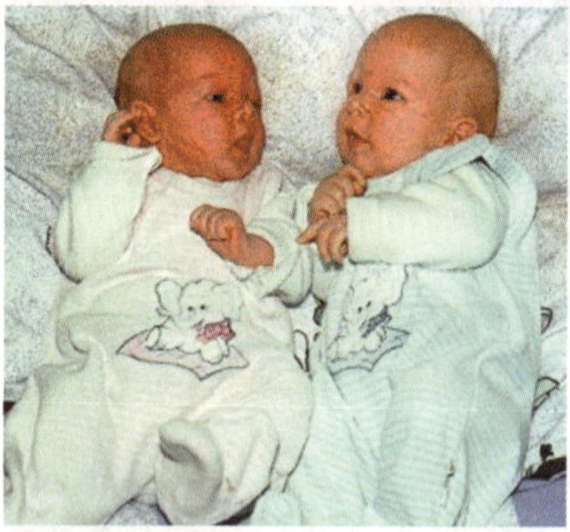

Eineiige Zwillinge
In zweisamer Eintracht ...

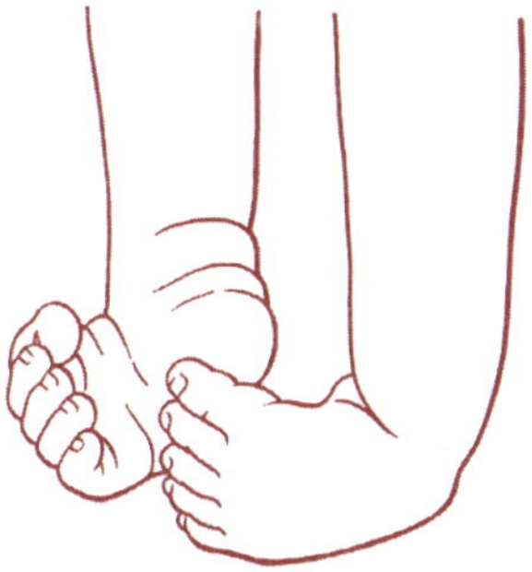

bandes, mit dessen Hilfe der Fuß in eine normale Form gebracht und in einer Haltung fixiert wird, die eine richtige spätere Fußentwicklung und Funktion ermöglichen.
Vgl. auch →Fußentwicklung, →Hackenfuß, →Sichelfuß

Kochrezepte für das ältere Baby und das Kleinkind

Zubereitungen mit Eiern

Eier sind für den wachsenden Organismus wegen ihres hohen Gehalts an wichtigen Mineralstoffen (Kalzium, Phosphor, Eisen) ein wertvolles Nahrungsmittel. Sie können als weichgekochtes ganzes Ei (weiches Ei), Rührei, Setzei oder in Form von Eierkuchen und Eierspeisen angeboten werden. Achtung: Eier und Eierspeisen sollten Babys und Kleinkindern nicht im Übermaß gegeben werden, d.h. nicht mehr als 1 bis 2 Eier pro Woche.

Nudelpudding:
1/4 l Milch, 45 g Butter, 45 g Zucker, 70 g Bandnudeln, Zitrone, 2 bis 3 Eier, 20 g süße Mandeln, Salz (kann auch fortgelassen werden)

So wird's gemacht:
Die Nudeln werden für einen Augenblick in kochendes Wasser gegeben und dann auf einem Durchschlag abgetropft. Die Milch wird mit der Hälfte der Butter und einer Prise Salz aufgekocht, die Nudeln darin abgebacken, bis sie sich vom Topf lösen, dann das Ganze kaltstellen. Die restliche Butter rühren Sie sahnig, wobei Sie die Eidotter und den Zucker dazugeben. Darauf folgen die Mandeln, die Nudeln und schließlich der steifgeschlagene Eischnee. Das Ganze wird schließlich in einer mit Butter ausgestrichenen Form im heißen Wasserbad erwärmt und mit Fruchtsaft angerichtet.

Für Kleinkinder.

Reis-Auflauf:
3/4 l Milch, 75 g Milchreis, 2 Eßlöffel Zucker, 1 bis 2 Eier, 20 g Butter, Salz (kann auch fortgelassen werden), Zitronenschale (von ungespritzten Früchten!)

So wird's gemacht:
Reis in Milch garkochen. Butter, Zucker, Eigelb und Zitrone schaumig rühren und den abgekühlten Reis dazugeben; zuletzt kommt der Eischnee hinzu. Im Backofen wird das Ganze etwa für 20 Minuten gebacken.

Für Kleinkinder.

Reis-Frucht-Auflauf:
40 g Reis, 1/2 bis 3/4 l Milch, 1 bis 2 Eigelb, 2 Eßlöffel Zucker, 1 bis 2 Eiweiß, eingemachte Früchte, 2 Eßlöffel Zwiebackmehl, 15 g Butter

So wird's gemacht:
Reis in der Milch langsam garkochen. Nach dem Abkühlen rühren Sie Eigelb, Zucker und zuletzt den steifgeschlagenen Eischnee dazu, füllen sogleich von dieser Masse in eine ausgestrichene Backform eine Lage Reis, darauf eine Lage Früchte (in Zucker frisch gedünstete oder einge-

machte Aprikosen, Mirabellen, Kirschen oder Äpfel), darauf wieder eine Schicht Reis und so fort. Die oberste Schicht muß eine Lage Reis sein, auf die Sie noch Zwiebackmehl und einige Flocken frischer Butter aufstreuen. Dann lassen Sie den Auflauf im Backofen leicht bräunen. Die Masse läßt sich auch in einer Puddingform im Wasserbad kochen.

Für Kleinkinder.

Fleisch und Fleischzubereitungen

Zur Einführung der Fleischkost in die gemischte Kost gibt man anfangs feingewiegtes oder püriertes Fleisch, das der übrigen Nahrung (Suppe, Gemüse, Kartoffelbrei usw.) beigemischt wird. Vermeiden Sie die Verwendung von ausgesprochen fettem Hammel-, Schweine- und Geflügelfleisch. Rohes Fleisch (Tatar, Beefhack) ist für Kleinkinder nicht geeignet.

Kalbspüreesuppe:

100 g zartes Kalbfleisch, 10 g Butter, 10 g Mehl, 1 Karotte, 1 Selleriewurzel

So wird's gemacht:

Das Fleisch wird in kleine Würfel geschnitten und zusammen mit Karotte und Selleriewurzel gargekocht. Eine aus Butter und Mehl bereitete Butter-Mehl-Einbrenne gießen Sie mit der Kochsuppe auf. Das in einem Sieb zurückgehaltene, gekochte, feingewiegte Fleisch wird durch ein Haarsieb passiert, mit der Suppe vermengt, abgeschmeckt und angerichtet.

Passiertes Fleisch:

100 g Kalbfleisch, 30 g Haferschleimsuppe, 10 bis 20 g Butter, 1/2 Karotte, Salz (kann auch fortgelassen werden), etwas Zitronensaft

So wird's gemacht:

Fleisch und Karotte in Wasser kochen, dann alles feinwiegen (evtl. passieren), mit der Schleimsuppe aufkochen und mit Salz und Zitrone abschmecken. Butter kann nach Bedarf eingerührt werden.

Gemüsezubereitungen

Blumenkohl:

200 g Blumenkohl, 5 g Butter, 1 Prise Salz (kann auch fortgelassen werden)

So wird's gemacht:

Der Blumenkohl wird gut gereinigt, zerlegt (wobei die dicksten Strünke entfernt werden), in kaltem Wasser gewaschen, dann gekocht. Wenn er gut weich ist, wird er mit der Gabel zerkleinert und die Butter (und das Salz) hinzugefügt.

Blumenkohl (gebacken):

1 kleiner Blumenkohl, 2 Eßlöffel Parmesankäse, 20 g Butter, 1 Ei, 1 Prise Salz (kann auch fortgelassen werden)

So wird's gemacht:

Den gekochten Blumenkohl legt man in eine mit Butter ausgestrichene und mit Semmelmehl ausgestreute Backform. Darüber gießt man eine aus Ei, Butter und der Salzprise geschlagene Soße und streut etwas geriebenen Parmesankäse darüber. Das Ganze wird etwa 20 Min. im Backofen bei mäßiger Hitze gebacken.

Für Kleinkinder.

Karotten:

100 g junge Karotten, 250 g Fleischbrühe, 4 g geriebene Semmel (etwa 1 gehäufter Teelöffel), 5 g Butter (etwa 1 gehäufter Teelöffel), 1 Prise Zucker (kann auch fortgelassen werden)

So wird's gemacht:

Die Karotten werden gewaschen, geputzt und grob zerkleinert, mit Fleischbrühe

und Semmelmehl weichgekocht, durch ein Sieb gestrichen, im offenen Kochtopf zu beliebiger Dicke eingedampft und mit Butter (und Zucker) abgeschmeckt.

Kohlrabi (gebacken):
250 g zarte Kohlrabi, 20 g Butter, 2 Eßlöffel Parmesankäse, 1/4 l saure Sahne, Salz (kann fortgelassen werden)

So wird's gemacht:
Die Kohlrabi werden geschält, in Scheibchen geschnitten und in Wasser gargekocht. In eine Auflaufform legen Sie auf den Boden einige Butterflocken, darüber lagenweise Kohlrabi, Parmesankäse, Butterflocken und verteilen löffelweise die Sahne darüber. Obenauf kommen nochmals saure Sahne und Parmesankäse. Das Ganze geben Sie für etwa 20 Min. in den Backofen.

Für ältere Kleinkinder.

Mischgemüse:
100 g Spargel, 100 g Mohrrüben, 100 g frische Erbsen, 15 g Butter, 20 g Mehl, etwas Petersilie, Salz (kann auch fortgelassen werden)

So wird's gemacht:
Spargel und Mohrrüben (geschält und kleingeschnitten) und Erbsen werden in Wasser weichgekocht, dann auf ein Sieb zum Abtropfen gegeben. In einem Topf bereiten Sie eine helle Mehlschwitze (mit 15 g Butter und 20 g Mehl), füllen langsam unter Umrühren mit dem Gemüsekochwasser auf, bis Sie eine dickliche Soße erhalten, und geben das Gemüse hinzu. Mit etwas Zucker abschmecken. Zum Schluß wird die feingehackte Petersilie aufgestreut.

Spargel:
150 g Spargel, 10 g Mehl, 1 Eigelb, 1 Prise Salz (kann auch fortgelassen werden), 1 Prise Zucker (kann auch fortgelassen werden), etwas Zitronensaft

So wird's gemacht:
Der Spargel wird geschält und in kurze, 2 bis 3 cm lange Stückchen geschnitten, in etwa 1/2 Liter Wasser gargekocht und dann herausgenommen. Verquirlen Sie anschließend in einer kleineren Menge des etwas abgekühlten Kochwassers ein Eigelb sowie 10 g Mehl und verrühren Sie dies im nochmals aufkochenden Spargelwasser. Schmecken Sie (mit Salz, Zucker und etwas Zitronensaft) ab, fügen die Spargelstückchen hinzu und wärmen sie wieder auf.

Spinat:
500 g frischer junger (!) Spinat (auch Tiefkühlspinat in Kleinpackung), 20 g Butter, 1 Prise Salz (kann auch fortgelassen werden)

So wird's gemacht:
Spinat gut säubern, waschen und sodann in schwach gesalzenem Wasser etwa 10 Minuten kochen. Ist er vollkommen weich, schütten Sie ihn auf ein Sieb und stellen das Kochwasser auf dem Herd warm. Währenddessen wiegen Sie das Gemüse fein und geben es wieder in das Gemüsewasser. Butter kann, evtl. auch mit etwas Mehl nach Art der Einbrenne zubereitet, nach Bedarf hinzugefügt werden.

Tomatenbrei:
1 bis 2 mittelgroße reife Tomaten, 5 g Butter, 10 g Mehl, (evtl. 1 Kartoffel), 1 Prise Salz (kann auch fortgelassen werden), etwas Zucker (kann auch fortgelassen werden)

So wird's gemacht:
Butter, Mehl und etwas Wasser zu einer Butter-Mehl-Einbrenne verarbeiten, die Sie 5 Min. unter ständigem Rühren kochen lassen. Dann geben Sie die in Scheiben geschnittenen Tomaten hinzu und lassen noch weitere 5 Minuten garen. Das Ganze streichen Sie durch ein mittelfeines Sieb. Zur Entfernung der Tomatenhaut können die Tomaten auch kurz aufgebrüht werden, wonach das Abziehen der Haut leicht möglich ist. Der Tomatenbrei wird schließlich mit Zucker und Salz abgeschmeckt.

Kartoffelzubereitungen
Kartoffelbällchen:
250 g gekochte Kartoffeln, 20 g Butter, 2 Eigelb, 1 kleiner Eßlöffel Parmesankäse (fein gerieben), 1 Prise Salz (kann auch fortgelassen werden), geriebenes Weißbrot, Backfett

So wird's gemacht:
Die zerquetschten Kartoffeln werden mit der zerlassenen Butter sowie mit Eigelb und Parmesankäse vermischt. Von der Masse werden walnußgroße Kugeln geformt, paniert und in heißem Kochfett schwimmend gebacken. Die Nahrung kann evtl. mit Gemüse und/oder etwas Bratensoße serviert werden.

Für Kleinkinder.

Kartoffelbrei:
200 g geschälte rohe Kartoffeln, 20 g Milch, 6 g Butter, 4 g Salz (kann auch fortgelassen werden)

So wird's gemacht:
Die gewaschenen und geschälten Kartoffeln werden in Wasser gargekocht, abgegossen, durch ein feines Sieb getrieben und mit Milch (oder Sahne) auf dem Herd glattgeschlagen. Zuletzt geben Sie Salz und Butter (können auch wegbleiben) dazu. Der Brei sollte insgesamt 5 Minuten geschlagen werden.
Kaloriengehalt ca. 120 in 100 g
Vgl. auch →Kartoffeln

Mehlspeisen
Semmelknödel:
125 g Semmel (trocken), 100 g Milch, 15 g Fett, 20 g Mehl, 1 Ei, 20 g Zwiebeln, Petersilie, Salz (kann auch fortgelassen werden)

So wird's gemacht:
Die trockenen Semmeln werden in kleine Würfel geschnitten und diese mit den Zwiebeln in heißem Fett geröstet. Milch und Ei (und Salz) werden verquirlt und über die Würfel gegossen. Nach kurzem Stehen mengt man das Mehl unter und formt kleine Knödel, die in 1 l Wasser nach dessen Aufkochen 10 Minuten ziehen müssen. Anrichten mit feingehackter Petersilie.

Für Kleinkinder.

Tiroler Knödel:
125 g Semmel (trocken), 50 g Milch, 8 g Fett, 20 g Mehl, 80 g Selchfleisch, 1/2 Ei, Petersilie, Salz (kann auch fortgelassen werden)

So wird's gemacht:
Die in kleine Würfel geschnittenen Semmeln werden mit heißem Fett übergossen. Ei und Milch (und eine Prise Salz) gut verrühren, ebenfalls darübergießen und dann Mehl und Selchfleisch untermengen. Aus der Masse werden kleine Knödel geformt, die man in 1 l Wasser garkocht. Anrichten mit frischer, gehackter Petersilie.

Für Kleinkinder.

Rohkost

Blumenkohl:

Blumenkohl wird auf der Rohkostreibe gerieben, mit Sahne, Zitronensaft und etwas Zucker vermengt.

Mohrrüben:

Die Wurzeln werden gründlich gesäubert, auf der Rohkostreibe gerieben, mit etwas Zitronensaft und Zucker verrührt und abgeschmeckt.

Müsli:

2 Eßlöffel Haferflocken, (Wasser oder) Milch, 100 g feingeschnittene Äpfel, 10 g geriebene Nüsse, (10 bis 20 g Rosinen), Honig, Saft einer Zitrone

So wird's gemacht:

2 Eßlöffel Haferflocken (Schmelzflokken) werden mit 3 Eßlöffel Wasser oder Milch angerührt. Dazu kommen etwas Honig und der Saft einer Zitrone sowie 100 g feingeschnittene Äpfel und 10 g geriebene Nüsse (evtl. auch 10 bis 20 g gewaschene Rosinen).

Schwarzwurzeln:

Die Schwarzwurzeln werden geputzt, fein gerieben, mit Zitronensaft, etwas Öl, Schnittlauch und geriebenem Apfel angemacht.

Süßspeisen

(als Nachtisch, weniger als Hauptmahlzeit geeignet):

Buttermilchspeise:

250 g Buttermilch, 15 g Zucker, 1/4 Zitrone (ungespritzte Früchte!), Gelatine

So wird's gemacht:

Buttermilch wird mit Zucker gesüßt und mit dem Saft und der feingeriebenen Schale einer viertel Zitrone geschlagen. Die Gelatine geben Sie zuletzt dazu.

Milchreis:

50 g Reis, 500 ml Milch, 10 g Zucker (oder Zimt-Zucker), Salz (kann auch fortgelassen werden)

So wird's gemacht:

Reis in die kochende Milch geben und unter gelegentlichem Umrühren garkochen, anrichten und mit Zucker überstreuen. Das Mitgaren kleiner Apfelstückchen ist bei Kindern sehr beliebt!

Rote Grütze:

125 g Johannisbeersaft (auch Kirsch-, Erdbeer- und Himbeersaft sind geeignet), 20 g Mondamin, 30 g Zucker.

So wird's gemacht:

Zum Fruchtsaft fügt man die gleiche Menge Wasser und den Zucker hinzu. Man läßt die Flüssigkeit dann kurz aufkochen, gibt in kaltem Wasser aufgelöstes Mondamin dazu und läßt das Ganze eindicken. Die Speise wird mit frischer Milch oder Sahne gereicht.

Vollkorn-Milch-Brei:

50 g geschrotetes Getreide (Weizen oder Hirse), 100 ml Milch, 3 bis 4 Eßlöffel Fruchtsaft, Honig oder Sanddornkonzentrat

So wird's gemacht:

50 g geschrotetes Getreide (Weizen oder Hirse) in 100 ml Wasser quellen lassen. Anstelle von frischem Getreide können auch Vollkorn-Getreideflocken verwendet werden. Die Mischung in 100 ml Milch anrühren, aufkochen und mit 3 bis 4 Eßlöffel Fruchtsaft, Honig oder Sanddornkonzentrat versetzen.

Kochsalz

K. ist der einzige Mineralstoff, der in vielen Nahrungsstoffen in einer für den Menschen nicht ganz ausreichenden Menge vorhanden ist. Es wird deshalb in der Küche gewöhnlich vielen Speisen in reiner Form und kleinsten Mengen zugesetzt.

Allerdings sind die für junge Kinder und Babys erforderlichen K.-Mengen besonders gering, und viele Speisen des Familientisches sind in ihrem Salz- und Gewürzgehalt zu sehr auf den Geschmack von Erwachsenen abgestimmt. Ein zu hoher K.-Gehalt der Nahrung ist aber für Babys und Kleinkinder unzuträglich. Für die allerersten Gemüse- und Kartoffel-Breie ist Salzzugabe überhaupt nicht erforderlich, insbesondere dann nicht, wenn Sie zum Würzen Suppenwürze oder Fleischbrühe verwenden, weil diese bereits den K.-Bedarf des Kindes voll abdecken. Auch später sollten Sie bei der Zubereitung von Kinderkost mit K. stets sparsam umgehen.

Konsequent genossene kochsalzarme (nicht kochsalzfreie!) Kost hilft auf Dauer wahrscheinlich, dem Bluthochdruck in späteren Jahren vorzubeugen. Sie sollte daher bereits von früher Kindheit an zur Gewohnheit werden: Fachleute nehmen an, daß zumindest bei denjenigen Kindern, bei denen eine ererbte Anlage zum Bluthochdruck vorhanden ist, zuviel K. in der alltäglichen Kost als ein blutdrucksteigernder Risikofaktor angesehen werden muß.

Die Hersteller von industriell gefertigten Säuglings- und Kleinkindnahrungen (sog. »Gläschenkost«) haben hieraus die Konsequenz gezogen und liefern ihre Produkte salzarm oder sogar salzfrei. Aus Unkenntnis dessen oder weil sie den Geschmack dieser Nahrungen u.U. als »fad« empfinden, sollten Eltern nicht nachsalzen. Übrigens: Wenn Erwachsene bei Tisch ihre Speisen kräftig salzen oder nachsalzen, geben sie für Kinder oft ein schlechtes Vorbild ab, das sie nur allzu häufig zur Nachahmung verführt. K.-Abstinenz, zumindest unmittelbar bei Tisch, ist deshalb das richtige Vorbild für Kinder.

Aus den genannten Gründen ist unter dem Stichwort →Kochrezepte für das ältere Baby und das Kleinkind bei vielen Rezepten davon Abstand genommen worden, Salz als obligatorischen Bestandteil der Rezepturen anzugeben.

Ferner ist zu bedenken, daß Deutschland, Österreich und die Schweiz Jodmangelgebiete sind, wenn auch mit regionalen Unterschieden. Verwenden Sie daher im Haushalt stets jodhaltiges K.!
Vgl. auch →Gewürze in der Babykost

Kochzucker →**Zucker**

Körperendgröße →**Entwicklung, körperliche,** →**Längenwachstum**

Körperformen, Entwicklung der →**Entwicklung, körperliche**

Körperproportionen, →**Entwicklung, körperliche**

Körpertemperatur, erhöhte →**Fieber,** →**Fiebermessung**

Kohlenhydrate

Bezeichnung für eine wichtige Gruppe organischer chemischer Verbindungen, die jeweils Kohlenstoff, Wasserstoff und Sauerstoff enthalten. K. sind die bedeutendsten in der Nahrung enthaltenen Energiespender für den Organismus. Im Stoffwechsel werden die K. zu Kohlensäure und Wasser unter Wärmefreisetzung abgebaut. Zu den K. gehören u.a. alle einfach gebauten Zuckerarten (Mono- und Disaccharide) sowie pflanzliche Mehle und tierische Stärke (Polysaccharide), aber auch die für den menschlichen Organismus nicht verwertbaren Faserstoffe der Pflanzen (Zellulose).
Vgl. auch →Milchzucker, →Speisestärke, →Traubenzucker, →Zucker

Kolostrum →Vormilch

Kombinationsimpfung →Fünffachimpfung, →Impfungen, →Mehrfachimpfung, →Sechsfachimpfung

Kondensmilch

K. ist ungezuckerte, eingedickte (evaporierte) Milch in Dosen oder Flaschen, die durch Wärmebehandlung keimfrei gemacht ist. Ihr Fettgehalt beträgt mindestens 7,5 %.

Erfahrungstip:
Sollten Sie mit Ihrem Baby in ferne Länder reisen müssen, nehmen Sie einen möglichst ausreichenden Vorrat von den gewohnten Säuglingsnahrungen mit. Wenn Sie diese evtl. nicht nachkaufen können, ist es notfalls möglich, mit verdünnter K. die Ernährung Ihres Kindes sicherzustellen (Verdünnungsverhältnisse von K. zu abgekochtem (!) Wasser wie 1:3 oder 1:2 entsprechen jeweils etwa →Halbmilch oder →Zweidrittelmilch).

Konjunktivitis →Bindehautentzündung

Kopfblutgeschwulst

Kephalhämatom; ein gelegentlich als Folge der Druckeinwirkungen auf den kindlichen Kopf während des Geburtsvorgangs entstehender Bluterguß zwischen dem Schädelknochen und der darüberliegenden Knochenhaut. Eine K. kommt am häufigsten im Bereich des rechten Scheitelbeines vor. Sie tritt als ziemlich scharf begrenzte, mehr oder weniger pralle, dabei aber nachgiebige Beule in Erscheinung, die meist nicht größer als ein Fünfmarkstück ist (Abb.). Die K. ist harmlos, gutartig und bildet sich meist im Verlauf einiger Wochen von selbst zurück.

Während der Abheilung verknöchert die abgehobene Knochenhaut von außen nach innen, so daß sich die ursprünglich

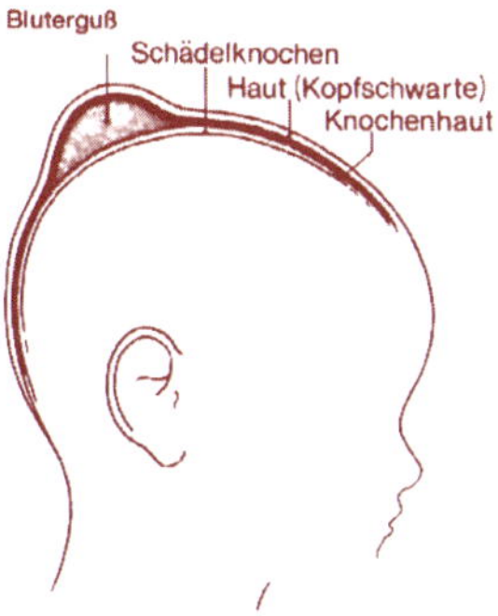

Der Bluterguß zwischen Schädelknochen und Knochenhaut führt zu einer weichen, sicht- und fühlbaren Geschwulst

elastische Beule allmählich vom Rand her mehr und mehr verhärtet. Ihre Mitte bleibt demgegenüber oft längere Zeit prall-elastisch und täuscht so eine »weiche Stelle« im Schädelknochen vor. Aber auch diese verknöchert schließlich völlig, so daß Sie sich nicht beunruhigen müssen. Die daraus resultierende gesamte knöcherne Vorwölbung pflegt im Lauf von Monaten von selbst wieder zu verschwinden und verursacht keine dauernde Kopfverformung.

Unterlassen Sie bitte jegliches Herumdrücken an einer K. – Sie könnten damit eine erneute Blutung an dieser Stelle auslösen!
Vgl. auch →Geburtsgeschwulst, →Geburtsverletzungen

Kopfgeschwulst →Geburtsgeschwulst

Kopfgneis →Gneis

Kopfhalten →Entwicklung, geistig-seelische, →Meilensteine der motorischen Entwicklung

Kopfkissen →Bettausstattung

Kopfkruste →Gneis

Kopfläuse →Läuse

Kopfschweiß

Stärkeres, anfallsweise auftretendes Schwitzen am behaarten Hinterkopf nach dem Trinken, verbunden mit einer allgemein leicht erhöhten Schwitzneigung, kann bei Babys ein Hinweis auf eine beginnende →Rachitis sein. Der K. dieses Typs verschwindet zugleich mit deren Ausheilung.

Besteht jedoch keine Rachitis, dann bedeutet K. (vor allem auf der Stirn) oftmals nur, daß das Kind zu warm angezogen oder zugedeckt ist oder daß das Kinderzimmer überheizt ist (→Zimmertemperatur, normale).
Vgl. auch →Hitzeschädigung, →Schwitzen

Kopfseborrhö →Gneis

Kopfumfang

Als K. wird derjenige Umfang des Kopfes bezeichnet, der mit einem über die am weitesten vorspringenden Teile von Stirn und Hinterhaupt angelegten Bandmaß gemessen ist. Der K. ist ein indirektes Bezugsmaß für das gesamte Kopfwachstum. Die relative Größe des Kopfes beim Neugeborenen und Baby ist vor allem durch das intensive Wachstum des Hirnschädels bedingt. Demgegenüber bleibt der Gesichtsteil des Schädels relativ klein.

Der K. ist während des gesamten Säuglingsalters größer als der Brustumfang; erst während des 2. Lebensjahres kehrt sich das Verhältnis um und wird der Brustumfang größer als der K. Wesentliche Abweichungen von dieser Relation können u.U. einen Hinweis auf ein vermindertes Kopfwachstum geben.

Die erstaunlich rasche Zunahme des K. im Babyalter entspricht dem Wachstum des Gehirns: Ein Drittel des gesamten Hirnwachstums erfolgt in den ersten 9 Lebensmonaten, das zweite Drittel bis zum Alter von 2 1/2 Jahren und das letzte Drittel bis zum Reifealter.

Der K. beträgt im Durchschnitt etwa

bei Geburt	32 bis 34 cm
mit 3 Monaten	40 bis 41 cm
mit 6 Monaten	43 bis 44 cm
mit 1 Jahr	46 bis 47 cm
mit 2 Jahren	48 bis 50 cm
mit 5 Jahren	50 bis 52 cm

Erfahrungstip:
Sollte der gemessene K. bei Ihrem Baby wesentlich hinter den Durchschnittswerten zurückbleiben oder sich überdurchschnittlich schnell vergrößern, muß der Ursache dafür unbedingt nachgegangen werden: Konsultieren Sie Ihren Kinderarzt! Allerdings muß dabei auch bedacht werden, daß Groß- wie auch Kleinköpfigkeit ein spezielles Familienmerkmal sein kann, dem in diesem Fall keine krankhafte Bedeutung zukommt.
Vgl. auch →Entwicklung, körperliche, →Fontanelle

Kopfwackeln, nächtliches

Ein während der Einschlafphase oder im Halbschlaf bei Babys oder Kleinkindern auftretendes, unbewußtes rhythmisches Wackeln oder Hin- und Herwerfen des Kopfes, oft verbunden mit entsprechenden Körperbewegungen, nennt man n.K.

Dieses n.K. beginnt manchmal schon im späten Babyalter und wird dann mit größter Beständigkeit, oft jahrelang, gewohnheitsmäßig beibehalten. Es ist offensichtlich, daß die rhythmischen Bewegungsabläufe des n.K. gewisse Lustempfindungen verursachen, etwa ähnlich denjenigen beim Wiegen im Arm der Mutter oder in einer Wiege.

Die Ursachen des n. K. sind im Prinzip unbekannt, organische Störungen liegen ihm aber nicht zugrunde. Ob gelegentliche Langeweile oder mangelnde Verwirklichungsmöglichkeit des natürlichen →Bewegungstriebes am Tage bei der Entstehung des n. K. ursächlich mitwirken, ist unklar. Die natürliche Freude an rhythmischen Bewegungsabläufen, die dem Menschen angeboren ist, wirkt zweifellos begünstigend.

Das n.K. kann bei einigen Kindern allmählich zu einer für das Einschlafen unentbehrlichen Gewohnheit werden, die ihnen schwer oder überhaupt nicht abzugewöhnen ist. Mit zunehmendem Lebensalter und anderen Lebensumständen pflegt es sich jedoch von selbst wieder zu verlieren.
Vgl. auch →Einschlafgewohnheiten, →Neuropathie, →Schlafhaltung, →Schlafstörungen

Korbwagen

Ein K., auch Stubenwagen genannt, ist oft das erste Bett des neugeborenen Kindes. Er besteht gewöhnlich aus einem Korbgeflecht oder aus einem regelrechten Korb, unter dem zumeist ein fahrbares Gestell montiert ist. Der Vorteil eines K. besteht in seiner Mobilität innerhalb des Wohnbereiches. Außerdem ermöglichen die Räder wiegeähnliche, d.h. beruhigende Bewegungen.

Der Korb wird gewöhnlich mit einem einfachen, kochbaren Bezug ausgeschlagen, der mit Hilfe eines Zugbandes über dem Korbrand befestigt ist. Zum Wechseln sollten Sie einen Ersatzbezug bereithalten. Zum Schutz gegen Zugluft und zur Abwehr von Insekten können Sie den K. u.U. auch mit einem wegziehbaren Stoffhimmel versehen (Abb.). Die Innenausstattung des K. entspricht sonst derjenigen eines gewöhnlichen Kinderbetts.

Korb und K. haben in der Funktion als Kinderbett nur eine beschränkte Verwendungsdauer. Beide sind nur bis zum

5., maximal bis zum 7. Lebensmonat geeignet. Dann werden sie zu eng und sind auch nicht mehr genügend standfest und sicher.

Deshalb ist es zweckmäßiger (und ökonomischer), das Baby von vornherein in einem guten →Kinderbett unterzubringen. Dies ist ohne Nachteile bereits vom Neugeborenenalter an möglich.
Vgl. auch →Kinderbett

Kornflocken →Getreideflocken

Kost, glutenfreie

Gluten ist der Kleber von Brotgetreide (Weizen, Roggen, Hafer, Gerste), ein in gewöhnlichen Backmehlen enthaltener Eiweißkörper, der die gute Backfähigkeit dieser Mehle vermittelt. Ein Teil des Glutens besteht aus Gliadin.

Es gibt Kinder, die Gliadin nicht vertragen und deshalb beim Verzehr glutenhaltiger Nahrungsmittel mit chronischen Verdauungs- und Gedeihstörungen reagieren (Krankheitsbild der sog. Zöliakie). Die erkrankten Kinder müssen da-

her gliadin-, d.h. zugleich auch glutenfrei ernährt werden. Die strikte Meidung aller Nahrungsstoffe, die Weizen, Roggen, Gerste oder deren Mehle enthalten, also eine g.K., ist für sie die entscheidende Behandlungsmethode. Da Reis und Mais und die aus ihnen hergestellten Produkte und Mehle praktisch glutenfrei sind, eignen sie sich sehr gut zur Brot- und Backwarenherstellung für Zöliakiepatienten. Die üblichen →Säuglingsnahrungen und auch die sog. »Gläschenkost« für Babys sind entsprechend den Richtlinien der Europäischen Union (EU) glutenfrei. Für ältere Kinder und Erwachsene erhält man glutenfreie Lebensmittel in allen Reformhäusern. Koch- und Backrezepte zur Selbstherstellung können über die Deutsche Zöliakiegesellschaft e.V., Filderhauptstr. 61, 70599 Stuttgart, Tel. 0711/45 45 14, bezogen werden.
Vgl. auch →Kohlenhydrate, →Speisestärke

Krabbelalter

Wortmalerische, aktionsbeschreibende Bezeichnung für die Entwicklungsstufe von älteren Babys und jüngeren Kleinkindern (etwa zwischen dem 10. und 14. Monat), in der die Kinder sich häufig oder überwiegend mit Krabbelbewegungen, d.h. auf allen vier Gliedmaßen geschickt fortbewegen, um an einen gewünschten Ort zu gelangen (auch sog. »Bärengang«; Abb.).

Das Krabbeln ist ein Durchgangsstadium auf dem Weg zum freien, aufrechten Gang auf beiden Beinen. Es ist von individuell unterschiedlicher Dauer und kann im Einzelfall auch einmal ganz übersprungen werden. Für die meisten Kinder beginnt das K. bereits vor der Vollendung ihres 1. Lebensjahres. Sie bringen es beim Krabbeln bald zu erstaunlichen Leistungen und großer Geschicklichkeit. Mit dieser neu erworbenen Fortbewegungsmöglichkeit erwei-

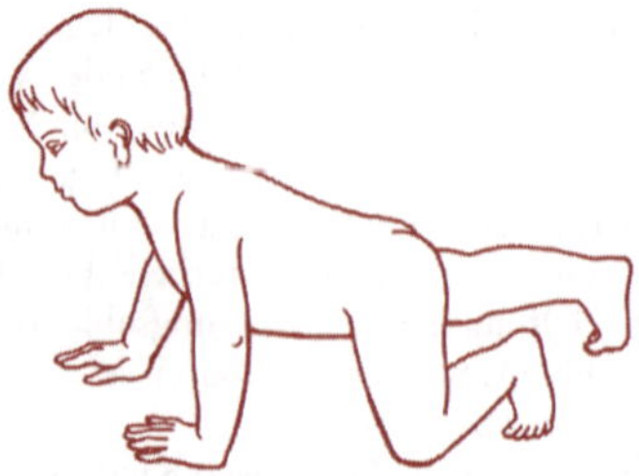

tern sie schnell den eigenen Gesichtskreis, erobern ihre nähere Umwelt und machen sie »begreifbar«.

Damit wird aber zugleich eine unmittelbare Unfallgefahr heraufbeschworen und aktuell: Dem Kind hat sich nun die Möglichkeit erschlossen, sich in der Wohnung ohne fremde Hilfe fortzubewegen und dabei auch alle erreichbaren Gegenstände mit den Händen zu ergreifen (Elektrogeräte, Steckdosen, über den Tischrand hängende Tischdecken, Schubladen u.a., →Unfälle). Dies bedeutet, daß Sie nun entweder systematisch alle nur denkbaren Unfallursachen beseitigen oder daß Sie das Kind in seinem Bewegungsradius etwas einschränken müssen. Gewöhnlich ist letzteres für eine gewisse Zeit mit einem →Laufställchen erreichbar und akzeptabel, in dem das Kind zugleich genügend »Spielraum« hat, sich aber auch nicht selbst gefährden kann.

Völlig ungehemmtes Krabbeln ist nicht vorbehaltlos wünschenswert, denn Kinder, die darin besondere Fertigkeiten erwerben, zeigen manchmal eine verminderte oder verzögerte Neigung, sich auf das kompliziertere Gehen auf zwei Beinen im aufrechten Gang umzustellen.
Vgl. auch →Laufen, →Stehen

Krätze

Ansteckende Hauterkrankung, die durch K.-Milben verursacht wird.

Die Übertragung erfolgt von Mensch

zu Mensch, vor allem bei engem Zusammenleben, seltener durch Wäsche oder Kleider.

Die winzigen K.-Milben bohren sich in die Haut und graben dort kleinste, gerade noch sichtbare, 2 bis 5 mm lange Milbengänge, besonders in den Gelenkbeugen, in der Nabelgegend und in den Hautfalten zwischen den Fingern und Zehen (Farbtafel). Da die Hauterscheinungen sehr stark jucken, besonders abends in Bettwärme, werden die befallenen Hautstellen häufig nachts aufgekratzt.

Die Behandlung der K. durch den Arzt ist einfach und schnell wirksam. Sie besteht aus Einreibungen mit einer milbentötenden Substanz.

Ein Erfolg auf Dauer ist aber nur dann garantiert, wenn alle übrigen gleichfalls erkrankten Familienmitglieder mitbehandelt werden und wenn die Desinfektion der Leib- und Bettwäsche der Kranken (durch Kochen) erfolgt. Geschieht beides nicht sorgfältig genug, ist eine erneute Krätzeinfektion vorprogrammiert.

Erfahrungstip:
Stark juckende Hauterscheinungen, gleich welcher Ursache, sind stets behandlungsbedürftig, weil sie durch das Kratzen die Integrität des gesamten Hautorgans gefährden und regelmäßig Schlafstörungen verursachen.

Krampfanfälle

Krämpfe; plötzliche und anfallsweise auftretende, vom Willen unabhängige, d.h. unwillkürliche Verkrampfungen und rhythmische Zuckungen meist der gesamten Gliedmaßen- und Gesichtsmuskulatur (sog. »großer« Krampfanfall). Die K. können gelegentlich auch mit einer Mitbeteiligung der Atemmuskulatur und einem kurzdauernden Atemstillstand und Blauwerden des Gesichts einhergehen.

Das Bewußtsein ist in der Regel für die Dauer eines solchen Anfalls gestört. Weitere Begleiterscheinungen sind Verdrehen der Augen, Zungenbeißen, Heraustreten von Schaum aus dem Mund, unwillkürlicher Abgang von Urin und Stuhl. Dem Anfall, der meist nur einige Sekunden, selten mehrere Minuten dauert, schließt sich gewöhnlich ein tiefer Schlafzustand an.

Den K. gehen oft kürzere Vorboten (Aura) voran, wie z.B. Übelwerden, Schwindel, abnorme Geschmacksempfindungen, Frösteln; seltener treten sie auch ohne Vorboten auf.

Allgemeine Verhaltensregeln bei Krampfanfällen:
Ruhe bewahren! Notarzt rufen, da nicht absehbar ist, wie lange der Krampf dauern wird, und das Kind auf jeden Fall in eine Kinderklinik gebracht werden muß!

Verletzungen während des Anfalls verhüten!

- Beengende Kleidungsstücke öffnen, bei →Fieber überflüssige Kleidung ausziehen!
- Art, Verlauf und Zeitdauer des Anfalls genau beobachten und dem Arzt mitteilen!
- Fieber messen! Bei Körpertemperaturen über 38,5 °C Fieberbehandlung (→Beinwickel, →Fieberzäpfchen)!

Die Grundlage von K. ist eine krankhaft gesteigerte Erregbarkeit des Zentralnervensystems (Gehirns). Sowohl die direkten Auslösefaktoren als auch die längerfristige Bedeutung von K. sind unterschiedlich. Hervorzuheben ist, daß das Zentralnervensystem von Babys und Kleinkindern allgemein eine beträchtlich höhere Krampfbereitschaft aufweist als dasjenige von Erwachsenen. Deshalb können bei Kindern auch schon verhältnismäßig geringfügige Auslösefaktoren (z.B. höheres Fieber) zu K. führen (→Fieberkrampf). Eine spezielle Ursache von

K. im Babyalter ist die heute kaum noch vorkommende →Spasmophilie im Rahmen einer →Rachitis.

K. müssen, soweit möglich, ursächlich geklärt werden. Nach den Ursachen richten sich auch evtl. notwendige, Rückfälle verhütende Präventivbehandlungen.
Vgl. auch →Fieberkrampf, →Rachitis, →Spasmophilie, →»Wegbleiben«

Kraniotabes

Bezeichnung für einen sog. rachitischen »Weichschädel«. Es handelt sich dabei um eine stärkere Weichheit und Nachgiebigkeit der Knochen des kindlichen Schädels bei Rachitis (Farbtafel). Die K. ist ein wichtiges Symptom der allgemeinen Kalziumstoffwechselstörung bei dieser Krankheit (→Rachitis, →Rachitisprophylaxe).

Allerdings ist nicht jeder »Weichschädel« rachitischen Ursprungs. Er kann auch bei →Frühgeborenen oder bei angeborener Knochenzartheit vorhanden sein und ist dann auch nicht unmittelbar durch Vitamin D-Gaben beeinflußbar. Diese Form der K. »verwächst« sich gewöhnlich im Lauf der Zeit von selbst.

Krankenhauseinweisung

Für Eltern ist es zumeist ein sehr schwerer Entschluß, ihr Kind zur Behandlung und Pflege in ein Krankenhaus zu geben und es somit der Fürsorge meist ganz fremder Menschen anzuvertrauen. Dennoch gibt es Situationen, in denen der behandelnde Arzt keinen besseren Rat und keine wirksamere Hilfe geben kann, als eine unverzügliche K. vorzunehmen. Die Schwere mancher Erkrankung, die Notwendigkeit, ansteckende Kranke zu isolieren, die Schwierigkeit und Kompliziertheit bestimmter Behandlungsverfahren, die Dringlichkeit, mit spezialisierten Untersuchungsverfahren alsbald zu einer Diagnose zu gelangen, oder besondere Ernährungs- und Pflegemethoden – dies alles können zwingende Gründe für den Kinderarzt sein, eine K. vorzunehmen.

Für die genannten Anforderungen und Aufgaben sind die Kliniken besonders eingerichtet und spezialisiert: Ärzte und erfahrene Kinderkrankenschwestern sind dort ständig anwesend und können ohne jeden Zeitverlust handeln und eingreifen, wann immer es notwendig ist. Die technischen Einrichtungen des Krankenhauses (Untersuchungsgeräte, Laboratorien, Operationsmöglichkeiten u.a.) bieten bei komplizierten Krankheitsverläufen wesentlich mehr Sicherheit für den Kranken, als dies die häusliche Versorgung selbst bei intensivster Pflege ermöglichen kann. Deshalb ist der relative Nachteil einer K., nämlich die Trennung des Kindes von der häuslichen Umgebung und den vertrauten Pflegepersonen, noch als das geringere Übel anzusehen.

Durch Mitaufnahme von Mutter oder Vater kann die Trennung von der gewohnten Umgebung zu Hause wesentlich erleichtert werden (→Rooming-in), doch ist diese Möglichkeit derzeit noch nicht in jeder Klinik und jedem Wunsch entsprechend gegeben.

Falls es sich nicht um eiligste Not- oder Unfälle handelt, ist es zweckmäßig, wenn Sie sich vorher telefonisch vergewissern (z.B. bei der Krankenhausaufnahme oder beim Arzt vom Dienst), daß für Ihr Kind auch eine Aufnahmemöglichkeit besteht. Die K. muß vom einweisenden Arzt schriftlich begründet und der Einweisungsschein muß bei der Aufnahme vorgelegt werden (Ausnahme: Eil- und Notfälle).

Erfahrungstip:
Es ist selbstverständlich, daß Sie Ihrem Kind, wenn es sein Entwicklungsstand erlaubt, erklären, was mit ihm geschieht. Die Eingewöhnung in die neue, fremde

Umgebung wird manchmal sehr erleichtert, wenn Sie ihm ein kleines Lieblingsspielzeug mitgeben.

Krankenkost →Fieberkost für Kleinkinder

Krankheit, erste Maßnahmen →Erste Maßnahmen im Erkrankungsfall

Krupphusten

Bellhusten; ein meist plötzlich während der Nacht anfallartig, d.h. verhältnismäßig plötzlich auftretender, schwerer, bellender Husten, der mit hörbaren, beschleunigten Atemzügen und Luftnot einhergeht. Besonders charakteristisch ist neben dem Husten noch ein lautes, rauhes, ziehendes Geräusch bei der Einatmung, während die Ausatmung deutlich leiser abläuft. Disponiert sind vor allem ältere Babys und Kleinkinder.

Der K. ist ein typisches Begleitsymptom einer akuten entzündlichen Erkrankung (Virusinfektion) der oberen Luftwege (Kehlkopf, Luftröhre) mit Schleimhautschwellungen, die die Atemwege einengen. Schadstoffe und Umweltfaktoren (Smog) treten demgegenüber ursächlich in den Hintergrund und wirken allenfalls als bahnende Faktoren.

Die durch die virale Entzündung entstehende Luftnot löst bei den betroffenen Kindern Angst und Unruhe aus, was ihren Lufthunger noch verstärkt. Solche Zustände können nicht nur sehr bedrohlich aussehen, sondern es auch wirklich sein. Deshalb ist es immer ratsam, den Arzt ohne Zeitverlust zu konsultieren.

Manchmal geht der Zustand in wenigen Stunden vorüber, manchmal steigert er sich aber so schnell und bedrohlich, daß der zugezogene Arzt unverzüglich die →Krankenhauseinweisung vornehmen muß. Im allgemeinen versorgt der Arzt das Kind für den Transport dorthin mit den notwendigen Medikamenten.

Erfahrungstip:
Bewahren Sie Ruhe! Rufen Sie den Notarzt! Nehmen Sie das Kind am besten auf den Arm, legen Sie ihm feucht-heiße Kompressen (auch Schwämmchen oder Waschlappen) auf die Kehlkopfgegend und treten Sie mit ihm an ein geöffnetes Fenster oder ggf. auch vor die geöffnete Kühlschranktür! Kalte Luft erleichtert die Atmung und lindert die Luftnot!

Kuhmilch

K. ist die natürliche Nahrung, sozusagen die »Muttermilch« des jungen Kälbchens. Sie enthält alle für dessen Erhaltung und Wachstum notwendigen Stoffe in idealer Zusammensetzung, Konzentration und in einer für das Kalb optimal auswertbaren, gut verdaulichen Form. Die Hauptbestandteile der K. sind Eiweiß, Fett, Milchzucker, Vitamine und Mineralstoffe, die sämtlich in Wasser gelöst oder emulgiert sind. Diejenigen Stoffe in der K., die speziell dem Wachstum dienen, sind Eiweiß und Mineralien. Sie sind in einer an die Geschwindigkeit des Wachstums des Kalbs angepaßten Konzentration vorhanden.

Frisch gemolkene K. enthält etwa 3,5% Eiweiß, 3,5%Fett, 4,8% Milchzucker und 0,7% Salze. Im K.-Eiweiß ist der Kaseinanteil (→Kasein) sehr viel größer als der Anteil an Molkeneiweißen. Letztere gerinnen bereits bei Erhitzung auf 70 °C und bilden die Kochhaut der K., die auch Buttertröpfchen einschließt.

K. dient seit alters her nicht nur als wichtiges menschliches Nahrungsmittel, sondern auch als Ersatz für fehlende Muttermilch. Allerdings wächst das Kälbchen etwa 3- bis 4mal schneller als das menschliche Baby. Deshalb ist die Zusammensetzung der K. für dessen Wachstum nicht ideal: Ihr Eiweiß- und Mineralsalzgehalt ist zu hoch und ihr Milchzuckergehalt zu niedrig. Aus diesem Grund hat der Mensch bei der Verwendung von K. zur Ernährung von Babys immer schon versucht, gewisse Veränderungen an ihr vorzunehmen, um sie der Frauenmilch ähnlicher und somit für das Menschenbaby bekömmlicher zu machen. Auf diese Weise entstanden die früher für die Ernährung von Babys verwandten Milchmischungen (→Halbmilch, →Zweidrittelmilch). Auch die modernen →Säuglingsnahrungen werden auf der Basis von K. hergestellt und folgen dieser Philosophie und Konzeption (sog. frauenmilchadaptierte Säuglingsnahrungen).

K. gelangt in Deutschland fast ausschließlich über Molkereien zum Endverbraucher. Der sog. Verkehr mit Milch ist mit dem Milchgesetz in allen Einzelheiten geregelt. Damit wird gesichert, daß K. in hygienischer Hinsicht und in bezug auf ihre Qualität einwandfrei in den Handel und zum Verbraucher gelangt. In den Molkereien wird die K. bestimmten Qualitätskontrollen und besonderen Verarbeitungsverfahren unterworfen (Keimbestimmung, Reinheitsprüfung, Fetteinstellung, →Pasteurisierung der Milch, →Homogenisierung der Milch u.a.) sowie schließlich in verschiedenen Sorten und (Zusammensetzungs-)Typen in den Handel gebracht.

Heute sind praktisch alle Ställe frei von Rindertuberkulose, dennoch darf K., die nicht die Kontrolle einer Molkerei durchlaufen hat, niemals unabgekocht an junge Kinder verfüttert werden (→Abkochen der Milch).
Vgl. auch →H-Milch, →Homogenisierung der Milch, →Kleinkindmilch, →Milchhygiene im Haushalt, →Pasteurisierung der Milch, →Säuglingsnahrungen, →Uperisierung der Milch

Kuhmilch, adaptierte →Säuglingsnahrungen

Kuhmilch, homogenisierte →Homogenisierung der Milch

Kuhmilch, pasteurisierte →Pasteurisierung der Milch

Kuhmilch, uperisierte →Uperisierung der Milch

Kuhmilch-Unverträglichkeit

Sammelbezeichnung für eine angeborene oder erworbene Unverträglichkeit von Kuhmilcheiweiß im Sinne einer Allergie. Davon zu unterscheiden ist die Unverträglichkeit von →Milchzucker. Die K.-U. äußert sich in Form von Störungen des →Gedeihens, →Blässe aufgrund von Eisenmangel und Durchfällen, die z.B. bei dem Versuch, die Ernährung eines Babys von Frauenmilch auf Säuglingsnahrungen umzustellen, auftreten. In solchen Fällen ist die Ernährung mit einer sog. hypoallergenen Säuglingsnahrung, d.h. einer nach einem speziellen Herstellungsverfahren hergestellten sog Hydrolysatnahrung (→Säuglingsnahrungen) erforderlich.

Für die Durchführung einer derartigen Ernährung benötigen Sie unbedingt die Beratung und Verordnung durch den Kinderarzt. In schwierigen Fällen kann sogar eine Klinikbehandlung notwendig werden.
Vgl. auch →Säuglingsnahrungen

L

Lächeln, erstes

»Lächeln ist ein Licht, das im Fenster eines Gesichts zeigt, daß das Herz daheim ist.«
(Anonym)

Lächeln ist sichtbarer Ausdruck einer freudigen Empfindung und beim jungen Baby das erste, deutlich erkennbare Zeichen seiner Reaktion und Kontaktaufnahme mit seiner Umgebung. Das neugeborene Kind kann noch keine derartige Antwort geben, d.h. bewußt lächeln. Erst etwa in der 6. bis 7. Lebenswoche kann ein Baby frühestens dazu gebracht werden, zum ersten Mal mit Lächeln zu reagieren. So ist Lächeln gewissermaßen eines der ersten deutlich wahrnehmbaren geistigen Entwicklungsmerkmale des Menschen überhaupt. Der Zeitpunkt, zu dem es auslösbar wird, findet deshalb zu Recht besondere Beachtung (→Entwicklung, geistig-seelische).

Das e.L. beruht nicht auf einer einfachen Nachahmung, sondern ist eine nach der Geburt heranreifende, aktive emotionale Ausdrucksbewegung. Sie kann nur zustande kommen, wenn das Gehirn einen bestimmten Reifezustand erreicht hat. Voraussetzung für das Lächeln ist außerdem inneres und äußeres Wohlbefinden. Kranke Kinder und solche, bei denen eine Reifungsverzögerung vorhanden ist, lächeln entweder gar nicht oder beginnen erst erheblich später damit als gesunde Babys. Schwerere Erkrankungen können dazu führen, daß die bereits vorhanden gewesene Funktion vorübergehend (für die Dauer dieses Zustands) verlorengeht.

Erfahrungstip:
Ein Baby, das durch Zuspruch und dergleichen zum Lächeln gebracht werden kann, ist in der Regel nicht schwer oder ernstlich krank. Ein Baby, das im Verlauf einer Krankheit aufgehört hat zu lächeln, hat dann das Schlimmste überstanden, wenn es wieder zum Lächeln gebracht werden kann.
Vgl. auch →Stimmungslage des Babys

Lähme, epidemische →Kinderlähmung

Lähmungen →Armlähmung, →Gesichtsnervenlähmung, →Kinderlähmung

Längenmessung des Babys

Das Längenwachstum während des Säuglingsalters erfolgt bei einem gesunden Kind in der Regel sehr gleichmäßig: Das können Sie feststellen, wenn Sie z.B. den Längenzuwachs in regelmäßigen Abständen von 4 Wochen messen. Normalerweise beträgt der Längenzuwachs durchschnittlich 2 bis 2,5 cm pro Monat. Das »Durchschnittsbaby« ist daher am Ende seines 1. Lebensjahres 74 bis 80 cm groß (50 cm + 12 x 2 bis 2,5 cm).

Am genauesten gelingen solche Messungen bei Babys mit Hilfe eines speziellen Meßbretts. Dieses hat an einem Ende ein feststehendes, am anderen ein verschiebbares Querbrett (Abb. S. 232).

So wird's gemacht:
Zur genauen Messung sind zwei Personen notwendig. Die eine umfaßt den Kopf des auf einer Unterlage in Rückenlage liegenden Babys von oben und fixiert es so,

daß sein Scheitel das feststehende Querbrett eben berührt. Dabei darf der Kopf aber weder zu weit nach hinten gestreckt noch nach vorne auf die Brust gebeugt werden. Die zweite Person umfaßt mit einer Hand beide Knie des Kindes und hält sie in Streckstellung. Mit ihrer zweiten Hand schiebt sie zugleich das untere Querbrett so weit den Fußsohlen entgegen, bis diese das Brett völlig berühren. Am seitlich angebrachten Metermaß können Sie dann die Länge ablesen.

Unter einfacheren häuslichen Bedingungen können Sie auch ohne Meßbrett die Länge Ihres Babys dadurch leidlich genau feststellen, daß Sie auf dem Tisch je ein dickeres Buch an die Fußsohlen und an den Scheitel des ganz ausgestreckten Babys anlegen (Knie durchdrücken!) und nach der Wegnahme des Kindes den Abstand zwischen beiden Büchern mit dem Bandmaß messen.

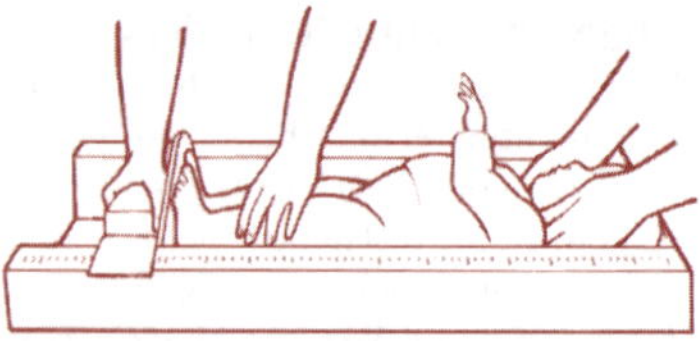

Meßbrett zur genauen Messung der Körperlänge im Babyalter

Vom Kleinkindalter an läßt sich die Körperlänge am besten im Stehen messen. Dabei benutzen Sie entweder eine Meßlatte, die fest an der Wand angebracht ist, oder hilfsweise einen Türrahmen, an dem Sie jeweils die erreichte Größe mit Bleistift markieren (Datum nicht vergessen!). Vgl. auch →Längenwachstum

Längenwachstum

Die größte Wachstumsintensität hat das ungeborene Kind im Mutterleib: Bis zum 4. Schwangerschaftsmonat verdoppelt es in jedem Monat seine Körperlänge. Bei Geburt mißt das Neugeborene durchschnittlich 50 bis 52 cm. Im Babyalter wächst das Kind dann pro Monat etwa 2 bis 2,5 cm, so daß es an seinem 1. Geburtstag zwischen 74 und 80 cm groß ist (s. Tabelle auf S. 234/235 und im Anhang). Von da an verlangsamt sich das Wachstumstempo allmählich.

Über die Technik der Längenfeststellung bei Babys informiert Sie das vorangehende Stichwort →Längenmessung des Babys.

Wollen Sie einen Überblick über den gesamten Wachstumsablauf Ihres Kindes gewinnen, setzen Sie am besten sein Lebensalter, seine Körpergröße und sein Körpergewicht zueinander in Beziehung. Hierfür gibt es spezielle Durchschnittstabellen für Jungen und Mädchen (s. S. 240/241 bzw. Anhang), deren Zahlenreihen so angeordnet sind, daß eine Verbindungslinie zwischen diesen drei Werten bei harmonischer und durchschnittlicher Gesamtentwicklung etwa waagerecht verläuft.

Allerdings muß bei solchen Betrachtungen berücksichtigt werden, daß überdurchschnittlich große Eltern zumeist auch überdurchschnittlich große Kinder haben und daß es innerhalb der Norm fülligere (d.h. schwerere) und schlankere (d.h. leichtere) Körperbautypen gibt und in diesen Fällen die Verbindungslinie der Werte nicht ganz waagerecht verläuft. Mit anderen Worten: Nicht jeder vom Durchschnitt abweichende Meßwert ist bereits abnorm, sondern kann durchaus eine nur harmlose, anlagebedingte Variante und somit eine noch »erlaubte«, innerhalb der statistischen Streubreite liegende Abweichung vom Durchschnitt sein. Stellen Sie Abweichungen fest, die sich von den in den Tabellen (Spalte »erlaubte Abweichung«) angegebenen Werten wesentlich unterscheiden, sollten Sie aber unbedingt den Arzt konsultieren.

Falls Sie keine fortlaufende Registrierung des Wachstum Ihres Kindes in regelmäßigen Zeitabständen durchführen wollen, empfehlen wir Ihnen, zumindest die genaue Größe Ihres Kindes an seinem 2. Geburtstag festzustellen.

Erfahrungstip:
An seinem 2. Geburtstag hat Ihr Kind ziemlich genau die Hälfte seiner gesamten Wachstumsstrecke zurückgelegt. Die an diesem Tag gemessene Körperlänge entspricht also etwa der Hälfte seiner endgültigen Körpergröße als Erwachsener. Schon zu diesem Zeitpunkt werden Sie also annähernd abschätzen können, ob da unter Ihren Augen ein normal großer oder ein übergroßer oder gar ein relativ kleiner Mensch heranwachsen wird.

Wenn Sie über das genaue Wachstum Ihres Kindes Aufzeichnungen machen wollen, können Sie dies in der Tabelle tun, die Sie im Anhang dieses Buchs finden.

Lätzchen

Das L. löst im Verlauf der Babyzeit die →Speiwindel allmählich ab. Im Handel werden L. in verschiedenen Formen, Farben und Materialien angeboten, so z.B. waschbare Kunststoff-L., Frottee-L. und, besonders empfehlenswert, Ärmel-L.

Läuse

Kopfläuse (Pediculi capitis); die ca. 3 mm langen Kopfläuse befallen vor allem die Haarbereiche des Nackens sowie über und hinter den Ohren. Ihre Eier (Nissen) heften sie am untersten, hautnahen Teil der Haare an. Die Nissen wachsen dann mit den Haaren in Richtung der Haarspitzen heraus und werden dort als weiße, stecknadelkopfgroße Auflagerungen sichtbar.

Durch Stechen und Blutsaugen aus der Kopfhaut verursachen die L. heftigen Juckreiz, der zu ständigem Kratzen und stärkeren Hautreizungen führt (Farbtafel).

Zwar können Eltern mit gründlicher Haar- und Kopfhautwäsche selbst schon bei der Beseitigung der L. mitwirken, jedoch lassen sich die Nissen damit nicht zuverlässig beseitigen, so daß immer wieder junge L. aus ihnen schlüpfen (Farbtafel). Es gibt allerdings eine sehr einfache, aber wirksame äußerliche Behandlungsmethode, die der Arzt verschreiben und überwachen muß.

Die Übertragung und Weiterverbreitung der L. erfolgt zumeist in Gemeinschaftseinrichtungen (Kindergärten, Schulen usw.), kommt aber auch unmittelbar innerhalb der Familie vor (gemeinsame Benutzung von Betten, Kissen, Kämmen, Haarbürsten, Übereinanderhängen von Mützen usw.). In diesen Fällen müssen alle betroffenen Familienmitglieder gleichzeitig behandelt werden, damit weitere gegenseitige Übertragungen, Neubefall und Rückfälle verhindert werden.

Laktation →Anlegen an die Brust (Technik), →Brust, mütterliche, →Einschießen der Brustmilch, →Milchbildung, mütterliche

Laktose →Milchzucker

La Leche League

»La Leche« heißt im Spanischen wörtlich »die Milch«, im übertragenen Sinn bedeutet es auch »Zuwendung, Zärtlichkeit, Liebe zum Kind«. Die als L.L.L. bezeichnete Interessenvereinigung (Liga) ist eine Gruppe von Frauen, die dafür eintritt, daß Mütter ihre Kinder selbst stillen, und will diese mit Information und Unterstützung dazu ermutigen. Grundlage dieser Aktivitäten der Liga-

Wachstum und Entwicklung unseres Kindes

Jungen

Alter		Länge in cm	erlaubte Abweichung (cm)	Gewicht in kg	erlaubte Abweichung (kg)
0 Monate		51	± 4	3,4	± 0,8
1 Monat		54		4,1	
2 Monate		58		5,0	
3 Monate		61		5,8	
4 Monate		64		6,6	
5 Monate		66		7,3	
6 Monate		68	± 5	7,6	± 1,5
7 Monate		70		8,0	
8 Monate		72		8,6	
9 Monate		73		9,2	
10 Monate		74		9,7	
11 Monate		75		10,2	
12 Monate		76	± 6	10,4	± 2,5
13 Monate		77		10,6	
14 Monate		78		10,8	
15 Monate		79		11,0	
16 Monate		80		11,2	
17 Monate		81		11,4	
18 Monate		82	± 7	11,6	± 2,5
20 Monate		84		11,9	
22 Monate		86		12,4	
24 Monate		87		12,7	
2 Jahre		88	± 7	12,9	± 2,5
		89		13,1	
		90		13,3	
		91		13,4	
		92		13,6	
2½ Jahre		93	± 7	13,7	± 3,0
		94		13,9	
		95		14,1	
		96		14,3	
3 Jahre		97	± 8	14,5	± 3,0
		98		14,8	
		99		15,1	
		100		15,4	
		101		15,7	
		102		16,0	
		103		16,3	
		104		16,7	
4 Jahre		105	± 9	17,0	± 3,5
		106		17,2	
		107		17,5	
		108		17,8	
		109		18,1	
		110		18,9	
		111		19,0	
5 Jahre		112	± 11	19,2	± 4,0
		113		19,4	
		114		19,8	
		115		20,2	
		116		20,6	
		117		21,0	
6 Jahre		118	± 11	21,5	± 4,5
		119		21,9	
		120		22,3	
		121		22,7	
		122		23,1	
		123		23,5	

Alter		Länge in cm	erlaubte Abweichung (cm)	Gewicht in kg	erlaubte Abweichung (kg)
7 Jahre		124	± 11	23,9	+ 7,0 / – 5,5
		125		24,5	
		126		25,0	
		127		25,4	
		128		25,9	
8 Jahre		129	± 11	26,4	+ 8,6 / – 6,5
		130		26,9	
		131		27,4	
		132		28,0	
		133		28,5	
		134		29,1	
9 Jahre		135	± 12	29,6	+ 10,5 / – 7,5
		136		30,0	
		137		30,5	
		138		31,1	
		139		31,7	
10 Jahre		140	± 12	32,5	+ 11,5 / – 8,5
		141		33,9	
		142		34,4	
		143		35,0	
		144		35,5	
11 Jahre		145	± 13	36,0	+ 15,5 / – 11,0
		146		36,8	
		147		37,4	
		148		38,0	
		149		38,9	
12 Jahre		150	± 14	39,9	+ 17,0 / – 12,0
		151		40,6	
		152		41,3	
		153		42,0	
		154		42,7	
		155		43,5	
13 Jahre		156	± 16	44,2	+ 20,0 / – 14,0
		157		45,0	
		158		45,8	
		159		46,7	
		160		47,6	
		161		48,5	
		162		49,4	
14 Jahre		163	± 16	50,2	+ 20,0 / – 14,0
		164		50,9	
		165		51,6	
		166		52,5	
		167		53,5	
		168		54,5	
		169		55,6	
		170		56,7	
		171		57,8	
		172		59,0	
		173		61,0	
		174		63,0	
		175		65,0	
		176		67,2	

Tabellen zur Registrierung des körperlichen Wachstums: Mit Hilfe solcher Tabellen, die Alter, Körperlänge und Körpergewicht des Kindes berücksichtigen, läßt sich seine Entwick-

Wachstum und Entwicklung unseres Kindes **Mädchen**

Alter	Länge in cm	erlaubte Abweichung (cm)	Gewicht in kg	erlaubte Abweichung (kg)
0 Monate	51	± 4	3,4	± 0,8
1 Monat	54		4,1	
2 Monate	57		4,8	
3 Monate	60		5,4	
4 Monate	62		6,0	
5 Monate	64		6,7	
6 Monate	66	± 5	7,4	± 1,5
7 Monate	68		8,0	
8 Monate	70		8,5	
9 Monate	72		8,9	
10 Monate	73		9,3	
11 Monate	74		9,6	
12 Monate	75	± 6	9,8	± 2,5
13 Monate	76		10,0	
14 Monate	77		10,2	
15 Monate	78		10,4	
16 Monate	79		10,7	
17 Monate	80		10,9	
18 Monate	81	± 7	11,2	± 2,5
20 Monate	82		11,3	
22 Monate	84		11,7	
24 Monate	85		11,9	
2 Jahre	86	± 7	12,1	± 2,5
	87		12,2	
	88		12,4	
	89		12,6	
	90		12,8	
2½ Jahre	91	± 7	13,0	± 3,0
	92		13,3	
	93		13,6	
	94		13,9	
	95		14,1	
3 Jahre	96	± 8	14,3	± 3,0
	97		14,5	
	98		14,7	
	99		14,9	
	100		15,2	
	101		15,6	
	102		16,0	
	103		16,2	
4 Jahre	104	± 8	16,5	± 3,5
	105		16,8	
	106		17,1	
	107		17,4	
	108		17,7	
	109		18,0	
	110		18,3	
5 Jahre	111	± 12	18,6	± 4,0
	112		19,0	
	113		19,4	
	114		19,8	
	115		20,2	
	116		20,6	
	117		20,9	

Alter	Länge in cm	erlaubte Abweichung (cm)	Gewicht in kg	erlaubte Abweichung (kg)
6 Jahre	118	± 12	21,1	+ 5,0 / − 3,5
	119		21,5	
	120		22,0	
	121		22,4	
	122		22,8	
	123		23,2	
7 Jahre	124	± 12	23,6	+ 8,0 / − 5,5
	125		24,1	
	126		24,6	
	127		25,1	
	128		25,6	
	129		26,0	
8 Jahre	130	± 12	26,3	+ 10,0 / − 7,5
	131		26,8	
	132		27,4	
	133		27,9	
	134		28,4	
9 Jahre	135	± 13	28,9	+ 11,0 / − 8,0
	136		29,4	
	137		30,2	
	138		31,0	
	139		31,7	
10 Jahre	140	± 13	32,5	+ 15,0 / − 10,0
	141		33,0	
	142		33,6	
	143		34,1	
	144		34,6	
	145		35,2	
	146		35,8	
11 Jahre	147	± 14	36,6	+ 16,5 / − 11,0
	148		37,5	
	149		38,5	
	150		39,4	
	151		40,3	
	152		40,9	
12 Jahre	153	± 14	41,5	+ 19,0 / − 13,0
	154		42,4	
	155		43,3	
	156		44,2	
	157		45,1	
13 Jahre	158	± 13	46,0	+ 19,0 / − 13,5
	159		47,6	
	160		49,2	
	161		50,8	
14 Jahre	162	± 13	52,5	+ 19,0 / − 13,5
	163		53,5	
	164		54,5	
	165		56,0	

lung gut überwachen. Bei deren annähernd durchschnittlichem Verhalten verläuft eine Verbindungslinie zwischen Alter, Größe und Gewicht ungefähr waagerecht. Die erlaubte Abweichung von der Norm nach oben (+) oder unten (–) muß beachtet werden.

Mitglieder ist deren Überzeugung, daß Muttermilch und Stillen die beste Art der Ernährung für Babys ist. Darüber hinaus vertritt L.L.L. auch die Ansicht, daß Stillen per se keine isoliert zu betrachtende Angelegenheit ist, sondern Teil der gesamten zwischenmenschlichen Beziehung und der Liebe zum Kind. Auf der Grundlage von Mütter-zu-Mutter-Beziehungen wollen sie jeder Frau helfen, eine wirksame Lösung ihrer Probleme und Vertrauen in ihre eigenen Fähigkeiten als Mutter zu finden.

Die Erfahrungen, Informationen und Dienste von L.L.L. sind allen Personen zugänglich. Die Liga arbeitet auf gemeinnütziger Basis. Interessenten können die Anschriften von L.L.L. den örtlichen Adreß- oder Telefonbüchern entnehmen.
Vgl. auch →Stillfähigkeit, →Stillfehler, →Stillhindernisse

Lanugohaare →Haarwuchs

Laufen

»Wer nicht läuft, gelangt nie ans Ziel.«
(J. G. Herder)

Mancherlei äußere wie innere Umstände bestimmen, wann ein Kind zu laufen beginnt (→Stehen) und wann es dann ganz frei laufen kann. Die Mehrzahl aller Kinder lernt spätestens mit Ende des 1. Lebensjahres, die ersten Schritte mit Unterstützung oder mit Festhalten zu machen, und beherrscht auch nach Ablauf des folgenden Vierteljahres (12. bis 15. Monat) bereits das freie L. ohne Hilfe. Es gibt allerdings Kinder, die, ohne ernstlich behindert zu sein, dazu länger, etwa bis zum 18. Monat, brauchen.

Viele Kinder durchlaufen vor und auch noch während der Phase des Laufenlernens eine Phase des Kriechens und Krabbelns (→Krabbelalter), eine Fortbewegungsart, in der manche Babys erstaunliche Leistungen vollbringen.

Das Krabbeln stellt zwar ein vorzügliches Mittel dar, die Muskulatur, den Bandapparat und das Skelettsystem zu trainieren, doch verzögert eine perfekt entwickelte Fähigkeit im Kriechen oftmals den Zeitpunkt, zu dem normalerweise das freie L. aufgenommen wird.

Das L. wird allmählich und fast von selbst erlernt: Zunächst macht das Kind aus dem Stehen heraus nur wenige kleine, unsichere Schritte. Dabei hält es sich anfangs noch mit beiden Händen krampfhaft fest (oder wird an beiden Händen geführt; Abb.). Später beginnt es, mit einer Hand loszulassen, bis es schließlich den Körper so beherrscht, daß es – zunächst kurzdauernd und breitbeinig, später immer sicherer – das freie L. beherrscht. Gelegentliches Hinfallen bleibt dabei freilich niemals aus.

Erfahrungstip 1:
Es ist nicht notwendig, daß Sie Ihrem Kind Unterricht im L. geben. Sie können sicher sein, daß es, wenn seine Entwick-

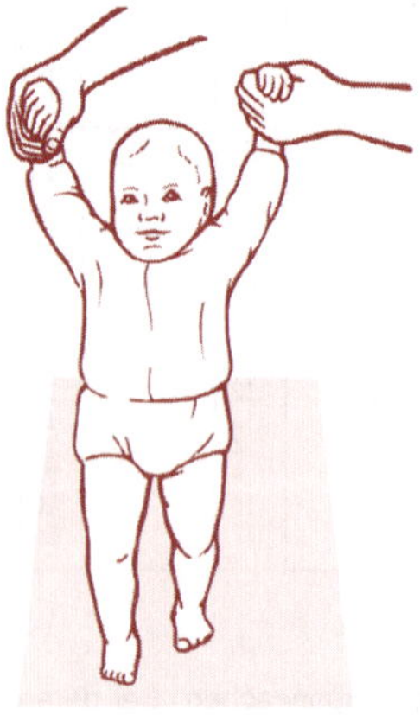

Zunächst braucht das Kind beim Laufenlernen noch haltende Hände lung genügend weit vorangeschritten ist, die oben geschilderten Stadien des Laufenlernens gewissermaßen von selbst durchläuft – mit und ohne Unterricht!

Jeder etwaige Ehrgeiz von Eltern, ihr Kind möglichst früh zum L. zu bringen (vielleicht weil ein gleichaltriges Nachbarkind schon läuft, das eigene aber noch nicht), kann sich letztlich sehr ungünstig auswirken. Manche Eltern von Kindern, die bereits sehr früh begonnen haben zu laufen, befürchten – allerdings ganz zu Unrecht –, daß diese dadurch »krumme Beine« bekommen könnten. Dies wäre nur dann der Fall, wenn sie versucht hätten, ihr Kind durch fleißiges Üben besonders früh zum L. zu bringen.

Erfahrungstip 2:
Soweit man heute weiß, ist der kindliche Körper den Aufgaben, denen er sich von selbst und spontan stellt, immer gewachsen. Schäden sind dabei nicht zu erwarten. Ganz besonders gilt das für das L.

Aus diesem Grund kann eine wesentliche Verzögerung der oben angegebenen Termine des freien L., falls sie sich nicht durch eine anlagebedingte Überängstlichkeit erklären läßt, ein Hinweis auf eine echte Entwicklungsstörung sein. In dieser Situation sollte vorsichtshalber der Kinderarzt befragt werden.
Vgl. auch →Krabbelalter, →Lauflernstuhl, →Laufställchen, →Stehen

Laufgitter →**Laufställchen**

Lauflernschuhe →**Kinderschuhe**

Lauflernstuhl

L. wird ein Sitz- und Laufstühlchen genannt, dessen Konstruktion es einem älteren Baby ermöglichen soll, sobald es ganz sicher sitzen und seine Knie vollständig strecken kann (frühestens nach dem 6. Monat), sich selbständig fortzubewegen und laufen zu lernen, ohne sich zu gefährden oder zu überlasten.

In einem L. kann sich das Kind anfangs kurzdauernd, später vielleicht auch länger aufhalten. Sobald es allerdings die geringsten Ermüdungszeichen erkennen läßt, müssen Sie es unbedingt aus dem L. herausnehmen und wieder in sein Bettchen oder Laufställchen bringen.

Der L. besteht gewöhnlich aus einem Sitzgurt aus Stoff, der von einem Gestell mit weit gespreizten Beinen auf Rollen getragen wird. Dadurch daß der Sitzgurt, auf dem das Kind »reitet«, in der Höhe verstellbar ist, können seine Füßchen immer Kontakt mit dem Boden halten. Die runde Ausführung des L. verhütet eine Beschädigung der Wohnungseinrichtung.

Der L. ist ein Apparat, über dessen Nutzen (und Nachteile) noch kein endgültiges Urteil abgegeben werden kann. Insbesondere ist nicht entschieden, ob es mit Hilfe des L. wirklich möglich ist, den Zeitpunkt des Laufenlernens, insbesondere des freien Laufens, ohne Hilfestellung vorzuverlegen und, falls dies der Fall sein sollte, ob darin ein echter Vorteil zu sehen ist.

Erfahrungstip 1:
Achtung: Seien Sie kritisch und vorsichtig! Einige Unfälle mit dem L. sind dadurch aufgetreten, daß die Rollen an Teppichkanten hängenblieben und der L. umkippte! Auch andere Unfälle sind im Zusammenhang mit dem L. häufiger vorgekommen!

Eine ähnliche Funktion wie der L. erfüllt ein aufgehängter Hängesitz (Babyhopser, Hüpfschaukel, Babyswing), der an einer elastischen Aufhängung (Spiralfeder) am Querbalken einer Tür befestigt werden kann. Hierbei sollen die Standfunktion und die Beinmuskulatur des Kindes trainiert werden, ohne daß es sich vom Ort fortbewegen kann.

Erfahrungstip 2:
Auch bevor Sie eventuell einen Babyhopser in Gebrauch nehmen, muß Ihr Kind schon ein gewisses Entwicklungsstadium erreicht haben. Es muß z.B. bereits mit Unterstützung ganz sicher stehen können (→Stehen). Der Nachteil dieses Geräts ist, daß sich in ihm Haltungsschäden der Wirbelsäule sowie bestimmte Bewegungsstörungen u.U. verschlechtern können und daß das Kind nicht genügend Gelegenheit hat, von dem für das frühe Babyalter typischen Zehenspitzenstand abzukommen.

Weder der L. noch der Babyhopser bieten dem Kind einen so gearteten sicheren Halt, daß es schneller eine zuverlässige und sichere Standfestigkeit erlangt als ohne Apparat. Beide erlauben ihm auch keine aktiven Bewegungen in senkrechter Richtung, d.h. durch Beugung und Streckung der Beine.

Laufställchen

Das L. ist eine zweckmäßige und manchmal auch notwendige Einrichtung, um älteren Babys und jüngeren Kleinkindern Bewegungsmöglichkeiten bei zugleich guter Sicherheit zu gewährleisten, wenn das →Kinderbett für das Kind zu eng geworden ist. Im L. kann es sich selbständig Raum erobern, ohne daß dabei zugleich die Notwendigkeit einer ständigen Beaufsichtigung besteht. Dort kann das Kind auch auf natürliche Art und je nach Entwicklungsstand seiner Fähigkeiten das Aufstehen und Hinfallen, →Stehen und Gehen mit Festhalten, →Laufen und Kriechen üben und vervollkommnen.

Erfahrungstip:
Beachten Sie bei der Verwendung des L., daß Sie das Kind niemals einfach hineinstellen, sondern es stets zuerst hineinlegen, damit es sich ggf. von alleine (wenn es das schon kann) aufrichten, hochziehen und aufstellen kann.

Manche handelsüblichen L. haben den großen Nachteil, zu leicht und oftmals auch zu klein zu sein. Lebhafte und kräftigere Kinder lernen es nämlich schnell, solche L. im Zimmer herumzuschieben und sich mit ihnen fortzubewegen. Zu kleine L. hindern das Kind am Kriechen und Krabbeln und zwingen es viel zu früh, entweder ständig aufrecht zu stehen oder zu liegen. Wenn die Zimmergröße es erlaubt, sollten Sie das L. so groß wie irgend möglich wählen (120 x 120 cm oder größer). Wenn es außerdem zusammenklappbar oder leicht auseinander-

a Laufställchen. Normale, dem Fußboden aufliegende Form. Eingelegt ist hier der sehr empfehlenswerte Boden aus grobem Weidengeflecht. Das Kind soll auf ihm möglichst ohne Schuhe stehen und laufen

b Türgitter

nehmbar ist, dann ist dies von Vorteil. Achten Sie besonders darauf, daß die das Gitter und den Boden zusammenhaltenden Mechanismen (Schrauben, Einsteckstifte u.ä.) für das Kind nicht zugänglich und greifbar sind.

Wenn das L. keinen fest eingearbeiteten Fußbodenteil hat, sondern nur aus einem Laufgitterrahmen besteht, ist zum Schutz gegen Bodenkälte eine Unterlage aus Kork, überzogenem Schaumgummi (weniger empfehlenswert, da zu weich), Filz oder – am besten – aus grobem Weidengeflecht notwendig (Abb. a). Letzterer ist einer gesunden Entwicklung und Kräftigung der Bein- und Fußmuskulatur (→Fußentwicklung) besonders förderlich, denn der wellige, etwas unebene Boden ermöglicht eine ständige Aktion und Übung der Fußfunktionen (Achtung! Laufgitterböden dieses Typs sind im Handel nicht immer vorrätig, sondern müssen evtl. erst bestellt oder angefertigt werden). Wenn das L. einen festen Boden hat, verhindert dieser auch das Rutschen und Verschieben des L. durch das Kind im Zimmer.

Ein L. mit einem fest montierten Fußbodenteil (auf den man wie geschildert eine Korbgeflechtunterlage legen kann) und mit Füßen (mit Gummi- oder Filzkappen) ist besonders zweckmäßig. Mit einem derartigen L. kann das Kind niemals durch die ganze Wohnung »wandern«, weil es ja auf seinem Boden sitzt oder steht und das L. dadurch selbst beschwert.

Wird das L. für den Aufenthalt im Freien benutzt, muß die Unterlage das Gitter allseitig so weit überragen, daß das Kind Erde, Gras oder Steine nicht ergreifen kann, die es sonst in den Mund stecken könnte.

Eine Gitterhöhe von 70 cm gilt als zweckmäßig. Seine Stäbe müssen so dicht stehen, daß das Kind seinen Kopf nicht zwischen sie zwängen und sich auf diese Weise verletzen kann (Stababstand zwischen 6 und 7,5 cm).

Falls Sie es bevorzugen, Ihr Kind frei im Zimmer krabbeln zu lassen, müssen Sie dafür sorgen, daß es dabei keinen Schaden anrichten, insbesondere nichts herunterreißen und sich so evtl. verletzen kann. Für diese Situation gibt es im Handel vorgefertigte, leicht montierbare sog. Türgitter, die einfach in alle Türöffnungen (bis zu 110 cm Breite) eingesetzt werden können (Abb. b). Auf diese Weise kann die Tür zwar geöffnet bleiben (was zur Beaufsichtigung notwendig ist), aber das Kind kann nicht bei offenstehender Tür in andere Räume gelangen. Ähnliche Stab- oder Scherengitter aus Holz gibt es auch zur Sicherung von Treppen und Balkonen.

Am L. montiertes Spielzeug (Kugeln, Ringe und dergleichen) ist entbehrlich und wird vom Kind auch nur selten zum Spielen verwendet. An längeren Schnüren befestigte Gegenstände haben jedenfalls nichts im L. zu suchen, weil sie u.U. eine ernste Gefahrenquelle darstellen (Möglichkeit von Verletzungen, Gliedmaßenabschnürungen, ja selbst von Erdrosselungen!).

Laxantien →**Abführmittel**

Lebendimpfstoff →Impfungen, →Impfungen in der Schwangerschaft, →Masernschutzimpfung, →Polioschutzimpfung

Lebensschwäche

Allgemeiner Ausdruck für eine verminderte Lebensfähigkeit und Vitalität eines neugeborenen oder frühgeborenen Kindes, die durch körperliche Unreife und funktionelle Schwäche lebenswichtiger Organe bedingt ist. In der Situation der L. wirken sich oftmals schon geringste Funktionsbelastungen lebensbedrohend aus. L. in diesem Sinn besteht vor allem bei sehr unreifen oder erheblich untergewichtigen Kindern.

Vgl. auch →Frühgeborenes, Frühgeburt, →Mangelgeborenes, →Risiko-Kinder

Leberfleck

Pigmentnävus, sog. Muttermal; ein dunkel pigmentierter (braun wie Lebergewebe), scharf begrenzter Hautfleck von 2 bis 5 mm Durchmesser. Ein L. kommt einzeln oder mehrfach und überall verstreut am Körper vor.

Der L. ist harmlos. Nur wenn er ein auffallendes Wachstum zeigen sollte, sind Beobachtung und ärztliche Konsultation notwendig.

Vgl. auch →Blutschwämmchen, →Storchenbiß

Leibkoliken →Bauchschmerz

Leibschmerzen →Bauchschmerz

Leibwickel

Altbewährtes, natürliches Hausmittel, das bei →Bauchschmerz und Magen-Darm-Störungen angewendet wird. Der »normale« L. soll nur mit gleichmäßiger, milder Wärme einwirken. L. sind auch schon bei Babys anwendbar, doch muß bei ihnen besonders behutsam vorgegangen werden.

So wird's gemacht:

Legen Sie ein großes Handtuch mehrfach so zusammen, daß es mit der einen Kante etwa von der Magengrube bis zum Unterbauch des Kindes reicht und mit den anderen beide Bauchflanken noch überdeckt. Tauchen Sie das so gefaltete Tuch in eine mit warmem Wasser (40 ° bis 45 °C, bitte ein Thermometer verwenden!) gefüllte Schüssel, wringen es gut aus und legen es dann unmittelbar quer über den ganzen Leib. Ein wollenes Tuch oder eine kleine, zusammengefaltete Wolldecke legen Sie nun darüber. Mit einem um den ganzen Leib und Rücken quer gelegten Handtuch können Sie die Packung noch befestigen. Erneuern Sie diesen L. alle 10 bis 15 Minuten, insgesamt 4 bis 6 mal. Nehmen Sie ihn vor dem Einschlafen des Kindes ab, und reiben Sie seine Haut gut trocken.

Erfahrungstip:

Achten Sie sorgfältig darauf, daß Ihr Kind beim Auflegen des warmen L. keine Schmerzäußerungen zeigt. Denn diese könnten bedeuten, daß er zu heiß ist (Verbrühungsgefahr). Überwachen Sie während der Wickelverabreichung das Kind laufend!

Vgl. auch →Brustwickel

Leistenbruch

Eine oft schon bei Geburt vorhandene, schräg verlaufende Muskellücke der Bauchwand im Bereich der Leiste (d.h. im Leistenkanal) ist die Voraussetzung für das Auftreten eines sog. L. Dieser anatomische Kanal hätte an sich keine größere Bedeutung, wenn in ihn nicht Bauchhöhleninhalt, insbesondere Darmteile oder – seltener – Eierstöcke hineingepreßt werden und sich dort ebenfalls einklemmen könnten (sog. eingeklemmter L.).

Aus anatomischen Gründen ist eine L.-Anlage bei Jungen viel häufiger vorhanden als bei Mädchen, denn bei ihnen wandern durch ebendiese Lücke bereits im Mutterleib der Hoden und der Samenstrang aus der Bauchhöhle nach außen in den Hodensack herab. Deshalb ist die Lücke bei Jungen weiter als bei Mädchen. Wenn die Hoden durch den Leistenkanal herabgestiegen sind, verläuft in ihm auch weiterhin der Samenstrang.

Der Leistenkanal kann sich dehnen und erweitern, wenn sich der Bauchinnendruck erhöht, also z.B. bei heftigem, anhaltendem Schreien oder beim Husten, vor allem durch die wiederholten, heftigen Hustenstöße bei →Keuchhusten. Dabei kann es vorkommen, daß auch Abschnitte des Darms in den Leistenkanal hineingepreßt werden (Abb.; Farbtafel; →Nabelbruch). Dies ist zumeist ziemlich schmerzhaft und kann erneutes Schreien und Pressen auslösen. In dieser Situation können Sie oft eine deutliche Vorwölbung in der Leistengegend sehen, die sich mitunter bis in den Hodensack hinein ausdehnen kann. Gewöhnlich läßt sich die Vorwölbung von außen wieder in die Bauchhöhle zurückdrücken, wenn das Kind eine Schreipause einlegt.

Wenn dies aber nicht der Fall ist, handelt es sich um eine sog. Brucheinklemmung, d.h. um einen Zustand, bei dem sich der Inhalt des Bruchsacks nicht mehr ohne weiteres manuell aus dem Leistenkanal zurückbringen läßt. Ist es erst einmal so weit gekommen, ist die Vorwölbung auch nicht mehr weich und nachgiebig, sondern wird zunehmend prall, hart und besonders schmerzhaft.

Erfahrungstip:
Eine derartige L.-Einklemmung führt, wenn sie länger als 2 bis 3 Stunden besteht, infolge der Abschnürung der Blutzufuhr in kurzer Zeit zum Absterben der eingeklemmten Darmteile. Nun spätestens droht Gefahr, und Sie müssen ohne jeden weiteren Zeitverlust ärztliche Hilfe suchen.

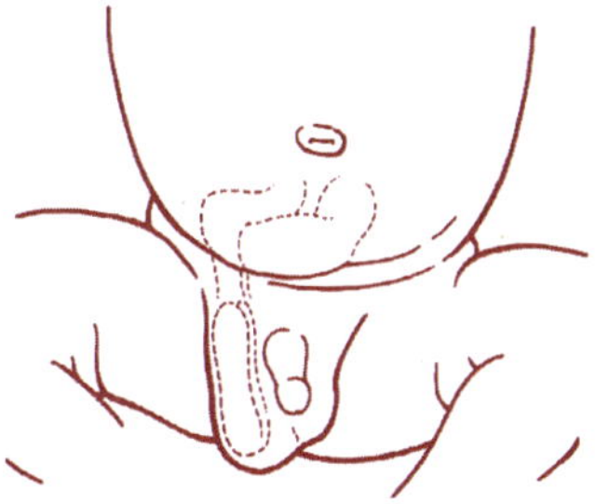

Situation bei einem rechtsseitigen Leistenbruch: Die Bruchaustrittsstelle (Bruchpforte) liegt in der Leiste. Eine Darmschlinge ist ausgetreten und hat sich bis in den Hodensack gesenkt (gestrichelt)

Daß die Lage ernst geworden ist, können Sie schon unschwer am Verhalten des Kindes erkennen: Es schreit viel, oft sogar ständig und schmerzlich. Dabei wird es häufig auch ausgesprochen blaß (Schock). Fieber besteht zunächst nicht. Schon frühzeitig kann es mehrfach zu →Erbrechen kommen, das allmählich immer heftiger wird. Der Darm stellt u.U. seine Bewegungen ein, und der Bauch sieht aufgetrieben aus. Ein →Darmverschluß ist eingetreten. Die Vorwölbung in der Leiste beginnt zu glänzen und sich bläulich zu verfärben. Spätestens jetzt muß das Kind operiert werden. Glücklicherweise sind solche Verläufe nicht häufig.

Bei einem L., bei dem der Bruchinhalt leicht austritt und ebenso leicht wieder zurückgleitet, sind solche dramatisch verlaufenden Brucheinklemmungen selten. Deshalb können Sie sich in dieser Situation den günstigsten Zeitpunkt für den notwendigen chirurgischen Verschluß des L. aussuchen. Er sollte aber, abgese-

hen von den oben geschilderten, hochakuten Ausnahmezuständen, in einer infektfreien Zeit unbedingt schon während des ersten Lebenshalbjahres durchgeführt werden. In jedem Fall ist es ratsam, Babys, bei denen ein L. vorhanden und bekannt ist oder bei denen sich bereits einmal eine vorübergehende Brucheinklemmung ereignet hat, laufend vom Kinderarzt überwachen zu lassen. Er wird dann auch den geeigneten Operationstermin auswählen.
Vgl. auch →Darmverschluß, →Nabelbruch

Leistenhoden →Geschlechtsorgane

Lerntasse →Trinken aus der Tasse

Liebeseinstellung der Mutter zum Kind

Der einem Kind zugewandte, liebevolle und umsorgende Mutterinstinkt ist naturgegeben und im Interesse der Lebenssicherung des jungen Kindes unentbehrlich. Summarisch betrachtet äußert er sich in dem, was man als Mütterlichkeit bezeichnet. Diese ist individuell unterschiedlich stark ausgeprägt. Wie die praktische Erfahrung lehrt, kann sowohl eine übermäßige wie aber auch eine verminderte Zuwendung der Mutter zum Kind zu Verhaltensstörungen des Kindes und so zu verschiedenen Erziehungsproblemen führen.

Eine übertrieben ängstliche L.d.M.z.K. kann gelegentlich Anlaß sein, dem Kind z.B. die an sich notwendigen und zweckmäßigen Impfungen oder Abhärtungsmaßnahmen vorzuenthalten, um ihm Unannehmlichkeiten oder Schmerz zu ersparen. Auch können übermäßige Weichherzigkeit und Nachgiebigkeit, etwa bei nächtlicher Unruhe des Kindes, zu beträchtlichem Fehlverhalten des Kindes führen, das sich letztlich qualvoll für alle Beteiligten auswirkt und außerdem schwer wieder abzustellen ist.

Wie in allen Bereichen der Erziehung ist es das Schwerste für Eltern, in ihrer Einstellung zum Kind einen vernünftigen Mittelweg zwischen Liebe, Güte, Strenge, Konsequenz und nachgebender Zuwendung zu finden und sich in diesem Sinne ganz ausgewogen zu verhalten und zu handeln.
Vgl. auch →Erziehung, allgemeine, →Großmutter, →Mutter-Kind-Beziehungen, →Overprotection

Lippenpflege

Eine eigentliche oder spezielle L. ist bei einem gesunden Baby nicht erforderlich. Lediglich in besonderen Situationen ist sie zweckmäßig und notwendig, z.B. bei →Fieber oder bei akutem →Durchfall mit größeren Flüssigkeitsverlusten. Denn hierbei kann es schnell zu extremer Trockenheit der Lippen und zu Einrissen des zarten, sensiblen Lippenrots (»aufgesprungene« Lippen) kommen. Auch intensivere Sonneneinstrahlung (Scc, Hochgebirge) und besondere Klimaeinflüsse (Wind) können entsprechende Veränderungen der Lippen verursachen und dann auch eine L. notwendig machen.

So wird's gemacht:
Bei Rissigwerden der Lippen fetten Sie am besten den Bereich des Lippenrots mit Lanolin, sog. weißer Lippenpomade (oder mit einem Labello-Stift), häufiger zart ein. Auch mehrmalige, wiederholte Anfeuchtung mit Glyzerin ist zur L. bei Babys geeignet.

Lippenspalte

Die L., gelegentlich auch als »Hasenscharte« bezeichnet, ist eine angeborene ein- oder doppelseitige Spaltbildung der Oberlippe.

Dabei verläuft der Spalt vom Lippenrot aus aufwärts und kann bis in das Nasenloch hineinreichen. Manchmal besteht neben einer L. zusätzlich noch eine Spaltung des Oberkiefers (Kieferspalte) und/oder des Gaumens (→Gaumenspalte), was dann als Lippen-Kiefer-Gaumenspalte bezeichnet wird (Farbtafel →Gaumenspalte).

Die L. macht einen vollständigen, festen Lippenschluß zumeist unmöglich. Dieser ist aber beim Baby für normales, kräftiges Saugen an der Brust oder aus der Flasche, d.h. für die Nahrungsaufnahme, sehr wichtig. Trotzdem erlernen die betroffenen Kinder wenigstens das Trinken aus der Flasche oft erstaunlich schnell, wenn man anfangs dafür ein wenig Geduld aufbringt.

Die Behandlung der L. erfolgt mit einem operativen Verschluß der Spalte. Die funktionellen und kosmetischen Resultate sind dabei gleichermaßen zufriedenstellend. Als geeignetster Operationstermin wird gewöhnlich das 1. bis 2. Lebensvierteljahr angesehen, in manchen Fällen bevorzugen die Operateure aber auch das Neugeborenenalter.

Sind neben der L. noch zusätzliche Fehlbildungen im Mund- und Kieferbereich vorhanden (z.B. Kieferspalte und/oder Gaumenspalte), dann wird in der Regel zunächst eine sog. Gaumenplatte eingepaßt, die mit dem Wachstum des Kiefers in kürzeren Abständen (Wochen) vergrößert werden muß. Erst später wird zunächst die L. verschlossen, und die übrigen Korrekturen werden danach, meist in mehreren Schritten, ausgeführt. Vgl. auch →Gaumenspalte

Liquor →Hirnhautentzündung

Listeriose

Die L. ist eine bakterielle Infektionskrankheit, deren Erreger die sog. Listerien sind. Listerien kommen bei vielen Tieren (Haus- und Wildtiere) als harmlose Begleitbakterien vor und werden mit deren Kot ausgeschieden. Infektionsmöglichkeiten für den Menschen bestehen durch direkten Tierkontakt, aber auch über verunreinigte Erde oder den Verzehr von Rohkost und Gemüse, das mit sog. biologischer Naturdüngung gezüchtet und nicht ausreichend gekocht wurde. Die Erreger der L. können aber auch durch Milch und Milchprodukte (z.B. Käse) übertragen werden.

Die Infektion mit Listerien führt bei Erwachsenen und älteren Kindern für gewöhnlich nur zu uncharakteristischen, zumeist grippeartigen Erscheinungen, doch sind die Erreger imstande, bei Schwangeren den Mutterkuchen zu durchdringen und den Fetus zu infizieren, was dann häufig eine →Fehlgeburt oder Frühgeburt (→Frühgeborenes, Frühgeburt) zur Folge hat.

Auch das Neugeborene kann unter der Geburt noch infiziert werden und dadurch schwer erkranken (Sepsis, →Hirnhautentzündung).

Eine vorbeugend wirksame Schutzimpfung gibt es derzeit noch nicht. An L. erkrankte Kinder müssen stationär in einer Kinderklinik behandelt werden, wobei es vor allem auf eine rechtzeitige Behandlung mit →Antibiotika ankommt.

Löffelbrei →Beikost, →Löffelfütterung

Löffelfütterung

Auch das Essen mit dem Löffel will und muß erst gelernt werden. Wie bei jedem Erwerb neuer Fertigkeiten gibt es auch dabei große individuelle Unterschiede: Während sich das eine Baby ohne Schwierigkeiten und sofort mit dem Löffel füttern läßt, wenn die Zeit reif dafür ist, freundet sich das andere oft nur recht zögernd mit der neuen Eßmethode an.

Aus verschiedenen praktischen Gründen ist es empfehlenswert (vor allem gilt dies für Brustkinder), jede Fütterung von →Beikost neben Brust (oder Flasche)

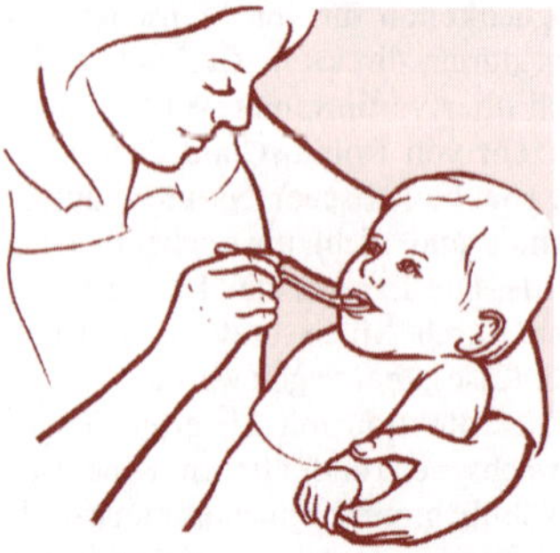

a Zweckmäßige Haltung des Kindes bei Löffelfütterung auf dem Schoß der Mutter; Schürze und Lätzchen nicht vergessen!

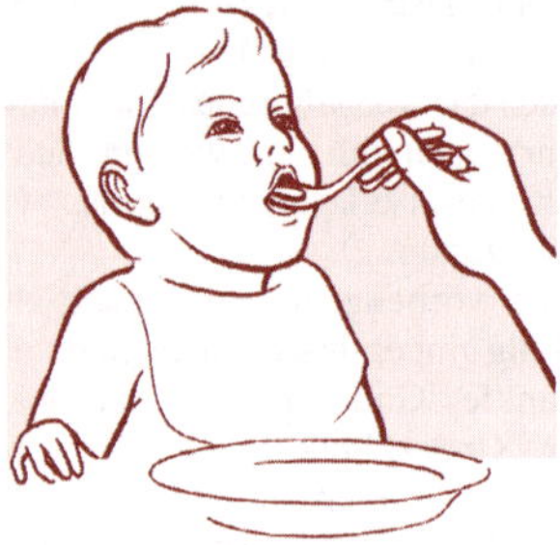

b Fütterung am Tisch

von Beginn an mit dem Löffel durchzuführen. Allgemein heißt es, daß die Flasche der Feind der Brust ist und daß Beikost, die neben dem Stillen mit der Flasche und nicht mit dem Löffel gegeben wird, nur allzu leicht dazu führt, daß sich das Baby schnell selbst abstillt (denn das Trinken aus der Flasche ist viel weniger anstrengend!). Wenn Sie aber die Beikost mit dem Löffel geben, hat dies selten einen negativen Einfluß auf die Trinkaktivität des Babys an der Brust.

Erfahrungstip 1:
Versuchen Sie unbedingt, sofern Sie Ihrem Baby neben der Brust eine Beikost geben wollen (oder müssen), diese von Beginn an, d.h. vom 5. Lebensmonat an, in kleinen Mengen mit dem Löffel zu füttern.

Natürlich muß der Löffel den kindlichen Verhältnissen gut angepaßt sein. Er darf insbesondere keine scharfen Kanten haben. Prüfen Sie ihn vor der ersten Benutzung mit dem eigenen Mund auf seine Eignung. Manche im Handel angebotenen sog. Kinderlöffel sind viel zu tief ausgebuchtet und erschweren dadurch dem Baby das Abnehmen der Nahrung.

Spätestens wenn Ihr Baby seinen ersten Brei bekommen soll, wird die Umstellung von der Brustmilch- oder Flaschenernährung auf die L. aktuell (Abb. a und b). Wenn dabei Schwierigkeiten auftreten sollten, können Sie sich manchmal die Umstellung dadurch erleichtern, daß Sie für eine kurze Übergangszeit eine spezielle Breiflasche verwenden, deren Öffnung löffelartig gestaltet ist.

Erfahrungstip 2:
Achten Sie bei der Fütterung Ihres Babys mit dem Löffel am Anfang vor allem darauf, daß Sie nicht etwa durch Ungeduld und Ungeschicklichkeit beim Kind Abwehr und Widerstand erzeugen! Machen Sie deshalb den Löffel anfangs immer nur halb voll. Passen Sie sich den bei der L. reflektorisch einsetzenden Zungen- und Schluckbewegungen des Babys geschickt an. Tun Sie dies nicht, sind Mißerfolge vorprogrammiert.
Vgl. auch →Arzneimittelverabreichung, →Beikost

Luftbad →Freiluftbehandlung

Luftfeuchtigkeit

In zentralbeheizten Räumen moderner Wohnungen herrscht im allgemeinen eine relativ trockene Luft, die sich während der Heizperiode sehr ungünstig auf den Zustand der kindlichen Atemwege auswirken kann (z.B. durch Förderung der Entstehung von →Adenoiden (adenoiden Wucherungen), erhöhte Frequenz von Entzündungen der Atemwege und sog. Erkältungskrankheiten sowie allgemein gesteigerte Infektanfälligkeit usw.).

Zumindest in den Räumen, in denen Kinder sich ständig aufhalten, sollten daher Maßnahmen ergriffen werden, um die relative L. auf mindestens 60 bis 70% zu bringen und zu halten. Dies können Sie am einfachsten dadurch erreichen, daß Sie z.B. an die Heizkörper wasserverdunstende Tonzylinder hängen (und sie regelmäßig auswaschen und nachfüllen!).
Vgl. auch →Adenoide (adenoide Wucherungen), →Kinderzimmer, →Zimmertemperatur, normale

Luftreisen mit Babys

Da gesunde Kinder aller Altersgruppen das Fliegen im allgemeinen sehr gut vertragen, sind L. m. B. manchmal vorteilhafter als Landreisen, weil das Ziel schneller erreicht wird und die Unregelmäßigkeiten unterwegs nur für eine kürzere Daucr vorhanden sind.

U.U. ist es sogar möglich, ein Baby zwischen zwei Mahlzeiten von einem Ort zum anderen zu bringen. Wenn bei Transitflügen längere Wartezeiten bis zum Anschlußflug zu überbrücken sind, können Sie die auf den größeren Flughäfen vorhandenen Betreuungsstellen in Anspruch nehmen. Sie werden meist von Kinderkrankenschwestern geleitet, die mit Rat und Tat zur Verfügung stehen. Dort werden Babys und Kleinkindern, die unterwegs sind, alle notwendigen Möglichkeiten für Ernährung und Körperpflege, Ruhe und Beschäftigung geboten.
Vgl. auch →Autofahren, →Reisen mit Babys und Kleinkindern

Luftschlucken

Aerophagie; ein übermäßig starkes Mitverschlucken von Luft beim Trinken an der Brust oder aus der Flasche. Die mitverschluckte Luft sammelt sich in der oberen Kuppel des Magens an und kann aus anatomischen Gründen von vielen Babys nicht ohne weiteres sogleich wieder durch →Aufstoßen entleert werden. Wird diese Luftblase sehr groß, dann kann sie Magendrücken, →Bauchschmerz und Erbrechen verursachen.

Besonders hastiges Trinken, Unruhe und Nervosität von Mutter und Kind sowie Trinkungeschicklichkeit des Babys begünstigen das L. Zwar verschluckt fast jedes Baby beim Trinken eine gewisse Menge Luft, doch gibt es, offenbar anlagebedingt, ausgesprochene sog. Luftschlucker. Sie sind oft daran zu erkennen, daß sie mitten unter dem Trinken plötzlich absetzen, sich unter Pressen und Erröten ängstlich gegen das Weitertrinken wehren und, wenn dies trotzdem geschieht, speien oder erbrechen (→Erbrechen, →Speien, »gewohnheitsmäßiges«). Setzt man die betreffenden Babys auf und läßt sie geduldig aufstoßen, dann beruhigen sie sich danach schnell wieder und trinken mit gutem Appetit weiter. Das Aufstoßen wird vielfach durch sanftes Klopfen auf den Rücken oder durch leichtes Hochziehen des linken Ärmchens gefördert. Eine auch nach beendeter Mahlzeit weiterbestehende Unruhe des Babys kann manchmal ein Hinweis darauf sein, daß im Magen noch eine drückende Luftblase vorhanden und weiteres Aufstoßen nötig ist.

Eine etwas andere, wenig erfreuliche Form des L. wird von manchen Kindern aktiv dadurch praktiziert, daß sie zwischen den Mahlzeiten wie zum Spiel fortwährend Luft herunterschlucken und so ihren Magen regelrecht »aufpumpen«. Hat man diesen Kindern dann zum Aufstoßen verholfen, was oft nötig wird, beginnt das Spielchen u.U. von neuem.

Erfahrungstip:
Babys, die erfahrungsgemäß zum L. neigen, füttern Sie besser nicht im Bettchen in liegender Position, sondern zweckmäßigerweise stets in halbschräger Lage auf Ihrem Arm. →Speiwindel immer bereithalten!
Vgl. auch →Aufstoßen, →Blähungen, →Dreimonatskoliken, →Neuropathie, →Speien, »gewohnheitsmäßiges«

Lumbalpunktion →Hirnhautentzündung

Lungenentzündung

Pneumonie, Bronchopneumonie; eine Entzündung des Lungengewebes, insbesondere im Bereich der feinsten Bronchialverzweigungen und der Lungenbläschen. Eine L. entwickelt sich in der Regel aus einem vorangehenden Infekt der Luftröhre und der Bronchien oder bei Babys auch einmal als Komplikation eines Schnupfens oder einer →Kinderkrankheit wie z.B. →Masern oder →Keuchhusten.

Die beginnende L. äußert sich zunächst durch Unruhe, nachlassende Trinkfreudigkeit oder →Appetitlosigkeit, →Erbrechen und →Fieber. Die Gesichtsfarbe des Kindes wird meist sehr blaß, wobei allerdings die Bäckchen fiebrig glühen können. Es kommt schnell zu einem sich steigernden Hustenreiz und manchmal schon frühzeitig zu erschwerter, stöhnender Atmung, beschleunigter Atemfrequenz und Hecheln sowie zu deutlichen Mitbewegungen der Nasenflügel bei jedem Atemzug (sog. Nasenflügelatmung). Das Nasenflügelatmen ist ein wichtiges Hinweiszeichen auf eine sich abspielende L. Es kommt sonst nur bei wenigen anderen Krankheiten in ähnlicher Intensität vor wie bei einer L.

Jede L. ist auch heute noch eine ernstzunehmende Erkrankung, wenngleich moderne Behandlungsverfahren (→Antibiotika u.a.) ihr viel von ihrer einstigen Gefährlichkeit genommen haben. In allen schweren Fällen ist eine Krankenhausbehandlung notwendig, nur bei leichteren läßt sich die Behandlung auch zu Hause durchführen. Der Arzt muß hierbei entscheiden. Unter der angemessenen Behandlung bilden sich die Krankheitserscheinungen gewöhnlich im Lauf von mehreren Tagen allmählich zurück. Insbesondere wird dabei die Atmung ruhiger, Nasenflügelatmung und Fieber verschwinden. Der Appetit kommt allmählich wieder, und auch die Hautfarbe normalisiert sich.

Neben der vom Arzt anzusetzenden medikamentösen Behandlung (Antibiotika, Kreislaufmittel u.a.) spielen pflegerische Maßnahmen gleichfalls eine

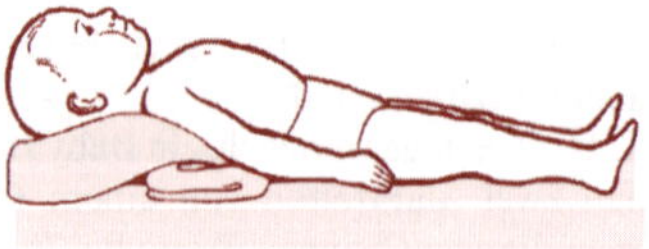

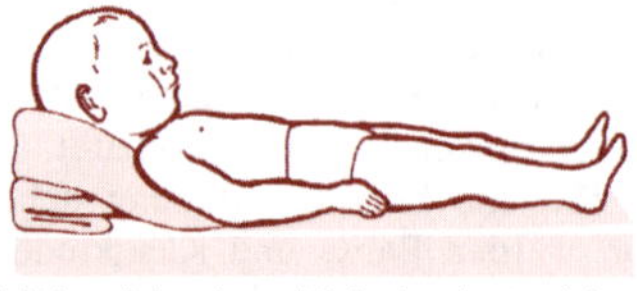

Richtige (oben) und falsche (unten) Lagerung: Bei letzterer wird die Atemtätigkeit durch Zusammendrängung des Brustkorbes stark erschwert

wichtige Rolle. Als besonders hilfreich und die Erscheinungen der Atemnot sichtlich mildernd kann sich eine →Freiluftbehandlung erweisen (z.B. durch Aufstellen des Kinderbetts auf einem windgeschützten Balkon oder in die unmittelbare Nähe der Tag und Nacht geöffneten Fenster).

Günstig wirkt sich bei starker Atemnot eine die Atemtätigkeit erleichternde Lagerung des Kindes aus, bei der der Oberkörper angehoben wird, z.B. durch Unterlegen einer auf etwa Armdicke zusammengefalteten Wolldecke unter die Matratze oder, wenn dies nicht geht (z.B. bei zu starken, dicken Matratzen), unter das Laken. Dabei bleiben Kopf und Bauch ohne Unterlage, d.h. tief gelagert, so daß nur der Brustkorb erhöht liegt (Abb.). Auf diese Weise wird die Atmung freier und ergiebiger, weil die Lungen sich in dieser Lage besser ausdehnen können. Es ist allerdings darauf zu achten, daß die Hochlagerung durch Bewegungen und Verrutschen des Kindes nicht unwirksam und die Atmung dadurch sogar mehr als zuvor behindert wird.

Auch die Behandlung mit →Brustwickeln (nicht zugleich mit der Freiluftbehandlung) oder mit einer →Brusteinreibung schafft oft gute Erleichterung der Atmung.

Je nach Zustand des Kindes sollten Sie diesem →Fieberkost, auf jeden Fall aber ausreichend Flüssigkeit anbieten.
Vgl. auch →Bronchitis, →Brusteinreibungen, →Brustwickel, →Freiluftbehandlung

Lutschgebiß →Daumenlutschen, →Schnuller

Lymphknotenschwellung

Lymphknoten sind Abwehr- und Filterorgane gegen in den Körper eingedrungene Krankheitserreger und deren Giftstoffe. Bei Entzündungen derjenigen Organe, in deren Lymph- und Blutabflußbereich die Lymphknoten liegen (Abb.), nehmen diese ihre Funktion auf und schwellen dabei deutlich an. Besonders im Bereich des Halses sind zahlreiche Lymphknotengruppen konzentriert, die man gut abtasten kann. Sie sind für die Filterung der gesamten Nasen-, Rachen-, Mund- und Halsorgane zuständig.

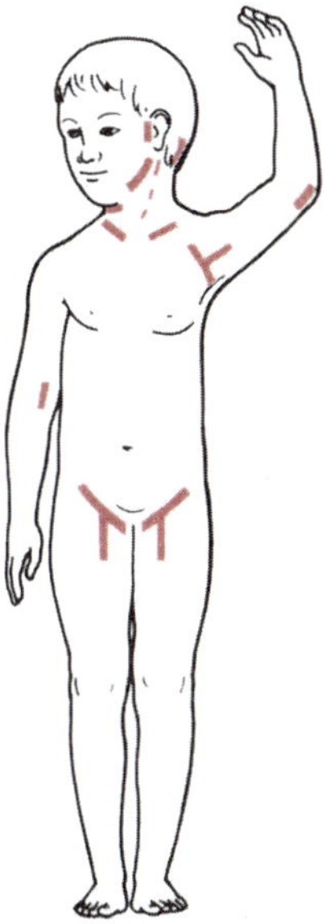

Lage der wichtigsten Lymphknotengruppen des Körpers

Die Anschwellung einzelner Lymphknotengruppen (z.B. am Kieferwinkel, unter dem Unterkiefer, vor und hinter dem Kopfnickermuskel, im Nacken) weist vielfach auf den Sitz einer Entzündung hin.

Eine L. bei Babys im Halsbereich ist am häufigsten durch eine Infektion mit Eitererregern verursacht. Hierbei kommt es oft schnell zu einer starken Schwellung mit Rötung und Schmerz. Manchmal entsteht daraus, wenn sie nicht frühzeitig fachgerecht behandelt wird, eine Lymphknoteneiterung. Natürlich kann auch jede Rachen- und Mandelentzundung (→Angina) zu einer L. führen.

Seit alters her geübte häusliche Behandlungsmethoden bei L. sind Wickel in verschiedener Form (z.B. feucht-warme oder kühlend und entzündungshemmend wirkende →Halswickel). Ist eine stärkere, besonders aber schmerzhafte L. aufgetreten, ist es notwendig, eine ärztliche Untersuchung und Behandlung zu veranlassen.

M

Madenwürmer

Oxyuren; etwa 3 bis 10 mm lange, fadenförmig-schlanke, sich lebhaft bewegende Würmchen, die zur Hauptsache im Enddarm des Menschen leben.

Die Infektion erfolgt durch die Eier der M., die von den Weibchen außerhalb des Darmes in der Aftergegend abgelegt werden. Von dort wird ein Kreislauf in Gang gesetzt: Die Eier gelangen mit den Fingern (vor allem unter den Fingernägeln) über den Mund wieder in den eigenen Darm (Selbstinfektion). Der Kreislauf wird dadurch aufrechterhalten, daß die Weibchen der M. vor allem abends zur Eierablage aus dem After schlüpfen und bei Bettruhe Juckreiz in der Aftergegend und Kratzreaktionen auslösen. Natürlich können M.-Eier auch auf dritte Personen (Pflegepersonen oder Familienangehörige) übertragen werden.

Bei genauerer Inspektion der Aftergegend können Sie u.U. die beweglichen M. sehen; manchmal sind sie auch auf der Oberfläche der Stühle an ihrer Beweglichkeit erkennbar.

Die vom Arzt zu verordnende Behandlung ist einfach, aber nur dann auf Dauer erfolgreich, wenn sämtliche wurmbefallenen Familienangehörigen gleichzeitig mitbehandelt werden.

Magenpförtnerkrampf

Pförtnerkrampf, Pylorospasmus; eine seltene, fast ausschließlich bei sehr jungen, überwiegend männlichen Säuglingen vorkommende Funktionsstörung des Magens, die auf einer hochgradigen Verkrampfung und Verdickung der Muskulatur des Magenausgangs (Pförtner) beruht (Farbtafel). Aufgrund dieser Störung kann bei betroffenen Babys nur sehr wenig Nahrung aus dem Magen in den Darm gelangen.

Charakteristisch für den M. ist, daß er nicht gleich nach der Geburt auftritt, sondern erst einige Wochen danach, und von da an meist schnell an Heftigkeit zunimmt. Sein Hauptsymptom ist das heftige, »explosionsartige« →Erbrechen in hohem Bogen unmittelbar oder kürzere Zeit nach dem Trinken. Im Gegensatz zum Erbrechen aus anderer Ursache ist das Kind danach – verständlicherweise – sofort wieder hungrig und meist auch bereit, nochmals Nahrung zu sich zu nehmen, wobei es wegen des Hungers sehr gierig an der Brust oder Flasche saugt.

In ausgeprägten Fällen werden unter der Bauchhaut krampfwellenförmige Zusammenziehungen des Magens deutlich sichtbar. Oft zeigen Babys mit M. vermutlich aus Schmerz verzogene, grämliche Gesichtszüge mit gerunzelter, »sorgenvoller« Stirn (»Magengesicht«).

Da nur geringe Nahrungsmengen in den Darm und damit zur Auswertung gelangen, kommt es rasch zu Abmagerung und Gewichtsverlust. Zugleich werden die Stühle seltener und auch substanzärmer (sog Hungerstühle).

Erfahrungstip:
Jedes mehrmalige oder regelmäßige Erbrechen bei jüngeren Babys während oder kurz nach der Fütterung ist als eine ernstzunehmende Störung anzusehen, die Sie unbedingt vom Arzt klären lassen

müssen. Manchmal handelt es sich dabei tatsächlich um einen behandlungsbedürftigen M.

Eine konservative, nichtoperative Behandlung des M. ist schwierig, langwierig und nur in ausgesprochen leichten Fällen mit meist mäßigem Erfolg durchführbar. Daher wird heutzutage am besten ohne Zeitverlust operiert (Durchtrennung des verdickten Ringmuskels am Magenausgang). Dieser kurze und komplikationsarme Eingriff bewirkt eine sofortige Beseitigung des Zustands.

Magenspülung

Die M. ist eine Behandlungsmaßnahme zur Entfernung fremder, schädlicher oder giftiger Substanzen aus dem Magen unter Anwendung einer Spülflüssigkeit. Die Entscheidung über die Durchführung einer M. trifft der Notarzt oder der behandelnde Arzt in der Klinik. Die Spülung wird mit Hilfe eines Magenschlauchs (Sonde oder Katheter) ausgeführt.
Vgl. auch →Vergiftungen

Mahlzeiten, Zahl →Ernährungsplan für das Babyalter

Maizena →Speisestärke

Maldescensus testes →Geschlechtsorgane

Mamma →Brust, mütterliche

Mangelernährung →Ernährungsfehler, →Mehlnährschaden, →Vitaminmangelkrankheiten

Mangelgeborenes, Mangelgeburt

Ein Kind, das nach normaler Schwangerschaftsdauer (zwischen 39 und 41 Schwangerschaftswochen), d.h. in ausgetragenem Zustand wesentlich weniger wiegt als ein gesundes Neugeborenes, wird als Mangelgeborenes bezeichnet (im medizinischen Sprachgebrauch hypotrophes Neugeborenes; Farbtafel). Es handelt sich hierbei um Babys, die bei der Geburt weniger als 2500 g wiegen, oft nicht größer als 45 bis 48 cm, aber keine Frühgeborenen (→Frühgeborenes, Frühgeburt) sind (zum Vergleich: Reife, ausgetragene Neugeborene wiegen durchschnittlich 3000 bis 3500 g und sind 50 bis 55 cm groß). Die verminderten Körpermaße des Mangelgeborenen sind ein Zeichen dafür, daß das Gedeihen und Wachstum im Mutterleib gestört gewesen sein müssen. Ursache solcher Störungen sind u.a. Gebärmutterblutungen (manchmal mit Teilablösungen des Mutterkuchens), Unterentwicklung oder Erkrankungen des Mutterkuchens und der inneren Geschlechtsorgane oder andere mütterliche Erkrankungen. Aber auch äußere Schadensfaktoren können sich in dieser Weise auswirken, z.B. Alkohol-, Heroin- und anderer Drogenmißbrauch der Mutter, besonders häufig auch übermäßiger Zigarettenkonsum sowie ernstere Infektionen während der Schwangerschaft. Auch Mehrlingsschwangerschaften haben zuweilen eine entsprechende Wirkung auf einen oder mehrere der Mehrlinge. Selten ist eine familiär-erbliche Anlage Ursache einer Mangelgeburt.

Verständlicherweise braucht jedes Mangelgeborene besondere Pflege und Achtsamkeit, ganz ähnlich wie auch jedes frühgeborene Kind. Deshalb gehört ein Mangelgeborenes zur Gruppe der →Risiko-Kinder und bedarf entsprechender Überwachung für die Zeit seines Aufholwachstums. Gelingt es, ein Mangelgeborenes über die ersten kritischen Lebenswochen ungefährdet hinwegzubringen, dann ist zu erwarten, daß es sich später ganz wie ein normal geborenes Baby entwickeln wird.

Vgl. auch →Geburtsuntergewicht, →Risiko-Kinder

Masern

»Die Kindheit ist jene glückliche Zeit, in der man seinem Bruder die Masern zum Geburtstag geschenkt hat.«
(Peter Ustinov)

Hochansteckende, mit Fieber, typischem Hautausschlag, ausgeprägter Bindehautreizung und allgemeinem Krankheitsgefühl ablaufende sog. Kinderkrankheit (→Kinderkrankheiten). Babys bis zum 3. Lebensmonat (etwa 100 Tage) sind gewöhnlich durch von der Mutter auf das Kind im Mutterleib übergegangene Abwehrstoffe gegen eine M.-Infektion geschützt, werden danach aber mehr und mehr empfänglich.

Der Erreger ist das Masernvirus, das von Erkrankten mit deren Absonderungen der Schleimhäute über eine »Tröpfcheninfektion« (Anhusten, Anniesen) übertragen oder durch direkten Kontakt weiterverbreitet wird. Eine Ansteckung ist schon dadurch möglich, daß ein Kind, das noch keine Masern hatte, sich nur für kurze Zeit in einem Zimmer aufhält, in dem sich ein masernkrankes Kind befindet. Eine Verbreitung der Infektion über gesunde dritte Personen oder durch Gegenstände erfolgt jedoch nicht. Übertragungen von einem (Kranken-)Zimmer zum anderen (mit dem Luftzug) sollen vorkommen, sind aber sehr selten, weil das Masernvirus an der frischen Luft schnell abstirbt. Deshalb genügt es nach Abklingen der Krankheit auch, das Krankenzimmer gründlich zu lüften, eine sog. Schlußdesinfektion von Zimmer und Gebrauchsgegenständen ist nicht nötig.

Ziemlich genau neun oder zehn Tage nach erfolgter Ansteckung treten die ersten Krankheitszeichen auf: Fieber, Husten, Schnupfen, →Bindehautentzündung und meist erhebliches Krankheitsgefühl (Weinerlichkeit, Mißstimmung, Appetitlosigkeit usw.). Der Schnupfen geht mit starker Schleimabsonderung einher, die Augen tränen heftig und sind oft gegen helleres Licht empfindlich, die Mundschleimhaut rötet sich erheblich. Aufgrund bestimmter feiner Merkmale an der Mundschleimhaut (Koplik-Flecken; Farbtafel) kann der Arzt manchmal schon in diesem bereits hochansteckenden Frühstadium die beginnenden M. sicher erkennen. Nach etwa 3 Tagen kommt es im Krankheitsverlauf zunächst zu kurzer, aber nur scheinbarer Besserung und Fieberabfall; doch tritt dann unter erneutem Fieberanstieg (meist über 38,5° C) der für M. typische rotfleckige Hautausschlag auf (M.-Exanthem), dem die Krankheit auch ihren Namen (nach dem Aussehen von gemasertem Holz) verdankt: Zunächst treten dabei hinter den Ohren und am Hals einzelnstehende, intensiv rote Flecken auf (Farbtafel). Nur wenig später finden sie sich auch am übrigen Körper und im Gesicht. Kennzeichnend für den M.-Ausschlag ist, daß die etwa linsengroßen Flecken nur selten zu größeren Bereichen zusammenfließen, sondern daß zwischen ihnen ganz unveränderte Hautbezirke bestehenbleiben. Dieses Merkmal ist für das gescheckte, »gemaserte« Hautbild der M. verantwortlich. Gleichzeitig nehmen Katarrh, Husten und Bindehautentzündung zunächst noch zu.

Erst mit dem Abblassen des Ausschlags (ca. 3 bis 4 Tage nach seinem Auftreten) werden auch die Katarrherscheinungen geringer, und ebenso fällt dann auch das Fieber endgültig ab.

Bei nur wenigen anderen Krankheiten ist die Appetitlosigkeit so ausgeprägt wie während einer M.-Erkrankung. Zugleich mit dem Verschwinden des Ausschlags erlischt die Ansteckungsfähigkeit der M. Die im Verlauf der Krankheit erworbene aktive Immunität hält lebenslang vor.

	Masern
Ansteckungsfähigkeit von Mensch zu Mensch (Infektiosität)	nicht im frühen Säuglingsalter (bis etwa 3 Monate), dann hochansteckend, beginnend 3 bis 4 Tage vor dem Ausschlag bis zu seinem Verschwinden
Übertragungsweise	Tröpfcheninfektion, aber auch der Aufenthalt im selben Raum wie der Kranke genügt; nicht durch Dritte oder Gegenstände
Inkubationszeit	bis zum Krankheitsbeginn (Katarrherscheinungen) 9 bis 11 Tage, bis zum Auftreten des Ausschlags 13 bis 14 Tage
Absonderungszeit	bis zum Verschwinden des Ausschlags; Erwachsene der Familie: keine; Kinder nach bereits früher überstandener Krankheit oder mit Impfschutz: keine; sonst Kindergarten- und Schulbesuch erst wieder nach zwei Wochen (von der ersten Krankheitserscheinung an gerechnet)
Schlußdesinfektion	nicht erforderlich, Krankenzimmer gut lüften
Vorbeugung	Masernschutzimpfung, bei frischer Ansteckung und ohne vorhandenen Impfschutz: Immunglobulin
Meldepflicht	keine

Es gibt Kinder, deren M.-Krankheit so leicht abläuft, daß sich kaum ein Hautausschlag entwickelt, obwohl auch sie hochansteckend sind. Bei anderen gewinnt man dagegen den Eindruck, daß für sie M. eine ganz besonders schwere Erkrankung ist. Als Komplikationen kommen vor allem →Mittelohrentzündung, →Lungenentzündung (M.-Pneumonie) und Gehirnentzündung (M.-Enzephalitis), letztere in einer Häufigkeit von etwa 1:1000, vor. Dabei sind →Krampfanfälle und →Bewußtseinsstörungen kennzeichnend. Bleibende Dauerschädigungen sind möglich.

Während und mehrere Wochen nach der eigentlichen M.-Erkrankung können u.U. die Abwehrkräfte des Körpers so vermindert sein, daß in dieser Zeit eine erhöhte allgemeine Erkrankungsbereitschaft vorhanden ist. Deshalb sollten Sie z.B. jedes nach dem Abblassen des M.-Ausschlags erneut auftretende Fieber sorgsam beachten. Eine bereits in Heilung begriffene oder latent gewordene Tuberkuloseinfektion kann sich z.B. während der M. und in der sog. Rekonvaleszenzzeit verschlimmern, ebenso können Neuansteckungen mit Tuberkelbakterien in dieser Zeit schwere Erkrankungen an →Tuberkulose auslösen.

Jedes masernkranke Kind gehört unbedingt ins Bett, und zwar so lange, bis die Temperatur mindestens 5 Tage lang normal gewesen ist. Eine spezifische Behandlung der M. gibt es nicht. Deshalb beschränken sich die Maßnahmen auf die Linderung des Hustenreizes (trockene Luft kann viel schlechter vertragen werden als feuchte; →Brustwickel wirken häufig reizmindernd) und auf die Verabreichung von Fieberkost (→Fieberkost für Kleinkinder). Die Ernährung der Patienten erfordert angesichts ihrer erheblichen Mißstimmung oft viel Geduld. Eine Verdunkelung des Krankenzimmers ist nicht notwendig, doch wird diese bei stärkerem Augenbrennen und Lichtempfindlichkeit oft als angenehm empfunden.

In jedem Fall ist die Hinzuziehung eines Arztes bei M. zu empfehlen.

Beachten Sie: Kein Kind muß heutzutage noch einer Erkrankung an M. ausgesetzt werden, denn als langfristig geplante sichere M.-Prophylaxe steht die →Masernschutzimpfung zur Verfügung!
Vgl. auch →Impfkalender

Masernschutzimpfung

Frühere Generationen waren gezwungen, eine Erkrankung an Masern und alle damit verbundenen Gefahren als unabwendbares Schicksal hinzunehmen. Durch die Entwicklung wirksamer Impfstoffe auch gegen die Masern ist nun die Zwangsläufigkeit und der schicksalhafte Zufall im Hinblick auf evtl. eintretende Masernkomplikationen Vergangenheit geworden. Hauptsächlich als Folge von systematisch durchgeführten M. nahm von 1950 bis 1984 die Zahl der Todesfälle an Masern in Deutschland von 573 auf 3 pro Jahr ab! Bereits 1987 war es soweit, daß kein durch Masern verursachter Todesfall mehr gemeldet wurde.

Der mit einer M. erreichbare Impfschutz hält jahrelang an.

Die M. muß natürlich sinnvoll in die allgemeine Impfplanung eingefügt werden. Sie wird am besten lt. geltendem →Impfkalender und zugleich mit den Schutzimpfungen gegen →Mumps und →Röteln, d.h. mit einer einzigen Injektion als Dreifach- oder als →Mehrfachimpfung durchgeführt. Im Einzelfall muß Ihr Kinderarzt den zweckmäßigsten Impfstoff und Zeitpunkt der Impfung auswählen.

Maßangaben →Haushaltsmaße

Mastdarmvorfall →Darmvorfall

Mastfettsucht

Absolute oder relative Überernährung (zu große Nahrungsmengen, zu gehaltvolle Nahrung, zu zahlreiche Mahlzeiten) führt in der Regel zu einem übermäßigen Fettansatz und im Extremfall zu einer sog. M.

Das Ausmaß der Mästbarkeit eines Kindes ist individuell unterschiedlich groß und auch z.T. genetisch bedingt.

Vor allem in Familien mit sog. kräftigen Essern und mit Neigung zu fülligem Körperbau ist die Gefahr einer unbeabsichtigten Überernährung besonders groß, weil dort oft ganz andere Vorstellungen über den normalen Nahrungsbedarf bestehen und auch von vornherein eine größere Eßfreudigkeit vorhanden ist.

Es gibt leider nicht wenige Eltern, die aus falsch verstandenem Ehrgeiz danach streben, bei ihrem Baby die Bildung eines möglichst fülligen Speck- und Fettpolsters zu erreichen, und die stolz und glücklich sind, wenn sie z.B. in den →Mütterberatungsstellen das vergleichsweise dickste Baby vorweisen können. Sie sind sich zumeist kaum bewußt, daß sie dabei gewiß nicht zum Vorteil des Kindes handeln. Übertriebene Nahrungszufuhr und Überfütterung kann nicht nur zu M. führen (mit allen ihren unerwünschten Folgen für Vitalität, Infektionsabwehr, körperliche Beweglichkeit), sondern auch späterer körperlicher Trägheit und anormaler Lebenseinstellung in allen Fragen des Essens (Maßlosigkeit, Gefräßigkeit, Essen als einziger Lebensinhalt usw.) den Weg bereiten.

Frühzeitige und sehr konsequente Kostregulierung (sog. Reduktionskost, s. →Diät) nach ärztlicher Beratung und unter ständiger ärztlicher Aufsicht ist dringend zu empfehlen und kann u.U. aus den oben genannten Gründen schicksalsbestimmend werden.
Vgl. auch →Überfütterung

Mastitis →Brustdrüsenentzündung

Masturbation →Onanie

Matratze

Die M. ist ein wichtiger Teil der Ausstattung des →Kinderbetts. Ihr sollten Sie unbedingt große Aufmerksamkeit zuwenden. Für gewöhnlich wird die M. zugleich mit dem Bett angeschafft. Grundsätzlich braucht ein Kind schon vom ersten Lebenstag an eine relativ feste, ebene Unterlage, die vor allem nicht allzu nachgiebig sein darf (Abb.). Auf den Latten- oder Drahtrost des Bettchens legen Sie daher am besten eine M., deren Füllung nicht verklumpen, nicht verrutschen und keine Mulden bilden kann. Diese Eigenschaften sind notwendig, damit sich die kindliche Wirbelsäule ohne Liegeschäden entwickeln und kräftigen kann. In diesem Sinn ist auch ein sog. (Feder-)Unterbett nur nachteilig. Als geeignete M.-Füllung ist vor allem Roßhaar zu nennen, das die erwähnten Eigenschaften in besonderem Maße besitzt. Aber auch Seegras oder andere Pflanzenfasern können den gewünschten Zweck erfüllen. Am gebräuchlichsten sind die sog. Federkernmatratzen. Wenn Sie aber eine moderne Schaumstoffmatratze wegen ihrer besonders guten Reinigungs- und Desinfektionsmöglichkeiten bevorzugen, müssen Sie unbedingt darauf achten, daß sie nicht zu weich und nachgiebig ist. Wählen Sie eine hart-elastische Schaumstoffmatratze! Die M. sollte nicht dicker als 10 cm sein, weil sonst u.U. der notwendige Sicherheitsabstand zur Gitteroberkante des Kinderbetts nicht gewährleistet ist (→Kinderbett). Leisten Sie sich zum Schutz gegen die Durchfeuchtung der M. eine geeignete Betteinlage, die Sie zwischen M. und Bettuch einlegen können.
Vgl. auch →Bettausstattung, →Betteinlagen, →Kinderbett

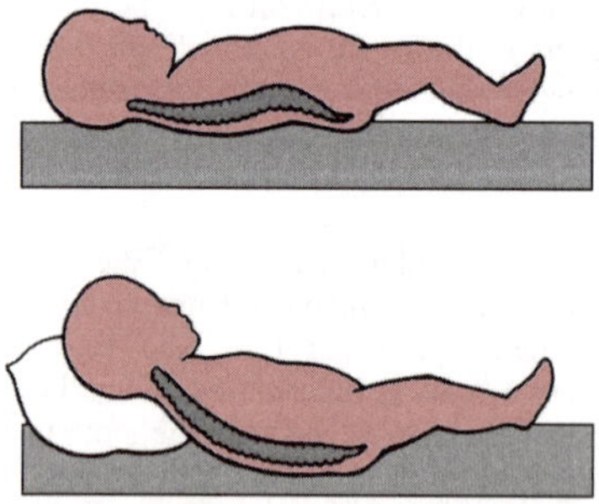

Gute Lage des Kindes bei nicht zu weicher Matratze (oben). Ist sie zu nachgiebig und wird gar noch ein dickeres Kopfkissen verwendet, kann dies zu einer Rückgratverkrümmung führen (unten)

Medikamentenausschlag →Arzneimittelausschlag

Medizineingabe →Arzneimittelverabreichung

Mehlabkochungen

M. sind Zubereitungen aus verschiedenen Mehlarten, die man früher als sog. zweites Kohlenhydrat (→Kohlenhydrate) den seinerzeit gebräuchlichen selbstbereiteten Milchmischungen (→Halbmilch, →Zweidrittelmilch) zufügte.

Heute spielen sie bei der Baby-Ernährung keine Rolle mehr, denn mit M. kann der Bedarf des Babys an lebensnotwendigen Baustoffen und Vitaminen nicht optimal gedeckt werden.
Vgl. auch →Halbmilch, →Mehlnährschaden, →Säuglingsnahrungen, →Schleimabkochungen, →Speisestärke, →Zweidrittelmilch

»Mehlmund« →Soor

Mehlnährschaden

Eine für das Baby- und Kleinkindalter charakteristische Folge eines schwerwiegenden →Ernährungsfehlers ist der M. Er kann sich vor allem bei einer längerfristig durchgeführten, überwiegenden oder ausschließlichen Mehl- und/oder Schleimkost schleichend entwickeln. Zwar kommt ein ausgeprägter M. heutzutage nur noch selten vor, weil das früher vielfach geschätzte oder in Notzeiten erforderliche »Päppeln« (von »Papps« abgeleitet) mit Mehlabkochungen oder sog. Mus, denen nur wenig oder gar keine Milch zugesetzt wurde (oder werden konnte), nicht mehr durchgeführt wird. Auch die zweite mögliche Ursache eines M., nämlich eine längerfristige milchfreie Schleimdiät bei rückfälligen Durchfallstörungen und chronischen Darmentzündungen, kommt heute nicht mehr in Betracht. Kinder mit M. machen häufig einen aufgedunsenen Eindruck, der durch eine übermäßige Einlagerung von Wasser in die Gewebe entsteht. Ihre Haut ist oft schlecht durchblutet, und die Widerstandskraft gegen alle möglichen Infektionen ist vermindert.

Ist eine Fehlernährung im Sinne einer einseitigen Überfütterung mit Mehlen und Mehlprodukten erkannt, muß der eingetretene Schaden sehr behutsam, aber konsequent und unter ärztlicher Aufsicht, am besten in einer Kinderklinik, behoben werden.
Vgl. auch →Dystrophie, →Milchnährschaden, →Vitaminmangelkrankheiten

Mehrfachimpfung

Die gleichzeitige Impfung gegen mehrere Infektionskrankheiten an einem einzigen Impftermin mit einem Gemisch aus verschiedenen Impfstoffen wird als M. bezeichnet. Kombinationsimpfstoffe für die M. gibt es z.B. gegen →Diphtherie und →Wundstarrkrampf (Zweifachimpfung), gegen Diphtherie, Wundstarrkrampf und →Keuchhusten (Dreifachimpfung), gegen →Masern und →Mumps (Zweifachlebendimpfung) sowie gegen Masern, Mumps und →Röteln (Dreifachlebendimpfung). Zusätzlich kann bei jeder M. unbedenklich zugleich auch die Impfung gegen →Kinderlähmung erfolgen (→Polioschutzimpfung). Einige M. müssen zur Erzielung ihrer vollen Schutzwirkung wiederholt werden. Die heute nicht mehr generell empfohlene Schutzimpfung gegen Tuberkulose (→Tuberkuloseschutzimpfung) läßt sich mit den übrigen Impfungen nicht kombinieren und muß daher getrennt als einzelne Impfmaßnahme durchgeführt werden. Eine Übersicht über den zweckmäßigsten »Impf-Fahrplan« finden Sie unter den Stichwörtern →Impfkalender und →Impfungen.
Vgl. auch →Fünffachimpfung, →Sechsfachimpfung

Mehrlinge →Zwillinge

	Meilensteine der Motorischen Entwicklung	
4. bis 6. Woche	Sicheres Kopfheben in Baulage	
12. bis 15. Woche	Minutenlanges freies Halten des Kopfes	
6. Monat	Sichere Kopfkontrolle bei jedem Lagewechsel	
6. bis 7. (bis 8.) Monat	Sicheres, freies Sitzen	
7. bis 8. (bis 9.) Monat	Stehen mit Festhalten	
9. bis 12. Monat	Minutenlanges freies Stehen	
12. bis 15. Monat	Freies Gehen	
24. Monat	Sichere Hockstellung	

Meilensteine der motorischen Entwicklung

»Frühkindliche Entwicklung – Entwicklung mit Siebenmeilenstiefeln.« *(Anonym)*

Als M.d.m.E. bezeichnet man die wichtigsten Merkmale der psychomotorischen Entwicklung, also Leistungen wie z.B. Kopfhalten, freies Sitzen (→Sitzen), freies Stehen (→Stehen), freies Gehen und Laufen (→Laufen), die das gesunde, sich normal entwickelnde Kind zu bestimmten Zeitpunkten beherrscht.

Zur Gesamtbeurteilung der Entwicklung Ihres Kindes benötigt der Arzt von Ihnen Angaben über den jeweiligen Termin, zu dem es diese Meilensteine auf dem Weg zum aufrechten Gang erreicht hat. Sie sollten sich daher darüber Notizen machen. Hierzu können Sie auch die Tabelle im Anhang und/oder die nebenstehende Abb. (S. 256) verwenden.
Vgl. auch →Entwicklung, geistig-seelische (dort auch Leistungstabelle)

Mekonium →Kindspech

Mekoniumileus →Darmverschluß

Meläna →Blutstuhl

Meldepflicht bei Infektionskrankheiten

Zur Verhütung von Epidemien und der Ausbreitung von einigen gefährlicheren →Infektionskrankheiten bestimmt das →Infektionsschutzgesetz im einzelnen (§3), welche Erkrankungsfälle spätestens innerhalb von 24 Stunden nach erlangter Kenntnis dem Gesundheitsamt gemeldet werden müssen. Zur Meldung verpflichtet sind der behandelnde oder der hinzugezogene Arzt, aber auch jede mit der Behandlung oder der Pflege der Betroffenen beschäftigte Person sowie leitende Ärzte der Krankenhäuser, Entbindungsheime u.ä.

- Krankheitsverdacht, Erkrankung sowie Tod sind u.a. zu melden bei: →Kinderlähmung, Pocken, Typhus, Ruhr, →Nahrungsmittelvergiftung;
- Erkrankung sowie Tod bei: →Toxoplasmose, →Rötelnembryopathie, →Zytomegalie, →Hirnhautentzündung, Hepatitis A und B, →Diphtherie;
- Tod an: →Keuchhusten, →Masern, →Scharlach.

Abgesehen davon entscheiden die örtlichen Gesundheitsämter über alle erforderlichen Maßnahmen, u.a. über die Erlaubnis zum Kindergarten- und Schulbesuch nach durchgemachten Erkrankungen.
Vgl. auch →Infektionskrankheiten, →Infektionsschutzgesetz, →Kinderkrankheiten sowie die einzelnen Krankheiten

Meningitis →Hirnhautentzündung

Menstruation der Stillenden

Nach einer Geburt dauert es zumeist 2 bis 3 Monate, bis sich wieder ein normaler Menstruationszyklus einstellt. In Ausnahmefällen kann die Menstruation aber schon nach wenigen Wochen oder auch erst nach mehreren Monaten erstmals wieder auftreten. Zweifellos bestehen Wechselbeziehungen zwischen dem Stillen und der Menstruation. Sie wirken sich zumeist so aus, daß sich bei stillenden Müttern das Wiederauftreten der Regelblutung verzögert.

Wenn aber gelegentlich zu hören ist, daß das Fortbestehen der Milchbildung und der →Stillfähigkeit nur so lange gesichert ist, wie die Regel ausbleibt, und daß eine frühzeitig wiederkehrende Menstruation entweder die Stillfähigkeit unmöglich macht oder zu einer nur verminderten Stilleistung führt, dann widerspricht dies allen praktischen Erfahrungen: Das Wiederauftreten der Periode hat keinerlei nachhaltigen Einfluß auf die Brustmilchbildung. Bei primär etwas schwächerer Milchabsonderung kann allerdings die Milchmenge beim Regeleintritt vorübergehend etwas geringer werden. Unbekümmertes Weiteranlegen und Weiterstillen überwindet das problemlos. Jedenfalls ist das Auftreten der Menstruation kein Grund, das Stillen aufzugeben. Die Vorstellung, daß die Milch während der Regeltage »schlechter« und für das Baby weniger bekömmlich sei, ist längst widerlegt und entbehrt jeglicher Grundlage.

Eine wichtige Rolle hingegen spielt eine noch während der Stillperiode eintretende erneute Schwangerschaft. Während sich bei einem Teil der Mütter die Milchmenge dann schnell verringert, können andere Mütter das Stillen ohne merkliche Veränderung weiterführen. Ein erneuter Schwangerschaftseintritt während der Stillzeit ist bei gesunden Müttern unter unseren Lebensbedingungen auf keinen Fall ein Grund abzustillen.

Übrigens ist die weitverbreitete Annahme, daß bei einer stillenden, noch nicht wieder menstruierenden Frau eine erneute Empfängnis unmöglich sei, gleichfalls widerlegt.

Meteorismus →Blähungen

Mikrowellenherd →Verbrennung und Verbrühung

Milch →Abkochen der Milch, →Kuhmilch

Milch, Einschießen →Einschießen der Brustmilch

Milch, ultrahocherhitzte →H-Milch

Milchauffänger

Der M. ist ein flacher, aus Glas geblasener Behälter, der bei stärker milchabsondernder Brust zwischen dem Anlegen direkt auf die Brustwarze gelegt werden kann und vom Stillbüstenhalter gehalten

a Ein Milchauffänger aus geblasenem Glas ist auskochbar und gut sauberzuhalten

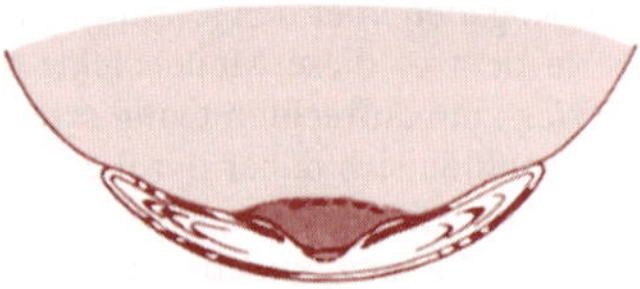

b Milchauffänger bei richtiger Lage im Querschnitt

wird (Abb. a und b). So werden spontan zwischen dem Anlegen abfließende Milchmengen aufgefangen und die oftmals sehr lästige Durchnässung der Wäsche mit Milch verhindert (→Milchfluß, unfreiwilliger). Gleiches gilt auch für den Fall, daß während des Trinkens des Babys an einer Brustseite auf der anderen gleichzeitig Milch abtropft und verlorengeht. Der M. muß täglich durch Auskochen (10 Min.) sterilisiert werden.

Bezugsquellen für M. kann man beim Apotheker oder Sanitätshandel erfragen. Sie sind nicht überall vorrätig und manchmal sogar den »Fachleuten« unbekannt.

Milchbildung, mütterliche

Die Milchbildung in der mütterlichen Brustdrüse kommt erst durch hormonelle und nervale Einflüsse nach der Geburt voll in Gang. Zuvor schon sondert die Brustdrüse – kleinste Mengen – einer dickflüssigen, gelblichen Substanz ab (→Vormilch). Auch in den ersten Tagen nach der Geburt wird zunächst nur eine solche Vormilch in noch relativ geringen Mengen gebildet und abgesondert (am 1. Tag sind dies meist nur wenige Gramm, aber bei regelmäßigem Anlegen oder Abdrücken nehmen die Mengen täglich um bis zu 70 bis 80 g zu).

Ungefähr zwischen dem 3. und 5. Tag steigert sich dann, oft sehr plötzlich, die Milchbildung. Dies wird als →Einschießen der Brustmilch bezeichnet. Mit der Mengensteigerung zugleich verändert sich auch die Zusammensetzung der Milch innerhalb weniger Tage beträchtlich: Die Vormilch wird zunächst zur wesentlich dünnflüssigeren →Zwischenmilch und etwa mit dem 20. Stilltag zur sich dann nicht mehr wesentlich verändernden sog. reifen →Frauenmilch.

Diese ist milchzuckerhaltiger und meist auch fetter als gewöhnliche Kuhvollmilch. Beim Stehen setzt sie eine deutliche sichtbare gelbliche Rahmschicht ab.

Da bis zum vollen Einschießen der Milch mehr als 3 bis 5 Tage vergehen können, ist eine relativ späte Milchbildung kein Anzeichen für eine Stillunfähigkeit. Deshalb sollten Sie bei zunächst nur geringer Milchbildung das Baby erst recht konsequent regelmäßig anlegen, denn der vom Kind ausgehende Saugreiz und die möglichst vollständige Entleerung der Brust sind die wirksamsten natürlichen Anreger für die Milchbildung.

Erfahrungstip 1:
Vermeiden Sie nach Möglichkeit in der ersten Lebenswoche Ihres Babys die Milchflasche, sofern die tägliche Brustmilchmenge nicht geringer als insgesamt 60 bis 80 g ist. Andernfalls entwöhnen Sie es u.U. vorschnell und vorzeitig von der Brust und bremsen zugleich Ihre Milchbildung entscheidend (fehlender Saugreiz und fehlende Entleerung der Brust bewirken Rückgang der Milchbildung und Verzögerung des sog. Einschießens der Brustmilch).

Die dem Kind zunächst fehlenden Flüssigkeitsmengen können Sie vorübergehend z.B. mit handelsüblichen Kohlenhydrat-, d.h. Zuckerlösungen (z.B. Glukose, besser Maltodextrinlösung) oder notfalls mit gesüßtem dünnem →Kamillentee (1 Teelöffel Zucker je 100 ml Tee) ersetzen.

Erfahrungstip 2:
Auch dann, wenn Ihre Brust zunächst nur geringe Milchmengen abgeben sollte, sind in diesen dennoch alle für Ihr Baby lebensnotwendigen Nährstoffe, in diesem Fall sogar hochkonzentriert, enthalten.

Ruhe steigert die Milchergiebigkeit der Brustdrüse, schwere körperliche Arbeit mindert sie. Eine etwas reichlichere Flüssigkeitszufuhr als gewöhnlich ist zwar notwendig, doch ist unbedingt davon abzuraten, besonders reichlich Milch zu trinken, denn damit wird nur Ihr Appetit auf andere (notwendige) Kost herabgesetzt und/oder eine unnötige Gewichtszunahme provoziert. Auch alkoholfreies »Nährbier« kann keine »Milchwunder« vollbringen. Bohnenkaffee ist offenbar, in gewissen Grenzen, etwas »milchtreibend«, macht aber u.U. das Baby unruhig (Koffein geht in die Milch über). Die weitverbreitete Meinung, daß Angst, Kummer, Sorge oder Schreck die Milch zum plötzlichen Versiegen bringen oder sie für das Kind schädlich machen können, ist ein widerlegter Volksaberglaube. Er ist entstanden, weil sich unter der Wirkung der genannten seelischen Einflüsse die Ausführungsgänge der Milchdrüse vorübergehend krampfhaft verengen können. Doch wird dadurch nicht die Milchbildung negativ beeinflußt, sondern nur die Milchabgabe und das Saugen erschwert. Bei Wiederherstellung der psychischen Ausgeglichenheit und Beruhigung der Mutter verschwindet dieser Krampfzustand meist schnell von selbst. Es ist in dieser Situation besonders wichtig, Zuversicht zu bewahren und das Kind weiterhin konsequent und regelmäßig anzulegen.

Eine echte Stillschwäche, die vorzeitig zu einer teilweisen oder gänzlichen Flaschenernährung zwingt, ist bei einer gesunden, zum Stillen wirklich fest entschlossenen Frau äußerst selten und ungewöhnlich.

Erfahrungstip 3:
Alle zur angeblichen Förderung der Milchbildung empfohlenen sog. milchtreibenden Mittel können vielleicht den Allgemeinzustand einer Mutter verbessern oder ihr Selbstvertrauen in bezug auf ihre Stillfähigkeit stärken. Eine unmittelbare Wirkung auf die Milchbildung üben sie jedoch kaum aus. Wirklich entscheidend steigern lassen sich die Milchmengen und die Ergiebigkeit der Brust nur durch tägliche, mehrmalige, regelmäßige und völlige Entleerung der Brüste.
Vgl. auch →Abdrücken der Brustmilch, →Anlegen an die Brust (Technik), →Abpumpen der Brustmilch, →Brustkind, Nahrungsbedarf, →Einschießen der Brustmilch, →Fütterungszeiten, →Stillfähigkeit

Milchfänger →**Milchauffänger**

Milchfieber

M. ist ein vorübergehender, meist leichter Fieberzustand, der insbesondere bei oder vor dem →Einschießen der Brustmilch vorkommen kann. Es ist wahrscheinlich die Folge von Milchstauung und -verhaltung in einzelnen Abschnitten oder Drüsenläppchen der Brustdrüse. Auch noch während der gesamten Stillzeit kann es gelegentlich durch Bildung von →Milchknoten und bei Milchstauung durch ungenügende Milchentleerung zu M. kommen, ohne daß eine echte →Brustdrüsenentzündung besteht. Wenn Milchstauung tatsächlich die Fieberursache war, schwindet es bei vollständiger Entleerung der Brustdrüse sofort.

Erfahrungstip:
M. können Sie dadurch sicher vermeiden, daß Sie regelmäßig nach jedem Anlegen dafür sorgen, daß Ihre Brüste tatsächlich vollständig entleert sind, und daß Sie beim und nach dem →Einschießen der Brustmilch darauf achten, daß die größer werdenden Milchmengen auch schnell und vollständig abgenommen werden. Dies ist, neben den erforderlichen hygienischen Maßnahmen der →Brustpflege, zugleich eine zuverlässige Vorbeugung der →Brustdrüsenentzündung und von sog. →Milchknoten.
Vgl. auch →Abdrücken der Brustmilch, →Abpumpen der Brustmilch, →Milchknoten

Milchflasche →**Flasche**

Milchfluß, unfreiwilliger

Galaktorrhö; eine unfreiwillige, meist beidseitige, spontane und vom Saugen des Babys unabhängige Absonderung von Milch aus einer oder beiden Brüsten außerhalb der normalen Anlegezeiten und/oder außerhalb der Stillperiode (z.B. nach dem Abstillen).

Meist ist ein u.M. Folge einer nervösen Übererregung des Entleerungsmechanismus der Brustdrüse. Leichtere Grade der Störung sind bedeutungslos, in ausgeprägteren Fällen ist ärztlich-medikamentöse Behandlung durch den Frauenarzt notwendig. Ein →Milchauffänger kann die u.U. lästige Durchtränkung der Kleidung mit Milch verhindern.

Milchfreie Säuglingsnahrung →Beikost, →Säuglingsnahrungen

Milchgebiß →Zahnung, »erschwerte«, →Zahnung, normale

Milchgesetz →Kuhmilch, →Milchhygiene im Haushalt

Milchhygiene im Haushalt

Milch ist für Bakterien jeder Art ein geradezu idealer Nährboden. Dementsprechend befinden sich in roher Kuhmilch stets auch zahlreiche und verschiedene Bakterien. Sie gelangen beim Melken, auf dem Transport, in der Molkerei oder im Haushalt in die Milch. In frisch gemolkener Milch beträgt die Keimzahl pro ml Milch 10 000 bis 20 000. Größtenteils sind diese Bakterien zwar harmlos, doch kann die Milch vereinzelt auch echte Krankheitserreger enthalten (unter ihnen sind Tuberkelbakterien als Erreger der →Tuberkulose und einige Typen von Kolibakterien als Erreger blutig-schleimiger Durchfälle bedeutsam). Da Sie es der Milch aber nicht ansehen können, ob sie derartige Keime enthält oder nicht, dürfen Sie einem Baby niemals rohe, unabgekochte Kuhmilch geben, die ohnehin nicht für die Ernährung Ihres Babys geeignet ist. Das Milchgesetz und die Verarbeitungsvorschriften für Milch in den Molkereien sorgen dafür (→Pasteurisierung der Milch, →Uperisierung der Milch), daß die Milch in einwandfreiem Zustand in Handel und Haushalt gelangt. Er wird aufrechterhalten, wenn Sie mit ihr sachgemäß umgehen und sie nicht zu lange aufbewahren. In den warmen Sommermonaten kann ungeschützt aufbewahrte Milch während des Stehens besonders leicht verunreinigt werden. Daraus ergibt sich die Notwendigkeit, Milch oder aus ihr zubereitete trinkfertige Babynahrungen (Milchmischungen) unmittelbar vor dem Füttern kurz aufzukochen und die ständige Kühlhaltung von Milch im Haushalt sicherzustellen.
Vgl. auch →Abkochen der Milch, →Kuhmilch

Milchknoten

Bei Milchstauung entstehende, umschriebene kugelige und zystische Verhärtungen in der Brust der Stillenden nennt man M.

Erfahrungstip:
Sollten Sie solche Veränderungen bei sich feststellen, ist deren unverzügliche Beseitigung durch gründliches Abdrücken, Ausstreichen und Ausmassieren der Milch prophylaktisch deshalb besonders wichtig, weil M. sich entzünden und von ihnen →Milchfieber und Brustdrüsenentzündungen ausgehen können.
Vgl. auch →Abdrücken der Brustmilch, →Brustdrüsenentzündung

Milchnährschaden

Ein M. bezeichnet einen Zustand, der in früheren Jahren gelegentlich durch einseitige Überfütterung von Babys und Kleinkindern mit übergroßen Mengen von Kuhmilch beobachtet wurde. Wenn ein Baby auf diese Art fehlernährt wurde, führte dies sekundär auch zu einem absoluten oder relativen Mangel an Kohlenhydraten in der Nahrung.

Die Merkmale des M. sind bei jüngeren Babys mangelndes Gedeihen, Kränkeln, Gewichtsstillstand oder -verlust, Verstopfung (oder Durchfälle), bei älteren Säuglingen und Kleinkindern ungenügende Gewichtszunahme, Verstopfung, Muskelschlaffheit, Bewegungsunlust und Blutarmut. Dazu kommen manchmal noch gehäufte und langdauernde Infektzustände infolge einer Her-

absetzung der Widerstandsfähigkeit der Betroffenen. Einen M. können Sie mit Sicherheit dadurch verhüten, daß Sie Ihr Baby stillen bzw. mit handelsüblichen →Säuglingsnahrungen ernähren. Für Kleinkinder, die normalerweise bereits weitgehend mit gemischter Kost (→Beikost) ernährt werden sollten, liegt die maximal noch eben zweckmäßige Milchmenge bei einem halben Liter pro Tag.
Vgl. auch →Säuglingsnahrungen

Milchpumpe

Die M. ist ein Gerät, mit dem eine weitgehende mechanische Entleerung der Milch aus der mütterlichen Brust herbeigeführt wird. Diese ist manchmal notwendig bei einer Trinkschwäche des Babys, bei Anomalien der mütterlichen →Brustwarzen, bei →Brustwarzenschrunden, bei →Brustdrüsenentzündung sowie gelegentlich auch bei überreichlicher, den Bedarf des Babys überschreitender Milchbildung.

Es gibt zahlreiche M.-Modelle mit z.T. unterschiedlichen Vor- und Nachteilen. Am häufigsten werdem die mit einem Gummiball versehenen Handmilchpumpen verwendet. Unter diesen sind unbedingt solche Modelle zu bevorzugen, deren gläsernes Auffanggefäß eine größere Ausbuchtung hat, oder solche, bei denen der Gummiballon rechtwinklig abgebogen angebracht ist (vgl. die Abb. bei dem Stichwort →Abpumpen der Brustmilch). Bei manchen einfacheren und preiswerteren M.-Modellen ist leider eine gewisse Verunreinigung der Milch bei ihrem Ausgießen über den Pumpenrand fast unvermeidlich. Leistungswirksamer und hygienischer als die einfachere Hand-M. ist eine sog. Wasserstrahlpumpe, bei der die abgesaugte Milch unmittelbar in eine Flasche ablaufen kann (Farbtafel). Miniaturisierte, elektrisch betriebene und größere M. können heute ohne Probleme auch zu Hause angewandt werden. Die meisten Krankenkassen tragen sogar die Kosten für die Anschaffung einer M. Auch bieten mittlerweile eine Anzahl von Sanitätshäusern, Apotheken oder Hebammenpraxen den Verleih von M. gegen eine geringe Gebühr an.

Ehe Sie sich entschließen, eventuell eine M. zur Unterstützung der Entleerung der Brust in Gebrauch zu nehmen, sollten Sie unbedingt zuvor einmal das einfachere, meist auch fast ebenso wirksame →Abdrücken der Brustmilch mit der Hand versuchen. Manchmal lassen sich auch beide Methoden kombinieren. Beispielsweise kann das mechanische Abpumpen durch gleichzeitige Melkbewegungen sehr erleichtert und noch effektiver werden.
Vgl. auch →Abdrücken der Brustmilch, →Abpumpen der Brustmilch

Milchschorf →Ekzem

Milchstauung →Milchfieber, →Milchknoten

Milchtreibende Mittel →Milchbildung, mütterliche

Milchunverträglichkeit →Kuhmilch-Unverträglichkeit

Milchzähne →Zahnung, normale

Milchzahnkaries →Flaschen-Karies, →Rachitisprophylaxe, →Süßigkeiten, →Zahnpflege

Milchzucker

Laktose; der spezifische Zucker der Milch, dessen Süße drei- bis viermal geringer ist als diejenige des gewöhnlichen (Koch-)Zuckers. Im natürlichen Nährstoffverband der Milch hat der M. eine charakteristische, sehr günstige Ernährungswirkung beim Baby. Außerdem fördert er u.a. die Bildung von Milchsäure in den unteren Darmabschnitten und das natürliche, biologisch für das Baby wichtige und optimale Darmbakterienwachstum (Bifidusbakterien). Frauenmilch enthält weit mehr M. (7,2%) als Kuhmilch (4,9%). Dies ist der Grund dafür, daß Frauenmilch etwas süßer schmeckt als Kuhmilch. Das gleiche gilt übrigens auch für →Säuglingsnahrungen, weil deren M.-Gehalt demjenigen der Frauenmilch angepaßt ist.

Isoliert in größerer Menge zugeführt, d.h. wenn der M. sich nicht im natürlichen Nährstoffverband der Milch befindet, kann er bei einigen Menschen jenseits des Babyalters gelegentlich abführend und blähend wirken.
Vgl. auch →Kuhmilch-Unverträglichkeit, →Zucker

Milchzucker-Unverträglichkeit →Kuhmilch-Unverträglichkeit

Mittelohrentzündung

Otitis media; katarrhalische oder eitrige Entzündung der mittleren Ohranteile. Dies sind: die hinter dem Trommelfell liegende, etwa erbsengroße Paukenhöhle mit den Gehörknöchelchen, die Hohlräume im Inneren des Warzenfortsatzes und die Tube. Letztere (auch Ohrtrompete genannt) ist der Verbindungsgang zwischen dem Mittelohr und dem Nasen-Rachen-Raum. Eine M. kann durch Entzündungserreger verschiedener Art hervorgerufen werden. Gewöhnlich dringen diese bei →Erkältungen und Katarrhen des Nasen-Rachen-Raums auf dem Weg durch den Tubengang ins Mittelohr ein.

Die M. beginnt meist akut und heftig mit Fieber und Ohrschmerz, bei Babys oft auch zuerst mit Unruhe, schmerzbedingtem Schreien, Nahrungsverweigerung, →Erbrechen und akutem →Durchfall.

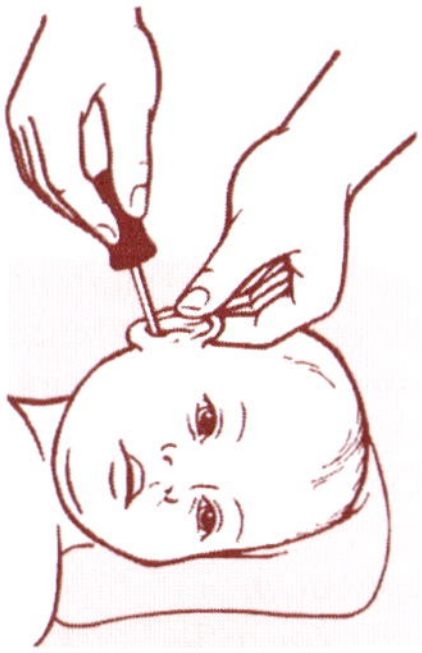

So verabreicht man Ohrentropfen

Erfahrungstip:
Wenn Sie beim Abtasten des äußeren Gehörgangs deutliche Schmerzäußerung auslösen, dann ist dies bei Babys und Kleinkindern ein wichtiger Hinweis auf eine bestehende M.

Bei einer akuten M. füllt sich die Paukenhöhle oft rasch mit entzündlicher oder eitriger Flüssigkeit (Farbtafel). Die dadurch entstehende Druckspannung ist Hauptursache des heftigen Ohrschmerzes. Manchmal entleert sich dieser entzündliche Erguß im Verlauf der Erkrankung durch einen Trommelfellriß spontan nach außen in den Gehörgang: Das Ohr »läuft«, d.h. es sondert von da an Sekret ab. Wenn es dazu gekommen ist, läßt der Schmerz, oft auch das Fieber, schnell nach. Gelegentlich muß dieser natürliche Heilungsvorgang, der dem unter Druck stehenden eitrigen Sekret Abfluß nach außen verschafft, vom Arzt durch einen Einstich ins Trommelfell (Parazentese) eingeleitet werden, damit sich der Entzündungsprozeß nicht auch noch auf das Innenohr ausdehnen kann.

Die Behandlung der M. erfolgt zumeist mit →Antibiotika, um Komplikationen und einen Trommelfelleinstich möglichst zu vermeiden. Schmerzstillende Ohrentropfen dürfen Sie, wenn sie vom Arzt nicht ausdrücklich verordnet sind, nur dann einträufeln (Abb. S. 263), wenn kein »Ohrlaufen« besteht, d.h. das Trommelfell nicht perforiert ist.

Ein altes bewährtes Hausmittel bei M. ist (allerdings auch nur bei nicht laufendem Ohr) neben Wärmeeinwirkung (z.B. mit einem Watteverband) das Einträufeln von Öltropfen in den Gehörgang.

So wird's gemacht:
Wärmen Sie einen Teelöffel in heißem Wasser gut an und füllen Sie ihn mit einigen Tropfen Öl (Hautpflegeöl, notfalls auch Speiseöl). Lassen Sie bei seitlicher Kopflage des Patienten aus dem Teelöffel 1 bis 2 Tropfen des angewärmten Öls in den Gehörgang eintropfen. Dies können Sie ein- bis zweimal täglich wiederholen. Achtung: Vermeiden Sie unbedingt zu heißes oder kaltes Öl bei dieser Prozedur!

Bei sehr heftigem Schmerz hilft oft auch ein feuchtwarmer Dunstumschlag aufs Ohr:

So wird's gemacht:
Tauchen Sie ein Taschentuch in warmes Wasser, wringen es aus und legen es auf das schmerzende Ohr. Darüber geben Sie eine Plastikfolie und ein wollenes Tuch (Schal, Wollstrumpf o.ä.). Wiederholen Sie diese Maßnahme mehrmals im Verlauf einer halben Stunde.

Abschwellend wirkende →Nasentropfen tragen wesentlich dazu bei, den inneren Ausgang des Mittelohrs (Tube) in den Nasen-Rachen-Raum zu öffnen. So können die Belüftung und das Abfließen von Eiter und Sekret in den Rachenraum erreicht, der Schmerz vermindert und die Heilung beschleunigt werden. Beachten Sie aber, daß eine M. ernste Komplikationen zur Folge haben kann, z.B. eine →Hirnhautentzündung! Aus diesem Grund empfehlen wir bei jedem Fall von M. – auch im Verdachtsfall – die Konsultation eines Arztes!

Vgl. auch →Gehörgangreinigung, →Rachenmandel

Möhrensaft

Karottensaft, Gelbe-Rüben-Saft. Der Preßsaft der rohen Möhre ist eine weitverbreitete und beliebte Ergänzung der Babynahrung (→Beikost). Zumeist wird M. als erster Gemüsesaft für die Beifütterung verwendet. Er kann vom 5. oder 6. Lebensmonat an gegeben werden.

M. enthält neben Zucker (9%) und Zelluloseanteilen reichlich Mineralsalze (Kalium, Eisen) und Vitamine (B_1, B_2, C) sowie den gelb-roten Farbstoff Karotin, die Vorstufe des fettlöslichen Vitamin A.

Dieser Farbstoff (es ist der gleiche, der auch die Gelbfärbung der Butter verursacht) lagert sich schnell in den kindlichen Fettdepots unter der Haut (Unterhautfettgewebe) an und verleiht ihr einen braun-gelblichen Farbton. Dabei bleibt aber das Weiß der Augenbindehäute unverändert. Man nennt dieses Phänomen auch →Karottengelbsucht. Sie hat keine krankhafte Bedeutung.

M. können Sie als Konserve über den Handel beziehen oder auch selbst herstellen.

So wird's gemacht:
Zur Selbstherstellung von frischem M. waschen Sie die Möhren zunächst gründlich unter fließendem Wasser, schaben und/oder zerkleinern sie mit der Gemüsereibe und pressen die Reibemasse schließlich aus. Dazu können Sie natürlich auch moderne Haushaltsgeräte für Fruchtentsaftungen verwenden.

Industriell hergestellter Fertigmöhrensaft hat neben wenigen Nachteilen gegenüber dem selbstbereiteten M. vor allem den großen Vorteil, daß er frei von Pflanzenschutzmittelresten ist. Geben Sie den M. zunächst teelöffelweise, ein- bis zweimal täglich, vor oder nach den Mahlzeiten. Sie können damit im 5. oder 6. Monat anfangen, auch wenn Sie stillen. Steigern Sie allmählich die täglichen Saftmengen bis zu jeweils einem oder zwei kleineren Eßlöffeln.

M. ist nicht lange haltbar und muß deshalb täglich frisch zubereitet werden. Dies gilt auch für die entsprechenden Fertigkonserven, die nach Öffnung alsbald zu verbrauchen sind.
Vgl. auch →Beikost, →Fruchtsaft

Molke
M. ist derjenige Teilbestandteil der Milch, der bei der Herstellung von Käse (oder Quark) nach Abscheidung des festen Käsestoffs (Kasein) und des Fettes bei der Gerinnung der Milch als trübe Flüssigkeit anfällt. M. ist sehr nährstoff- und vitaminreich und wurde früher oft als diätetisches Heilmittel (M.-Kur) verwendet. Heute wird sie vor allem bei der Erzeugung vieler verschiedener Nahrungsmittel (z.B. Schmelzkäse, Backwaren, Marmeladen, Kunsthonig, Suppen, Würzen, Nährmittel, Speiseeis) als Grundsubstanz mitverwendet.

Mondamin →Speisestärke

Moro-Probe →Tuberkulinprobe

Müsli
Sehr nahrhafte, vielseitig variierbare, obst- oder früchtehaltige →Beikost, die Sie z.B. anstelle des üblichen →Obst-Zwieback-Breis vom 2. bis 3. Lebenshalbjahr an geben können. Für die Selbstherstellung von M. gibt es mehrere verschiedene Rezeptempfehlungen (s. auch →Kochrezepte für das ältere Baby und das Kleinkind). Die Grundbestandteile von M. sind: Vollkorn-Haferflocken, Schrot, Nüsse (ganze Nüsse dürfen allerdings erst vom vollendeten 3. Lebensjahr an gegeben werden, vorher besteht die Gefahr des →»Verschlukkens«) sowie Milch, Quark oder Joghurt und →Honig oder →Zucker. Dazu können Sie →Bananen, geraspelte Äpfel oder auch einige Trockenfrüchte geben (diese zuvor stets einweichen!). Einige Hersteller von Baby- bzw. Kleinkindnahrungen bringen bereits tellerfertiges M. in den Handel, zu dem teilweise nur die Milch frisch hinzugefügt werden muß. Einige andere entsprechende M.-Produkte enthalten bereits Milch in Pulverform.
Vgl. auch →Haferflocken

Mütterberatungsstellen
M. sind überwiegend von kommunalen Gesundheitsbehörden eingerichtete und betriebene Beratungsstellen, in denen Mütter kostenlos ärztlichen Rat in allen Fragen der Entwicklung, Ernährung und Pflege von Babys und Kleinkindern einholen können. In den regelmäßigen Sprechstunden der M. wird das Kind gewogen und ärztlich untersucht. Doch erfolgt dort keine unmittelbare Behandlung von Krankheiten. Impfungen werden allerdings von vielen M. durchgeführt. Wenn der untersuchende Arzt eine krankhafte, behandlungsbedürftige Störung feststellt, macht er die Mutter darauf aufmerksam und verweist das Kind an den jeweiligen Kinderarzt, der auch die →Vorsorgeuntersuchungen für Kinder und Jugendliche durchführt.

Müttergenesungswerk, deutsches
Das d.M. ist eine interkonfessionelle öffentliche Stiftung, die 1950 von Elly Heuss-Knapp gegründet wurde. Seine Trägergruppen sind die Katholische Arbeitsgemeinschaft für Müttererholung (KAG), die Evangelische Arbeitsgemeinschaft für Müttergenesung (EAG),

das Deutsche Rote Kreuz (DRK), die Arbeiterwohlfahrt (AW) und der Deutsche Paritätische Wohlfahrtsverband (DPWV). Die Stiftung unterhält viele Müttergenesungsheime, in denen z.Zt. jährlich über 40000 Kurplätze für geschlossene Kuren von 21 Tagen zur Verfügung stehen.

In den Heimen werden neben Kuren aus medizinischer Indikation (körperliche und seelische Erschöpfung, Herz-Kreislauf- und Gefäßerkrankungen, Erkrankungen der Atmungsorgane und des Bewegungsapparats, Hautkrankheiten und Allergien, Verdauungs- und Stoffwechselerkrankungen, gynäkologische Erkrankungen) auch Sonderkuren für Mütter mit geistig- und/oder körperbehinderten Kindern und Jugendlichen sowie für alleinerziehende Mütter mit gleichzeitiger Unterbringung ihrer Kinder durchgeführt. Allgemeines Ziel des Gesundheitsprogramms des d.M. ist es, Müttern neben medizinischen Kuranwendungen zur aktiven Erholung und seelischen Regeneration zu verhelfen.

Die Trägergruppen bearbeiten die in der Regel vom Arzt oder Sozialamt gestellten Kuranträge und helfen bei ihrer Abwicklung und Finanzierung. Auskünfte erteilen die örtlichen Sozialämter sowie das »Deutsche Müttergenesungswerk«, Elly Heuss-Knapp-Stiftung, Deutenbacher Str. 1, 90547 Stein/Mittelfranken, Tel. 0911/96 71 10, Fax 0911/67 66 85.

Mütterheime →Müttergenesungswerk, deutsches

Mütterlichkeit →Liebeseinstellung der Mutter zum Kind, →Mutter-Kind-Beziehungen, →Nestwärme, →Overprotection

Mukoviszidose

Zystische Fibrose, Pankreasfibrose; eine angeborene, zumeist familiär auftretende Funktions- und Stoffwechselstörung der sekret- und schleimbildenden Drüsen des Körpers, die bei Erkrankung ein abnorm zähflüssiges und stark salzhaltiges Sekret bilden. Vor allem im Magen-Darm-Kanal, in der Bauchspeicheldrüse und in den Bronchien wirkt sich diese Krankheit besonders schwerwiegend aus: Die enorme Zähflüssigkeit der Drüsensekrete führt in den entsprechenden Drüsen, insbesondere in der Bauchspeicheldrüse (Pankreas) und in den Bronchialdrüsen zu einer Verlegung und Verstopfung der Drüsenausführungsgänge, zu Sekretrückstau und zu nachfolgender Zerstörung der feineren Drüsenstrukturen (zystische Fibrose).

Die Krankheitserscheinungen treten meist erst allmählich im Verlauf des Säuglingsalters auf. Sie zeigen sich in hartnäckiger und schwerer Bronchitis (mit andauerndem, z.T. anfallartigem Husten), außerdem in Gedeihstörungen, einer Verdauungsschwäche für Fett und Neigung zu Durchfällen. Die Stuhlentleerungen enthalten abnorm viel Fett (→Fettstuhl) und haben einen unangenehm stechenden Geruch.

Seltener kann als erstes Zeichen der M. bereits beim Neugeborenen ein →Darmverschluß auftreten, der durch das zähe →Kindspech aufgrund der krankheitsbedingten abnormen Darmdrüsentätigkeit verursacht wird. Ein Darmverschluß muß in den meisten Fällen operativ behoben werden.

Die M. kommt bei uns durchschnittlich einmal unter ca. 2000 Kindern vor und ist damit die häufigste angeborene Stoffwechselkrankheit. Die Anlage zur M. wird rezessiv vererbt, d.h. sie ist »versteckterbig«. Bei einer derartigen Erbanlage kann die Krankheit bei einem Kind nur dann auftreten, wenn beide Eltern – bei äußerlicher Gesundheit – Träger einer M.-Anlage sind. Der Ausprägungsgrad der Erkrankung wechselt von Kind zu Kind, ebenso können die Schwer-

	Mumps
Ansteckungsfähigkeit von Mensch zu Mensch (Infektiosität)	mäßig; sie beginnt bereits mehrere (2 bis 6) Tage vor dem Auftreten der Speicheldrüsenschwellung und besteht bis etwa 7 Tage nach ihrem Abklingen
Übertragungsweise	Direktkontakt (Tröpfcheninfektion; Virus wird auch mit dem Speichel ausgeschieden), nicht durch Dritte oder Gegenstände
Inkubationszeit	12 bis 35 Tage (im Mittel 18 bis 21 Tage)
Absonderungszeit	für die Dauer bestehender Krankheitszeichen, mindestens jedoch 10 Tage
Schlußdesinfektion	nicht erforderlich
Vorbeugung	→Mumpsschutzimpfung (→Impfkalender, →Mehrfachimpfung)
Meldepflicht	keine

punkte des Krankheitsverlaufs (Darm oder/und Lunge) unterschiedlich gewichtet sein. Die stets vom Arzt zu übernehmende bzw. zu überwachende lebenslange Behandlung der M. besteht aus folgenden Komponenten:

- Intensive Bekämpfung der Lungeninfektionen (→Antibiotika)
- Verabreichung von schleimlösenden und schleimverdünnenden Aerosolinhalationen und Säften als Abhustehilfe
- Ständige Einnahme von Enzympräparaten der Bauchspeicheldrüse zur Verdauungshilfe
- Sog. hyperkalorische, d.h. besonders energiereiche Ernährung

Mumps

Ziegenpeter, Parotitis (epidemica); eine infektiöse Entzündung der Ohrspeicheldrüse (Parotis), manchmal zugleich auch der Bauchspeicheldrüse sowie der Hoden oder Eierstöcke. Erreger des M. ist das M.-Virus. Die Erkrankung, die in der Mehrzahl der Fälle als sog. →Kinderkrankheit relativ leicht verläuft, tritt selten vor dem 2. Lebenshalbjahr auf. Das Überstehen der Krankheit hinterläßt eine lebenslange Immunität. Die Ansteckung erfolgt zumeist auf dem Wege der sog. Tröpfcheninfektion durch Anhusten oder Anniesen (→Infektionskrankheiten). Die Zeitspanne zwischen der Ansteckung und dem Ausbruch der eigentlichen Krankheit (→Inkubationszeit) beträgt 12 bis 35 (im Mittel 18 bis 21) Tage. Aber bereits einige Tage vor dem Auftreten der ersten Krankheitserscheinungen sind die Betroffenen ansteckend.

Hauptsymptom des M. ist die anfangs schmerzhafte, teigige Anschwellung der Ohrspeicheldrüsen, die meist zunächst nur auf einer Seite auftritt, einige Tage später aber auch auf die andere Seite übergreift (Farbtafel). Typisch dabei ist, daß dadurch das Ohrläppchen etwas angehoben wird. Die Schwellung klingt nach etwa einer Woche ab, ungefähr eine weitere Woche später erlischt auch die Ansteckungsfähigkeit. Fieber tritt, wenn überhaupt, nur in den ersten Krankheitstagen auf.

Bei unkompliziertem Krankheitsverlauf gibt es eigentlich keine Behandlungsprobleme: Bettruhe ist, solange die Drüsenschwellung besteht, ratsam, ebenso die Gabe weicher (breiiger) Kost. Warme oder feuchtwarme Umschläge auf die angeschwollenen Drüsen wirken oft schmerzlindernd und werden daher zumeist als angenehm empfunden.

Komplikationen sind allerdings nicht allzu selten. So kommt es z.B. im Verlauf des M. gelegentlich zu einer gewöhnlich gutartig verlaufenden →Hirnhautentzündung (Erscheinungen: Apathie, Erbrechen, Kopfschmerz, Fieber). Seltener kann sich eine ernster zu beurteilende Gehirnentzündung (Enzephalitis) sowie eine Beteiligung der Bauchspeicheldrüse (Pankreatitis) einstellen. Auch Schwerhörigkeit oder Taubheit kommen als seltenere Komplikationen des M. vor.

Tritt M. erst während oder nach der Pubertätszeit auf, sind manchmal Entzündungen der Keimdrüsen (Hoden, Eierstöcke) sehr unerwünschte Komplikationen, die eine spätere Unfruchtbarkeit zur Folge haben können. Zumindest beim Mann dürfte M. derzeit noch eine häufige Ursache der erworbenen Sterilität sein. Deshalb sollte man Jungen, die bis zum Eintritt der Pubertät nicht gegen M. geimpft sind oder M. noch nicht durchgemacht haben, unbedingt impfen lassen (→Mumpsschutzimpfung). Sichere Zusammenhänge zwischen M. und Zuckerkrankheit (Diabetes mellitus) bestehen nicht.

Desinfektionsmaßnahmen sind nicht erforderlich, da die Krankheit nur unmittelbar von Kranken auf Gesunde, nicht jedoch durch Dritte und Gegenstände übertragen wird.

Mumpsschutzimpfung

In den letzten Jahren wurden wirksame und sichere Impfstoffe auch gegen Mumps entwickelt. Ihre systematische Anwendung wird in absehbarer Zeit dazu führen, daß nicht nur die Mumpserkrankung an sich, sondern insbesondere ihre Komplikationen verhütet werden können (→Mumps). Die M. wird dem →Impfkalender entsprechend zusammen mit der →Masern- und →Rötelnschutzimpfung in Form einer →Mehrfachimpfung durchgeführt. Mit Impfreaktionen nach der Injektion ist praktisch nicht zu rechnen. Bei ca. 95% der Geimpften wird eine lebenslange Immunität erzielt.

Mundatmung →Adenoide, →Atmung, gestörte, →Atmung, normale, →Nasenatmung, →Schnarchen, →Schnupfen

Mundfäule

Stomatitis aphthosa; eine hochansteckende Viruskrankheit, die zunächst mit Fieber und Appetitlosigkeit beginnt. Nach 2 bis 3 Tagen treten in der gesamten Mundhöhle (Zunge, Wangenschleimhaut, Gaumen und Zahnfleisch) zahlreiche schmerzhafte, meist kreisrunde, weißlich belegte Geschwürchen auf (Aphthen). Die Mundschleimhaut, besonders aber das Zahnfleisch, schwillt stark an und blutet oft schon bei der geringsten Berührung. Dabei wird vermehrt infektiöser Speichel gebildet, der häufig aus dem Mund herausläuft. Die Schmerzhaftigkeit der Mundgeschwüre und das schwere Krankheitsgefühl führen in der Regel zur Verweigerung fast jeder festen Nahrung. Dieses Stadium der Krankheit hält etwa eine Woche an, wei-

	Mundfäule
Ansteckungsfähigkeit von Mensch zu Mensch (Infektiosität)	hoch, beginnend mit den ersten Krankheitszeichen bis zur Entfieberung
Übertragungsweise	Direktkontakt (Tröpfcheninfektion, Speichel), Eßgeschirr, Besteck; nicht durch Dritte
Inkubationszeit	4 bis 6 Tage
Absonderungszeit	gesetzlich nicht vorgeschrieben; empfehlenswert: etwa 14 Tage
Schlußdesinfektion	nicht erforderlich
Vorbeugung	durch Vermeidung von Direktkontakt zwischen Kranken und empfänglichen Personen; keine Impfung möglich

tere 1 bis 2 Wochen vergehen dann aber noch, ehe die Abheilung der Mundschleimhautentzündung abgeschlossen ist. Vor allem durch eine sog. Schmierinfektion wird die Krankheit über Speichel und mit Speichel benetzte Gegenstände leicht weiterverbreitet. Hierauf gründet die Empfehlung, das kranke Kind nur aus seinem eigenen Eß- und Trinkgeschirr zu ernähren, das nach Gebrauch zur Reinigung getrennt für sich 10 Minuten im Wasser ausgekocht werden sollte. Das Überstehen der M. hinterläßt gewöhnlich eine lebenslänglich anhaltende Immunität.

Eine gegen den Krankheitserreger unmittelbar gerichtete Behandlungsmethode gibt es nicht. Bei etwas älteren Kindern scheinen mehrmals täglich durchgeführte Mundspülungen mit Salbei- oder →Kamillentee die Heilung zu beschleunigen. In manchen Fällen führt der Arzt spezielle desinfizierende Pinselungen der Mund- und Zungengeschwüre durch. Wegen der gesteigerten Empfindlichkeit der Mundschleimhaut muß die Nahrung zunächst (mit Strohhalm) in flüssiger oder breiförmiger Beschaffenheit verabreicht werden und wird auch am ehesten akzeptiert, wenn sie kühl oder kalt ist.

Mundpflege **→Zahnpflege, →Zungenbelag**

Mundpilz **→Soor**

Mundschwämmchen **→Soor**

Mundwinkel, faule **→Faulecken**

Mund-zu-Mund-Beatmung

Jeder →Atemstillstand, gleich welcher Ursache, ist eine ganz akute, schwerste unmittelbare Lebensbedrohung. Innerhalb kürzester Frist muß Hilfe geleistet werden, wenn sie nicht zu spät kommen soll. Eine bewährte Erste-Hilfe-Maß-

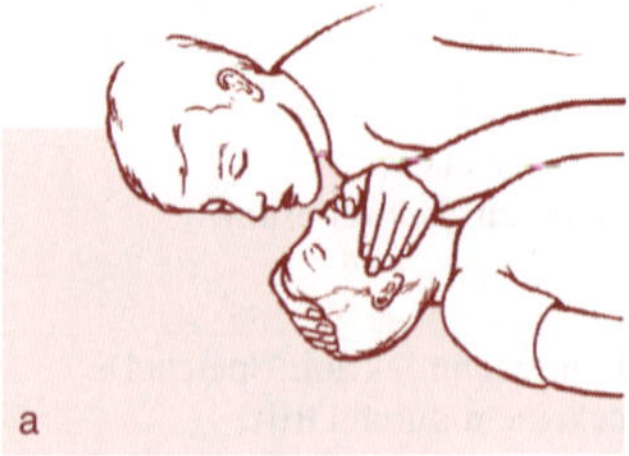

a

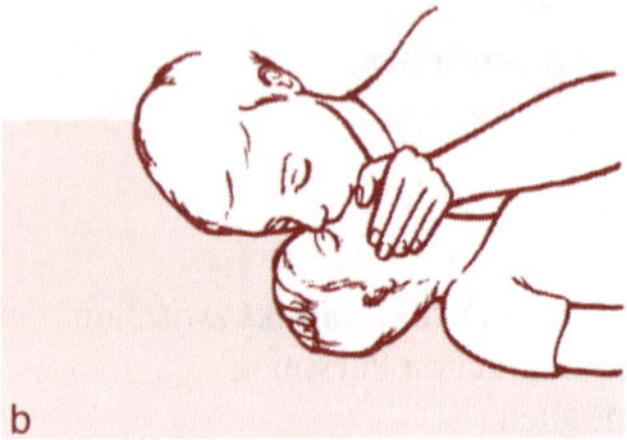

b

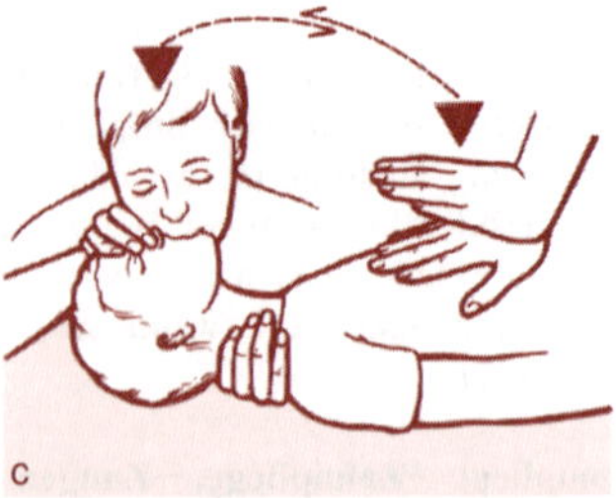

c

nahme in dieser Situation ist der Versuch einer Atemspende mit der sog. M.-z.-M.-B. Voraussetzung für deren Wirksamkeit ist, daß Mundhöhle und Atemwege des betroffenen Kindes frei von Schleim, Blut, Erbrochenem und verschluckten Fremdkörpern (auch Kaugummi und Bonbons) sowie Wasser (bei Ertrinken) sind.

So wird's gemacht:
*Der Patient wird auf fester Unterlage auf den Rücken gelegt, wobei der Kopf stark nach hinten gebeugt und mit den Händen des Helfers fixiert wird (*Abb. a*). Der Atemspender preßt nach tiefem Atemholen seinen Mund über den geöffneten Mund des Atemlosen, wobei er gleichzeitig dessen Nase zuhält (bei kleineren Kindern evtl. über Mund und Nase;* Abb. b*) und die eingeatmete Luft unter mäßigem Druck einbläst. Hebt sich dabei die Brust des Atemempfängers, ist dies ein Zeichen für die Wirkung der Atemspende. Danach wird der Mund vom Helfer wieder kurz freigegeben, damit dieser selbst neue Luft einatmen kann. Dieser Ablauf sollte bei Schulkindern etwa 20mal/Minute, bei Kleinkindern etwa 30mal/Minute und bei Babys etwa 35mal/Minute wiederholt werden. Ist gleichzeitig mit dem Atemstillstand ein Herzstillstand zu vermuten (fehlender Herz- und Pulsschlag), dann sollten die Wiederbelebungsmaßnahmen abwechselnd aus M.-z.-M.-B. und äußerer Herzmassage (kurzes ruckartiges Eindrücken des Brustkorbs mit beiden, flach über der Herzgegend auf den Brustkorb gelegten Handflächen) bestehen. Dabei ist die Abfolge von je 5 Atemspenden und etwa je 15 Herzmassagen (*Abb. c*) zweckmäßig.*

Muskelspannung des Neugeborenen →Neugeborenes

Mutterinstinkt →Liebeseinstellung der Mutter zum Kind, →Mutter-Kind-Beziehungen, →Nestwärme, →Overprotection

Mutter-Kind-Beziehungen

»Ein Baby ist der Mutter Anker; weiter als das Ankertau kann sie nicht kreisen.«
(Amerikanisches Sprichwort)

Die naturgegebenen Wechselbeziehungen und Bindungen zwischen Mutter und Kind sind um so enger und intensiver, je jünger und hilfebedürftiger das Kind ist. Zumindest körperlich sind sie

am engsten, solange das Kind noch ungeboren ist. Nach der Geburt lockern sie sich ganz allmählich mehr und mehr mit der Entwicklung und dem Heranwachsen des Kindes zum Erwachsenen. Durch die z.T. unbewußt-instinktive, z.T. anerzogen-gewohnheitsmäßige M.-K.-B. entwickelt sich ein enges Zusammengehörigkeitsgefühl.
Die M.-K.-B. sichern, wenn sie normal sind, dem Baby nicht nur Ernährung und regelmäßige Pflege, sondern fördern bei ihm auch zahlreiche seelische und geistige Fähigkeiten und Eigenschaften, wie z.B. Gemütswerte, Sprache, Gemeinschaftssinn, soziale Einordnungsfähigkeit, praktische Erfahrungen.
Das Verhältnis zwischen Mutter und Kind regelt sich durch bestimmte Signale und angeborene Verhaltensweisen in sinn- und zweckvoller Intensität. Diese Regelungen laufen zunächst größtenteils unbewußt und fast zwangsläufig ab. Schreit z.B. das Baby, dann löst dies bei der Mutter ein fast unwiderstehliches Bedürfnis aus, zu ihm zu gehen, es aufzunehmen, zu trösten und zu beruhigen. Das Kind seinerseits läßt sich allein hierdurch schon zufriedenstellen, denn es wird dadurch von der tatsächlichen, lebensnotwendigen Anwesenheit der Mutter überzeugt. Weinen und Schreien eines Babys sind offensichtlich Signale von stärkster Reizwirkung. Es ist unverkennbar, daß junge Babys selbst bei bester Pflege und Ernährung ohne ein geordnetes, normales Mutter-Kind-Verhältnis in ihrer geistigen, mehr noch in ihrer seelischen Entwicklung benachteiligt sind. Für die Kindesentwicklung insgesamt ist es von sehr großer Bedeutung, daß das Kind in den ersten Jahren seines Lebens und in seiner »Kinderstube« möglichst immer von demselben Personenkreis (Mutter, Vater, ältere Geschwister oder nahe Bezugspersonen) betreut, genährt, gepflegt und erzogen wird.

Störungen in den M.-K.-B. können verschiedene Ursachen haben. So können sie z.B. dann entstehen, wenn die Mutter nur eine geringe Liebeszuwendung zum Kind aufbringt oder sich evtl. in eine sich ungünstig auswirkende Überbetreuung (→Overprotection) hineinsteigert.
Vgl. auch →Großmutter, →Hospitalismus, →Liebeseinstellung der Mutter zum Kind, →Nestwärme, →Overprotection

Muttermal →Leberfleck

Muttermilch →Frauenmilch

Mutterpaß

Die Krankenkassen sind durch Gesetz verpflichtet, allen werdenden Müttern eine kostenlose ärztliche Betreuung während der Schwangerschaft und im Wochenbett zu gewähren. Teil dieser Betreuungsmaßnahmen sind die Mutterschaftsvorsorgeuntersuchungen.

Nach Feststellung der Schwangerschaft stellt der Arzt einen M. aus, in dem alle Ergebnisse der Vorsorgeuntersuchungen vermerkt werden. Diese erfolgen im allgemeinen bis zum 8. Monat alle 4 Wochen, anschließend nach 2 bis 3 Wochen. Der M. wird der Hebamme oder dem entbindenden Arzt bei der Geburt ausgehändigt, womit diese einen genauen Überblick über die Gesundheitsverhältnisse der Mutter während der gesamten Schwangerschaft erhalten. Somit ist der M. für die werdende Mutter eine wichtige Urkunde. In Notfällen ist z.B. aus ihm die Blutgruppe mit →Rhesusfaktor zu ersehen. Verlauf und Beendigung der Geburt werden ebenfalls im M. festgehalten, wobei auch alle Daten des Kindes, wie z.B. →Geburtslänge, →Geburtsgewicht, →Kopfumfang, Daten der →Apgar-Skala eingetragen werden.

Der M. enthält unter anderem folgende wichtige Daten der Mutter:

- Blutgruppe mit Rhesusfaktor (Rh-Faktor)
- Laboruntersuchungen des Bluts und Harns
- Vorangegangene Krankheiten in der Familie
- Vorangegangene Erkrankungen der Mutter, insbesondere Infektionskrankheiten und Operationen
- Vorbestehende Leiden bei der Mutter (z.B. Zuckerkrankheit, Nierenkrankheiten, Blutgerinnungsstörungen, Überempfindlichkeit gegen Arzneimittel, Nahrungsmittel u. dgl.)
- Vorangegangene Schwangerschaften, Geburten und Fehlgeburten und ihre Besonderheiten
- Angaben über Dauer und Länge der Regelblutungen
- Voraussichtlicher Entbindungstermin
- Termin der ersten Kindsbewegungen
- Sonstige Untersuchungsergebnisse

Vgl. auch →Mutterschutzgesetz

Mutterschaftsvorsorgeuntersuchung
→Mutterpaß, →Mutterschutzgesetz

Mutterschutzgesetz

Arbeitsrechtliches Gesetz zum Schutz der werdenden Mutter. Das M. gilt für Frauen, die in einem Arbeitsverhältnis stehen, und für in Heimarbeit Beschäftigte (vorerst jedoch noch nicht für Selbständige und Hausfrauen), sofern sie Mutter werden oder geworden sind. Für Beamtinnen bestehen entsprechende Regelungen (Verordnung über den Mutterschutz von Beamtinnen).

Das M. enthält ein Beschäftigungsverbot für die letzten 6 Wochen vor der Entbindung und bis zum Ablauf von 8 Wochen, bei Früh- und Mehrlingsgeburten 12 Wochen nach der Entbindung. Der genannte Personenkreis hat außerdem im Anschluß an diese Schutzfrist Anspruch auf →Erziehungszeit.

Werdende oder stillende Mütter dürfen nach dem M. nicht mit schweren körperlichen Arbeiten und nicht mit Arbeiten beschäftigt werden, bei denen sie der Einwirkung von gesundheitsschädlichen Stoffen, Strahlen, Staub, Gasen, Dämpfen, Hitze, Kälte oder Nässe sowie Erschütterungen oder Lärm ausgesetzt sind. Auch Mehr-, Nacht- oder Sonntagsarbeit ist werdenden oder stillenden Müttern nicht gestattet. Arbeitet eine stillende Mutter nach Ablauf der Schutzfrist ohne Inanspruchnahme der Erziehungszeit wieder, dann muß ihr auf Verlangen Zeit und Gelegenheit zum Stillen ohne Verdienstausfall gewährt werden.

Weitere gesetzliche Regelungen für die Mutterschaft betreffen die Leistungen der einzelnen Krankenkassen, bei denen jeweils zusätzliche einschlägige und umfassende Informationen eingeholt werden können.

Vgl. auch →Erziehungszeit, →Mutterpaß

Nabel →Abnabelung, →Nabelbinde, →Nabelbruch, →Nabelgranulom, →Nabelpflege

Nabelbinde

Binde zur Befestigung des Nabelverbands in der Neugeborenenzeit. Eine N. kann so lange angelegt werden, bis der Nabelschnurrest abgefallen und die Nabelwunde vollständig abgeheilt ist. Sie wird heute allerdings zunehmend als entbehrlich angesehen. Ihre Anwendung beschränkt sich bestenfalls auf die ersten Lebenstage.

Eine »klassische« N. besteht aus elastisch-porösem Gewebe (heute findet stattdessen häufiger strumpfartig elastische Wirkware Verwendung oder – handelsfertig – Liegelind Nabifix). Eine N. sollte etwa 100 bis 120 cm lang und 6 cm breit sein und Bindebänder oder einen Klettverschluß an einem Ende haben. Das Anlegen bereitet in der Regel keine Schwierigkeiten.

So wird's gemacht:
Legen Sie die N. so an, daß die einzelnen, quer über den Leib laufenden Bindetouren vorne breit über der Nabelgegend und auf dem Rücken schmal übereinander verlaufend liegen. So vermeiden Sie das Naßwerden und zugleich auch ein Verrutschen der Binde. Legen Sie die erste Bindetour immer oberhalb des Nabels an.

Beachten Sie, daß die Bindenzüge nicht zu fest, aber auch nicht zu locker angelegt werden, damit sich das Bäuchlein beim Trinken genügend ausdehnen kann und nicht eingeschnürt wird. Erneuern Sie die N. mindestens einmal täglich durch eine frisch gewaschene. Übrigens: Keine noch so straff angelegte N. kann einen →Nabelbruch verhindern oder beseitigen. Die N. wird spätestens nach der völligen Abheilung des Nabels überflüssig.
Vgl. auch →Nabelpflaster, →Nabelpflege

Nabelbruch

Ein Offenbleiben der Nabelpforte oder eine Schwäche der sie verschließenden Membran in der Bauchdecke wird als N. bezeichnet.

Die Anlage zu einem N. ist meist schon bei Geburt vorhanden, auch wenn er erst später erkennbar wird. Der N. ist eine recht harmlose, aber sehr häufige Anomalie, die bei etwa jedem 5. Neugeborenen vorhanden ist. Bei Frühgeborenen ist er noch häufiger. Schon das normale Schreien und Pressen des Babys kann bei vorhandener Anlage ausreichen, um den N. zum Vorschein zu brin-

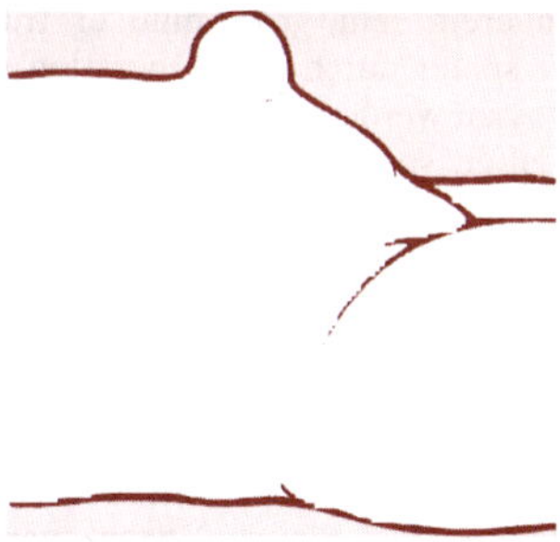

Pralle, halbkugelige Vorwölbung eines Nabelbruchs, der sich durch Fingerdruck wegdrücken läßt gen. Dabei erhöht sich nämlich der Bauchinnendruck so sehr, daß sich Darmteile in die vorgebildete Lücke hineinpressen und sie dabei zugleich erweitern. Von außen sieht man dann im Bereich des Nabels eine kleinere oder größere pralle, halbkugelige Vorwölbung (von Erbsen- bis Apfelgröße; Abb.; Farbtafel). Wenn Sie (in einer Schreipause) auf sie drücken, verschwindet sie, meist in Verbindung mit einem glucksenden Geräusch. Bei neuerlichem Schreien des Babys tritt die Vorwölbung dann sofort wieder auf.

Der N. ist meist ungefährlich, denn Einklemmungen von Darmanteilen wie bei einem →Leistenbruch sind dabei äußerst selten. Doch ist jeder N. unschön und sollte schon deshalb beseitigt werden.

Krankheiten, die mit heftigerem Husten einhergehen, wie z.B. →Keuchhusten, können schnell zur Vergrößerung eines N. führen oder ihn bei vorhandener Anlage auch erst hervorbringen.

Ein kleinerer N. heilt oft spontan innerhalb des ersten Lebensjahres unter einer Behandlung mit einem →Nabelpflaster aus, mit dem eine Erweiterung der Bruchpforte beim Pressen und Schreien verhindert werden soll. Ist der N. aber größer geworden, oder ist er von vornherein sehr groß, muß er früher oder später durch eine Operation verschlossen werden (frühestens im Kleinkindalter, spätestens vor der Einschulung).
Vgl. auch →Nabelpflaster, →Nabelpflege

Nabelgranulom

Eine auf dem Grunde des Nabelgrübchens nach Abfall des Nabelschnurrestes sich zuweilen bildende nässende kleine Warze (»wildes Fleisch«) nennt man N. Dieses wuchernde Fleischwärzchen verhindert oftmals die schnelle und völlige Abheilung der Nabelwunde und ist in jedem Fall behandlungsbedürftig. Manchmal ist ein N. nur bei sehr sorgfältigem Suchen und bei völliger Entfaltung des Nabelgrübchens zu sehen. Aber bei jedem länger anhaltenden Nässen des Nabels (normalerweise sind der Nabel und die Nabelgrube wenige Tage nach Abfall des Nabelschnurrestes völlig trocken) sollten Sie an ein N. denken und den Arzt fragen.

Die Behandlung durch den Arzt besteht in einer leichten Ätzung, z.B. mit Silbernitratlösung oder mit dem sog. Höllensteinstift, manchmal auch, bei ausgedehnter Wärzchenbildung, in einer Abtragung des wuchernden Fleisches.
Vgl. auch →Nabelpflaster, →Nabelpflege

Nabelkolik →Bauchschmerz

Nabelpflaster

Das N. dient zur behelfsmäßigen Behandlung eines →Nabelbruchs im Babyalter. Ist ein Nabelbruch festgestellt und ist er nicht übermäßig groß, sollten Sie ein N. anlegen, damit der Bruch sich beim Husten und durch Schreien bedingten Pressen des Kindes nicht vergrößern und erweitern kann.

So wird's gemacht:
Für ein sachgemäßes N. benötigen Sie 3 Streifen von 12 bis 14 cm Länge eines 2 cm breiten Heftpflasters (Rolle oder ein gebrauchsfertiges N. aus der Apotheke), die Sie sich zunächst zurechtschneiden und mit einem Ende an den Wickeltisch in Griffweite ankleben. Eine Hilfsperson ist notwendig, um den Verband dann sachgemäß anlegen zu können, was am besten nach dem →Reinigungsbad geschieht. Das Kind muß gut abgetrocknet sein, und in den Hautfalten des Nabels darf sich keinerlei Feuchtigkeit mehr befinden. Eine Person faßt die Bauchhaut des auf dem Rücken liegenden Babys ober- und unterhalb des Nabels zwischen Daumen

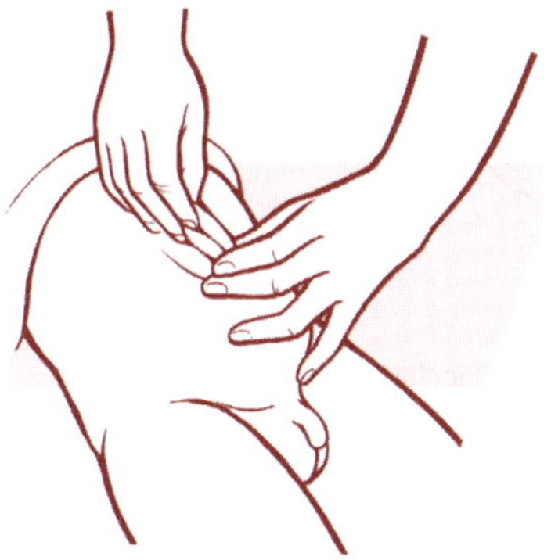

a Anlegen des Nabelpflasters: Fassen der Hautfalten, nachdem der Nabelbruch durch Fingerdruck weggedrückt wurde

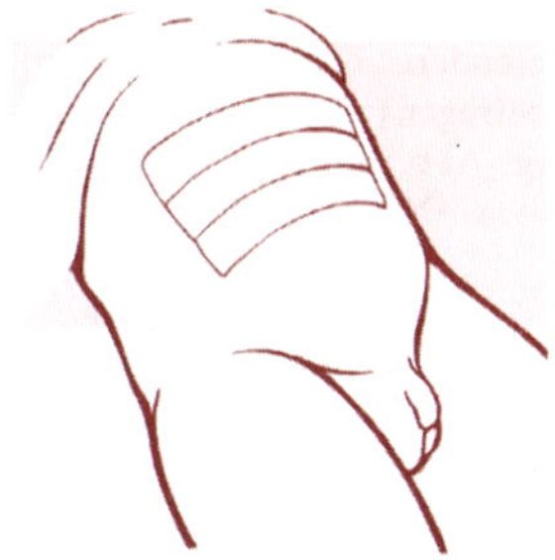

b Fertig angelegtes, gut sitzendes Nabelpflaster

und Zeigefinger und zieht sie so zusammen (Abb. a)*, daß eine den Nabel enthaltende, nach innen gestülpte senkrechte Falte entsteht (der Bruch muß vorher eingedrückt worden sein!). Die zweite Person klebt nun über diese Falte quer von einer Seite zur anderen die vorbereiteten Heftpflasterstreifen, zuerst einen oben, dann einen unten und den dritten in der Mitte* (Abb. b)*. Nun erst lassen Sie die Bauchhautfalte los.*

Ist das N. richtig angelegt, darf beim Betasten der Nabelgegend kein Glucksen mehr auftreten. Nun kann das Baby nach Leibeskräften schreien, der Bruch kann nicht wieder vortreten. Lassen Sie das erste N. nicht länger als 8 Tage liegen und überprüfen Sie den Zustand der Haut im Pflasterbereich währenddessen genau. Nicht jedes Baby verträgt das Pflaster auf die Dauer. Sollten sich Reizerscheinungen der Haut zeigen, müssen Sie deshalb auf eine solche Behandlung verzichten. Hat sich jedoch erwiesen, daß das Baby nicht sonderlich pflasterempfindlich ist, dann können Sie das nächste N. so lange liegen lassen, wie es hält. Das Baby kann trotzdem täglich gebadet werden. Das N. sollte möglichst nicht mit Hautöl oder -creme in Berührung kommen, weil dadurch die Klebefähigkeit des Pflasters vermindert wird. Grundsätzlich wichtig für die Wirksamkeit eines N. ist, daß diese Behandlung sehr geduldig und über viele Wochen oder Monate hindurch konsequent und ohne Pausen durchgeführt wird. Übrigens: Versuche, die Behandlung eines Nabelbruchs mit einer →Nabelbinde durchzuführen, sind sinn- und wirkungslos, weil diese nie so stramm angelegt werden kann, wie es nötig wäre.
Vgl. auch →Nabelbruch, →Nabelpflege

Nabelpflege

Als eine nach der Geburt noch offene, feuchte Wundstelle erfordert der Nabelschnurrest im Hinblick auf Möglichkeiten ihrer bakteriellen Infektion eine besonders sorgfältige und sachgemäße Pflege. Deshalb beginnt die N. praktisch schon im Augenblick der →Abnabelung nach der Geburt des Kindes (Farbtafel →Nabelschnur). Um eine möglichst schnelle Eintrocknung des Nabelschnurrestes zu erreichen und ihn zugleich vor Infektionen zu schützen, wird er zunächst mit einem trockenen, sterilen, aber luftdurchlässigen Verband versehen.

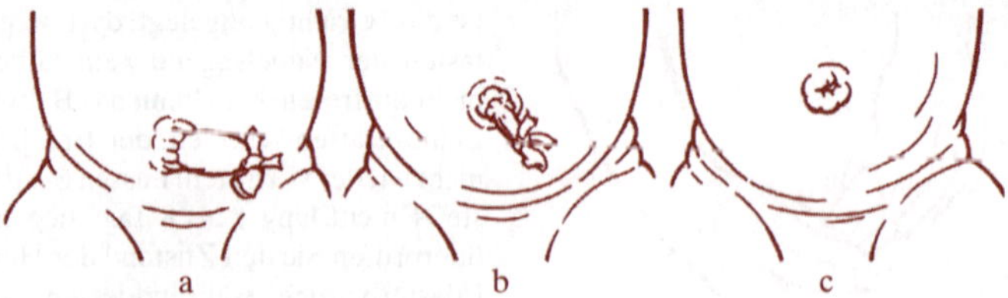

Verlauf der Nabelheilung:
a) Nabelschnurrest unmittelbar nach Geburt und Abnabelung
b) Nabelschnurrest nach Austrocknung
c) Nabelschnurrest abgefallen, die zurückgebliebene Nabelwunde ist noch nicht ganz überhäutet

So wird's gemacht:
Führen Sie einen sterilen Mulltupfer, der auf einer Seite bis zur Mitte eingeschnitten ist, so um den Nabelschnurrest herum, daß er diesen unmittelbar am Bauch allseits umgreift.

Darüber decken Sie nun einen zweiten sterilen Mulltupfer. Anschließend können Sie das Ganze mit der →Nabelbinde befestigen, die Sie dachziegelartig um den Bauch legen. Meist reicht es aber schon, wenn Sie den Nabelschnurrest linksseitig unter das Hemdchen plazieren.

Ein noch vorhandener Nabelschnurrest ist kein Hindernis für das tägliche Bad, wobei Sie auch die Nabelregion mit einem Waschlappen schonend reinigen können. Nach dem Abtrocknen (tupfen!) legen Sie einen neuen sterilen Tupfer auf und ggf. eine frische Nabelbinde um. Achten Sie beim Wickeln darauf, daß die Windeln oder die Höschenwindel so angelegt werden, daß der Nabelverband nicht mit Harn durchnäßt werden kann. Keinesfalls dürfen Sie am Nabelschnurrest zerren oder hantieren. Wenn er von selbst abgefallen ist, sollten Sie die verbleibende Nabelwunde bis zu ihrem Abheilen und Trockenwerden nur mit einem sterilen Tupfer sowie einer Nabelbinde sorgfältig verbinden. Näßt die Nabelgrube auffallend lange, dann hat sich vermutlich ein →Nabelgranulom entwickelt, das vom Arzt sachgemäß behandelt werden muß. Grundsätzlich sollten Sie bei jeder Störung des Heilungsverlaufs des Nabels (insbesondere bei Entzündungen) den Arzt befragen (zum Verlauf der Nabelheilung vgl. Abb. a bis c).
Vgl. auch →Nabelgranulom, →Nabelpflaster

Nabelschnurrest →Nabelpflege

Nabelverband, →Nabelpflaster, →Nabelpflege

Nachtfütterung
Da das neugeborene Baby zunächst sowohl tags wie nachts gleichmäßig in etwa 3- bis 4stündigen Abständen wach wird und es Tag-Nacht-Unterschiede noch nicht empfindet, melden sich viele Babys regelmäßig etwa in der Mitte der Nacht mit »Hungerschreien« und offenbarem Bedürfnis nach Nahrungsaufnahme. Kommen Sie diesem Bedürfnis uneingeschränkt nach und stillen Sie Ihr Kind oder – falls dies nicht möglich ist – geben Sie ihm die Flasche.

Erfahrungstip 1:
Gesunde Kinder, die von Anfang an regelmäßig oder fast regelmäßig ihre Nachtruhepause einhalten, benötigen keine N. und sollten auch niemals hierfür etwa eigens geweckt werden.

Erfahrungstip 2:
Bei einem gesunden Baby, das anfangs regelmäßig oder häufiger nachts aufwacht und schreit, sollten Sie zunächst abwarten, ob es nicht, wie dies öfter vorkommt, nach einigen Minuten wieder ein- und dann durchschläft. Sie sollten Ihr Baby natürlich nicht »durchschreien« lassen, müssen es aber sicher nicht gleich beim ersten Schrei eiligst aufnehmen.

Erfahrungstip 3:
Das »Abgewöhnen« der N. wird beim schon etwas älteren Baby oft dadurch erleichtert, daß Sie die verabreichte nächtliche Nahrungsmenge schrittweise verringern oder durch dünnen Tee ersetzen. Außerdem bewirkt u.U. ein Flaschenbrei (→Beikost), der als letzte Tagesmahlzeit gegeben wird, eine länger anhaltende Sättigung, die dem Baby das »Durchhalten« erleichtert.

Erfahrungstip 4:
Bei Kindern, die sich auch nach 6 bis 8 Wochen noch nicht an eine durchgehende Nachtruhe gewöhnt haben, könnte eine Störung des Anpassungsvorgangs vorliegen, deren Ursache entweder bei Mutter, Vater, Großmutter, Familie oder beim Baby selbst gesucht werden muß, wobei Ihnen der Kinderarzt helfen wird.

Übrigens: Diese Erfahrungstips gelten nicht zwangsläufig für jedes einzelne Baby, schon gar nicht für früh- und mangelgeborene (→Mangelgeborenes, Mangelgeburt) oder kranke Babys, deren Fütterungszeiten nach Rücksprache mit dem Arzt jeweils ihrem besonderen Zustand angepaßt werden müssen.
Vgl. auch →Fütterungszeiten, →Schreien, nächtliches

Nachtruhepause →Nachtfütterung

Nackensteife →Hirnhautentzündung
Nährmittel →Grieß, →Haferflocken, →Speisestärke

Nährschaden →Ernährungsfehler, →Mehlnährschaden, →Milchnährschaden

Nagelpflege beim Baby
Beim reifen und ausgetragenen Neugeborenen überragen die Fingernägel bereits die Fingerkuppen. Stärker überstehende, scharfkantige Nagelränder sind fähig, die Haut zu zerkratzen oder zu verletzen. So ergibt sich bereits von den ersten Lebenstagen an die Notwendigkeit, eine N.b.B. mit einer feinen, gebogenen Schere durchzuführen. Grundsatz ist dabei, die Nägel stets möglichst kurz zu halten: Nie sollen sie die Fingerkuppen wesentlich überragen. Um ein »Einwachsen« des Nagels zu verhindern, ist allerdings darauf zu achten, daß der Nagel nicht zu kurz geschnitten wird. Besonders gilt dies für die Zehennägel, die Sie deshalb stets gerade abschneiden, während die Fingernägel

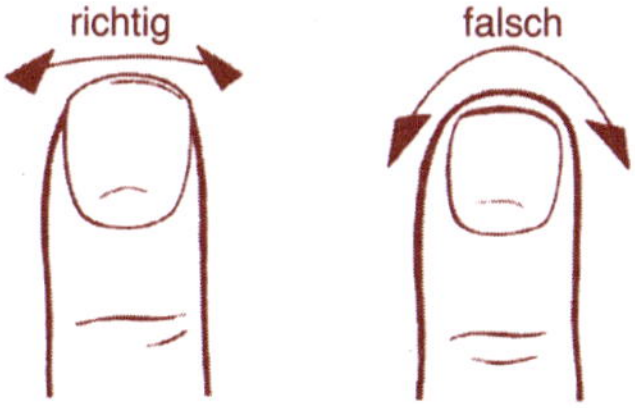

Richtiges und falsches Schneiden der Nägel. Sie dürfen seitlich nicht zu weit gekürzt werden leicht gebogen abgeschnitten werden (Abb. S. 277).

Schieben Sie das Nagelhäutchen am Nagelfalz nicht zurück, sonst könnte leicht eine Nagelbettentzündung entstehen. Die N.b.B. führen Sie am besten als letzten Schritt nach dem →Reinigungsbad durch; dabei sollten Sie die Nägel auch leicht mit Kindercreme oder Kinderöl einfetten, um sie geschmeidig zu halten. Beim Reinigen der Nägel mit einem Nagelreiniger dürfen Sie ebenfalls nur mit zarter Hand vorgehen, um Verletzungen und nachfolgende Nagelbettinfektionen zu vermeiden.

Nahrungsbedarf →Brustkind, Nahrungsbedarf, →Ernährungsplan für das Babyalter, →Flaschenkind, Nahrungsbedarf, →Neugeborenes, Nahrungsbedarf

Nahrungsmittelvergiftung

Die N. ist eine Vergiftung durch die Giftstoffe (Toxine) des Botulinusbazillus (Botulismus) oder anderer Bakterien (z.B. Staphylokokken). Diese Erreger können sich in unzureichend konserviertem Fleisch, Fisch und Gemüse sowie in unabgekochter Milch bei Luftabschluß (z.B. in Dosen oder Weckgläsern) vermehren oder sich in nicht ausreichend gegarten bzw. bereits verdorbenen Nahrungsmitteln (u.U. an Imbißständen) befinden. Nach dem Verzehr entsprechend verunreinigter Nahrungsmittel kommt es nach einer erscheinungsfreien Zeitspanne von 12 bis 24 Stunden oder früher zu den eigentlichen Vergiftungserscheinungen: Brechdurchfall, Sprach- und Schluckstörungen, Muskelschwäche, Sehstörungen, Krampfzustände u.a.m.
Vgl. auch →Meldepflicht bei Infektionskrankheiten

Nahrungspause

Früher oft empfohlenes, heute weniger gebräuchlich gewordenes Vorgehen bei Durchfall (→Durchfall, akuter) oder →Brechdurchfall im Baby- und Kleinkindalter. Dabei wurde die regelmäßige Zufuhr von Nahrung für eine oder mehrere Mahlzeiten unterbrochen und statt dessen ungesüßter, dünner Tee (→Tee, schwarzer) gefüttert (→Teepause). Eine N. dieser Art ist aber aus heutiger Sicht selbst bei einem akuten Durchfall im Babyalter deshalb nicht empfehlenswert, weil ein Baby gerade während einer solchen Erkrankung neben dem notwendigen Flüssigkeitsersatz vor allem auch Aufbaustoffe in Form von Eiweiß sowie Energielieferanten (Kohlenhydrate, Fette) zur Bewältigung des Krankheitsprozesses benötigt. Mit einer N. in Form einer Teepause ist dies aber nicht realisierbar. Zweckmäßiger als eine N. ist daher vielmehr, gestillte Babys mit akutem Durchfall weiter zu stillen und ihnen zusätzlich Flüssigkeit in Form von handelsüblichen, in der Apotheke erhältlichen oralen Rehydratationslösungen (ORL) anzubieten. Bei Flaschenkindern wird deren bisherige Ernährung mit Säuglingsnahrung mit der Einschränkung ebenfalls fortgesetzt, daß Sie diese anfangs mit einer ORL im Verhältnis 1:2 oder sogar 1:1 (abhängig vom Schweregrad der Erkrankung) verdünnen.

Grundsätzlich ist es unerläßlich und notwendig, daß Sie, wenn bei Ihrem Baby eine Durchfallerkrankung auftritt, den Arzt zuziehen.

Wenn es sich nur um leichteren Durchfall bei gutem Allgemeinzustand des Babys handelt, genügt es u.U., wenn Sie seine Flüssigkeitsdefizite einfach durch zusätzliches Anbieten von schwarzem Tee oder →Fencheltee ausgleichen.

Erbricht das Baby aber fortdauernd und/oder mehrfach (→Brechdurchfall), sollte unverzüglich eine stationäre Behandlung in einer Kinderklinik eingeleitet werden, um drohenden schwerwiegenderen Folgezuständen (→Bewußtseinsstörungen, →Krampfanfälle u.a.m.) durch rechtzeitige Flüssigkeits- und Elektrolytzufuhr mit Tropfinfusionen vorzubeugen. Vgl. auch →Brechdurchfall, →Durchfall, akuter, →Teepause

Nahrungsumstellung

Eine Umstellung der Nahrung im Babyalter, d.h. der Übergang von einem bestimmten Nahrungstyp (oder -präparat) auf einen anderen, sollten Sie nur aus wirklich zwingenden Gründen und stets sehr behutsam vornehmen. Denn jede N. kann für ein Baby eine erhebliche Belastung sein und bringt auch immer eine gewisse Gefährdung seiner Verdauungsfunktionen mit sich. Nicht selten, vor allem in der warmen Jahreszeit, kann die N. eine →Ernährungsstörung zur Folge haben. In diesem Sinne ist auch das →Abstillen und vor allem das →Absetzen von der Brust als eine schwerwiegende N. anzusehen. Zweifellos kann es Situationen geben, in denen eine N. scheinbar unvermeidbar ist, weil eine bestimmte Nahrung nicht oder vermeintlich nicht vertragen wird oder nicht zum →Gedeihen des Kindes führt. Leider wird aber eine N. gelegentlich auch ohne wirkliche Notwendigkeit vorgenommen – und in einer nicht ganz ungefährlichen Art und Weise.

Erfahrungstip 1:
Muß eine N. erfolgen, dann sollten Sie diese nur nach vorheriger Rücksprache mit Ihrem Kinderarzt und nur langsam und sehr behutsam durchführen, etwa indem Sie jeden Tag eine Flasche der bisherigen durch eine Flasche der neuen Nahrung ersetzen. Eine solche N. erfordert demzufolge 4 bis 5 Tage.

Möglich ist auch, statt der flaschenweisen Umstellung die alte mit der neuen Nahrung zu mischen und das Mischungsverhältnis im Verlauf einiger Tage allmählich zugunsten des neuen Nahrungstyps zu verändern.

Erfahrungstip 2:
Müssen oder wollen Sie eine N. vornehmen, dann führen Sie stets nur eine einzige Änderung und niemals mehrere zur gleichen Zeit durch.

Nahrungsverweigerung →Appetitlosigkeit

Namengebung

Nach dem Personenstandsgesetz muß jedes Kind nach der Geburt einen (oder mehrere) Vornamen erhalten. Darin ist auch bestimmt, daß dieser Name deutlich erkennen lassen muß, ob der Namensträger männlichen oder weiblichen Geschlechts ist. Auf eine Liste mit Namen, die wir Ihnen empfehlen oder vorschlagen könnten, haben wir bewußt verzichtet. Sie wäre ohnehin unvollständig und würde den »Zeitgeist« und den »Mainstream« sowie andere modische Trends und Entwicklungen in unserer zunehmend multimedial vernetzten und quasi multikulturellen Gesellschaft im Vereinten Europa nur unzureichend repräsentieren.

Erfahrungstip:
Mancher Name, der den Eltern besonders gut gefällt, findet bei den heranwachsenden Kindern später wenig Gegenliebe oder Zustimmung. Besonders dann ist dies der Fall, wenn die Eltern einen ungewöhnlichen, ausgefallenen Vornamen gewählt haben, durch den das Kind im Kreis seiner Schulkameraden auffällt. Dies bedeutet natürlich nicht, daß Sie sich unbedingt für einen »Allerweltsnamen« entscheiden müssen.

Nasenatmung

Zur Gesundheit wie zum Wohlbefinden gehört eine freie und unbehinderte N. Sie allein ist die natürliche Art der Atmung in Ruhe und Schlaf. Im Gegensatz zur Atmung durch den Mund bewirkt sie eine ausreichende Erwärmung, Anfeuchtung und Reinigung der Atemluft von Feinstaubpartikeln. Ist die N. aus irgendeinem Grund behindert oder gestört, dann führt dies häufig, vor allem wenn der Zustand länger anhält, zu einer erhöhten Anfälligkeit für Entzündungen auch der mittleren und/oder unteren Luftwege. Bei Babys ist eine unbehinderte N. darüber hinaus eine außerordentlich wichtige Voraussetzung für die ungestörte Nahrungsaufnahme und normale Trinkfähigkeit aus Brust oder Flasche, da das Baby nicht gleichzeitig kräftig saugen (wozu dichter Mundverschluß notwendig ist) und atmen (wozu bei behinderter N. der Mund geöffnet werden muß) kann.

Gestörte N. ist zumeist entweder durch die Schwellung der Nasenschleimhaut beim →Schnupfen oder durch eine allmählich entstandene Vergrößerung der Rachenmandel (→Adenoide) bedingt. Selten kommt es vor, daß die N. schon von Geburt an gestört ist, wie z.B. bei einer angeborenen Enge der Verbindungskanäle (Choanen) zwischen dem Nasen- und Rachenraum. Viele Kinder jenseits des Babyalters, die an gehäuft auftretenden Atemwegsentzündungen leiden (meist zugleich mit →Adenoiden), nehmen die unnormale Gewohnheit an, auch in gesunden Tagen überwiegend durch den Mund zu atmen. Das wiederum pflegt ihre Katarrh-Anfälligkeit zu steigern. Nachts schnarchen diese Kinder oft laut und hartnäckig (→Schnarchen). Ist eine Vergrößerung der Rachenmandel die Ursache, dann beseitigt ihre Entfernung durch Operation (Adenotomie) meist zugleich auch die gestörte N. sowie die gesteigerte Erkältungsneigung. Doch dauert es danach manchmal längere Zeit, bis die Kinder auch ihre Angewohnheit, überwiegend mit offenem Mund zu atmen, wieder abgelegt haben.

Bei schwererer Verlegung der N. bei Babys, wie es z.B. bei →Schnupfen oft der Fall ist, ergibt sich manchmal die Notwendigkeit, schleimhautabschwellende Nasentropfen zu geben, die die Durchgängigkeit der Nasenräume zumindest für die Dauer der Mahlzeiten soweit sichern, daß das Baby beim Saugen und Trinken frei atmen kann. Jedoch ist beim Umgang mit Nasentropfen, überhaupt bei jeder Manipulation an der Säuglingsnase, grundsätzlich große Vorsicht und Zurückhaltung notwendig (→Nasentropfen).

Vgl. auch →Adenoide, →Atmung, gestörte, →Atmung, normale, →Bronchitis, →Nasenreinigung, →Schnarchen, →Schnupfen

Nasenbluten

Im Kindesalter ist N. ein recht häufiges, bei Babys jedoch ein sehr seltenes Ereignis, das einer genauen ärztlichen Untersuchung bedarf. Wie kann man akutes N. beheben?

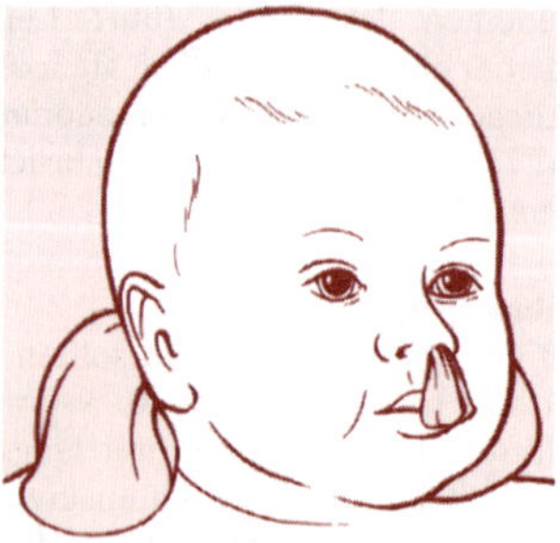

Auch hartnäckiges Nasenbluten läßt sich mit einem Watte- oder Mullpropf stillen, der das Nasenloch verstopft. Eine kalte, in den Nacken gelegte Kompresse (Handtuch mit Eisstückchen) wirkt unterstützend

So wird's gemacht:
Setzen Sie Ihr Kind mit leicht vorgeneigtem Kopf auf Ihren Schoß oder auf einen Stuhl und drücken Sie mit einem Finger den Nasenflügel der blutenden Seite gegen die Nasenscheidewand. Sicherer noch wirkt die vorsichtige und drehende Einführung eines stark zusammengedrehten, etwa kleinfingerdicken Wattepfropfs in das Nasenloch. Fetten Sie den Pfropf zuvor mit Kindercreme (oder Hautcreme) ein. Im Nackenbereich aufgelegte kühlfeuchte Kompressen können gleichfalls dabei mithelfen, die Blutung schnell zum Stehen zu bringen (Abb.). *Nach etwa 1 Stunde können Sie den eingefetteten Pfropf vorsichtig wieder entfernen.*

Die Ursachen des N. sind vielfältig, meist handelt es sich um leichtere, u.U. auch vom Nasenbohren herrührende Verletzungen der Nasenschleimhaut, seltener um die Begleiterscheinung einer Allgemeinerkrankung mit gesteigerter Blutungsneigung.

Nasenflügelatmung →Atmung, gestörte, →Lungenentzündung

Nasenreinigung

Die N. gehört zu den täglichen Pflegemaßnahmen bei Babys. Sie führen sie am besten im Anschluß an das →Reinigungsbad durch.

Ihr Hauptzweck ist die Entfernung von eingetrocknetem Schleim und von Staubteilchen aus den vorderen Nasenanteilen, um die ungestörte Nasenatmung sicherzustellen. Bei jeder Aktion im Umfeld der Babynase müssen Sie berücksichtigen, daß Sie sich hier im Bereich von sehr zarten, leicht verletzlichen und schmerzempfindlichen Schleimhäuten bewegen.

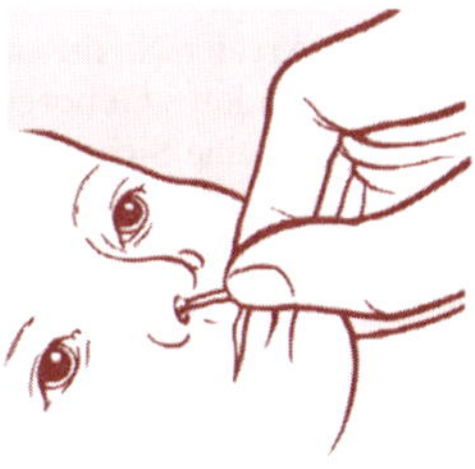

Die Nasenreinigung darf nur zart und vorsichtig drehend mit einem Wattestäbchen durchgeführt werden

Erfahrungstip:
Benutzen Sie zur N. nur kleine, straff zusammengedrehte Watteflocken (oder entsprechende Produkte des Handels), nicht jedoch steifere Wattestäbchen (Abb.). Abwehrreaktionen, Erschrecken und Schmerzäußerungen des Kindes müssen nach Möglichkeit vermieden werden.
Vgl. auch →Nasentropfen, →Nasenatmung

Nasentropfen

N. sind wäßrige Medikamente in Tropfenform (neuerdings auch als Nasenspray erhältlich), die zur Behandlung von Nasen- und Rachenkatarrhen dienen und auch bei →Mittelohrentzündungen hilfreich sind. Früher übliche ölige N. sind heute nicht mehr im Gebrauch. Die in Apotheken rezeptfrei erhältlichen N. enthalten zumeist Wirkstoffe, die entzündungsbedingte Schwellungen der Schleimhäute des Nasen-Rachen-Raums reduzieren. Bei leichterem →Schnupfen ist dies schon mit N. erreichbar, die lediglich aus einer Kochsalzlösung bestehen. Das Hauptanwendungsgebiet für N. im Babyalter ist der akute Schnupfen. Mit ihnen lassen sich vor allem die dabei oft vorhandenen erheblichen Trinkschwierigkeiten beheben. Ein Baby, dessen Nase durch Schnupfensekret »verstopft« ist, kann nicht mehr regelgerecht saugen

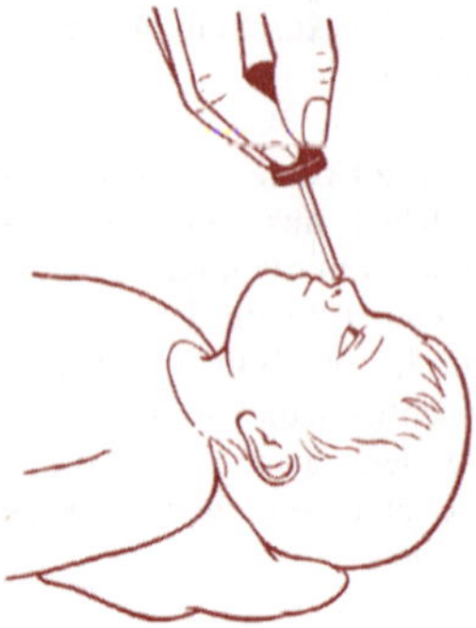

Beim Eingeben von Nasentropfen liegt das Kind am besten auf dem Rücken. Der Nacken sollte nach hinten gebeugt sein (Kissen unter den Brustkorb legen)

und trinken, weil es nicht wie sonst durch die Nase atmen kann, sondern gezwungen ist, ausschließlich durch den Mund zu atmen. In diesem Fall ist die Verabreichung von N. sinnvoll.

So wird's gemacht:
Bei Schnupfen geben Sie dem Baby unmittelbar vor jeder Mahlzeit 1 bis 2 Tropfen (nicht mehr!) aus der Pipette in jedes Nasenloch. In den Zwischenzeiten sind N. dagegen nur bei starkem Schnupfen angezeigt. Überhaupt sollten Sie N. zeitlich begrenzt, d.h. nur einige Tage, niemals über mehrere Wochen hinweg verwenden. Das Eintropfen erfolgt beim Baby am besten in Rücklage. Beugen Sie dazu den Kopf des Babys etwas nach hinten oder legen Sie eine Unterlage unter seine Schulter (Abb.).

In besonderen Fällen müssen spezielle N. angewandt werden, z.B. solche mit antiinfektiöser Wirkung. Dies sollte aber nur nach ärztlicher Anordnung geschehen!
Vgl. auch →Nasenatmung, →Nasenreinigung, →Schnupfen

Neidreaktionen bei Kindern →Eifersucht

Nervosität →Neuropathie

Nestargel

Gebrauchsfertiges, pflanzliches Bindemittel aus den Keimblättern des Johannisbrotsamens unter Zusatz von Kalksalzen. N. dient bei Babys und Kindern als Eindickungspulver der Flüssignahrungen. Es ist ein Hilfsmittel zur Behandlung des unkomplizierten Speiens (→Speien, »gewohnheitsmäßiges«) und der →Rumination, da N. im Magen-Darm-Trakt seine zähe, dicke Beschaffenheit beibehält und verdauungsstabil ist.

N. sollte nur nach ärztlicher Verordnung angewandt werden. Keinesfalls darf N. der Nahrung bei →Brechdurchfall und →Magenpförtnerkrampf zugefügt werden.

Nestwärme

Viel gebrauchter, aus dem Tierleben entnommener und auf menschliche Verhältnisse übertragener Begriff. Er umfaßt die Summe der Pflege- und Zärtlichkeitsbeziehungen, die in der liebevollen, persönlichen Betreuung des Kindes durch Mutter und Vater zu Hause (d.h. im »Nest«), durch Stillen und Ernähren mit direktem Hautkontakt und in vielen anderen Einzelheiten der sozialen Betreuung enthalten sind. Diese Art der N., die dem jungen Kind ein besonderes Geborgenheitsgefühl vermittelt, seine Sicherheit stärkt und frühzeitig ein positives Lebensgefühl erweckt, ist durch keine noch so treffliche technische Pflegevollkommenheit zu ersetzen. Sie ist für das ideale körperliche und seelische Gedeihen zumindest von Babys und Kleinkindern unentbehrlich. Der Begriff N. steht ganz im Gegensatz zum Begriff →Hospitalismus und bringt zugleich auch zum Ausdruck, daß nicht

allein eine geregelte und regelmäßige Nahrungszufuhr die kindliche Existenz und normale Entwicklung sichert, sondern eben auch Zuwendung, Zuspruch und liebevolle Gesten und Äußerungen von Mutter, Vater und Familie notwendig sind. Alle Beobachtungen sprechen dafür, daß ungenügende oder fehlende N. in der frühen Kindheit zu einer Verkümmerung der Gesamtpersönlichkeit führen kann. Bei mancher im späteren Leben auftretenden psychischen oder charakterlichen Störung dürfte wohl deren eigentliche Wurzel in einstiger fehlender N. in der frühen Kindheit zu suchen sein. Viele mutter- oder elternlos in Heimen aufgewachsene Kinder, die eine normale N. entbehren müssen, zeigen oft nicht nur rein körperlich eine ganz erhebliche Verzögerung in der Entwicklung ihrer Sitz-, Steh- und Gehfunktionen, sondern oft auch eine deutliche Verarmung in Sprache, Ausdrucks- und Mitteilungsfähigkeit sowie ihrer emotionalen Ansprechbarkeit.
Vgl. auch →Hospitalismus, →Liebeseinstellung der Mutter zum Kind, →Mutter-Kind-Beziehungen

Neugeborenes

Als N. wird ein Baby während der ersten 2 (bis 4) Lebenswochen bezeichnet. Allerdings ist eine ganz scharfe zeitliche Grenze zum anschließenden eigentlichen Babyalter nicht möglich.

In der Neugeborenenzeit spielt sich eine tiefgreifende Umstellung zahlreicher wichtiger Lebensfunktionen ab. Schon hierdurch ist gut begründet, wenn gerade diesem Lebensabschnitt eine Sonderstellung zugewiesen wird. Im Verlauf dieser Umstellung muß sich das soeben geborene Kind von einem allseits abgeschirmten Leben im Mutterleib ganz plötzlich an ein selbständiges, von der Mutter getrenntes Dasein einstellen. Es muß dabei unter anderem seine Lungen entfalten, um selbst Luft zu holen und aus ihr den lebensnotwendigen Sauerstoff zu entnehmen, es muß dazu auch gewisse Kreislauffunktionen umschalten, es muß seine Nahrung selbst zu sich nehmen und die Verdauung bewältigen, seine Körperwärme regulieren, seine eigene Leber- und Nierenfunktion in Gang bringen und sich zugleich auch noch vielfältig mit der für ihn neuen keim- und reizerfüllten Umwelt auseinandersetzen. Eine gewaltige biologische Leistung!

Es verwundert daher nicht, wenn bei solchen komplizierten und grundlegenden Umstellungen mancherlei Störungen und gelegentliche Anpassungsschwierigkeiten auftreten können. Man bezeichnet diese in ihrer Gesamtheit als Übergangs- oder Anpassungsstörungen des Neugeborenen. Solche treten besonders dann häufiger auf, wenn die Geburt zu früh erfolgt (→Frühgeborenes, Frühgeburt) oder das Kind bei seiner Geburt unterentwickelt und/oder vorgeschädigt ist (s. auch →Mangelgeborenes, Mangelgeburt).

Nach einer für den Menschen normalen →Schwangerschaftsdauer von etwa 280 Tagen wird das Kind mit einem durchschnittlichen Gewicht von 3250 g (→Geburtsgewicht) und einer Körperlänge von 50 bis 55 cm (→Geburtslänge) geboren. Gewisse Abweichungen von diesen Maßen nach oben und unten kommen allerdings vor. Als untere Grenze des Normalen wird ein Gewicht von 2800 g, als obere ein solches von 4000 g angesehen. Kinder, die bei der Geburt weniger als 2500 g wiegen, sind daher entweder Frühgeborene oder Mangelgeborene. Kinder mit mehr als 4000 g sind manchmal übertragen (→Übertragung).

Die Weite und Dehnbarkeit der Geburtswege der Mutter und der Reife- und Entwicklungszustand des Kindes sind in der Regel so aufeinander abgestimmt, daß es für beide Teile am günstigsten ist, wenn das Kind bei der Geburt die angegebenen Normalmaße hat. Einen guten Anhaltspunkt dafür, ob ein Kind reif geboren ist oder nicht, lassen aber nicht nur die Maße von Länge und Gewicht, sondern auch die verschiedenen sog. →Reifezeichen des N. erkennen.

Die erste wahrnehmbare Lebensäußerung eines N. ist ein lauter Schrei, mit dem es zugleich die Aufnahme der eigenen Atemtätigkeit anzeigt. Zum ersten Mal entfalten sich dabei die Lungen. Gleichzeitig wird der Blutkreislauf so umgestellt, daß von nun an das ganze Blut des Körpers auch durch die Lungen fließt und dort Sauerstoff aufnehmen kann. Für die Beurteilung der Lebensfrische und Vitalität eines N. ist vor allem maßgebend, ob es sofort regelmäßig atmet und ob es geordnet und kräftig genug saugen und trinken kann. Über seine Vitalität gibt auch die sog. →Apgar-Skala Auskunft, deren Werte im Kreißsaal und in der Geburtsklinik registriert und in den →Mutterpaß eingetragen werden.

Das N. hat bereits dieselbe Körpertemperatur wie der Erwachsene (36,8 bis 37,2° C). Wegen seiner verhältnismäßig großen Körperoberfläche strahlt es aber leicht seine Körperwärme ab und kühlt rasch aus, wenn nicht auf seine sorgfältige Warmhaltung (→Wärmeschutz) geachtet wird. Ebenso muß aber auch Überhitzung vermieden werden!

Die Haut des ausgetragenen Kindes ist gut durchblutet und rosig durchscheinend, wenn die anfänglich vorhandene →Käseschmiere im ersten Bad entfernt worden ist.

Das Bewußtsein des N. unterscheidet sich vom Bewußtsein des etwas älteren Kindes erheblich (→Bewußtsein des N.). Es sieht noch nicht bewußt, reagiert aber auf Lichtreize, ebenso auf Kälte- und Wärmereize.

Manches neugeborene Kind ist unmittelbar nach der Geburt noch keine »große Schönheit«. Das kleine Gesicht sieht oft faltig, zerknittert oder etwas gedunsen aus. Seine Augen sind fast immer geschlossen. Die Kopfform ist häufig dadurch etwas verändert, daß sich eine →Geburtsgeschwulst oder gar eine →Kopfblutgeschwulst gebildet hat. All dies ist aber nur vorübergehend, und schon wenige Tage später bleibt am Aussehen des N. kaum etwas zu wünschen übrig.

Zunächst wird der anhaltende Schlaf des N. nur durch die Nahrungsaufnahme und beim Trockenlegen 5- bis 6mal (oder mehr) in 24 Stunden unterbrochen. In den ersten 3 bis 4 Lebenstagen kommt es bei den meisten N. zu einer Gewichtsabnahme von 100 oder 200 bis 300 g (sog. Geburtsgewichtsverlust; →Gewichtsverlust des N.), aber in der Regel ist das Geburtsgewicht bereits im Lauf der 2. Lebenswoche wieder erreicht. Erheblich langsamere Gewichtszunahmen bedürfen ärztlicher Kontrolle.

Die ersten Darmentleerungen des N. sehen noch teerartig aus und sind von auffallend zähschleimiger Konsistenz (→Kindspech). Aber etwa vom dritten Tag an ändert sich diese Stuhlbeschaffenheit, die Entleerungen nehmen das Aussehen eines typischen →Frauenmilchstuhls an. Der Harn enthält in den ersten Lebenstagen häufig noch einen in der Windel sichtbaren gelblich-rötlichen Satz, der aber harmlos ist und von Harnsäurekristallen herrührt. Bei vielen N. tritt nach dem 3. Lebenstag für wenige Tage eine leichte Gelbsucht auf (→Gelbsucht des N.), die gleichfalls als normale Anpassungserscheinung angesehen werden darf, wenn sie nicht früher und/oder wesentlich stärker auftritt. Immerhin kommt es vor, daß die Kinder in dieser Zeit etwas schlechter trinken.

Andere in der N.-Zeit auftretende Besonderheiten sind die sog. kindlichen

Schwangerschaftsveränderungen, die durch Hormone entstehen, die im Verlauf der letzten Schwangerschaftszeit auf den kindlichen Organismus einwirken (→Schwangerschaftsreaktionen des N.). Zu ihnen gehören u.a. die →Brustdrüsenschwellung des N., Scheidenausfluß oder -blutungen bei Mädchen (→Ausfluß des N., →Scheidenblutung des N.) und die →Hexenmilch. Alle diese Auffälligkeiten sind harmlos und verschwinden von selbst wieder. Zur Förderung eines optimalen Mutter-Kind-Kontakts und zur Stimulation der Brustdrüse durch das Saugen des Babys wird dieses gewöhnlich unmittelbar nach der →Abnabelung auf den Bauch oder auf die Brust der Mutter gelegt. Glücklich nehmen die Mütter erstmals ihr Baby in den Arm und genießen diesen Augenblick. Sie sollten von der anwesenden Hebamme dann dazu ermuntert werden, das Baby an die Brust zu legen (→Anlegen, erstes). Erst wenn diese Phase des ersten Glücksgefühls allmählich abebbt, erfolgt das erste Baden bei 35 °C. Danach kann – je nach Wunsch der Mutter – die (→Credé-Prophylaxe durchgeführt werden; sie ist heute aber nicht mehr zwingend erforderlich. Das nächste Bad im Sinne des gewöhnlichen →Reinigungsbades erfolgt am nächsten Tag, wobei der Nabelschnurrest hierbei keinen Hinderungsgrund darstellt, sofern beim Baden sorgfältig und schonend vorgegangen wird. Der Nabelschnurrest erfordert besondere Aufmerksamkeit und Pflege und darf z.B. niemals mit den bloßen Händen berührt werden. Er erhält einen speziellen Verband, der mit einer eigenen →Nabelbinde geschützt und gehalten werden kann (→Nabelpflege, →Nabelgranulom).

Besondere Beachtung verdient natürlich die richtige Ernährung des N.: Die Natur hat für den menschlichen Säugling die Muttermilch vorgesehen, die eine optimale Ernährung des Babys ist. Auch ist das Stillen die letzte intensivere leibliche Verbindung zwischen Mutter und Kind nach der Geburt, die man nicht ohne zwingende Gründe vorzeitig abbrechen sollte. Für den seltenen Fall, daß Stillen ganz unmöglich ist, sollten Sie Ihr Kind mit derjenigen →Säuglingsnahrung ernähren, die Ihnen Ihr Kinderarzt empfiehlt.

Vgl. auch →Anlegen an die Brust (Technik), →Anlegen, erstes, →Einschießen der Brustmilch, →Frauenmilch, →Mutter-Kind-Beziehungen, →Neugeborenes, Nahrungsbedarf, →Schwangerschaftsreaktionen des Neugeborenen, →Trinkschwierigkeiten

Neugeborenes, Nahrungsbedarf

Der Nahrungsbedarf neugeborener Babys steigt vom 2. Lebenstag an schnell an. Gegen Ende der 2. Lebenswoche hat er schon eine für einige Zeit etwa gleichbleibende Höhe erreicht. Die Schnelligkeit des Anstiegs und die absoluten Trinkmengen sind allerdings bei den einzelnen Kindern recht unterschiedlich. Solche Unterschiede hängen einerseits vom Milchreichtum der Brust (→Einschießen der Brustmilch) und andererseits von der Effektivität des kindlichen Saugens ab. Als durchschnittliche Mittelwerte des Nahrungsbedarfs lassen sich folgende Zahlenwerte angeben: Vom 2. Tag an kommt auf jeden Lebenstag eine Steigerung um 70 bis 80 ml, so daß beispielsweise am 4. Lebenstag 3mal 70 bis 80 ml, d.h. insgesamt 210 bis 240 ml Nahrung als normale Menge gelten können. Am Schluß der 1. Lebenswoche ergeben sich demnach 420 bis 480 ml Nahrung als ungefährer Bedarf. In der 2. Woche steigert sich diese Menge dann nur noch langsam.

Als Faustregel gilt, daß die mittlere Nahrungszufuhr während der 1. Lebenswoche knapp unter 60 ml pro kg Körpergewicht und Tag und die tägliche Nahrungsmenge vom 7. Tag an etwa 100 ml pro kg Körpergewicht des Kindes betragen soll, damit das Geburtsgewicht spätestens gegen Ende der 2. Woche wieder erreicht wird. Natürlich sind alle diese Zahlen nur durchschnittliche Richtwerte. In der häuslichen Praxis sollten Sie sich aber nicht ausschließlich oder allzusehr an Tabellenzahlen halten, wenn Sie Ihr Baby stillen.

Erfahrungstip:
Trinkt es zufriedenstellend, schläft es nach der Mahlzeit gesättigt ein und wacht erst zum Zeitpunkt der nächsten wieder auf oder muß zur Nahrungsaufnahme sogar noch geweckt werden, dann können Sie sicher sein, daß Ihr Kind ausreichend Nahrung erhält, unabhängig davon, ob Sie es stillen oder mit der Flasche ernähren.

Vgl. auch →Anlegen, erstes, →Brustkind, Nahrungsbedarf, →Flaschenkind, Nahrungsbedarf, →Stillprobe

Neurodermitis →Ekzem

Neuropathie

Eine anlagemäßig bedingte oder, seltener, durch Krankheit erworbene gesteigerte Sensibilität, Überempfindlichkeit, Übererregbarkeit und erhöhte Reizbarkeit des Nervensystems wird unter dem Begriff N. zusammengefaßt. Deshalb ist der Begriff relativ »unscharf«, läßt zumeist keine tieferen Rückschlüsse auf die Ursache der genannten Erscheinungen und Reaktionsweisen zu und sollte auch nur mit einer gewissen Zurückhaltung verwendet werden. Wer möchte schließlich schon gern als Neuropath bezeichnet und eingeordnet werden? Neuropathisches Verhalten kann sich auf vielerlei Weise äußern: nicht nur in Störungen des psychischen und charakterlichen Verhaltens, sondern auch in Funktionsabweichungen der unbewußt gesteuerten körperlichen Vorgänge (Verdauungsfunktion, Appetit, Eßverhalten, Herz und Kreislauf, Schlaf, Atmung u.a.m.). Der Mechanismus einer neuropathischen Störung beruht, allgemein ausgedrückt, auf einer ungewöhnlich starken oder auch zu geringen Reaktion auf gewöhnliche Umweltreize. Diese Reaktionsweisen über- oder unterschreiten das Ausmaß der Zweckmäßigkeit bei weitem. Dazu kommt ferner oft auch noch eine auffallend schnelle Ermüdbarkeit und eine verzögerte Erholungsphase nach Belastungen.

Eine neuropathische Verhaltensweise ist vielfach schon im Babyalter erkennbar. Weil in diesem Lebensabschnitt die wesentlichsten Umweltreize mit der Nahrungsaufnahme und -verabreichung zusammenhängen, spielen sich die entsprechenden Störungen vor allem in diesem Bereich ab: übermäßig hastiges Trinken, mit Luftschlucken und gewohnheitsmäßigem →»Verschlucken«, →Erbrechen oder Speien (→Speien »gewohnheitsmäßiges«), →Rumination, kolikartige Anfälle von →Bauchschmerz beim Trinken, →Trinkschwierigkeiten (an der Brust, sog. »Brustscheu«), Schluckstörungen mit Abweichungen des Schluckreflexes, gehäuft auftretender →Schluckauf, verminderte Anpassungsfähigkeit an Nahrungsveränderungen, nervöse →Appetitlosigkeit u.a. Auch auf dem Gebiet des Schlafs kommt es u.U. zu mancherlei →Schlafstörungen (Einschlaf- und Durchschlafstörungen), nächtlichem →Schreien, nächtlichem →Kopfwackeln und →Pavor nocturnus. Natürlich bildet die neuropathische Verhaltensabweichung, vor allem wenn sie sich in abnormer Bewegungsaktivität (Hyperaktivität) äußert, auch eine häufige Ursache von Erziehungsproblemen im Kleinkindalter (→Erziehbarkeit).

Das Schwergewicht der Behandlung

bei neuropathischen Verhaltensweisen liegt entsprechend ihrem Wesen überwiegend auf pädagogischem Gebiet. Sie erfordert eine einerseits nachsichtig-geduldige, andererseits konsequente Haltung. Mild beruhigend wirkende, vom Arzt verordnete Medikamente können dabei in manchen Fällen eine wertvolle Unterstützung sein. Je früher die pädagogischen Aktivitäten aufgenommen werden, um so besser. Man kann dadurch verhüten, daß neuropathische Verhaltensstörungen sich ganz fest einschleifen und auf diese Weise zu einem dann dauerhaften, schwer zu beseitigenden »gewohnheitsmäßigen« und fixierten abnormen Verhalten werden.

Nierenentzündung →Blasen- und Nierenbeckenentzündung, →Harnweginfektion

Niesen

Reflexvorgang, der als Folge einer Reizung der Nasenschleimhaut auftritt. Das N. hat den Sinn, durch den dabei entstehenden kräftigen Luftstoß die Reizursache zu beseitigen. Babys niesen relativ häufig. N. bedeutet bei ihnen nicht notwendigerweise, daß sie sich erkältet haben, auch wenn ein beginnender →Schnupfen und Erkältungskrankheiten die wichtigsten Anlässe zum N. sind. Oft aber wird N. allein durch Staub in der Luft oder durch angetrockneten Schleim hervorgerufen, der sich im Vorderteil der Nase angesammelt hat und dort einen kitzelnden Reiz ausübt. Auch durch den Blick ins Sonnenlicht kann N. ausgelöst werden. In seltenen Fällen können an →Keuchhusten erkrankte Babys anstelle von Hustenanfällen auch regelrechte Niesanfälle bekommen.

Vgl. auch →Erkältung, →Nasenatmung, →Nasenreinigung, →Nasentropfen, →Schnupfen

Notmütterdienst

Ist eine Familie durch Niederkunft, Erkrankung, Kur oder Tod der Mutter ohne Hilfe für Haushalt und Betreuung der Kinder, dann kann man sich an den »Notmütterdienst e.V.« Bundeszentrale, Sophienstr. 28, 60487 Frankfurt/M., Tel. 069/776611 oder 779081/82 wenden. Dieser Verein vermittelt im Auftrag der Bundesanstalt für Arbeit erfahrene »Notmütter«. Der Helferin muß von der Krankenkasse (bei Kindern bis zu 8 Jahren), von der Familie oder in Härtefällen von den Sozialämtern eine angemessene Entschädigung gezahlt werden. Auskünfte hierzu erteilt die genannte Bundeszentrale.

Nutramigen

Milchzuckerfreie, hydrolysierte und somit hypoallergene Spezialnahrung in Pulverform zur Ernährung von Babys.

N. ähnelt in seinen Anwendungsgebieten weitgehend der hypoallergenen Spezialnahrung →Alfaré. Hersteller: Mead Johnson Diätetika, Niederlassung der Bristol-Myers-Squibb GmbH, Postfach 2066, 63120 Dietzenbach.

O

O-Bein →Beinverkrümmungen

Obst-Brei →Obst-Zwieback-Brei

Obstipation →Abführmittel, →Verstopfung

Obstsaft →Fruchtsaft

Obst-Zwieback-Brei

Obst-Zwieback- oder auch Früchte-Zwieback-Breie werden wegen ihres hohen Gehaltes an →Vitamin C und Mineral- sowie Spurenstoffen vom 2. Lebenshalbjahr an als →Beikost für Babys empfohlen. Entsprechende, optimal zubereitete und lebensmittelhygienisch kontrollierte sowie mit wichtigen Zusätzen (Mineralien, Vitamine, Spurenelemente) versehene Breie sind in Form der sog. »Gläschenkost« im Handel erhältlich. Um Ihr Baby an Obstgeschmack zu gewöhnen, ist es zweckmäßig, wenn Sie Früchte zunächst nicht isoliert für sich, sondern besser in der Form von O.-Z.-B. anbieten. Vielfach wird der O.-Z.-B. den Babys überhaupt als erste oder zweite milchfreie Mahlzeit gegeben. Als besonders geeignete Fruchtbestandteile bzw. -sorten werden am häufigsten Äpfel, Birnen, Pflaumen, Pfirsiche, Aprikosen und Bananen verwendet. Sollten Sie sich für die Selbstherstellung eines O.-Z-B. im Haushalt entscheiden, achten Sie bitte darauf, daß Sie das Obst nicht zu lange kochen, weil bei längerem Erhitzen ein großer Teil der Vitamine (vor allem Vitamin C) zerstört wird.

So wird's gemacht:
Übergießen Sie 3 Zwiebäcke oder 4 Kekse mit 100 ml heißem Wasser oder →Fencheltee und zerdrücken sie. Dazu geben Sie 4 Eßlöffel (ca. 60 g) gargekochte, geriebene oder mit der Gabel fein zerdrückte Obstmasse, Fett und 1 gehäuften Teelöffel Zukker. Sie erhalten so etwa 200 g Brei.

Eine etwas andere Zubereitungsart ist folgende: Eine vollreife Frucht (fein geschlagene Banane, fein geriebener Apfel oder fein geriebene Birne) wird mit 1 bis 2 Eßlöffel feinem Zwiebackmehl gut vermengt. Etwas Fruchtsaft oder Hagebuttenmark und ein gehäufter Teelöffel Zucker können dazugegeben werden.
Vgl. auch →Bananen-Brei, →Bananen-Quark-Speise, →Bananen-Zwieback-Brei

Ölpflegetücher →Kinderöl

Ohr →Gehör, →Gehörgangreinigung, →Mittelohrentzündung

Ohren, abstehende

Es gibt nur wenige äußerlich so auffallende und kosmetisch störende Formabweichungen am menschlichen Körper wie a.O. Die Betroffenen sind oft Gegenstand eines taktlosen oder bösartigen Spotts (»Seglerohren«) und werden so lächerlich gemacht. Kinder mit a. O. leiden gewöhnlich psychisch ganz erheblich unter ihrer sonst funktionell bedeutungslosen und harmlosen, aber eben entstellenden Anomalie.

Erfahrungstip:
Sollte Ihr Kind zu den Betroffenen gehören, empfehlen wir Ihnen sehr, die-

sen kleinen Schönheitsfehler spätestens vor Schuleintritt operativ korrigieren zu lassen. Die Resultate sind gut und ersparen Ihrem Kind viel Spott und psychische Belastungen. Versuche, mit konservativen Methoden (z.B. nächtlich angelegten Binden u. dgl.) einen wesentlichen Korrekturerfolg zu erreichen, bleiben gewöhnlich wirkungslos.

Ohren, laufende →Mittelohrentzündung

Ohrpflege →Gehörgangreinigung

Ohrreinigung →Gehörgangreinigung

Onanie

Als harmloser und meist bedeutungsloser Vorläufer der eigentlichen späteren Sexualität kann es bereits im Babyalter zu Manipulationen am eigenen Geschlechtsteil kommen, wodurch die Kinder sich offenbar Behagen oder Lustgewinn verschaffen und manchmal damit auch nur Langeweile vertreiben. Sicherlich haben Babys und Kleinkinder dabei noch keine der späteren Sexualität entsprechenden Phantasien und Vorstellungen wie Erwachsene.

Die Haut und Schleimhaut der Geschlechtsteile ist besonders nervenreich ausgestattet und daher auch schon im frühesten Kindesalter besonders sensibel. Erschrecken Sie also nicht, wenn, wie meist bei gefüllter Blase vor dem Wasserlassen, Ihr Baby Ihnen gelegentlich eine kleine →Erektion des Penis oder des Kitzlers (Klitoris) demonstriert. Die Abkühlung beim Entblößen kann übrigens die gleiche Wirkung haben. Aufmerksam geworden durch den Reiz der Harnentleerung oder durch Manipulationen der Mutter beim Trockenlegen und Säubern der Genitalregion entdecken manche Kinder schon sehr frühzeitig, daß ein Spielen mit den Genitalien angenehme Empfindungen hervorrufen kann. Schon bei Babys können außerdem verschiedene äußere Reize, z.B. bei Mädchen Entzündungen des Scheidenvorhofs oder →Madenwürmer, bei Knaben →Vorhautverengungen äußeren Anlaß zu onanieartigen Aktivitäten geben. Manchmal bestehen diese darin, daß die Babys die Oberschenkel rhythmisch aneinanderreiben oder den ganzen Körper mit verkrampften Beinen gegen ein Kissen oder eine Bettkante bewegen. Dabei kann es durchaus auch bis zu einem letzten Höhepunkt der Erregung (wie bei einem Orgasmus) kommen. Die Kinder bekommen glänzende Augen, einen in die Ferne gerichteten, verlorenen Blick und ein hochrotes Gesicht. Nach einer gewissen Zeit erschlaffen sie dann plötzlich und sind anschließend oft schläfrig.

Andere, meist schon etwas ältere Kinder fassen, offenbar ursprünglich durch einen Juckreiz veranlaßt, bei jeder möglichen Gelegenheit nach ihrem Geschlechtsteil und kratzen an ihm, wie man meint, genußvoll. Sie sollten sich aber deshalb nicht beunruhigen, denn solche Aktionen sind weder krankhaft noch abnorm oder gar schädigend, wenn sie nicht im Übermaß ausgeübt werden. Es kommen allerdings, wenn auch sehr selten, so heftige Ausmaße der O. bei stärker erregbaren oder neuropathisch veranlagten Kindern vor (→Neuropathie), daß diese Handlungen doch wohl als vom Normalzustand abweichend anzusehen sind und vielleicht ärztlich behandelt werden müssen.

Erfahrungstip:
Fahnden Sie bei onanieartigen Aktivitäten Ihres Kindes zuallererst nach echten körperlichen Auslösefaktoren (Wundsein, drückende oder scheuernde Windelpackung, →Vorhautentzündung, →Vorhautverengung, →Madenwürmer, Scheidenvorhofentzündung, Puderklümpchen oder Fremdkörper im Scheidenvorhof

usw.) und beseitigen Sie diese nach Möglichkeit. Oft unterlassen die Kinder zugleich mit der Beseitigung solcher äußerer Ursachen die Manipulationen von selbst.

Überhaupt werden die Reizungsmöglichkeiten mit dem Sauberwerden und dem Fortfall der Windelpackung geringer, so daß in den allermeisten Fällen zu diesem Termin die Chance besteht, daß das manchmal schon zur Gewohnheit gewordene Spielchen schnell wieder in Vergessenheit gerät.
Vgl. auch →Erektion, →Geschlechtsorgane, →Vorhautentzündung, →Vorhautverengung

Orangengelbsucht →**Karottengelbsucht**

Otitis media →**Mittelohrentzündung**

Overprotection

Als O. bezeichnet man eine übermäßige und übertrieben besorgte seelische und körperliche Betreuung (sog. Überbetreuung) eines Kindes. Sie erfolgt meist durch die Mutter oder Großmutter, vor allem bei →Einzelkindern. Väter sind daran seltener beteiligt. Ein extremes Übermaß an seelischer und körperlicher Betreuung, Zuwendung, Behütung und Verwöhnung des Kindes kann ebenso wie deren Mangel die Ausreifung der Persönlichkeit und des Charakters schwerwiegend beeinträchtigen. So bewirkt anhaltende O. im frühen Kindesalter z.B. häufig Unselbständigkeit im späteren Leben, mangelnde Leistungsfreude und vermindertes Selbstvertrauen. O. verführt das überbetreute Kind u.U. auch nicht selten dazu, Ansprüche an seine soziale Umwelt zu stellen, die meist unerfüllbar sind, und bewirkt bei den Betroffenen selbst Unzufriedenheit und Unbefriedigtsein, weil diese auf einen (freiwillig) zu leistenden Verzicht infolge der Art ihrer Betreuung nicht genügend vorbereitet sind.

Die O. setzt durch bewußtes oder unbewußtes Verwöhnen, bereitwilliges Herumtragen bei geringsten Regungen des Unbehagens, durch Reagieren auf jede kleinste Lautäußerung des Kindes, durch sofortiges Schnullergeben und vieles andere oft schon im Babyalter ein. Vor allem unsichere und ängstliche Mütter und Großmütter sind die Vermittler einer O. Ihnen ist oft nicht klar, daß gewisse Belastungen und Entbehrungen unabdingbarer Bestandteil jeder optimalen Persönlichkeitsformung sind. Nicht wenige im Babyalter einstmals überbetreute Kinder machen im späteren Kindesalter größte Schwierigkeiten bei ihrer Erziehung, lernen besonders schlecht, sich z.B. in die Gemeinschaft des Kindergartens und der Schule problemlos einzufügen und neigen außerdem verstärkt zu neuropathischem Fehlverhalten (→Neuropathie).
Vgl. auch →Abhärtung, →Erziehung, allgemeine, →Großmutter, →Liebeseinstellung der Mutter zum Kind, →Mutter-Kind-Beziehungen

Oxyuren →**Madenwürmer**

P

Packung, abkühlende

Die a. P. ist eine sehr wirksame Maßnahme zur Fiebersenkung, sollte allerdings nur auf ärztliche Anordnung durchgeführt werden.

So wird's gemacht:
Tauchen Sie ein Bettlaken in zimmerwarmes Wasser, wringen es aus und wickeln das Kind vom Hals oder von den Achselhöhlen bis zu den Füßen darin ein. Darüber legen Sie dann noch ein großes, trockenes Badetuch und decken das Kind zu. Nach 10 bis 15 Minuten wiederholen Sie die Prozedur in gleicher Weise. In einer dritten Einpackung können Sie das Kind dann auch einschlafen lassen.

Die a. P. wirkt in der Regel prompt, das Fieber fällt ab, doch ist es, wenn die eigentliche Fieberursache weiterbesteht, möglich, daß die Temperatur nach ein bis zwei Stunden erneut ansteigt, so daß Sie das Ganze nochmals wiederholen müssen (und dürfen).
Vgl. auch →Bad, abkühlendes, →Beinwickel, abkühlender, →Fieberbehandlung

Packungen →Packung, abkühlende, →Brustwickel

Pampers →Höschenwindeln

Pankreasfibrose →Mukoviszidose

Parotitis →Mumps

Pasteurisierung der Milch

Nach dem französischen Hygieniker Louis Pasteur benanntes schonendes Erhitzungsverfahren zur Haltbarmachung von Milch und Milchprodukten.

Pasteurisierte Milch ist nach dem Milchgesetz »Milch, die spätestens 22 Stunden nach dem Melken mit anerkanntem Pasteurisierungsverfahren sachgemäß erhitzt und sofort auf mindestens 5 °C, aber nicht unter 0 °C gekühlt worden ist«. Mit der Pasteurisierung werden fast alle in der Milch eventuell enthaltenen Krankheits- und Zersetzungskeime, auch Tuberkelbakterien, wirksam abgetötet, ohne daß die Frischmilcheigenschaften verändert werden. Die P.d.M. erfolgt entweder in Form einer Dauererhitzung, einer Kurzzeiterhitzung oder einer Hocherhitzung mit anschließender Tiefkühlung. Diese Verfahren schützen die Milch allerdings nur für eine begrenzte Zeit vor Verderb. Deshalb ist pasteurisierte Milch nur begrenzt haltbar und sollte bei Aufbewahrung in geöffneten Packungen im Haushalt vor Gebrauch am besten nochmals kurz aufgekocht werden.
Vgl. auch →Abkochen der Milch, →H-Milch, →Kuhmilch, →Milchhygiene im Haushalt, →Uperisierung der Milch

Pavor nocturnus

P. n., d.h. nächtliches Aufschrecken, ist eine besondere Variante einer →Schlafstörung im Kleinkindalter. Dabei schrecken die Kinder, meist mitten in der Nacht, schreiend und schweißgebadet aus dem Schlaf auf. Mit allen Zeichen der Angst oder des Entsetzens sitzen oder stehen sie in ihrem Bettchen, sind nur schwer wieder zu beruhigen und scheinen nicht immer völlig wach zu sein. Der P.n. kann als ein einmaliges Ereignis auftreten und es auch bleiben, sich aber bei einigen Kindern auch in regelmäßigen oder unregelmäßigen Abständen wiederholen. Über die tieferen Ursachen des P.n. gibt es nur Vermutungen: Es kann sein, daß einige Kinder bestimmte Ereignisse des Tages im Traum zu einem starke Ängste auslösenden Erlebnis weiterverarbeiten, es kann sich aber auch um den Ausdruck von Verlustängsten (z.B. Angst vor dem Verlust der Mutter, Angst vor dem Alleingelassenwerden) handeln. Wenn Sie glauben, daß dies zutreffen könnte, ist es zweifellos wichtig, daß Sie das aufgeschreckte Kind beruhigen und es von Ihrer Anwesenheit und Zuwendung unmittelbar überzeugen.

Eine spezielle Behandlung dieser Art von Durchschlafstörung gibt es nicht. In besonderen Fällen, vor allem wenn sich derartige Ausnahmezustände häufig wiederholen, kann der Arzt vorübergehend ein die natürliche Schlaftiefe förderndes Medikament verordnen und bei etwas älteren Kindern im eingehenden Gespräch mit Eltern und Kind versuchen, die seelischen Ursachenfaktoren zu ermitteln, um sie nach Möglichkeit zu beseitigen.
Vgl. auch →Angst und Ängstlichkeit, →Neuropathie, →Schlafstörungen, →Schreien, nächtliches, →Schreckhaftigkeit

Pemphigus vulgaris →Schälblasenkrankheit

Penicillin →Antibiotika

Penishygiene →Geschlechtsorgane

Perléche →Faulecken

Permanganat-Bad →Kaliumpermanganat-Bad

Pertussis →Keuchhusten

Pfefferminztee

Tee, der durch Überbrühen der getrockneten Blüten der Pfefferminze hergestellt wird, enthält als Wirkstoff Pfefferminzöl (Menthol). P. dient seit alters her als diätetisches Hausmittel bei Durchfallstörungen, krampfartigem Bauchschmerz und →Blähungen. Wegen seines aromatischen und erfrischenden Geschmacks wird P. von den meisten Kindern akzeptiert und gern getrunken.
Vgl. auch →Fencheltee, →Kamillentee, →Tee, schwarzer, →Teepause

Pförtnerkrampf →Magenpförtnerkrampf

Phenylketonurie →Guthrie-Test

Phimose →Vorhautverengung

Phototherapie

Bei Neugeborenen mit stärkerer Gelbsucht, z.B. infolge einer →Blutunverträglichkeit, erreicht man durch eine intensive Lichtbestrahlung des ganzen Körpers mit weißem und blauem Licht (Wellenlänge um 460 nm), daß der unter der Haut im Gewebe abgelagerte gelbe Blutfarbstoff schneller abgebaut und ausgeschieden wird (Farbtafel). Die P. macht in vielen Fällen von Blutunverträglichkeit bei Neugeborenen eine →Blutaustauschtransfusion entbehrlich. Die Augen des Kindes werden bei der P. sorgfältig abgedeckt, so daß sie nicht dem Licht der Bestrahlungslampe ausgesetzt sind.
Vgl. auch →Gelbsucht des Neugeborenen

Pigmentnävus →Leberfleck

Plattfuß →Fußentwicklung

Plattknickfuß →Fußentwicklung

Pneumonie →Lungenentzündung

Pockenschutzimpfung

Die infektiöse Pocken-Krankheit ist infolge der systematischen Impfaktionen der WHO und vieler Länder heutzutage weltweit ausgerottet. Deshalb konnte Deutschland bereits 1976 den gesetzlich vorgeschriebenen Impfzwang aufheben. Die P. wird heute nur noch in besonderen Ausnahmefällen vorgenommen.

Poliomyelitis →Kinderlähmung

Polioschutzimpfung

Spezielle Impfung gegen die epidemische →Kinderlähmung (Poliomyelitis). Sie erfolgte früher in Form einer Schluckimpfung, d.h. durch Einnehmen des flüssigen Impfstoffes auf einem Stück Würfelzucker. Heute erfolgt die P. gewöhnlich im Rahmen einer →Mehrfachimpfung (→Fünffachimpfung, →Sechsfachimpfung) gleichzeitig mit der Verabreichung von Impfstoffen gegen →Wundstarrkrampf (Tetanus), →Keuchhusten, →Diphtherie und die →Haemophilus influenzae b-Infektion mit einer einzigen Injektion.

Der Vorteil des neuen Impfstoffs liegt insbesondere darin, daß auf diesem Wege ein ausreichender Impfschutz durch die Gabe von zuverlässig abgetöteten Polioviren möglich ist. Der früheren Schluckimpfung gegen Kinderlähmung war es bereits zu verdanken, daß nach ihrer Einführung die Kinderlähmung in Deutschland äußerst selten wurde: So hat z.B. in der damaligen Bundesrepublik Deutschland die Zahl der Polio-Erkrankungen um weit mehr als 90% abgenommen, in der ehemaligen DDR waren Polio-Erkrankungen nach Einführung der Impfung überhaupt nicht mehr beobachtet worden.

Sämtliche in den letzten Jahren in Deutschland an Kinderlähmung erkrankten Personen waren nicht oder unzureichend geimpft und hatten sich im Ausland angesteckt. Die Teilnahme an den öffentlichen Impfterminen der P. ist freiwillig und kostenlos. Es kann nicht nachdrücklich genug darauf hingewiesen werden, daß die von den Expertengremien empfohlenen und angebotenen Impfungen möglichst von allen Eltern in Anspruch genommen werden sollten.
Vgl. auch →Impfkalender, →Impfungen, →Mehrfachimpfung

Polypen →Adenoide

Polyvitamine →Vitamine

Prolaps →Darmvorfall

Protein →Eiweiß

Pseudokrupp →Krupphusten

Pseudo-Obstipation →Magenpförtnerkrampf, →Scheinverstopfung (beim Brustkind), →Verstopfung

Puls

Tastbare, vom Herzen übertragene Druckwelle in den Schlagadern, besonders gut dicht oberhalb des Handgelenks auf der Daumenseite fühlbar (Abb.). Die Häufigkeit des Pulsschlages entspricht derjenigen des Herzschlages. Der P. wird

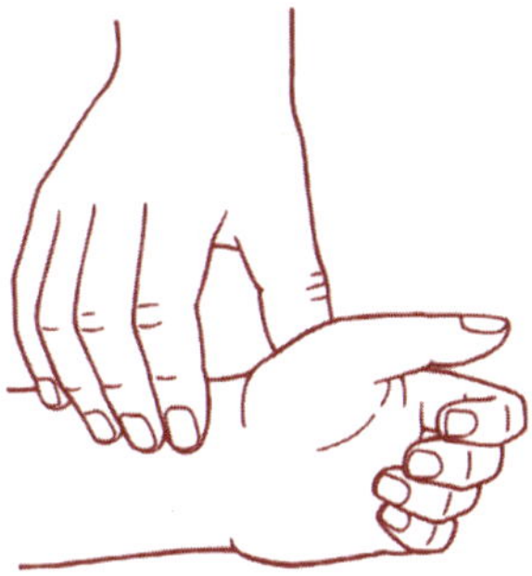

gefühlt, um Störungen der Blutzirkulation, Absinken oder Steigerung des Blutdrucks sowie Unregelmäßigkeiten der Herztätigkeit festzustellen. Durchschnittlich beträgt die Zahl der Pulsschläge pro Minute:

- im 1. Lebenshalbjahr etwa 120 bis 130,
- im 2. Lebenshalbjahr etwa 100 bis 120,
- im 2. Lebensjahr etwa 90 bis 100,
- beim Erwachsenen etwa 60 bis 80.

Erhöhte Körpertemperatur, Fieber und Erregung beschleunigen die Pulsschlagfolge, erhöhen also die o.a. Zahlenwerte.
Vgl. auch →Fieber

Pustulosis (Hauteiterung)

Wenn auf der Haut mehrere kleine bis höchstens linsengroße, oberflächliche Eiterbläschen auftreten, spricht man von P.

Eiterpusteln dieser Art treten vor allem an solchen Stellen auf, die Verunreinigungen besonders ausgesetzt sind (Unterbauch, Gesäß, Oberschenkel, Hals- und Achselfalten). Da eine Verschmierung des Pustelinhalts (z.B. mit den Händen einer Pflegeperson oder durch den Kranken selbst) zugleich die Gefahr einer Verbreitung der in ihm enthaltenen Eitererreger bedeutet, können auf diese Weise immer neue Eiterbläschen auftreten. Sorgfältige, vom Arzt vorgenommene Entleerung der einzelnen Pusteln mit sterilem Mull und Pinzette, Betupfen der Stellen mit hautdesinfizierenden Flüssigkeiten oder antiseptischen Salben, häufiger Wäschewechsel (die Wäsche muß unbedingt gekocht und heiß gebügelt werden!) sowie die Anwendung desinfizierend wirkender Bäder (z.B. →Kaliumpermanganat-Bad) sind nützliche Maßnahmen gegen eine P.

Von normalen Bädern ohne Zusätze ist aber wegen der Verbreitung der Keime mit dem Badewasser abzuraten. Vor und nach Hantierungen am Kind muß jede Pflegeperson selbst eine gründliche Händedesinfektion vornehmen. Wenn die Eiterpusteln größer als linsengroß sind, spricht man von →Schälblasenkrankheit (Pemphigus), doch sind P. und Schälblasenkrankheit nur verschiedene Erscheinungsformen derselben Krankheit und Erreger.
Vgl. auch →Impetigo

Pyelitis →Blasen- und Nierenbeckenentzündung, →Harnweginfektion

Pylorospasmus →Magenpförtnerkrampf

Pyurie →Blasen- und Nierenbeckenentzündung, →Harnweginfektion

Q

Quark

Der sich bei der Milchgerinnung abscheidende weiße Käsestoff wird in frischer Form Q. genannt. Q. wird als eiweißreiches, leicht verdauliches Lebensmittel entweder als Speisequark frisch verzehrt oder zur Käseherstellung weiterverarbeitet. Man kann Q. zwar einfach im Haushalt selbst herstellen, doch werden Sie wohl ausschließlich auf den im Handel befindlichen Molkerei-Q. mit gleichmäßigem Fettgehalt zurückgreifen. Für die Kinderernährung kommt in erster Linie Magerquark oder Speisequark mit 10% Fett i.Tr. in Betracht, seltener Speise-Q. mit 20% Fett i.Tr. oder Speise-Q. mit Sahnezusatz (40% Fett i.Tr.). Q. wird insbesondere in Verbindung mit Obst und Zwieback zur Herstellung von Q.-Brei verwendet. Im Kleinkindalter kann Q. als nahrhafter Brotaufstrich pur oder für die Herstellung einer →Quark-Speise verwendet werden. Rezepte finden Sie unter →Bananen-Quark-Speise und →Quark-Speise.

Quark-Speise

Q.-S. ist ein empfehlenswerte süße Quarkzubereitung für Kleinkinder, die Sie problemlos selbst herstellen können.

So wird's gemacht:
Kochen Sie 1/2 1 Magermilch (fettarme Milch) etwa 3 Minuten mit 40 g Grieß und geben Sie Zucker nach Geschmack dazu. Den entstandenen Brei schlagen Sie kalt, bis er schaumig ist, und geben dann etwa die gleiche Menge ebenfalls schaumig geschlagenen Quark dazu. Etwas Obstsaft kann zum Schluß noch hinzugefügt werden.

Vgl. auch →Bananen-Quark-Speise

R

Rachen- und Mundinspektion

Wichtige Untersuchungsmethode bei allen Erkrankungen des Rachens und der Mundhöhle.

So wird's gemacht:

Während bei älteren Kindern gewöhnlich nur eine Unterstützung des Kopfes von hinten notwendig ist, um das Ausweichen des Kindes zu verhindern (Abb.), nimmt man Kleinkinder und Babys besser auf den Schoß (vgl. →Halten des Babys, dort Abb.). Manchmal ist es zweckmäßig, Kinder zuvor in eine Decke, ein Moltontuch, ein Badehandtuch oder eine Windel einzuhüllen, um Abwehrbewegungen mit den Armen vorzubeugen. In der Regel hält man mit einem Arm Oberkörper und Arme des Kindes und mit der Hand des anderen Armes die Stirn. Das Gesicht des Kindes soll einer Lichtquelle oder dem Fenster zugewandt sein. Der Untersucher (auch die Eltern!) kann mit seiner linken Hand den Kopf des Kindes festhalten und mit der anderen Hand einen Löffelstiel oder Mundspatel zunächst in die Wangentaschen einführen. Mit dem Instrument fährt er nun vorsichtig an der Zahnleiste entlang, geht hinter ihrem Ende zum Zungengrund und drückt diesen mit steiler Löffelhaltung nachdrücklich nach unten (Abb.). Der damit zugleich ausgelöste Würgreflex führt zur Öffnung des Mundes, Anhebung des Gaumens und Zäpfchens und ermöglicht so einen guten Einblick in den Rachen. Dabei soll der Druck allerdings nur kurzzeitig anhalten, damit reflektorisches Erbrechen vermieden wird.

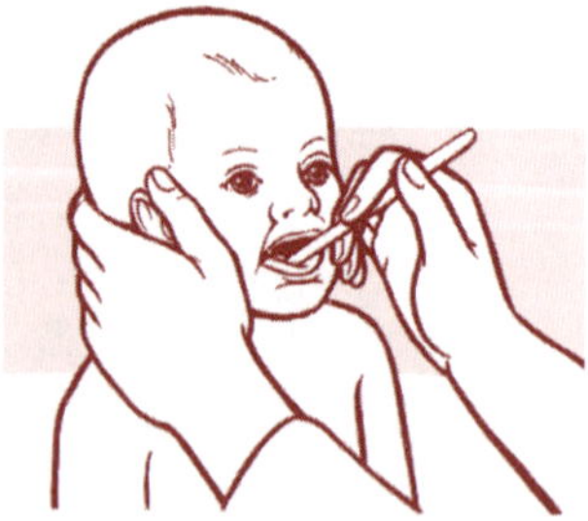

Bei der Untersuchung des Mundes und des Rachens muß der Kopf des Kindes gut festgehalten werden, entweder durch die Mutter, die das Kind auf den Schoß nimmt, oder durch die eine Hand des Untersuchers

Die R.- u. M. ist angesichts der recht häufigen Erkrankungen im Rachenraum bei Babys und Kleinkindern eine Untersuchungsmaßnahme, die Eltern notfalls auch beim liegenden Kind durchführen können, wobei gute Lichtverhältnisse notwendig sind (evtl. Taschenlampe verwenden).
Vgl. auch →Erkältung, →Infekt, grippaler, →Rachenmandel

Rachenkatarrh →Adenoide, →Erkältung, →Infekt, grippaler, →Rachenmandel, →Rachen- und Mundinspektion

Rachenmandel

Sog. »dritte Mandel«, lymphatisches Organ, das hinter dem weichen Gaumen an der Rückseite des Nasen-Rachen-Raums gelegen ist. Die Vergrößerung der R. (→Adenoide) kann zur Behinderung

der →Nasenatmung, zu Verstärkung der Katarrhanfälligkeit sowie durch eine Verlegung der Ohrtubengänge oft zu einer →Mittelohrentzündung und aufgrund einer Schalleitungsstörung zur Herabsetzung der Hörfähigkeit führen (→Gehör). In der Nacht behindert die Verengung der Nasenwege durch eine vergrößerte R. u.U. den Schlaf, zwingt zur Mundatmung und fördert damit das →Schnarchen. Krankhafte Vergrößerungen der »dritten Mandel« zeigen sich heutzutage früher, gelegentlich bereits um die erste Jahreswende, so daß ab und zu schon im 2. Lebensjahr ihre Entfernung (Adenotomie) nötig werden kann. Weiteres s. →Adenoide (adenoide Wucherungen).
Vgl. auch →Adenoide, →Atmung, gestörte, →Gehör, →Mittelohrentzündung, →Nasenatmung, →Schnarchen

Rachitis

Sog. »Englische Krankheit«, eine tiefgreifende Störung des Kalk- und Phosphorstoffwechsels beim schnell wachsenden jungen Kind (Baby- und Kleinkindalter), die als Folge von Mangel an Sonnenlicht und/oder →Vitamin D entsteht. Da Kalk- und Phosphorsalze für den Aufbau der Knochen gebraucht werden und für deren Festigkeit sorgen, äußert sich die vollentwickelte Krankheit vor allem am wachsenden Skelett in Form von Knochenweichheit. Allerdings kann die R. auch andere Funktionsstörungen und Symptome hervorrufen (z.B. Übererregbarkeit des Nervensystems, Muskelschwäche, Infektanfälligkeit, Gedeihstörung). Leichtere Verlaufsformen der R. äußern sich u.U. in Verspätung der Zahnungstermine (→Zahnung, normale), schwerere führen zu allgemeiner Entwicklungsverzögerung, zu Muskelschlaffheit und -schwäche. Die R. kann sich außerdem in Form von allgemeinem Unwohlsein der Kinder (Appetitlosigkeit, Mißlaunigkeit, vermehrtes Weinen, mangelnde Bewegungsfreude u.a.) zeigen. Manchmal ist das erste Anzeichen einer beginnenden R. ein stärkeres Schwitzen am Hinterkopf (→Kopfschweiß). Auch ein auffallend »scharf«, »beißend« oder ammoniakartig riechender Harn (→Harngeruch, abnormer) sowie eine zuvor nicht vorhanden gewesene Neigung zum →Wundwerden können hinweisend sein.

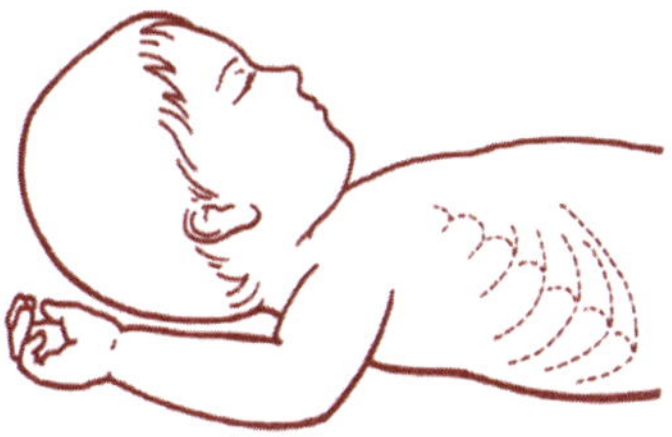

Charakteristisches Zeichen einer Rachitis ist u.a. ein sog. Rosenkranz, tast- und sichtbare perlenkettenartige kugelige Verdickungen der vorderen Rippenenden

Eine voll ausgeprägte R. pflegt sich aber selten vor dem 3. Lebensmonat einzustellen. Werden die erwähnten Frühzeichen übersehen und erfolgt keine systematische Vorbeugung durch Verabreichung von ausreichenden Vitamin D-Gaben, wie sie heutzutage allgemein üblich ist (→Rachitisprophylaxe), dann entwickeln sich allmählich weitere R.-Erscheinungen und eine zunehmende Knochenweichheit. Am häufigsten und frühesten tritt diese am Schädel in Erscheinung, wo man sie unmittelbar fühlen kann. Das Scheitel- und das Hinterhauptbein können dabei fast die Nachgiebigkeit von dünner Pappe erreichen (→Kraniotabes). Dies ist übrigens der Grund dafür, daß der Arzt bei jeder Untersuchung eines Babys stets auch die Schädelknochen auf ihre Festigkeit abtastet und prüft. Ein weiteres charakteristisches Zeichen einer ausgeprägten R. ist eine sicht- und tastbare kugelige Verdikkung aller vorderen Rippenenden (Abb.). Dem perlschnurartigen Aussehen dieser Erscheinung verdankt sie die Bezeichnung »Rosenkranz«. Schreitet die Krankheit weiter fort, was ohne Behandlung oder ohne intensivere natürliche Lichteinwirkung stets der Fall ist, entstehen, insbesondere beim älteren Baby, Verbiegungen der Wirbelsäule (rachitischer Sitzbuckel) und der langen Röhrenknochen. Eine besondere, zuweilen nicht ungefährliche Komplikation der R. sind →Krampfanfälle (→Spasmophilie). Da solche Krämpfe sich gerade bei Beginn der Heilungsphase der R. einstellen können, ist es notwendig, daß die R.-Behandlung regelmäßig ärztlich überwacht wird.

Durch die systematisch in den →Mütterberatungsstellen durchgeführten antirachitischen Vorbeugungsmaßnahmen, durch die heute allgemein bessere ärztliche Versorgung der Bevölkerung und durch die zunehmende Achtsamkeit der Eltern sind die früher häufig zu Verkrüppelung und Wirbelsäulenschäden führenden, besonders schweren Verlaufsformen der R. äußerst selten geworden. Auch →Säuglingsnahrungen können dazu beitragen, R.-Erkrankungen zu verhindern, da ihnen der tägliche Minimalbedarf für Babys an Vitamin D zugesetzt ist. Durch all diese Faktoren kommt es heutzutage kaum noch zu den einst gefürchteten Rachitis-Verläufen, die z.B. bei Frauen im Erwachsenenalter aufgrund der in der Kindheit eingetretenen Beckenverformungen schwere Störungen der Gebärfähigkeit verursachten. Die Verhütung, d.h. Vorbeugung wie auch die Behandlung einer bereits aufgetretenen R. gründet sich auf die Erkenntnis, daß die Krankheit auf einem Mangelzustand beruht. Das für die Einlagerung von Kalksalzen in den Knochen notwendige Vitamin D liegt zwar normalerweise in einer noch inaktiven Vorstufe in der Haut des Kindes bereit. Doch erst durch die Einwirkung des Ultraviolettanteils des Sonnenlichts wird diese Vorstufe in einen die Rachitis sicher verhütenden Wirkstoff umgewandelt. Nach durchgemachten Ernährungsstörungen oder anderen schwerwiegenderen Erkrankungen eines Babys sowie bei Frühgeborenen kann diese noch inaktive Wirkstoffreserve in der Haut vermindert sein, d.h. Kinder in dieser Situation sind besonders rachitisanfällig. In unseren Breiten und besonders unter den Lebensbedingungen der Großstadt (Dunstglocke, Staubverunreinigungen der Luft) ist die Intensität und Dauer der Sonnenlichteinwirkung, zumal im Winter, zumeist nicht ausreichend, um eine R.-Entstehung sicher zu verhüten. Wenn dann noch eine übertrieben ängstliche Abschirmung der jüngeren Babys vor Licht, Luft und Sonne erfolgt, verstärkt sich der ohnehin bestehende Mangel u.U. beträchtlich. Verhütung und Behandlung der R. erfolgen deshalb mit der ergänzenden Zufuhr des fehlenden Vitamin D auf ärztliche Verordnung (Vitamin D ist zwar ein ungemein wirksames Heil- und Vorbeugungsmittel, doch muß es genau dosiert werden). Es gibt nur wenige Krankheiten, die sich durch systematische Vorbeugungsmaßnahmen so sicher verhüten lassen wie die R. Im späteren Leben kann sich eine unterlassene R.-Vorbeugung manchmal schicksalbestimmend auswirken (z.B. durch entstellende Gliedmaßenverbiegungen, Wirbelsäulenschäden, vorzeitigen Zahnverfall oder Gebärschwierigkeiten).

Vgl. auch →Kraniotabes, →Rachitisprophylaxe, →Spasmophilie, →Vitamin D

Rachitisprophylaxe

Bezeichnung für vorbeugend wirksame und mögliche Maßnahmen gegen eine Erkrankung an →Rachitis. Eine richtig

Kalendermonat \ Geburtsmonat des Kindes	Januar	Februar	März	April	Mai	Juni	Juli	August	September	Oktober	November	Dezember
1	●											
2	●	●										
3	●	●	●									
4	●	●	●	●								
5	●	●	●	●	●							
6	●	●	●	●	●	●						
7	●	●	●	●	●	●	●					
8	●	●	●	●	●	●	●	●				
9	●	●	●	●	●	●	●	●	●			
10	●	●	●	●	●	●	●	●	●	●		
11	●	●	●	●	●	●	●	●	●	●	●	
12	●	●	●	●	●	●	●	●	●	●	●	●
1	●	●	●	●	●	●	●	●	●	●	●	●
2	●	●	●	●	●	●	●	●	●	●	●	●
3	●	●	●	●	●	●	●	●	●	●	●	●
4	F	F	F	F	●	●	●	●	●	●	●	●
5	F	F	F	F	F	●	●	●	●	●	●	●
6	F	F	F	F	F	F	●	●	●	●	●	●
7	F	F	F	F	F	F	F	●	●	●	●	●
8	F	F	F	F	F	F	F	F	●	●	●	●
9	F	F	F	F	F	F	F	F	F	●	●	●
10	●	●	●	●	●	●	●	●	●	●	●	●
11	●	●	●	●	●	●	●	●	●	●	●	●
12	●	●	●	●	●	●	●	●	●	●	●	●
1	●	●	●	●	●	●	●	●	●	●	●	●
2	●	●	●	●	●	●	●	●	●	●	●	●
3	●	●	●	●	●	●	●	●	●	●	●	●
4	F	F	F	F	F	F	F	F	F	F	F	F
5	↓	↓	↓	↓	↓	↓	↓	↓	↓	↓	↓	↓
	bis zum 16. Lebensjahr											

Verordnungsschema der Rachitisprophylaxe:
Ausgehend vom Geburtsmonat (oben rechts) sucht man die Spalte des jeweiligen links angegebenen aktuellen Kalendermonats auf. Fette Punkte in der senkrechten Spalte zeigen diejenigen Monate an, in denen R. (in Verbindung mit Zahnkariesprophylaxe) täglich durchgeführt werden muß. Spalten mit F bedeuten Monate, in denen nur die Zahnkariesprophylaxe mit Fluor *ohne* zusätzliche Vitamin-D-Gaben zur Anwendung gelangt

durchgeführte R. kann eine Rachitis zuverlässig und gefahrlos verhüten. Sie wird gegenwärtig nicht nur von den Gesundheitsbehörden systematisch gefördert und finanziert, auch Frauenkliniken, Kinderkliniken, →Mütterberatungsstellen und die praktizierenden Ärzte üben sie aus und verordnen die notwendigen Gaben von Vitamin D-Präparaten. Eine wirklich sichere und zugleich wirksame R. erreicht man nur mit →Vitamin D, denn sog. »natürliche« Bekämpfungsmethoden, wie Freiluft und Sonnenbestrahlung allein, können zwar mithelfen, reichen aber im allgemeinen in unseren Breiten nicht aus.

In der Regel wird die sog. kontinuierliche und protrahierte R. mit fortlaufender, d.h. täglicher Verabfolgung kleiner Mengen von Vitamin D durchgeführt, da eine gewissenhafte und regelmäßige Verabreichung des Vitamins sowie eine Überwachung durch den Arzt Voraussetzung für den Erfolg der Maßnahme ist.

Neugeborene Babys erhalten vom Beginn der 2. Lebenswoche an täglich 1 Tablette mit 400 bzw. 500 Einheiten Vitamin D, gestillte Babys erhalten die doppelte Dosis, also 2 Tabletten pro Tag. Ebenso sollten die doppelte Menge Vitamin D – nach Absprache mit dem Kinderarzt – auch frühgeborene Kinder, Zwillinge und andere anlagemäßig disponierte Kinder erhalten. Die R. ist in dieser Form während des gesamten 1. Lebensjahres notwendig und muß bei allen Kindern, die im Herbst oder Winter geboren sind, auch noch über den 2. Winter hinweg fortgeführt werden. Am besten ist es, wenn Sie die R. mit Vorbeugungsmaßnahmen gegen Zahnkaries, z.B. mit Hilfe eines Kombinationspräparats aus Vitamin D und Fluorsalzen (z.B. D-Fluoretten 500), kombinieren.

Im Verordnungsschema auf S. 299 finden Sie eine Empfehlung für die zeitliche Verabfolgung und Dauer der Vitamin D-Prophylaxe der Rachitis.

Vgl. auch →Flaschen-Karies, →Kraniotabes, →Rachitis, →Vitamin D, →Zahnpflege

Rahm

Sahne; ein durch Zentrifugieren und Abscheiden aus Milch gewonnenes Erzeugnis, das einen Mindestfettgehalt von 10% (lt. Definition des Milchgesetzes) haben muß. R. fand früher auch in der Ernährung von Babys gelegentlich Verwendung. Dies ist aus heutiger Sicht aber weniger zu empfehlen, es sei denn auf spezielle ärztliche Verordnung.

Rassel →Klapper

Raumtemperatur →Kinderzimmer, →Zimmertemperatur, normale

Reduktionsdiät →Diät

Reifezeichen des Neugeborenen

R. sind diejenigen Körpermerkmale eines neugeborenen Kindes, die dafür sprechen, daß das Kind reif, d.h. ausgetragen nach einer durchschnittlichen Schwangerschaftsdauer von 280 Tagen (das sind 9 Kalendermonate oder 10 »Regelmonate«) zur Welt gekommen ist.

Reifezeichen sind:

- →Geburtsgewicht von 3000 bis 3500 g,
- →Geburtslänge von 50 bis 55 cm,
- →Kopfumfang von 32 bis 34 cm,
- →straffe Haut und gut entwickeltes Unterhautfettgewebe,
- feine Wollhaare (Lanugohaare) am Körper sind nicht mehr vorhanden,
- Finger- und Zehennägel überragen bzw. erreichen die Finger- und Zehenkuppen,
- bei Mädchen: Die großen Schamlippen bedecken den Scheideneingang vollständig,
- bei Knaben: Die Hoden befinden sich im Hodensack (Ausnahmen hiervon kommen aber trotz vorhandener Reife nicht selten vor).

Auch die regelmäßige, ungestörte Atmung, die Fähigkeit, die Körpertemperatur zu regulieren und auf 37 °C zu halten, deutliche Trinklust sowie Saug- und Trinkfähigkeit kann man im weiteren Sinne als R.d.N. ansehen. Frühgeborenen Kindern fehlen diese Reifezeichen ganz oder teilweise, je nach dem Grad ihrer Unreife. Zusätzlich weisen diese Kinder noch eine Reihe von weiteren →Unreifezeichen auf.
Vgl. auch →Frühgeborenes, Frühgeburt, →Schwangerschaftsdauer, →Unreifezeichen des Neugeborenen

Reinigungsbad

»Kinder sind das einzige, was in einem modernen Haushalt noch mit der Hand gewaschen wird.« *(Anonym)*

Das R. und alles, was dazu gehört, steht während des ganzen Babyalters im Mittelpunkt aller hygienischen Maßnahmen. Es sollte in der Regel mindestens 2- bis 3mal in der Woche durchgeführt werden.

Das Baden eines Babys will erlernt und geübt sein. Wenn man sich aber daran gewöhnt, bestimmte Dinge zu beachten und die Verrichtungen und Handgriffe beim R. in stets gleicher Weise durchzuführen, werden diese leicht zur Selbstverständlichkeit.

Tageszeit: Sie kann entsprechend den Zeitverhältnissen und Umständen des einzelnen Haushalts beliebig festgelegt werden, zweckmäßig ist aber, von vornherein stets etwa die gleiche Tagesstunde zu wählen.

Während in Kliniken und Kinderheimen die Babys leider aus pflegerischen Gründen oft schon vor der Morgenmahlzeit gebadet werden, hat sich im Haushalt die Zeit vor der 2. (ca. 10 Uhr) oder 3. (ca. 14 Uhr) Mahlzeit als besonders geeignet erwiesen. Doch auch andere Zeiten kommen in Frage, z.B. die Abendstunden, wenn ein berufstätiger Vater gern dabei sein oder selber das Baby baden möchte.

Niemals sollten Sie aber unmittelbar nach dem Füttern baden, weil das Kind dann schlafen soll und ein Bad mit vollem Magen wenig zuträglich ist.

Zubehör: Vor dem Bad sollten Sie alle Gebrauchsgegenstände und Hilfsmittel in Reichweite zurechtlegen, damit Sie sich nicht vom im Wasser befindlichen Kind entfernen, ihm den Rücken zukehren oder es gar mehrmals aus dem Wasser nehmen müssen. Alle Gegenstände sollten sich allerdings außerhalb der Griffweite des Kindes befinden, damit sie von ihm nicht ins Wasser gerissen werden können. Diese allgemeinen Grundregeln haben natürlich dann besondere Bedeutung, wenn, wie zumeist, eine Person das Baden allein zu besorgen hat.

Bereitzulegende Gebrauchsgegenstände und Badeutensilien: →Hemdchen, →Jäckchen, Windeln oder →Höschenwindel, →Strampelhose, →Badethermometer, Waschlappen, →Kinderseife, großes Badetuch, →Kinderöl, →Kindercreme, Wattestäbchen, Nagelschere, Haarbürste, Kamm, Abfalleimer. Versehen Sie das Badetuch am besten in einer Ecke mit einem gestickten Zeichen, damit Sie stets dieselbe Fläche zum Abtrocknen des Oberkörpers benutzen.

Badewanne: Das Baby benötigt nicht unbedingt eine besondere, eigene Babybadewanne. Es kann ebensogut in einem nicht zu kleinen Waschbecken oder in einer größeren Plastikschüssel gebadet werden, die Sie auf den Tisch oder eine nicht zu hohe Kommode stellen. Geeignet sind auch spezielle Badegestelle oder Kombinationen, die zugleich aus →Wickeltisch und Plastikbadewanne bestehen und sich nach der Benutzung raumsparend zuammenklappen lassen. Gefäße mit sehr glatter Oberfläche kann man erforderlichenfalls mit einer Mullwindel auslegen, damit das Kind nicht so leicht rutscht. Das als Badewanne verwendete Gefäß soll ungefähr ein Fassungsvermögen von 30 l haben.

Bei den ersten Bädern des Kindes sollten Sie so lange relativ wenig Wasser einfüllen, bis Sie es gelernt haben, das Kind sicher zu halten. Später können Sie die Wanne dann voller machen.

Badewassertemperatur: Die normale Badewassertemperatur beträgt 36 bis 37 °C. Lassen Sie zunächst etwas kaltes Wasser ein und geben Sie dann so lange heißes Wasser dazu, bis die richtige Temperatur erreicht ist. Diese muß unbedingt mit einem →Badethermometer kontrolliert werden, weil die eigene Wärmeempfindungsfähigkeit nicht immer zuverlässig ist. Im Ausnahmefall kann die Unterseite Ihres Unterarms ein hinreichendes Hilfsmittel für die Temperatureinschätzung sein.

Badedauer: Ein R. soll in der Regel nicht länger als 10 Minuten dauern; im ersten Lebensvierteljahr genügen sogar 3 bis 5 Minuten vollständig. Viele Babys lassen erkennen, daß sie Freude am Baden haben und gerne viel länger in der Wanne planschen und spielen würden. Trotzdem soll das Bad zeitlich nicht allzusehr ausgedehnt werden, weil dies gewisse Nachteile mit sich bringt (stärkere Entfettung der Haut, erhöhte Neigung der erweichten Hautoberflächen zum Wundwerden, Überanstrengung, Gefahr der Erkältung u.a.).

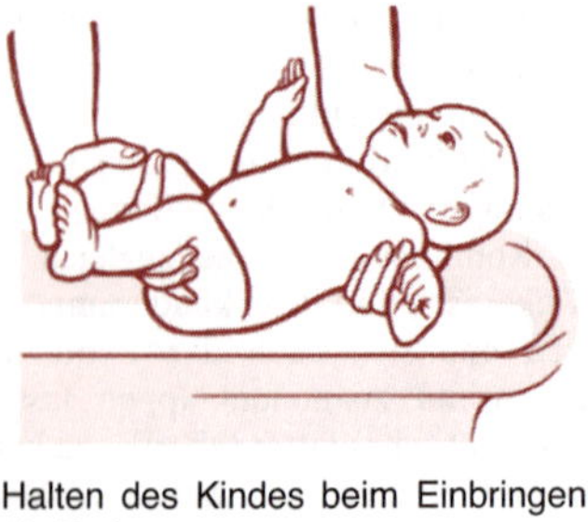

a Halten des Kindes beim Einbringen in die Badewanne

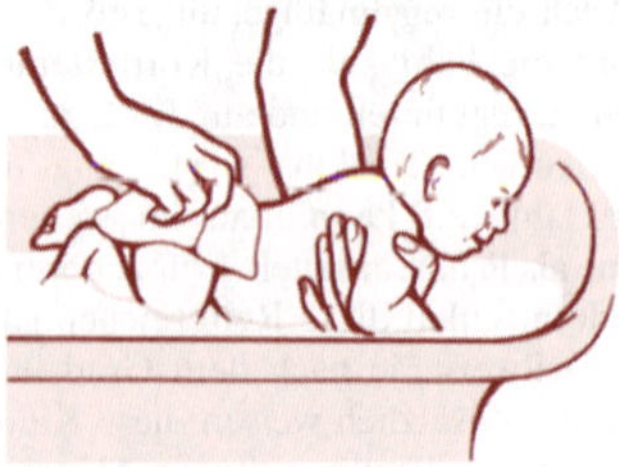

b Der Rücken und die Gesäßregion können gewaschen werden, wenn das Kind in die Bauchlage gedreht wird. Dabei liegt das Kind mit seinem Oberkörper sicher auf dem linken Unterarm

Sonstige Umweltbedingungen: Ideal ist es, wenn das Kind im selben Raum gebadet und gewickelt werden kann. Fenster und Türen müssen Sie natürlich während des Badens geschlossen halten, um Zugluft zu verhindern. Die Zimmertemperatur soll 20 bis 22 °C betragen. Gute Beleuchtung ist erforderlich, damit Sie das Kind genau beobachten können.

Ablauf der Verrichtungen: Erst wenn alles zurechtgelegt, das Wasser eingelassen und auf die richtige Temperatur gebracht ist sowie Fenster und Türen geschlossen sind, wird das Kind aus seinem Bettchen genommen, auf dem Wickeltisch von seinem Windelpaket befreit und grob gesäubert. Anhaftende Stuhlreste weichen Sie mit →Kinderöl oder →Reinigungslotion auf und entfernen diese. Dann ziehen Sie Jäckchen und Hemdchen aus. Um das Baby in die Wanne zu bringen, legen Sie es mit dem Rücken und Nacken auf den linken Unterarm (Abb. a), wobei Ihre linke Hand die linke Achselhöhle und Schulter umfaßt. Die Beine des Kindes umgreifen Sie mit der rechten Hand, wobei der Zeigefinger zwischen den beiden Fußknöcheln

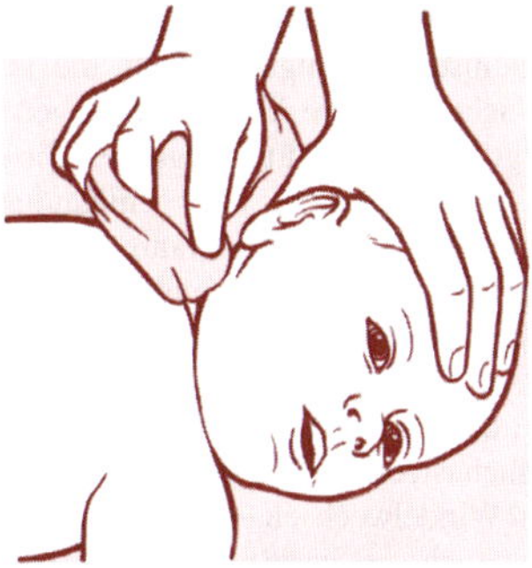

c Sorgfältiges, tupfendes Abtrocknen aller Hautfalten ist notwendig, um Wundwerden zu vermeiden

liegt. So wird das Baby dann (langsam, damit es nicht erschrickt!) in das Wasser getaucht. Nun können Sie die Füße loslassen und haben die rechte Hand für die nachfolgenden Hantierungen frei (Farbtafel): Der Körper, die Arme und der Hinterkopf werden mehrfach kurz überspült, Gesicht, Augen und Ohren bleiben zunächst davon ausgespart. Dann fassen Sie die Beine erneut und bringen das Kind auf das zuvor auf dem Wickeltisch (oder Tisch) ausgebreitete Badetuch zurück. Mit einem Zipfel des Tuchs hüllen Sie es locker ein. Jetzt seifen Sie den Waschlappen ein, seifen das Baby von Kopf bis Fuß gut ab und bringen es anschließend wieder ins Badewasser. Dieses Vorgehen ist für den Anfang, wenn Ihnen die ganze Prozedur noch nicht vertraut ist, sinnvoll. Wenn Sie sicherer geworden sind, können Sie das Einseifen auch in der Wanne durchführen. Eine Haarwäsche ist nicht bei jedem Bad erforderlich, ein- bis zweimal pro Woche genügt durchaus. Der Gesäß- und Genitalgegend wenden Sie sich zuletzt, aber besonders aufmerksam zu. Vor allem ist darauf zu achten, daß die Genitalregion der Mädchen bei jeder Reinigung wie auch beim Abtrocknen stets in Richtung von vorne nach hinten, niemals umgekehrt, gewaschen, gewischt und abgetrocknet wird. Damit wird verhütet, daß Bakterien vom After in Scheide oder Harnröhre verschleppt und dort eingerieben werden, wo sie evtl. Entzündungsvorgänge hervorrufen können. Zum richtigen Abwaschen des Rückens in der Wanne müssen Sie das Baby anders anfassen: Dabei greift die haltende Hand so unter den Achselhöhlen hindurch, daß das Kind nun mit dem Brustkorb auf Ihrem Unterarm ruht. Der Daumen umfaßt die rechte Schulter des Kindes (Abb. b).

Nach dem Abspülen bringen Sie das Baby erneut schnell aufs Badetuch, hüllen es ganz ein und trocknen es sorgfältig, mehr tupfend als reibend, ab. Wenn das Kind schon etwas größer geworden ist, können Sie es ruhig auch einmal etwas herzhafter frottieren, ein Spielchen, das von Babys meist fröhlich akzeptiert wird. Besonders ist darauf zu achten, daß wirklich alle Feuchtigkeitsreste (ebenso natürlich alle Schmutzteilchen) auch aus den verdeckten Hautfalten beseitigt werden, wozu Sie diese dann spreizen müssen (Abb. c; vgl. auch →Hautpflege des Babys, dort Abb.). Auch die Schamspalte muß genau kontrolliert werden.

Wenn Sie das Baby ganz abgetrocknet haben, können Sie es nun mit den zuvor zurechtgelegten Hemdchen und Jäckchen bekleiden. Das Anziehen wird erleichtert, wenn Sie dabei die Ärmel zuerst harmonikaartig zusammenschieben und die Händchen zusammengeballt mit nach innen geschlagenen Däumchen hindurchstecken. Während Sie dem jüngeren Baby vor der jetzt anschließenden Gesichtswäsche erst wieder seine gesamte Windelpackung anlegen, damit es nicht auskühlt und sich erkältet, können

Sie das ältere Baby in dieser Zeit unbesorgt noch etwas unbekleidet strampeln lassen, was es auch meist mit größtem Vergnügen tut. Das Gesicht waschen Sie bitte ohne Seife, nur mit einem in lauwarmes Wasser getauchten Zellstofftupfer oder mit einem weichen Gesichtstuch, das eigens gekennzeichnet sein sollte. Auch hierfür haben Sie schon vor dem Baden alles Nötige zurechtgelegt. Zuerst wenden Sie sich der Augenreinigung zu. Jedes Auge wird einzeln für sich von außen nach innen streichend gewaschen und in gleicher Weise wieder getrocknet (→Augenwaschung, dort Abb.). Die Nase reinigen Sie am besten mit einem weichen Wattestäbchen oder auch mit je einem spitz zusammengedrehten Zellstofftupfer (→Nasenreinigung, dort Abb.). Für die Reinigung der Ohrmuscheln sowie der Hautfalten dahinter benutzen Sie ebenfalls ein weiches Wattestäbchen, wobei Sie wegen der Verletzungsgefahr (→Gehörgangreinigung, dort Abb.) darauf achten sollten, nicht zu tief in den Gehörgang vorzudringen. Niemals sollten Sie versuchen, mit Instrumenten, Haarnadeln oder Hölzchen Ohren oder Nase zu reinigen, denn dabei ist die Gefahr, Verletzungen zu verursachen, zu groß. Ganz zum Schluß der Gesichtsreinigung waschen Sie noch die Nasengegend und den Mundbereich. Das Mundinnere bedarf vor der Zahnung keiner besonderen Pflege und sollte daher auch niemals ausgewischt oder ausgewaschen werden. Schließlich bürsten Sie die Haare und kämmen sie (→Haarpflege). Schuppen lassen sich mit dem feinen Staubkamm meist dann leicht entfernen, wenn Sie die Kopfhaut einige Stunden zuvor mit etwas Öl oder Vaseline eingerieben haben (→Gneis). Bezüglich der Pflege der Finger- und Zehennägel vgl. →Nagelpflege beim Baby (dort Abb.).

Reinigungslotion

Hygienische Reinigungsmilch, die leicht und schonend alle Verschmutzungen beseitigt, ohne die Haut anzugreifen. Sie enthält desinfizierende oder entzündungshemmende Zusätze und kann damit auch dazu beitragen, dem Wundwerden vorzubeugen. R. ist vor allem auf Reisen, wenn Wasser nicht ausreichend zur Verfügung steht und/oder ein →Reinigungsbad nicht möglich ist, eine sehr nützliche Pflegehilfe beim Windelwechsel.
Vgl. auch →Gesäßreinigung, →Hautpflege des Babys

Reinlichkeit, Erziehung zur →Abhalten, frühzeitiges

Reisen mit Babys und Kleinkindern

Die Sicherheit und notwendige Geborgenheit eines Babys ist zweifellos zu Hause am größten. Ferien mit einem noch sehr jungen Baby sollten Sie nur dann fern von zu Hause machen, wenn dies ohne allzu weite und lange Anreise geschehen kann und wenn am Ferienort Ruhe und Bequemlichkeit für Kind und Eltern sichergestellt sind. Entsprechendes gilt natürlich auch für das R. mit Kleinkindern. Ist eine Reise mit Babys aus bestimmten Gründen unumgänglich, dann muß sie sorgfältig vorbereitet werden, wobei folgende Gesichtspunkte zu bedenken sind: Bei noch stillenden Müttern geht auf Reisen die Milchmenge manchmal schnell zurück, so daß für diesen Fall nach Rücksprache mit dem Arzt eine →Säuglingsnahrung in Reserve gehalten werden muß. Abgekochtes warmes Wasser (in der Thermosflasche) zum Auflösen der Pulvermilch sollte mitgeführt werden, ebenso eine nicht zu kleine Anzahl von hygienisch einwandfreien Trinkflaschen und Saugern. Auf jeden Fall ist dafür Sorge zu tragen, daß das Kind auch unterwegs zur gewohnten Zeit

Auf den neuen Autobahnübersichtskarten ist mit diesem Symbol gekennzeichnet, an welchen Raststätten eine Baby-Wickelmöglichkeit vorhanden ist

seine Mahlzeiten erhalten kann. Nehmen Sie reichlich Wäsche zum Wechseln mit, am besten auch Einmalwindeln (→Höschenwindeln), Zellstofftücher (für unerwartete Zwischenfälle, Erbrechen usw.) sowie die notwendigen Pflegeutensilien, und verstauen Sie möglichst alles für sich in einer Tasche oder im Beutel. Auch eine zusätzliche Decke zum Einschlagen des Kindes ist zweckmäßig. Für spezielle Bedürfnisse gibt es leicht transportierbare, zusammenklappbare Reisebetten für kleinere Kinder, die wenig Gepäckraum beanspruchen.

Camping mit Babys im Zelt ist nicht ganz unbedenklich, und man muß hiervon grundsätzlich abraten, weil die Lebens- und Hygieneverhältnisse vieler Campingplätze für Babys doch wenig geeignet sind. Eine Ausnahme davon machen Camping-Ferien im Wohnwagen oder Wohnmobil, deren Bedingungen für Babys meist sogar günstiger sind als diejenigen in Hotels.

Die Frage nach dem sichersten Verkehrsmittel für Babys ist nicht generell beantwortbar. Der Transport eines Babys im Auto hat vor allem wegen der Möglichkeit, reichlich Gepäck, evtl. auch den Kinderwagen mitzunehmen, gewisse Vorteile. An den Bundesautobahnen findet die Familie mit Kindern in sehr vielen Rast- und Tankstellen einen Baby-Wickelraum vor. In allen Raststellen gibt es auch Kindermahlzeiten (Kindergerichte auf Kindertellern). Die den Raststätten angegliederten Automotels halten kostenlos Babybetten bereit. Für Kinderbetten wird nur ein geringer Aufpreis gefordert. Kinder bis zu 12 Jahren übernachten meist kostenlos, wenn sie kein eigenes Bett in Anspruch nehmen. In den Raststätten weisen die bekannten rot-blau-gelben Plaketten jeweils den Weg (Abb.). Die Zahl der Kinderspielplätze an den Autobahnen steigt fortlaufend an. Weitere Hinweise können Sie der kleinen Broschüre »Kinderfreundlicher Autobahn-Service« entnehmen, die Sie an den Raststätten kostenfrei erhalten. Die darin aufgelisteten Serviceleistungen erleichtern eine gezielte Reisevorausplanung. Längere Autoreisen mit jüngeren Babys sind allerdings recht ungeeignet, auch kann die Hitze in Autos ohne Klimaregulierung besonders im Süden unangenehme Grade erreichen, oder es müssen bei geöffneten Fenstern Zugluft und Staub ertragen werden.

Niemals sollten Sie das Kind im Auto auf dem Schoß der Mutter oder des Beifahrers transportieren, denn dabei besteht erhöhte Unfallgefahr. Aus Sicherheitsgründen ist die Verwendung von speziellen Auto-Sicherheitssitzen für Kinder sogar gesetzlich vorgeschrieben (→Autofahren). Wohl die komfortabelste Art des Reisens mit dem Baby stellt, jedenfalls für weite Strecken, die Bahn-

fahrt dar. Viele Züge führen Sonderabteile für Mutter und Kind mit. Auf allen größeren Bahnhöfen gibt es bei den Bahnhofsmissionen Baby-Wickelräume. Auch auf eine Schiffsreise kann jedes gesunde Baby mitgenommen werden, wenn das Schiff relativ komfortabel und ein Schiffsarzt vorhanden ist. Wenn man von den manchmal längeren Wartezeiten auf Flughäfen absieht, haben Flugreisen wegen der relativ kurzen Reisezeit viel für sich und werden von den Babys gut vertragen. Zwar können Kinder bis zu 2 Jahren keinen eigenen Sitzplatz für sich beanspruchen (mit Ausnahme von Sonderreisen in bestimmte sog. kinderfreundliche Feriendörfer, die mittlerweile mehrere Reiseveranstalter anbieten). Die großen Fluggesellschaften führen jedoch spezielle Baby-Körbchen mit, in denen die Kinder sicher aufgehoben sind. Trotzdem muß man natürlich die notwendigen Pflegeutensilien, Wäsche und Fläschchen usw. unmittelbar als Handgepäck griffbereit haben (s. nachstehende Checkliste) und kann sie nicht mit dem übrigen Gepäck aufgeben. Auf den meisten Flughäfen sind gut ausgestattete Baby-Wikkelräume vorhanden.

Checkliste für das Handgepäck bei Flugreisen mit Babys:

Fläschchen mit Sauger, Schnuller, abgekochtes Wasser in der Thermosflasche (zur Herstellung der Fertignahrung), Säug-

lingsnahrung in Pulverform (auf die das Baby eingestellt ist), Fruchtsaft oder Tee in Fläschchen, Lätzchen, Windeln oder Höschenwindeln und Höschen zum Wechseln, Kindercreme, Kinderöl, Pflegetücher, feuchte Waschlappen oder feuchte Reinigungstücher, Handtuch, kleines Kissen, leichte Decke, Spielsachen je nach Alter, Plastik-Abfallbeutel (z.B. für die Windelpackung)
Vgl. auch →Autofahren, →Luftreisen mit Babys

Reisschleim

Früher häufig und gelegentlich auch noch heute verwendete Verdünnungsflüssigkeit und -substanz für die Zubereitung von Milchmischungen. Mit der Verwendung von R. kann dessen leicht stopfende Wirkung bei der Behandlung einer Durchfallerkrankung (→Durchfall, akuter) im Baby- und Kleinkindalter ausgenutzt werden. Nach heutiger Auffassung ist es allerdings nicht sinnvoll, Babys und Kinder mit Durchfall für längere Zeit mit R. oder Mischungen von R. und Säuglingsnahrung bzw. Milch zu ernähren, denn dadurch erhält das Baby zu wenig Eiweiß und Energie, die beide für eine möglichst schnelle Regeneration der Darmschleimhaut notwendig sind. Wer auf R. nicht verzichten und ihn sogar selbst herstellen möchte, kann ihn in verschiedenen Konzentrationen zubereiten.

So wird's gemacht:
80 bis 100 g Reiskörner werden gewaschen und gut mit Wasser bedeckt 12 Stunden eingeweicht, dann auf 1 l mit heißem Wasser aufgefüllt und langsam weich gekocht. Je nach Qualität und Sorte dauert das Garwerden unterschiedlich lange. Je stärker die Körner verkocht werden, desto geringer ist der Rückstand beim Durchpassieren. Sorgfältiges dreimaliges Durchpassieren durch ein Haarsieb ohne allzu starkes Rühren ist aber notwendig. Zum Schluß wird mit abgekochtem Wasser wieder auf 1 l aufgefüllt und der R. den →Säuglingsnahrungen oder Milchverdünnungen in unterschiedlicher Konzentration zugesetzt (→Halbmilch, →Zweidrittelmilch). Anstelle der Reiskörner kann auch 160 bis 200 g Instantreismehl verwendet werden, was einfacher ist und schneller geht.
Vgl. auch →Schleimabkochungen

Rezept, ärztliches

Schriftliche Anweisung eines Arztes an den Apotheker zur Herstellung und Abgabe von Arzneien. Der Rezeptpflicht unterliegen viele hochwirksame Arzneimittel und Spezialitäten. Das R. enthält Namen, Anschrift und eigenhändige Unterschrift des Arztes sowie den Tag der Ausstellung. Es beginnt mit der Angabe Rp. (recipe = »nimm«) und gibt über die genaue Menge und Art der verordneten Arzneien, die Anwendungsweise und Name und Anschrift des Patienten Auskunft. Ein R. ist eine Urkunde, Nachahmung, nachträgliche Änderungen oder unberechtigte Ausstellung werden juristisch als Urkundenfälschung bewertet.

Rhesusfaktor

Der R. ist eine besondere Eigenschaft des menschlichen Blutes, die mit den Buchstaben Rh gekennzeichnet wird; die Bezeichnung wurde nach dem Rhesusäffchen gewählt, bei dem diese Bluteigenschaft zuerst entdeckt worden ist. Etwa 85% aller Menschen besitzen den R. (d.h. ihr Blut ist »rhesuspositiv«), bei 15% fehlt er (d.h. ihr Blut ist »rhesusnegativ«).

Die Eigenschaft der »Rhesuspositivität« wird dominant vererbt. Empfängt eine rhesusnegative Frau ein Kind von einem rhesuspositiven Mann, ist nach den Erbregeln die Möglichkeit gegeben, daß das Kind ebenfalls rhesuspositiv ist. Ein rhesuspositives Kind kann bei einer rhesusnegativen Mutter durch seine von ihr abweichende Bluteigenschaft Abwehr-

vorgänge auslösen. Bei etwa 13% aller Ehepaare ist die Frau rhesusnegativ und der Mann rhesuspositiv. Dennoch findet nur in jeder 20. dieser Ehen eine Bildung von mütterlichen Abwehrstoffen gegen die positive Rh-Eigenschaft eines Kindes (→Blutunverträglichkeit) statt. Auch macht sich eine evtl. sich ausbildende Unverträglichkeit zwischen den Blutfaktoren bei Mutter und Kind in der Regel erst beim zweiten, dritten oder bei nachfolgenden Kindern bemerkbar. Besitzt eine Frau die Bluteigenschaft »rhesuspositiv«, dann ist die Entstehung einer Blutunverträglichkeit im Rhesussystem ausgeschlossen. Es gibt allerdings einige seltene andere Ursachenfaktoren für eine Blutunverträglichkeit zwischen Mutter und Kind, die mit den Blutgruppen A, B oder AB in Verbindung stehen. Zum Zweck einer frühzeitigen Orientierung und Risikoeinschätzung ist die Feststellung der Blutgruppeneigenschaften, insbesondere des Rh-Faktors bei beiden Partnern und ihre Eintragung in den →Mutterpaß empfehlenswert.
Vgl. auch →Blutaustauschtransfusion, →Blutunverträglichkeit, →Phototherapie

Rh-Faktor →Rhesusfaktor

Rhinitis →Schnupfen

Riesenbaby →Geburtsübergewicht

Risiko-Geburt

Jede Entbindung oder Geburt, die durch bestimmte Umstände oder Krankheiten von Mutter und/oder Kind erfahrungsgemäß besonders häufig mit Komplikationen einhergehen, wird als R.-G. bezeichnet.

Durch systematisch und regelmäßig durchgeführte Mutterschaftsvorsorgeuntersuchungen (→Mutterpaß) ist der betreuende Arzt in der Regel genau über den Gesundheitszustand der werdenden Mutter und den Entwicklungsstand des zu erwartenden Kindes unterrichtet und kann auf diese Weise schon vor dem Entbindungstermin abschätzen, ob evtl. eine R.-G. zu befürchten ist. Wenn dies der Fall ist, sollte die Entbindung unter allen Umständen nur in der Klinik erfolgen, weil dort etwa auftretende Komplikationen weit besser beherrschbar sind als unter häuslichen Bedingungen.

Faktoren, die u.U. zu einer R.-G. führen, sind u.a.:

- enges Becken der Mutter,
- vorangegangene Geburten, bei denen Komplikationen aufgetreten sind (Zangenentbindung, Kaiserschnitt, Totgeburten, schwere Verletzungen der Geburtswege),
- vorangegangene Fehlgeburten,
- Lageabweichungen des Kindes (z.B. Steiß- oder Beckenendlage) bei einer erstgebärenden Frau,
- relative Übergröße des zu erwartenden Kindes,
- Zustand nach früheren Beckenbrüchen und -verletzungen,
- Rückgratverkrümmungen,
- Zustände, bei denen voraussichtlich eine Schnittentbindung durchgeführt werden muß,
- vermehrte Fruchtwasserbildung (Hydramnion),
- →Übertragung (krankhaft verlängerte Schwangerschaftsdauer über den Zeitraum von 290 Tagen),
- Zwillings- oder Mehrlingsschwangerschaft (→Zwillinge),
- sog. »alte« Erstgebärende, d.h. Schwangere, die beim ersten Kind älter als 30 Jahre ist,
- bestimmte Krankheiten der Mutter, wie z.B. Tuberkulose, Zuckerkrankheit (Diabetes mellitus), Nierenerkrankungen, Stoffwechselstörungen, Lähmungen, Herzkrankheiten.

Vgl. auch →Risiko-Kinder

Risiko-Kinder

Neugeborene Kinder, bei denen wegen besonderer Umstände während der Schwangerschaft oder bei der Geburt möglicherweise das Leben oder die Gesundheit gefährdet sind, nennt man R.-K. Mit dieser Bezeichnung wird ausgedrückt, daß für diese Kinder eine vorsorgliche und fortlaufende ärztliche Kontrolle und Überwachung notwendig ist. Geburtshelfer und neonatologisch orientierte Kinderärzte sind selbstverständlich besonders darum bemüht, jede Gefährdung eines Neugeborenen zu mindern oder abzuwenden, wenn es sich um R.-K. handelt. Die Methoden einer intensiven Überwachung vor, während und nach der Geburt sind heute allerdings so weit entwickelt, daß das Risiko auch für die Gruppe der sog. R.-K. relativ gering geworden ist. Dennoch bedeutet die Zuordnung von Kindern zur Gruppe der R.-K. (worüber die Eltern aufgeklärt werden müssen) auch über die eigentliche Neugeborenenzeit hinaus stets die Notwendigkeit einer besonders sorgfältigen ärztlichen Betreuung. Zu diesem Zweck sind in vielen Städten ambulante Spezialsprechstunden zur Früherfassung, Frühbehandlung und nachgehenden Betreuung von R.-K. eingerichtet.

Zu der Gruppe der R.–K. gehören vor allem:

- Frühgeborene (→Frühgeborenes, Frühgeburt),
- Mangelgeborene (→Mangelgeborenes, Mangelgeburt),
- übertragene Kinder (→Übertragung),
- Riesenbabys (→Geburtsübergewicht),
- →Zwillinge oder Drillinge,
- Neugeborene nach Entbindung aus Beckenendlage,
- Neugeborene nach Schnittentbindung (sog. Kaiserschnitt),
- Neugeborene nach Zangen- oder Saugglockenentbindung (Vakuumextraktion),
- Neugeborene von Müttern mit Zuckerkrankheit (Diabetes mellitus),
- Neugeborene von Müttern mit Schwangerschaftsvergiftung (Eklampsie),
- Neugeborene mit verstärkter oder verfrüht auftretender Gelbsucht (→Gelbsucht des Neugeborenen),
- Neugeborene mit Atemstörungen,
- Neugeborene nach Nabelschnurumschlingung,
- Neugeborene mit stärkeren Blutungen oder Blutungsneigung,
- Neugeborene nach →Blutaustauschtransfusion wegen →Blutunverträglichkeit,
- Neugeborene mit Zeichen gestörter Nervenerregbarkeit,
- Neugeborene von Müttern mit Alkoholabhängigkeit (→Embryopathie) oder Drogenmißbrauch (Heroin, Kokain, Marihuana, Crack u.a.),
- Neugeborene mit verschiedenen angeborenen Fehlbildungen

Vgl. auch →Risiko-Geburt, →Vorsorgeuntersuchungen für Kinder und Jugendliche

Röcheln

Stridor, Trachealrasseln; eine besondere Form einer erschwerten Atmung, bei der diese überaus geräuschvoll erfolgt und jeder einzelne Atemzug deutlich, teilweise juchzend oder rasselnd hörbar wird. Diese Geräuscherscheinung führt oftmals zunächst zu der Vermutung, daß sich ein chronischer katarrhalischer Racheninfekt oder eine schwere →Bronchitis abspielt, doch ist dies gewöhnlich nicht der Fall. Vielmehr beruht das so auffallende Geräuschphänomen, das sich vor allem bei freudiger Erregung oder beim Strampeln der Babys verstärkt, in fast allen Fällen auf harmlosen Formvarianten der Luftröhre (Trachea). Es verliert sich gewöhnlich im Verlauf von Wochen oder Monaten allmählich von selbst und ist daher auch nicht behandlungsbe-

dürftig. Bei neugeborenen Babys kommt manchmal auch ein hörbares Piepsen bei der Atmung vor, das zuweilen im Schlaf schwächer wird oder ganz verschwindet. In diesen Fällen handelt es sich ursächlich um eine angeborene Enge der Stimmritze oder eine vermehrte Nachgiebigkeit und Weichheit der Kehlkopfwände. Auch diese Abweichungen sind gewöhnlich harmloser, als dem Geräusch nach angenommen wird. Wenn allerdings, was selten vorkommt, neben dem Geräuschphänomen zusätzliche Zeichen einer deutlich gestörten Atmung auftreten, sollten Sie nicht zögern, den Arzt zu konsultieren.
Vgl. auch →Atmung, gestörte

Röteln

Rubeolen; durch das Röteln-Virus hervorgerufene Infektionskrankheit, deren auffälligstes Erkennungszeichen ein hellroter, feinfleckiger, im Gesicht beginnender und dann auf den ganzen Körper übergreifender Ausschlag ist (Rötelnexanthem). Die Krankheitserscheinungen treten etwa 17 bis 20 Tage nach der Ansteckung auf. Bei meist nur geringer Temperaturerhöhung kommt es zu leichten Katarrherscheinungen der oberen Luftwege und 1 bis 2 Tage später zum Auftreten des R.-Ausschlags, dem die Krankheit ihren Namen verdankt (Farbtafel).

Bronchitis, Husten und Bindehautentzündungen wie bei →Masern treten aber bei R. in der Regel nicht auf. Typisch ist eine (manchmal auch etwas schmerzhafte) Anschwellung der Lymphknötchen im Nacken und am seitlichen Hals. Das Allgemeinbefinden ist zumeist gar nicht oder kaum beeinträchtigt. Eine besondere Behandlung ist nicht nötig, lediglich ist im akuten Krankheitsstadium so lange Zimmeraufenthalt zu empfehlen, bis der Ausschlag wieder verschwunden ist. Die einmal durchgemachte Erkrankung hinterläßt einen lebenslangen Ansteckungsschutz.

Obwohl die R. bei Kindern zumeist harmlos verlaufen, können sie doch dann, wenn eine Frau im Verlauf der frühen Schwangerschaft erstmals angesteckt wird, bei dem zu erwartenden Kind u.U. schwere körperliche Schäden wie Organfehlbildungen, geistige Behinderung oder Taubheit verursachen (→Rötelnembryopathie). Schon deshalb ist bei Mädchen das Überstehen einer R.-Infektion in den Kinderjahren nicht unerwünscht. Es beseitigt diese Gefahr mit Sicherheit. Allerdings erfüllt eine systematisch durchgeführte →Rötelnschutzimpfung im Kleinkindalter bei Kindern (beiderlei Geschlechts) denselben Zweck. Trotzdem sollten alle jungen Mädchen vor Eintritt der Geschlechtsreife nochmals routinemäßig gegen R. geimpft werden. Denn auch bei einst im Babyalter bereits geimpften Mädchen reicht der erzielte Schutz nicht in jedem Fall aus, um in der Schwangerschaft die natürliche Infektion durch Ansteckung ganz sicher zu verhüten. Ist während der Schwangerschaft eine Ansteckung sehr wahrscheinlich oder sicher erfolgt, kann versucht werden, das werdende Kind dadurch zu schützen, daß der Mutter sofort Immunstoffe (R.-Immunglobulin) injiziert werden. Der hiermit erreichbare Schutz hält (im Gegensatz zur Schutzimpfung) allerdings nur wenige Wochen an.

Die Bereitschaft, an R. zu erkranken, ist im Babyalter noch recht gering, sie steigt erst mit fortschreitendem Lebensalter an. Wenn eine Mutter früher schon R. durchgemacht hat, ist es unwahrscheinlich, daß ihr Baby in den ersten drei bis vier Lebensmonaten an R. erkranken wird, da es während dieses Zeitraums noch unter dem Schutz der von der Mutter übertragenen Immunstoffe steht. Rötelnartige Hautausschläge

	Röteln
Ansteckungsfähigkeit von Mensch zu Mensch (Infektiosität)	mäßig, sie besteht aber bereits 1 bis 2 Tage vor Auftreten des Ausschlags und hält bis zu dessen Verschwinden an
Übertragungsweise	Direktkontakt, meist durch Tröpfcheninfektion, sehr selten durch Dritte oder Gegenstände
Inkubationszeit	(14 bis) 17 bis 20 (bis 23) Tage
Absonderungszeit	von Diagnosestellung bis 2 Tage nach Abklingen des Ausschlags; nichterkrankte Geschwister: keine
Schlußdesinfektion	nicht erforderlich, Krankenzimmer gut lüften

beim Baby, die in dieser Zeit auftreten, haben gewöhnlich andere Ursachen und mit echten R. nichts zu tun.

R. werden gelegentlich mit →Masern, →Scharlach oder anderen, mit einem entfernt ähnlichen Hautausschlag einhergehenden Virusinfektionen verwechselt (→Hautausschlag). Allerdings ist der Masernausschlag grobfleckiger und »bunter« als der feinfleckige R.-Ausschlag. Zum Bild des Scharlachs dagegen gehört ein ganz gleichmäßig feinfleckiger Ausschlag, der am Körper (Leiste, Bauch) beginnt und mit einer ausgeprägten Mandelentzündung (Angina) einhergeht. So lassen sich diese drei Infektionskrankheiten, zumindest vom Kenner, fast immer gut voneinander unterscheiden. Desinfektionsmaßnahmen nach dem Auftreten von R. sind nicht erforderlich. Vgl. auch →Hautausschlag, →Impfkalender, →Impfungen, →Masern, →Rötelnembryopathie, →Rötelnschutzimpfung, →Scharlach

Rötelnembryopathie

Die Rötelninfektion einer Schwangeren innerhalb der ersten vier Monate einer Schwangerschaft führt relativ häufig durch Übergang des Rötelnvirus auf die Frucht entweder zu einer Fehlgeburt oder zu schweren Organentwicklungsstörungen des Embryos im Mutterleib, d.h. zu einem Krankheitsbild, das R. genannt wird. Die u.U. betroffenen und geschädigten Organe sind vor allem Hirn, Herz, Augen und Ohren. Wenn eine Schwangere zufällig Kontakt mit einem an Röteln Erkrankten bekommt, braucht sie eine R. dann nicht zu befürchten, wenn sie selbst bereits früher entweder Röteln durchgemacht hat, zuvor gegen Röteln schutzgeimpft wurde oder wenn vor dem Eintritt der Schwangerschaft Abwehrstoffe gegen Röteln in ihrem Blut nachgewiesen wurden. In diesen Fällen droht dem Embryo keine Gefahr, weil die Mutter bereits immun gegen R. geworden ist.

Wenn eine Schwangere keine Rötelnimmunität erworben hat, kann bei einer möglichen Ansteckung eine Erkrankung an Röteln (und eine R.) dadurch noch verhütet werden, daß der Arzt ihr unmittelbar nach dem Kontakt mit Rötelnkranken spezielle Abwehr-

stoffe gegen Röteln injiziert. Der hierdurch erreichbare Schutz hält allerdings nur wenige Wochen vor und ist bei weiteren, späteren Kontakten mit Rötelnkranken nicht mehr wirksam.
Vgl. auch →Embryopathie, →Impfkalender, →Mehrfachimpfung, →Röteln, →Rötelnschutzimpfung

Rötelnschutzimpfung

Die Schutzimpfung gegen →Röteln hat vor allem das Ziel zu verhindern, daß Frauen während der Schwangerschaft an Röteln erkranken, weil das Rötelnvirus auf das werdende Kind übergehen und bei ihm schwere Schädigungen (vor allem in Form von Fehlbildungen und Organstörungen von Hirn, Herz, Auge und Ohr) hervorrufen kann (→Rötelnembryopathie).

Eine sichere Verhütung der Infektion von Schwangeren (derzeit sind in Deutschland noch immer etwa 8% aller Frauen im gebärfähigen Alter für Röteln empfänglich, weil sie entweder nicht schutzgeimpft sind oder keine spontane Röteln-Erkrankung durchgemacht haben) ist nur dann zu erwarten, wenn die Röteln insgesamt verhütet werden, d.h. wenn frühzeitig bei allen Kindern beiderlei Geschlechts die R. durchgeführt wird. Nach allen bisherigen Erfahrungen ist die Rötelschutzimpfung im Kleinkindalter (etwa ab dem 15. Monat) besonders gut verträglich und langdauernd wirksam. Aus Sicherheitsgründen wird derzeit im Hinblick auf die Ungefährlichkeit der R. noch zusätzlich empfohlen, alle jungen Mädchen, bei denen nicht absolut sicher ist, ob sie früher bereits Röteln durchgemacht haben, im Alter zwischen 11 und 13 Jahren routinemäßig zu impfen. Dabei ist es ohne Bedeutung, ob sie als Kleinkind möglicherweise schon einmal geimpft worden sind oder nicht. Der Impfstoff gegen Röteln wird laut →Impfkalender im Kleinkindalter, meist zusammen mit dem Impfstoff gegen Masern und Mumps (→Mehrfachimpfung), vom Arzt injiziert.
Vgl. auch →Impfkalender, →Mehrfachimpfung, →Röteln, →Rötelnembryopathie

Rooming-in

Die Aufnahme eines kranken Kindes zusammen mit einem (gesunden) Elternteil in einem gemeinsamen Krankenzimmer einer Klinik wird als R.-i. bezeichnet. Eine derartige Mitaufnahme ist heutzutage in den meisten Kliniken möglich, wenn auch mit unterschiedlichem Komfort. Das R.-i. bedeutet nicht selten eine außerordentlich hohe Belastung für den mitaufgenommenen Elternteil (in der Regel die Mutter). Manchen von ihnen ist es nicht möglich, durchgehend, Tag und Nacht, bei ihrem Kind zu bleiben. Andererseits stellt auch die ständige Anwesenheit von Müttern (oder Vätern) im Krankenhaus an das Krankenpflegepersonal große zusätzliche Anforderungen, wenngleich die Eltern, u.U. nach entsprechender Unterweisung, auch einige zeitraubende Pflegemaßnahmen übernehmen können. Nicht nur seitens der Krankenhäuser sind einem uneingeschränkten R.-i. derzeit noch gewisse Grenzen gesetzt, sondern auch seitens der Eltern, z.B. durch Berufstätigkeit, durch die notwendige Versorgung der übrigen Kinder und Familie zu Hause oder durch finanzielle Umstände: Manche Kliniken verlangen von den Mitaufgenommenen bis zu zwei Drittel des jeweiligen Tagespflegesatzes, wofür die Krankenkasse nur in ganz bestimmten Fällen – Mitaufnahme aus medizinischer Begründung – in Anspruch genommen werden kann. Diese Frage muß unbedingt vor der Mitaufnahme mit der Klinik und der Kasse besprochen werden.

Die Erfahrung hat gezeigt, daß es Situationen gibt, in denen ein R.-i. möglich, sinnvoll und/oder besonders erwünscht ist. Dies ist u.a. der Fall bei:

- schwerkranken Kindern bis zu 4 Jahren,
- vollgestillten Babys,
- schwerkranken, unruhigen Kindern, vor allem nach Operationen und Unfällen,
- Kindern mit Krebs oder Leukämie in schwierigen Krankheitssituationen,
- Krankheiten, die einen übermäßigen Pflegeaufwand und/oder besondere Pflegetechniken erfordern, die den Eltern bereits voll vertraut und in denen sie geübt sind (z.B. schwierige Diät, Behinderung durch Lähmungen),
- Kindern mit schweren Hör- oder Sehstörungen,
- schwerkranken ausländischen Kindern, die die deutsche Sprache nicht verstehen

Das »Aktionskomitee Kind im Krankenhaus« e. V. hat sich in den vergangenen Jahren ganz wesentlich um die Fragen und Probleme des R.-i. bemüht und verdient gemacht und auf diesem Gebiet so manches in Bewegung gebracht. Auskünfte über R.-i.-Fragen können bei diesem Bundesverband eingeholt werden (Kirchstr. 34, 61440 Oberursel, Tel. 06172/303600).

Der tiefere Sinn und Zweck des R.-i. ist hauptsächlich darin zu sehen, daß es wesentlich dazu beitragen kann, einen modernen sog. →Hospitalismus zu verhindern.

Rosenkranz, rachitischer

Typisches und wichtiges Erkennungszeichen der →Rachitis sind rosenkranz- oder perlschnurartig angeordnete kugelige Verdickungen von allen vorderen Rippenenden. In schweren Fällen sind diese deutlich sichtbar, in leichteren Fällen nur tastbar. Der r. R. ist Ausdruck und Folge der allgemeinen Kalkstoffwechselstörung bei Rachitis.
Vgl. auch →Rachitis (dort Abb.), →Rachitisprophylaxe

Rotlichtbestrahlung

Heutzutage nur noch selten gebrauchte Form einer örtlichen Wärmebehandlung mit Hilfe der Rotlichtlampe. Die von dieser Lampe ausgehenden wärmenden Strahlen werden durch eine starke Glühlampe erzeugt und durch die Zwischenschaltung eines roten Glases so gefiltert, daß nur die roten, d.h. die wärmenden Anteile des Lichts durchgelassen werden. Die R. wird zur mäßig starken, aber gleichmäßigen Erwärmung (und Durchblutungssteigerung) insbesondere bei →Mittelohrentzündung und anderen umschriebenen Entzündungsvorgängen verwendet.

So wird's gemacht:
Man bestrahlt gewöhnlich ein- bis zweimal täglich und beginnt mit 5 bis 10 Minuten. Später – nach Feststellung guter Verträglichkeit – ist u.U. eine Steigerung der Bestrahlungsdauer auf 20 bis 30 Minuten möglich. Der Abstand der Lampe von der Körperoberfläche soll 25 bis 30 cm betragen.

Die genauen Daten wie Lampenabstand, Bestrahlungsdauer und Anzahl der Bestrahlungen werden vom Arzt festgelegt. Da die Lampe selbst außerordentlich heiß wird, muß gewährleistet sein, daß das Kind sie nicht mit den Händchen berühren kann. Bei Babys und Kleinkindern ist es notwendig, daß die gesamte Bestrahlungsprozedur fortwährend überwacht wird (am besten nehmen Sie dabei das Kind auf den Schoß). Spezielle Schutzbrillen für die Augen sind nicht erforderlich.

Rubeolen →Röteln

Rübenzucker →Zucker

Rückentrage →Tragesitz

Rückgratverkrümmung

Die Wirbelsäule von jungen Babys verläuft, von der Seite her betrachtet, nahezu gerade. Sie ist aber zugleich noch außerordentlich biegsam. Erst wenn das Kind beginnt zu sitzen, vor allem aber zu stehen und zu laufen, bildet sich unter gleichzeitiger deutlicher Kräftigung der gesamten Rückenmuskulatur die typische S-Form des Rückgrats aus. Damit diese Entwicklung normal und ungestört verlaufen kann, gelten bestimmte grundsätzliche Pflege- und Ausstattungsregeln.

Tritt bei einem Baby trotz strikter Einhaltung dieser Regeln eine R. auf, dann muß zunächst daran gedacht werden, daß die Wirbelsäule u.U. einen angeborenen Anlagefehler aufweist, der so früh wie möglich behandelt werden sollte. Befragen Sie hierzu unbedingt Ihren Arzt! Auch eine sich einstellende Schiefhaltung des Kopfes (→Schiefhals) kann zuweilen Folge einer R. sein.

Erfahrungstip 1:
Zur Verhütung einer R. müssen Sie besonders darauf achten, daß die Unterlage des Kinderbettes fest und flach ist (kein Unterbett, →Matratze) und der Bettrost keine weichen, allzu nachgiebigen Federn besitzt (→Kinderbett). Ein Kopfkissen und Kopfkeil sind unangebracht (→Bettausstattung).

Erfahrungstip 2:
Sobald ein Baby imstande ist, seinen Kopf selbst etwas anzuheben, können Sie die Kräftigung seiner Rückenmuskulatur dadurch fördern, daß Sie es oft, aber nicht ausschließlich, die Bauchlage (→Bauchlage des Babys) einnehmen lassen. Dies gilt v.a. tagsüber; nachts ist die Rückenlage zu bevorzugen.

Erfahrungstip 3:
Achten Sie beim →Halten des Babys auf dem Arm besonders darauf, daß es stets Ihnen zugewandt auf dem Unterarm sitzt.

Erfahrungstip 4:
Ein Baby soll und darf erst dann zum Sitzen ermuntert werden, wenn es Ansätze macht, sich selbst aufzurichten oder hochzuziehen. Vorzeitiges Sitzen begünstigt die Entstehung eines sog. →Sitzbuckels. Das gleiche gilt für das Stehen und trifft besonders dann zu, wenn eine behandlungsbedürftige →Rachitis vorhanden ist.

Ruhr

Dysenterie, Bakterienruhr; akute infektiöse Darmerkrankung, die durch Ruhr-Bakterien verursacht wird. Die Verbreitung der Erreger und die Infektion mit ihnen erfolgt zumeist durch verunreinigte Lebensmittel (z.B. Milch, Eier), durch mit den Ausscheidungen von Kranken verseuchtes Trinkwasser, durch Fliegen oder direkt durch Kontakt von Mensch zu Mensch im Rahmen von Massenerkrankungen (Epidemie). Jede R.-Erkrankung ist gefährlich. Deshalb muß sie in der Klinik mit Antibiotika, Diät, Flüssigkeitszufuhr durch Infusionen, Stützung des Kreislaufs u.a.m. behandelt werden.

Kennzeichnend für eine R.-Erkrankung sind 2 bis 7 Tage nach einer Ansteckung auftretende, schwere wäßrig-blutige Durchfälle, deren Entleerung oft mit sehr heftigen, krampfartigen Schmerzen verbunden ist. Meist besteht hohes Fieber, und es kommt zu schnell zunehmendem Verfall der Körperkräfte, wenn die Behandlung nicht unverzüglich einsetzt.

Wegen der hohen Ansteckungsfähigkeit der Körperausscheidungen des R.-Kranken müssen diese desinfiziert werden, ebenso ist eine Isolierung der Patienten gesetzlich vorgeschrieben. Außerdem muß jeder Krankheitsverdacht, jede

Erkrankung oder jeder Todesfall dem Gesundheitsamt gemeldet werden. Die Isolierung der Kranken ist so lange notwendig, bis in ihren Körperausscheidungen (Harn, Stuhl) keine R.-Erreger mehr nachgewiesen werden können. Rückfälle kommen zuweilen vor. Im Babyalter gibt es neben den ohne weiteres als R. erkennbaren Durchfallerkrankungen gelegentlich auch R.-Formen, die weniger charakteristisch sind, ohne Fieber verlaufen und bei denen nur leichte, schleimige Durchfälle auftreten. Aus diesem Grund hat es sich bewährt, jeden auch nur im geringsten ruhrverdächtigen Fall bis zum Beweis des Gegenteils so zu versorgen und zu behandeln, als ob es sich um eine R.-Erkrankung handeln würde.
Vgl. auch →Blutstuhl

Rumination

Wiederkäuen; besondere Erscheinungsform einer →Neuropathie bei älteren Babys und Kleinkindern, bei der von den Kindern nach dem Essen gewohnheitsmäßig kleinere oder größere Nahrungsportionen aus dem Magen wieder hochgewürgt, noch einmal »durchgekaut« und erneut verschluckt werden.

Die Störung beginnt zunächst meist mit unwillkürlichem Aufstoßen von Nahrungsteilen, später wird daraus aber häufig eine mit größter Hartnäckigkeit beibehaltene und mehrfach im Lauf des Tages, manchmal sogar nach jeder Mahlzeit willkürlich ausgelöste Gewohnheit. Kinder erwerben beim Hochwürgen der Nahrung große Fertigkeiten und bestimmte Techniken, z.B. derart, daß sie entweder mit dem Finger im Rachen Brechreiz auslösen oder es lernen, die Nahrung einfach herauszuwürgen. Dabei wird die Zunge gewöhnlich bei offenem Mund rinnenförmig aus dem Mund herausgestreckt. Der Vorgang scheint den Kindern ein gewisses Behagen und Lustgewinn zu verschaffen. Obwohl die R. keine eigentliche Krankheit ist, sondern »nur« eine sog. neuropathische Verhaltensstörung, kann sie dazu führen, daß beim ständigen Wiederhochbringen oder Erbrechen ein Teil der Nahrung verlorengeht und die Kinder allmählich deutlich abmagern.

Die Behandlung der Störung ist zumeist äußerst schwierig. Als in vielen, aber keineswegs allen Fällen erfolgversprechende Maßnahme hat sich das Eindicken der Nahrung (z.B. mit →Nestargel) und zugleich ein zielbewußtes Abgewöhnen erwiesen; letzteres ist allerdings zeitraubend und langwierig: Für mindestens zwei Wochen muß das Kind ständig überwacht werden. Sobald auch nur ansatzweise erkennbar wird, daß es beginnt, die Nahrung hochzuwürgen, muß es z.B. mit einer Klapper oder durch andere Geräusche davon abgelenkt und abgehalten werden. Auf diese Weise kann es gelingen, die gestörten, unzweckmäßigen Reflexabläufe zu unterbrechen und allmählich zu normalisieren. Hartnäckige Fälle bedürfen allerdings nicht selten der stationären Klinikbehandlung und/oder eines Milieuwechsels.
Vgl. auch →Neuropathie, →Speien, »gewohnheitsmäßiges«

Rundrücken →Rückgratverkrümmung, →Sitzbuckel

S

Sabbern →Speicheln

Sättigung

S. und Hunger sind lebenswichtige Steuerungsvorrichtungen, die – sich wechselweise ablösend – das Einzelwesen erhalten und dessen Tagesablauf in mehr oder weniger regelmäßige Zeitabschnitte unterteilen. Ganz besonders gilt dies für Babys und Kleinkinder: Der Hunger treibt sie zum Aufsuchen oder zum »Herbeischreien« der Nahrungsquelle (»Hungerschrei«). Im Verlauf der Nahrungsaufnahme entwickelt sich daraufhin normalerweise eine allmählich zunehmende S. und damit zugleich eine sich steigernde Abneigung gegen eine weitere Nahrungsaufnahme sowie Ruhe, Zufriedenheit und Schlafbedürfnis. Auf diese Weise wird jedes Kind vor dem Verhungern ebenso wie vor einer übermäßigen Nahrungsaufnahme bewahrt. Ein gesättigtes Baby verhält sich demgemäß ganz anders als ein hungriges: Es ist leicht zum Lächeln und schwerer zum Weinen zu bringen und schläft, sich selbst überlassen, schnell ein. Das beim hungrigen Baby charakteristische »Brustsuchen« verschwindet, kann beim gesättigten Kind sogar durch Abwendung und Fortstoßen der Brustwarze oder des Saugers mit der Zunge ersetzt werden. Das Gefühl für S. ist wahrscheinlich wesentlich vom Spannungs- und Füllungszustand des gefüllten Magens und von dessen Fassungsvermögen abhängig. Dadurch kann es vorkommen, daß ein Kind von einer nach dem durchschnittlichen Bedarf errechneten Nahrungsmenge am Ende der Mahlzeit entweder noch unbefriedigt oder bereits übersättigt ist: Die praktische Erfahrung hat jedenfalls gezeigt, daß etwa 10% aller Babys mehr und etwa 10% weniger als die errechnete »normale« Nahrungsmenge verlangen.

Erfahrungstip:
In der Praxis können Sie davon ausgehen, daß Ihr Baby dann ausreichende Nahrungsmengen aufgenommen und eine gute S. erreicht hat, wenn es während des Tages nach den Mahlzeiten zwei bis drei Stunden und in der Nacht etwa sechs Stunden (oder länger) ununterbrochen schläft.

Vgl. auch →Brustkind, Nahrungsbedarf, →Flaschenkind, Nahrungsbedarf, →Hunger, →Mastfettsucht, →Schreien, nächtliches, →Überfütterung, →Zwischenmahlzeiten

Säuglingsanfangsnahrung →Säuglingsnahrungen

Säuglingsausstattung →Erstausstattung

Säuglingsbett →Kinderbett, →Korbwagen, →Tragetasche

Säuglingsekzem →Ekzem, →Gneis

Säuglingsflasche →Flasche, →Flaschenpflege

Säuglingsfolgenahrung →Säuglingsnahrungen

Säuglingsfürsorge →Mütterberatungsstellen

Säuglingsheime

S. sind Einrichtungen, in denen Babys für wenige Tage oder auch mehrere Wochen und Monate aufgenommen und sachgemäß gepflegt, versorgt und aufgezogen werden. Jedes S. untersteht der verantwortlichen Aufsicht der Gesundheitsbehörden, wird in der Regel von einem Arzt betreut und verfügt über Pflegepersonal, das sich zumindest teilweise aus Säuglings- oder →Kinderkrankenschwestern zusammensetzt. Es gibt öffentliche wie auch private Träger von S. Die Unterbringung eines Babys in einem S. erfolgt zumeist aus sozialen Gründen und unter Mitwirkung des Gesundheits- oder Jugendamts, wenn eine sachgemäße Versorgung und Pflege des Kindes zu Hause nicht gewährleistet ist und Gesundheit oder Leben des Kindes möglicherweise gefährdet sind. Jede Unterbringung eines Babys in einem S. bedeutet eine Trennung vom Elternhaus mit all ihren u.U. ungünstigen Folgen und ist daher in jedem Fall nur eine Notlösung. Aus Pflege- und anderen Gründen sind S., die nur über eine relativ geringe Bettenzahl verfügen (10 bis 15), sog. »Säuglingsnester«, optimal.
Vgl. auch →Hospitalismus

Säuglingsnahrungen

Entsprechend der Definition der Europäischen Union (EU) sind S. Produkte, die für sich genommen, d.h. ohne irgendeine sonstige Zufütterung den Nahrungsbedarf eines Babys vollständig decken können. S. erfüllen demgemäß ernährungsphysiologische Ansprüche, die auch an Muttermilch gestellt werden. Trotzdem sind S. und Muttermilch natürlich nicht ohne weiteres vergleichbar, und Stillen gilt nach wie vor als die optimale Ernährungsform von Babys. In Deutschland werden fast alle S. auf der Basis von →Kuhmilch produziert, wenngleich es in der EU auch erlaubt ist, S. z.B. aus Soja herzustellen. S. auf Sojabasis werden in Deutschland in der Regel aber nur bei ganz speziellen Ernährungsproblemen verwendet. Ihre Indikation, d.h. die Notwendigkeit, einem Baby Sojanahrungen zu geben, ist aufgrund der heute verfügbaren großen Palette von anderen Spezialnahrungen gering geworden. S. sind das Resultat einer jahrzehntelangen, aufwendigen Forschungsarbeit, und ihre Eignung für die speziellen Nahrungsbedürfnisse des menschlichen Säuglings ist längst millionenfach erprobt und bewiesen. S. gewährleisten im Gegensatz zu im Haushalt selbst hergestellten (Kuh-) Milchmischungen eine bedarfsgerechte Ernährung, da sie strengen Richtlinien und Kontrollen bei ihrer Herstellung unterliegen und definierte Qualitätskriterien (z.B. hinsichtlich ihrer Zusammensetzung, festgelegten Zusätzen von Vitaminen, Spurenelementen und Mineralien) erfüllen müssen (Farbtafel).

Für allergiegefährdete Babys sind spezielle S. verfügbar, deren Eiweiß aufgespalten ist, sog. hypoallergene (HA) Nahrungen.

Nach den Richtlinien der EU werden S. nach bestimmten Merkmalen folgendermaßen unterteilt und bezeichnet:

- S. mit der Kennzeichnung »Pre« oder »1« auf der Packung (auch als Säuglingsanfangsnahrungen bezeichnet) sind geeignet für jüngere Babys bis zu einem Alter von etwa 5 Monaten: Sie können aus Kuhmilch, aus sog. Kuhmilch-Hydrolysaten oder auch aus Soja hergestellt sein.
- S. mit der Kennzeichnung »2« (auch als Säuglingsfolgenahrungen bezeichnet) sind für Babys ab etwa dem 6. Lebensmonat geeignet: Sie können aus Kuhmilch oder Soja hergestellt sein und haben einen höheren Energiegehalt als »1«. Somit sättigen diese S. das Baby entsprechend stärker und bieten den Vorteil einer bedarfsgerechten Er-

nährung vor allem im 2. Lebenshalbjahr.
Vgl. auch →Ekzem, →Ernährung, künstliche, →Kuhmilch-Unverträglichkeit

Säuglingsschwester →Kinderkrankenschwester

Säuglingsschwimmen →Schwimmen

Säuglingsskorbut

Skorbut, Möller-Barlow-Krankheit; eine äußerst seltene Erkrankung, die wie der Skorbut der Erwachsenen von einem schwerwiegenden Mangel an →Vitamin C in der Nahrung herrührt. Aus ernährungsphysiologischen Gründen kann ein solcher Mangel nur bei sehr einseitiger und somit falscher Ernährung von Babys mit mehrfach abgekochter Milch (→Abkochen der Milch) oder mit Mehlbreien und dgl. ohne zusätzliche Gaben von frischen Frucht- oder Gemüsesäften (→Fruchtsaft) entstehen. Das kritische Alter liegt zwischen dem 6. und 20. Lebensmonat. Die Kinder werden zunehmend blaß, appetitlos und mißgelaunt. Später kommt es zu auffallender Schmerzhaftigkeit der Knochen bei Berührung der Gliedmaßen, zu Schwellungen der Gelenke (Blutergüsse) und zu Blutungen in die Haut und in das Zahnfleisch. Stillen oder die Ernährung mit einer →Säuglingsnahrung verhütet die Krankheit beim jungen Baby genauso wie die regelmäßige und frühzeitige Verabreichung von frischen Obstsäften an das ältere Baby, denn alle modernen Säuglingsnahrungen enthalten ebenso wie die Muttermilch ausreichend Vitamin C, so daß kein Mangel und keine S.-Gefährdung entstehen kann.
Vgl. auch →Beikost, →Fruchtsaft, →Möhrensaft, →Vitamin C

Säuglingssterblichkeit

Statistischer Begriff, der das Verhältnis zwischen der Zahl der während der Säuglingszeit, also noch vor der Vollendung ihres ersten Lebensjahres verstorbenen Kinder einerseits und der Zahl der im selben Jahr Lebendgeborenen andererseits angibt. Die S. ist in den vergangenen Jahrzehnten sehr stark zurückgegangen. Während z.B. 1900 in Deutschland von 1000 Lebendgeborenen noch 225 (22,5%) Kinder im ersten Lebensjahr verstarben, ist diese Quote allmählich (1966: 24 von 1000; 1975: 19 von 1000; 1981: 11,7 von 1000; 1987: 8,3 von 1000; 1989: 7,5 von 1000; 1998: 5,9 von 1000) auf sehr geringe Werte abgesunken. Der überwiegende Anteil dieser auch derzeit noch bestehenden S. betrifft frühgeborene Kinder (→Frühgeborenes, Frühgeburt) oder Kinder mit schwerwiegenden Organfehlbildungen, wohingegen die anderen, in früheren Jahrzehnten sehr gefürchteten Ursachen der S., wie →Lungenentzündung, →Brechdurchfall und →Infektionskrankheiten zahlenmäßig kaum noch eine Rolle spielen. Dies ist u.a. der verbesserten allgemeinen Hygiene, den systematischen Schutzimpfungen (→Impfungen), den →Mütterberatungsstellen sowie den besseren sozialen Verhältnissen und einer optimalen, flächendeckenden ärztlichen Versorgung der Bevölkerung zu verdanken.

Säuglingstrinkflasche →Flasche

Säuglingsturnen →Gymnastik des Babys

Säuglingswaage →Wiegen (Wägen) von Babys

Sahne →Rahm

Salz →Kochsalz

Sauberkeitsgewöhnung →Abhalten, frühzeitiges, →Blasenfunktion (normale und gestörte)

Sauberwerden →Abhalten, frühzeitiges, →Blasenfunktion (normale und gestörte)

Sauerstoffmangel →Asthma, →Atmung, gestörte, →Erstickung, →Fruchtwassereinatmung

Sauger

S. und →Flaschen sind Gegenstände des täglichen Bedarfs in Haushalten mit Babys. Als Bedarfsgegenstände müssen sie nicht nur zweckmäßig in der Form, sondern auch leicht zu reinigen (und preiswert) sein. Der Handel bietet verschiedene S.-Typen an, darunter auch solche, deren Form derjenigen der mütterlichen Brustwarze nachgebildet ist und die deshalb für die Mechanik des Saugens und Trinkens besonders günstig sein sollen (Farbtafel). Vor allem gilt dies für den NUK-S., der möglicherweise auch kieferformende Eigenschaften hat. Einfache, langgestreckte S.-Typen haben diese zwar kaum, lassen sich allerdings leichter reinigen. Bei sehr schnell oder hastig trinkenden Babys, die dazu neigen, viel Luft mitzuschlucken (→Luftschlucken), kann es zweckmäßig sein, einen S.-Typ mit Ventil zu verwenden.

Die S. sind heute in der Regel bereits von den Herstellern mit einem Saugloch versehen. Die Lochgröße ist den Bedürfnissen des Kindes wie auch der jeweiligen Beschaffenheit der Nahrung angepaßt. Das Kind soll nicht zu schwere, aber auch auf keinen Fall zu leichte Trinkarbeit leisten. Die Größe des Saugerlochs ist dann richtig, wenn die Nahrung bei geneigter Flasche eben heraustropft. Wenn sie im Strahl herausfließt, ist das Loch eindeutig zu groß; Abhilfe schafft hier nur ein neuer S. Jeder S. soll nur ein Loch besitzen, das entweder in der Mitte oder wie beim NUK-S. an der Oberseite des Gummiteils – etwas nach hinten versetzt – angebracht ist.

Erfahrungstip 1:
Vergrößern Sie niemals das Saugerloch nachträglich, denn dadurch wird nicht nur die Trinkdauer erheblich verkürzt, die Babys verschlucken sich auch häufiger. Außerdem kommt es besonders leicht zum übermäßigen Mitschlucken von Luft (→Luftschlucken) und seinen möglichen Folgen (Magendrücken, Blähungen, Unruhe, Schreien usw.). Nicht zuletzt würden Sie auf diese Weise dem Baby auch die für die gesunde Entwicklung wichtige »Phase des Müdetrinkens« nehmen sowie eine Beschädigung des Gummimaterials provozieren, die die Ansiedlung von Bakterien und Pilzen begünstigt.

Erfahrungstip 2:
Halten Sie zweckmäßigerweise stets mehrere S. (5 bis 6 Stück) als Reserve vorrätig. Spülen Sie den S. gleich nach jeder Mahlzeit unter fließendem kalten, später heißen Wasser gründlich aus und kochen Sie ihn danach für die Dauer von etwa 5 Minuten aus. Auf einem sauberen Teller unter einem umgedrehten Wasserglas können Sie den so gereinigten S. gut aufbewahren, wobei Sie darauf achten sollten, ihn nicht am Saugende mit den Fingern anzufassen.
Vgl. auch →Flasche, →Flaschenpflege

Saugflasche →Flasche, →Flaschenpflege

Saughütchen

Stillhütchen, Brusthütchen, Warzenhütchen; ganz oder teilweise aus Gummi bestehender flacher, glockenförmiger Aufsatz, der auf die Brustwarzen gelegt werden kann, um das Stillen trotz bestehender Formabweichungen der →Brust-

Durch Luftunterdruck festhaltendes Saughütchen aus Weichgummi über der Brustwarze

warzen zu ermöglichen (Abb.; Farbtafel). Die S. aus Weichgummi haften allein durch Saugwirkung auf der Brusthaut fest. Kleine (Flachwarzen) oder trichterförmig eingezogene Warzen (Hohlwarzen) werden von kräftig saugenden Babys zum Teil in das Käppchen des S. hineingezogen oder ausreichend aufgerichtet. Bei wunden Warzen (→Brustwarzenschrunden) oder übermäßiger Berührungsempfindlichkeit der Brustwarzen wird das Stillen mit Hilfe des S. schmerzlos und schonender. Es kommt allerdings vor, daß das Trinken aus einem S. manchen Babys gewisse Schwierigkeiten bereitet: Sie bekommen entweder keine oder zu wenig Nahrung oder lehnen den Brustwarzenaufsatz gänzlich ab. Trotzdem ist bei den oben genannten →Stillhindernissen ein Versuch mit dem S. empfehlenswert, bevor Sie ernstlich daran denken abzustillen. S. werden wie →Sauger gepflegt und keimfrei gemacht (vgl. dort, Erfahrungstip 2), was im Interesse der Vorbeugung von →Brustdrüsenentzündungen wichtig ist.

Vgl. auch →Brust, schwergehende, →Brustdrüsenentzündung, →Brustwarzen, →Sauger, →Stillhindernisse, →Trinkschwierigkeiten (an der Brust)

Saugpolster

In die Wangen des gesunden Babys ist ein kräftiges Fettpolster eingelagert, das bei guter Ausbildung die Bäckchen deutlich rundet. Dieses S. dient wahrscheinlich u.a. dazu, die Wangen beim Saugvorgang zu versteifen und das Saugen kraftvoller zu machen. Magert ein Baby aus irgendeinem Grund stärker ab, dann nimmt das S. dennoch nicht am allgemeinen Abmagerungsprozeß teil, ja wird zumeist ganz besonders deutlich sichtbar, weil das übrige Fettgewebe des Gesichtsbereichs im Gegensatz dazu schwindet. Dies kann dazu führen, daß ein Unerfahrener das Ausmaß einer allgemeinen Abmagerung wesentlich unterschätzt oder diese gar nicht erkennt. Ungewöhnlich stark ausgeprägt ist das S. manchmal bei Frühgeborenen (→Frühgeborenes, Frühgeburt).

Saugreflex

Der S. ist ein komplizierter reflektorischer Bewegungsablauf der Lippen, des Mundes und der Zunge. Er ermöglicht es dem Baby im Zusammenspiel mit dem Reflex des Brustsuchens, aus jeder Richtung die Brustwarze (oder den →Sauger der Flasche) mit dem Mund zu erfassen und saugend festzuhalten. Bereits beim Neugeborenen ist der S. gut auslösbar: Werden die Lippen oder ihre Umgebung von der Brustwarze, dem Sauger oder von anderen Gegenständen nur leicht berührt, dann wendet das Kind den Kopf in die Richtung dieses Gegenstandes und macht kräftige, zuweilen sogar schmatzende Saugbewegungen mit den Lippen. Die Stärke des S. ist ein wertvolles Zeichen bei der Beurteilung der Vitalität eines Babys. Es ist offensichtlich, daß mit der Auslösung des S. schon frühzeitig eine lustbetonte Empfindung, zumindest aber Wohlbehagen erzeugt werden kann. Sie können das z.B. an dem mitunter langdauernden (ergebnislosen) Saugen am Schnuller und (später) am Daumen

(→Daumenlutschen) sowie an der Beibehaltung dieser Gewohnheit weit über die Säuglingszeit hinaus erkennen. Wenn ein Baby hungrig ist, ist der S. besonders leicht auslösbar. In sehr enger Beziehung zum S. steht der →Schluckreflex.

S., Brustsuchen und Schluckreflex sowie eine Reihe weiterer Reflexe sind aufeinander fein abgestimmt, ergänzen sich und sind für den normalen, koordinierten Ablauf des gesamten Schluck- und Saugvorgangs notwendig. Deshalb können Störungen dieser Reflexe in zu erheblichen Trinkschwierigkeiten und wiederholtem →»Verschlucken« führen.
Vgl. auch →Saugschwäche, →Schluckreflex, →Trinkschwierigkeiten (an der Brust)

Saugschwäche

Mangelhafte Entwicklung der Saugfähigkeit beim Neugeborenen, manchmal verbunden mit einem Fehlen des normalen →Saugreflexes, kann eine der Ursachen von →Trinkschwierigkeiten sein, vor allem an der Brust. Trotz der Bezeichnung S. handelt es sich dabei nicht immer um eine echte »Schwäche«, sondern oft nur um eine funktionelle Störung der Reflexabläufe. Frühgeborene Kinder vor allem sind es, bei denen eine S. häufiger vorkommt. Leichtere Formen der S. lassen sich zuweilen durch streichendes Drücken (»Melken«) der Brust während des Trinkens überbrücken oder, wenn dies mißlingt, durch geduldiges Füttern mit dem Löffel ausgleichen (→Löffelfütterung). In schwereren Fällen ist allerdings oft eine →Sondenernährung unumgänglich, was zumeist eine Behandlung in der Klinik notwendig macht. Nicht selten ist eine S. nur in den ersten Lebensstunden vorhanden und verliert sich danach mehr oder weniger schnell.
Vgl. auch →Saugreflex, →Trinkschwierigkeiten (an der Brust)

Saugschwierigkeiten →Saugreflex, →Saugschwäche, →Schluckreflex, →Trinkschwierigkeiten (an der Brust)

Saugvorgang →Saugreflex, →Schluckreflex, →Trinkschwierigkeiten (an der Brust)

Sauna

In einigen europäischen Ländern (z.B. Finnland und Schweden) ist die Mitnahme von Babys in die S. nicht ungewöhnlich. Nach einer neueren Untersuchung über die Mitnahme von jungen Babys in eine S. muß dabei u.U. mit gesundheitlichen Gefahren gerechnet werden: Die Babys verlieren in der heißen S. aufgrund ihrer relativ großen Körperoberfläche vergleichsweise sehr viel Flüssigkeit, was zu Kreislaufstörungen unterschiedlichen Ausmaßes führen kann. Auch sind ersichtliche Vorteile, wie z.B. Minderung der Infektanfälligkeit, nicht beobachtet worden, so daß man nur davon abraten kann, Babys mit in eine S. zu nehmen. Nach Expertenmeinung sollten Kinder, wenn überhaupt, frühestens nach ihrem ersten Geburtstag mit in die S. genommen werden. Übrigens: Schwangere in den ersten drei Monaten sollten die S. gleichfalls meiden, weil es durch die intensive Überwärmung ihres Körpers in der S. möglicherweise zu einer Schädigung des Embryos kommen könnte.

Schädelbruch →Sturzverletzungen

Schädelnähte →Fontanelle

Schädelwachstum →Kopfumfang

Schälblasenkrankheit

Pemphigus vulgaris; eine durch Eitererreger (meist Staphylokokken) verursachte, ansteckende Hauterkrankung bei Neugeborenen und jungen Babys. Dabei treten auf normaler oder nur gering geröteter

Haut einzeln stehende, linsen- bis pfenniggroße, mit getrübter oder gelblicher Flüssigkeit gefüllte schlaffe Blasen auf. Diese platzen nach kurzer Zeit und hinterlassen eine feuchte, hochrote Wundfläche. Bevorzugt sind jene Körperstellen betroffen, die besonderer Beanspruchung ausgesetzt sind (Gesäß- und Genitalregion, Leistenbeugen und Achselhöhlen, Halsfalten). Hand- und Fußsohlen bleiben dagegen meist frei. Die Erkrankung macht, auch wenn nur wenige oder sehr kleine Bläschen auftreten, ärztliche, (am besten stationäre) Behandlung (örtlich oder mit Antibiotika) notwendig.

Achten Sie bei der Pflege sorgfältig darauf, daß Sie eine Weiterverimpfung und das Verschmieren von (infektiösem) Blaseninhalt vermeiden. Setzen Sie auch das →Reinigungsbad sofort aus, um eine Weiterverbreitung der Keime über das Badewasser zu verhüten. Die Pflegeperson muß sich nach jeder Berührung des Kindes (auch zum eigenen Schutz!) die Hände mit desinfizierenden Lösungen (→Desinfektionsmittel) sehr gründlich waschen. Ferner muß die Bettwäsche des Babys besonders oft gewechselt und jedesmal bei 95 °C gewaschen werden. Die vom Arzt behandelten, abgeschälten Blasenwundstellen werden während der häuslichen Pflege mit vom Arzt verschriebener, lokal desinfizierend wirkender Salbe behandelt.
Vgl. auch →Furunkel, →Impetigo, →Pustulosis

Scharlach

Ansteckende sog. Kinderkrankheit, die nach dem für sie typischen hoch(scharlach-)roten Hautausschlag bezeichnet ist. Das Erscheinungsbild des Sch. hat in den letzten Jahrzehnten insofern eine Wandlung durchgemacht, als er leichter geworden ist und Komplikationen seltener aufgetreten sind. Die Übertragung des Sch. erfolgt entweder direkt von Mensch zu Mensch oder – seltener – durch Gegenstände, die zuvor mit Sch.-Kranken in Berührung gekommen sind. Auch gesund bleibende sog. Kontaktpersonen können als Zwischenträger die Infektion weiterverbreiten. Babys sind bis etwa zum 5. Lebensmonat für die Ansteckung weniger empfänglich als ältere Kinder oder sogar ganz unempfindlich. Allerdings ist die Ansteckungsfähigkeit des Sch. überhaupt etwas geringer als z.B. diejenige der →Masern oder der →Windpocken.

Sch.beginnt in der Regel 2 oder 3 bis 5 Tage nach der Ansteckung (selten später) mit Fieber, Halsschmerz, oft auch Erbrechen und schwerem Krankheitsgefühl. Die Kinder verlangen meist spontan nach dem Bett. Wenn Sie ihnen in den Rachen blicken, dann sehen Sie geschwollene, hochrote Mandeln (manchmal mit weißlichen Belägen, was auf eine Sch.-Angina hindeutet) und eine hochgradige Rötung des Zäpfchens, Gaumens und der Rachenwand. Die Zunge ist zunächst dick weißlich belegt, später wird sie ebenfalls hochrot (»Himbeerzunge«). Auch die Lymphknoten am Kieferwinkel können stärker anschwellen und schmerzhaft werden. Kurz nach Beginn der Angina tritt auch der typische Sch.-Ausschlag der Haut auf: eine gleichmäßige, sehr intensive, feine, punktförmige Rötung, die zumeist in der Leistengegend und am Unterbauch beginnt und erst etwas später allmählich auf den übrigen Körper übergreift. Auch das Gesicht ist stark gerötet, manchmal bleibt die Mundgegend dabei blaß (sog. »Sch.-Dreieck«; zu den einzelnen Symptomen vgl. auch die Farbtafeln).

Oft schon innerhalb von 2 bis 3 Krankheitstagen nach Behandlungsbeginn sinkt das Fieber allmählich, und der Hautausschlag blaßt ab. Nach der 2. Krankheitswoche, wenn alle Krankheitszeichen schon verschwunden sind, be-

	Scharlach
Ansteckungsfähigkeit von Mensch zu Mensch (Infektiosität)	nicht übermäßig groß; sie beginnt am ersten Krankheitstag und dauert bis zur Beendigung der Behandlung mit →Antibiotika
Übertragungsweise	Direktkontakt, meist durch Tröpfcheninfektion, aber auch durch Gegenstände und dritte Personen möglich
Inkubationszeit	(2 bis) 3 bis 5 Tage
Absonderungszeit	bis zur Beendigung der Behandlung mit →Antibiotika und Abklingen der Symptome, ohne solche Behandlung 3 Wochen, nicht erkrankte Geschwister für einen Tag nach Absonderung des Erkrankten und Desinfektion oder für einen Tag nach Beginn der antibiotischen Behandlung des Erkrankten
Schlußdesinfektion	abbaden, vollständiger Wäschewechsel, evtl. Raumdesinfektion (durch Desinfektor)
Vorbeugung	keine Impfung möglich, Kontakt mit Ausscheidungen von Kranken meiden

ginnt die Haut zu schuppen und sich zu schälen, was besonders an den Handtellern und Fußsohlen auffällt und dort auch in größeren Fetzen erfolgt. Damit ist die Krankheit meist abgeschlossen und hinterläßt, wenn auch nicht in allen Fällen, eine lebenslange Immunität. Die Krankheitserscheinungen können gelegentlich auch weniger intensiv ausgeprägt sein (leichte Schluckschmerzen, geringe Angina, kein oder gering ausgeprägter Hautausschlag, niedriges Fieber usw.), so daß erst die auftretende Hautschuppung einen Hinweis auf die unbemerkt durchgemachte Sch.-Erkrankung gibt, die dann nachträglich diagnostiziert wird. In diesem Fall sind es oft die Betroffenen, die die Krankheit weiterverbreiten, weil ihr Sch. unerkannt bleibt, sie nicht behandelt und auch nicht isoliert werden. Bei ihnen treten demzufolge – bevorzugt in der 3. Krankheitswoche – häufiger unerwartete Sch.-Komplikationen wie Lymphknotenentzündung, Nierenentzündung (Sch.-Nephritis) und →Mittelohrentzündung sowie Rückfälle auf.

Erfahrungstip:
Stellen Sie vorsorglich jedes Kind, das Kontakt mit einem Sch.-Kranken gehabt hat und danach über Halsschmerzen klagt, unbedingt dem Arzt vor.

Die Behandlung des Sch. gehört in die Hände des Arztes. Mit der Anwendung von →Antibiotika sind die Krankheitserscheinungen meist schnell beherrschbar und Komplikationen weit seltener. Deshalb läßt sich die früher üblich gewesene, lange Isolierungszeit von mindestens 6 Wochen auf nur wenige Tage abkürzen.

Kranke mit der gesicherten Diagnose Sch. sowie solche, bei denen Verdacht auf Sch. besteht, müssen sofort für 6 bis 8 Tage isoliert werden, damit sie andere Kinder nicht anstecken können. Die Isolierung des kranken Kindes kann, wenn es die örtlichen Verhältnisse erlauben, zu Hause durchgeführt werden. Schul- oder Kindergartenbesuch ist ihm und auch sog. Kontaktpersonen erst nach 14 Tagen wieder erlaubt. Besonders dann, wenn in der Wohngemeinschaft nur Erwachsene leben oder Kinder, die zuvor bereits Sch. gehabt haben, ist häusliche Pflege gut möglich. Im Zweifelsfall und bei beengteren räumlichen Verhältnissen, insbesondere aber in einem kinderreichen Haushalt, ist es aber besser, das Kind zur Behandlung und Isolierung für 5 bis 10 Tage in die Klinik zu bringen. Der Arzt wird eine Klinikeinweisung von den jeweiligen speziellen Verhältnissen im Einzelfall abhängig machen. Vor der Aufhebung der Isolierung ist ein Reinigungsbad erforderlich (sog. Abbaden), erst danach erhält das Kind frische Wäsche, und auch sein Bett wird neu bezogen. Das Krankenzimmer und alle vom Kind gebrauchten Gegenstände sind zu desinfizieren. Zu den Pflegemaßnahmen s. →Fieberbehandlung und →Fieberkost für Kleinkinder.

Schaukelliege →Wippliege

Scheide →Geschlechtsorgane

Scheidenausfluß des Neugeborenen →Ausfluß des Neugeborenen

Scheidenblutung des Neugeborenen

Eine schleimig-blutige oder leicht blutige Absonderung aus der Scheide neugeborener Mädchen in den ersten Lebenstagen ist oft verbunden mit geringem weißlichen Ausfluß. Die Sch.d.N. gehört zu den sog. →Schwangerschaftsreaktionen des Neugeborenen. Sie ähnelt ihrem Wesen nach einer äußerst schwach ausgeprägten Menstruationsblutung und ist Folge der Wirkung von während der letzten Schwangerschaftstage auf das Kind im Mutterleib übergegangenen mütterlichen und Mutterkuchen-Hormonen (Plazenta). Die Sch.d.N. ist ein vorübergehendes, harmloses Phänomen. Es ist nicht behandlungsbedürftig und hört von selbst auf.
Vgl. auch →Ausfluß des Neugeborenen, →Geschlechtsorgane, →Schwangerschaftsreaktionen des Neugeborenen

Scheidenhygiene →Geschlechtsorgane

Scheidenvorhof →Geschlechtsorgane

Scheinanämie →Blässe, →Blutarmut

Scheinblutarmut →Blässe, →Blutarmut

Scheintod des Neugeborenen →Atemstillstand

Scheinverstopfung (beim Brustkind)

Von Sch. oder Pseudo-Obstipation spricht man beim Ausbleiben der normalen täglichen (3 bis 4) Darmentleerungen bei einem völlig oder überwiegend mit Muttermilch ernährten Baby.

Es handelt sich dabei nicht um eine wirkliche →Verstopfung, und das Phänomen der fehlenden Stuhlentleerungen beim Brustkind entsteht lediglich entweder dadurch, daß die ballaststoffarme Muttermilch besonders gut ausgenutzt und ohne wesentliche Rückstände verwertet wird, oder dadurch, daß die aufgenommenen Muttermilchmengen etwas zu gering sind und aus diesem Grund weniger stuhlbildende Rückstände im Darm anfallen. Die Unterscheidung zwischen diesen beiden Formen der Sch. ist durch eine →Stillprobe meist leicht möglich. Liegt Brustmilchmangel vor, dann

beseitigt Zufütterung von →Säuglingsnahrungen (→Zwiemilchernährung) diesen Zustand sehr schnell. Wenn die Brustmilchmenge aber ausreicht, ist eine bis zu mehreren Tagen anhaltende Stuhllosigkeit bei sonstiger Erscheinungsfreiheit des Babys bedeutungslos und somit auch nicht behandlungsbedürftig. Löffelweise Zugabe von →Fruchtsaft, →Möhrensaft, von →Obst-Zwieback- oder →Gemüse-Brei beseitigen diesen Zustand gewöhnlich prompt.
Vgl. auch →Frauenmilchstuhl

Scherengitter →Laufställchen

Scheuerdesinfektion →Desinfektion

Schiefhals

Ein sog. Sch. ist meist Folge einer Geburtsverletzung (insbesondere nach einer Geburt aus Steißlage), die zu einer sich in den ersten Lebenstagen entwickelnden Schiefhaltung des Kopfes führt. Diese auffällige, allmählich zunehmende Haltungsabweichung wird durch eine sich ausbildende Verkürzung und Schrumpfung des sog. Kopfnickermuskels bewirkt. Dieser Muskel verläuft vom Warzenfortsatz hinter dem Ohr schräg über den Hals bis zum oberen Brustbeinende. Während des Geburtsablaufs wird er gelegentlich stark überdehnt und dabei verletzt. Auf der Seite, zu der sich das Köpfchen des Babys immer wieder hinneigt, können Sie in den seitlichen Halsabschnitten häufig auch einen derben bis kirschgroßen Knoten tasten. Dies ist die Stelle, an der die Muskelüberdehnung (mit Einriß oder/und Bluterguß) stattgefunden hat.

Jeder Sch. ist behandlungsbedürftig. Ohne sie kann es zu stärkeren Schrumpfungen des Muskels kommen, die zu einer fortschreitenden Verstärkung der Schiefhaltung des Kopfes führen. Die Behandlung besteht (auf ärztliche Verordnung) in allgemeiner Gymnastik und speziellen Bewegungsübungen, vorsichtigen Dehnungen des Muskels, ausgleichend korrigierenden Verbänden, örtlichen Spezialinjektionen und – in besonders ausgeprägten Fällen – evtl. in einer Operation.

Für alle schwereren Fälle ist der Arzt für Orthopädie zuständig.
Vgl. auch →Geburtsverletzungen

Schielen

»Manche sehen mit dem rechten und dem linken Auge genau dasselbe. Und sie glauben, dies sei Objektivität.« *(Janislaw Jercy Lec)*

Sch. ist ein Zustand, bei dem eine Fehlstellung der Augäpfel beim beidseitigen Sehen auftritt oder ständig vorhanden ist. Dabei sind gleich- oder gegenseitige Augenbewegungen derart gestört, daß die Richtungslinien beider Augen nicht auf einen einzigen Punkt (Fixierpunkt) gerichtet sind. Beim Sch. kann also immer nur ein Auge auf einen bestimmten Punkt blicken, während das andere Auge an diesem Punkt nach innen oder nach außen vorbeiblickt. Das neugeborene Kind bewegt seine beiden Augen zunächst unabhängig voneinander, d.h. es schielt gelegentlich. Dieses Sch. ist jedoch zumeist bedeutungslos und nur vorübergehend. Erst eine noch im 2. Lebenshalbjahr vorhandene oder später neu auftretende Schielstellung der Augen beim →Fixieren verdient besondere Beachtung, und zwar nicht allein deshalb, weil Sch. eine unschöne Entstellung des Gesichtes bedeutet, sondern auch, weil eines der beiden schielenden Augen im Verlauf von Monaten und Jahren immer mehr vom Sehen ausgeschaltet wird und dann auf Dauer sehunfähig bleibt.

Erfahrungstip:
Sollte Ihr Baby mit Ende des ersten Lebensjahres ständig oder gelegentlich

schielen, dann ist es Zeit, es beim Augenarzt vorzustellen, damit alle erforderlichen, seiner speziellen Situation angepaßten Maßnahmen (Sehschulung, Brillenverordnung, evtl. Schieloperation u.a.m.), rechtzeitig geplant und zum günstigsten Zeitpunkt vorgenommen werden können.
Vgl. auch →Fixieren, →Sehen

Schilddrüsenunterfunktion →Hypothyreose

Schlafbedarf

»Der Schlaf des Fröhlichen wirkt wie eine Mahlzeit, das Essen schlägt bei ihm gut an.«
(Altes Testament, Buch Jesus Sirach 30, 25)

Der Sch. des Menschen verändert sich im Lebensablauf; er nimmt von der Neugeborenenperiode bis ins Alter ständig ab.

Die jeweilige zeitliche Aufteilung zur Deckung des Sch. – d.h. tagsüber oder nachts – ist von Person zu Person sehr unterschiedlich. Demgegenüber ist der gesamte Sch. nur relativ wenig variabel, d.h. er ist beim einzelnen Kind ziemlich gleichbleibend. Generell gilt als Binsenweisheit die Regel: Je länger ein Kind tagsüber schläft, desto kürzer ist seine Nachtschlafdauer und umgekehrt.

Das Neugeborene verbringt nicht, wie vielfach angenommen wird, seine ersten Lebenstage in einem fortwährenden Schlafzustand, sondern ist schon eine recht beträchtliche Zeit (etwa 30 bis 40%) im Verlauf des Tages und der Nacht wach. Dieses Wachsein erstreckt sich allerdings noch nicht über längere, durchgehende Zeitabschnitte, denn der Schlaf wird mehr- oder vielfach von kürzeren Wachperioden unterbrochen.

Insgesamt beträgt die Schlafdauer beim Neugeborenen normalerweise nicht mehr als 16 Stunden. Als schlafstörende Reize wirken beim Neugeborenen und bei jüngeren Babys vor allem Hunger und Berührungen, während Licht- und Schallreize sich viel weniger störend auswirken. Bei älteren Babys beträgt die durchschnittliche Gesamtschlafdauer 14 Stunden; der Tag-Nacht-Rhythmus hat sich zwar schon eingespielt, ist aber noch nicht allzu stabil. Erst im 2. Lebensjahr ist er vollständig ausgeprägt: Von da an ist das Wachsein fast ausschließlich auf die Tagesstunden und der Schlaf auf die Nachtstunden beschränkt. Nur zur Mittagszeit tritt tagsüber noch ein ausgesprochenes Schlafbedürfnis auf.

Kleinkinder haben eine Schlaftiefe, die nur durch stärkere Reize störbar ist. Zwischen dem 2. und 6. Lebensjahr geht die durchschnittliche Schlafdauer von etwa 13 Stunden allmählich auf etwa 11 Stunden zurück. Dieser Rückgang ist vor allem durch den Fortfall des Mittagsschlafs bedingt.

Charakteristisch für das Kleinkind ist sein helles Wachsein schon in den frühen Morgenstunden und sein starkes Schlafbedürfnis am früheren Abend, etwa um 19.00 Uhr.

Erfahrungstip:
Kleinkinder, die außerhalb dieser Zeiten ins Bett möchten oder morgens nicht aufstehen wollen, sind oft krank oder gerade dabei, eine Krankheit »auszubrüten«!

Mittlerer Schlafbedarf	*(in Stunden)*
Neugeborenes	16 (bis 18)
Säugling	14 (bis 16)
Kleinkind bis 2 Jahre	13 (bis 14)
Kleinkind 2 bis 6 Jahre	11 (bis 13)
Schulkind I	10
Schulkind II	9
Jugendlicher	8 (bis 9)
Erwachsener	7 bis 8

Im Einzelfall gibt es von den in der Tabelle angegebenen Durchschnittszeiten gewisse Abweichungen nach oben und unten, die bei sonst normalem Verhalten und völligem Gesundsein des Kindes ohne Bedeutung sind.
Vgl. auch →Nachtfütterung, →Schlafhaltung, →Schlafstörungen, →Schreien, nächtliches

Schlafhaltung

Die Körperhaltung eines Menschen im Schlaf hängt teils vom Lebensalter, teils auch von seiner Persönlichkeit und seiner Fähigkeit ab, sich zu entspannen. Jüngere Babys, die sich noch nicht allein herumdrehen können, schlafen in der Haltung, in der sie zum Schlafen gelegt werden, also vorwiegend auf dem Rücken oder auf der Seite. Zumeist halten die Kinder dabei die Ärmchen nach oben geschlagen und die Fäustchen geballt, die Handflächen nach oben gerichtet (Abb.).

Hat das Baby nach einigen Monaten eine etwas größere Bewegungsfähigkeit erlangt, dann ändert es ganz wie der Erwachsene meist mehrfach während des Schlafens seine Körperstellung und -haltung.

Typische Schlafhaltung eines gesunden Babys mit nach oben geschlagenen Ärmchen und gebeugten Fingern

Manche älteren Babys und Kleinkinder bevorzugen es schon frühzeitig, auf dem Bauch liegend, mit angezogenen Knien zu schlafen. Es besteht kein Grund, sie an dieser Sch. zu hindern. Dagegen ist die vielfach vorhandene Neigung junger Kinder, sich bloßzustrampeln, sich aufzudecken, sich auf die Zudecke zu legen oder sich in einer Ecke des Bettchens zusammenzukrümmen, wegen der dabei bestehenden Abkühlungsgefahr wenig erwünscht. Bei derartig unruhigen Babys können Sie sich oftmals mit einer →Strampeldecke oder bei Kleinkindern mit →Haltegurten helfen. Erstere ist vor allem im Winter sehr praktisch. Wenn die Kinder nach der anfänglichen Unruhe die richtige Lage und Stellung gefunden haben, können Sie sie vorsichtig mit einer zusätzlichen Wolldecke ohne Störung der Ruhe zudecken.

Häufig erleichtern Sie das Einschlafen des Kindes dadurch, daß Sie es von vornherein in seiner gewohnten Schlafstellung schlafen legen.

Erfahrungstip:
Wenn Sie Ihr Baby schlafen legen, müssen Sie besonders darauf achten, daß die Unterlage nicht zu weich und nachgiebig ist, und vor allem auf Kissen verzichten, um mechanische Behinderungen der Atmung im Schlaf zu vermeiden. Die Bauchlage in der Nacht (→Bauchlage des Babys) ist bei jüngeren Babys nicht zu empfehlen, da sich hierbei die Gefahr eines plötzlichen Kindstods (→Kindstod, plötzlicher) steigert.
Vgl. auch →Einschlafgewohnheiten, →Schlafstörungen

Schlaflosigkeit, fröhliche →Schlafstörungen

Schlafstörungen

Allgemein läßt sich sagen, daß gelegentliches nächtliches Aufwachen eines Kin-

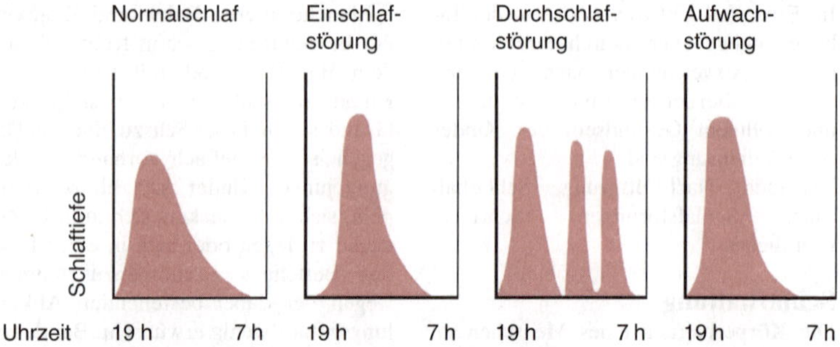

Die verschiedenen Typen der Schlafstörung unterscheiden sich vom Normalschlaf durch Abweichungen der Schlaftiefe, vor allem aber der Schlafdauer; bei der Einschlaf- und bei der Aufwachstörung ist diese verkürzt; bei der Durchschlafstörung ist der Schlaf mehrfach durch Wachperioden unterbrochen

des für sich noch keine Schlafstörung im eigentlichen Sinne ist, sondern zum normalen Schlafverhalten des Menschen gehört. Von echten Sch. kann erst dann gesprochen werden, wenn das nächtliche Erwachen mit Schreien, ängstlichem Erschrecken (Pavor), dem Aufstehen des Kindes oder dem Wecken aller anderen Familienangehörigen einhergeht.

Sch. gehören zu den häufigsten Verhaltensstörungen im Baby- und Kleinkindalter. Sie werden bei 10 bis 20% aller Kinder und in schwererer Form bei 6 bis 10% beobachtet. Ob bei einem Kind aber tatsächlich Sch. anzunehmen sind, hängt einerseits von seinem Verhalten beim Einschlafen oder in der Nacht ab, andererseits auch davon, welche Vorstellungen und Kenntnisse die Eltern vom normalen kindlichen →Schlafbedarf und -verhalten besitzen. Unter den Störungen des Schlafs kann man je nach Art und Zeitpunkt ihres Auftretens unterschiedliche Variationen voneinander abgrenzen. Die hauptsächlichsten sind: Einschlaf-, Durchschlaf- und Aufwachstörungen (Abb.) oder Kombinationen von diesen. Diese Unterscheidung hat für die Bewertung und die Behandlung der Sch. auch eine sehr praktische Bedeutung.

Erfahrungstip:
Treten bei Kindern, die bisher regelmäßig gut und normal geschlafen haben, plötzlich Sch. auf, dann liegen ihnen meist akute körperliche Störungen zugrunde, nach denen gesucht werden muß (z.B. beginnende fieberhafte Infektionskrankheiten, →Mittelohrentzündung, →Harnweginfektion, schmerzhaftes →Wundwerden, Zahnung, manchmal auch einfach nur Hunger oder Durst). In diesen Fällen handelt es sich fast immer entweder um eine Einschlaf- oder eine Durchschlafstörung.

Von leicht nachvollziehbaren Gründen, die das Kind am Durchschlafen hindern, abgesehen, bleibt die Ursache der meisten Durchschlafstörungen jedoch ungeklärt. Ein Kind mit einem normal reagierenden Nervensystem hat gewöhnlich einen recht festen Schlaf und ist viel weniger störbar als ein anlagebedingt sensibles und leicht erregbares Kind, dessen Schlaftiefe geringer ist. Es heißt nicht ohne Grund, daß »schlechte Schläfer« zumeist als solche geboren werden. Es ist auch kein Zufall, daß schlecht schlafende Kinder zumeist schlaflabile oder gleichfalls schlafgestörte Eltern haben.

Einschlafstörungen beruhen mehrheitlich auf Veränderungen oder Abweichungen von den gewohnten Umweltbedingungen beim Einschlafen (→Einschlafgewohnheiten). Das Verhalten von Kindern, die abends oft stundenlang nicht einschlafen können, ist deshalb gewöhnlich nicht als krankhaft anzusehen: Die Kinder leben zumeist nur in einer Situation, in der Sie dem für sie erforderlichen »Zeremoniell« zum Einschlafen nicht die nötige Zeit oder Beachtung schenken. Abhilfe können Sie hier durch Überprüfung der Einzelheiten der Einschlafbedingungen und ihre eventuelle Korrektur erreichen.

Durchschlafstörungen treten, wie ihr Name besagt, in der Regel erst in der Mitte der Nacht oder danach auf, wenn die größte Schlaftiefe bereits überschritten und der Schlaf ohnehin leichter störbar ist. Manche Kinder haben, ohne irgendeine erkennbare äußere Ursache, in der Nacht eine hellwache Phase (»fröhliche Schlaflosigkeit«), in der sie spielen wollen und sich langweilen, weil sie unbeschäftigt sind. Sie können die ganze Familie aufwecken und nachhaltig in ihrer Nachtruhe stören. Besonders wenn man sich allzusehr um sie kümmert und bemüht, gewöhnen sie sich an diesen angenehmen Zustand und fangen an, sich jede Nacht zu melden.

Ein Teil der Kinder, die nachts aufwachen, sucht das Bett der Eltern auf. Sofern Sie sich dadurch nicht erheblich gestört fühlen, gibt es keine Hinweise darauf, daß ein solches Verhalten mit nachteiligen Folgen für das Kind verbunden ist. In nicht wenigen Ländern – auch europäischen (z.B. Schweden) – schläft die Mehrheit der Babys und Kleinkinder mit den Eltern im selben Bett. Man kann sich aus anthropologischer Sicht fragen, ob kleine Kinder nicht evtl. seelisch überfordert werden, wenn man von ihnen strikt verlangt, allein zu schlafen und damit zufrieden zu sein. Wenn sich die Eltern durch die nächtliche Anwesenheit des Kindes allerdings gestört fühlen oder erzieherische Bedenken haben, müssen sie auf eine Änderung des kindlichen Verhaltens hinarbeiten. Doch kann dies meist nur längerfristig erreicht werden. Manchmal ist eine neben das elterliche Bett gelegte Matratze, auf der das Kind schlafen kann, eine hilfreiche Kompromißlösung.

Aufwachstörungen am frühen Morgen sind am leichtesten verständlich: Als Früheinschläfer ist das Kind ohnehin zugleich auch ein Frühaufwacher. Wacht ein Kind stets besonders früh auf und stört auf diese Weise die Morgenruhe der übrigen Familie, können Sie den Versuch machen, das Kind abends einfach etwas später schlafen zu legen. Oft bleibt Ihnen aber doch nichts anderes übrig, als den Tag zugleich mit dem fröhlich ausgeschlafenen Kind zu beginnen.

Es besteht unter Fachleuten eine allgemeine Übereinstimmung darüber, daß Kinder mit Sch. nur in Not- oder Ausnahmesituationen, und das auch nur für eine begrenzte Zeit, mit schlaffördernden Medikamenten behandelt werden sollten. Dies ist nicht zuletzt durch die Beobachtung begründet, daß die meisten Sch. sich ohne den Einsatz von Medikamenten beheben lassen, wenn einerseits den Eigenheiten des kindlichen Schlafverhaltens und den Einschlafgewohnheiten Rechnung getragen wird und andererseits die elterlichen Erziehungsvorstellungen mit dem kindlichen Schlafbedarf und -verhalten in Übereinstimmung gebracht werden.

Um dies zu erreichen, ist es in vielen Fällen nützlich, daß Sie ein sog. Schlafprotokoll für die Dauer von 7 bis 14 Ta-

gen führen, in dem Sie die genauen Einschlaf- und Aufwachzeiten sowie die Gesamtschlafdauer des Kindes vermerken. Die Erfahrung hat gezeigt, daß etwa ein Drittel der Eltern mit Hilfe eines solchen Protokolls die Schlafprobleme ihres Kindes in den Griff bekommen und selbständig lösen können. Das Führen des Schlafprotokolls verhilft nämlich dazu, daß sie die Kinder besser beobachten. Häufig wird den Eltern dabei erstmals richtig bewußt, daß sie den Schlafbedarf ihrer Kinder überschätzt haben. In Einzelfällen ist ein solches Protokoll natürlich auch für den beratenden oder zugezogenen Arzt nützlich, weil es meist eine eindeutige Beurteilung erlaubt, welcher Typ von Sch. tatsächlich vorliegt, wie er zu beurteilen und gegebenenfalls zu behandeln ist.
Vgl. auch →Einschlafgewohnheiten, →Kopfwackeln, nächtliches, →Nachtfütterung, →Pavor nocturnus, →Schlafbedarf, →Schlafhaltung, →Schreien, nächtliches

Schleimabkochungen

Abkochungen von →Haferflocken, Reis (→Reisschleim), Graupen sowie Gemischen dieser Getreidearten und von →Speisestärke nennt man Sch. Sie dienen bei der Selbstzubereitung von Milchverdünnungen und -mischungen (z.B. →Halbmilch und →Zweidrittelmilch) als Verdünnungsflüssigkeit. Am häufigsten finden für Sch. Haferflocken, →Reis und Speisestärke (Mondamin, Maizena) Verwendung. Zur Herstellung der Schleime werden heute fast durchweg schon technisch vorbehandelte sog. Trockenschleime gebraucht, deren Zubereitung einfach ist.

So wird's gemacht:
Geben Sie die gewünschte Milch-Wasser-Verdünnung (1:1 für Halbmilch, 2:1 für Zweidrittelmilch) in einen Stieltopf und rühren auf je 100 ml Flüssigkeit 3 g Trockenschleim (etwa 1 gestrichener Eßlöffel) hinein, bringen die Mischung unter ständigem Rühren zum Kochen und lassen sie 2 Minuten aufkochen. Zum Schluß süßen Sie das Ganze noch mit 5 g Zucker (etwa 1 gestrichener Teelöffel) auf je 100 ml Flüssigkeit.

Die Schleime enthalten z.T. auch Außenbestandteile des Getreidekorns, also Eiweiß- und Zellulosesubstanzen, während Sch. aus fein ausgemahlenen Mehlen und Speisestärke letztere nicht oder nur in sehr geringen Mengen enthalten. Dementsprechend wirken die verschiedenen Sch. unterschiedlich auf die Stuhlbeschaffenheit ein: Sch. von Reisflocken, Trockenreisschleim, Weizenmehl und Speisestärke wirken leicht stopfend, Sch. von Haferflocken leicht abführend.
Vgl. auch →Getreideflocken, →Haferflocken, →Haferschleim, →Halbmilch, →Reisschleim, →Zweidrittelmilch

Schluckauf

Eine hör- und sichtbare, kurze, ruckartige und meist mehrfach rhythmisch auftretende Zusammenziehung des Zwerchfells wird Sch. genannt. Durch plötzliches Eindringen von Luft in den Kehlkopf entsteht dabei das juchzende »Hick«-Geräusch. Sch. ist am häufigsten in den ersten Lebensmonaten, und nicht selten werden Eltern durch ihn so beunruhigt, daß sie ihr Baby deshalb dem Arzt vorstellen. Sch. tritt meist anfallartig und bei voller Gesundheit auf. Er dauert gewöhnlich etwa 10 Minuten und stört das Kind selbst nur wenig. Am häufigsten kommt ein solcher Anfall nach Beendigung der Nahrungsaufnahme vor. Die Abkühlung der Bauchhaut beim Windelwechsel kann gleichfalls auslösend wirken. Sch. bei Babys ist eine harmlose und immer von selbst vorübergehende Erscheinung. Eine Behandlung ist daher nicht nötig (und auch nicht möglich). Die

Verabreichung von etwas warmem Tee kann gelegentlich einen Sch.-Anfall unterbrechen.

Mit zunehmendem Alter wird die Neigung zum Sch. allmählich geringer; er kommt allerdings auch noch im Erwachsenenalter vor.

Schluckimpfung →Impfkalender, →Impfungen, →Impfungen in der Schwangerschaft, →Polioschutzimpfung

Schluckreflex

Unwillkürlich ausgelöster Reflex, der in sehr naher Beziehung zum →Saugreflex steht, weil beide Reflexe harmonisch aufeinander abgestimmt sind. Der Sch. wird dann ausgelöst, wenn Nahrung in den hinteren Teil der Mundhöhle gelangt. Dabei hebt sich der Kehlkopf, um den Eingang der Luftröhre mit dem Kehldeckel zu verschließen. Eine Zusammenziehung der Muskulatur des Rachens verkleinert gleichzeitig den Mundraum, so daß die Nahrung in die Speiseröhre gedrückt wird. Natürlich muß der Sch. auch sorgfältig so mit dem Atemvorgang abgestimmt sein, daß das Baby während des Trinkens Luft holen kann, ohne sich dabei zu verschlucken (→»Verschlucken«). Die komplizierten und voneinander abhängigen, d.h. koordinierten Reflexvorgänge können – insbesondere bei Frühgeborenen (→Frühgeborenes, Frühgeburt) – zuweilen ganz oder teilweise gestört sein, wodurch sich u.U. erhebliche →Trinkschwierigkeiten ergeben. So gibt es Babys, die zwar nicht saugen (→Saugreflex, gestörter), aber dennoch in den Mund gebrachte Nahrung regelgerecht hinunterschlucken können. Andererseits kommt es vor, daß Säuglinge wohl ordentlich saugen, jedoch die angesaugte Nahrung nicht schlucken, sondern im Mund behalten, wieder herauslaufen lassen oder sich ständig bei Schluckversuchen verschlucken.

Bei Kindern mit derartigen Störungen der unwillkürlichen Reflexabläufe entstehen bei der Nahrungsaufnahme immer wieder Probleme, und einige der betroffenen Kinder können zunächst nur dadurch ernährt werden, daß man ihnen die Nahrung durch eine Sonde direkt in den Magen gibt (→Sondenernährung).
Vgl. auch →Saugreflex, →Saugschwäche, →Trinkschwierigkeiten, →»Verschlucken«

Schlucküberempfindlichkeit

Die Sch. ist eine eigenartige Störung des Schluckvorgangs bei sensiblen und/oder nervös-übererregbaren Babys und Kleinkindern. Sie ist aber keine organisch faßbare Erkrankung, sondern beruht auf einer gesteigerten Reaktionsweise, Reizbarkeit und Überempfindlichkeit des Gaumens und Rachens im Rahmen von sog. neuropathischen Verhaltensstörungen.

Kinder mit dieser nicht allzu seltenen Funktionsstörung unterlassen z.B. bei der Fütterung einer bis dahin ungewohnten Nahrung (Breikost, andere Geschmacksrichtung u.ä.) jegliches Schlucken und spucken alles aus oder lassen es einfach aus dem Mund wieder herauslaufen. Eine Sch. dieser Art kann so schwere Ausmaße annehmen, daß man die Betroffenen oft nur mit einer eng begrenzten Auswahl an Nahrungen ernähren kann, die von ihnen angenommen werden. Je länger ein solcher Zustand andauert, um so schwieriger wird seine Beseitigung. Es ist deshalb wichtig, daß Sie in einem solchen Fall Ihr Baby rechtzeitig und altersentsprechend darauf vorbereiten, daß es auch andere Kostformen als Milch gibt, indem Sie z.B. vom Ende des 4. oder 5. Lebensmonats an Obst- oder Gemüsesäfte beifüttern und diese →Beikost auch nur mit dem Löffel anbieten.
Vgl. auch →Löffelfütterung, →Neuropathie, →Schluckreflex

Schluckunvermögen →Schluckreflex, →Trinkschwierigkeiten

Schmelzflocken →Haferflocken

Schnarchen

Wenn ein Kind im Schlaf schnarcht, dann ist dies meist ein Hinweis darauf, daß seine →Nasenatmung behindert ist.

Sch. kann vorübergehend bei Entzündungen des Nasen- und Rachenraumes durch Schwellung der Schleimhäute und Verlegung der Atemwege auftreten oder bei angeborener Enge der Nase, vor allem aber bei →Adenoiden bereits im Säuglingsalter ständig vorhanden sein. Besonders Wucherungen der Rachenmandel (Adenoide) spielen eine außerordentlich wichtige Rolle beim Zustandekommen des Sch. Auf jeden Fall ist Sch. im Kindesalter kein Normalzustand. Es sollte ursächlich vom Arzt geklärt und, wenn möglich, behandelt werden. Grundlage des Sch. ist, wie gesagt, eine gestörte Nasenatmung, und diese führt ihrerseits zu einer erhöhten Disposition für »Erkältungskrankheiten« und Luftwegskatarrhe, weil keine normale Erwärmung, Befeuchtung und Reinigung der Atemluft im Nasen-Rachen-Raum erfolgt.

Vgl. auch →Adenoide (adenoide Wucherungen), →Nasenatmung, →Rachenmandel

Schnuller

Ein Sch. dient hauptsächlich der Beruhigung von Babys. Er macht es ihnen auf einfachste Weise möglich, ihr elementares Nuckelbedürfnis und ihre Sauglust zu befriedigen. Da der Sch. bei Beachtung sorgfältiger Sauberkeit (zumindest in den ersten Lebensmonaten ist häufiges Auskochen nötig!) harmlos ist und es zweifellos Kinder gibt, die ihn benötigen, wäre es falsch, von seinem Gebrauch unbedingt abzuraten. Falls sich der Sch. als unentbehrlich erweisen sollte, halten Sie am besten zwei davon in Gebrauch, damit Sie immer frischen Ersatz haben, wenn einer z.B. zu Boden gefallen ist.

Fast immer beseitigt das Anbieten eines Sch. das Schreien des Babys sofort oder verhütet seinen Beginn (→Schreien, nächtliches). Allerdings kann fortwährender Sch.-Gebrauch ebenso wie →Daumenlutschen auf Dauer zu Kieferverformungen und Zahnstellungsabweichungen (»Lutschgebiß«) führen, wobei der Sch. in dieser Hinsicht harmloser und auch leichter abzugewöhnen ist als Daumenlutschen.

Vgl. auch →Einschlafgewohnheiten, →Nachtfütterung, →Schlafstörungen, →Schreien, nächtliches

Schnupfen

Rhinitis; ansteckende, virale sog. Erkältungskrankheit mit Entzündung und Anschwellung der Nasen- und meist auch der Rachenschleimhäute. Wegen seiner relativen Harmlosigkeit bei Erwachsenen und älteren Kindern wird dem Sch. bei Babys oftmals zu Unrecht nicht ausreichend Beachtung geschenkt. Die bei Sch. entstehende Behinderung der →Nasenatmung kann bei Babys nämlich zu beträchtlichen →Trinkschwierigkeiten führen, vor allem beim Brustkind. In diesem Fall sind Unterernährung beim Baby und Milchstauung bei der Mutter eine mögliche Folgeerscheinung. Durch das Absteigen der Infektion in die tieferen Luftwege kann es u.U. außerdem zu →Bronchitis und →Lungenentzündung kommen. Auch →Mittelohrentzündungen oder →Ernährungsstörungen mit Erbrechen und Durchfall sind nicht allzu seltene Folgen, Komplikationen oder Begleiterscheinungen des Sch. bei Babys. Man erkennt den Sch. nicht nur an der erschwerten Nasenatmung mit dem erst wäßrigen, später schleimigen oder schleimig-eitrigen Nasensekret. Fieber, Mattigkeit, Trinkunlust und -schwierigkeiten, gestörter Schlaf und →Niesen gehören gleichfalls zum typischen Krankheitsbild.

Da es keine durchschlagende, ursächlich wirksame Behandlung gibt, kommt Vorbeugungsmaßnahmen eine besondere Bedeutung zu: Halten Sie deshalb unbedingt erkältungskranke Personen vom Baby und von dessen Zimmer fern. Falls Sie selbst an Sch. erkrankt sind und als nächste Bezugsperson des Babys nicht zu ersetzen sind, versuchen Sie das Übertragungsrisiko dadurch zu vermindern, daß Sie sich beim Baden, Trockenlegen und Füttern des Babys ein mehrfach gefaltetes Tuch (Windel) vor Mund und Nase binden (→Infekt, grippaler, dort Abb.) oder ein regelrechtes Mundtuch verwenden. Vermeiden Sie auch jede Überhitzung und übermäßige Trockenheit der Luft im Aufenthaltsraum des Babys (→Luftfeuchtigkeit) sowie seine zu warme Bekleidung, die Schwitzen verursachen kann.

Erfahrungstip:
Reinigen Sie die Nasenlöcher Ihres schnupfenkranken Babys täglich 2- bis 3mal vorsichtig mechanisch mit einem zusammengedrehten Zellstofftampon oder mit speziellen Watteträgern (→Nasenreinigung, dort Abb.). Bei sehr erschwertem Trinken können Sie ihm mit einem kurz vor der Mahlzeit gegebenen, vom Arzt zu verordnenden abschwellenden Mittel (→Nasentropfen) etwas Erleichterung verschaffen. Vermeiden Sie aber alle sonstigen im Handel befindlichen sog. Erkältungsöle, -salben oder -balsame. Diese haben in der Säuglingsnase oder in ihrer unmittelbaren Nähe nichts zu suchen: Sie können plötzliche reflektorische Erstickungszustände auslösen und, wenn sie in die Lunge geraten, dort eine Lungenentzündung verursachen (Ölpneumonie). Manchmal wirken auch Abgußbäder und Luftanfeuchtung durch Aufhängen feuchter Tücher im →Kinderzimmer sowie frische, kühle Luft (ohne Zug) lindernd.
Vgl. auch →Adenoide (adenoide Wucherungen), →Nasenatmung

Schokolade →**Appetitlosigkeit**
→**Süßigkeiten**

Schonkost →**Diät**

Schorf →**Ekzem**

Schreckhaftigkeit

Übermäßige Sch. gilt als Zeichen einer angeborenen, d.h. anlagebedingten Übererregbarkeit des Nervensystems.

Entsprechend veranlagte Babys erkennt man daran, daß sie z.B. bei Erschütterung des Bettchens, bei plötzlichen Geräuschen oder häufig auch auf der Waage unvermittelt heftig zusammenzucken und erregt zu schreien beginnen. Sch. kann als ein ursprünglich durchaus sinnvoller Schutz- und Fluchtreflex gegenüber echter oder vermeintlich drohender plötzlicher Gefährdung gedeutet werden. Sie darf nicht mit Angstreaktionen verwechselt werden, denn →Angst und Ängstlichkeit sind im Gegensatz zu Sch. psychische Reaktionsweisen, die sich erst entwickeln, wenn bestimmte Erlebnisse vorausgegangen sind und zuvor Gelegenheit zum Erwerb von Unsicherheit auslösenden Vorstellungen und Empfindungen vorhanden war.
Vgl. auch →Angst und Ängstlichkeit, →Neuropathie, →Pavor nocturnus

Schreien, nächtliches

»Nicht wer am lautesten schreit, leidet stets den größten Schmerz.« *(Chinesisches Sprichwort)*

Je jünger ein Kind ist, desto häufiger schreit oder weint es tagsüber und häufig auch nachts. Das jüngere Baby hat einfach noch keine andere Möglichkeit, sich seiner Umwelt gegenüber bemerkbar zu machen, wenn es irgendwelche Bedürfnisse hat oder ihm etwas fehlt. Deshalb ist auch die nächtliche Unruhe jüngerer Babys keine sog. »Ungezogenheit«, als die sie immer wieder zu Unrecht angesehen wird, sondern drückt u.a. sein unwiderstehliches instinktives Bedürfnis aus, sich von der Gegenwart seiner Mutter zu überzeugen, indem es sie »herbeiruft«. In dieser Hinsicht handelt es sich also beim n. Sch. eindeutig um ein sog. »Beziehungsschreien«. Ausgelöst wird es wahrscheinlich zuerst und zunächst durch rein körperliches Unbehagen (Hunger, Naßliegen, Abkühlung u.a.), später (schon vom 2. Lebensvierteljahr an) auch durch Unlustgefühle (z.B. Alleinsein, Verlassenheitsangst). Unerfahrene Eltern stehen dem n.Sch. ihres Babys anfangs gewöhnlich ziemlich rat- und hilflos gegenüber. Schließlich hat man ihnen meist mehrmals den Rat erteilt, das Baby nachts auf keinen Fall zu füttern, sondern es schreien zu lassen, notfalls bis zum nächsten Morgen, weil es sonst nie lernen würde, nachts durchzuschlafen.

Nicht jedes junge Baby ist aber schon in der Lage, den Tag von der Nacht zu unterscheiden. Der innere Tag-Nacht-Rhythmus, wie der Erwachsene ihn besitzt, muß bei ihm erst heranreifen und sich stabilisieren. Das Kind kann daher nicht begreifen, warum es tagsüber stets prompt gefüttert wird (→Ad-libitum-Ernährung), wenn es sich nur meldet, nachts aber nicht. Sein Hungergefühl weckt es in der ersten Zeit etwa alle 3 oder 4 Stunden, tags wie nachts.

Erfahrungsgemäß beginnt nur etwa ein Viertel aller Neugeborenen schon wenige Tage nach der Geburt, nachts unterbrechungsfrei durchzuschlafen; ein weiteres Viertel braucht hierzu bis in die dritte Lebenswoche, das nächste Viertel benötigt zu dieser Umstellung mindestens 6 Wochen, und der Rest folgt erst in der 8. bis 9. Woche nach, gleichgültig, ob die Babys nachts gefüttert werden oder nicht. Bis zu einem gewissen Grad hängt der Zeitpunkt, von dem an Babys beginnen, nachts regelmäßig durchzuschlafen, von ihrem Gewicht und von ihrer Reife ab. In der Regel pflegt ein Baby, das bereits ein Gewicht von etwa 4000 bis 5000 g erreicht hat, nachts kein Bedürfnis mehr nach Nahrungsaufnahme zu äußern und störungsfrei durchzuschlafen.

Etwas anders ist die Situation dann zu beurteilen, wenn ein Baby, das zuvor bereits regelmäßig durchgeschlafen hat, eines Nachts plötzlich anfängt zu schreien. In diesem Fall ist es fast immer ein besonderer Anlaß, der zum n.Sch. führt (Bauchschmerz, Fieber, Unwohlsein, Wundsein, Durst, Naß- und Kaltliegen u.a.m.) und deshalb einer Klärung bedarf.

Es gibt allerdings Babys, bei denen sich kein derartiger Anlaß erkennen läßt: Immer wieder erwacht das Kind aus tiefem Schlaf und weint und schreit so lange nach seiner Mutter, manchmal mehrmals in derselben Nacht, bis es aufgenommen wird und getröstet wieder einschläft. Gelegentlich genügt zur »Tröstung« ein einfacher mütterlicher oder väterlicher Zuspruch, oft reicht dies zur Beruhigung des Kindes aber nicht aus. Wenn man davon ausgeht, daß sich Babys in diesen Fällen durch ihr n. Sch. lediglich von der für sie lebensnotwendigen Anwesenheit ihrer Mutter überzeugen wollen und daß dies einer unbewußten angeborenen Verhaltensweise entspricht, ist dagegen schwer etwas anderes zu tun, als sie das tatsächlich vorhandene körperliche Dasein auch spüren zu lassen. Deshalb wirken Zuruf, Zuspruch, Wiegen, der →Schnuller und Stillen so beruhigend, weil Babys auf diese Art unmittelbar von der Gegenwart ihrer Mutter überzeugt werden.

Bei allen nächtlichen Maßnahmen, die die Mutter oder der Vater zur Beruhigung ihres Babys vornehmen, sollten diese sich aber davor hüten, dem Kind viel mehr als die unbedingt notwendige Zuwendung zu geben. Tun sie es nicht, ist zu erwarten, daß das Baby schnell und hartnäckig jede Nacht weitere Aufmerksamkeit und Zuwendung mit dem Hilfsmittel des n. Sch. gebieterisch fordern und nicht eher ruhen wird, bis sie ihm gewährt werden. Mit der Zeit lernen es die Eltern zumeist, das Schreien überhaupt und speziell das n. Sch. ihres Babys sicherer zu beurteilen und seiner tieferen Bedeutung nach zuzuordnen. Können Sie keine offensichtlichen Anlässe für das n. Sch. erkennen, dann verhalten Sie sich wohl am besten so, daß Sie die ganze Angelegenheit nicht allzu tragisch nehmen und notfalls versuchen, das Baby auch einmal mit dem →Schnuller zufriedenzustellen.

Vgl. auch →Daumenlutschen, →Dreimonatskoliken, →Fütterungszeiten, →Nachtfütterung, →Pavor nocturnus, →Schlafstörungen, →Schnuller

Schüttelfrost →Fieber

Schuhe →Fußentwicklung, →Kinderschuhe

Schuheinlagen →Fußentwicklung, →Kinderschuhe

Schutzgürtel →Haltegurt

Schutzimpfungen →Impfkalender, →Impfpaß, →Impfungen, →Impfungen in der Schwangerschaft, →Mehrfachimpfung

Schwämmchen →Soor

Schwangerschaftsdauer

Gestationsdauer; eine Schwangerschaft dauert beim Menschen normalerweise zwischen 270 und 290, im Mittel 280 bis 282 Tage (40 bis 40,5 Wochen, sog. normale Tragzeit). Allerdings kommen Abweichungen davon vor, d.h. geringere Verlängerungen und Verkürzungen dieser Zeitspanne. Zur Bestimmung des voraussichtlichen Geburtstermins rechnet man nach der brauchbaren sog. Naegele-Regel vom ersten Tag der letzten Menstruation 3 Monate zurück und addiert 7 Tage dazu. Aus dem nach dieser Regel zusammengestellten Schwangerschaftskalender (vgl. S. 336) können Sie den voraussichtlichen Geburtstermin (bei ausgetragener Schwangerschaft) direkt ablesen. Sie müssen dazu nur den ersten Tag der letzten Regelblutung kennen (geradestehende Zahl in der Tabelle). Die darunter stehende, schräg gestellte Zahl entspricht dann dem voraussichtlichen Geburtstermin. Wenn die Sch. aus irgendwelchen Gründen auf 270 Tage (38 Wochen) und weniger verkürzt (bis etwa 28 Wochen) ist, spricht man von Frühgeburt (→ Frühgeborenes, Frühgeburt); bei einer noch kürzeren Sch. kommt es in aller Regel zu einer →Fehlgeburt. Bei einer verlängerten Sch. um 10 oder mehr Tage über den errechneten Entbindungstermin spricht man von →Übertragung. Als obere Grenze einer Übertragung, zu der noch ein lebendes Kind erwartet werden kann, gelten 302 Tage, doch wurden – sehr selten – auch lebende Kinder nach noch etwas längerer Tragzeit geboren.

Vgl. auch →Fehlgeburt, →Frühgeborenes, Frühgeburt

Schwangerschaftsreaktionen des Neugeborenen

Sämtliche Erscheinungen, die als Folge der Wirkung von Hormonen der Mutter und des Mutterkuchens beim neugebore-

Schwangerschaftskalender

Jan.	1	2	3	4	5	6	7	8	9	10	11	12	13	14	15	16	17	18	19	20	21	22	23	24	25	26	27	28	29	30	31	Jan.
Okt.	*8*	*9*	*10*	*11*	*12*	*13*	*14*	*15*	*16*	*17*	*18*	*19*	*20*	*21*	*22*	*23*	*24*	*25*	*26*	*27*	*28*	*29*	*30*	*31;*	*1*	*2*	*3*	*4*	*5*	*6*	*7*	*Nov.*
Febr.	1	2	3	4	5	6	7	8	9	10	11	12	13	14	15	16	17	18	19	20	21	22	23	24	25	26	27	28				Febr.
Nov.	*8*	*9*	*10*	*11*	*12*	*13*	*14*	*15*	*16*	*17*	*18*	*19*	*20*	*21*	*22*	*23*	*24*	*25*	*26*	*27*	*28*	*29*	*30;*	*1*	*2*	*3*	*4*	*5*				*Dez.*
März	1	2	3	4	5	6	7	8	9	10	11	12	13	14	15	16	17	18	19	20	21	22	23	24	25	26	27	28	29	30	31	März
Dez.	*6*	*7*	*8*	*9*	*10*	*11*	*12*	*13*	*14*	*15*	*16*	*17*	*18*	*19*	*20*	*21*	*22*	*23*	*24*	*25*	*26*	*27*	*28*	*29*	*30*	*31;*	*1*	*2*	*3*	*4*	*5*	*Jan.*
April	1	2	3	4	5	6	7	8	9	10	11	12	13	14	15	16	17	18	19	20	21	22	23	24	25	26	27	28	29	30		April
Jan.	*6*	*7*	*8*	*9*	*10*	*11*	*12*	*13*	*14*	*15*	*16*	*17*	*18*	*19*	*20*	*21*	*22*	*23*	*24*	*25*	*26*	*27*	*28*	*29*	*30*	*31;*	*1*	*2*	*3*	*4*		*Febr.*
Mai	1	2	3	4	5	6	7	8	9	10	11	12	13	14	15	16	17	18	19	20	21	22	23	24	25	26	27	28	29	30	31	Mai
Febr.	*5*	*6*	*7*	*8*	*9*	*10*	*11*	*12*	*13*	*14*	*15*	*16*	*17*	*18*	*19*	*20*	*21*	*22*	*23*	*24*	*25*	*26*	*27*	*28;*	*1*	*2*	*3*	*4*	*5*	*6*	*7*	*März*
Juni	1	2	3	4	5	6	7	8	9	10	11	12	13	14	15	16	17	18	19	20	21	22	23	24	25	26	27	28	29	30		Juni
März	*8*	*9*	*10*	*11*	*12*	*13*	*14*	*15*	*16*	*17*	*18*	*19*	*20*	*21*	*22*	*23*	*24*	*25*	*26*	*27*	*28*	*29*	*30*	*31;*	*1*	*2*	*3*	*4*	*5*	*6*		*April*
Juli	1	2	3	4	5	6	7	8	9	10	11	12	13	14	15	16	17	18	19	20	21	22	23	24	25	26	27	28	29	30	31	Juli
April	*7*	*8*	*9*	*10*	*11*	*12*	*13*	*14*	*15*	*16*	*17*	*18*	*19*	*20*	*21*	*22*	*23*	*24*	*25*	*26*	*27*	*28*	*29*	*30;*	*1*	*2*	*3*	*4*	*5*	*6*	*7*	*Mai*
Aug.	1	2	3	4	5	6	7	8	9	10	11	12	13	14	15	16	17	18	19	20	21	22	23	24	25	26	27	28	29	30	31	Aug.
Mai	*8*	*9*	*10*	*11*	*12*	*13*	*14*	*15*	*16*	*17*	*18*	*19*	*20*	*21*	*22*	*23*	*24*	*25*	*26*	*27*	*28*	*29*	*30*	*31;*	*1*	*2*	*3*	*4*	*5*	*6*	*7*	*Juni*
Sept.	1	2	3	4	5	6	7	8	9	10	11	12	13	14	15	16	17	18	19	20	21	22	23	24	25	26	27	28	29	30		Sept.
Juni	*8*	*9*	*10*	*11*	*12*	*13*	*14*	*15*	*16*	*17*	*18*	*19*	*20*	*21*	*22*	*23*	*24*	*25*	*26*	*27*	*28*	*29*	*30;*	*1*	*2*	*3*	*4*	*5*	*6*	*7*		*Juli*
Okt.	1	2	3	4	5	6	7	8	9	10	11	12	13	14	15	16	17	18	19	20	21	22	23	24	25	26	27	28	29	30	31	Okt.
Juli	*8*	*9*	*10*	*11*	*12*	*13*	*14*	*15*	*16*	*17*	*18*	*19*	*20*	*21*	*22*	*23*	*24*	*25*	*26*	*27*	*28*	*29*	*30*	*31;*	*1*	*2*	*3*	*4*	*5*	*6*	*7*	*Aug.*
Nov.	1	2	3	4	5	6	7	8	9	10	11	12	13	14	15	16	17	18	19	20	21	22	23	24	25	26	27	28	29	30		Nov.
Aug.	*8*	*9*	*10*	*11*	*12*	*13*	*14*	*15*	*16*	*17*	*18*	*19*	*20*	*21*	*22*	*23*	*24*	*25*	*26*	*27*	*28*	*29*	*30*	*31;*	*1*	*2*	*3*	*4*	*5*	*6*		*Sept.*
Dez.	1	2	3	4	5	6	7	8	9	10	11	12	13	14	15	16	17	18	19	20	21	22	23	24	25	26	27	28	29	30	31	Dez.
Sept.	*7*	*8*	*9*	*10*	*11*	*12*	*13*	*14*	*15*	*16*	*17*	*18*	*19*	*20*	*21*	*22*	*23*	*24*	*25*	*26*	*27*	*28*	*29*	*30;*	*1*	*2*	*3*	*4*	*5*	*6*	*7*	*Okt.*

nen Kind auftreten oder sich bei ihm bereits gegen Ende der Schwangerschaft eingestellt haben, bezeichnet man als Sch.d.N.

Sie ähneln in gewisser Weise den mütterlichen, gleichfalls hormonbedingten Schwangerschaftsveränderungen, sind allerdings weit schwächer als diese ausgeprägt.

Zu den Sch. d.N. gehören u.a.: →Ausfluß des Neugeborenen (bei Mädchen), →Brustdrüsenschwellung des Neugeborenen, →Hexenmilch (bei beiden Geschlechtern), →Scheidenblutung des Neugeborenen (bei Mädchen), ferner mancherlei verschiedene, aber flüchtige und vorübergehende Hauterscheinungen.

Einzelheiten hierzu s. bei den einzelnen Stichwörtern.

Schweißfriesel →Hitzepickel

Schwerergiebigkeit der Brust →Brust, schwergehende

Schwererziehbarkeit →Erziehbarkeit

Schwimmen

»Schwimmen ist leicht, wenn einem das Kinn gehalten wird.« (Französisches Sprichwort)

Da sich die meisten Unfälle durch Ertrinken bereits im Kleinkindalter ereignen, ist die Forderung, daß gesunde Kinder so früh wie möglich das Sch. erlernen sollten, gut begründet. Ob es allerdings wirklich sinnvoll und zweckmäßig ist, mit dem Unterricht bereits bei Babys im Alter von einem Jahr oder noch früher (sog. Baby-Sch.) zu beginnen, wie dies von einigen Wasserenthusiasten propagiert wird, ist noch ziemlich umstritten. In der Kölner Sporthochschule, wo das Schwimmverhalten von Babys und Kleinkindern im 1. und 2. Lebensjahr wissenschaftlich genauer untersucht worden ist, hat man festgestellt, daß es Kindern frühestens im Alter von 2 Jahren gelingt, durch bewußtes Anheben des Kopfes in der Form Luft zu holen, wie dies für tatsächliches Sch. erforderlich ist. Was in einem früheren Alter im Wasser geschieht, ist von anderer Art als echtes Sch.: Babys im ersten Lebenshalbjahr stellen nämlich, wenn ihr Kopf unter Wasser gerät, die Atmung reflektorisch ein und »lernen« vermeintlich koordinierte, aber in Wirklichkeit recht ungeordnete Laufbewegungen unter Wasser auszuführen. Babys im Alter zwischen dem 5. und 7. Monat »lernen« es, in Rückenlage im Wasser zu schweben, und Kinder zwischen dem 8. und 14. Monat können mit Schwimmhilfen im Wasser Laufbewegungen machen, die denen von Hunden und Katzen im Wasser ähneln. Aus solchen Resultaten ist abzuleiten, daß Unterricht im Sinne eines Baby-Sch. nur als allererste Vorübung für ein tatsächliches Erlernen des Sch. angesehen werden kann, etwa so, wie es ja oft unter Mutters oder Vaters Aufsicht schon in der Badewanne praktiziert wird. Erst mit frühestens 3 Jahren ist das Kind imstande, alle diejenigen komplizierten koordinierten Bewegungsabläufe zu erlernen und auszuführen, die das vollendete Sch. des Menschen charakterisieren. Mit anderen Worten: Das Baby kann noch kein Freischwimmer werden, obwohl ihm häufiger Wasserkontakt offenbar gut bekommt. In jedem Fall aber gilt, daß mindestens ein Elternteil stets und ständig dabei sein muß, keinesfalls den Rücken kehren darf und das Kind halten muß, wenn erste Schwimmversuche angestellt werden.

Die Befürworter eines besonders frühzeitig beginnenden Schwimmunterrichts für Babys begründen ihre Ansicht durch die Beobachtung, daß »Frühschwimmer« sich angeblich eine besonders große Kontaktbereitschaft aneignen sowie leistungsfähiger, reaktionsschneller und motorisch besser stimuliert würden als Gleichaltrige, die Wasser hauptsächlich nur vom Waschen her kennen. Die meisten Kinderärzte sind jedoch der Meinung, daß man den Kindern mit dem Schwimmenlernen mindestens bis ins spätere Kleinkindalter Zeit lassen sollte, und das bedeutet, daß der beste Zeitpunkt dafür wohl zwischen dem 3. und 5. Lebensjahr anzusetzen sein dürfte, während der sonstige Umgang mit Wasser natürlich auch schon viel früher praktiziert werden kann und soll.

Schwitzen

Schweißabgabe und Sch. sind notwendige Funktionen zur Regulierung der Körperwärme. Abgesonderter Schweiß verhilft dazu, den Körper durch Verdunstungskälte abzukühlen. Auffallend starkes Sch. ist bei Babys und Kleinkindern meist ein Hinweis darauf, daß sie, insbesondere bei heiß-schwülem Wetter, zu warm bekleidet oder zugedeckt sind. Seltener ist Sch. Ausdruck einer nervösen Übererregbarkeit.

Etwas anders sind Schweißausbrüche kurz nach dem Einschlafen zu bewerten. Der Tiefschlaf tritt nur dann ein, wenn eine leichtere Absenkung der Körpertemperatur (um etwa 0,5 °C) erfolgt ist. Die hierzu erforderliche Abkühlung des Körpers wird durch Schweißabgabe und Erzeugung von Verdunstungskälte erreicht. Je schneller ein Kind in tiefen Schlaf fällt, desto intensiver muß die Schweißbildung sein. Besonders stark ist sie dann, wenn im Sommer die Raumtemperaturen höhere Grade erreichen. Zu stärkerem Sch. kommt es natürlich auch bei fiebernden Kindern während des Fieberabfalls (z.B. nach Anwendung von →Fieberzäpfchen). Rekonvaleszenten schwitzen gleichfalls meist intensiver und leichter als Gesunde. Babys mit manifester →Rachitis schwitzen oftmals ungewöhnlich stark, vor allem am behaarten Hinterkopf (→Kopfschweiß).

Erfahrungstip:
Bei allen auffallend stark schwitzenden Kindern, gleich welchen Alters, sollten Sie stets zuallererst überprüfen, ob ihre Bekleidung und Zudecke auch wirklich der Wärmesituation angepaßt ist. Beachten Sie auch, daß stärker schwitzende Kinder immer einen höheren Flüssigkeitsbedarf haben. Decken Sie diesen aber nicht mit Milch, sondern am besten mit dünnem schwarzen Tee (→Tee, schwarzer).

Vgl. auch →Ausfahren, →Hitzepickel, Hitzeschädigung, →Kopfschweiß, →Sonnenbad, →Zimmertemperatur, normale

Schwitzpickel →Hitzepickel

Screenings

S. (Siebtests) sind zeit- und kostengünstige laborchemische Suchtests, die zur Erfassung und Früherkennung von zunächst symptomlos (d.h. ohne sichtbare Erscheinungen) vorhandenen Krankheiten durchgeführt werden. Die S. ermöglichen deren rechtzeitige Behandlung und verhelfen so dazu, daß bei Babys keine schweren (meist geistigen) Entwicklungsstörungen entstehen. Im Rahmen der S. beim Neugeborenen wird z.B. allen Babys, in der Regel am 5. Lebenstag, mit einem kleinen Fersenstich ein Blutstropfen entnommen, um insbesondere die folgenden angeborenen Stoffwechselstörungen erkennen oder ausschließen zu können:

- Phenylketonurie (PKU): Babys, die davon betroffen sind, brauchen für eine normale Entwicklung eine spezielle Diät. Vgl. →Guthrie-Test
- Schilddrüsenunterfunktion: Einzelheiten s. unter →Hypothyreose
- Galaktosämie: Eine Störung des Kohlenhydratstoffwechsels, bei der Galaktose, ein Bestandteil des Milchzuckers in der Milch, vom Körper nicht abge-

baut werden kann. Dies führt zu Schäden der Leber, des Auges (Linse) und des Gehirns. Bei Früherkennung und galaktosefreier Diät gedeihen die Kinder gut.

Bei Neugeborenen, die bereits vor dem 5. Lebenstag aus der Entbindungsklinik entlassen werden oder deren Geburt zu Hause erfolgt ist, muß der Blutstropfen für das Screening unbedingt vom Kinderarzt entnommen werden.

Neben den Blutuntersuchungen erfolgen seit einigen Jahren auch Screening-Untersuchungen zur Früherkennung angeborener Störungen der Hüftgelenke (Hüftgelenksdysplasie) sowie, mittels eines elektronischen Hörtests, von Hörstörungen.

Die systematischen Screening-Untersuchungen werden ständig vervollkommnet und erweitert und schon heute auf weitere und seltenere angeborene Krankheiten ausgedehnt. Screening-Untersuchungen sind Maßnahmen der sog. sekundären Prävention, die eine frühestmögliche Diagnosestellung einer vorhandenen Krankheit gewährleisten und somit ihrer ebenso frühestmöglichen Therapie dienen. Es ist daher Aufgabe aller im Gesundheitsdienst Beschäftigten, sich für weitgehend lückenlose S. bei allen in Deutschland geborenen Kinder einzusetzen. Für Eltern gilt, daß sie selbst ein hohes Maß an Verantwortung für die Durchführung von Screening-Untersuchungen tragen, insbesondere, wenn ihr Baby nach einer ambulanten oder Hausgeburt zur Welt kam.

Vgl. auch →Guthrie-Test, →Hüftgelenkdysplasie, angeborene, →Hypothyreose

Sechsfachimpfung

Die S. ist ein neueres Impfverfahren, bei dem mit einer einzigen Injektion zugleich gegen 6 verschiedene Krankheiten geimpft wird: →Diphtherie, Tetanus (→Wundstarrkrampf), Pertussis (→Keuchhusten), Poliomyelitis (→Kinderlähmung), →Haemophilus influenzae b-Infektionen und infektiöse Gelbsucht (Hepatitis B).

Durch dieses Verfahren wird der erreichbare Impfschutz verbessert, und die bei früheren Schluckimpfungen gegen Kinderlähmung (→Polio-Schutzimpfung) zuweilen aufgetretenen unerwünschten Nebenwirkungen werden vermieden.

Vgl. auch →Fünffachimpfung, →Impfkalender, →Impfungen, →Impfungen in der Schwangerschaft

Sehen

Obgleich das Neugeborene schon über funktionstüchtige Augen verfügt und deutlich auf Licht reagiert, kann es zunächst trotzdem noch nicht bewußt sehen. Genaue Zeitangaben über den Ablauf der Entwicklung des S. lassen sich nicht machen, soweit sie nicht das erste →Fixieren betreffen, d.h. das bewußte Verfolgen und Festhalten von Gegenständen mit beiden Augen bzw. die Einstellung beider Augen auf einen Gegenstand und seine Verfolgung, sofern er sich bewegt. Die Anfänge des Fixierens liegen bei normaler Entwicklung in der 3. Lebenswoche. Mit etwa 4 Monaten erkennt ein Baby bereits das Gesicht der Mutter auch dann, wenn sie es vom Kopfende des Bettes her anschaut. Mit 6 Monaten kann das Baby zumeist schon verschiedene Gesichter gut voneinander unterscheiden und reagiert deshalb beim Erblicken unbekannter Personen deutlich anders als beim S. bekannter Gesichter und Personen (→Fremdeln).

Dem eigentlichen S. müssen Erfahrung und Übung vorangehen, d.h. die geistige Verarbeitung von optischen Eindrücken muß erlernt werden, wobei das Kind die angeborene Anlage allmählich mehr und mehr in Gebrauch nimmt. Dabei lernt ein sich normal entwickelndes Baby schon früh, ergreifbare Gegenstände als solche zu erkennen und ihre Entfernungen abzuschätzen, was ihm anfangs dann leichter fällt, wenn sie sich bewegen. Zwar ist zuerst der Mund das wichtigste Sinnesorgan, mit dem zugleich gefühlt, geschmeckt, erkannt, gegriffen und gesaugt wird. Allmählich aber gewinnt das Auge, das nun immer bewußter eingesetzt wird, seine besondere Bedeutung zur Erkennung und Wiedererkennung der Umwelt. Vgl auch →Fehlsichtigkeit, →Schielen

Sehfehler →Fehlsichtigkeit

Seife →Kinderseife

Selbstbefriedigung →Onanie

Selbsthilfegruppen →Behinderung, geistig-seelische und körperliche

Sexualität, frühkindliche →Onanie

Sichelfuß

Angeborene, ein- oder doppelseitige Formabweichung des Fußes, für die eine sichelförmige Abbiegung des vorderen Fußanteils nach innen charakteristisch ist.

Damit sich eine normale Fußform und -funktion ausbilden kann, ist eine möglichst frühzeitige, noch im Neugeborenenalter stattfindende orthopädische Behandlung des S. erforderlich, die je nach Schweregrad und Veränderung u.U. auch in der Anlegung eines Gipsverbandes und heilgymnastischer Nachbehandlung besteht.

Vgl. auch →Fehlhaltung (Fehlstellung) der Füße, →Fußentwicklung, →Hackenfuß, →Kinderschuhe, →Klumpfuß

Sicherheitsgurt →Haltegurt

Sicherheitssitz →Autofahren

SIDS →Kindstod, plötzlicher

Siebenmonatskind →Frühgeborenes, Frühgeburt

Siebtests →Screenings

Sitzbuckel

Buckelförmiges Vorspringen des mittleren Wirbelsäulenanteils nach hinten, das überwiegend bei Babys auftritt, die entweder zu früh aufgesetzt werden (d.h. bevor ihre Fähigkeit vorhanden ist, dies selbständig zu tun; →Sitzen), zu häufig falsch auf dem Arm getragen werden (→Halten des Babys) oder die, nachdem sie bereits fähig waren zu sitzen, an einer →Rachitis erkrankt sind. Die Wirbelsäule hat im Babyalter beim Sitzen fast das gesamte Körpergewicht aufzunehmen. Ist ihre Knochensubstanz noch zu weich oder zu nachgiebig (oder ist sie wieder nachgiebig geworden infolge einer sich ausbildenden Knochenerweichung bei Rachitis), dann krümmt sie sich bei unzweckmäßigen Haltungen u.U. leicht in der oben beschriebenen Weise. Anfänglich zeigt sich dies lediglich durch eine nicht näher beschreibbare

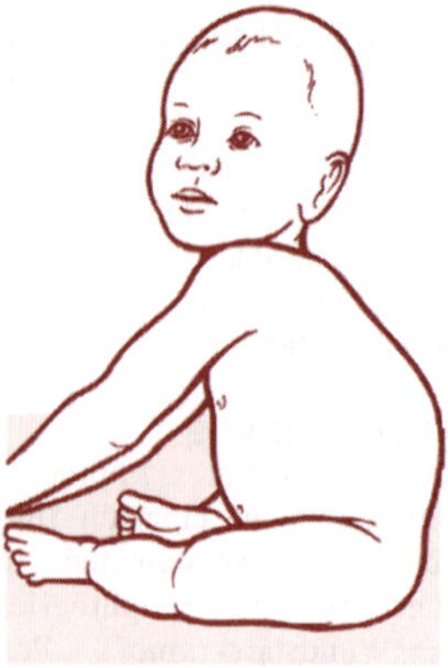

»schlechte Haltung«. Bald aber bilden sich diejenigen Veränderungen aus, die dann als S. bezeichnet werden (Abb.). Bleibt ein S. unbeachtet, können sich darüber hinaus u.U. auch noch ausgeprägtere →Rückgratverkrümmungen einstellen, die schließlich so schwer werden, daß sie in eine echte bleibende Buckelbildung übergehen. Zur Verhütung eines S. sind daher bestimmte Verhaltens- und Pflegegrundsätze zu beachten (→Rückgratverkrümmung). Liegt der Entstehung des S. ursächlich eine Rachitis zugrunde, so muß diese unverzüglich behandelt werden. Bis zu ihrer vollständigen Ausheilung müssen jegliche weiteren Sitzversuche des Kindes verhindert werden. Schwerere Fälle von S. bedürfen außerdem der orthopädischen, evtl. auch einer heilgymnastischen Behandlung.
Vgl. auch →Rückgratverkrümmung, →Sitzen

Sitzen

Die Fähigkeit, sich selbst aufzusetzen und zu sitzen, erlernt und erlebt das Baby als eine frühe Vorstufe des Aufstehens und Stehens allmählich im Verlauf des 2. Vierteljahrs seines Lebens.

Das freie S. ganz ohne Unterstützung ist dem Baby normalerweise aber erst zwischen dem 6. und 8. Lebensmonat möglich. Es ist dabei zunächst noch unsicher und kann auch nicht ohne feste Rückenstütze sitzen. Später wird es immer sicherer und sitzt schließlich ganz frei mit gestrecktem Rücken.

Die neu erlernte Fähigkeit erfordert anfangs noch seine ganze Aufmerksamkeit und Konzentration. Dem S. voraus geht das Greifenlernen und das Zugreifen, und eines Tages setzt sich das Kind unter Zuhilfenahme seiner Händchen von sich aus auf, indem es z.B. die Stäbe seines Bettgitters umgreift und sich mit seinen Armen daran hochzieht. Auch wenn Sie dem Baby Gelegenheit geben, den hingehaltenen Zeigefinger zu ergreifen, können Sie es oft schon frühzeitig zu den ersten Sitzversuchen anregen. Aber ebenso wie beim →Stehen und freien →Laufen sollten Sie das Kind nicht allzu früh zu längerem S. ermuntern und insbesondere nicht versuchen, ihm etwa das S. »beizubringen«, bevor sein geistiger und körperlicher Reifezustand eine adäquate Stufe erreicht hat. Falsch verstandener Ehrgeiz von Eltern kann dabei nämlich zu späteren Haltungsschäden sowie zu Wirbelsäulenverkrümmungen (→Sitzbuckel) führen und anstatt die Entwicklung zu fördern, sie u.U. sogar verzögern.
Vgl. auch →Entwicklung, geistig-seelische, →Krabbelalter, →Laufen, →Stehen

Skorbut →Säuglingsskorbut

Soja-Nahrungen →Säuglingsnahrungen

Sondenernährung

Behelfsmäßige, zeitweilige oder dauernde Zufuhr von Nahrung durch einen Schlauch (Sonde) in den Magen nennt man S. oder Sondenfütterung. Sie kommt in allen Fällen zur Anwendung, in denen eine normale, selbständige Nahrungsaufnahme nicht möglich oder zumutbar ist. So ist eine S. z.B. oft nötig bei schwerwiegenden →Trinkschwierigkeiten bei Frühgeborenen (→Frühgeborenes, Frühgeburt), bei fehlendem →Saug- und →Schluckreflex, bei absoluter oder relativer Nahrungsverweigerung, bei länger dauernder Bewußtlosigkeit, bei schwerem wiederholtem Erbrechen mit größeren Flüssigkeits- und Salzverlusten. Bei sehr jungen Babys läßt sich die dünne Magensonde besonders leicht durch die Nase einführen und kann dort, wenn sie gut befestigt wird, als »Verweilsonde« mehrere Tage liegenbleiben, ohne das Kind beim Atmen wesentlich zu belasten oder zu stören. Die Durchführung einer

sachgemäßen Ernährung durch die Sonde bleibt aber im allgemeinen der Klinik vorbehalten.
Vgl. auch →Saugreflex, →Schluckreflex, →Trinkschwierigkeiten

Sonnenbad

Jede allzu intensive und länger dauernde direkte Sonneneinwirkung kann sich im Babyalter schädlich auswirken und gefährliche Folgen haben (→Hitzeschädigung mit Mattigkeit, Fieber, Erbrechen, Durchfall (→Durchfall, akuter), →Sonnenbrand u.a.m.). Dies bedeutet allerdings nicht, daß Sie dem Baby die Sonne gänzlich vorenthalten müssen, sondern nur, daß dabei ausreichende Sorgfalt, Vorsicht und Kontrolle notwendig sind.

So wird's gemacht:
Jedes S. beginnen Sie am besten mit der Bestrahlung nur einzelner Körperabschnitte (Beine, Arme, Oberkörper usw.). Erst ganz allmählich können Sie dann auch zum Ganzkörper-S. übergehen, wobei Sie aber den Kopf mit einem Sonnenhut schützen müssen. Setzen Sie zunächst jede Körperseite nur 1 bis 2 Minuten der direkten Sonne aus. Durch eine allmähliche tägliche Steigerung lassen sich schließlich tägliche Bestrahlungszeiten von etwa 15 Minuten Dauer ohne jede Gefährdung durchführen. Nach dem S. dürfen Sie das sonnenerwärmte Baby aber nicht unbekleidet durch zugige Flure oder Zimmer tragen.

Bei entsprechender Vorsicht können Sie schon in den ersten Lebenswochen mit dem ersten S. beginnen. Es hat eine besondere Bedeutung für die Vorbeugung der »Lichtmangelkrankheit« →Rachitis und wirkt in Verbindung mit einem Freiluftbad allgemein abhärtend (→Abhärtung).

Schwüle, feuchtwarme Tage eignen sich weniger zum Sonnenbaden. Vermeiden Sie auch im heißen Hochsommer, vor allem in der Mittagshitze, jede direkte Sonnenbestrahlung, denn dabei ist für das Baby die Gefahr einer →Hitzeschädigung zu groß. Achtung: Da das indirekte Licht des blauen Himmels gleichfalls größere Mengen der wirksamen ultravioletten Strahlung abgibt, müssen Sie auch bei einem Freiluftbad im Schatten an ähnliche Wirkungen wie bei direkter Sonnenbestrahlung denken! Bei der Einwirkung von Licht, Luft und Sonnenwärme gibt das Baby über Schweiß und Atmung vermehrt Flüssigkeit ab. Diesen Verlust müssen Sie stets berücksichtigen und ihn unbedingt durch erhöhte Flüssigkeitszufuhr (z.B. in Form von dünnem schwarzen Tee (→Tee, schwarzer) ausgleichen.
Vgl. auch →Abhärtung, →Hitzeschädigung, →Sonnenbrand

Sonnenbrand

Der S. (Dermatitis solaris) ist eine mehr oder weniger schmerzhafte entzündliche Verbrennungsreaktion der Haut mit Rötung (Sonnenerythem), die durch eine übermäßige Einwirkung von Sonnenlicht entsteht. Bei der Bestrahlung der menschlichen Haut durch die Sonne kommt es zu zwei unterschiedlichen Reaktionen: Sofort im Anschluß an die Bestrahlung verstärkt sich zunächst ihre Pigmentierung, wobei noch keine entzündlichen Reaktionen auftreten. Diese Pigmentierung (Bräunung) steigt zugleich mit der Bestrahlungsdauer schwach an. Einige Stunden danach entwickelt sich in länger bestrahlten Hautbezirken aber eine entzündliche Reaktion, das sog. Sonnenerythem, das in Abhängigkeit von der Bestrahlungsintensität und -dauer zunimmt. Wenn diese Reaktion besonders stark und mehrfach im Sinne eines S. auftritt, entstehen in der Haut bleibende Lichtschäden (sog.

Die vier mitteleuropäischen Pigmentierungstypen und deren spezielles Hautkrebsrisiko

Reaktionstyp der Haut	Häufigkeit in der Bevölkerung (in %)	Reaktionsablauf bei Bestrahlung	Relatives Melanomrisiko (in %)	Anteil unter Hautkrebspatienten (in %)
I Sog. keltisch-gälischer Typ (rotblond, extrem hellhäutig)	2 (bis 9)	immer S., praktisch kaum Bräunung	2,1	8,4
II Sog. germanischer Typ (blond bis mittelblond, hellhäutig)	12 (bis 28)	fast immer S, nur leichte, kurz anhaltende Bräunung	1,5	31,4
III Sog. Mischtyp	78 (bis 53)	nur selten S., meist gute und länger anhaltende Bräunung	1,2	48,6
IV Sog. mediterraner Typ (relativ dunkelhäutig)	8 (bis 14)	kaum jemals S., ausgezeichnete und dauerhafte Bräunung	1,0	1,4

Lichtschwielen), d.h. Minderungen und schließlich Erschöpfung ihrer Reparaturfähigkeit. Erst seit wenigen Jahren ist bekannt, daß viele erwachsene Patienten mit Hautkrebs vom Typ des sog. malignen (d.h. bösartigen) Melanoms in ihrer Kindheit mehrmals und überdurchschnittlich häufig einen schweren S. erlitten hatten: Schon in jungen Jahren wirksam gewordene übermäßige Lichteinwirkung hatte ihr Risiko, an diesem Krebs zu erkranken, mindestens verdoppelt! Es wurde außerdem nachgewiesen, daß wiederholte, intensive und längerdauernde (stundenlange) Sonnenbestrahlungen vor dem 20. Lebensjahr das Melanomrisiko besonders stark erhöhen – und zwar selbst dann, wenn sie zu keinem regelrechten S. geführt hatten.

Die direkte, sofort im Anschluß an die Bestrahlung auftretende Bräunung der Haut erreicht schon nach kurzer Zeit ihren Höhepunkt und verschwindet dann allmählich wieder. Der erst nach einigen

Stunden sichtbare S. erreicht nach etwa 7 Stunden seinen Höhepunkt und klingt schließlich innerhalb der nächsten Tage völlig ab. Dabei kommt es zu einer länger bestehenbleibenden Pigmentbildung. Die Empfindlichkeit der Haut gegenüber Sonnenlichteinwirkung (d.h. ultravioletter Strahlung und Wärme), die Stärke der auftretenden reaktiven Reizantwort und zugleich damit auch das Risiko für eine spätere Hautkrebsentstehung hängt im Einzelfall weitgehend vom individuellen Pigmentierungstyp ab. Innerhalb der mitteleuropäischen Bevölkerung existieren im wesentlichen 4 unterschiedliche Pigmentierungs- und Hautreaktionstypen (s. Tabelle auf S. 343).

Eltern müssen im Sinne einer langfristigen Hautkrebs-Prophylaxe dafür sorgen, daß ihre Kinder keine wiederholten S. erleiden. Sie haben die verantwortliche Aufgabe, bei ihren Kindern (und Jugendlichen) mit allen ihnen zur Verfügung stehenden Mitteln das Bewußtsein für die Gefahren einer übermäßigen Sonnenlichteinwirkung (d.h. eines S.) zu wecken und zu schärfen.

Erfahrungstip 1:
Schützen Sie Ihr Kind vor einem S. durch angemessene Bekleidung und die Verwendung von Sonnenschutzcremes, vor allem an der See und im Hochgebirge.

Erfahrungstip 2:
Sorgen Sie dafür, daß Kinder (und Jugendliche) möglichst keine sog. Bräunungs- und Sonnenstudios aufsuchen, in denen die Reserven der Reparaturfähigkeit ihrer Haut u.U. vorzeitig verbraucht werden.

Erfahrungstip 3:
Verhalten Sie sich bei der Sonnenexposition Ihres Babys entsprechend seinem Pigmentierungstyp angemessen vorsichtig (s. Tabelle).

Soor

Mundpilz, Mundschwämmchen, »Mehlmund«; Befall und Besiedlung der Mundschleimhäute durch den Soorpilz (Candida albicans). Dabei treten auf der Innenseite der Wangen, in den Wangentaschen und am Gaumen kleine weiße, fleckförmige, grießkornartige Auflagerungen oder auch größere zusammenhängende weiße Beläge auf (Farbtafel). S. tritt vorzugsweise bei Babys und meist nur dann auf, wenn gleichzeitig eine Abwehrschwäche der Schleimhäute die sonst stets vorhandene Selbstreinigung der Mundhöhle verhindert. Dies ist vor allem bei unter- oder fehlernährten, geschwächten und/oder durchfallkranken Babys der Fall. S. ist allerdings auch bei sonst völlig gesunden Babys keine Seltenheit und erfordert hier eine besondere Überprüfung aller Vorbeugemaßnahmen gegen diese Pilzinfektion (z.B. sorgfältiges Auskochen von →Saugern und →Schnullern). Die in der Mundhöhle lokalisierte S.-Infektion ist zwar zumeist harmlos und kaum schmerzhaft, doch geht sie häufig mit einer beträchtlichen Trinkunlust einher.

Der S. verschwindet meist ohne Behandlung – allerdings nur dann, wenn die Grundkrankheit beseitigt oder die Ernährungssituation korrigiert ist. Es gibt auch vom Arzt anzuwendende lokale Pinselungen und Medikamente, unter denen der Mund-S. meist schnell abheilt. Es kann allerdings zu Rückfällen kommen, wenn die eigentliche Ursache der Abwehrschwäche nicht völlig behoben ist. Deshalb ist die Allgemeinbehandlung noch wichtiger als die örtliche.

Jede S.-Erkrankung bei Babys muß beachtet und dem Arzt gezeigt werden, denn sie kann sich durch unsachgemäßes Verhalten und durch Unterlassung einer geeigneten Behandlung auf die tieferen Luftwege, Speiseröhre und Haut (Gesäßgegend) ausbreiten.

Erfahrungstip:
Unterlassen Sie bei Babys unbedingt das Auswischen der Mundhöhle. Sie würden u.U. nur zu einer weiteren Ausbreitung des S.-Pilzes, nicht aber zu seiner Beseitigung beitragen. Bei besonders hartnäckigem S.-Befall der Mundhöhle ist es notwendig, Schnuller und Sauger regelmäßig auszukochen. Evtl. müssen Sie sogar für einige Tage auf Einmalsauger übergehen.
Vgl. auch →Faulecken, →Mundfäule, →Zungenbelag

Spaltwarze →Brustwarzen

Spasmophilie
Die S. ist eine mit der →Rachitis in unmittelbarem Zusammenhang stehende, überwiegend im Spätwinter und Frühjahr auftretende und mit Krampfanfällen und allgemeiner nervöser Übererregbarkeit einhergehende Störung des Kalkstoffwechsels bei Säuglingen und Kleinkindern.

Diese Rachitiskomplikation ist durch die heutzutage übliche systematische →Rachitisprophylaxe selten geworden. Bei Babys, bei denen sich eine Rachitis entwickelt hat und bei denen unvermittelt, manchmal nach dem ersten →Sonnenbad, →Krampfanfälle mit oder ohne Bewußtseinsstörungen auftreten, muß stets zuerst an eine S. auf rachitischer Grundlage gedacht werden. In solchen Fällen ist in der Regel eine sofortige Behandlung in einer Kinderklinik notwendig.
Vgl. auch →Fieberkrampf, →Krampfanfälle, →Rachitis, →»Zahnkrämpfe«

Speicheln
Sabbern; das Herauslaufen von reichlichen Speichelmengen aus dem Mund muß bei Babys nicht unbedingt krankhaft sein, kommt aber bei Entzündungsvorgängen im Mund (→Mundfäule, →Soor) häufiger und intensiver als sonst vor.

Die Absonderung der Speicheldrüsen ist in den ersten Lebenswochen noch relativ spärlich, sie nimmt jedoch im zweiten Lebensvierteljahr sichtlich zu. Das hängt aber nicht mit der Zahnung zusammen, wie fälschlicherweise oft angenommen wird, sondern beruht darauf, daß sich das Baby in steigendem Maße auf die Verarbeitung und Verdauung von →Beikost einstellt, und dazu wird einfach mehr Speichel gebraucht. Dieser wird dann manchmal so reichlich abgesondert, daß er dem Baby zum Teil aus dem Mund herausläuft. Das typische und gewissermaßen normale S. im 2. Lebensvierteljahr verliert sich gegen Ende der Säuglingszeit gewöhnlich von selbst.

Das verstärkte S. bei Mundkrankheiten unterscheidet sich von diesem normalen S. dadurch, daß es plötzlich bei Kindern auftritt, die vorher gar nicht oder nicht übermäßig gespeichelt haben. In solchen Fällen ist immer eine sehr genaue Inspektion der Mund- und Rachenhöhle notwendig, wobei sich manchmal eine faßbare Ursache (und die Möglichkeiten ihrer Beseitigung) erkennen läßt (→Rachen- und Mundinspektion).
Vgl. auch →Mundfäule, →Soor

Speien, »gewohnheitsmäßiges«
Unkompliziertes (»gewohnheitsmäßiges«) S. kleiner Mengen des Mageninhalts nach dem Trinken, für das ein stichhaltiger Grund nicht ohne weiteres erkennbar ist, kommt bei Brust- und Flaschenkindern häufig vor. Bei einigen Babys scheint sich der Magen damit von einem offenbaren Überschuß an Nahrung zu befreien. S. dieser Art erfolgt am häufigsten unmittelbar oder kurz nach der Mahlzeit. Es handelt sich dabei entweder um ein mit Aufstoßen verbundenes Hervorbringen geronnener und sauer riechender Nahrung oder um ein reichlicheres, echtes →Erbrechen. Dieser Ablauf kann sich u.U. wochen- und

monatelang »gewohnheitsmäßig« wiederholen. Charakteristisch dabei ist, daß das sonstige Befinden der Babys gut ist und ihr →Gedeihen befriedigend verläuft. Auf diese Tatsache bezieht sich die sprichwörtliche Redensart »Speikinder sind Gedeihkinder«. Sie besagt aber eigentlich nur, daß Babys trotz ihres S. gedeihen können. Wenn das S. allerdings stärkere Ausmaße annimmt, hat dies zumeist doch negative Auswirkungen auf das Gewichtsverhalten und das allgemeine Befinden des Babys. In diesen Fällen ist es erforderlich, nicht nur genauer nach eventuellen organischen Ursachen für das immer wiederkehrende S. zu suchen, sondern sie nach Möglichkeit auch zu beseitigen.

Manchmal kann es bei hartnäckigem S. hilfreich sein, wenn Sie den Oberkörper des Babys nach dem Trinken halb sitzend hochlagern. Auch eine stärkere Eindickung der Nahrung (z.B. mit Hilfe von →Nestargel) kann nützlich sein. Immer müssen Sie besonders sorgfältig darauf achten, daß Sie dem Baby während des Trinkens und danach nicht nur genügend Gelegenheit, sondern auch besonders viel Zeit zum →Aufstoßen geben. Jede Unruhe, Hast und Ungeduld beim Füttern müssen Sie beim Umgang mit zum Speien neigenden Babys unter allen Umständen vermeiden.

Vgl. auch →Aufstoßen, →Erbrechen, →Magenpförtnerkrampf

Speiseplan für das Kleinkind

Abgeleitet aus den allgemeinen Grundsätzen der Kleinkindernährung (→Ernährung des Kleinkinds) ergeben sich die folgenden allgemeinen Vorschläge für den S.f.d.K. und für die Speisenfolge im 2. und 3. Lebensjahr:

Erstes Frühstück: eine Tasse Milch, Milchmalzkaffee oder Milchkakao, eine halbe Scheibe Graubrot (mit oder ohne Rinde) mit Butter oder Margarine, Honig oder Marmelade, mild gewürzter Streichwurst, Streichkäse oder Quark. Statt Brot kann wahlweise gelegentlich das Getränk mit Kornflocken oder Zwieback angedickt werden. Dazu evtl. Obst, auch als Kompott.

Zweites Frühstück: Obst der Jahreszeit, gerieben oder zerkleinert, oder ein kleines Glas Obst- oder Gemüsesaft, dazu evtl. ein Vollkornkeks.

Mittagessen: 150 bis 200 g Gemüse mit Kartoffeln, dazu etwas Butter und 30 bis 40 g mageres, weichgekochtes, gewiegtes Fleisch oder Leber (alternativ grätenfreier Fisch oder Eigelb). Kleine Nachspeise →Obstmus, Kompott, Obstgrütze mit Vanillesauce, Quark-Obst-Speise (→Quark), Pudding mit Saft u.ä.

Nachmittagsmahlzeit: wie 2. Frühstück.

Abendessen: a) eine Tasse Milch (auch Buttermilch, Sauermilch, Milchmixgetränk oder Kakao) oder Früchtekräutertee, eine halbe Scheibe Graubrot mit Butter oder Margarine mit Streichwurst, Quark oder Streichkäse, evtl. alternativ ein weichgekochtes Ei; oder b) 150 g Grießbrei mit Milch, Reisbrei mit Zucker und Kompott oder Fruchtsaft.

Vgl. auch →Ernährung des Kleinkinds, →Kochrezepte für das ältere Baby und das Kleinkind

Speisestärke

S. ist feinstes Stärkemehlpulver aus pflanzlicher Stärke (gewonnen aus Weizen, Mais und/oder Kartoffel). S. findet im Haushalt vielfältige Verwendung zum Andicken von Suppen, Soßen, Gemüse, für Süßspeisen, Puddings, Gebäck u.a.m. Bekanntere S.-Produkte sind u.a. Mondamin und Maizena.

Vgl. auch →Halbmilch, →Schleimabkochungen, →Zweidrittelmilch

Speiwindel

Windeltuch, das zweckmäßigerweise allen Babys, die zu »gewohnheitsmäßigem«

→Speien, verzögertem →Aufstoßen, →Luftschlucken, →Erbrechen und ähnlichen Störungen neigen, während und nach der Mahlzeit so umgelegt wird, daß es aufgestoßene oder erbrochene Nahrungsteile auffängt. Eine richtig umgelegte S. verhütet die Verschmutzung der Wäsche und des Bettzeugs, ist auswechselbar und leicht waschbar.
Vgl. auch →Lätzchen

Spielzeug

»Aus der Art, wie das Kind spielt, kann man erkennen, wie es als Erwachsener seine Lebensaufgabe ergreifen wird.« *(Rudolf Steiner)*

Das allererste S. des Babys ist die eigene Hand oder der Fuß. Erst allmählich lernt es, körperferne Gegenstände zu ergreifen, sie festzuhalten und dann mit ihnen zu spielen und somit zu »begreifen«. Deshalb braucht ein Baby in den ersten 2 bis 3 Monaten eigentlich noch kein spezielles S. Erst dann, wenn es zufassen und festhalten kann, sollten Sie ihm einfachere Dinge zum Spielen geben: →Beißring, →Klapper, einfache glatte, nicht färbende Tiere aus Wachstuch, Kunststoff oder Holz (Abb.). Die Farbigkeit des S. hat zunächst noch keine Bedeutung, geschätzt werden besonders klappernde Gegenstände. Stofftierchen und Teddybären sowie Puppen mit beweglichen

Geeignetes Spielzeug für die erste Spielperiode

Gliedmaßen sind aber für das Baby anfangs kein geeignetes S. Wenn ein Baby bereits sitzen kann und zeitweise in sein →Laufställchen kommt, sind gewöhnliche Bauklötze, Bälle, Würfel, einfache Tier- und Menschenpuppen (ohne Bekleidung) als S. angebracht. Wenn das Kind schon laufen kann, sind stabile kleine Wagen u. dgl. zum Ziehen besonders beliebt. Im Spiel und damit ohne Zwang übt das kleine Wesen seine Bewegungsfähigkeit und Geschicklichkeit, seinen Einfallsreichtum und seine Vorstellungskraft. Deshalb lassen Sie das Kind möglichst frei und unbeschränkt spielen, denn das Spiel und die Beschäftigung mit seinem S. fördert seine Gesamtentwicklung. Allerdings sollten Sie darauf achten, daß das S. altersangepaßt ausgesucht wird (s. Tabelle).

Erfahrungstip:
Das Kind ist häufig für S., das es von Erwachsenen geschenkt bekommt, noch nicht reif genug. Einfachstes S. wird von jüngeren Kindern meist einem komplizierteren vorgezogen, da es in der Regel eher der Wesensart und der Vorstellungswelt des Kindes entspricht.
Auch für Spielzeug gilt: »Weniger ist mehr«! Eine kleine, überschaubare Zahl von Gegenständen wirkt oft anregender als eine Flut von »hochwertigen« Objekten.

Es ist richtig, wenn Sie Ihrem Kind zusätzlich zu seinem geliebten, bereits vorhandenen Stammspielzeug von Zeit zu Zeit, aber nicht zu häufig, wieder etwas Neues anbieten. Damit können Sie seine Phantasie anregen. Bieten Sie allerdings zu viel und in zu schnellem Wechsel an, dann führt dies leicht zu Unruhe und Überforderung. Vergessen Sie nicht, daß auch manche ganz einfachen Gegenstände des Haushalts sich vorzüglich als S. eignen, d.h. geeignetes S. muß nicht im-

Alters- und zweckangepaßtes Spielzeug für jüngere Kinder

	Spielsachen für Bewegungsspiele	**Spielsachen zum Gestalten, Probieren, Forschen und Werken**
im 1. Lebensjahr	Luftballon, Rassel, Klapper, Kinderwagenkette, Schwimmtiere, Ball, Werfpuppe, Plüsch- oder Frotteetier, Greifspielzeug	Luftballon, Mobile, Rassel, Klapper, Kinderwagenkette, Schwimmtiere, Ball, Werfpuppe, Plüsch- oder Frotteetier, Greifspielzeug
bis 3 Jahre	Nachzieh- und Schiebespielzeug, Sandwagen, großes Fahrzeug zum Draufsitzen, einfache Fahrzeuge, Holzeisenbahn, Dreirad, Schlitten, Schaukelpferd	Hampelmann, Stehauf-, Purzelmännchen, Kugelbahn, Steckspielzeug, einfaches Puzzle, Bauklötze aus Holz, Fädelring, -perlen, Fingerfarben, dicke Wachskreiden, Sandspielzeug, Musikspieldose, Brummkreisel
zwischen 3 und 6 Jahren	Fahrzeuge mit verschiedenen mechanischen Funktionen (Feuerwehr, Kran, Bagger), Handwagen, Schubkarre, Dreirad, Roller, Fahrrad, Go-Kart, Gleitschuhe, Laufbecher, Dosenstelzen, Springseil, Gummi-Twist, Kreisel, Wurfspiele, Wasserspielzeug zum Aufblasen, Schaukel, Kletterpyramide, Gartengeräte	Russische Puppe, Steckbausteine, Großbauelemente, Spielmöbel, Aufstellspielzeug, Miniaturfahrzeuge, Material zum Legen, Stecken, Nageln, Puzzle, Legespiele, Buntpapier, Ausschneidebogen, Fädelperlen, Papierflechtmaterial, einfacher Webrahmen, Tafel, Kreide, Faserstifte, Ölkreiden, Buntstifte, Wasserfarben, Malbücher, Knetmaterial, Werkzeug und Material zum Basteln und Werken, zum Handarbeiten und Drucken, Kaleidoskop, Seifenblasen, Segelflugzeug, Drachen, Waage
	Spielsachen für Rollen- und Theaterspiele	**Spielsachen zum Miteinanderspielen**
im 1. Lebensjahr	–	–
bis 3 Jahre	Stofftiere, einfache Puppen, Telefon, einfache Haushaltsgeräte, unzerbrechliches Geschirr, Spielmöbel, Spielelemente aus Karton	-

zwischen 3 und 6 Jahren	Puppe und Puppenzubehör, Haushaltsgeräte, Kindergeschirr, Zubehör für Rollenspiele (Arztkoffer, Astronautenset, Kinderpost, Kaufladen), Sachen zum Verkleiden, Handspielpuppen, Puppenstube mit Zubehör, Aufstellspielzeug, Miniaturfahrzeuge, Verkehrsanlagen ohne Antrieb	Lottospiel, Farben-, Bilderdomino, Schnipp-schnapp, Hasch mich, Katz und Maus, Angelspiel, Gedächtnisspiele (Memory, Kofferpacken), Schwarzer Peter, Farbquartett, Farbwürfelspiele, Geschicklichkeitsspiele, Ballspiele

mer neu gekauft werden. Kinder sind in dieser Hinsicht meist viel einfallsreicher, phantasievoller und weniger anspruchsvoll, als die Erwachsenen annehmen. Die wichtigsten Anforderungen, die an ein für die Babyzeit geeignetes S. gestellt werden müssen, sind hygienischer Natur: Es soll aus festem, abwaschbarem Material bestehen. Der Einzelgegenstand muß so groß sein, daß er nicht als Ganzes in den Mund genommen und verschluckt werden kann, aber er darf auch nicht sich leicht lösende Verzierungen aufweisen und evtl. Knopfbatterien, Knöpfe und Glasaugen enthalten, die verschluckt werden könnten. S. darf nicht abfärben und keine scharfen Ecken und Kanten haben. Insgesamt bedenken Erwachsene zumeist viel zu wenig, daß Kinderspielsachen in ganz besonderer Weise beansprucht werden und dabei hohem Verschleiß und relativ rascher Zerstörung ausgesetzt sind: Die Oberflächen des S. können sich dabei allmählich physikalisch und chemisch so verändern, daß dadurch Gefahren entstehen. In dieser Hinsicht muß vor einigen billigen Importspielwaren aus Übersee gewarnt werden, über deren chemische Zusammensetzung meist keine Informationen mitgeliefert werden. Bestehen die Oberflächen des S. aus Lacken oder anderen Anstrichmitteln, dann sollten diese Farben nach dem Deutschen Lebensmittel- und Bedarfsgegenständegesetz »speichel- und schweißecht« sein. Alle Lacke enthalten Lösungsmittelreste und sind niemals unbegrenzt stabil. In blauen, braunen und grünen Farbpigmenten kann Kobalt, Blei oder Zink enthalten sein, in den roten Cadmium, Chrom, Antimon und Arsen, also keineswegs harmlose Stoffe. Da Babys und Kleinkinder oftmals ihr S. in den Mund nehmen und daran lutschen, spielt dieser Gesichtspunkt bei der Auswahl und Anschaffung keine geringe Rolle. Und wenn der Lack erst ab ist, treten bei billigem S. u.U. weitere Substanzen zutage, wie z.B. Farb- und Konservierungsstoffe, chemische Stabilisatoren, Weichmacher oder Kunststoffe mit Resten von Lösungsmitteln, die möglicherweise ebenfalls nicht ungefährlich sind. All dies sind Gründe dafür, daß Kinderärzte den Eltern raten, beim Kauf von S., wann immer möglich, mehr auf natürliche Materialien zurückzugreifen: Glattes, unbehandeltes Holz (Klötzchen verschiedener Größe und Form, wie sie z.B. als Abfall in Tischlereien anfallen), Puppen aus Frottee oder Jute, die auskochbar sind, Salzteig, Methylzellulose als Klebemittel und »Biofarbstifte« sind einige der empfehlenswerten Alternativen.

Spinat

S. ist ein in der Ernährung von Babys und Kleinkindern viel verwendetes Blattgemüse, das allerdings wegen seines leicht bitteren Beigeschmacks nicht von allen Kindern gern gegessen wird. Bereits blühender S. ist besonders bitter und wird von vielen Kindern gänzlich abgelehnt. Bei unzweckmäßiger oder zu langer Lagerung von frisch zubereitetem S., bei zu langsamem Auftauen von Gefrier-S. und vor allem beim Wiederaufwärmen können durch Bakterieneinwirkung aus den im S. vorhandenen Nitraten u.U. gesundheitsschädlich wirkende Nitrite entstehen. Deshalb ist S. für jüngere Babys als Gemüse weniger zu empfehlen, während er am Ende des 2. Lebenshalbjahres – ebenso wie der Preßsaft der rohen Blätter – unbedenklich als Bestandteil von →Beikost gegeben werden kann.

So wird's gemacht:
Die Blätter des S. werden gründlich gewaschen, abgetropft, mit wenig Wasser und einer Messerspitze Salz angesetzt und 5 bis 10 Minuten im geschlossenen Topf gedämpft. Dann werden die Blätter aus dem Kochwasser genommen, fein gewiegt und erneut ins Kochwasser (das alle Nährstoffe enthält) gegeben, das Ganze wird mit einem Teelöffel Butter und etwas geriebenem Zwieback oder Brötchenmehl versetzt. Anstelle von Butter und Mehl können Sie auch eine Butter-Mehl-Einbrenne (Butter zusammen mit Mehl im Tiegel unter Rühren erhitzen und bei genügender Bräunung des Mehls das Gemüsekochwasser langsam hinzugeben) verwenden, die das Ganze etwas schmackhafter macht. Auch die Zugabe von etwas Milch und/oder pürierter Kartoffel nimmt dem S. etwas von seinem strengen Geschmack. Geringe Süßung mit Zucker kann versucht werden, wenn die Kinder die ungesüßte Zubereitung strikt ablehnen.

Achtung! Angebrochene S.-Konserven sind nicht lange haltbar und sollten deshalb unmittelbar nach dem Öffnen verbraucht und nicht aufgehoben werden.

Der Stuhl der Babys, die mit S. gefüttert werden, bekommt oft eine dunkle Farbe (Gemüsestuhl), ohne daß dies eine besondere Bedeutung hat. Überhaupt sind unverdaute Gemüsereste im Stuhl von Babys normal und kein Zeichen für eine Unverträglichkeit von Gemüsekost. Vgl. auch →Gemüse-Brei, →Kochrezepte für das ältere Baby und das Kleinkind

Sportwagen →Buggy, →Kinderwagen

Sprache →Sprachentwicklung

Sprachentwicklung

»Zwei Jahre braucht der Mensch, um das Sprechen, ein Leben lang, um das Schweigen zu lernen.« *(E. Hemingway)*

Am Anfang der Lautäußerungen des Kindes steht das unartikulierte Schreien. Damit teilt das junge Baby unmißverständlich mit, daß es hungrig ist, sich unbehaglich fühlt und/oder die Anwesenheit der Mutter braucht. Von da bis zur eigentlichen Sprachäußerung ist es zwar ein weiter, aber schnell durchschrittener Weg: Noch im ersten Lebensjahr lernt das Baby, sich mit Hilfe von sog. Lautgebärden auszudrücken, die, bevor schon erste Worte gebraucht werden, eine gewisse Verständigung zwischen Kind und Erwachsenen durch Gesichtsausdruck, Geste und Sprechton ermöglichen. Auf ein vertrautes Gesicht reagiert ein gesundes, normales Baby meist mit Lächeln, Zuwendung und fröhlichem Lallen. Neben dem Schreien entwickelt sich im Verlauf des ersten Lebensjahres auch allmählich die Wortsprache, über die der Mensch unter allen Lebewesen allein verfügt und die ihm in besonderer Weise erlaubt, zwischenmenschliche Beziehungen herzustellen, Gedanken auszudrücken und ein Kulturwesen zu sein. Die Grundbausteine der Sprache, die Laute und Worte, werden zunächst in spielendem Lallen geübt, wobei der Versuch, Gehörtes wiederzugeben und nachzuahmen, die Hauptanregung bildet. Dies ist sicher der tiefere Grund dafür, daß Eltern, die ihrem Kind das Beste antun wollen, es instinktiv in freundlichem Ton ansprechen. Das Kind spürt und hört die damit angestrebten Kontakte, auch wenn es zunächst den Sinn der Worte noch nicht verstehen kann. Auf diese Weise bereichert es fortlaufend seine »Klangbilder« und versucht danach ständig, auch wenn es allein ist, das Aufgenommene wiederzugeben: Im Wachzustand »redet«, lallt, juchzt und plappert das angeregte, sich wohlfühlende Baby fast unausgesetzt. Ziemlich unvermittelt, etwa zwischen dem 11. und 15. Monat, bei Mädchen oft etwas früher als bei Jungen, kommt es dann zum ersten Aussprechen von Wortgebilden und einzelnen Worten (wobei unter dem Begriff »Wort« eine feste Zuordnung einer bestimmten Lautverbindung zu einer Sache, einer Person, einem Zustand oder Merkmal zu verstehen ist). Meist sind es zunächst noch ganz einfache Lallwörter (z.B. »Mamam« für Essen, »Papa«, »Mama«, »Auwe«, »Auto«), z.T. auch unverständliche eigene Worterfindungen und natürlich auch die von den Erwachsenen an das Kind herangetragenen »Wortverniedlichungen« (»Puppi«, »Hundi« usw.). Das Kind spricht zuerst in Einwortsätzen, und das gesprochene Wort drückt anfangs fast immer einen Wunsch aus. Später können zwei Worte aneinandergefügt werden, und im dritten Lebensjahr ist dann auch mit den ersten Dreiwortsätzen zu rechnen. Gleichzeitig werden bereits die Endungen der Haupt- und Zeitwörter (Verben) verwendet. Die weitere Entwicklung ist dann nur noch eine Vollendung des Angefangenen. Unter Aneignung eines unterschiedlich großen Wortschatzes (was auch abhängig vom Sprachschatz seiner Umgebung ist) erlernt das Kind mit erstaunlicher Schnelligkeit im dritten und vierten Lebensjahr die Beugung der Worte und zum Schluß auch noch den Gebrauch des Konjunktivs.

Es wird angenommen, daß die Differenzierung der Wortarten (nach Zahl, Fall, Geschlecht, Person, Zeit) sich durch Nachahmung und logische Ableitungen vollzieht.

Für die zeitlichen Abläufe der S. lassen sich nur ungefähre allgemeine Regeln erkennen, denn die individuellen Unterschiede der Veranlagung, des Gedächtnisses, des Temperaments, der Sprechfreudigkeit und der äußeren Einflüsse, die die S. fördern oder bremsen, sind zu groß, um ganz verbindliche Termine für den Ablauf der S. angeben zu können. Gerade die äußeren Lebensumstände des Kindes fordern in bezug auf die S. besondere Beachtung: Jeder Mensch bringt zwar in seiner Anlage die Voraussetzungen für eine S. mit, dennoch kann sich die Sprache nur im sozialen Raum, d.h. im individuellen Hör- und Sprechkontakt des Kindes mit dem sprechenden Erwachsenen entfalten. Kinder, mit denen sich z.B. aus Zeitmangel niemand ausreichend beschäftigt und spricht und die insgesamt in einem wenig anregenden Milieu aufwachsen, bleiben notwendigerweise in ihrer S. zurück, denn sprachliche Anregung und gesprochenes Vorbild in der Familie spielen während der gesamten Kindheit, auch noch in der Schulzeit, eine entscheidend fördernde Rolle. Allerdings ist eine verzögerte S. nicht immer auf fehlende Interaktion mit Kontaktpersonen zurückzuführen, spätes Sprechenlernen bedeutet nicht unbedingt zugleich verzögerte geistige Entwicklung, und »sprechfaul« ist nicht immer mit »denkfaul« gleichzusetzen. Es ist zwar zutreffend, daß sich die geistige Entwicklung und die S. gegenseitig beeinflussen und daß geistige Entwicklungsstörungen zumeist auch mit einer Störung der S. einhergehen. Glücklicherweise ist aber die verständliche Sorge der Eltern von Kindern mit einer verzögerten S., daß auch deren geistige Entfaltung betroffen sein könne, meistens unbegründet. Denn es gibt Kinder, die ohne geistige Mängel, ja bei manchmal hoher Intelligenz, erst mit 3 oder 4 Jahren richtig zu sprechen beginnen. Diese eigenartige Variation der S. wird »Hörstummheit« genannt, weil die Kinder dabei zwar hören und zum normalen Termin die Sprache des Erwachsenen vollkommen und sinngemäß verstehen, aber selbst bis ins 4. Lebensjahr hinein nicht sprechen, d.h. praktisch stumm bleiben (»Hörstummheit« im Gegensatz zu »Taubstummheit«, bei der die Betroffenen nicht hören, d.h. taub sind und deshalb auch nicht sprechen lernen). Erst dann endet, zumeist ziemlich plötzlich, diese Hörstummheit, und die Kinder beginnen perfekt zu sprechen, manchmal sogar sprudelnd, ungehemmt und ohne Punkt und Komma.

Erfahrungstip 1:
Bei einem Kind mit normaler Hörfunktion kann dessen S. nur dann als normal angesehen werden, wenn es spätestens bis zum 3. bis 4. Lebensjahr seine vollständige Sprechfunktion aufgenommen hat. Wenn dies bis dahin nicht der Fall ist, muß eine ernstliche Entwicklungsstörung oder eine Gehörschädigung angenommen werden, deren Natur vom Arzt geklärt werden muß (→Gehör).

Erfahrungstip 2:
Im Verlauf der S. des Kindes sollten Sie als Erwachsener sehr sorgfältig darauf achten, daß Sie niemals die Wortverstümmelungen oder Worterfindungen des Kindes in Ihren eigenen Wortschatz aufnehmen, auch wenn diese noch so lustig klingen mögen. Von Erwachsenen sollte das Kind stets nur absolut korrekte Worte zu hören bekommen, auch Verniedlichungs- oder Verkleinerungsformen sind für die kindliche S. und Sprechreifung wenig dienlich. Das Vorbild für die Nachahmung im Rahmen der S. des Kindes sollte nur die Normalsprache sein.
Vgl. auch →Gehör

Sprachlosigkeit →**Gehör,** →**Sprachentwicklung**

Spreizbandagen →**Hüftgelenkdysplasie, angeborene**

Spreizgips →**Hüftgelenkdysplasie, angeborene**

Spreizhose →**Hüftgelenkdysplasie, angeborene**

Spreizlagerung →**Hüftgelenkdysplasie, angeborene**

Spucken →**Speien, »gewohnheitsmäßiges«**

Spuckwindel →**Speiwindel**

Spurenelemente

Spurenstoffe; lebensnotwendige chemische Substanzen und Stoffe, die in der Normalkost aber nur in sehr kleinen Mengen (Spuren) enthalten sind. Wegen ihrer wichtigen biologischen Aufgaben, vor allem im Stoffwechsel des Körpers und beim Wachstum, werden diese Stoffe auch als »Bioelemente« bezeichnet. Im einzelnen handelt es sich dabei vor allem um Verbindungen von Jod, Eisen (→Eisenbedarf), Kupfer, Kobalt, Fluor, Brom, Mangan und Zink. Während rohe Kuh-

milch die meisten S. in äußerst geringen Mengen enthält, sind diese in →Säuglingsnahrungen und sog. »Gläschenkost« (→Beikost) zugesetzt und in natürlichen Nahrungsstoffen wie Obst, Fleisch, Eiern, Brot und Gemüse in reichlicheren Mengen vorhanden. Unter den S. haben z.B. Eisen, Kupfer und Kobalt für die Blutbildung, Jod für die Schilddrüsenfunktion und Fluor für die Zahnschmelzbildung und Kariesverhütung Bedeutung.
Vgl. auch →Vitamine

Ställchen →Laufställchen

Stäupchen →Zuckungen des Babys

Steckdosenverschluß →Verbrennung und Verbrühung

Stehen

Die aufrechte Körperhaltung und das Stehen und Gehen auf zwei Beinen sind entscheidende Merkmale des Menschseins. Diese entwickeln sich im Verlauf des Babyalters. Der Zeitpunkt, zu dem das Stehen möglich ist, hängt von der Reifung der hierfür verantwortlichen Hirngebiete ab. In den ersten Lebenswochen lassen sich zwar viele Babys infolge ihrer hohen Muskelspannung kurz auf die Beine stellen, ohne daß sie gleich wieder zusammenknicken, doch mit dem eigentlichen St. hat dies noch nichts zu tun. Erst etwa im 4. bis 5. Monat ist die Hirnreifung so weit gediehen, daß die Babys nun, wenn man sie unter den Armen stützt, die Beine fest auf die Unterlage stemmen. Gibt man dem Kind Gelegenheit, sich festzuhalten, dann entdeckt es oft schon im 7. bis 8. Monat, daß es sich durch Festhalten und Hochziehen z.B. am Bettrand oder Gitter schließlich auf die Beine stellen kann – es steht mit Unterstützung. Nicht lange dauert es dann, bis es auch – mit Festhalten – die ersten Schritte wagt. Das Kind hat sich auf den Weg zum Erlernen des →Laufens begeben. Das freie St. erfolgt in der Regel wie von selbst, bei dem einen Kind etwas früher, beim anderen etwas später. Beim Lernprozeß des St. sollten Sie als Erwachsener dem Kind die Initiative weitgehend selbst überlassen. Ein gesundes Kind lernt das St. von selbst, wenn es reif genug dafür ist.

Schwere (überfütterte) und weniger aktive Babys brauchen dazu oft etwas länger als lebhafte, zierliche. Bei den ersten Stehversuchen gerät das Kind manchmal dadurch in eine gewisse Bedrängnis, daß es noch nicht gelernt hat, sich wieder hinzusetzen. Wenn es dies bemerkt hat, schreit es oftmals heftig, sich dabei krampfhaft mit seinen Händchen an einem Halt anklammernd. Setzen Sie es dann wieder hin, ist die aktuelle Angst schnell vergessen, und es stellt sich oftmals gleich wieder auf. Erst allmählich lernt es, sich vorsichtig mit den Armen herunterzulassen und sich zum Schluß das letzte Stückchen auf den Po fallen zu lassen. Es macht dabei die Erfahrung, daß das nicht weh tut, denn die Sitzfläche ist ja gut gepolstert!

Erfahrungstip:
Macht Ihr Kind auch gegen Ende seines ersten Lebensjahres noch keine Anstalten, sich auf die Füße zu stellen, und unternimmt es auch keine selbständigen Stehversuche, dann kann dies ein Hinweis auf eine ernstzunehmende Entwicklungsstörung sein. In diesem Fall ist eine eingehende ärztliche Untersuchung überfällig und unbedingt notwendig.
Vgl. →Laufen, →Laufställchen, →Sitzen

Sterilisation →Desinfektionsmittel

Stickhusten →Keuchhusten

Stillen, Gegenanzeigen →Stillhindernisse

Stillen, Technik →Anlegen an die Brust (Technik)

Stillen und Empfängnisrisiko →Menstruation der Stillenden

Stillen und erneuter Schwangerschaftseintritt →Menstruation der Stillenden

Stillen und Menstruation →Menstruation der Stillenden

Stillfähigkeit

Ob und inwieweit eine Mutter nach der Entbindung stillen kann, wird stets nur der praktische Ernährungsversuch an der Brust erweisen. Das Stillen ist ein ganz natürlicher und normaler Vorgang, der erfahrungsgemäß immer dann am besten funktioniert, wenn Sie an ihn mit Selbstvertrauen und ohne über ihn allzuviel nachzudenken herangehen, vor allem, ohne daß Sie sich mit Zweifeln quälen, ob Sie auch wirklich zum Stillen fähig sind. Sie sind es! Die Beschaffenheit, Größe und Form der Brust lassen keinerlei Vorhersagen auf die St. zu. Eine große, üppige Brust bietet ebensowenig eine Gewähr für überdurchschnittliche St. wie umgekehrt eine kleine, wenig entwickelte Brust von vornherein eine Unfähigkeit zu stillen bedeutet. Die Erfahrung in Notzeiten hat gezeigt, daß praktisch jede gesunde Frau, die ein Kind empfangen und gebären konnte, ganz gleichgültig, wie ihre Brust äußerlich beschaffen war, auch ihr Baby wenigstens einige Monate voll und ausschließlich an der Brust ernähren konnte.

Bei der überwiegenden Mehrzahl junger Mütter kommt die Milchbildung – manchmal erst nach Überwindung gewisser Anfangsschwierigkeiten – so reichlich in Gang, daß das Baby dann ohne jede Schwierigkeit bis zum Ende der Stillzeit mit bestem Ernährungserfolg an der Brust genährt werden kann. In den äußerst seltenen Fällen, in denen tatsächlich eine echte, völlige Stillunfähigkeit vorhanden ist, besteht fast immer entweder eine Unterentwicklung des eigentlichen milchbildenden Drüsengewebes (→Brustmilchmangel) oder eine beidseitige hochgradige Hohlwarze, die dem Kind eine normale Saugtätigkeit verwehrt (→Brustwarzen).

Häufiger allerdings ist eine vermeintliche Stillunfähigkeit, die durch vermeidbare Fehler entsteht. Natürlich ist die normale St. vom festen Willen, das Baby zu stillen, entscheidend abhängig. Ist er vorhanden, ist auch die scheinbare Stillunfähigkeit überwindbar.

Solche vermeidbaren Fehler sind:

- mangelndes Selbstvertrauen und fortwährende Zweifel an der eigenen St.,
- zu starres Einhalten bestimmter Regeln bezüglich des Anlegens (läßt z.B. die Milchbildung infolge eines verspäteten →Einschießens der Brustmilch zunächst zu wünschen übrig, dann muß u.U. öfter, 6- oder 7mal, auch nachts und an beiden Seiten, angelegt werden. Um die Milchbildung in Gang zu bringen, muß die Brust unbedingt nach jedem Anlegen vollständig entleert werden, notfalls durch →Abdrücken oder →Abpumpen der Brustmilch),
- fehlende mütterliche Unterstützung von Babys, die in den ersten Lebenstagen noch »ungeschickt« und/oder zu schwach beim Trinken und Saugen sind (sie entleeren deshalb die Brust nur ungenügend und geben somit einen verminderten Anreiz zur Milchbildung; in solchen Fällen muß man den Kindern manchmal durch »entgegenkommendes Abmelken« helfen und die Brust stets nach dem Anlegen sehr sorgfältig und vollständig entleeren; das gleiche gilt auch bei einer sog. schwergehenden Brust),
- zu frühzeitiges Aufgeben der Stillversu-

che und vorzeitiges Füttern, Beifüttern oder Nachfüttern mit der Flasche,
- ungeeignetes Experimentieren aufgrund von Ratschlägen nur vermeintlich erfahrener Beraterinnen,
- übermäßige Bewertung der mit der Waage festgestellten Stilleistung (→Stillprobe), ohne das Verhalten und den Zustand des Babys zu berücksichtigen (→Gedeihen),
- der Irrglaube, daß jede Unruhe und jedes Schreien des Babys nach dem Stillen Ausdruck von Hunger und mangelnder →Sättigung oder ein Hinweis auf eine mangelnde Beschaffenheit der Muttermilch sein müsse (→Schreien, nächtliches).

Vgl. auch →Anlegen, erstes, →Brust, schwergehende, →Brustkind, Nahrungsbedarf, →Brustwarzen, →Einschießen der Brustmilch, →Fütterungszeiten, →Neugeborenes, Nahrungsbedarf, →Schreien, nächtliches, →Stillfehler

Stillfehler

Einige Fehler, die beim Stillen gemacht werden, können dazu führen, daß der Mutter Zweifel an ihrer →Stillfähigkeit kommen, daß die Stilleistung zurückgeht oder daß das Stillen überhaupt mißlingt. Solche Fehler sind aber fast durchweg vermeidbar, wenn man nur ihre Art kennt, sie richtig deutet und dementsprechend beseitigt.

Die häufigsten St. sind:
- Unangemessen vorzeitige Fütterung von Flaschennahrung (besonders in den ersten 2 bis 3 Lebenswochen oder gleich nach der Entlassung aus der Entbindungsklinik). Tatsächlich ist die Flaschennahrung viel seltener nötig, als meist angenommen wird. Läßt sie sich nicht umgehen, dann sollten Sie zumindest nicht gleich zur Flasche mit Säuglingsnahrung greifen, sondern in den ersten 3 bis 5 Lebenstagen Maltodextrinlösung, notfalls auch etwas gezuckerten Tee geben. Auf diese Weise beugen Sie einem nicht erwünschten zu starken Sättigungsgefühl Ihres Babys vor und sorgen dafür, daß es wegen des noch vorhandenen Hungergefühls weiterhin kräftig an der Brust saugen wird – die beste Voraussetzung für die Milchproduktion und -abgabe durch die Brust.
- Falsche oder einseitige Ernährung der Stillenden. Besonders wichtig ist die Flüssigkeitszufuhr. Bedenken Sie, daß Sie beim Stillen durch die Brust täglich bis zu einem Liter Flüssigkeit abgeben, die Sie ersetzen müssen (→Milchbildung, mütterliche)!
- Auftretende Rückenschmerzen beim Stillen. Sie sind meist durch falsche Haltung beim Stillen bedingt. Nehmen Sie deshalb zum Stillen einen niedrigen Stuhl und setzen einen Schemel so unter Ihre Füße, daß Sie auch beim Stillen wirklich entspannt sitzen können. Treten trotzdem Schmerzen auf, sollten Sie lieber im Liegen stillen (→Anlegen an die Brust (Technik); dort Abb.).
- Zu lange oder zu kurze Stilldauer. Die Trinkzeit des Kindes sollten Sie auf nicht mehr als 20 (bis 30) Minuten ausdehnen. Wenn das Kind vor dieser Frist an der Brust einschläft und auch nicht mehr zum Saugen zu bewegen ist, sollten Sie die Mahlzeit beenden, damit Ihre Brustwarzen nicht wund und rissig werden. Ihre Brust muß aber in solchen Fällen unbedingt durch →Abdrücken oder →Abpumpen der Brustmilch vollständig entleert werden!
- Schmerzhafte →Brustwarzenschrunden. Im Grunde lassen sich diese durch sachgemäße vorbeugende Pflege der Brust (→Brustpflege) im letzten Drittel der Schwangerschaft weitgehend vermeiden. Sollten sie sich trotzdem einmal einstellen, sind sie kein Grund zum →Absetzen oder

→Abstillen. In diesem Fall ist es zweckmäßig, häufiger, dafür aber kürzer anzulegen. Ein weniger hungriges Baby strapaziert auch Ihre Brustwarzen weniger. Außerdem sollten Sie zuerst an der ergiebigeren Seite anlegen und auf die andere Seite wechseln, sobald die Milch gut fließt. Gegen Wundwerden der Brustwarzen hilft es auch, wenn Sie diese zwischen den Mahlzeiten der Luft aussetzen und einfach etwas an der Brustwarze befindliche Milch antrocknen lassen. Zur Schmerzlinderung kann vor dem Stillen das Auflegen einiger Eiswürfel helfen. Trockenfönen oder kurzdauernde Höhensonnenanwendungen können die Abheilung fördern.

- Unnötige Konzentration auf die Waage. Bei einem offensichtlich gut gedeihenden Baby ist eine tägliche Gewichtsbestimmung überflüssig, entscheidend ist die Feststellung, daß das Kind wöchentlich zwischen 120 und 200 g zunimmt. Doch ist auch dies kein Dogma. Lassen Sie sich nicht unter Druck setzen und stellen Sie Ihr Baby beim Kinderarzt vor, wenn Sie unsicher sind oder meinen, es würde nicht genug Milch bekommen. Wiegen sollten Sie aber möglichst immer am gleichen Wochentag und zur gleichen Tageszeit (→Stillprobe)!

Vgl. auch →Gedeihen, →Stillfähigkeit

Stillgegengründe →Stillhindernisse

Stillhindernisse

Frauenmilch ist die natürliche und beste Nahrung des jungen Babys. Sie allein ist seinen Bedürfnissen optimal angepaßt. Deshalb sollte jede Mutter unbedingt darauf bedacht sein, ihr Kind wenigstens in den ersten Lebenswochen zu stillen.

Die Vorteile des Stillens für Mutter und Kind sind unverkennbar (→Anlegen an die Brust (Technik), →Frauenmilch). Leider gibt es gelegentlich Hindernisse und Schwierigkeiten, die es auch bei bestem Willen unmöglich machen oder sehr erschweren, das Baby ganz oder teilweise zu stillen. Solche St. können auf seiten der Mutter (mütterliche St.) oder auch des Kindes auftreten (kindliche St.). Ein Teil dieser St. ist aber nicht absolut, sondern nur relativ vorhanden, d.h. Stillen ist möglich, wenn auch unter gewissen Erschwernissen. Diese können aber bei vorhandenem festen Willen der Mutter zum Stillen und unter Aufwendung von Geduld und Energie fast immer überwunden werden.

Absolute mütterliche St. sind sehr selten. Sie beruhen zum Teil auf organischen Ursachen, wie z.B. auf stärkeren Formabweichungen der →Brustwarzen (Hohlwarzen, Spaltwarzen, Flachwarzen), die dem Baby das Trinken erschweren. Abhilfe ist oft mit der Verwendung von →Saughütchen möglich. Ebenso können Sie versuchen, die Brustwarze vor dem →Anlegen an die Brust mit Hilfe einer →Milchpumpe so weit vorzuziehen, daß das Baby sie doch fassen kann. Wenn dies nicht gelingt, haben Sie durch →Abpumpen oder →Abdrücken der Brustmilch oft wenigstens noch die Möglichkeit, dem Kind abgedrückte Frauenmilch mit der Flasche oder mit dem Löffel zu füttern.

Weitere S. sind Funktionsstörungen, wie z.B. erheblich verzögertes →Einschießen der Brustmilch, und die sog. schwergehende →Brust. Echter →Brustmilchmangel ist demgegenüber ganz außerordentlich selten. Kleine, wenig entwickelte Brüste müssen nicht zugleich auch unbedingt milcharm sein, sondern können u.U. sogar sehr reichlich Milch bilden. Jedenfalls sind sie kaum jemals Ursache einer vollständigen Stillunfähigkeit. St. und eine Gegenanzeige gegen das Stillen können schwerere Krankheiten der Mutter dann sein, wenn zu befürchten oder zu erwarten ist, daß die Belastungen des Stillens zu einer wesentlichen Verschlechterung des Krankheitszustandes führen (z.B. bei aktiver Tuberkulose der Mutter) oder wenn durch die Stilltätigkeit der Mutter eine Infektionsgefährdung des Babys vorhanden ist (z.B. bei Hepatitis oder HIV-Infektion).

St. von seiten des Kindes entstehen u.U. durch Saug- und Trinkschwäche, z.B. bei Frühgeborenen (→Frühgeborenes, Frühgeburt), durch angeborene Fehlbildungen, die den Saugakt und das Trinken sehr erschweren oder ganz unmöglich machen (z.B. →Lippenspalte, →Gaumenspalte, Störungen des →Saug- und →Schluckreflexes) bzw. die Trinkfähigkeit schwächen (z.B. →Herzfehler, angeborener), sowie durch schwere andere Krankheiten des Babys (z.B. →Lungenentzündung). In einem Teil dieser Fälle von kindlichen St. lassen sich die Probleme dadurch umgehen, daß die Mutter ihre Milch abpumpt oder abspritzt und sie mit der Flasche oder dem Löffel verfüttert, so daß das Kind nicht auf die Muttermilch zu verzichten braucht. Entsprechendes gilt natürlich auch für vorübergehende St., wie sie z.B. bei einem schweren akuten →Schnupfen des Babys auftreten können. Nach der Genesung des Kindes kann dann das Stillen wieder aufgenommen werden.

Keine echten St. sind dagegen allgemeine nervöse Beschwerden der Mutter, natürlich auch die unbegründeten Befürchtungen von Müttern, durch das Stillen ihre »gute Figur« einzubüßen.

Erkrankungen der Brustdrüse (→Brustdrüsenentzündung) oder der Brustwarzen (→Brustwarzenschrunden) können manchmal zum vorzeitigen Abstillen zwingen, aber keineswegs in jedem Fall; hierüber sollte im einzelnen der Arzt befragt werden.

Vgl. auch →Anlegen an die Brust (Technik), →Brustmilchmangel, →Stillfähigkeit, →Stillprobe

Stillhütchen →Saughütchen

Stillhygiene →Anlegen an die Brust (Technik), →Brustpflege

Stillprobe

Die St. ist eine Methode zur exakten Prüfung der abgegebenen Milchmenge der mütterlichen Brust. Mit ihr kann die Frage geklärt werden, ob das Baby beim Stillen tatsächlich ausreichende Milchmengen bekommt und getrunken hat.

So wird's gemacht:
Das voll bekleidete Baby wird unmittelbar vor und gleich nach dem Anlegen (ohne einen Wechsel der Windeln oder der Bekleidung) genau gewogen. Die sich dabei ergebende Differenz zwischen beiden Meßdaten ist die Gewichtszunahme. Sie entspricht zugleich der vom Baby getrunkenen Milchmenge (brachte das Baby z.B. vor dem Anlegen 4250 g und danach 4360 g auf die Waage, dann muß es 110 ml Milch zu sich genommen haben).

Erfahrungstip:
Voraussetzung für verläßliche und vergleichbare Resultate ist, daß das Wiegen des Babys stets am gleichen Wochentag und zur gleichen Tageszeit durchgeführt wird.

Bei der Beurteilung der Ergebnisse einer St. muß stets berücksichtigt werden, daß der Muttermilchbedarf des Babys individuell unterschiedlich groß ist: Es gibt »Vieltrinker« von Natur aus und andererseits Babys, die als gute »Nahrungsverwerter« schon mit relativ kleinen Milchmengen auskommen und dabei trotzdem sehr gut gedeihen. Berücksichtigt werden muß auch, daß fettreiche

Muttermilch besser sättigt als eine fettarme. Von ersterer werden also zur Sättigung und zum Gedeihen des Kindes wesentlich geringere Mengen benötigt und getrunken als von letzterer. Dies ist der Grund dafür, daß sich für den Milchbedarf des Brustkindes (→Brustkind, Nahrungsbedarf) nur ungefähre Anhaltswerte angeben lassen, die Sie nicht überbewerten sollten. Ein regelmäßiger und ausreichender Gewichtsanstieg trotz relativ geringer Brustmilchmengen ist jedenfalls ein sehr zuverlässiger Beweis dafür, daß das Baby genügend Nahrung an der Brust erhält.

In Zweifelsfällen ist es ratsam, die St. nicht nur einmal als Stichprobe, sondern während eines ganzen Tages bei jeder Mahlzeit durchzuführen, um auf diese Weise die gesamte Tagestrinkmenge zu ermitteln. Diese Ganztages-St. hat auch deshalb Bedeutung, weil die ersten Mahlzeiten des Tages oft wesentlich umfangreicher sind als diejenigen des Nachmittags oder Abends. Stets dürfen Sie die St. nur im Zusammenhang mit dem gesamten Verhalten des Säuglings (Unruhe und Schreien nach dem Anlegen, Zufriedenheit) sowie mit seinem allgemeinen →Gedeihen und Nichtgedeihen bewerten.
Vgl. auch →Brustkind, Nahrungsbedarf, →Sättigung, →Schreien, nächtliches, →Trinkschwierigkeiten

Stillschwierigkeiten →Anlegen an die Brust (Technik), →Stillfähigkeit, →Stillfehler, →Stillhindernisse, →Trinkschwierigkeiten (an der Brust)

Stilltechnik →Anlegen, erstes, →Anlegen an die Brust (Technik), →Brustpflege

Stillverbot →Stillfähigkeit, →Stillhindernisse

Stimmungslage des Babys

»Wer einen gesunden, normal entwickelten Säugling unvoreingenommen beobachtet und betrachtet, muß zur Überzeugung kommen, daß der Mensch zur Freude geboren ist«, hat einmal ein sehr berühMter Kinderarzt geäußert. Tatsächlich ist die Grundstimmung eines gesunden Babys fröhlich und heiter. Abweichungen hiervon weisen auf ernstere gesundheitliche Störungen hin.

Erfahrungstip:
Ein wirklich krankes Baby läßt sich auch von der zärtlichsten Mutter kaum ein Lächeln entlocken. Umgekehrt ist dann, wenn ein krankes Baby wieder anfängt zu lächeln und fröhlich zu sein, dies ein sehr verläßlicher Hinweis darauf, daß der Tiefpunkt der Krankheit überwunden ist und die Genesung eingesetzt hat. Deshalb bedeutet die Bewertung der St. d. B. zugleich eine gute Beurteilungsmöglichkeit seines Gesundheitszustands.
Vgl. auch →Lächeln, erstes

Stomatitis aphthosa →Mundfäule

»Storchenbiß«

Als S. bezeichnet man die sog. »Feuermale« der Haut bei Babys. Sie zeigen sich in Form von unregelmäßigen und unscharf begrenzten, spritzerartigen, hellroten oder blaßroten Flecken und sind vorwiegend im Nacken unterhalb der Haargrenze, in der Mittellinie der Stirn und an den Augenoberlidern bei fast 60% aller Babys zu finden, eben an jenen Stellen, wo »der Storch beim Bringen der Babys mit seinem Schnabel zugepackt hat« (Farbtafel). Diese Male beruhen auf einer harmlosen Entwicklungsstörung der kleinsten Blutgefäße im Bereich der Mittellinien des Körpers. Sie bedürfen keiner besonderen Behandlung, blassen meist allmählich von selbst ab und verschwinden (spätestens innerhalb der er-

sten zwei Jahre) ganz oder werden weitgehend unsichtbar. Lediglich im Nacken können solche Feuermale gelegentlich auch dauerhaft bestehenbleiben.
Vgl. auch →Blutschwämmchen, →Leberfleck

Strampeldecke

Eine St. ist eine Zudecke aus warmem, weichem, kochfestem Gewebe, die das Bloßstrampeln und Bloßliegen des Kindes während der Nacht verhindern soll. Sie wird am Oberkörper des Kindes mit Hilfe von Trägern wie eine Schürze (sowie evtl. an mehreren Stellen des Bettrands) befestigt. Sie ist vor allem bei lebhaften, unruhig schlafenden Babys ein wichtiger Bestandteil der →Bettausstattung, bedeckt das Kind zuverlässig, ohne seinen Bewegungstrieb einzuengen und schützt es vor Auskühlung. Im Sommer ist eine St. als alleinige Bettdecke meist ausreichend; in der kühleren Jahreszeit legt man im Bedarfsfall noch die normale Bettdecke darüber. Anstelle der gewöhnlichen St. können Sie auch schlafsackähnliche sog. Strampelsäcke verwenden, die dem gleichen Zweck dienen.
Vgl. auch →Bettausstattung, →Strampelhose, →Strampeln

Strampelhose

Sog. Strampler, Strumpfhöschen mit Brustteil und Schulterverschluß, aus Baumwolle, Frottee-Stretch oder Dorlastan für Babys. Sie sind koch- und waschmaschinenfest und werden für die Körpergrößen 62 bis 80 cm im Handel angeboten. Die St. wird über →Höschenwindel und →Jäckchen angezogen und erlaubt dem Baby ein unbeschränktes →Strampeln, ohne daß es der Gefahr ausgesetzt ist, bloßzuliegen oder sich zu erkälten. Für den Sommer bevorzugen viele Mütter St. mit kurzem Bein.
Vgl. auch →Bewegungstrieb

Strampeln

Im zweiten Lebensvierteljahr wird das Baby besonders lebhaft und beweglich. Es beginnt damit zugleich auch mehr und kräftiger als zuvor zu strampeln. Deshalb zieht man ihm eine sog. →Strampelhose an, die seinem →Bewegungstrieb ausreichend Spielraum läßt und zugleich ein Bloßstrampeln verhindert. Lassen Sie aber an warmen Tagen Ihr Baby ruhig auch gelegentlich mit nackten Beinchen strampeln!

Strampelsack →Strampeldecke

Stridor →Röcheln

Strophulus (Juckblattern)

Der St. ist ein meist auf einer Überempfindlichkeit (möglicherweise auf einer Allergie) beruhender, stark juckender knötchen- oder bläschenförmiger Hautausschlag, der in der Regel durch (oft unbemerkt ablaufende) Insektenstiche oder -bisse verursacht wird. Einzelheiten über sein Zustandekommen sind aber noch weitgehend ungeklärt. Manchmal sieht der St. den Windpocken entfernt ähnlich und kann gelegentlich sogar mit diesen verwechselt werden. Doch ist er niemals ansteckend. Der St. ist eine typische, recht harmlose Erkrankung vor allem des Kleinkindalters. Von anderen Hautausschlägen, insbesondere aber von den Windpocken, läßt er sich durch das Verteilungsmuster der Hautknötchen unterscheiden: Die Hautveränderungen sparen den behaarten Kopf aus und sind meist in der Gürtelgegend, am Gesäß und an den Oberarmen besonders konzentriert. Fieber tritt dabei nicht auf. Die Schleimhäute (Mund, Rachen, Bindehäute) bleiben erscheinungsfrei. Nach dem Abklingen sind Rückfälle nicht selten. Die Behandlung sollte vom Arzt durchgeführt werden, der besonders den Juckreiz und die Hautentzündung durch

geeignete Salben bekämpfen wird.
Vgl. auch →Insektenstiche

Stubenwagen →Korbwagen

Stuhlbeschaffenheit

Die Ausscheidungen des Darms bestehen aus nicht verwertbaren (oder unverwerteten) Nahrungsbestandteilen, eingedickten Drüsensekreten, aus Schleim, Epithelabschilferungen der Darmschleimhaut und Darmbakterien. Die Beurteilung der St. erlaubt, zumal im Babyalter, gewisse Rückschlüsse auf die Darmfunktion und vor allem auf vorhandene Störungen der Verdauung (→Ernährungsstörungen, →Durchfall, akuter, →Brechdurchfall u.a.). Bei der Beurteilung der St. werden Farbe, Geruch, Konsistenz (Dicke, Weichheit, Flüssigkeitsgehalt), krankhafte Beimengungen (Eiter, Schleim, Blut u.a.) sowie die Zahl und Häufigkeit der Entleerungen beachtet.

Der von Neugeborenen kurz nach der Geburt entleerte Stuhl wird entsprechend seiner besonderen Beschaffenheit und nach seinem Aussehen als →Kindspech (Mekonium) bezeichnet. Dieses besteht überwiegend aus eingedickter Galle, abgestoßenen Darmzellen (Epithelien) und aus Bestandteilen, die von verschlucktem →Fruchtwasser herrühren (Wollhaare, Hautzellen u.a.). Wie die Bezeichnung besagt, sieht Kindspech schwarzgrün aus und ist von pechartiger, zäher Beschaffenheit.

Die St. von Babys, die mit Frauenmilch ernährt werden (→Frauenmilchstuhl), unterscheidet sich von der St. von Säuglingen, die andere Milchnahrungen erhalten. Auch Gemüsekost verändert die St. häufig (Gemüsestuhl; →Spinat). Während →Frauenmilchstuhl gewöhnlich bei bis zu 5 Entleerungen goldgelb, breiig (salben- oder pastenartig), manchmal auch etwas dünner ist, säuerlich aromatisch riecht und überwiegend aus harmlosen Bakterien besteht, ist der ein- bis dreimal, manchmal auch weit seltener (z.B. nur alle 2 bis 3 Tage) entleerte Stuhl des mit anderen Milchnahrungen ernährten Babys meist eher bräunlich, breiig bis geformt und riecht etwas faulig-kotartig. Gemüsestuhl hat häufig die Farbe der verfütterten Gemüsesorte und enthält oft auch einzelne unverdaute Gemüsebestandteile. Nimmt der Stuhl auch ohne Gemüsefütterung eine grüne Farbe an, dann kann dies u.U. ein Hinweis auf eine beginnende Darminfektion sein. Bei Durchfallstörungen ändert sich außer der Zahl der Stuhlentleerungen (4 bis 8 oder mehr) auch deren Beschaffenheit: Die Stühle werden dünnbreiig, dünnflüssig oder wäßrig und oft spritzend-explosiv entleert. Weißliche, fast farblose Stühle können ein Anzeichen für eine ungenügende Galleabsonderung in den Darm sein (Gallenblasen- und/oder Lebererkrankungen). Besonders feste, trockene, fast bröcklig und grauweiß entleerte Stühle, sog. Kalkseifenstühle, weisen auf spezielle Ernährungsfehler hin (→Milchnährschaden). Bedeutungsvoll für die Beurteilung der St. sind krankhafte Beimengungen zum Stuhl, vor allem von Fett (sog. →Fettstuhl) sowie von Blut, Eiter oder Schleim (→Blutstuhl). Ersteres kann ein Hinweis auf eine →Mukoviszidose sein, letzteres zeigt einen gereizten, entzündeten Dickdarm an. Schleimbeimengungen zum Stuhl können manchmal noch längere Zeit und in größerer Menge in der Rekonvaleszenz nach akuten Durchfallstörungen (→Durchfall, akuter) vorhanden sein. Demgegenüber sind geringe Schleimbeimengungen zum →Frauenmilchstuhl nicht krankhaft.

Stuhlzäpfchen →Arzneimittelverabreichung, →Abführmittel

Stummheit →Sprachentwicklung

Sturzgeburt →Frühgeborenes, Frühgeburt

Sturzverletzungen

Auch folgenloses Hinfallen will gelernt sein, und so kommt es in der Anfangszeit des →Stehens und →Laufens immer wieder einmal zum Hinfallen der Kinder. Die Sturzverletzungen, zu denen es dabei gelegentlich kommt, sind in der Regel verhältnismäßig harmlos, denn der kindliche Körper übersteht aufgrund seiner großen Elastizität und federnden Nachgiebigkeit die Mehrzahl aller Stürze ohne nennenswerten Schaden. Es gibt jedoch einige typische Situationen, in denen Stürze weniger harmlos ablaufen und die sich immer wieder in einem unbeobachteten Moment in fast gleicher Weise wiederholen. Eine von diesen St. ist der Schädelbruch, der als Folge eines Sturzes kopfüber vom ungesicherten →Wickeltisch (Abb.), aus dem Bettchen oder Kinderwagen (ohne →Haltegurt!) entsteht und bei dem der relativ schwere kindliche Kopf verhältnismäßig hart aufschlägt. Der Bruch ist äußerlich oft sehr schwer zu erkennen. Der Arzt muß daher immer konkret entscheiden, ob ein Röntgenbild angefertigt werden muß oder nicht bzw. ob evtl. ein kürzerer Klinikaufenthalt zur Beobachtung notwendig ist. Nicht selten geht ein so entstandener Schädelbruch mit einer Gehirnerschütterung einher.

Erfahrungstip 1:
Wenn ein Kind nach einem Sturz benommen und vorübergehend bewußtseinsgestört ist und kurz danach auch noch erbrochen hat, spricht das für eine Gehirnerschütterung. In einem solchen Fall dürfen Sie niemals versuchen, dem Kind gleich anschließend etwas zu trinken zu geben. Die Gefahr, daß es sich verschluckt (→»Verschlucken«), wäre viel zu groß. Legen Sie das Kind bis zum Eintreffen des Arztes flach, ohne Kopfkissen, ins Bett.

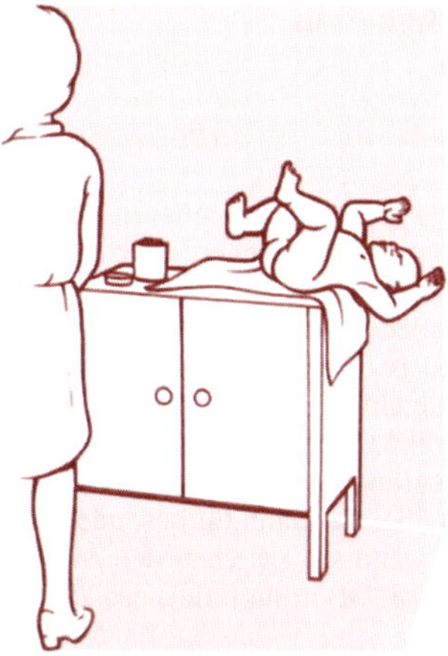

Unversehens kann ein lebhaftes Kind in einem unbeobachteten Augenblick vom Wickeltisch fallen, vor allem dann, wenn der Wickeltisch keine überstehende Randleiste besitzt und auch sonst den notwendigen Sicherheitsansprüchen nicht genügt. Schwere Verletzungen sind manchmal die Folge. Deshalb darf man das Kind auf dem Wickeltisch nie aus den Augen lassen!

Weitere typische Knochenbrüche als Folge von Stürzen sind Schlüsselbein-, Rippen- oder Unterarmbrüche.

Erfahrungstip 2:
Sind beim Sturz blutende Verletzungen entstanden, dann bedecken Sie diese bis zur ärztlichen Wundversorgung nur mit sterilem Verbandmull oder mit sauberen Taschentüchern, aber möglichst nicht mit Watte. Verwenden Sie keine Salbe und unterlassen Sie auch das »Auswaschen« von frischen Wunden, denn hierdurch können u.U. Schmutz und Verunreinigungen in die Wunde eingeschleppt werden.
Vgl. auch →Unfälle, →Verletzungen

Süßigkeiten

»Zucker in der Jugend macht im Alter faule Zähne.« *(Deutsches Sprichwort)*

Zur Frage, ob man älteren Babys und Kleinkindern (jüngere Babys kommen hierfür ohnehin nicht in Betracht) bereits S. geben soll und darf, gibt es keine einheitliche Meinung. Die überwiegende Mehrzahl der Kinderärzte (und der Kinderzahnärzte!) hält den Verzehr zumindest größerer Mengen von S. nicht für gut und überdies dann für besonders ungünstig, wenn sie zwischen den Mahlzeiten oder als »Betthupferl« nach dem Zähneputzen gegeben werden. Durch süße Zwischenmahlzeiten werden sowohl der normale Ablauf der Magen- und Verdauungsfunktionen als auch das Appetitverhalten und die Sättigungsempfindung des Kindes (→Sättigung) beträchtlich gestört. Im Übermaß genossene S. können außerdem sehr häßliche frühzeitige Zerstörungen des Milchgebisses herbeiführen (Milchzahnkaries).

Süßspeisen und gelegentlich unmittelbar nach dem Essen als »Nachtisch« verabreichte S. dürfen Sie sicherlich ohne Risiko geben. Für das in manchen Gegenden übliche Eintauchen des Schnullers in Honig gilt das gleiche wie für sonstige S., und sollte am besten unterbleiben. Einen recht sicheren Schutz gegen die durch S. bewirkten Zahnschäden (Karies) bietet eine bereits im frühen Säuglingsalter eingeleitete Dauervorbeugung mit fluorhaltigen Medikamenten sowie die mit Zuckeraustauschstoffen gesüßten sog. zahnfreundlichen Süßwaren, die im Handel mit dem »Zahnmännchen mit Schirm« gekennzeichnet sind (Abb.).
Vgl. auch →Rachitisprophylaxe, →Zahnpflege

Süßstoff

S. ist die Gruppenbezeichnung für synthetisch gewonnene organische Substanzen, die eine höhere Süßkraft als Zucker, aber keinen Nährwert besitzen und im Darm nicht verdaut oder von Bakterien vergoren werden. S. ist in allen Fällen als diätetischer Zusatz zur Nahrung geeignet, in denen Zucker vermieden, jedoch ein süßer Geschmack der Nahrung vorhanden sein soll, wie z.B. im Beginn einer diätetischen Behandlung von Durchfallstörungen oder bei Zuckerkrankheit. In der Regel entspricht eine Tablette Süßstoff etwa dem Süßwert eines Stückchens Würfelzucker. Süßstoffpräparate sind im Handel in vielfacher Form und unter verschiedensten Bezeichnungen im Angebot.

T

Tagesplan

Je geregelter und überlegter Sie Ihren Tagesablauf ordnen, um so leichter und reibungsloser fügt sich ein Baby in ihn ein und gewöhnt sich damit zugleich schon frühzeitig und selbstverständlich an Regelmäßigkeit, Pünktlichkeit und allgemeine Ordnung. Aber auch den Eltern erleichtert ein gut organisierter und geplanter Tagesablauf, ihre neue, zunächst ungewohnte Aufgabe so zu erfüllen, daß neben der Zuwendung zum Baby auch noch etwas Zeit für ihr eigenes persönliches Leben übrigbleibt.

Der T. kann und muß jeweils den besonderen Gewohnheiten jeder Familie, der Tagesrhythmik des Haushalts sowie auch den individuellen Eigenheiten des Kindes angepaßt werden, um alles harmonisch in Einklang zu bringen.

Erfahrungstip:
Für die Konzeption eines T. stehen Regelmäßigkeit und Pünktlichkeit bei immer wiederkehrenden Verrichtungen im Vordergrund, denn damit erfährt das Baby einen sicheren, verläßlichen und prägend wirkenden Tagesablauf, in dem es sich gewissermaßen an »festen« Punkten orientieren kann.

Tee, schwarzer

Sch. T. ist ein leicht anregend wirkendes, durstlöschendes und harntreibendes Getränk. Es wird durch Überbrühen der gerollten, fermentierten und getrockneten Blattknospen des Teestrauchs zubereitet. Wegen seines Gerbsäuregehalts wird sch.T. schon seit alters her als Hausmittel bei Darmstörungen verwendet. Der sch.T. des Handels enthält aber neben seinen Gerbstoffen noch etwas Koffein und einige ätherische Öle. Im Babyalter dient sch. T. (dünn, »hellblond« aufgebrüht) vor allem zur Deckung des zusätzlichen Flüssigkeitsbedarfs an heißen Tagen. Für Babys und Kleinkinder haben sich in letzter Zeit aber auch einige andere, nicht auf der Basis von reinem sch.T. hergestellte Instant-Tee-Produkte bewährt (→Teegetränke für Babys). Sie enthalten zumeist ein Gemisch verschiedener pflanzlicher Auszüge. Ihr Vorteil liegt neben der einfachen Zubereitung darin, daß sie kein Koffein enthalten und daher eher beruhigend und schlaffördernd als anregend wirken, was besonders bei unruhigen Kindern von Bedeutung ist.

Vgl. auch →Durst, →Fencheltee, →Kamillentee, →Pfefferminztee, →Süßstoff, →Teegetränke für Babys, →Teepause

Teegetränke für Babys

Bei T.f.B. handelt es sich ganz überwiegend um Produkte, die von der Babynahrungsindustrie schon in trinkfertiger Form, meist jedoch in Instant- oder Pulverform angeboten werden und in Apotheken, Drogerien, Reformhäusern, aber auch im Lebensmittelhandel erhältlich sind. T.f.B. gibt es in vielen verschiedenen Geschmacksrichtungen, wobei Extrakte aus Melisse, Pfefferminze, Fenchel, Anis, Kamille, Orangenblüten und Hagebutten am beliebtesten sind. Als Kohlenhydrate, also Zuckerstoffe, werden in T.f.B. vor allem Traubenzucker, Maltodextrin und Kochzucker verwandt. Wenn Sie kein trinkfertiges Produkt kaufen, müssen Sie

die aus Pulver oder Granulat bestehenden Produkte mit abgekochtem Wasser lt. Packungsvorschrift auflösen. T.f.B. verwendet man zweckmäßigerweise nur für ältere Babys, d.h. solche, die älter als 5 oder 6 Monate sind, und für Kleinkinder. Babys sollten die Getränke in einer Trinklernflasche angeboten werden, Kleinkinder trinken gewöhnlich aus einer für sie geeigneten Tasse. Beachten Sie auf jeden Fall, daß Ihr Kind nicht ständig eine mit einem T.f.B. gefüllte Kunststoffflasche in seiner unmittelbaren Umgebung vorfindet und an dieser ohne Unterbrechung »nuckelt«. Ein solches Verhalten trägt in hohem Maße zur Entstehung von Karies (→Flaschen-Karies) bei und beeinträchtigt die Entwicklung der Kiefer und damit sogar die Sprachentwicklung.
Vgl. auch →Durst, →Fencheltee, →Flaschen-Karies, →Kamillentee, →Pfefferminztee, →Süßstoff, →Teepause

Teepause

Mit einer T. wurde früher die regelmäßige Flaschenfütterung (oder die sonstige Nahrungszufuhr) eines Babys oder Kleinkinds mit akutem Durchfall (→Durchfall, akuter) in der Regel für die Dauer von 6 bis 24 Stunden unterbrochen (→Nahrungspause). Der kurzdauernde Ersatz der Flaschennahrung durch Fläschchen mit dünnem schwarzen Tee kann sich in solchen Fällen durchfallshemmend auswirken. Der Tee wird für die klassische T. lediglich mit →Süßstoff gesüßt. Nach moderneren Auffassungen wird eine T. allerdings deshalb nicht empfohlen, weil sie die bei einem akuten Durchfall wichtige Versorgung des Körpers mit Energie (z.B. Kohlenhydrate) und Aufbaustoffen (z.B. Eiweiß) nicht gewährleisten kann.
Vgl. auch →Brechdurchfall, →Durchfall, akuter, →Nahrungspause, →Tee, schwarzer

Teerstuhl →Blutstuhl

Temperatur, erhöhte →Fieber

Tetanus →Wundstarrkrampf

Tetanusschutzimpfung →Impfkalender, →Impfungen, →Mehrfachimpfung, →Wundstarrkrampf

Tierarzt →Haustiere

Tiere im Haushalt →Haustiere, →Toxoplasmose

Tierkontakt →Haustiere, →Toxoplasmose

Totgeburt →Frühgeborenes, Frühgeburt

Totimpfstoffe →Impfungen in der Schwangerschaft

Toxikose →Brechdurchfall

Toxoplasmose

Nach dem Namen eines einzelligen, parasitären Erregers (Toxoplasma) benannte, durch Tiere oder rohes Fleisch auf den Menschen übertragbare, weltweit vorkommende Infektionskrankheit. Hauptüberträger der Infektion sind mit Menschen in engerem Kontakt lebende →Haustiere, vor allem Katzen. Eine andere Übertragungsmöglichkeit entsteht auch durch den Verzehr von rohem Fleisch (Schabefleisch, Hackfleisch, Beefsteak u.a.).

Während die Infektion bei ausgewachsenen Tieren und beim Menschen nur selten wesentlichere Krankheitserscheinungen hervorruft (allenfalls vorübergehende Durchfälle, Fieber und Lymphknotenschwellungen), von selbst ausheilt und eine bleibende Immunität hinterläßt, können bei einer bestehenden Schwangerschaft die Erreger über den

Mutterkuchen auf das noch ungeborene Kind übergehen und für dieses eine echte Gefahr bedeuten. Schwerer betroffene Feten können durch eine T.-Infektion u.U. bereits im Mutterleib absterben und als →Fehlgeburt abgehen. In einem Viertel der Fälle führt eine T.-Infektion des Kindes im Mutterleib zumindest zur →Frühgeburt. Bei den überlebenden Feten verursacht die Infektion zuweilen Defekte der Netzhaut des Auges, Hirnschädigungen mit Verkalkungen und manchmal auch einen sog. Wasserkopf. Intelligenzstörungen, Schwachsinn, Krampfleiden und Sehstörungen sind Spätfolgen solcher Organschäden, die bereits im Mutterleib entstanden sind. Ihr Vorkommen weist auf die Bedeutung hin, die vor allem vorbeugenden Maßnahmen zur Verhütung einer Erkrankung an T. zukommt: Schwangere sollten beim Kontakt mit Haustieren (vor allem Katzen, Hunden und Vögeln) besondere Vorsicht und äußerste Zurückhaltung üben und auf jedes unmittelbare und enge Zusammenleben mit neu in den Haushalt aufgenommenen Tieren verzichten. Ebenso sollten sie kein rohes oder nur kurz erhitztes Fleisch essen. Wenn eine schwangere Frau bereits früher ein toxoplasmosegeschädigtes Kind zur Welt gebracht hat, bedeutet dies, daß sie während der betreffenden früheren Schwangerschaft eine T. durchgemacht haben muß. Bei solcher Sachlage besteht keine Gefahr mehr für weitere Schwangerschaften: Die Mutter ist durch ihre frühere Erkrankung immun geworden, kann nicht mehr erneut angesteckt werden, und die Krankheit kann deshalb auch nicht mehr auf Kinder im Mutterleib übertragen werden. Die entsprechenden Immunitätsverhältnisse bei Schwangeren (Empfänglichkeit oder Immunität) lassen sich mit Hilfe einer Spezialuntersuchung des Blutes feststellen. Befragen Sie im Zweifelsfall hierzu Ihren Kinder- oder Frauenarzt.

Trachealrasseln →**Röcheln**

Tränenfluß, gestörter →**Tränenkanalenge**

Tränenkanalenge (-stenose)

»Wenn die Augen weinen, bleibt auch die Nase nicht ruhig.« (Liberianisches Sprichwort)

Der feine dünne Tränenkanal, durch den die Tränenflüssigkeit aus dem Lidspalt in den Nasenraum abfließt, kann bei einigen Kindern von Geburt an ein- oder beidseitig verengt oder ganz verschlossen sein. Auch später noch kann er durch Entzündungsvorgänge verquellen und ganz undurchgängig werden.

Die Folge ist ein sog. Tränenträufeln aus einem oder beiden Augen, wobei die Tränen nicht, wie dies normalerweise der Fall ist, spurlos im Nasenraum versiegen, sondern über die Augenlider hinweg über die Wangen ablaufen. Außerdem besteht bei dieser Situation oft auch noch eine hartnäckige →Bindehautentzündung. In solchen Fällen kann durch eine augenärztliche Spezialbehandlung (Spülen, Sondieren, evtl. auch Operation) die Wiederherstellung der Durchgängigkeit des Tränenkanals erreicht werden. Die T. ist nicht allzu selten und in jedem Fall unbedingt durch den Augenarzt behandlungsbedürftig.

Tragesitz

Rückentrage, Babyrucksack; ein praktisches Transportgerät für etwas ältere, bereits sicher sitzende Babys (etwa vom 10. Monat an), das wie ein Rucksack von Vater oder Mutter getragen werden kann. Es gibt verschiedene Modelle (Abb.); die meisten von ihnen können auch als Stuhl für das Baby verwendet werden. Wenn am T. eine Fußstütze vorhanden ist, gibt diese dem Kind einen besseren Halt. Nach jeweils etwa einer Stunde Aufenthalt im T.

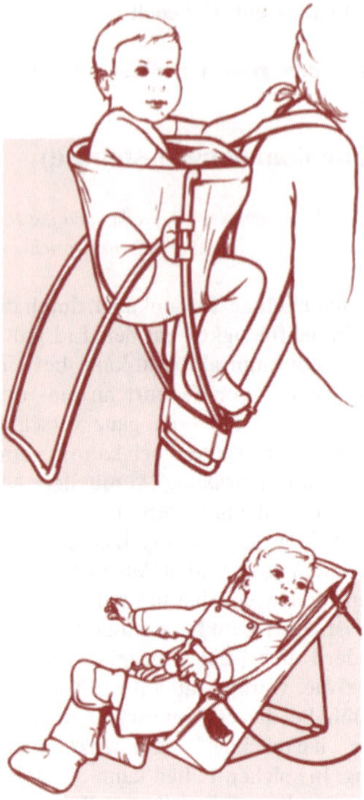

Verschiedene Typen von Tragesitzen: Einige von ihnen können im abgestellten Zustand als Stuhl- oder Bettersatz dienen

sollten Sie das Baby aber unbedingt für kürzere Zeit aus dem T. herausnehmen, denn er ist nicht als Aufenthaltsort auf Dauer geeignet. In kalter Jahreszeit birgt die Verwendung eines T. die Gefahr rascher Auskühlung des Kindes, vor allem an den Gliedmaßen.
Vgl. auch →Tragetuch

Tragetasche

Die T. ist eine längliche, geräumige Tasche aus meist wasserfestem Material mit Griffen, die zum Transport von Babys mitsamt ihrem Bettzeug gebraucht wird (Abb.). Es gibt auch →Kinderwagen, bei denen das Oberteil abnehmbar ist und in diesem Fall dann ebenfalls als T. verwendet werden kann. Dies hat z.B. in engeren Wohnungen große praktische Bedeutung. Die T. ist vielseitig brauchbar und kann u.U. den Kinderwagen sogar ganz ersetzen. Sie ermöglicht einen relativ gefahrlosen Transport von jüngeren Babys in Verkehrsmitteln (Eisenbahn, Bus, Flugzeug) und, wenn es nötig ist, zum Besuch der Sprechstunde des Arztes. Das Baby kann in ihr auch stundenlang ungestört schlafen. Gegen Witterungseinflüsse schützt das meist mitgelieferte Verdeck und ein sicher abdeckendes Oberteil mit Reiß- oder Druckknopfverschluß. Wenn Sie eine T. benutzen, sollten Sie sich von vorneherein daran gewöhnen, sie stets nur auf dem Fußboden abzustellen, damit das Baby – sollte sie kippen – nicht herausfallen kann. Sobald das Baby imstande ist, sich selbständig vom Rücken auf den Bauch zu drehen (etwa ab 7. Monat), sollten Sie wegen der dann erhöhten Unfallgefahr besser auf die T. verzichten.
Vgl. auch →Buggy, →Kinderwagen, →Reisen mit Babys und Kleinkindern, →Sturzverletzungen

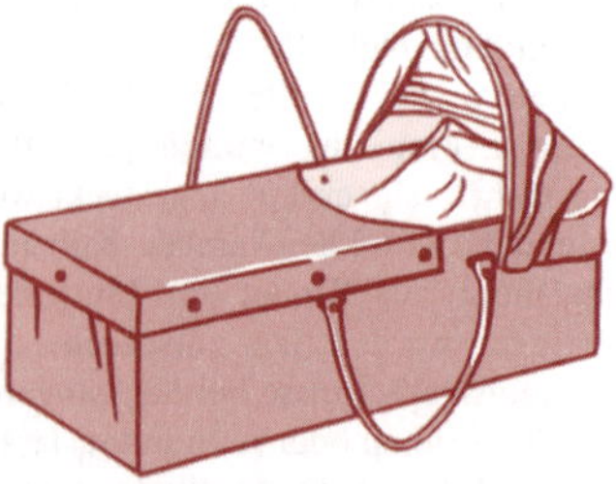

Mit solchen oder ähnlichen Taschen ist das Transportproblem für das junge Kind relativ gut gelöst

Tragetuch

Als T. wird ein speziell zugeschnittenes Tuch bezeichnet, mit dem ein Baby eingehüllt und seitlich, vorne oder hinten am Körper der Mutter (oder des Vaters) festgehalten und transportiert werden kann. Mit dem T., soweit es in unseren Breiten im Gebrauch ist, wird eine vor allem in den Entwicklungsländern auch heute noch gebräuchliche Art, Babys direkt am Körper zu tragen, als »natürlich« und »biologisch« nachempfunden. Unberücksichtigt bleibt bei solchen Gedankengängen aber, daß die Mütter in den genannten Ländern Aufbewahrung und Transport ihres Babys in der Regel lediglich aus sozialer Notlage heraus auf diese Weise bewerkstelligen müssen, sind sie doch gezwungen, ihre Kinder, die sonst unversorgt und unbeaufsichtigt wären, zur ganztägigen Arbeit mitzunehmen. Weil diese Arbeit zumeist in nach vorn gebückter Haltung ausgeführt werden muß, wird das Baby im T. gewöhnlich so getragen, daß es mit seinem Bauch auf dem Rücken der Mutter liegt.

Kein Zweifel, das T. intensiviert den Körperkontakt zwischen Mutter und Kind erheblich. Aber zugleich läßt es für die elementaren motorischen Bedürfnisse und Aktivitäten des Babys viel zu wenig Spielraum. Diese offensichtlichen Nachteile des Transports und eines nahezu ständigen Aufenthalts in einem T. werden vor allem bei jüngeren Babys voll wirksam: Die Babys liegen, gleichgültig ob sie vorne, auf der Hüfte oder auf dem Rücken getragen werden, im T. wie in einer durchhängenden Hängematte fixiert und haben keine Möglichkeit, ihre eigene Rücken- und Bauchmuskulatur so aktiv zu bewegen, wie es für ihre motorische Entwicklung optimal und notwendig wäre. Erst etwa vom 7. Lebensmonat an ist die Verwendung eines T. als ganz unbedenklich anzusehen, denn zu diesem Zeitpunkt ist die genannte Muskulatur des Kindes bereits genügend weit und kräftig entwickelt, um die zwangsweise Ruhigstellung in einem T. schadlos ertragen zu können.

Erfahrungstip:
Aus den oben genannten Gründen sollten Sie, wenn überhaupt, Ihr Baby auch in fortgeschrittenerem Alter niemals längere Zeit im T. transportieren. Sorgen Sie dabei nach Möglichkeit für wechselnde Tragepositionen (Ihnen zugewandt, auf dem Rücken und auf der rechten und linken Hüfte). Sie können auf diese Weise entstehenden Haltungsschäden wirksam vorbeugen.

Vgl. auch →Tragesitz, →Wippliege

Tragzeit →Schwangerschaftsdauer

Traubenzucker

Dextrose, Glukose; eine in der Natur weitverbreitete, meist zusammen mit Fruchtzucker vorkommende Zuckerart. T. findet sich nicht nur in Trauben und anderen süßen Früchten, sondern u.a. auch im Honig und in einigen Wurzeln (z.B. Möhren). Er süßt etwas geringer als der Kochzucker des Haushalts (Rübenzucker). Während dieser im Darm vor seiner Aufnahme und Ausnutzung in seine beiden Grundbestandteile T. und Fruchtzucker aufgespalten werden muß, ist dies beim T. nicht notwendig. Deshalb ist er besonders schnell und leicht ausnutzbar. Im Handel ist T. unter der Markenbezeichnung Dextropur erhältlich. Er findet speziell in der Krankenkost Verwendung als Zusatz zu bestimmten Nahrungen und Obstsäften und in Infusionslösungen. Bei Leistungssportlern dient er auch als schnell wirksame Energiequelle.

Vgl. auch →Zucker

Trinken aus der Tasse

Gegen Ende des ersten Lebensjahres hat sich Ihr Baby bereits so weit entwickelt, daß es an das T.a.d.T. gewöhnt werden kann. Haben Sie dies erreicht, wird die Ernährung mit der Flasche und alles, was damit zusammenhängt, entbehrlich.

Meist erlernen die Kinder die neue Art des Trinkens schnell und gut, wenn Sie dabei genügend behutsam vorgehen. Anfangs setzen Sie sich am besten das Kind auf den Schoß und binden ihm zum Schutz der Bekleidung vor überlaufender Nahrung um Brustkorb und Hals eine gut saugfähige Windel, oder ein Lätzchen (Abb. a).

Im Handel werden sog. Aufstehtassen (Lerntassen) angeboten, deren (später leicht entfernbarer) Deckel mit verschiedenen Öffnungen versehen ist und das T.a.d.T. erleichtern kann (Abb. b).

Vgl. auch →Löffelfütterung

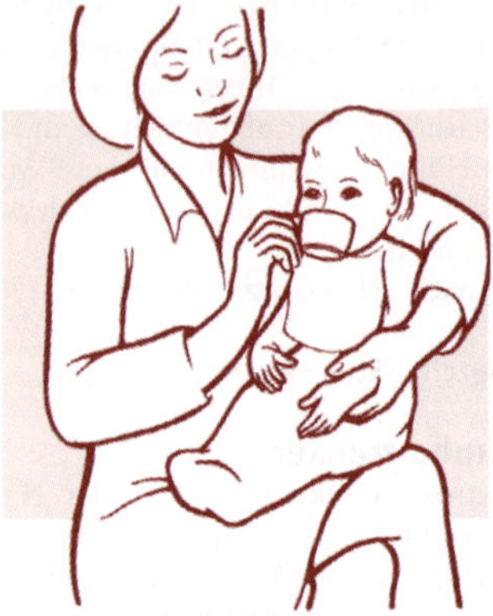

a Auch Trinken will gelernt sein. Man hält dabei das Kind mit dem linken Arm und führt die Tasse mit der rechten Hand. Tasse nicht zu klein, aber auch nicht zu groß wählen

b Aufstehtasse mit »Trink-Schnute«. Diese Tasse kann nicht umfallen, auch kann beim Trinken keine Flüssigkeit verschüttet werden

Trinkfaulheit →**Trinkschwierigkeiten (an der Brust)**

Trinkflasche für Babys →**Flasche,** →**Flaschenpflege**

Trinkmenge an der Brust →**Brustkind, Nahrungsbedarf,** →**Milchbedarf,** →**Stillprobe**

Trinkmenge aus der Flasche →**Flaschenkind, Nahrungsbedarf,** →**Milchbedarf**

Trinkscheu →**Trinkschwierigkeiten (an der Brust)**

Trinkschwäche →**Trinkschwierigkeiten (an der Brust)**

Trinkschwierigkeiten (an der Brust)

Bezeichnung für alle sich beim Trinken an der Brust für das Baby ergebenden Probleme und Schwierigkeiten, deren Ursachen z.T. beim Kind selbst (→Saugschwäche, »Saugungeschicklichkeit«, sog. Brust- und Trinkscheu, Fehlbildungen des Mundes oder Rachens, →Schnupfen), z.T. bei der Mutter (schwergehende →Brust, verzögertes →Einschießen der Brustmilch, →Brustdrüsenentzündung, →Brustwarzenschrunden, Formfehler der →Brustwarzen,→Stillfähigkeit, →Stillfehler) liegen.

Ist eine echte →Saugschwäche des Babys vorhanden, bedroht sie den Erfolg des Stillens häufig ernstlich. Trinkschwache Babys sind meist frühgeborene und/oder lebensschwache, in ihrer Vitalität beeinträchtigte Kinder. Sie können noch nicht die Kraft für den Saugakt aufbringen und müssen daher meist so lange auf andere Weise ernährt werden (vgl. →Frühgeborenes, Frühgeburt, →Sondenernährung), bis sie imstande sind, genügend kräftig an der Brust zu saugen. Andere Babys wiederum trinken deshalb schlecht oder ungeschickt, weil sie durch eine schwere Geburt oder →Geburtsverletzungen geschädigt sind. Statt kräftig an der Brust zu ziehen, nuckeln sie nur schwächlich und erhalten dabei trotz überlanger Trinkdauer nur ungenügende Milchmengen. In diesen Fällen ist viel Geduld notwendig, und auch laufende Kontrollen der Trinkmengen sind zweckmäßig, damit Sie genau wissen, wieviel Milch das Baby tatsächlich zu sich genommen hat (→Stillprobe).

Diesen Babys reiht sich die Gruppe der nur »Saugungeschickten« an. Sie erlernen das Saugen schwer, erfassen die Brustwarzen ungeschickt und oft unvollständig, verlieren sie auch nur allzu leicht wieder. Zumeist gelingt es ihnen dann nach Stunden oder Tagen allmählich doch noch, die Technik des Saugens an der Brust so zu beherrschen, daß keine Zufütterung notwendig wird. Hierbei sind ebenso Geduld wie auch eine gewisse Hilfestellung nötig, wie z.B. die verlorene und losgelassene Brustwarze und den Warzenhof wiederholt zurück in den Mund des Babys zu bringen und ihm etwas »entgegenzumelken«.

Schließlich gibt es – wenn auch selten – Babys, die aus ungeklärten Gründen tatsächlich trinkunlustig oder trinkscheu (»brustscheu«) sind. Man nimmt an, daß ihnen offenbar die natürliche, normale Lustempfindung beim Saugen und Trinken an der Brust fehlt. Da sie keinen rechten Appetit haben, sind sie nur schwer zu erfolgreichem Saugen zu bewegen (später sind dieselben Kinder sehr oft sog. schlechte und »mäkelige« Esser; →Appetitlosigkeit). Sie lassen häufig die Brustwarze vorzeitig einfach aus dem Mund gleiten, auch wenn sie nur geringe Milchmengen getrunken haben. Im Gegensatz dazu trinken diese Kinder oftmals die Flasche ganz gerne und mit offensichtlich gutem Appetit. Es handelt sich zumeist um ungewöhnlich sensible Kinder, die jede Unruhe, Hast, Ungeduld, Besorgnis und Ängstlichkeit in ihrer Umgebung übermäßig spüren und auf ihre eigene Weise darauf reagieren. Wiederholte Stillversuche bleiben bei ihnen oft vergeblich.

T., die infolge von Fehlbildungen des Mundes oder Rachens (→Lippenspalte, →Gaumenspalte) auftreten, sind leichter verständlich. Es ist erstaunlich, wie gut es einige betroffene Babys oft erlernen, trotzdem zu einer befriedigenden Nahrungsaufnahme an der Brust zu gelangen. Gelegentlich kann →Schnupfen zur Ursache von T. werden, weil die geschwollene Nasenschleimhaut und das Nasensekret die Nasenatmung behindern und das Kind dadurch gezwungen wird, die Brustwarze immer wieder loszulassen, um Luft durch den Mund zu holen. In diesen Fällen müssen und dürfen Sie vom Arzt verordnete, abschwellend wirkende →Nasentropfen anwenden, die Sie kurz vor den Mahlzeiten in beide Nasenlöcher tropfen (1 bis 2 Tropfen). Seien Sie aber mit der Anwendung solcher Nasentropfen besonders bei jüngeren Babys zurückhaltend.

Trinktemperatur →Flaschennahrung, Temperatur

Trinkungeschicklichkeit →Trinkschwierigkeiten (an der Brust)

Trinkunlust →Trinkschwierigkeiten (an der Brust)

Trockenlegen →Höschenwindeln, →Wickeltechnik

Trockenschleime →Schleimabkochungen

Trockenwerden →Abhalten, frühzeitiges, →Blasenfunktion (normale und gestörte)

Tröpfcheninfektion →Infektionskrankheiten

Trommelbauch →Blähungen

Trotzalter

»Das sind auch nicht immer die schlechtesten, die störrisch sind.« *(Immanuel Kant)*

Das T. ist eine besondere psychologisch-emotionale Entwicklungsphase des Kleinkindalters (2. bis 3. Lebensjahr, selten später). Kinder in diesem Lebensabschnitt können vor allem aus zwei einander entgegengesetzten Gründen in Konflikt mit ihrer Umwelt geraten: Auf der einen Seite erleben und erfahren sie, wie ihre von Tag zu Tag wachsenden eigenen psychischen und motorischen Wirkungsmöglichkeiten durch die Erwachsenen und ihre übrige Umwelt eingeengt werden. Mit zunehmendem Alter wird ihnen dies immer bewußter. Auf der anderen Seite wollen sie aber auf manche außerordentlich bequemen und behaglichen Gewohnheiten der Babyzeit nicht ganz verzichten – was jedoch die Eltern von ihnen erwarten und für selbstverständlich halten. Beides, Einengung und Verzichterwartung, sehen die Kinder als Zumutung an und protestieren und opponieren dagegen mit den ihnen gegebenen Mitteln, nämlich mit sog. Ungezogenheit, Verweigerung, Wutausbrüchen und »bockigem« Trotz. Die Art und Stärke solcher Unmutsäußerungen sind je nach Persönlichkeit, Charakter und Anlage des einzelnen Kindes unterschiedlich. Allerdings wird die Intensität auch durch das (zweckmäßige oder unzweckmäßige) Verhalten seiner Bezugspersonen und deren Reaktion auf diese erste kindliche Auflehnung und »Revolution« gegen die bis dahin weitgehend absolute Autorität der Eltern mitbestimmt und variiert. Es ist offensichtlich, daß das Kind im T. die Grenzen des von ihm Erreichbaren und Durchsetzbaren erkundet.

Erfahrungstip:
Deshalb müssen Sie als Bezugsperson die Erscheinungen des T., wenn sie nicht ungewöhnliche Grade erreichen, als eine normale Durchgangsphase der kindlichen Entwicklung ansehen und sich dementsprechend verhalten. Allzu massive Trotzreaktionen Ihres Kindes sind u.U. auch ein Zeichen für mangelndes pädagogisches Geschick des Erziehers.

Natürlich wäre es kurzsichtig, einem normalen und an sich berechtigten Eigenwillen des Kindes mit rigorosen Maßnahmen entgegenzutreten, ihn ganz zu unterdrücken oder gar zu »brechen«; aber ebenso falsch wäre es auch, durch allzu weiche oder inkonsequente Nachgiebigkeit dem Kind in jedem Wunsch oder jeder Forderung entgegenzukommen. Ersteres würde nur zu Resignation oder totaler Verstocktheit führen, letzteres früher oder später zu einem vollständigen Verlust der elterlichen Autorität, wodurch das Kind dann zum absoluten Beherrscher des Familienlebens werden könnte. Hier den rechten Mittelweg zwischen autoritärem und antiautoritärem

Verhalten zu finden und die jeweiligen einzelnen psychologischen Hintergründe aufzudecken, die zu Protest und Trotz führen, ist die erste wirklich bedeutsame erzieherische Bewährungsprobe aller Eltern. Der Arzt, der hierbei u.U. helfen und raten soll, kann dies übrigens mit einiger Aussicht auf Erfolg nur dann tun, wenn er die genaue Lebenssituation des Kindes und seiner Eltern kennengelernt hat.
Vgl. auch →Entwicklung, geistig-seelische

TSH-Test →Hypothyreose

Tuberkulinprobe

Zur Erkennung, ob ein Mensch eine tuberkulöse Infektion (auch eine solche, die völlig unbemerkt abgelaufen ist) durchgemacht hat, kann der Nachweis der sich dabei bildenden natürlichen Abwehrstoffe dienen. Dies geschieht mit einer sog. T.

Tuberkulin ist eine mit besonderer Verarbeitungstechnik aus abgetöteten Tuberkelbakterien gewonnene flüssige Substanz. Jeder Mensch, der sich bereits einmal in seinem Leben mit den Tuberkelbakterien auseinandergesetzt hat, reagiert auf Tuberkulin empfindlich: Dort, wo es in Form einer Einreibung in Salbenform, einer Einspritzung oder Einstechung in die Haut eingebracht wird, treten bei positiver Reaktion mehrere kleine, etwa stecknadelkopfgroße rote Knötchen an der Einreibestelle auf (sog. Moro-Probe oder Pflasterprobe) oder es bildet sich eine entzündliche Rötung und Schwellung an der Injektions- oder Einstichstelle 2 bis 3 Tage nach Anlegung der Probe aus. Treten keine derartigen Reaktionen auf, ist die T. negativ: Das mit der T. getestete Kind kann dann mit großer Sicherheit als frei von einer früher abgelaufenen oder sich derzeit abspielenden Tuberkuloseinfektion angesehen werden.

Eine positive Reaktion weist auf eine früher erfolgte tuberkulöse Infektion hin. Jedoch sagt dieses Reaktionsergebnis nichts darüber aus, ob lediglich irgendwann ein stumm gebliebener Kontakt mit dem Tuberkuloseerreger stattgefunden hat oder ob eine aktive oder behandlungsbedürftige Tuberkulosekrankheit einst bestand oder besteht. Um dies exakt festzustellen, müssen zusätzliche Untersuchungen (Röntgenbild u.a.) durchgeführt werden. Allerdings ist ein positives Reaktionsergebnis in den ersten 2 bis 3 Lebensjahren praktisch gleichbedeutend mit einer noch aktiven, behandlungs- oder überwachungsbedürftigen Tuberkuloseinfektion, falls nicht zuvor eine →Tuberkuloseschutzimpfung erfolgt ist, da auch diese, wenn sie erfolgreich war, eine (allerdings meist nur schwache) positiv ausfallende T. bewirkt.

In der Diagnostik des Kinderarztes ist die T. ein wichtiges Verfahren, das er häufig anwendet, denn Erkennung oder sicherer Ausschluß einer tuberkulösen Erkrankung im Verdachtsfall hängen nicht zuletzt auch vom Ergebnis der T. ab.
Vgl. auch →Tuberkulose, →Tuberkuloseschutzimpfung

Tuberkulose (Schwindsucht)

Durch das Tuberkelbakterium hervorgerufene chronische Infektionskrankheit. Am häufigsten erfolgt die Ansteckung mit dem Bakterium in Form der Tröpfcheninfektion, wenn jemand, der an einer sog. offenen Tuberkulose erkrankt ist, einen Gesunden anhustet. Die einst für Kinder bedeutsam gewesene sog. Fütterungstuberkulose (durch Trinken unabgekochter Milch von tuberkulosekranken Kühen) spielt in entwickelten Industrieländern praktisch keine Rolle mehr. Nicht jeder an T. leidende Mensch ist ansteckend. Die Empfänglichkeit des Menschen für eine Ansteckung mit T. ist um so größer, je jünger er ist. Nicht immer bewirkt eine erfolgte Ansteckung auch eine erkennbare Erkrankung, manchmal kommt es danach nur zu einer »stillen« Auseinandersetzung mit dem Krankheitserreger, ohne daß wesentliche Krankheitszeichen auftreten, und nicht jeder Kranke von seiner Krankheit weiß.

Das Erscheinungsbild der T.-Krankheit im Kindesalter ist je nach Ansteckungsweise und Lebensalter des Kindes uneinheitlich. Am häufigsten sind tuberkulöse Erkrankungen der Lymphknoten in der Lungenwurzel (Hilustuberkulose) oder am Hals (Halslymphknotentuberkulose). Sehr selten sind in den vergangenen Jahren die ausgedehnteren Lungenerkrankungen (Lungentuberkulose), die Knochen- und Gelenkerkrankungen (Knochen- und Gelenktuberkulose) und die einst so gefährliche Hirnhauttuberkulose (tuberkulöse Meningitis) geworden.

Die T.-Krankheit beginnt meist mit einem ganz uncharakteristischen Vorstadium. Dabei kann es zu leichtem, aber anhaltendem Fieber, zu Mattigkeit, Appetitlosigkeit und Abmagerung kommen. Husten tritt, wenn überhaupt, meist erst später und nur bei tuberkulöser Lungenerkrankung auf. Als diagnostische Suchreaktion dient die →Tuberkulinprobe. Allerdings wird diese frühestens 6 bis 10 Wochen nach der Ansteckung positiv. Positive Reaktionen besagen aber nicht mehr und nicht weniger, als daß der positiv Reagierende sich irgendwann mit dem Tuberkelbakterium auseinandergesetzt hat; sie geben keine Auskunft darüber, ob zur Zeit des Tests eine behandlungsbedürftige T. besteht oder nicht. Eine heute in den entwickelten Industrieländern in den Hintergrund getretene Vorbeugungsmaßnahme gegen die Tuberkulose ist die →Tuberkuloseschutzimpfung. Natürlich gehört zu den sonstigen Vorbeugungsmaßnahmen auch eine möglichst zuverlässige Vermeidung des Kontaktes zwischen jungen Kindern und ansteckungsfähigen Kranken (meist Erwachsene). Die T. war als »Schwindsucht« einst eine sehr gefürchtete, weitverbreitete Volksseuche und hat auch unter den Kindern viele Todesopfer gefordert. Doch ist sie heute dank des erheblich gestiegenen Lebensstandards (Ernährung, Hygiene u.a.) selten geworden. Tritt dennoch eine T. auf, dann verläuft sie durch die Anwendung von neuen, sehr wirksamen Medikamenten wesentlich gutartiger als früher. Dies hat auch dazu beigetragen, daß die Zahl derjenigen Tuberkulosekranken, die andere anstekken können, sich ganz entscheidend vermindert hat.

Vgl. auch →Tuberkuloseschutzimpfung

Tuberkuloseschutzimpfung

Sog. BCG-Impfung; eine wichtige Schutz- und Vorbeugungsmaßnahme gegen die Erstansteckung mit Tuberkulose im Kindesalter (Primärinfektion). In Deutschland wird sie heutzutage infolge des allgemeinen Rückgangs der Tuberkulose in der Bevölkerung nur noch ausnahmsweise und im begründeten Einzelfall als sog. Indikationsimpfung empfohlen und durchgeführt. Durch eine T. wird der Organismus dazu angeregt, spezielle Abwehrstoffe gegen die Tuberkuloseerreger zu bilden. Dies wird dadurch erreicht, daß mit der Impfung ein kleiner künstlicher, abgeschwächter und kontrollierbarer (sichtbarer) Tuberkuloseherd in der Haut erzeugt wird. Die Impfung erfolgt in die Haut (meist des Oberschenkels oder Oberarms) mit dem nur ganz schwach infektionsfähigen sog. BCG-Stamm der Tuberkelbakterien (Bacillus Calmette-Guérin). Die T. sorgt zuverlässig dafür, daß den unberechenbaren Folgen einer natürlichen Tuberkuloseinfektion wirksam vorgebeugt wird. Mit Erfolg BCG-geimpfte Kinder sind vor Infektionen mit dem Tuberkulosebazillus hinreichend geschützt und in der Regel auch durch massive Ansteckungen nicht gefährdet. Die Impfung wird – falls erforderlich – am besten bereits im Neugeborenenalter durchgeführt. Wird sie später vorgenommen, muß zuvor mit einer →Tuberkulinprobe geprüft werden, ob das betreffende Kind bis dahin noch keinen direkten Kontakt mit Tuberkelbazillen gehabt hat, was eine Impfung sinnlos machen würde. Der Impfschutz durch die T. wird erst allmählich innerhalb von Wochen bis zur vollen Höhe wirksam. An der Stelle der Impfung bildet sich im Lauf dieser Zeit ein etwa linsengroßes gerötetes Knötchen in der Haut, das gelegentlich anfangs leicht nässen kann und allmählich vernarbt. Einer besonderen Pflege bedarf die Impfstelle nicht. Lediglich für den Fall, daß sie näßt, sollten Sie sie dem Arzt zeigen und mit einem saugfähigen Schutzpflaster versehen.

Die erfolgreich verlaufene Impfung kann man daran erkennen, daß frühestens nach etwa 10 Wochen (und später) eine zuvor negativ gewesene Tuberkulinprobe positiv wird. Zwischen der T. und anderen Schutzimpfungen läßt man am besten einen zeitlichen Zwischenraum von etwa 3 Monaten.

Vgl. auch →Impfkalender, →Mehrfachimpfung, →Tuberkulinprobe

Türgitter →Laufställchen

Turgor →Gewebsspannung

U

Überbetreuung →Overprotection

Überfütterung

»Das Übermaß sprengt den Deckel.«
(Französisches Sprichwort)

Die Ü. ist ein häufiger →Ernährungsfehler. Er führt in der Regel zu einer übermäßigen Belastung der Verdauungsorgane des Babys, zu gesteigertem Fettansatz (→Mastfettsucht), zu verminderter körperlicher Aktivität und Vitalität und ist möglicherweise auch Grundlage für Übergewicht im späteren Leben. Der Anlaß, ein Baby oder Kleinkind zu überfüttern, ist gewöhnlich die übertriebene Sorge, daß das Kind, zumal wenn es häufiger schreit, nicht ausreichend satt wird. Oft entsteht diese Sorge von Eltern nur deshalb, weil sie unrichtige oder nur ungenaue Vorstellungen von dem tatsächlichen Nahrungsbedarf von Babys oder Kleinkindern haben. Ihre Befürchtung, das eigene Kind könne Hunger leiden, ist an sich eine durchaus verständliche Regung. Sie pflegt aber nur allzuoft die falschen Maßnahmen zur Folge zu haben: zusätzliche Fütterung in irgendeiner Form oder vielfaches Anlegen an die Brust, und zwar auch dann, wenn das Kind bereits reichlich Nahrung zu sich genommen hat. Abgesehen von den rein gesundheitlichen Gründen, die eine derartige übermäßige Nahrungszufuhr sehr unzweckmäßig machen, sollten aber auch erzieherische Gründe dazu motivieren, den Normalbedarf wesentlich überschreitende Nahrungsmengen nicht anzubieten. Denn der sprichwörtliche Erfahrungssatz: »Fresser werden als solche erzogen, aber nicht dazu geboren« ist für die Mehrzahl aller Kinder mit Übergewicht, Mastfettsucht und überdurchschnittlichem Nahrungsbedürfnis durchaus zutreffend. Tatsächlich ist es selten, daß ein Kind einen wirklich sehr viel größeren Nahrungsbedarf hat, als nach den Mengenregeln (→Flaschenkind, Nahrungsbedarf, →Kalorienbedarf) anzunehmen ist. Solche Fälle lassen sich daran erkennen und von einem »gewohnheitsmäßigen Vielfraß« unterscheiden, daß ihr Körpergewicht trotz vermehrter Nahrungszufuhr nicht wesentlich über die Durchschnittsnorm ansteigt. Wenn Sie Ihr Kind mit der Flasche, d.h. mit einer Säuglingsnahrung ernähren, achten Sie bitte sorgfältig auf die Angaben zur Herstellung der Milch. Halten Sie sich bitte genau an die Zubereitungsempfehlungen, denn »viel hilft nicht viel«!
Vgl. auch →Flaschenkind, Nahrungsbedarf, →Gewichtsverlauf im Babyalter

Übergangsstörungen beim Neugeborenen →Neugeborenes

Überhitzung →Hitzeschädigung

Übertragung

Bei einer Verlängerung der normalen →Schwangerschaftsdauer um 10 und mehr Tage über den errechneten oder aus dem Schwangerschaftskalender abgelesenen voraussichtlichen Geburtstermin hinaus spricht man von einer Ü. Eine derartige Verlängerung der Schwangerschaftsdauer ist für das Kind nicht gleichgültig, denn übertragene Kinder können unter besonders ungünstigen Umständen entweder schon im Mutterleib oder auch während des Geburtsvorgangs sterben. Ganz allgemein wird ihre Gefährdung um so größer, je mehr der errechnete Entbindungstermin überschritten wird, da sich die natürliche Leistungsfähigkeit der Gebärmutter und des Mutterkuchens als ernährendes Organ nach dem 280. Schwangerschaftstag schnell erschöpft. Unter Umständen muß die Geburt künstlich eingeleitet werden, wenn erkennbar geworden ist, daß sich eine Ü. anbahnt.

Längere Zeit übertragene, aber überlebende Neugeborene sehen recht charakteristisch aus: Sie sind oft besonders mager, sehen überaltert (»greisenhaft«) aus und haben eine trockene, knittrige und stark schuppende Haut. Die sog. →Käseschmiere fehlt entweder oder ist nur spärlich vorhanden, und die →Gewebsspannung ist vermindert. Die Nägel sind überlang und oft gelblich verfärbt. In den ersten Tagen nach der Geburt stellen sich nicht selten Atemstörungen ein, aber auch andere Organfunktionen sind vermehrt störanfällig. Jedes nach einer Ü. geborene Kind gehört zur Gruppe der →Risiko-Kinder und muß nach der Entbindung in einer Klinik ärztlich überwacht werden. Die echte Ü. darf nicht mit einer scheinbaren Ü. verwechselt werden. Letztere beruht darauf, daß entweder bei der Ermittlung der Schwangerschaftsdauer Rechenfehler gemacht wurden oder daß die Regelblutung schon vor dem Eintritt der Schwangerschaft ein- oder mehrmals ausblieb oder sehr unregelmäßig war.
Vgl. auch →Schwangerschaftsdauer

Überwärmung →Hitzeschädigung, →Wärmeschutz

Ultrahocherhitzte Milch →H-Milch, →Uperisierung der Milch

Umklammerungsreflex

Für die Neugeborenenperiode und das junge Baby charakteristischer reflektorischer Bewegungsablauf, der durch Lagewechsel und Erschütterung der Unterlage ausgelöst werden kann: Klopfen Sie z.B. auf die Matratze, auf der das Kind liegt, dann führt es mit seinen Armen reflektorisch eine bogenförmige, weit umgreifende Bewegung aus, bei der die Hände so der Körpermitte angenähert werden, als wollten sie einen Gegenstand mit beiden Armen umklammern (Abb.). Ein entsprechender Reflexvorgang stellt sich auch dann ein, wenn Sie das Baby aus der senkrechten Körperhaltung schnell hintenüber oder von einer Seite zur anderen legen.

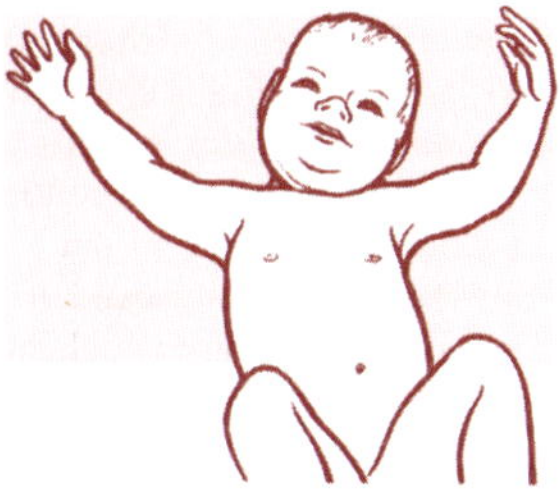

Dieser sog. U. ist angeboren und verliert sich bei normaler Entwicklung des Babys allmählich schon im Verlauf des ersten Lebensvierteljahrs. Sein termingerechtes Verschwinden ist ein wichtiges, frühes Merkmal dafür, daß eine normal ablaufende geistig-seelische →Entwicklung und eine termingerechte Ausreifung des kindlichen Nervensystems vorhanden sind.

Umschläge →Brustwickel, →Halswickel, →Leibwickel

Unfälle

Kinder sind besonders unfallgefährdet. Gegenwärtig sterben in Deutschland jährlich mehrere tausend Kinder an U. und ihren Folgen. In den vergangenen Jahrzehnten sind U. sogar zur häufigsten Todesursache von Kindern jenseits des Babyalters (d.h. außerhalb des 1. Lebensjahres) geworden. Aber noch viel mehr Kinder erleiden bei U. »nur« mehr oder weniger starke Verletzungen (derzeit ungefähr eine halbe Million pro Jahr).

U. sind aber keine Zufälle! Die meisten von ihnen lassen sich bei genügender Aufmerksamkeit der Erwachsenen vermeiden. Je jünger ein Kind ist, desto weniger ist es imstande, selbst aktiv U. auszulösen. Trotzdem braucht es eine besonders durchdachte und ständige Bewahrung vor U. durch die Eltern. Dieser zunächst »passive« Unfallschutz muß mit zunehmendem Alter des Kindes durch intensive Erziehung und Aufklärung über evtl. Unfallgefahren in ein aktives »Auf-der-Hut-sein« umgewandelt werden. Dies ist deshalb gut möglich, weil U. im Kindesalter zum größten Teil in »typischer« Weise entstehen und ablaufen. Abgesehen von den passiven Verkehrsunfällen der schon etwas älteren Kinder sind solche typischen U. im Baby- und Kleinkindalter z.B.

- →Erstickung,
- →»Verschlucken«,
- →Verätzungen,
- →Sturzverletzungen,
- →Verbrennungen und Verbrühungen,
- →Vergiftungen und
- Verletzungen durch Gebrauchsgegenstände des eigenen Haushalts.

Achtung! Tips, Anregungen und lesenswerte Broschüren über vorbeugenden Unfallschutz können Sie u.a. bei folgenden Institutionen erhalten:

- Deutsches Grünes Kreuz, Forum Unfallprävention, Schuhmarkt 4, 35037 Marburg
- Regionale Giftinformationszentren in der Bundesrepublik (Tel.-Nr. über Telefonauskunft)
- Aktion Mensch, Holbeinstr. 15, 53175 Bonn
- Brandverletzungen, SHG für Brandverletzte, Petra Krause, Dr.-Ebeling-Str. 26, 31020 Salzhemmendorf
- Bundesinstitut für gesundheitlichen Verbraucherschutz und Veterinärmedizin (BgVV), Postfach 330013, 14191 Berlin
- Bundeszentrale für gesundheitliche Aufklärung, Postfach 910152, 51071 Köln
- David e.V., Selbsthilfe für Unfallopfer, Dürerstr. 16, 67061 Ludwigshafen
- Deutscher Verkehrssicherheitsrat (DVR), Beueler Bahnhofsplatz 16, 53222 Bonn
- Deutsche Verkehrswacht e.V. (DVW), Am Pannacker 2, 53340 Meckenheim
- Dignitas, Deutsche Interessengemeinschaft für Verkehrsunfallopfer e.V., Friedlandstr. 6, 41747 Viersen
- Elterninitiative brandverletzter Kinder e.V., Gabriele Scheler, Laufer-Str. 30 a, 90571 Schwaig
- Kindernetzwerk für kranke und behinderte Kinder und Jugendliche in der Gesellschaft, Hanauer Str. 15, 63739 Aschaffenburg
- Komitee Sicherheit für das Kind, Leopoldstraße 204, 80804 München
- Kuratorium Rettungsfonds für aktive Unfallhilfe e.V., Klufterstraße 83, 53175 Bonn

Unreifezeichen des Neugeborenen

U.d.N. sind typische Merkmale, an denen ein neugeborenes Kind als unreif, d.h. als zu früh geboren (→Frühgeborenes, Frühgeburt), erkannt werden kann.

Mit anderen Worten: Wenn diese Merkmale vorhanden sind, spricht dies für eine zeitlich verkürzte, d.h. vorzeitig beendete Schwangerschaft.

Solche Merkmale sind:

- Geburtsgewicht von weniger als 2500 g,
- Geburtslänge von weniger als 47 cm,
- ungenügende Ausbildung von Fettpolstern,
- mangelhafte Ausbildung (insbesondere Weichheit) und Profilierung des Ohrknorpels,
- stärkere, feinste Behaarung des ganzen Körpers (sog. Woll- oder Lanugohaare; →Haarwuchs),
- die Enden der Zehennägel erreichen oder überragen nicht die Zehenkuppen, die Fingernägel nicht die Fingerspitzen,
- bei Mädchen überragen die kleinen (inneren) Schamlippen noch die großen (äußeren),
- bei Knaben befinden sich die Hoden nicht im Hodensack,
- allgemeine Schlaffheit der spärlich ausgebildeten Muskulatur,
- herabgesetzte Fähigkeit, die Körpertemperatur gleichmäßig zu halten, und Neigung zu →Untertemperatur (weniger als 36,5 °C),
- Neigung zu Wassereinlagerungen in die Haut (Ödembildung),
- Neigung zu häufigen Unregelmäßigkeiten der Atmung

Der Ausprägungsgrad dieser U.d.N. erlaubt zumindest dem Erfahrenen oft, den Grad der Unreife eines Kindes insgesamt recht genau abzuschätzen. Es kommt allerdings vor, daß trotz einer vorzeitigen Geburt eines Kindes die Ausprägung der U.d.N. nur gering ist, ja, einige von ihnen können dabei sogar ganz fehlen. In dieser Situation sind der Gesamteindruck des Kindes und die Ermittlung der tatsächlichen →Schwangerschaftsdauer, also des Gestationsalters des Kindes, für die Reifebeurteilung entscheidend.
Vgl. auch →Frühgeborenes, Frühgeburt →Neugeborenes, →Reifezeichen des Neugeborenen

Unruhe, abendliche →Schlafstörungen, →Schreien, nächtliches

Unterernährung →Dystrophie

Unterkühlung →Frühgeborenes, Frühgeburt, →Untertemperatur

Untersuchungsheft für Kinder →Vorsorgeuntersuchungen für Kinder und Jugendliche

Untertemperatur

Als U. wird eine Körpertemperatur bezeichnet, die wesentlich unterhalb der normalerweise vorhandenen mittleren Körperwärme von etwa 36,8 °C liegt. U. kann bei jüngeren Babys durch stärkere Auskühlung infolge ungenügender Bekleidung oder Bedeckung in der kühleren Jahreszeit, aber auch durch Funktionsstörungen der Wärmeregulation (sog. Thermolabilität) infolge von verschiedenen schweren Erkrankungen entstehen. Unreif geborene Kinder, also Frühgeborene (→Frühgeborenes, Frühgeburt) neigen zumeist stärker zu U. als reif geborene, d.h. sie sind gegen Abkühlung besonders empfindlich. Wenn man bei ihnen nicht alle erforderlichen Maßnahmen des →Wärmeschutzes beachtet und durchführt, kann es leicht zum Auftreten einer gefährlichen, ja lebensbedrohlichen U. kommen. Die Bekämpfung jeder bereits eingetretenen U. muß rasch und zielbewußt erfolgen, allerdings dürfen Sie dabei auch nicht des Guten zuviel tun. Am schonendsten wirkt das Einwickeln in eine vorgewärmte Decke. Auch das Trinkenlassen von warmem schwarzen Tee kann wirksam sein, ebenso ein erwärmendes →Bad.

Vgl. auch →Bad, erwärmendes, →Fiebermessung, →Wärmeschutz

Uperisierung der Milch

Als U.d.M. wird ein besonders schonendes Verfahren zur kurzzeitigen Hocherhitzung und Keimfreimachung von Milch bezeichnet. Dabei wird auf 80 °C vorerwärmte Milch schlagartig für 2,4 Sekunden mit überhitztem Wasserdampf durchschäumt, wobei eine Einwirkungstemperatur von 150 °C entsteht. Durch eine anschließende Vakuumabkühlung gelingt eine sofortige Wiederabkühlung auf 80 °C. Die so behandelte Milch ist vollständig frei von lebens- oder vermehrungsfähigen Bakterien und ist nicht denaturiert. Sie bleibt für einige Monate halt- und genießbar und kommt als »uperisierte Milch« oder als »H-Milch« in den Handel. Der besondere Vorteil dieser Milch gegenüber mit anderen Verfahren sterilisierter Milch ist die Erhaltung ihrer biologischen Feinstruktur trotz Hocherhitzung. Deshalb schmeckt und nährt uperisierte Milch wie Frischmilch. Lediglich ihr Vitamin C-Gehalt wird durch die Erhitzung geringfügig abgesenkt.
Vgl. auch →Abkochen der Milch, →Kuhmilch, →Pasteurisierung der Milch

Urin →Harn

Uringewinnung beim Baby →Harngewinnung beim Baby

Urlaub mit Babys →Autofahren, →Luftreisen mit Babys, →Reisen mit Babys und Kleinkindern

Urlaub mit der Familie

Die heutigen Angebote für Familienurlaub sind sehr vielfältig. Wir empfehlen Ihnen, sich an ein in Ihrer Nähe befindliches Reisebüro zu wenden. Immer beliebter wurde in den letzten Jahren der »Urlaub auf dem Bauernhof«, aber auch familienfreundliche Ferienhäuser sind heute gefragte Urlaubsdomizile für Familien mit Kindern. Tips, Anregungen und Urlaubsvorschläge erhalten Sie auch von der »Arbeitsgemeinschaft der Arbeitskreise für Familienerholung«, die unter diesem Titel als Informations- und Beratungshilfe einen Gemeinschaftskatalog herausgegeben hat, in dem zahlreiche Ferienanlagen, die für Familien mit Kindern besonders geeignet sind und empfohlen werden können, genau beschrieben werden (Kosten, Ausstattung usw.). Der Katalog kann bei einem der beteiligten Arbeitskreise kostenlos (Rückporto erbeten) angefordert werden:

- Familienerholungswerk der Diözese Rottenburg/Stuttgart e.V., Heusteigstr. 86a, 70180 Stuttgart (Tel.: 0711/645510)
- Katholischer Arbeitskreis für Familienerholung, Hohenzollernallee 1, 53175 Bonn (Tel.: 0228/9591714)
- Deutscher Paritätischer Wohlfahrtsverband, Sonnemannstr. 5, 60314 Frankfurt/M. (Tel.: 069/67060)

U-Untersuchungen →Vorsorgeuntersuchungen für Kinder und Jugendliche

V

Vegetationen, adenoide →Adenoide (adenoide Wucherungen), →Rachenmandel

Verätzungen

V. sind durch schärfere Chemikalien (insbesondere Säuren und Laugen) zustande kommende Haut- und Schleimhautverletzungen. Sie sind u.U. gefährlich und können manchmal sogar lebensbedrohlich werden. In der Regel entstehen sie als Folge der Unachtsamkeit und Sorglosigkeit der Erwachsenen bei gleichzeitiger Unterschätzung der kindlichen Fertigkeiten.

Stark ätzende Stoffe wirken unmittelbar beim Kontakt mit ihnen. Deshalb schreit das Kind in der Regel nach einer Schrecksekunde sofort. Verätzte Haut- und Schleimhautstellen (Mundwinkel, Zunge, Gaumen, Rachen) sehen weißlich belegt aus, insbesondere, wenn es sich um eine Laugenverätzung (z.B. durch WC- oder Spülmaschinenreiniger oder Lötwasser) handelt.

Sofortmaßnahmen bei Verätzungen

- Bewahren Sie Ruhe!
- Spülen Sie sofort die betroffenen Bereiche für längere Zeit (u.U. mehrere Minuten) möglichst unter fließendem Wasser intensiv ab.
- Stellen Sie fest, welche Substanz vermutlich die Verätzung verursacht hat (Säure? Lauge?).
- Stellen Sie die betreffende Substanz zur Untersuchung oder Identifizierung sicher.

Bei Verschlucken von Säuren:

- Geben Sie dem Kind Milch zur Neutralisation zu trinken, jedoch nur dann, wenn Sie wirklich absolut sicher sind, daß es sich um eine Säure gehandelt hat! Versuchen Sie keinesfalls, Erbrechen auszulösen!

Bei Verschlucken von Laugen:

- Geben Sie dem Kind stark verdünnten Speiseessig (keine Essenz!) oder Zitronenlimonade schluckweise zu trinken, jedoch nur dann, wenn Sie absolut sicher sind, daß es sich tatsächlich um eine Lauge gehandelt hat! Versuchen Sie nicht, Erbrechen auszulösen!

Beachten Sie: Alle Unfälle im Kindesalter, bei denen giftige Substanzen in oder auf den Körper gelangen, sind grundsätzlich Notfälle! Stellen Sie Ihr Kind daher umgehend in der nächsten Kinderklinik, ggf. auch in einer Hals-Nasen-Ohrenklinik oder – bei Beteiligung der Augen – in der Augenklinik vor. Scheuen Sie sich nicht, den Notarzt zu rufen, auch wenn es sich auf den ersten Blick um eine »Bagatelle« handeln sollte. Nicht wenige der o.g. Stoffe und Substanzen führen u.U. erst nach Stunden zu Schleimhautschwellungen (z.B. im Kehlkopf- oder Luftröhrenbereich) mit der Folge einer akuten Atemnot bzw. anderer lebensbedrohlicher Zustände.

Erfahrungstip:

Dort, wo Kleinkinder leben, müssen Haushaltsmittel und Chemikalien unbedingt gekennzeichnet und stets unter für Kinderhände unzugänglichem Verschluß gehalten werden.

Vgl. auch →Verbrennung und Verbrühung

Verbrennung und Verbrühung

V.u.V. sowie →Verätzungen sind auch heutzutage bis zum Ende des 2. Lebensjahres noch immer die häufigsten Ursachen von Unfällen bei Kindern. Deshalb muß im Haushalt mit Kindern, vor allem aber mit Kleinkindern, auf derartige Unfallmöglichkeiten besonders geachtet werden. Sorgen Sie dafür, daß Töpfe, Pfannen, Kannen, Schüsseln, Eimer und Wannen mit heißer Flüssigkeit (und heißem Fett) stets außerhalb der Reich- und Griffweite der Kinder sind und bleiben. Ein besonders typischer Unfallhergang läuft so ab, daß ältere Babys oder jüngere Kleinkinder, die meist noch ziemlich unsicher auf den Beinen stehen, sich an Tischdecken festhalten und sie mitsamt den auf dem Tisch stehenden Gegenständen (Kaffeekannen, Kerzen, Blumenvasen usw.) herunterziehen (Abb.). Schadhafte elektrische Kabel (z.B. an einem Bügeleisen!), Verbindungsschnüre mit Geräteanschluß, die in der Steckdose stecken, für Kinder erreichbare, nicht durch Verschluß gesicherte Steckdosen (Kinder fassen die Kontakte gerne an, stecken in ihrem Forschungsdrang auch gerne Finger, Nägel, Schere, Gabel u.a. sowie die Zunge in Steckdosen!) führen u.U. zu schweren Stromverbrennungen. Auch an mögliche Verbrennungen durch →Heizkissen oder →Wärmflaschen muß gedacht werden. Ungeschützte heiße Heizkörper (besonders bei Dampfheizung), Öfen und Ofentüren müssen mit Schutzvorrichtungen gesichert werden. Verbrühungen im Mund, Rachen und auf der Zunge können auch dadurch entstehen, daß der Inhalt der Trinkflasche versehentlich zu heiß angeboten wird. Dies kann geschehen, wenn Sie die gefüllten Baby-Flaschen im Mikrowellenherd erwärmen. Dabei können im Inneren des Flascheninhalts sehr hohe (Kern-)Temperaturen entstehen, die nicht ohne weiteres erkennbar sind, weil sich dabei die Außenwand des Fläschchens nicht übermäßig erwärmt. Aus diesem Grund sollten Sie Mikrowellen zur Erwärmung von Babyfläschchen nicht benutzen.

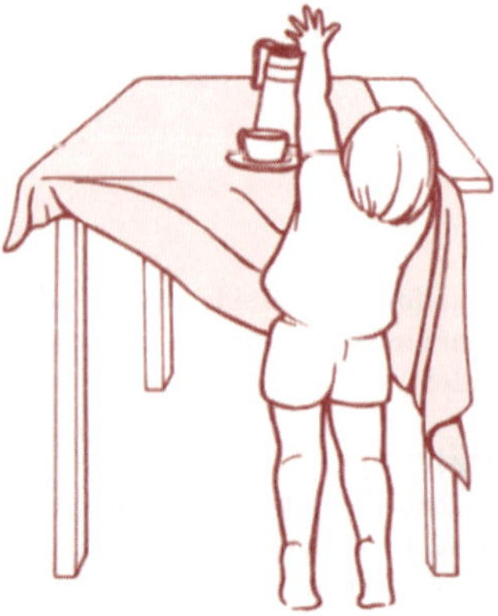

Erfahrungstip 1:
Sie schützen das Baby vor Verbrühungen durch zu heißen Flascheninhalt, indem Sie vor der Fütterung die Nahrungstemperatur regelmäßig und sorgfältig prüfen (Methoden vgl. →Flaschennahrung, Temperatur).

Die erforderlichen Maßnahmen der Ersten Hilfe richten sich jeweils nach der Schwere der V.u.V. (Farbtafel). Auch bei zunächst scheinbar geringen Folgen dürfen Sie diese und die Unfallursachen nicht zu leicht nehmen. Auf jeden Fall erfordern schwere V.u.V. unverzügliche Klinikbehandlung (Rettungswagen). Bei leichteren V.u.V. (ersten Grades), bei denen eine nicht allzu ausgedehnte Hautrötung auftritt, berieseln Sie die betroffene Stelle zur Schmerzlinderung längere Zeit mit kaltem Leitungswasser. Bei Verbrennungen zweiten (mit Blasenbildung), dritten und vierten Grades (Verkochung und Verkohlung) handelt es sich immer um einen Notfall! Rufen Sie den Notarzt! Bedecken Sie bis zu seinem Eintreffen die betroffenen Körperteile nur mit sterilem Mull oder frischgewaschenen, gebügelten Wäschestücken. Packen Sie dann das Kind in eine Wolldecke ein. Sie vermeiden damit weitere Schädigungen durch Auskühlung und Wärmeverluste, die besonders bei Babys auftreten können.

Erfahrungstip 2:
Versuchen Sie nicht, dampfende Kleidungsstücke auszuziehen, sondern übergießen Sie das Kind und somit seine Kleider sofort und ausgiebig mit kaltem Wasser. Legen Sie keine Brandbinden und keine Ölumschläge an und verwenden Sie weder Mehl noch Zahnpasta, sondern informieren Sie umgehend den Notarzt oder bringen Sie das Kind gut in eine wärmende Decke gehüllt (→Wärmeschutz) unverzüglich in die Klinik.

V.u.V. von umfangreicheren Teilen des Körpers sind immer als lebensbedrohlicher Notfall aufzufassen. Auch aus einer scheinbar »einfachen« Verbrühung oder Verbrennung kann sich durch Fehlfunktion verschiedener Organsysteme eine sog. Verbrennungskrankheit entwickeln, die in jedem Fall intensiv-medizinisch behandelt werden muß!

Sofortmaßnahmen bei Verbrennung und Verbrühung

- Bewahren Sie Ruhe!
- Kühlen Sie die verbrannten oder verbrühten Körperbereiche sofort mit kaltem Wasser ab. Am besten funktioniert das mit einer kalten Dusche: Stecken Sie den Brausekopf zwischen Kleidungsstücke und verbrannte Haut und spülen Sie so lange, bis das austretende Wasser und die Kleidung nicht mehr heiß sind. Die Kühlung mit Wasser ist notfalls auch noch bei einer Verzögerung von 5 bis 10 Minuten nach dem Unfall nützlich und wirkt schmerzlindernd.
- Befreien Sie das Kind erst jetzt von seiner Kleidung, die Sie vorsichtig ablösen od. evtl. aufschneiden müssen.
- Decken Sie die Hautstellen mit trockenem, sterilem Verband, mit Verbandtuch oder ersatzweise mit einer Aluminiumfolie bzw. frisch gewaschener, gebügelter Wäsche (Serviette, Handtuch, Bettuch) locker ab.
- Packen Sie das Kind warm ein und geben Sie ihm, sofern es bei Bewußtsein ist, reichlich Tee, Fruchtsaft oder Mineralwasser (mit einer Prise Salz) zu trinken.
- Transportieren Sie, falls kein Notarzt gerufen wurde, das Kind liegend und gut zugedeckt möglichst sofort in die nächste Kinderklinik oder das nächste Krankenhaus.

Vgl. auch →Unfälle, →Verätzungen

Vergiftungen

V. sind vor allem im Kleinkindalter deshalb keine Seltenheit, weil Kinder in diesem Alter oft alles nur irgend Erreichbare in den Mund stecken und probieren wollen (Abb. a). Die wichtigsten Giftdepots sind der Medikamentenschrank (→Hausapotheke) und der Nachttisch der Eltern oder Großeltern, ferner Haushaltsreinigungsmittel sowie Unkraut- und Schädlingsbekämpfungsmittel, in eher seltenen Fällen giftige Pflanzen (Goldregen, Eibe, Seidelbast u.a.m.). Die auftretenden V.-Erscheinungen sind je nach Giftstoff unterschiedlich, und manchmal dauert es auch eine gewisse Zeit, ehe solche überhaupt auftreten.

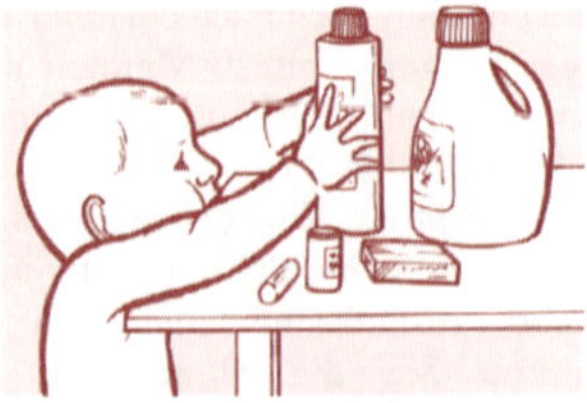

a Neugierde und Entdeckungslust sind Triebfedern vieler Vergiftungen. Gefährliche Stoffe dürfen nicht in Griffweite des Kindes aufbewahrt werden.

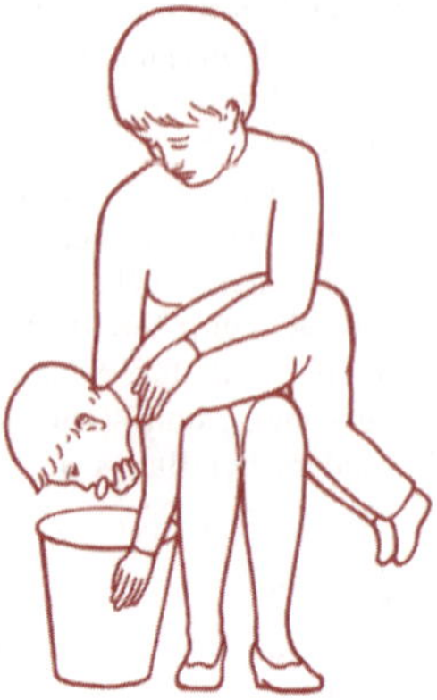

b Zum Auslösen des Erbrechens läßt man das Kind zuerst reichlich Flüssigkeit (Tee, Wasser, Selterswasser, kein Salzwasser) trinken. Dann legt man es quer mit dem Bauch nach unten über die Knie, Kopf und Gesicht sollen dabei nach unten hängen. Mit einem Finger reizt man nun den Rachen, bis Erbrechen auftritt

Erfahrungstip 1:
Jede V. ist als dringender Notfall anzusehen, da die auftretenden Folgen zunächst nicht absehbar sind. Kinder, die giftige Substanzen verschluckt haben, sind deshalb ohne Zeitverlust sofort ins nächste Krankenhaus zu bringen.

Nicht gegen jedes Gift gibt es auch ein Gegengift, es ist aber für die richtige Behandlung in jedem Fall wichtig, möglichst genau festzustellen, welche Giftstoffe und wieviel davon aufgenommen wurden. Wenn Sie das Verschlucken eines Giftstoffs vermuten und das Kind nicht bewußtlos ist, sollten Sie sofort versuchen, den Magen durch Auslösen von Erbrechen zu entleeren (Abb. b).

So wird's gemacht:
Drücken Sie mit einem Löffelstiel die Zunge kräftig herab oder stecken Sie dem Kind, auch wenn es schreit, einen Finger in den Rachen.

Das Kind darf (und soll) reichlich Flüssigkeit trinken, niemals jedoch Milch, Öl oder Rizinus. Bei Leuchtgas- und Rauchvergiftungen sowie bei tiefer Bewußtlosigkeit infolge der Wirkung anderer Giftstoffe (Schlafmittel, Hustenmittel) bringen Sie das Kind bis zum Abtransport in die Klinik an die frische Luft oder lagern es am weit geöffneten Fenster; dabei müssen Sie jedoch unbedingt eine Auskühlung vermeiden. Führen Sie notfalls künstliche Beatmung durch, evtl. auch mit →Mund-zu-Mund-Beatmung! Reste des aufgenommenen Gifts (auch dessen Verpackung) müssen sichergestellt und dem Arzt mitgebracht werden. Erbrochenes ist ebenfalls aufzubewahren, damit aus ihm evtl. die eingenommene Substanz ermittelt werden kann.

Sofortmaßnahmen bei Vergiftungen
- Bewahren Sie Ruhe!
- Ist das Kind bei klarem Bewußtsein, versuchen Sie, Erbrechen auszulösen!
- Gelingt die Auslösung von Erbrechen nicht, verlieren Sie keine Zeit mit weiteren Versuchen, sondern führen Sie

den sofortigen Transport in die nächste Kinderklinik durch.

- Bewahren Sie Erbrochenes und evtl. entleerten Harn auf (zum evtl. Giftnachweis, falls Art und Menge der eingenommenen Substanz nicht bekannt sind).
- Stellen Sie das eingenommene Gift und/oder dessen Verpackung sicher und nehmen Sie alles zum Arzt mit.
- Geben Sie dem Kind, sofern es bei Bewußtsein ist, reichlich zu trinken, jedoch keine Milch, kein Öl, kein Rizinus.
- Achtung: Die gleichen Regeln gelten auch, wenn das Kind (noch) keinerlei Vergiftungserscheinungen zeigt, es aber wahrscheinlich oder sicher ist, daß es einen Giftstoff eingenommen hat.

Grundsätze zur Vorbeugung und Verhütung von Vergiftungsunfällen im Kindesalter

- Alle Medikamente unerreichbar und unter Verschluß aufbewahren
- Keine angebrochenen und im Gebrauch befindlichen Medikamentenpackungen unbeaufsichtigt liegenlassen
- Keine Medikamente in der Handtasche aufbewahren (Kinder sind neugierig und durchsuchen die Tasche!)
- Haushaltsmittel, Chemikalien, Lacke, Farben und Lösungsmittel für Kinder unerreichbar aufbewahren (kaufen Sie nach Möglichkeit nur solche mit kindersicheren Verschlüssen!)
- Chemikalien nur in dafür vorgesehenen Flaschen aufheben und eindeutig etikettieren
- Insektenmittel, Rattengift und andere Schädlingsbekämpfungsmittel stets getrennt von Arzneimitteln aufbewahren und sicher wegschließen
- Keine giftigen Ziergewächse im Haus halten oder im Garten anpflanzen

Für Kinder besonders gefährliche Giftstoffe:

Medikamente aller Art, vor allem:
Schlaf- und Beruhigungsmittel
Schmerz- und Fiebermittel
Hustenmittel (vor allem codeinhaltige)
Abführmittel
Herz- und Kreislaufmittel
Magenmittel
Betäubungsmittel

Haushalts- und Genußmittel, Chemikalien:
Säuren, bes. Essigessenz, Salzsäure
Schädlingsbekämpfungsmittel
Benzin, Spiritus, Terpentin, Nitro
Alkohol, Tabak (Zigaretten, Zigarren)
Rattengift
Putzmittel, Fleckenwasser, Lötwasser
Spülmittel, Waschmittel, WC- und Backofenreiniger
Weichmacher
Laugen und alkalische Ätzmittel
»Rohrrein«, Salmiak
Lampenöl

Erfahrungstip 2:
Alle genannten Stoffe sollten Sie für das Kind absolut unzugänglich unter Verschluß halten, die Flaschen und den Gefäßinhalt eindeutig kennzeichnen und niemals Getränkeflaschen (Bier-, Saft-, Mineralwasserflaschen und dgl.) zur Aufbewahrung gefährlicher Giftstoffe verwenden. Die Verwechslungsgefahr ist zu groß!

Verhaltensstörungen, neuropathische
→»Kaufaulheit«, →Kopfwackeln, nächtliches, →Luftschlucken, →Neuropathie, →Pavor nocturnus, →Rumination, →Schlafstörungen, →Schlucküberempfindlichkeit, →Speien, »gewohnheitsmäßiges«, →»Wegbleiben«

Verhütung von Ansteckung bei Infektionskrankheiten

Wer die Devise »Vorbeugen ist besser als Heilen« akzeptiert, muß danach streben, die Ansteckung mit Infektionskrankheiten möglichst zu vermeiden. Dazu ist es notwendig, daß Sie deren Übertragungsweise (Infektionsmodus), Ansteckungsfähigkeit (Infektiosität) und Ausbrütezeit (Inkubationszeit) möglichst genau kennen. Hier sind die wichtigsten Daten dazu:

Masern: Hochansteckend schon im frühesten, noch uncharakteristischen Krankheitsstadium, und zwar bereits 3 bis 4 Tage, bevor der Ausschlag auftritt. Ansteckungsmöglichkeit für Gesunde ist allein schon bei Aufenthalt im selben Raum gegeben, in dem sich ein Kranker befindet. Übertragung durch Dritte erfolgt aber nicht. Die Kranken sind nach dem Fieberabfall und dem Abklingen des Ausschlags nicht mehr ansteckend. Es ist keine abschließende Desinfektion erforderlich, es genügt, wenn das Krankenzimmer gut gelüftet wird. Wirksamster Schutz ist die →Masernschutzimpfung.
Weiteres vgl. →Masern

Scharlach: Mäßig ansteckend, aber bereits vom ersten Krankheitstag an. Die Übertragung erfolgt meist durch direkten Kontakt mit kranken Personen (Tröpfcheninfektion), aber auch durch Dritte und Gegenstände, die Kranke berührt haben (Spielzeug, Handtücher, Türgriffe u.a.). Deshalb ist die Isolierung der Kranken und eine Desinfektion der Spiel- und Gebrauchsgegenstände erforderlich, ebenso eine Schlußdesinfektion des Krankenzimmers und der Wäsche.
Weiteres vgl. →Scharlach

Keuchhusten: Beträchtlich ansteckend, die Ansteckungsfähigkeit beginnt bereits während des uncharakteristischen sog. katarrhalischen Vorstadiums (etwa 8 bis 10 Tage nach der Ansteckung). Sie hält von da an etwa 3 Wochen lang an. Die Übertragung erfolgt direkt vom Kranken auf Gesunde (Tröpfcheninfektion bis zu einem Abstand von 1,5 Metern), nicht durch Dritte oder Gegenstände. Kindergartenbesuch ist frühestens 3 Wochen nach Erkrankungsbeginn wieder erlaubt. Eine Schlußdesinfektion ist nicht erforderlich, es genügt, das Krankenzimmer abschließend gut zu lüften. Auch Erwachsene können an Keuchhusten erkranken, doch sind bei ihnen die Krankheitserscheinungen manchmal so wenig typisch, daß die Krankheit nicht als Keuchhusten erkannt wird. Dadurch kann eine unbeabsichtigte Übertragung vorkommen. Wichtige Schutzmaßnahme ist die →Keuchhustenschutzimpfung.
Weiteres vgl. →Keuchhusten

Mumps: Mäßig ansteckend, nur direkt vom Kranken auf Gesunde (Tröpfcheninfektion), nicht durch Dritte oder Gegenstände übertragbar. Die Übertragbarkeit erlischt, wenn die Speicheldrüsenschwellung gänzlich zurückgegangen ist, sie beginnt jedoch schon im Ausbrütestadium kurz vor deren Auftreten. Eine Schlußdesinfektion ist nicht erforderlich. Wichtigste mögliche Schutzmaßnahme ist die →Mumpsschutzimpfung.
Weiteres vgl. →Mumps

Diphtherie: Bedingungen wie bei Scharlach. Wichtigste Schutzmaßnahme ist die →Diphtherieschutzimpfung.
Weiteres vgl. →Diphtherie

Kinderlähmung: Mäßig ansteckend, Zweiterkrankungen in derselben Familie sind selten. Die Dauer der Übertragbarkeit der Krankheit von Kranken auf Gesunde ist unterschiedlich, wahrscheinlich beträgt sie maximal 4 bis 6 Wochen. Danach ist eine Schlußdesinfektion vorge-

schrieben. Wichtigste Schutzmaßnahme ist die →Polioschutzimpfung.
Weiteres vgl. →Kinderlähmung

Windpocken: Hochansteckend nach Ablauf der Ausbrütezeit (18 bis 21 Tage) vom Augenblick der ersten Erscheinungen des Hautausschlags an innerhalb der Wohnung, oftmals sogar innerhalb des ganzen Hauses. Die Übertragung kann u.U. auch schon durch Luftzug erfolgen, nicht aber durch Dritte. Die Ansteckungsfähigkeit der Kranken erlischt zugleich mit dem Eintrocknen der Borken (8 bis 10 Tage nach dem Auftreten der Bläschen); die Borken selbst sind dann ebenfalls nicht mehr infektiös. Eine Schlußdesinfektion ist nicht notwendig, es genügt, wenn das Krankenzimmer gut gelüftet wird. Schutzmaßnahmen gibt es vorerst nicht.
Weiteres vgl. →Windpocken

Röteln: Mäßig ansteckend. Übertragung erfolgt durch direkten Kontakt mit Kranken (meist durch Tröpfcheninfektion), nicht durch Dritte. Die Ansteckungsfähigkeit der Kranken ist bereits vor Ausbruch des typischen Hautausschlags, etwa 17 Tage nach Ansteckung, wirksam. Sie erlischt mit dem Verschwinden des Ausschlags. Eine Abschlußdesinfektion ist nicht erforderlich, es genügt, wenn das Krankenzimmer gut gelüftet wird. Wichtigste Schutzmaßnahme ist die →Rötelnschutzimpfung.
Weiteres vgl. →Röteln

Verletzungen

Unfälle mit Verletzungsfolgen entstehen im Haushalt vor allem durch unzureichend aufbewahrte scharfe oder spitze Gegenstände, durch ungeeignetes Spielzeug sowie durch scharfkantige Möbel und Gebrauchsgegenstände (Abb.). Deshalb müssen alle potentiell gefährlichen Gegenstände, für kleine Kinder unerreichbar

»Messer, Gabel, Schere, Licht . . .«: besonders beliebte, aber sehr gefährliche Spielobjekte

aufbewahrt werden. Material und Form von Spielsachen sollten so beschaffen sein, daß V. durch sie ausgeschlossen sind.
Vgl. auch →Spielzeug, →Unfälle

Vernix caseosa →Käseschmiere, →Neugeborenes

Verordnung, ärztliche →Arzneimitteldosierung, →Arzneimittelverabreichung, →Rezept, ärztliches

»Verschlucken«

Als »V.« wird das Einatmen (Aspiration) von Nahrungsteilen, von Flüssigkeiten, Erbrochenem oder von Fremdkörpern in die Luftwege bezeichnet (Farbtafel). Jedes »V.« löst unmittelbar eine heftige reflektorische Reaktion aus: Mit kräftigen Hustenstößen versucht der Organismus, die in die »falschen Wege« gelangten Fremdstoffe wieder zu entfernen, wobei Sie unterstützend eingreifen können.

So wird's gemacht:
Beugen Sie das Kind am besten nach vorne oder legen es sich über das Knie und beklopfen leicht mit der flachen Hand seinen Rücken in der Gegend zwischen den Schulterblättern.

Glücklicherweise verschlucken sich gesunde Babys und Kleinkinder bei der Nahrungsaufnahme relativ selten. Dies liegt daran, daß ihre anatomische Situation garantiert, daß die Nahrung sogar beim Schreien am Luftröhreneingang vorbeigelangen kann, ohne eingeatmet zu werden. Viel eher kommt es aber zum »V.«, wenn ein Baby erbricht und währenddessen Luft holt. Babys mit Brechneigung (→Brechdurchfall, →Magenpförtnerkrampf) legen Sie daher zum Schlafen am besten mit etwas erhöhtem Oberkörper und in leichter Seitenlage nach halbrechts ins Bett. Besonders gefährdet durch »V.« sind Frühgeborene (→Frühgeborenes, Frühgeburt), d.h. unreife Kinder, bei denen sich die entsprechenden Schutzreflexe noch nicht genügend entwickelt haben. Bei ihnen kann das »V.« u.U. sogar unbemerkt (d.h. ohne wesentliche Hustenreaktion), auch im Schlaf, erfolgen. Werden dabei größere Nahrungsmengen eingeatmet, kann das entweder akut lebensbedrohend sein oder zur Entwicklung einer nachfolgenden Lungenentzündung (sog. Aspirationspneumonie) führen.

Verstopfung

Als V. (Obstipation) wird ein mehrtägiges gänzliches Ausbleiben der Darmentleerung bezeichnet. Kommt es dann nach Tagen doch noch spontan oder nach der Einnahme von sog. →Abführmitteln zu Stuhlgang, ist der Stuhl meist abnorm fest und trocken. Das Symptom V. muß bei Brustkindern allerdings etwas anders als bei Flaschenkindern bewertet werden: Beim→Brustkind, d.h. beim ausschließlich oder überwiegend mit Muttermilch ernährten Baby, signalisiert das Symptom V. zumeist nur eine →Scheinverstopfung. Diese entsteht entweder dadurch, daß das Kind die nahezu schlackenarme Muttermilch besonders gut ausnutzt oder daß das Baby nur sehr knappe Milchmengen erhält. In beiden Fällen sind nur sehr wenig stuhlbildende Rückstände im Darm.

Erfahrungstip:
Um die tatsächlich gegebene Situation richtig einzuschätzen, können Sie das Gewicht des Kindes und die →Stillprobe zur Beurteilung heranziehen: Besteht kein Brustmilchmangel, nimmt das Baby nicht ab, gedeiht und ist guter Stimmung, dann sind seltene Stuhlentleerungen (in mehrtägigen Abständen) als Scheinverstopfung beim Brustkind unbedenklich. Sie brauchen sie nicht sonderlich zu beachten.

Sind aber zu geringe Trinkmengen an der Brust schuld an verminderten Stuhlentleerungen, ist nach dem Anlegen oft nur eine Nachfütterung notwendig (mit →Säuglingsnahrungen), um die Stühle häufiger werden zu lassen.

Beim →Flaschenkind ist die Situation anders. Hier ist eine V. oft eine Folge von übermäßiger Eiweiß- und/oder Fettzufuhr (→Milchnährschaden), wie sie z.B. bei unsachgemäß zubereiteten Milchmischungen vorkommt. Überhaupt ist bei jeder V. von Flaschenkindern zuallererst zu fragen, ob das Baby tatsächlich auch richtig ernährt wird. Im Fall von Milchüberfütterung bleibt die V. gewöhnlich so lange bestehen, bis eine Änderung der Ernährung erfolgt. Für eine V. dieses Typs ist charakteristisch, daß der Stuhl oft unter Schmerz in kleinen, harten, kalkfarbenen Kugeln entleert wird (»Schafskot«), die oft so trocken sind, daß sie sich von der Windel leicht abschütteln lassen. Abgesehen von der notwendigen Verminderung der absoluten Milchmenge im Nahrungsgemisch (nicht der Trinkmenge!) läßt sich diese V. meist gut durch die Beigabe von 1 Teelöffel Laktulose (ein- bis mehrmals am Tag) beeinflussen. Bei älteren Babys und bei Kleinkindern kann darüber hinaus durch

→Fruchtsaft und/oder Obstbrei der Stuhlgang gut reguliert werden (zu vermeiden sind allerdings rohe geriebene Äpfel und Bananen, die beide eher stopfend wirken). Natürlich kann eine V. auch Symptom oder Begleiterscheinung verschiedener Erkrankungen sein, so z.B. bei manchen fieberhaften Erkrankungen und bei hormonellen Störungen (z.B. →Hypothyreose).

Die Schmerzhaftigkeit der Stuhlentleerungen bei einem vorhandenen →Afterriß kann gleichfalls zu willkürlicher Stuhlzurückhaltung und V. führen, weil manche Kinder dabei versuchen, die Stuhlentleerung zu vermeiden, solange es ihnen irgend möglich ist.

In allen Fällen, bei denen lediglich ein einmaliges Abführen erforderlich ist, z.B. bei fieberhaften Erkrankungen, bewährt sich ein gewöhnliches Klistier mit lauwarmem Wasser, ein Microklist oder die Verabreichung eines Glyzerinzäpfchens. In jedem Fall sollten Sie alle diese Maßnahmen aber nur auf ärztlichen Rat hin durchführen. Das bedeutet, daß Sie Ihr Kind, falls es Symptome einer V. zeigt, dem Kinderarzt vorstellen sollten. Ist Ihr Kind schon jenseits des Babyalters, also im Kleinkindalter, dann sollten Sie seinem nicht selten vorhandenen Wunsch, die »große« Erwachsenentoilette zu benutzen, nur dann nachkommen, wenn für die Stuhlentleerung des Kindes geeignete Vorkehrungen getroffen sind. Dazu gehört nicht nur die sog. »Kinderbrille«, d.h. ein altersentsprechender WC-Sitz, sondern auch, für das feste Aufstützen der Füße des Kindes z.B. durch eine Fußbank zu sorgen. Andernfalls kann das Kind keine optimale Sitzhaltung für eine möglichst vollständige Entleerung des Mastdarms einnehmen.

Vgl. auch →Abführmittel, →Stuhlbeschaffenheit, →Überfütterung

Verwöhnen →Erziehung, allgemeine, →Großmutter, →Liebeseinstellung der Mutter zum Kind, →Mutter-Kind-Beziehungen, →Overprotection

Vitamine

V. sind lebenswichtige biologische Wirkstoffe, die vom Organismus selbst nicht aufgebaut werden können und daher von außen zugeführt werden müssen. Bereits in kleinsten Mengen erfüllen sie wichtige Aufgaben bei Zellaufbau, Wachstum, Infektionsabwehr und im Stoffwechsel. Nur wenn es gelingt, den Vitaminvorrat mit der Nahrung ständig zu ergänzen, ist der Mensch vor →Vitaminmangelkrankheiten geschützt.

Das Kind braucht trotz seines kleineren Körpers fast ebensoviel V. wie der Erwachsene, denn es muß ja wachsen, und seine Zellen müssen sich dementsprechend vermehren. In einem Krankheitsfall steigert sich der Vitaminbedarf bei Kindern und Erwachsenen.

V. kommen überall in der belebten Natur vor. Besonders reich an V. sind grüne und farbige Gemüse und alle Früchte. Einige V. finden sich vor allem in der Milch, in Milchfett, in Käse, in Fleisch und Fisch, Eigelb, andere auch in Getreide und Hefe.

Jedes einzelne V. hat spezielle Aufgaben zu erfüllen und wird z.T. nach ihr und/oder nach verschiedenen Buchstaben des Alphabets bezeichnet.

Gestillte Babys werden mit Ausnahme der Vitamine D und K über die Muttermilch mit allen V. optimal versorgt. Aber auch Babys, die mit →Säuglingsnahrungen ernährt werden, erhalten alle Vitamine (mit Ausnahme von Vitamin D) in bedarfsdeckender Weise, da die Nahrungen mit entsprechenden Vitaminmengen angereichert sind.

Die Versorgung des Körpers mit V. sollte nach Möglichkeit im Verband der natürlichen Nahrungsstoffe erfolgen. Dadurch werden Einseitigkeit in Menge und Art sowie zu hohe Dosierungen ver-

mieden. Vitamin-Präparate, die zugleich mehrere V. enthalten, sog. Poly- oder Multi-V., sind im Baby- und Kleinkindalter zumeist entbehrlich und sollten stets nur vom Arzt verordnet werden. Ganz allgemein gilt: Bei unkritischer Selbstanwendung von Vitaminen können schädlich wirkende Überdosierungen vorkommen!
Vgl. auch →Spurenelemente, →Vitamin A, →Vitamin B, →Vitamin C, →Vitamin D, →Vitamin E, →Vitamin K, →Vitaminmangelkrankheiten

Vitamin A

V. A ist ein fettlösliches und zugleich in Wasser unlösliches Vitamin, das vor allem in fetthaltigen Substanzen vorkommt (Lebertran, Butter, Eigelb, Milch, Pflanzenöle). Seine Vorstufen sind allerdings auch in den meisten Gemüsen (Möhren, Spinat, Salat, Mangold, Grünkohl, Rosenkohl u.a.) und in einigen Früchten vorhanden. V. A spielt beim Wachstumsvorgang, im Stoffwechsel der Zellen, bei der Sehfunktion (Dämmerungssehen) sowie für die Intaktheit und Funktion von Haut und Schleimhäuten eine wesentliche Rolle. Da es während des ganzen Jahres in meist reichlicher Menge in der normalen Nahrung enthalten ist, muß unter unseren Lebensbedingungen mit schweren V. A-Mangelerscheinungen nicht gerechnet werden. Allenfalls bei längerdauernder, gänzlich fettfreier Ernährung oder bei schweren Darm- oder Bauchspeicheldrüsenkrankheiten kann sich ein ständiger Mangel an V. A entwickeln. Dieser führt zu einer Herabsetzung der Widerstandskraft und der Regenerationsfähigkeit der Haut und Schleimhäute. Extremere Mangelzustände, wie sie z.B. bei Babys mit schwerem →Mehlnährschaden entstehen können, verursachen u.U. gefährliche Veränderungen der Hornhaut der Augen (Erweichung, evtl. Zerstörung) bis hin zur Erblindung.
Vgl. auch →Mehlnährschaden, →Vitaminmangelkrankheiten

Vitamin B

Zusammenfassende Bezeichnung für eine Gruppe von wasserlöslichen Vitaminen. Sie kommen in der Natur vor allem in Hefe, Weizenkleie, in vielen grünen Pflanzen, im Eigelb und in der Milch vor. Demgemäß sind in der normalen Nahrung alle Vitamine der B-Gruppe in ausreichender Menge vorhanden. Hingewiesen werden muß allerdings darauf, daß einige »Mode«- und vegetarische Diäten insbesondere den Vitamin B_{12}-Bedarf nicht ausreichend decken, so daß bei Kindern, die streng vegetarisch ernährt werden, sich u.U. eine schwere Blutarmut sowie Störungen des Zentralnervensystems entwickeln können. Länger anhaltender Mangel an V. B kann bei Kindern neben anderen Schäden allgemeine Entwicklungshemmung, Störungen verschiedener Organfunktionen und der Blutbildung sowie Nervenausfälle verursachen.
Vgl. auch →Vitamine, →Vitaminmangelkrankheiten

Vitamin C

Ascorbinsäure; ein wasserlösliches Vitamin, das bei Erhitzung (Kochen) teilweise zerstört wird und gegen die Einwirkung von Luft und Licht empfindlich, d.h. begrenzt haltbar ist. V. C kommt vor allem in frischen Früchten, grünem Gemüse, Kartoffeln, Leber, Niere und (in geringerer Konzentration) in der Milch vor. V. C-Mangel setzt die Widerstandskraft gegen Infektionen herab. Bei länger anhaltendem Fehlen oder bei zu geringer Konzentration von V. C in der Nahrung von Babys, z.B. durch einige »alternative« Ernährungsformen, kann sich →Säuglingsskorbut entwickeln.

Beim →Stillen oder bei Ernährung mit handelsüblichen →Säuglingsnahrungen sowie durch rechtzeitigen Beginn der Fütterung mit →Beikost sind V. C-Mangelerscheinungen nicht zu befürchten.

Erfahrungstip:
Bei der Selbstherstellung von Flaschennahrung (→Flaschenkind, Nahrungsbedarf) aus Kuhmilch kann wiederholtes →Abkochen der Milch (bei gleichzeitigem Mangel an Obst- und Gemüsesäften in der Nahrung) bei jüngeren Babys zu einer V. C-Mangelsituation führen.
Vgl. auch →Säuglingsskorbut, →Vitaminmangelkrankheiten

Vitamin D

Fettlösliches, hitzebeständiges Vitamin, das hauptsächlich in der Leber von Fischen (Lebertran), in Butter, Eigelb und Milch vorkommt. Ein natürliches V. D-Reservedepot hat der Mensch in seinem Unterhautzellgewebe, das eine noch unwirksame Vorstufe des Vitamins speichert. Diese wird dann in wirksames V. D übergeführt, wenn die unbedeckte Haut dem natürlichen Sonnen- und Himmelslicht ausgesetzt wird. Die hierbei wirksam werdenden Lichtanteile sind die ultravioletten Strahlen. Leichtere Formen eines V. D-Mangels sind in unseren Breiten und unter unseren Lebensbedingungen (Großstadt, Dunstglocke, relativer Lichtmangel während des Winterhalbjahres usw.) weit verbreitet. Stärkerer Mangel führt zur speziellen V. D-Mangelkrankheit →Rachitis (sog. »englische Krankheit«).

Die Bekämpfung und systematische Vorbeugung eines V. D-Mangels und seiner Folgen gehört heute zu den normalen und mit Recht gängigen Routinemaßnahmen der Babypflege und Babyernährung (z.B. durch die tägliche Verabreichung von V. D-Präparaten sowie durch die Anreicherung aller in Deutschland im Handel befindlichen Säuglingsnahrungen mit V. D in einer Menge von ca. 500 IE pro Liter trinkfertiger Nahrung).
Vgl. auch →Rachitisprophylaxe, →Rachitis

Vitamin E

Wirkstoff aus der Gruppe der fettlöslichen Vitamine, sog. Fruchtbarkeitsvitamin. Es kommt vor im Getreidekeim (Keimöl) sowie in tierischen (Lebertran) und pflanzlichen Fetten, in geringeren Mengen auch in verschiedenen Gemüsen (grüne Erbsen, Bohnen, Spinat, Salat, Karotten), in Eigelb, Butter, Frauen- und Kuhmilch. V. E übt unter anderem eine Schutzwirkung gegen den frühzeitigen Abbau von Fettsubstanzen (»Ranzigwerden«) und auf die übrigen fettlöslichen Vitamine des Körpers aus. Eigentliche V. E-Mangelkrankheiten scheinen beim Menschen praktisch nicht vorzukommen.

Vitamin K

Sog. Koagulationsvitamin, ein Wirkstoff aus der Gruppe der fettlöslichen Vitamine. Sein Mangel bewirkt eine gesteigerte Blutungsbereitschaft in Haut, Schleimhäuten und inneren Organen. V. K kommt hauptsächlich in Spinat, Tomaten, Eigelb und in der Leber von Säugetieren vor. Frauen- und Kuhmilch enthalten nur verhältnismäßig geringe V. K-Mengen. In großem Umfang wird V. K von der natürlichen Bakterienflora des Darms gebildet, von wo aus es in die Leber gelangt und dort zum Aufbau bestimmter blutgerinnungsfördernder Substanzen herangezogen wird. Beim neugeborenen Kind ist die Bildung dieses Wirkstoffs wegen seiner noch unvollständigen Keimbesiedlung des Darms zunächst unzureichend. Deswegen können in der Neugeborenenzeit durch Mangel an V. K gelegentlich Blutungen, insbesondere im Darmkanal, auftreten (→Blutstuhl, →Bluterbrechen). Aus diesem Grund ist eine vorbeugende V. K-Verabreichung (Injektion/Tropfen) an die

Neugeborenen unmittelbar nach der Geburt oder in den ersten Lebenstagen in den meisten Entbindungskliniken üblich. Nach komplizierten Geburten und bei frühgeborenen Kindern ist diese Maßnahme obligatorisch. V. K-Mangel ist bei voll gestillten Babys häufiger als bei Flaschenkindern, weil alle im Handel befindlichen Säuglingsnahrungen mit V. K angereichert sind. Vor allem eine im Alter von 2 bis 6 Wochen bei gestillten Babys gelegentlich gesteigerte Blutungsneigung (auch mit Hirnblutung) als Folge eines V. K-Mangels kann und soll durch solche V. K-Gaben verhütet werden.
Vgl. auch →Bluterbrechen, →Blutstuhl

Vitaminmangelkrankheiten

V. sind Krankheiten, die zumeist mittelbare oder unmittelbare Folgen von →Ernährungsfehlern sind und dadurch entstehen, daß mit der Nahrung einzelne oder mehrere Vitamine nicht in ausreichender Menge zugeführt werden. Diese Situation kann sich dann entwickeln, wenn die Nahrungen falsch und einseitig zusammengesetzt sind, z.B. bei überwiegender Mehl- oder Schleimernährung von Babys (→Mehlnährschaden; Mangel: Vitamine A, C, D, E), wenn langfristig fettarme oder ganz fettfreie Nahrung verabreicht wird (Mangel: Vitamine A, D, E), wenn die Nahrung falsch zubereitet wird, z.B. durch mehrfaches, längeres →Abkochen der Milch (Mangel: Vitamin C) oder wenn die Nahrungsmengen oder -qualitäten unzureichend sind (Mangel: Vitamine A, B, C, D, E). Schwere V. kommen bei gestillten oder mit einer handelsüblichen →Säuglingsnahrung ernährten Babys nicht vor. Allerdings gibt es in jedem Jahr auch in Deutschland bei Babys und Kleinkindern Einzelfälle von V., die zu bleibenden Folgeschäden des Zentralnervensystems oder anderer Organe (z.B. der Augen) führen. Ursache ist hier fast immer eine wochen- oder gar monatelange unsachgemäße Ernährung mit einer sog. »alternativen«, d.h. eiweiß- und fettarmen und damit nahezu vitaminfreien Kost (Vitamine A, B, D, E, K).
Vgl. auch →Rachitis, →Säuglingsskorbut, →Vitamin A, B, C, D, E, K

Vollmilch →Kuhmilch

Vollmilch-Möhren-Brei

Leicht selbst herstellbarer Babybrei, der zugleich gut ernährend und durchfallhemmend wirkt. Er eignet sich besonders für Babys im 2. Lebenshalbjahr, die sich in der Rekonvaleszenz nach Durchfallstörungen befinden.

So wird's gemacht:
Stellen Sie aus weichgekochten Möhren (20minütige Kochzeit) ohne Abgießen des restlichen Kochwassers durch Passieren (Haarsieb) ein Möhrenpüree her. Kochen Sie dann aus Säuglingsnahrung oder H-Milch und Weizenmehl (10 g Mehl auf 100 ml Milch) einen Brei und süßen diesen mit 10 g Zucker. Mischen Sie den Milchbrei und das Möhrenpüree unmittelbar vor der Mahlzeit zu gleichen Teilen und wärmen Sie die Mischung an.

Anstelle von selbst gekochtem Möhrenpüree können Sie auch industriell hergestelltes Möhrenmus aus dem Glas verwenden. Der V.-M.-B. wird mit der Flasche (Saugloch evtl. vergrößern) oder mit dem Löffel gefüttert.

Volvulus →Darmverschluß

Vorhautentzündung

Eine V. ist die Entzündung des inneren Anteils der zurückstreifbaren Vorhaut des männlichen Glieds (Penis). Sie wird in der Regel von einer Entzündung der Eichel (Balanitis) begleitet. Die Ursache dieser Entzündung ist gewöhnlich eine bakterielle Infektion, bei der sich die Erreger in dem vom inneren Vorhautblatt abgesonderten talgartigen Drüsensekret ansiedeln. Da normalerweise während der Babyzeit bis hinein in das 4. Lebensjahr Eichel und innerer Vorhautanteil noch miteinander verklebt sind, kommt es im Babyalter meist nur dann zu solchen Entzündungen, wenn die Vorhaut beim →Reinigungsbad oder bei anderer Gelegenheit fälschlicherweise, d.h. viel zu früh zurückgezogen wird, was Sie tunlichst unterlassen sollten (→Vorhautverengung).

Vom Kleinkindalter an und danach ist eine echte, krankhafte Vorhautverengung nicht selten Grundlage einer V., weil sich hinter dieser Enge der Vorhauttalg ansammelt, zersetzt und von entzündungsauslösenden Bakterien besiedelt werden kann. Die Kennzeichen der V. sind eine schmerzhafte Schwellung der Vorhaut im Bereich der Penisspitze, Brennen beim Wasserlassen, u.U. auch eine deutliche eitrige Absonderung zwischen Eichel und Vorhaut. Zur Linderung und Beseitigung der Entzündungsvorgänge eignen sich häufig gewechselte kühl-feuchte Umschläge um das Glied (mit Kamillentee oder kaltem Wasser). Wenn allerdings eine erheblichere Vorhautverengung vorhanden ist, sind mehrfache Rückfälle nicht selten.

Ist die Reinigung der kritischen Region schwierig, dann ist eine dauerhafte Heilung meist nur durch eine chirurgische Korrektur zu erreichen (→Beschneidung, Zirkumzision). Lassen Sie in einem solchen Fall Ihren Kinderarzt über die Operationsnotwendigkeit entscheiden.
Vgl. auch →Beschneidung, →Vorhautverengung

Vorhautverengung

Phimose; ein Zustand, bei dem der äußerste Anteil (und die Öffnung) der Vorhaut des Penis so eng ist, daß sie sich nach dem Kleinkindalter nicht oder nur teilweise über die Eichel zurückstreifen läßt. Achtung: Die Verklebung der Penisspitze mit der Vorhaut im Baby- und Kleinkindalter ist aber keine V., sondern ein Normalzustand! Sie löst sich am Ende des Kleinkindalters (spätestens im 4. Lebensjahr) allmählich von selbst.

Erfahrungstip:
Versuchen Sie niemals, diese Verklebung durch gewaltsames Zurückstreifen der Vorhaut oder ähnliche Maßnahmen zu lösen! Solche Versuche können zu Verletzungen, Einrissen und in der Folge durch Vernarbungsvorgänge zu einer echten, bleibenden V. führen.

Die echte, angeborene und bleibende V. führt durch Sekretverhaltung häufig zu →Vorhaut- und Eichelentzündungen (Balanitis).

Leichtere Formen der V. (aber nur diese!) können oftmals durch eine vom Arzt ausgeführte, sehr vorsichtige und zarte Dehnungsbehandlung und/oder Anwendung von Hormoncreme sowie durch tägliches vorsichtiges (!) Zurückstreifen der Vorhaut über die Eichel allmählich ausgeglichen werden. Grundsätzlich ist aber eine derartige Behandlung nur aus begründetem Anlaß, z.B. bei Behinderung der Harnentleerung, richtig. Bei dieser höhergradigen V. ist eine Dehnung nicht möglich, zumeist die chirurgische Korrektur unvermeidlich. Sie sollten diese spätestens bis zum Schulbeginn durchführen lassen.
Vgl. auch →Beschneidung, →Geschlechtsorgane

Vormilch

Kolostrum, Frühmilch; die erste, besonders eiweiß-, zell- und mineralstoffreiche, aber noch relativ zucker- und fettarme Frühform der Frauenmilch. Zuweilen werden bereits geringe Mengen der V. schon in den allerletzten Wochen der Schwangerschaft abgesondert.

Im Verlauf der ersten 3 Stilltage wandelt sich die V. im Zusammenhang mit dem →Einschießen der Brustmilch in die sog. →Zwischenmilch um.

Die Menge der abgegebenen, dicken, klebrigen V. bleibt anfangs noch relativ gering. Die hohe Nährstoffkonzentration der V. und die besondere, blutserumähnliche Zusammensetzung ihrer Eiweißstoffe sorgen aber dafür, daß das Neugeborene trotzdem in seinen ersten Lebenstagen ausreichende Nährstoffmengen erhält. Die Eiweißkörper der V. beanspruchen besonders wenig aktive Verdauungsarbeit und können vom Baby fast unmittelbar ausgenutzt werden. Sie sind außerdem Träger von wichtigen biologischen Wirk- und Schutzstoffen (Immunkörper). Wie beim Stillen überhaupt führt die regelmäßige, möglichst vollständige Entleerung auch der V. aus den Brüsten zu schneller, zunehmender mütterlicher →Milchbildung und begünstigt das Einschießen der Brustmilch.
Vgl. →Anlegen, erstes, →Frauenmilch, →Neugeborenes, Nahrungsbedarf, →Zwischenmilch

Vornamen →Namengebung

Vorsorgeuntersuchungen für Kinder und Jugendliche

»Lege Dämme an, solange noch kein Wasser kommt.« *(Chinesisches Sprichwort)*

Das seit 1971 durchgeführte Programm der Vorsorgeuntersuchungen aller Kinder von der Neugeborenenzeit bis ins Jugendalter ist gesetzlich geregelt. Mit diesen Untersuchungen soll sichergestellt werden, daß Entwicklungsstörungen oder Krankheiten möglichst frühzeitig erkannt und behandelt werden. Da die Früherkennung zugleich Frühbehandlung bedeutet, die häufig Abwendung oder Minderung von Schäden bewirkt, kann allen Eltern nur dringend empfohlen werden, diese wichtige Leistung der Krankenkassen und des Staates im Interesse ihrer Kinder regelmäßig in Anspruch zu nehmen. Jede Mutter erhält in der Entbindungsklinik oder von der Hebamme ein spezielles gelbes »Untersuchungsheft« ausgehändigt (Abb.), in dem die Ergebnisse jeder einzelnen Untersuchung vom Arzt eingetragen werden. Sie sollten es sorgfältig aufbewahren und zu jedem Vorsorgeuntersuchungstermin mitbringen.

Die nachstehenden 10 Termine sind planmäßig vorgesehen:

- unmittelbar nach der Geburt (U 1)
- zwischen dem 3. und 10. Lebenstag (U 2)
- in der 4. bis 6. Lebenswoche (U 3)
- im 3. bis 4. Lebensmonat (U 4)
- im 6. bis 7. Lebensmonat (U 5)
- im 10. bis 12. Lebensmonat (U 6)
- im 21. bis 24. Lebensmonat (U 7)
- zwischen 3 1/2 und 4 Jahren (U 8)
- zwischen 4 Jahren und der Einschulung (meist 5. Geburtstag) (U 9)
- zwischen dem 13. und 14. Geburtstag (J 1).

Im einzelnen werden bei den Terminen neben einer eingehenden Allgemeinuntersuchung die folgenden zielgerichteten Untersuchungen durchgeführt:

U 1: Erste fachärztliche Neugeborenenuntersuchung unmittelbar nach der Geburt. Hierbei wird vor allem auf akut lebensbedrohliche Zustände und besonders augenfällige Abweichungen geachtet. Der Arzt prüft Herztätigkeit, Atmung, Hautfarbe, Muskelspannung und Reflexe und beurteilt den Gesamtzustand des Neugeborenen anhand eines normierten Protokolls (→Apgar-Skala).

U 2: Ergänzt und erweitert die Neugeborenenuntersuchung (U 1), nachdem das Kind die unmittelbaren Belastungen

Vorderseite des gelben Kinderuntersuchungsheftes

des Geburtsvorgangs überstanden hat. Der Arzt sieht nach evtl. vorhandenen, bis dahin noch nicht erkannten Fehlbildungen und prüft nochmals die einzelnen Organfunktionen, soweit sie äußerlich zugänglich sind. In vielen Kliniken werden eine Ultraschalluntersuchung der Hüften (→Hüftgelenkdysplasie, angeborene) sowie elektronische Hörtests zur Früherkennung von Hörstörungen durchgeführt. Mit einem entnommenen Blutstropfen werden Tests zum Ausschluß von Stoffwechselstörungen angestellt (z.B. →Guthrie- und TSH-Test; →Screenings). Die →Rachitisprophylaxe wird eingeleitet und soll am Ende der ersten Lebenswoche beginnen.

U 3: Dabei wird vor allem fachärztlich geprüft, ob das Baby normal gedeiht und seine Ernährung richtig und sachgerecht durchgeführt wird. Der Arzt begutachtet den Zustand des Babys nach insgesamt über 50 Kriterien. Dabei wird u.a. ganz besonders auf Funktion und Entwicklung des Nervensystems und der Hüftgelenke geachtet.

U 4: Erneut werden →Gedeihen, Ernährung, Entwicklung und Verhalten des Babys überprüft. Auch diesmal wird speziell auf die Funktion der Sinnensorgane und des Nervensystems geachtet.

U 5: Hierbei wird u.a. geprüft, ob das Baby inzwischen gelernt hat, sich alleine vom Rücken in die Bauch- oder Seitenlage zu drehen, ob sich alle Reflexe altersgemäß ausgebildet und die statischen und psychischen Funktionen sich normal entwickelt haben.

U 6: Dabei werden die weiteren körperlichen, seelischen und psychomotorischen Entwicklungsfortschritte genau registriert. Der Arzt wird sicherlich auch danach fragen, welche Lautäußerungen das Kind von sich gibt und ob es irgendwelche auffälligen Eigenarten erkennen läßt. Geachtet wird auch auf vorhandene Haltungsfehler und -schäden der Wirbelsäule.

U 7: Neben der allgemeinen Untersuchung und Entwicklungsbeurteilung dient sie vor allem der Feststellung, ob die Sprachentwicklung in normalen Bahnen verläuft.

U 8: Hierbei wird u.a. geprüft, ob die bisherige motorische Entwicklung des Kindes normal verlaufen ist, ob Hören und Sehen ungestört sind, ob die Zähne regelgerecht durchgebrochen sind und in welchem Zustand sie sich befinden und nicht zuletzt auch, ob das Kind voraussichtlich den Anforderungen von Kindergarten und Vorschule gewachsen sein wird.

U 9: Füllt die ursprünglich bestehende Lücke zwischen der Untersuchung mit 4 Jahren und der Einschuluntersuchung der Kinder. Bei dieser Untersuchung werden praktisch alle Organsysteme überprüft (Herz, Lunge, Niere, Geschlechtsorgane, Entwicklungsstand des Muskel- und Nervensystems, Sehfähigkeit und räumliches Sehen, Gehör, Sprachentwicklung, Sozialverhalten u.a.m.). Die U 9 bietet eine besonders günstige Gelegenheit, behandlungsbedürftige und -fähige Störungen rechtzeitig zu erkennen, d.h. bevor die schulischen Belastungen einwirken.

J 1: Die erste Untersuchung im beginnenden Jugend- und Pubertätsalter. Sie füllt die Lücke von einigen Jahren (seit Durchführung der U 9) und hat die Beurteilung des psychischen und körperlichen Entwicklungsstandes bei Eintritt der Pubertät zum Ziel. Der Arzt verschafft sich einen Überblick über die in der Vergangenheit evtl. durchgemachten Krankheiten und sucht nach relevanten Faktoren, die die weitere normale Entwicklung beeinträchtigen könnten. Bei Hinweisen auf vorhandene (evtl. chronische) Krankheiten oder Organfunktionsstörungen (Seh- oder Hörfehler u.a.) werden notwendige weitere diagnostische und therapeutische Maßnahmen eingeleitet. Wichtig bei der J 1 ist die Einschätzung des körperlichen Reifezustandes, d.h. der Ausbildung der sekundären Geschlechtsmerkmale bei Jungen und Mädchen. Aus diesem Grund werden u.a. Fragen zur ersten Regelblutung gestellt. Entscheidendes Element der J 1-Untersuchung ist das Bemühen des untersuchenden Arztes (Kinder- und Jugendarzt), ein das (sog. »schwierige«) Alter berücksichtigendes Vertrauensverhältnis zum Jugendlichen aufzubauen, das diesem weitere Kontaktaufnahmen mit dem Arzt, ggf. unter Ausschluß der Eltern, ohne Probleme ermöglicht. Gleichfalls wird der Stand der durchgeführten Impfungen kontrolliert und werden fehlende Impfungen nachgeholt (→Rötelnschutzimpfung). Wichtig ist in diesem Rahmen auch die Hepatitis B-Impfung bei möglichst allen Jugendlichen. Bestandteil der J 1 ist nicht zuletzt ein nach Möglichkeit in der Sprache der Jugendlichen durchgeführtes Gespräch über Gesundheitsgefahren in diesem Lebensabschnitt (spezifische Virusinfektionen, z.B. →AIDS, Hepatitis B) und die Vermittlung von Kenntnissen über die Möglichkeiten der Schwangerschaftsverhütung.

Selbstverständlich ist mit 10 planmäßigen V.f.K.u.J. nur eine gewisse Basis im Sinne einer vorbeugenden Gesunderhaltung der Kinder und Jugendlichen geschaffen. Weitere zwischenzeitliche Untersuchungen (einschließlich der zahnärztlichen!) sind unentbehrlich und sollten deshalb durch Eigeninitiative der Eltern veranlaßt werden.

Vgl. auch →Mütterberatungsstellen, →Risiko-Kinder

Vulva →**Geschlechtsorgane**

Vulva-Hygiene →**Geschlechtsorgane**

Wachstum →Längenmessung des Babys, →Längenwachstum

Wadenwickel →Beinwickel, abkühlender

Wägen →Wiegen (Wägen) des Babys

Wärmeschädigung →Hitzeschädigung

Wärmeschutz

Unter W. versteht man allgemein den Schutz vor stärkerer Auskühlung, d.h. vor übermäßigen Wärmeverlusten des Körpers. Der körpereigene W., die Fähigkeit, trotz niedriger Außentemperaturen die Körpertemperatur konstant zu halten, ist bei jüngeren Babys, vor allem aber bei frühgeborenen oder kranken Kindern oft unzureichend. So kommt es, daß bei diesen trotz normaler Bekleidung und Bedeckung in der kalten Jahreszeit (u.U. bereits bei Temperaturen, die dem Erwachsenen noch nicht sonderlich kühl vorkommen) eine Auskühlung stattfinden kann. Deshalb müssen Sie bei jüngeren Babys vor allem bei Freiluftaufenthalten und beim →Ausfahren für einen ausreichenden, der Temperatur angepaßten äußeren W. sorgen (→Wärmflasche, Zudecke, Mützchen, Fäustlinge, Wollschuhe usw.).
Von besonderer Bedeutung ist ein ausreichender W. z.B. beim Transport kranker Babys und neu- oder frühgeborener Kinder in die Klinik (→Frühgeborenes, Frühgeburt).

Erfahrungstip:
Sie können sich auf einfache Weise davon überzeugen, daß bei Ihrem Baby ein ausreichender W. vorhanden ist, indem Sie feststellen, ob es sich unter der Zudecke warm anfühlt, vor allem, ob es keine kalten Hände hat.

Bei allen Maßnahmen, die dem W. dienen, müssen Sie aber auch sehr sorgfältig darauf achten, daß Sie nicht des Guten zuviel tun. Denn das Gegenteil, eine Überwärmung (z.B. durch zu heiße Wärmflaschen, übermäßiges Zudecken oder zu dicke Kleidung) müssen Sie ebenfalls unbedingt vermeiden. Der kindliche Organismus ist nämlich auch gegenüber einem übertriebenen W. empfindlich (→Hitzeschädigung).
Vgl. →Ausfahren, →Hitzeschädigung, →Untertemperatur

Wärmestauung →Hitzeschädigung

Wärmeteller →Warmhalteteller

Wärmflasche

Eine W., auch in Form einer sog. Wärmekruke aus Steingut mit Patentverschluß, wird vor allem in der häuslichen Babypflege auch heute noch gelegentlich verwendet. Allein schon der Aufenthalt oder Transport jüngerer Babys im Freien bei winterlichen Temperaturen macht sie u.U. notwendig. Beim Transport von →Frühgeborenen (→Frühgeborenes, Frühgeburt) ist die Verwendung einer W. manchmal sogar bei normalen Lufttemperaturen angebracht.

Die mit warmem Wasser gefüllte W. ermöglicht auf einfachste Weise die Aufrechterhaltung von gleichmäßiger, trockener Wärme. Vor Anwendung der gefüllten W. müssen Sie aber stets sorgfältig prüfen, ob sie absolut dicht und ihr Verschluß (welcher Art er auch ist) zuverlässig gesichert ist. Auch sog. Patentverschlüsse müssen z.B. durch ein Band gegen selbständiges Aufgehen fixiert werden. Durch Schütteln der gefüllten W. bei nach unten gekehrtem Verschluß können Sie sich von dessen Dichte überzeugen. Wenn Sie die W. seitlich längs des Körpers des Kindes legen, muß der Verschluß stets fußwärts zeigen, damit das Kind ihn nicht mit seinen Händen erreichen und öffnen kann.

Die W. wird in der Regel mit warmem Wasser von ca. 50 °C gefüllt, jedoch niemals ganz randvoll, damit der sich bildende Wasserdampf Platz zur Ausdehnung hat. Sehr brauchbar ist auch eine W. aus Gummi, die sich besser den Körperformen anschmiegt. Bei ihr müssen Sie die Luft vor dem Zuschrauben des Verschlusses vorsichtig herausstreichen. Umhüllen Sie die W. während des Gebrauchs immer mit einem dicken Molton- oder Frottiertuch. Jüngere Kinder müssen Sie bei einer Wärmflaschenanwendung sicherheitshalber ständig überwachen.

Vom Gebrauch elektrischer →Heizkissen ist bei Babys und Kleinkindern wegen deren relativer Gefährlichkeit (Überhitzung und →Hitzeschädigung, →Verbrennung) abzuraten.
Vgl. auch →Wärmeschutz

Warmhalteteller

Wärmeteller; Eßteller mit doppeltem Boden, in den vor dem Gebrauch durch einen Einfüllstutzen heißes Wasser eingefüllt werden kann. Dadurch wird erreicht, daß die Nahrung wesentlich länger gleichmäßig warm bleibt als auf einem gewöhnlichen Teller. Der W. ist vor allem bei langsamer essenden Kindern nützlich. Er erspart mehrfaches erneutes Aufwärmen der Nahrung während des Fütterns. Allerdings sollten Sie besonders nach dem Einfüllen von heißem Wasser die Nahrung gut durchrühren und gelegentlich die Temperatur kontrollieren, um Verbrennungen (→Verbrennung und Verbrühung) zu vermeiden!

Warmhaltung →**Wärmeschutz**

Warzenhütchen →**Saughütchen**

Wasserbedarf des Babys →**Flüssigkeitsbedarf**

Wasserbruch →**Geschlechtsorgane**

Wasserpocken →**Windpocken**

Wasserverlust →**Austrocknung,** →**Durst,** →**Flüssigkeitsbedarf,** →**Gewebsspannung**

Watteverband →**Mittelohrentzündung**

»Wegbleiben«

Als W. werden eigenartige, unbewußt-emotional ausgelöste Atemstörungen bezeichnet. »Respiratorische Affektkrämpfe« ist eine andere Bezeichnung für sie. Um →Krampfanfälle im eigentlichen Sinn handelt es sich dabei jedoch nicht. Die Störung kommt im Babyalter noch selten vor, erstmals gegen Ende des 1. Lebensjahres und danach pflegt sie häufiger aufzutreten. Anläßlich von Gemütserregungen (Zorn, Schreck, Überraschung, plötzliche Freude), manchmal aber auch ohne erkennbaren äußeren Anlaß steigern sich manche Kinder unter anhaltendem Schreien und ohne zwischendurch Luft zu holen in einen solchen Erregungszustand hinein, daß sie blau werden und schließlich die Atmung vorübergehend kurzdauernd aussetzt (»wegbleibt«). Bei besonders starker Ausprägung des Zustandes kommt es zuletzt noch zum Verdrehen der Augen nach oben und zu kurzer Bewußtlosigkeit, evtl. auch zu leichten krampfartigen Zuckungen der Glieder. Das Ganze sieht dann sehr bedrohlich aus, ist es aber in Wirklichkeit nicht, denn stets setzt die Atmung wieder rechtzeitig und spontan ein.

Erfahrungstip:
Resolute Haltung, strikte scheinbare Nichtbeachtung und kein Erkennenlassen von Besorgnis, energisches Beklopfen des Rückens oder – besonders wirksam – schnelles, energisches Besprengen des Gesichts mit kaltem Wasser unterbricht den »Anfall« und löst das sofortige Wiedereinsetzen der Atmung aus.

Vor allem das kalte Wasser verhütet wegen der damit verbundenen unangenehmen Empfindungen bald und zuverlässig das Wiederauftreten solcher Zustände. Sie können diese später u.U. bereits im allerersten Ansatz allein durch das Aufdrehen des Wasserhahns oder durch die Wendung zum Waschbecken unterbinden! Anderes, weniger resolutes Verhalten oder erschrockenes bzw. bedauerndes Reagieren der bei einem solchen »Anfall« anwesenden Personen begünstigt sein späteres Wiederauftreten bei entsprechenden äußeren Anlässen. Das Kind spürt die durch sein »Wegbleiben« hervorgerufene Besorgnis und Furcht seiner Umgebung und lernt schnell, diese Situation auszunutzen. So kann es vorkommen, daß das Kind durch sein »W.« bald die ganze Familie tyrannisiert und sie bewußt oder unbewußt ganz nach seinem Willen in ständiger Aufregung hält. Tatsächlich gibt es Eltern, die es aus falsch verstandener Besorgnis schließlich nicht mehr wagen, überhaupt noch aus dem Haus zu gehen, weil sie ernstlich fürchten, daß das Kind in ihrer Abwesenheit einmal wirklich ganz »wegbleiben« könnte. Doch kommt das nie vor.

Vgl. →Fieberkrampf, →Krampfanfälle, →Spasmophilie

Wegwerfwindeln →Höschenwindeln

Weichschädel, rachitischer →Kraniotabes, →Rachitis, →Rachitisprophylaxe

Weinen, nächtliches →Schreien, nächtliches

Weithalsflasche →Flasche

Wickel →Beinwickel, abkühlender, →Brustwickel, →Halswickel, →Leibwickel, →Packung, abkühlende

Wickelkommode →Wickeltisch

Wickeltechnik

Die zahlreichen Handgriffe, die zu einem sachgemäßen Wickeln eines Babys nach der traditionellen Art mit Mullwindeln und zu einer wirklich haltenden Windelpackung notwendig sind, erfordern eine gewisse Übung und Geschick, denn die Windelpackung muß nicht nur allen Stuhl und Urin zuverlässig auffangen, sondern auch den Strampelbewegungen des Kindes standhalten. Sie darf weder Feuchtigkeit durchlassen noch drücken und muß zugleich vor Wärmeverlusten schützen. Es gibt eine ganze Reihe unterschiedlicher Wickeltechniken. Sie sind in den vergangenen Jahren durch die zunehmende Verwendung von →Höschenwindeln und dgl. weitgehend überflüssig geworden. Dennoch soll hier für diejenigen Eltern oder Mütter, die es »selbst« machen wollen oder müssen oder die es aus Erwägungen der Umweltbelastung, aus wirtschaftlichen oder anderen Gründen (→Wundwerden) vorziehen, ihr Baby mit waschbaren Stoffwindeln und nach der »klassischen« W. zu versorgen und trockenzulegen, diese nachfolgend beschrieben werden.

Wickeltechnik

a Wickeltechnik im 1. Lebensmonat (Beschreibung siehe Text)

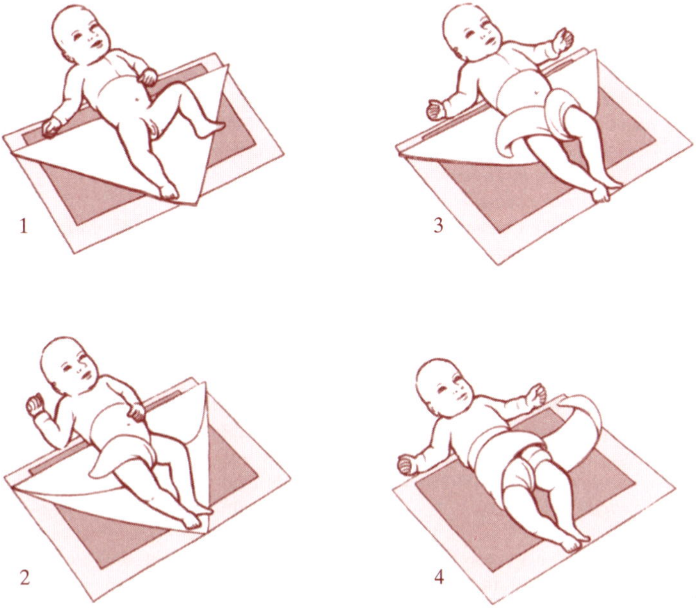

b Wickeltechnik im 2. und 3. Lebensmonat (Beschreibung siehe Text)

So wird's gemacht:
W. im 1. Lebensmonat:
Noch bevor Sie das Baby auspacken, reinigen und trockenlegen, bereiten Sie schon die neue Windelpackung vor: Dazu legen Sie auf das große Molton-Wickeltuch eine kleine wasserdichte Molton-Einlage und dann die zum Dreieck zusammengefaltete Mullwindel oder die Frottewindel in Dreieckform. Nach dem Baden und Reinigen des Babys legen Sie es, mit Hemdchen und Jäckchen bekleidet, in Rückenlage auf das so vorbereitete Windelpaket (Abb. a, 1). *Den unter dem Gesäß vorschauenden Mittelzipfel ziehen Sie zwischen den Beinchen hoch und legen ihn auf den Bauch des Babys. Sollte er bis über den Nabel reichen, schlagen Sie ihn nochmals kurz nach unten um* (Abb. a, 2). *Jetzt führen Sie die beiden freien Seitenzipfel nacheinander glatt schräg nach oben, möglichst weit um den Bauch herum* (Abb. a, 3). *Dann nehmen Sie die kleine Molton-Einlage seitwärts hoch* (Abb. a, 4). *Diese wird mit dem Hemdchen befestigt (sollte das Hemdchen zu lang sein, schlagen Sie den unteren Rand einfach etwas um, damit er nicht durchnäßt wird). Nun legen Sie den linken Teil des großen Moltontuchs nach rechts über den Leib des Babys, schlagen dann die untere Kante handbreit unterhalb der Füße nach oben* (Abb. a, 5) *und führen zuletzt die rechte Seite schön glatt weit nach links über das Kind herum. Jetzt ziehen Sie noch das Jäckchen glatt herunter und*

schließen es möglichst weit übereinander (Zipfel unter die Jäckchenkante stecken) (Abb. a, 6).

W. im 2. und 3. Lebensmonat:
Wieder legen Sie sich das große Molton-Wickeltuch, die Molton-Unterlage, die Mullwindel (zum Dreieck gefaltet) und evtl. zusätzlich noch eine Windeleinlage zurecht. Das Baby legen Sie nun auf die Windel und ziehen die beiden Zipfel nacheinander zwischen den Beinchen hoch (Abb. b, 1, 2). Den oberen Zipfel führen Sie dabei über die eine Schenkelbeuge, den unteren über die andere Schenkelbeuge um den Körper herum (Abb. b, 3). Jetzt legen Sie die Seitenzipfel der Windel nacheinander um den Leib (Abb. b, 4) und schließen die Windelpackung mit dem kleinen und großen Moltontuch, wie oben beschrieben (Abb. a, 5, 6).

Vielfach wird die W. als eine »Geheimwissenschaft« betrachtet, in der jeder Handgriff seine eigene schwerwiegende Bedeutung hat und genau eingehalten werden muß. Die Praxis zeigt jedoch, daß jede Mutter ihr Kind nach ihrem eigenen, vielleicht nicht immer ganz »vorschriftsmäßigen« Verfahren wickelt. Das schadet nichts, denn Hauptsache ist und bleibt, daß der Wickelpack fest sitzt, nicht drückt und seine Aufgaben zufriedenstellend erfüllt, ganz gleich wie auch immer die einzelnen Windelzipfel gelegt sind. Ob Sie besser vor oder nach der Mahlzeit, und wie oft Sie überhaupt wikkeln müssen, hängt von der jeweiligen Situation ab. Mit sieben- bis höchstens zehnmaligem Wickeln täglich (vor oder nach jeder Mahlzeit und wenn außerhalb dieser Wickelzeit Stuhl vorhanden ist) müssen Sie rechnen. Wenn Sie das Baby stillen, ist es besser, vor dem Anlegen zu wickeln, ebenso bei Kindern, die leicht speien und das Geschaukel beim Wickeln schlecht vertragen. Das Wickeln nach den Mahlzeiten hat den Vorteil, daß die oft gerade während der Mahlzeit frisch eingenäßten Windeln noch vor dem Schlafenlegen gewechselt werden können.
Vgl. auch →Höschenwindeln, →Windeln, →Wundwerden

Wickeltisch

Wickelkommode; spezielles Möbelstück, auf dem sowohl das Wickeln als auch die sonstige Körperpflege des Babys durchgeführt werden. Zur Erleichterung dieser Verrichtungen sollte der W. besonders zweckmäßig gestaltet und ausgestattet sein (Abb.). Der Handel bietet ein reiches Sortiment von W. an. Achten Sie beim Kauf aber auf wichtige Sicherheitsstandards zur Unfallverhütung (→Unfälle). Fragen Sie nach dem Zeichen »GS« (geprüfte Sicherheit)! Die zweckmäßige Höhe eines W. liegt bei ca. 85 cm (dadurch wird erreicht, daß Sie sich bei Hantierungen am Kind nicht allzuweit herunterbeugen müssen, was geplagte Rücken schont!). Die Breite des W. richtet sich z.T. nach dem verfügbaren Platz,

Normaler Wickeltisch mit überstehendem Rand der Wickelflächen. Er kann im Inneren saubere Windeln und in einem getrennten Fach den Windeleimer aufnehmen

80 bis 100 cm sind üblich. Die Tiefe liegt bei 40 bis 48 cm. Durch einen Ausziehmechanismus läßt sich die Tiefe der Auflagefläche zumeist noch auf etwa 66 bis 75 cm vergrößern.

Das Innere des W. dient zumeist zur Aufnahme der Wäsche, der Toilettengegenstände, evtl. auch der Kinderbadewanne.

Die Fläche des W. wird mit einer gepolsterten, abwaschbaren Auflage bedeckt. Wenn der W. nicht mit einer geeigneten Aufnahmemöglichkeit für die kleinen Toilettengegenstände versehen ist, die man ja in guter Griffweite haben muß, können Sie sich damit helfen, daß Sie an der Wand über dem W., außerhalb der Griffweite des Kindes, ein Regal, eine Konsole oder ein Wandschränkchen anbringen. Da stets die Gefahr besteht, daß das Baby bei lebhafteren Bewegungen von der Wickelfläche herunterfällt, wenn Sie ihm nur kurz den Rücken kehren, hat jeder handelsübliche W., der die Sicherheitsnormen erfüllt, seitlich eine breite, hochstehende Randleiste.

Sollten Sie zu den Bastlern gehören und einen W. selbst hergestellt haben, achten Sie aus Sicherheitsgründen bitte auf dieses unerläßliche Detail!

Erfahrungstip:
Lassen Sie das Baby niemals allein und unbeaufsichtigt auf dem W. liegen. Wenn jemand versucht, Sie abzurufen (Telefon, Türklingel usw.), legen Sie es lieber nochmals ins gesicherte Bettchen zurück. Sie verhüten dadurch sehr gefährliche →Sturzverletzungen des Babys.

Wiederkäuen →Rumination

Wiegen (Wägen) des Babys

Die regelmäßige Bestimmung des Körpergewichts eines Babys dient zur Kontrolle des →Gewichtsverlaufs und seines →Gedeihens. Zum W.d.B. dient entweder eine spezielle Säuglingswaage (Dezimalwaage mit besonders geformter Waagschale, in der das Baby Platz hat und bequem liegen kann) oder, was wirtschaftlicher ist, eine kombinierte Haushalts- und Liegewaage, bei der die beiden Waagschalen jeweils ausgetauscht werden können. Allerdings sind solche Waagen zumeist nicht sehr genau. Babywaagen können Sie auch, wenn Sie die Ausgabe vermeiden wollen, in vielen Städten in der Drogerie, in der Apotheke oder in Sanitätsgeschäften ausleihen.

Das W.d.B. führt man, wenn keine besonderen Ereignisse vorliegen (Erbrechen, Durchfallstörungen usw.), bei jüngeren Babys höchstens jeden zweiten Tag, bei älteren meist einmal in der Woche durch. Machen Sie es sich dabei zur Gewohnheit, das Baby immer zur gleichen Zeit zu wiegen, am besten vor oder nach dem →Reinigungsbad.

So wird's gemacht:
Stellen Sie die Waage zunächst auf Ausgleich. Dann legen Sie eine Windel oder ein großes Moltontuch auf die Waagschale und bestimmen deren Gewicht. Nun hüllen Sie das völlig entkleidete Baby in dieses Tuch, legen es auf die zuvor festgestellte Schale und wiegen es. Von dem abgelesenen Gewicht ziehen Sie dann noch das Gewicht des Einschlagtuchs ab.

Erfahrungstip:
Sie sollten das jeweils festgestellte Gewicht sofort notieren (hierzu ist eine ausfüllbare Tabelle im Anhang des Buches vorhanden!) oder eine Kurve des Gewichtsverlaufs (auf Karo- oder Millimeterpapier) anlegen, denn besser als eine Zahlenkolonne erlaubt eine solche Kurve einen raschen Überblick über das →Gedeihen und die durchschnittliche wöchentliche Gewichtszunahme (→Gewichtsverlauf im Babyalter). Beunruhigen Sie sich nicht allzusehr, wenn Ihr

Baby ein oder zwei Tage nicht zunimmt. Die Gewichtsentwicklung verläuft nicht jeden Tag gleichartig.

In den ersten Lebenstagen des Kindes, beim Beginn des Stillens vor allem, ist es zuweilen zur Stärkung Ihres Selbstvertrauens angebracht, das bekleidete und gewindelte Baby unmittelbar vor und direkt nach dem Anlegen zu wiegen. Auf diese Weise ermitteln Sie die Trinkmenge, die das Kind zu sich genommen hat (→Stillprobe). Doch übertreiben Sie es bitte auch damit nicht. Wenn Sie erst den Eindruck gewonnen haben, daß das Baby ausreichend Milch bekommt, ist es nicht nötig, es häufiger als etwa jeden zweiten Tag zu wiegen. Es ist viel zu wenig bekannt und schafft manchmal ganz unbegründete Besorgnisse, daß die Gewichtskurve eines Babys, auch diejenige eines ausgezeichnet gedeihenden, um so größere Schwankungen nach oben und unten aufweist, je kürzer die zeitlichen Abstände zwischen jedem einzelnen Wiegen gewählt werden.
Vgl. auch →Gewichtsverlauf im Babyalter

Windeldermatitis →Wundwerden

Windeleimer →Erstausstattung

Windeln

Durchschnittlich 27 Monate lang befindet sich der Po des Babys in einer Windelpackung, bevor es gelernt hat, Urin und/oder Stuhl oder beides zurückzuhalten und rechtzeitig nach dem Topf zu verlangen. Bis dahin müssen W. zuverlässig Stuhl auffangen, Urin aufsaugen und auf diese Weise Kleidung und Bettchen vor Verunreinigung bewahren. Von einer möglichst großen Saug- und Aufnahmefähigkeit der W. hängt es ab, daß die Gesäßhaut des Babys in der Windelpackung nicht aufweicht, gereizt wird, sich nicht entzündet und nicht wund wird (→Wundwerden). Deshalb ist es wichtig und notwendig, das Baby möglichst alle 3 bis 4 Stunden, vor oder nach den Mahlzeiten, sorgfältig trockenzulegen. Allerdings sollten Sie nach Möglichkeit die etwa achtstündige Nachtruhe einhalten, wenn nicht besondere Umstände (Wundsein, Durchfallstörungen u.a.) dies verhindern. Ausgehend von den ursprünglich fast ausschließlich gebrauchten Stoff-W. (aus Mull, Frottee oder Baumwollstrickgewebe; →Wickeltechnik), die nach jeder Benutzung gewaschen bzw. gekocht werden müssen, hat die Industrie in den vergangenen Jahrzehnten verschiedene neue Windeltypen zum Einmalgebrauch entwickelt, die saug- und aufnahmefähiger als reine Stoff-W. sind und daher die Babypflege wesentlich einfacher machen.

Heute sind im Handel erhältlich:

- konventionelle Stoff-W. (zum Mehrfachgebrauch),
- Windeleinlagen aus Vliesstoff zum Einmalgebrauch, die in spezielle waschbare, z.T. kochfeste Einlegetaschen oder Windelhöschen aus Weichplastik oder Baumwollgewebe gelegt werden,
- →Höschenwindeln zum Einmalgebrauch, die es in allen Größen und Saugstärken für jedes Alter und Gewicht, vom Neugeborenen bis zum Kleinkind, gibt. Höschenwindeln sind im Vergleich zu den herkömmlichen Stoff-W. und den Windeleinlagen nicht wesentlich teurer und zudem sehr leicht zu handhaben, hygienisch und pflegerisch optimal, so daß sie heutzutage fast ausschließlich verwendet werden. Fabrikate mit der Kennzeichnung »Ultra« zeichnen sich durch eine besonders hohe und zuverlässige Flüssigkeitsaufnahme aus.

Weitere Details hierzu →Höschenwindeln.

Windpocken	
Ansteckungsfähigkeit von Mensch zu Mensch (Infektiosität)	hochansteckend, auch schon im frühen Säuglingsalter; die Ansteckungsfähigkeit beginnt vor oder mit Auftreten der Bläschen und dauert bis zu deren Eintrocknung. Aufenthalt in derselben Wohnung (oder im selben Haus) wie der Kranke genügt oft schon zur Ansteckung
Übertragungsweise	Direktkontakt, aber auch durch den Wind (auch auf größere Entfernung), nicht durch Dritte oder Gegenstände
Inkubationszeit	14 bis 21 Tage (meist 17 Tage)
Absonderungszeit	bis zum restlosen Abfall der Borken; nicht erkrankte Geschwister: keine
Schlußdesinfektion	nicht erforderlich, Krankenzimmer gut lüften
Vorbeugung	Kontakt mit Erkrankten meiden

Windelpackung →Höschenwindeln, →Wickeltechnik

Windpocken

Varizellen, Wasserpocken; äußerst ansteckende, aber meist leicht verlaufende sog. →Kinderkrankheit. Der Erreger ist das Varizellenvirus. Nach dem Hauptsymptom, dem etwas pockenähnlichen, bläschenförmigen Hautausschlag sowie der leichten Übertragbarkeit (wahrscheinlich sogar mit dem Wind) hat die Krankheit ihren Namen bekommen.

Weil die W., ähnlich wie →Masern, so ansteckend sind, bleibt von ihnen kaum ein Kind verschont. Die Empfänglichkeit für W. besteht schon im frühesten Babyalter (anders als bei Masern). Das Überstehen der Krankheit hinterläßt eine lebenslange Immunität.

Die Übertragung erfolgt in der Regel vom Kranken auf den Gesunden, niemals durch Dritte oder Gegenstände, wohl aber mit dem Luftzug, so daß es zur Ansteckung schon genügt, sich im selben Haus wie der Kranke zu befinden. Bereits beim Auftreten der ersten Krankheitserscheinungen beginnt die Ansteckungsfähigkeit. Sie erlischt mit dem Abtrocknen der letzten Bläschen und dem Abfallen der Borken.

Die Ausbrütezeit (→Inkubationszeit) ist recht lang: Erst im Verlauf der 3. Woche nach Ansteckung (14. bis 21. Tag) treten am ganzen Körper einschließlich des behaarten Kopfes und der Schleimhäute (Mund, Rachen, Scheidenvorhof) zunächst kleine rote Flecken auf, die sich schnell in etwa linsengroße, zunächst wasserklare Bläschen (sog. Wasserpocken) umwandeln (Farbtafel). Ihr Inhalt trübt sich bald, wird gelblich, und schließlich trocknen die Bläschen unter Borkenbildung ein. Charakteristisch für

W. ist, daß alle Entwicklungsstadien dieser Hauterscheinungen bei einem Patienten gleichzeitig nebeneinander vorkommen (»Bild des Sternenhimmels«), weil sie sich im Verlauf von 2 bis 3 Tagen in mehreren Schüben entwickeln.

Die meisten Kinder fühlen sich wenig krank, und Fieber oder ernstere Krankheitserscheinungen fehlen häufig, aber fast stets jucken die Bläschen erheblich, so daß sie von den Kindern oft aufgekratzt werden. Dies ist auch die Ursache einer nicht seltenen Komplikation der W.: Wenn die Blasen einreißen, entstehen offene Hautwunden, die beim Kratzen leicht mit Eiterkeimen infiziert werden. In diesem Fall können aus den kleinen, oberflächlichen Bläschen ausgedehntere und tiefere Hauteiterungen entstehen, die z.T. auch Narben hinterlassen, während die ohne diese Komplikation verlaufenden W. praktisch ohne Narbenbildung abheilen.

Bei der Pflege windpockenkranker Kinder ist deshalb das Verhindern des Wundkratzens durch Kurzschneiden der Fingernägel und Beaufsichtigung wichtig. Die Bläschen werden, um ihre baldige Eintrocknung zu fördern, am besten mit einer reizlosen Schüttelmixtur (ohne Medikamentenzusatz) betupft. Der starke Juckreiz kann durch juckreizstillendes Kühlgel reduziert werden.

Die Wäsche der Kinder sollte glatt und nicht zu dick sein. Bettruhe ist je nach Krankheitsgefühl und Fieberhöhe meist nur für wenige Tage notwendig.

Natürlich ist der Besuch von Kindergarten und Schule vor Abheilen des Ausschlags und Abfall der Borken nicht gestattet. Daß Sie sich außerdem nicht mit einem windpockenkranken Kind in das gefüllte Wartezimmer des Kinderarztes oder in die Sprechstunde der →Mütterberatungsstellen begeben, dürfte wohl selbstverständlich sein. Eine abschließende Desinfektion des Krankenzimmers oder von Gebrauchsgegenständen des Kranken ist nicht erforderlich, die Varizellenviren sind licht- und luftempfindlich. Leider gibt es gegen die W. noch keine Impfung, die den heutigen Ansprüchen genügt, also einen sicheren und möglichst lange andauernden Impfschutz gewährleistet.

Wippliege

Schaukelliege; ein liegestuhlartiges Gerät in Babygröße aus derbem Stoff (oder Kunststoff) mit Stahlrohren oder -bügeln als Halterung und zum Aufstellen in schräger Lage. Gegen das Herausfallen wird das Baby in der W. meist mit einem Gurt gesichert und fixiert. Wenn auch viele Eltern eine W. für ein außerordentlich praktisches Gerät halten, das es erlaubt, das Baby überallhin in der Wohnung mitzunehmen, so hat sie doch gewisse Nachteile: Abgesehen von der nicht allzu großen Standfestigkeit eines derartigen Geräts (Unfallgefahr!) ist sicher, daß eine W. die statisch-motorische Entwicklung des Kindes nicht nur nicht fördert, sondern nicht unwesentlich behindert, denn in ihr wird das Baby wie in einer Hängematte oder wie in einem →Tragetuch in durchhängender Rükkenlage fixiert. Es kann sich weder auf die Seite noch auf den Bauch drehen und demzufolge die entsprechende Muskulatur auch nicht üben und kräftigen. Ein ständiger Aufenthalt eines Babys in einer W. kann sich auch sehr ungünstig auf die Entwicklung der Bein- und Hüftmuskulatur auswirken. Die durchhängende Zwangshaltung führt außerdem zu einer verstärkten Krümmung der Brustwirbelsäule nach vorne, im Extremfall sogar zur Entwicklung eines →Sitzbuckels.

Erfahrungstip:
Wenn Sie glauben, nicht auf eine W. verzichten zu können, dann sollten Sie we-

nigstens darauf achten, daß sie jeweils nur kürzere Zeit am Tag benutzt wird.
Vgl. auch →Lauflernstuhl, →Tragesitz, →Tragetuch

Wolfsrachen →Gaumenspalte

Wollhaare →Haarwuchs

Würmer →Madenwürmer

Wundstarrkrampf

Tetanus; eine durch das Gift des W.-Bazillus hervorgerufene, lebensgefährliche Krankheit, die mit schweren, schmerzhaften Muskelkrämpfen einhergeht und nicht selten tödlich endet. Der W.-Erreger lebt vor allem in Garten-, Acker- und Blumentopferde, kommt aber auch gelegentlich im Haus- und Straßenstaub vor, so daß bei allen verunreinigten Verletzungen (manchmal auch bei scheinbar ganz geringfügigen) die Möglichkeit einer W.-Infektion besteht. Selten kommt bei Neugeborenen auch die Nabelwunde als Eintrittspforte in Betracht, meist dann, wenn die →Abnabelung nicht sachgemäß vorgenommen wird und die bei der →Nabelpflege notwendigen Hygienemaßnahmen unbeachtet bleiben.

Im Hinblick auf die Häufigkeit von kleineren, aber oft verunreinigten Verletzungen bei Kindern und die Gefährlichkeit einer Erkrankung an W. kommt der Vorbeugung eine besondere Bedeutung zu. Sie ist am wirksamsten und sichersten durch eine viermalige Schutzimpfung (Tetanusschutzimpfung; →Impfungen, →Impfkalender) zu erreichen, die zumeist zusammen mit anderen Impfungen bereits im 1. Lebenshalbjahr vorgenommen wird (→Mehrfachimpfung). Ist die Impfung gemäß Impfkalender regelgerecht (dreimal im Babyalter und einmal im Kleinkindalter) durchgeführt worden, dann gewährleistet sie einen Schutz gegen W., der zumindest mehrere Jahre wirksam bleibt. Später ist bei verunreinigten Wunden jeweils nur eine sog. Auffrischungsimpfung nötig, worüber der Arzt je nach Situation entscheidet. Die Impfung hat praktisch keine Nebenwirkungen. Wenn Ihr Kind sich verletzt hat und Sie es zum Arzt bringen, vergessen Sie nicht, den →Impfpaß mitzubringen, aus dem dieser ersehen kann, ob Ihr Kind schon ausreichend vor W. geschützt ist oder nicht.

Wundwerden

Bei falsch ernährten, überfütterten, unsachgemäß gepflegten oder durchfallkranken Babys mit empfindlicher Haut kann es leicht vorkommen, daß sich die Haut der Gesäß- und Genitalregion flächenhaft rötet, glänzt und schließlich auch noch an einzelnen Stellen näßt, d.h. wund wird (Farbtafel). Weil das W. vor allem den Windelbereich betrifft, spricht man bei dieser Situation auch von »Windeldermatitis«. Hat ein Baby anlagebedingt eine zarte, besonders reizempfindliche Haut, kann es aber auch gelegentlich zum W. an anderen Stellen des Körpers kommen, vor allem dort, wo Haut mit Haut in ständiger Berührung (und Reibung) steht, also z.B. in den Achselhöhlen.

Bei jedem W. sollten Sie sich zunächst fragen, ob es nicht durch vermeidbare Pflegefehler entstanden sein könnte (Fehler beim Baden, Abseifen, Abtrocknen, Säubern des Gesäßes, Wickeln, bei der Wäschebehandlung, in der Bekleidung, in der Häufigkeit des Trockenlegens, durch Mängel des Fabrikats oder beim Anlegen einer →Höschenwindel usw.). Stellen Sie Ihre eigene Praxis der Babykörperpflege kritisch in Frage.

Schon bei den leichtesten ersten Anzeichen einer sich entwickelnden »Windeldermatitis« können und müssen Sie Vorbeugemaßnahmen ergreifen: häufigeres Trockenlegen, gründliche Säuberung (mit zarter Hand) und besonders sorgfältiges Abtrocknen der kritischen Hautstellen (→Hautpflege des Babys), Benutzung von gekochten, mehrfach warm nachgespülten und gebügelten Stoffwindeln, zeitweiliges Fortlassen von Gummieinlagen in der Windelpackung, Vermeidung von Gummi- oder Plastikhöschen, evtl. auch der Höschenwindeln, Reinigung der mit Stuhl beschmutzten Gesäßhaut nur mit Öl-Pflegetüchern, Kinderöl-Reinigungstüchern, Baby-Kinder-Öl-Tüchern o.ä. Die Behandlung eines bereits eingetretenen Wundseins besteht neben den oben angegebenen allgemeinen Pflegeregeln im Abdecken durch milde Pasten (z.B. Zinkpaste oder -salbe, Penaten- oder eine gleichwertige Creme).

So wird's gemacht:
Wenn das Wundsein offensichtlich auf eine zu intensive Benetzung der Gesäßhaut durch Urin und Stuhl zurückzuführen ist, schützen Sie sie am besten, indem Sie auf ein Leinen- oder Batistläppchen (kein Mull!) von etwa 6 mal 10 cm Größe eine der oben genannten Deckpasten oder -salben gleichmäßig, aber nicht zu dick auftragen. Dieses Salbenläppchen schneiden Sie dann mit der Schere in der Mitte durch und legen die Hälften auf je eine der wunden Gesäßhälften so auf, daß diese keine unmittelbare Berührung mit den Ausscheidungen mehr bekommen. Bei jedem Windelwechsel müssen Sie diese Maßnahme bis zur völligen Abheilung wiederholen.

Ferner können Sie auch noch spezielle Heilbäder mit leicht gerbenden Stoffen ein- bis zweimal täglich durchführen (→Kleie-Bad, →Kaliumpermanganat-Bad, →Kamillen-Bad u.a.). Bei schwer beeinflußbarem oder ständig wiederkehrendem W. werden Sie um eine spezielle ärztliche Behandlung kaum herumkommen.

Erfahrungstip:
Wenn Sie z.B. Stoffwindeln verwenden, kann es vorkommen, daß das W. Ihres Babys nur dadurch entsteht, daß bei der Windelwäsche infolge unzureichenden Spülens bzw. Nachspülens (auch in der Waschmaschine) in den Windeln geringe Waschmittelreste zurückbleiben, die die Haut reizen und erweichen, sobald die frische Windel wieder eingenäßt wird. Hier hilft nur mehrfaches, sehr gründliches Nachspülen der Wäsche in klarem Wasser (keine Weichspüler verwenden!).
Vgl. auch →Harngeruch, abnormer, →Hautpflege des Babys, →Höschenwindeln, →Wickeltechnik, →Windeln

Wurmfortsatzentzündung →Blinddarmentzündung

Wutkrämpfe →»Wegbleiben«

X

X-Beine →Beinverkrümmungen

Y

Yoghurt →Joghurt

Zäpfchen →Arzneimittelverabreichung, →Fieberzäpfchen

Zahndurchbruch →Zahnung, »erschwerte«, →Zahnung, normale

»Zahnfieber« →Zahnung, »erschwerte«, →Zahnung, normale

Zahnfleischblutungen

Blutungen im Bereich des Zahnfleisches sind bei jüngeren Kindern sehr selten. Bei der infektiösen →Mundfäule (Stomatitis) sind sie manchmal Früh- und Begleiterscheinung der sonstigen Symptome (schmerzhafte Mundschleimhautentzündung mit Geschwürbildung). Dabei kommt es bei nur geringfügiger Berührung des geschwollenen Zahnfleischs bereits zu Z.

Bei ausgeprägtem Vitamin C-Mangel (→Vitamin C) können gleichfalls Z. auftreten. In diesem Fall sind sie Teilerscheinung des sog. →Säuglingsskorbuts. Jedes Kind, bei dem ausgeprägte Z. auftreten, sollte unbedingt dem Arzt vorgestellt werden, weil sich hinter diesem Symptom auch andere schwerwiegende Gesundheitsstörungen verbergen können.

Zahnkaries →Flaschen-Karies, →Rachitisprophylaxe, →Süßigkeiten, →Zahnpflege

Zahnkeimeiterung

Als Zahnkeime bezeichnet man die im Kiefer gelegenen Anlagen der noch nicht voll entwickelten und nicht durchgebrochenen Milchzähne. Die Z. ist eine seltene, mit Schwellung des Kieferkamms und Fieber einhergehende Erkrankung der Zahnanlage (Zahnkeime) im Ober- und/oder Unterkiefer.

Die Erkrankung kann schon sehr frühzeitig (2. Lebenswoche) auftreten und durch einen septisch-eitrigen Krankheitsverlauf eine ernste Gefährdung des Babys bedeuten. Deshalb ist bei jeder Z. eine Krankenhausbehandlung unvermeidlich.

»Zahnkrämpfe«

Z. ist eine Bezeichnung für die früher ursächlich vermuteten, tatsächlich aber nicht vorhandenen Zusammenhänge zwischen dem Vorgang der Zahnung und dem Auftreten von Krampfanfällen bei Babys. Sie stammt aus Zeiten, in denen das Zustandekommen zahlreicher Krankheiten, deren Ursachen damals noch unbekannt waren, durch das Zahnen erklärt wurde, so z.B. →Krampfanfälle, Fieberzustände (sog. »Zahnfieber«), ja sogar unerwartete, plötzliche Todesfälle (→Kindstod, plötzlicher). Der einzig wirklich sichere Zusammenhang zwischen dem Zahnen und auftretenden Krämpfen besteht lediglich darin, daß speziell während der monatelangen Zahnungsperiode (zwischen dem 6. und 26. Lebensmonat; →Zahnung, normale) eine besonders große Bereitschaft zu Krampfanfällen aus verschiedener Ursache vorhanden ist (→Fieberkrampf, Krampfanfälle, →Spasmophilie). In jedem Fall sollte das Auftreten von Krampfanfällen bei Kindern eine sofortige ärztliche Untersuchung veranlassen.

Zahnpflege

Nicht wenige Menschen sind der Ansicht, daß die Milchzähne nicht besonders gepflegt werden müßten, weil sie ohnehin frühzeitig ausfallen und man sie nicht sehr lange braucht. Doch ist das ein folgenschwerer (und teurer) Irrtum, denn die ersten Zähne haben einen wesentlichen Einfluß auf die Entwicklung der Kiefer und auf die richtige und funktionsgerechte Stellung der nachwachsenden, bleibenden Zähne. Damit diese auch an den richtigen Stellen nachrücken und durchtreten können, dienen ihnen die Milchzähne als »Platzhalter« im Kiefer. Diese Funktion können sie jedoch nur dann erfüllen, wenn sie nicht schon vorzeitig verlorengehen. Mangelnde Z. gefährdet den Bestand der ohnehin besonders kariesanfälligen Milchzähne. Dies vor allem deshalb, weil sie noch einen weicheren, angreifbareren Schmelz als die bleibenden Zähne haben und vielfach dadurch vermehrt belastet werden, daß Kinder meist reichlich →Süßigkeiten zu sich nehmen und außerdem ihre Zähne gewöhnlich nicht so gründlich und häufig (oder gar nicht) putzen. Aus diesem Grund ist eine systematische, möglichst bald beginnende Z. notwendig.

Erfahrungstip 1:
Ist das erste Zähnchen da, sollten Sie es bereits mit einem Mulläppchen oder mit einem Wattestäbchen regelmäßig und behutsam von Nahrungsresten befreien. Schon im 2. Lebensjahr läßt sich beim Kind ein regelmäßiges eigentliches Zähneputzen mit einer kindergerechten Zahnbürste durchführen. So wird es frühzeitig an diese wichtige hygienische Maßnahme herangeführt und gewöhnt. Zahnpasta sollten Sie erst dann verwenden, wenn Ihr Kind seinen Mund ausspülen und das Spülwasser ausspucken kann. Eine kleine Menge verschluckter Zahnpasta ist dabei kein Problem, da diese keine giftigen Stoffe enthält.

Erfahrungstip 2:
Damit das richtige Zähneputzen möglichst bald zu einer Selbstverständlichkeit wird und kein Zahn zu kurz kommt, sollte immer die gleiche Reihenfolge eingehalten werden: zum Beispiel von rechts nach links, erst oben, dann unten, erst die Außen-, dann die Innenflächen und zuletzt die Kauflächen. Dabei sollte man beim hintersten Zahn einer Seite beginnen, um, langsam nach vorn wandernd, beim hintersten Zahn der anderen Seite aufzuhören. Zur Vorbeugung von Zahnfleischerkrankungen (z.B. Parodontose) sollten Sie Ihr Kind lehren, möglichst von »rot nach weiß«, d.h. in vertikaler Richtung vom Zahnfleisch ausgehend hin zum Zahn zu putzen.

Wer seine Kinder zu gründlichem Zähneputzen anspornen will, kann das z.B. mit speziellen Färbetabletten erreichen: Sie färben auf der Zahnoberfläche alles rot, was noch nicht »sauber« ist, und ermöglichen dadurch eine gute optische Kontrolle. Auch das anschließende Ausspülen müssen Sie dem Kind geduldig beibringen. Mit all diesen Maßnahmen wird einem vorzeitigen kariösen Zahnverfall der Milchzähne zwar entgegengewirkt, doch noch zuverlässiger gestaltet sich die Kariesverhütung durch eine langfristig durchgeführte Vorbeugungsbehandlung mit fluoridhaltigen Tabletten vom Babyalter bis ins 16. Lebensjahr (d.h. bis zum Abschluß der Zahnbildung und -entwicklung). Während des Baby- und Kleinkindalters kann sie mit der →Rachitisprophylaxe kombiniert werden.

Zu einer wirksamen Z. gehört aber auch die Anleitung der Kinder zum richtigen Kauen und Zerkleinern fester Bestandteile der Nahrung. Diese sollten Sie schon frühzeitig anbieten (Schwarzbrot, Vollkornbrot, Obst, rohe Möhren u.a.). Ferner gehört es zu einer sinnvollen, »perfekten« Kariesprophylaxe, daß nach dem abendlichen Zähneputzen keine Süßigkeiten (Betthupferl) mehr gegeben werden, weil sonst kariesfördernde Substanzen auf der Zahnoberfläche haftenbleiben und über Nacht ungehemmt wirksam werden.

Bei jedem Verdacht auf eine beginnende Zahnfäule oder bei auftretendem Zahnweh sowie bei Erkrankungen des Zahnfleisches sollten Sie ohne Zeitverlust mit Ihrem Kind den Zahnarzt aufsuchen – auch Milchzähne sind behandlungsbedürftig – siehe oben!

Richtig verstandene Z. schließt auch Maßnahmen zur Vermeidung eines entstellenden »Lutschgebisses« mit ein. Unterbinden Sie stundenlanges, ununterbrochenes Nuckeln von Babys und Kleinkindern an sog. Zuckertee- oder Fruchtsaftflaschen und versuchen Sie intensives →Daumenlutschen oder den Dauergebrauch eines →Schnullers zu verhindern.

Vgl. auch →Flaschen-Karies, →Mundfäule, →Rachitisprophylaxe, →Süßigkeiten, →Zahnfleischblutungen, →Zahnung, »erschwerte«, →Zahnung, normale

Zahnung, »erschwerte«

Die Zahnung ist ein normaler und ebenso natürlicher Vorgang wie das Wachstum oder die Entwicklung und folgt ganz bestimmten Entwicklungsregeln (→Zahnung, normale). Die Vorstellung, daß die Zähne gewissermaßen mit robuster Kraft und Gewalt durch den Kiefer nach außen durchbrechen und daß das Baby deshalb zu leiden habe und Fieber (»Zahnfieber«), »Zahnkrämpfe«, Durchfallstörungen und Hautausschlag als direkte Folge der Zahnung bekommen könne, ist ein weitverbreiteter und noch immer nicht verschwundener Irrglaube. Er beruht auf ungenauen Beobachtungen und falschen Schlußfolgerungen: Der Zahn liegt vor seinem Durchtreten (nicht »Durchbrechen«!) in einem vorgebildeten Hohlraum des Kiefers, der sich beim Wachsen des Zahnes selbständig erweitert. Ohne jede Gewalt und ohne Schmerz kommt der Zahn schließlich zum Vorschein. Wenn sich während des Ablaufs des Zahnens manche Krankheiten häufen, so liegt dies daran, daß bei Babys und Kleinkindern gerade in dieser monatelangen Zeit eine besondere Disposition für verschiedene, oft fieberhafte Krankheiten vorhanden ist. Die einzige Reizerscheinung, die man vielleicht als Folge einer gewissen »e.« Z. ansehen und die gelegentlich Beschwerden verursachen kann, ist eine etwas verstärkte Speichelabsonderung sowie eine Rötung und flüchtige örtliche Schwellung des Zahnfleisches kurz vor Durchtritt eines Zahns. Manchmal können dabei auch ein Mißbehagen bei der Nahrungsaufnahme und leichte Unruhe während des Schlafs auftreten.

Eine Behandlung dieser sog. »e« Z. ist aber nicht erforderlich. Die zahlreichen Mittel, welche das Zahnen angeblich erleichtern sollen, sind wenig nützlich und daher zumeist entbehrlich. Ein →Beißring kann u.U. dazu verhelfen, von gewissen Mißempfindungen im Kiefer während des Durchtritts eines Zahnes abzulenken.

Vgl. auch →Beißring, →»Zahnkrämpfe«, →Zahnung, normale

Zahnung, normale

Obgleich die kindliche Zahnentwicklung und -bildung bereits im Mutterleib bis zur Geburt weitgehend zum vorbereitenden Abschluß gelangt ist, beginnen die Zähne doch erst in der zweiten Hälfte des Babyalters (vom 6. bis 7. Monat an) in bestimmter zeitlicher und örtlicher Reihenfolge nach außen in die Mundhöhle durchzutreten. Dieses Durchtreten

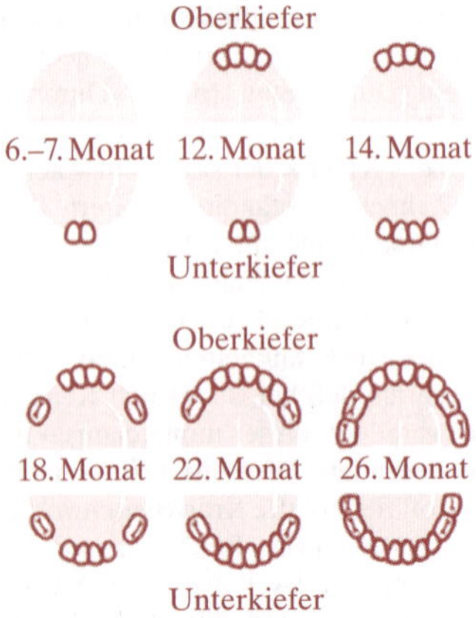

In dieser Reihenfolge und zu den angegebenen Terminen erscheinen die Zähnchen des Milchgebisses, wenn die Zahnung normal vor sich geht

(durch den Kieferkamm und das Zahnfleisch) der ersten Zähne, der sog. Milchzähne, nennt man erste Zahnung (oder erste Dentition). Die mit der Zahnung verbundenen Erscheinungen sind individuell verschieden. Während das eine Baby ohne jede Schwierigkeit seine Zähne »wie von selbst« bekommt, empfindet ein anderes u.U. dabei ein gewisses Unbehagen oder hat Beschwerden, manchmal auch ein etwas geschwollenes Zahnfleisch (→Zahnung, »erschwerte«). Vor und während der Zeit des Zahnens können Sie oft eine stärkere Neigung der Babys beobachten, alle möglichen festen Gegenstände in den Mund zu nehmen und darauf herumzubeißen.

Normalerweise tritt der erste Zahn, und zwar gewöhnlich der untere Schneidezahn, im 6. bis 7. Monat durch, und von da an folgt etwa alle 4 Wochen ein weiterer Zahn nach. Die zeitliche und örtliche Reihenfolge des Erscheinens der einzelnen Zähne folgt dem abgebildeten Durchtrittsschema, von dem es allerdings gelegentlich familiär-erbliche Abweichungen, vor allem bezüglich der örtlichen Reihenfolge des Zahndurchtritts, gibt. (Übrigens: Der Aberglaube, nach dem diejenigen Babys im ersten Lebensjahr sterben müssen, bei denen die oberen Schneidezähne vor den unteren durchtreten, ist blanker Unsinn, unhaltbar und wissenschaftlich widerlegt!).

Erfahrungstip:
Allgemein gilt für das Milchgebiß als Faustregel für die Zahnung: Ein Kind soll so viele Zähne haben wie die um 6 verminderte Zahl seiner Lebensmonate.

Zeitliche Abweichungen von dieser Regel sind aber nicht selten und haben, wenn sie nicht beträchtlich sind, meist keinerlei Bedeutung. Bei wesentlicher Verspätung der Zahnung sollten Sie aber doch den Kinderarzt befragen.

Die Zahndurchtrittstermine haben zweifellos nichts mit der späteren Qualität der Zähne zu tun. Lediglich dann, wenn eine →Rachitis schuld an einer verzögerten Zahnung ist, sind die durchtretenden Zähne oft weniger widerstandsfähig und werden manchmal schon frühzeitig durch eine Milchzahnkaries (Zahnfäule) zerstört. Bezüglich hier notwendiger und wirksamer Vorbeugungsmaßnahmen vgl. →Zahnpflege.

Vgl. auch →Flaschen-Karies, →Rachitisprophylaxe, →»Zahnkrämpfe«, →Zahnung, »erschwerte«

Zecken →Frühsommermeningoenzephalitis (FSME)

Ziegenpeter →Mumps

Zimmertemperatur, normale

Die normale Temperatur im Aufenthaltsraum von Babys und Kleinkindern sollte während des Tages zwischen 19 und 22 °C betragen. Auch zum Baden, Trockenlegen und Zurechtmachen ist diese Temperatur ausreichend.

Nachts sollte sie etwas niedriger sein, am besten sind 16 bis 19 °C. Nicht jedermann ist in der Lage, sicher abzuschätzen, ob die Zimmertemperatur ausreichend ist. Wenn Sie ganz sichergehen wollen, ist die Anschaffung eines Zimmerthermometers zu empfehlen (am besten ist eines, das zugleich noch die Luftfeuchtigkeit anzeigt). Die Luftatmosphäre des Zimmers läßt sich am besten durch mehrmaliges Öffnen der Fenster verbessern. Dies gilt auch in der kalten Jahreszeit. Allerdings müssen die Kinder während des Lüftens gut zugedeckt und vor stärkerer Zugluft geschützt werden. Achten Sie besonders darauf, daß die →Luftfeuchtigkeit stets genügend hoch ist (60 bis 70 rel.%). In zentralbeheizten Räumen ist dies leider nur selten der Fall. Wärme in Verbindung mit zu trockener Luft beeinflußt die Atemwege oftmals sehr ungünstig und fördert die Entwicklung von Infektionen der Atemwege und von →Adenoiden (adenoide Wucherungen).
Vgl. auch →Adenoide (adenoide Wucherungen), →Kinderzimmer, →Luftfeuchtigkeit

Zirkumzision →Beschneidung

Zitronensaft

Z., der Saft der Zitrusfrucht, enthält größere Mengen von Zitronensäure und reichlich →Vitamin C. Er dient u.a. als geschmacksintensivierender Zusatz zu →Obst-Zwieback-Brei oder →Bananen-Zwieback-Brei. Gesüßt und mit Wasser verdünnt, ist Z. ein durstlöschendes, erfrischendes Getränk für etwas ältere Kinder. Manche lehnen ihn aber wegen seiner starken Säure strikt ab und bevorzugen den etwas weniger sauren Apfelsinensaft. Vermeiden Sie aber auf jeden Fall Gaben von Säften der u.U. allergieauslösenden Zitrusfrüchte im ersten Lebenshalbjahr. Wenn Sie stillen oder Ihr Kind mit →Säuglingsnahrung und →Beikost ernähren, erhält es ohnehin ausreichende Mengen von Vitamin C.

Erfahrungstip:
In den meisten Rezeptsammlungen von Hausmitteln gegen Erkältungen und fieberhafte Erkrankungen ist auch Z. aufgeführt. Er kommt vor allem als sog. »heiße Zitrone« (mit heißem Wasser verdünnt) und in hochkonzentrierter Form, zusammen mit größeren Zuckermengen und ohne Wasserzusatz (in fast breiartiger Konsistenz) löffelweise gegeben, bei älteren Kindern zur Anwendung. Die Wirkung dieser Z.-Zubereitungen beruhen wohl zur Hauptsache auf ihrem hohen Vitamin C-Gehalt.
Vgl. auch →Beikost, →Fruchtsaft, →Vitamin C

Zöliakie →Kost, glutenfreie

Zucker

Die für die menschliche Ernährung wichtigsten Zuckerarten sind Malzzucker (Maltose), Milchzucker (Laktose) und Kochzucker (Saccharose, Rohr- oder Rübenzucker, »normaler« Haushaltszucker; in der Umgangssprache meist nur als Z. bezeichnet). Ihrer Struktur nach sind alle Zuckerarten sog. Doppelzucker, d.h. sie setzen sich jeweils aus zwei Einzelzuckern zusammen. So besteht z.B. der Z. des Haushalts aus je einem Teil Traubenzucker und einem Teil Fruchtzucker und hat unter allen Zuckerarten die stärkste Süßkraft. Der von einigen Reformhäusern angebotene »braune« Z. ist geringer gereinigt (raffiniert) und teurer als normaler Kochzucker. Die zusätzliche Verwendung von Z. jeglicher Art in Babynahrungen (etwa zum Süßen von handelsüblichen →Säuglingsnahrungen oder →Beikost) hat – ebenso wie der Zusatz

von Honig – keine ernährungsphysiologisch ersichtlichen Vorteile. Der Milchzucker, ein Doppelzucker aus je einem Teil Traubenzucker und Galaktose, ist der in allen Milcharten von Mensch und Tier vorkommende natürliche Z. der Milch. Der Malzzucker besteht aus zwei Anteilen Traubenzucker. Er süßt, ebenso wie Milchzucker, etwas geringer als Haushalts-Z.
Vgl. →Honig, →Milchzucker, →Traubenzucker

Zuckungen des Babys
Gichter, Stäupchen; kurze, mehrfach nacheinander auftretende Zuckungen des Mundes, der Augenmuskeln (manchmal wie ein kurzdauerndes stilles »Lächeln«), die sich bei Babys gelegentlich in den ersten Lebenstagen meist im Schlaf, manchmal auch beim Trinken zeigen und ein Mienenspiel vortäuschen können. »Das Kind spielt mit den Engeln«, hieß es früher im Volksmund dazu. Zuckungen dieser Art sind ungefährlich, harmlos, verlieren sich bis zum 4. Lebensmonat und sind Ausdruck einer relativen Unreife des Zentralnervensystems der Betroffenen. Zuckungen in späteren Lebensmonaten und gleichzeitig auftretende, krampfartige Muskelzuckungen des ganzen Körpers haben demgegenüber eine andere Bedeutung und sollten vom Arzt beurteilt werden (→Krampfanfälle).

Zudecke →Bettdecke

Zungenbändchen
Das sog. Z. ist eine bandartige Schleimhautfalte, die zwischen dem Mundboden und der Unterseite der Zungenspitze verläuft. Seine Form, Dicke, Länge und sein Ansatzpunkt können individuell etwas unterschiedlich beschaffen sein. Ein vermeintlich »zu kurzes« oder »zu weit nach vorne angewachsenes« Z. veranlaßt manche Eltern aus Sorge, ihr Baby könne hierdurch beim Saugen behindert oder die spätere Sprachentwicklung verzögert sein, den Arzt zu konsultieren. Diese Sorge ist jedoch in den allermeisten Fällen ganz unbegründet. Sie beruht auf Anschauungen, die zwar von Generation zu Generation überliefert worden sind, sich aber wissenschaftlich durch nichts belegen lassen. Tatsächlich gibt es nur äußerst selten Z., die wirklich so kurz sind, daß ihre »Lösung«, d.h. Durchtrennung, durch den Arzt eine gewisse Berechtigung hat. Solche Z. sind es übrigens zumeist, bei denen im Verlauf von →Keuchhusten oder anderen heftigeren Hustenzuständen des Kindes in der Mitte ein kleines Geschwür entsteht, weil die Zunge beim Hustenanfall weit herausgestreckt und das Z. dabei gegen die scharfe Kante der unteren Schneidezähne gedrückt wird. Hierdurch kommt es dann auch meistens zu einer spontanen »Selbstlösung« des Z. und damit zur Beseitigung etwaiger echter oder vermeintlicher Probleme mit ihm.

Zungenbelag
Eine alte Erfahrungsregel besagt, daß die Zunge der »Spiegel des Magens« ist. Tatsächlich kann ein dickerer, grauer oder grauweißlicher Belag auf der Zungenoberseite ein Hinweis auf eine Erkrankung des Magen-Darm-Kanals sein. Ein Z. kommt aber auch bei vielen fieberhaften Krankheiten ohne Magen-Darm-Störungen vor. Oft geht Z. mit Mundgeruch einher. Dieser wird durch die Zersetzung der Bestandteile des Z. (abschilfernde Zungendeckzellen, Nahrungsreste, Bakterien und Pilze) verursacht.

Bei Babys gibt es neben einem Z. der genannten Art noch die Besiedlung der Mundhöhle und der Zunge mit Soor-Hefen (→Soor) als spezielle Form eines Z.

Z. ist ein vieldeutiges Symptom und, abgesehen vom Soor, ebensowenig gleichbedeutend mit Krankheit und Kranksein wie z.B. tiefliegende, umschattete Augen (sog. Augenringe). Es gibt Kinder, bei denen oft schon vom Babyalter an bei völligem Wohlbefinden und bestem Gedeihen ein ständiger Z. vorhanden ist. Überwiegende Mundatmung bei Vergrößerungen der Rachenmandel (→Adenoide) kann ihn verstärken.

Eine Behandlung des Z. ist nicht notwendig (Soor ausgenommen!), da er mit der Abheilung der ihm zugrundeliegenden Erkrankung gewöhnlich von selbst verschwindet oder sich wenigstens auf seine normale Intensität abschwächt. Die Verabreichung mancher Medikamente kann nicht nur zur Verstärkung eines bereits vorhandenen Z. führen, sondern auch zu seiner auffallenden Verfärbung (gelb, grün, braunschwarz, rot).
Vgl. auch →Faulecken, →Mundfäule, →Soor

Zweidrittelmilch

Verdünnt man Vollmilch derart, daß auf 2 Teile Milch ein Teil Wasser oder ein Teil einer wasserhaltigen Verdünnungsflüssigkeit kommt, erhält man eine sog. Z. In dieser Milchmischung sind dementsprechend zwei Drittel Vollmilch und ein Drittel Verdünnungsflüssigkeit enthalten. Als letztere dienen meist →Schleimabkochungen. Der Gesamtmischung setzt man zum Schluß noch 5% Zucker (d.h. 1 Teelöffel auf 100 ml fertige Nahrung) zu (vgl. auch →Halbmilch). Z. ist aus heutiger ernährungsphysiologischer Sicht für die Ernährung von Babys viel weniger geeignet als handelsübliche →Säuglingsnahrungen, denen wichtige Mineralien, Spurenelemente und Vitamine zugesetzt sind und deren Zusammensetzung genau bekannt ist.

Zwieback

Der Z. verdankt seine Bezeichnung einem zweimaligen Back- sowie Röstprozeß und ist daher besonders wasserarm. Er besteht aus Weizenmehl, Ei, Fett und Zucker, als spezielle Variante (als sog. Beißnahrung) außerdem noch aus Milch und Kalksalzen. Als gut verdauliches, hochwertiges Backwerk ist Z. ein beliebtes Diätetikum bei Gesunden wie bei Menschen mit Verdauungsstörungen verschiedener Art.

Bei älteren Babys und Kleinkindern kann er sowohl zum direkten Knabbern an ganzen Stücken während der Zahnung als auch eingeweicht in Wasser oder Milch, Kakao oder Fruchtsaft mit dem Löffel gegeben werden. Vielfache Verwendungsformen findet Zwieback und Z.-Mehl in der Zubereitung von Breikost (→Obst-Zwieback-Brei, →Bananen-Zwieback-Brei, →Bananen-Quark-Speise u.a.).

Zwiebackmehl →**Zwieback**

Zwiemilchernährung

Z. wird die Ernährung eines Babys mit Muttermilch unter Beifütterung von →Säuglingsnahrungen genannt, d.h. die Ernährung mit zwei verschiedenen Milcharten. Dabei kann das Baby entweder zu einigen Mahlzeiten ausschließlich Muttermilch, zu anderen ausschließlich Säuglingsnahrung erhalten. Es ist aber auch möglich, am Anfang der Einzelmahlzeiten nur Muttermilch an der Brust und anschließend bis zur völligen Sättigung des Babys Säuglingsnahrung aus der Flasche oder mit dem Löffel zu geben.

Die häufigste Form der Z. ist diejenige, bei der die Mutter morgens noch ganz stillt, während der übrigen Tagesmahlzeiten Säuglingsnahrung oder Breinahrung (→Beikost) füttert und abends das Kind nochmals anlegt.

Bei Z. bleibt dem Baby ein gewisser Teil der natürlichen Nahrung Muttermilch erhalten. Wo immer es möglich ist, sollte man deshalb, wenn schon keine ausschließliche Ernährung an der Brust durchführbar ist, wenigstens die Z. anstreben. Z. ist auch die beste und schonendste Ernährungsvariante beim allmählichen →Abstillen, wobei zumindest die Morgenmahlzeit an der Brust möglichst längere Zeit beibehalten werden sollte. Denn solange das Kind insgesamt mindestens noch 150 bis 200 ml Muttermilch täglich bekommt, bleibt der besondere, schützende biologische Einfluß der Frauenmilch wirksam.

Zwillinge

Auf etwa 80 Geburten kommt durchschnittlich eine Zwillingsgeburt. Grob gerechnet und gerundet, entspricht dies etwa 1% aller Geburten. Außerdem entfällt auf etwa 7400 Geburten einmal eine Drillingsgeburt. Vier- und Fünflingsgeburten sind extrem selten (1: 512000 bzw. 1:40960000). Neuerdings kommt es aufgrund von vorangegangenen Hormonbehandlungen immer häufiger zu Schwangerschaften mit Mehrlingen. So hat vor allem die Zahl der Drillinge in letzter Zeit besonders deutlich zugenommen. Die Tendenz und Möglichkeit, evtl. Z. zu bekommen, ist dann relativ groß, wenn beide Eltern aus sog. Zwillingsfamilien stammen, und noch größer, wenn die betreffenden Frauen bei Schwangerschaftseintritt schon etwas älter sind. Die Aussicht auf Z. ist in diesem Fall bei einer 35jährigen Frau etwa 6mal größer als bei einer 20jährigen.

Z. können ein- oder zweieiig sein: Etwa ein Viertel aller Zwillingsschwangerschaften resultiert aus nur einer einzigen befruchteten Eizelle, die sich in zwei völlig gleiche Hälften teilt. Die Kinder sind in diesem Fall als sog. eineiige Z. nicht nur gleichgeschlechtlich, sondern gleichen sich in Haarfarbe, Augenform und -farbe und Zähnen (selbst mit Unregelmäßigkeiten) und in sehr vielen anderen Merkmalen weitgehend (Farbtafel). Sogar ihre Fingerabdrücke sind sich äußerst ähnlich.

Die Mehrzahl der Zwillingsschwangerschaften entsteht aber aus zwei verschiedenen Eizellen, die jeweils von zwei unterschiedlichen Samenzellen befruchtet werden. Unter diesen sog. zweieiigen Z. sind bis zu 50% verschiedengeschlechtliche und zu je 25% gleichgeschlechtliche Pärchen. Zweieiige Kinder sind erbmäßig so verschieden bzw. sich so ähnlich, wie es Geschwister sind, die dieselben Eltern haben. Will man wissen, ob Z. ein- oder zweieiig sind, ist es am einfachsten, dies unmittelbar nach der Entbindung festzustellen: Im aus der Nabelschnur entnommenen Blut beider Kinder wird dazu die Blutgruppe (mit allen Untergruppen und Rhesusfaktor) bestimmt und verglichen. Sind die Befunde völlig übereinstimmend, dann handelt es sich mit größter Wahrscheinlichkeit um eineiige Z. (allerdings kommt es in sehr seltenen Fällen vor, daß die Blutgruppen auch bei zweieiigen Z. vollständig übereinstimmen).

Die Geburt von Z. verläuft meist kaum wesentlich schwerer als bei Einlingen, jedoch kommt es häufiger zur Frühgeburt, d.h. zu verkürzter Tragzeit, oder zur Mangelgeburt bei normaler Tragzeit. Z. sind →Risiko-Kinder, die besonderer, fortlaufender ärztlicher Überwachung und anfangs oft auch spezieller Pflege bedürfen. Für die Eltern bedeuten sie eine nicht unbeträchtliche Mehrbelastung, so daß Betroffene schon früh dafür sorgen sollten, möglichst eine Hilfe für den Haushalt zu gewinnen.

Bei Eltern von Z. besteht oft der Wunsch, Erfahrungen mit anderen Zwillingseltern auszutauschen oder deren

Rat einzuholen. Dies ist in »Zwillingsclubs« oder »Mehrlings-Elternvereinen« möglich, deren Adressen oder Ansprechpartner in vielen Geburts- und Kinderkliniken erfragt werden können. Sollten Sie Interesse an einem einschlägigen Gedanken- und Erfahrungsaustausch haben, wenden Sie sich bitte an eine entsprechende Klinik in Ihrer Nähe.
Vgl. auch →Frühgeborenes, Frühgeburt →Mangelgeborenes, Mangelgeburt, →Risiko-Kinder

Zwischenmahlzeiten

Die Verabreichung von größeren oder kleineren Nahrungsmengen, von Obst oder →Süßigkeiten, Keksen oder dgl. zwischen den regulären Hauptmahlzeiten ist in allen Altersgruppen sehr unzweckmäßig.

Jede Z. dieser Art stört den normalen, auch auf den Zeitfaktor eingespielten Verdauungsvorgang, die reguläre Magenentleerung, das Hunger- und Sättigungsgefühl (und damit ebenso den Appetit) und durchbricht in inkonsequenter Weise die mit der Ernährung verbundene Gewöhnung an Regelmäßigkeit und Ordnung sowie an einen geordneten Tagesrhythmus.

Natürlich gibt es Ausnahmesituationen, wo außerplanmäßige Z. gegeben werden können und sollen, z.B. in Krankheitszeiten, während derer die Trink- und Eßlust der Kinder erheblich gestört sein kann. Auch gegen die Verabreichung von Tee oder Fruchtsäften zur Deckung eines erhöhten Flüssigkeitsbedarfs an heißen Sommertagen ist dann nichts einzuwenden, wenn dies nicht das Ausmaß von ausgesprochenen Z. annimmt.
Vgl. auch →Ad-libitum-Ernährung, →Appetitlosigkeit, →Ernährungsplan für das Babyalter, →Fütterungszeiten, →Nachtfütterung, →Sättigung, →Tagesplan

Zwischenmilch

Sog. transitorische (transitorisch = vorübergehend) Frauenmilch; Bezeichnung für diejenige Frauenmilch, die etwa zwischen dem 5. und 20. Stilltag abgesondert wird. Diese Milch wird deshalb so bezeichnet, weil sie in ihrer Beschaffenheit und Zusammensetzung eine Zwischenstellung zwischen der →Vormilch (Kolostrum) und der reifen →Frauenmilch (nach der 3. Stillwoche) einnimmt. Sie hat im Ablauf der biologischen Reifungsvorgänge der Brustmilch eine vorübergehende Zusammensetzung und ist noch relativ eiweiß- (etwa 1,6%) und kaseinreich (etwa 0,5%).
Vgl. auch →Frauenmilch, →Vormilch

Zyanose →Blausucht

Zystische Fibrose →Mukoviszidose

Zystitis →Blasen- und Nierenbeckenentzündung, →Harnweginfektion

Zytomegalie (Einschlußkörperchenkrankheit)

Die Z. ist eine Virusinfektion, die durch das weitverbreitete menschliche Z.-Virus hervorgerufen wird. Während die Infektion bei älteren Kindern und Erwachsenen meist ohne wesentliche Krankheitserscheinungen abläuft, ist die Infektion bei schwangeren Frauen weit weniger harmlos, weil sie auf das werdende Kind im Mutterleib übergehen und es schädigen kann: Wird die Frucht bereits im ersten Abschnitt der Schwangerschaft infiziert, kommt es zumeist zu Fruchttod und →Fehlgeburt. In späteren Stadien der Schwangerschaft kann das Virus zu schweren Organschäden in Gehirn und Auge sowie in Leber, Nieren und Lungen führen, die spätere Behinderungen und bleibende Defekte (Erblindung, Lähmungen, Krampfleiden u.a.) verursachen. Auch die Infektion des

Neugeborenen während der Geburt führt manchmal zu einem bedrohlichen sepsisartigen Krankheitszustand und zu Defekten und Verkalkungen im Gehirn. Problematisch kann eine Z. auch bei älteren Kindern dann werden, wenn sie längere Zeit mit Medikamenten (z.B. mit Kortisonpräparaten) behandelt werden müssen, die ihr Immunsystem schwächen.

Gewicht und Entwicklung unseres Kindes .... geb..........

		Datum	Gewicht	Wochen-zunahme	Bemerkungen über Entwicklung, Krankheiten, Arztbesuch, Nahrung, Größe
	Bei der Geburt				
1. Vierteljahr	1. Woche				Geburtsgewicht wieder erreicht?
	2. Woche				Nabel abgefallen?
	3. Woche				Zunahme 150–200 g in der Woche?
	4. Woche				
	5. Woche				
	6. Woche				
	7. Woche				Nachblicken?
	8. Woche				Lächeln?
	9. Woche				Heben des Kopfes?
	10. Woche				
	11. Woche				
	12. Woche				
	13. Woche				Zunahme wöchentlich etwa 150–170 g?
2. Vierteljahr	14. Woche				
	15. Woche				
	16. Woche				
	17. Woche				
	18. Woche				Greifen nach Gegenständen?
	19. Woche				
	20. Woche				
	21. Woche				
	22. Woche				
	23. Woche				
	24. Woche				Gewicht verdoppelt?
	25. Woche				
	26. Woche				

Gewicht und Entwicklung unseres Kindes .... geb..........

		Datum	Gewicht	Wochen-zunahme	Bemerkungen über Entwicklung, Krankheiten, Arztbesuch, Nahrung, Größe
3. Vierteljahr	27. Woche				Zähne?
	28. Woche				Selbständiges Sitzen?
	29. Woche				Wöchentliche Zunahme etwa 100–120 g?
	30. Woche				
	31. Woche				
	32. Woche				
	33. Woche				
	34. Woche				
	35. Woche				
	36. Woche				
	37. Woche				Freies Stehen im Ställchen?
	38. Woche				
	39. Woche				
4. Vierteljahr	40. Woche				Wieviel Zähne?
	41. Woche				
	42. Woche				
	43. Woche				
	44. Woche				
	45. Woche				
	46. Woche				
	47. Woche				
	48. Woche				
	49. Woche				
	50. Woche				
	51. Woche				
	52. Woche				Gewicht verdreifacht? Wieviel Zähne?

Wachstum und Entwicklung unseres Kindes

Jungen

Alter		Länge in cm	erlaubte Abweichung (cm)	Gewicht in kg	erlaubte Abweichung (kg)
0 Monate		51	± 4	3,4	± 0,8
1 Monat		54		4,1	
2 Monate		58		5,0	
3 Monate		61		5,8	
4 Monate		64		6,6	
5 Monate		66		7,3	
6 Monate		68	± 5	7,6	± 1,5
7 Monate		70		8,0	
8 Monate		72		8,6	
9 Monate		73		9,2	
10 Monate		74		9,7	
11 Monate		75		10,2	
12 Monate		76	± 6	10,4	± 2,5
13 Monate		77		10,6	
14 Monate		78		10,8	
15 Monate		79		11,0	
16 Monate		80		11,2	
17 Monate		81		11,4	
18 Monate		82	± 7	11,6	± 2,5
20 Monate		84		11,9	
22 Monate		86		12,4	
24 Monate		87		12,7	
2 Jahre		88	± 7	12,9	± 2,5
		89		13,1	
		90		13,3	
		91		13,4	
		92		13,6	
2½ Jahre		93	± 7	13,7	± 3,0
		94		13,9	
		95		14,1	
		96		14,3	
3 Jahre		97	± 8	14,5	± 3,0
		98		14,8	
		99		15,1	
		100		15,4	
		101		15,7	
		102		16,0	
		103		16,3	
		104		16,7	
4 Jahre		105	± 9	17,0	± 3,5
		106		17,2	
		107		17,5	
		108		17,8	
		109		18,1	
		110		18,9	
		111		19,0	
5 Jahre		112	± 11	19,2	± 4,0
		113		19,4	
		114		19,8	
		115		20,2	
		116		20,6	
		117		21,0	
6 Jahre		118	± 11	21,5	± 4,5
		119		21,9	
		120		22,3	
		121		22,7	
		122		23,1	
		123		23,5	

Alter		Länge in cm	erlaubte Abweichung (cm)	Gewicht in kg	erlaubte Abweichung (kg)
7 Jahre		124	± 11	23,9	+ 7,0 / − 5,5
		125		24,5	
		126		25,0	
		127		25,4	
		128		25,9	
8 Jahre		129	± 11	26,4	+ 8,6 / − 6,5
		130		26,9	
		131		27,4	
		132		28,0	
		133		28,5	
		134		29,1	
9 Jahre		135	± 12	29,6	+ 10,5 / − 7,5
		136		30,0	
		137		30,5	
		138		31,1	
		139		31,7	
10 Jahre		140	± 12	32,5	+ 11,5 / − 8,5
		141		33,9	
		142		34,4	
		143		35,0	
		144		35,5	
11 Jahre		145	± 13	36,0	+ 15,5 / − 11,0
		146		36,8	
		147		37,4	
		148		38,0	
		149		38,9	
12 Jahre		150	± 14	39,9	+ 17,0 / − 12,0
		151		40,6	
		152		41,3	
		153		42,0	
		154		42,7	
		155		43,5	
13 Jahre		156	± 16	44,2	+ 20,0 / − 14,0
		157		45,0	
		158		45,8	
		159		46,7	
		160		47,6	
		161		48,5	
		162		49,4	
14 Jahre		163	± 16	50,2	+ 20,0 / − 14,0
		164		50,9	
		165		51,6	
		166		52,5	
		167		53,5	
		168		54,5	
		169		55,6	
		170		56,7	
		171		57,8	
		172		59,0	
		173		61,0	
		174		63,0	
		175		65,0	
		176		67,2	

Tabellen zur Registrierung des körperlichen Wachstums: Mit Hilfe solcher Tabellen, die Alter, Körperlänge und Körpergewicht des Kindes berücksichtigen, läßt sich seine Entwicklung gut überwachen. Bei annähernd durchschnittlicher Entwicklung verläuft eine Verbindungslinie zwischen Alter, Größe und Gewicht ungefähr waagerecht. Die erlaubte Abweichung nach oben (+) oder unten (–) muß beachtet werden

Wachstum und Entwicklung unseres Kindes

Mädchen

Alter		Länge in cm	erlaubte Abweichung (cm)	Gewicht in kg	erlaubte Abweichung (kg)
0 Monate		51		3,4	
1 Monat		54		4,1	
2 Monate		57	± 4	4,8	± 0,8
3 Monate		60		5,4	
4 Monate		62		6,0	
5 Monate		64		6,7	
6 Monate		66		7,4	
7 Monate		68		8,0	
8 Monate		70	± 5	8,5	± 1,5
9 Monate		72		8,9	
10 Monate		73		9,3	
11 Monate		74		9,6	
12 Monate		75		9,8	
13 Monate		76		10,0	
14 Monate		77	± 6	10,2	± 2,5
15 Monate		78		10,4	
16 Monate		79		10,7	
17 Monate		80		10,9	
18 Monate		81		11,2	
20 Monate		82	± 7	11,3	± 2,5
22 Monate		84		11,7	
24 Monate		85		11,9	
		86		12,1	
		87		12,2	
2 Jahre		88	± 7	12,4	± 2,5
		89		12,6	
		90		12,8	
		91		13,0	
		92		13,3	
2½ Jahre		93	± 7	13,6	± 3,0
		94		13,9	
		95		14,1	
		96		14,3	
		97		14,5	
		98		14,7	
3 Jahre		99	± 8	14,9	± 3,0
		100		15,2	
		101		15,6	
		102		16,0	
		103		16,2	
		104		16,5	
		105		16,8	
		106		17,1	
4 Jahre		107	± 8	17,4	± 3,5
		108		17,7	
		109		18,0	
		110		18,3	
		111		18,6	
		112		19,0	
		113		19,4	
5 Jahre		114	± 12	19,8	± 4,0
		115		20,2	
		116		20,6	
		117		20,9	

Alter		Länge in cm	erlaubte Abweichung (cm)	Gewicht in kg	erlaubte Abweichung (kg)
		118		21,1	
		119		21,5	
6 Jahre		120	± 12	22,0	+ 5,0
		121		22,4	− 3,5
		122		22,8	
		123		23,2	
		124		23,6	
		125		24,1	
7 Jahre		126	± 12	24,6	+ 8,0
		127		25,1	− 5,5
		128		25,6	
		129		26,0	
		130		26,3	
		131		26,8	
8 Jahre		132	± 12	27,4	+ 10,0
		133		27,9	− 7,5
		134		28,4	
		135		28,9	
		136		29,4	
9 Jahre		137	± 13	30,2	+ 11,0
		138		31,0	− 8,0
		139		31,7	
		140		32,5	
		141		33,0	
		142		33,6	
10 Jahre		143	± 13	34,1	+ 15,0
		144		34,6	− 10,0
		145		35,2	
		146		35,8	
		147		36,6	
		148		37,5	
11 Jahre		149	± 14	38,5	+ 16,5
		150		39,4	− 11,0
		151		40,3	
		152		40,9	
		153		41,5	
		154		42,4	
12 Jahre		155	± 14	43,3	+ 19,0
		156		44,2	− 13,0
		157		45,1	
		158		46,0	
13 Jahre		159	± 13	47,6	+ 19,0
		160		49,2	− 13,5
		161		50,8	
		162		52,5	
14 Jahre		163	± 13	53,5	+ 19,0
		164		54,5	− 13,5
		165		56,0	

Tabellen zur Registrierung des körperlichen Wachstums: Mit Hilfe solcher Tabellen, die Alter, Körperlänge und Körpergewicht des Kindes berücksichtigen, läßt sich seine Entwicklung gut überwachen. Bei annähernd durchschnittlicher Entwicklung verläuft eine Verbindungslinie zwischen Alter, Größe und Gewicht ungefähr waagerecht. Die erlaubte Abweichung nach oben (+) oder unten (−) muß beachtet werden

Zu guter Letzt

Jeder, der mit Babys zu tun hat oder für sie verantwortlich ist, weiß nur allzu gut, daß sie nicht nur viel Freude, sondern auch viel Arbeit machen und zudem ein sehr großes Maß an Zuwendung benötigen. Niemand, der für Babys sorgt, wird ganz ohne Hilfe auskommen. Gleiches gilt für die Autoren des ›Baby-Lexikons‹, die als »Väter« für Konzeption, Austragung, Geburt und Entwicklung dieses nun schwarz auf weiß vorliegenden geistigen Babys verantwortlich gewesen sind und mit dem sie weit länger als nur neun Monate »schwanger« waren. Sie können aber dankbar bekennen, daß es nicht ganz allein sie als »Väter« waren, die am Werden dieses Babys mitgewirkt haben – geholfen haben ihnen einige außerordentlich engagierte »Mütter« und »Hebammen«.

Diesen insbesondere schulden die Autoren vielen und besonderen Dank für Verständnis, Hilfe, große Geduld und Langmut. Ohne derartige Positivzuwendungen hätten sich die nicht immer ganz einfachen lexikalischen Arbeiten wohl kaum in einem vernünftigen Zeitraum, mit verläßlicher Gründlichkeit und dem erreichten Ergebnis durchführen lassen.

Als besonders engagiert in diesem Sinne möchten wir hier Frau K. Flegel, Mutter von Irene, Holger, Harald und Paul Oskar, und Frau H. Hartmann, Mutter von Philipp, nennen. Beide haben das Manuskript speziell unter dem Blickwinkel der erfahrenen Mütter auf Praxisnähe und Brauchbarkeit hin kritisch durchgesehen und uns mit vielen praxisrelevanten Hinweisen und Verbesserungen geholfen. Letztere hat das Buch außerdem als Lektorin von Anfang an begleitet und mit »Herzblut« betreut. Stets hat sie sich dabei auch bemüht, die nicht geringen Gestaltungswünsche der Autoren umzusetzen.

Gleichfalls sollen das bewährte, besonders sorgfältige und kritische Korrekturlesen von Frau E. Mann und die entsprechenden Arbeiten sowie die vielfältigen Schreibbelastungen von Frau Chr. Vogler hier erwähnt werden.

Die Genannten sind es, denen wir neben geduldigen und verständnisvollen Lebensgefährtinnen besonderen Dank schulden und ihn hiermit aussprechen. Alle Angesprochenen sollen wissen, daß wir Autoren aufgrund dieser guten Erfahrungen zu der Ansicht gelangt sind, daß eine alte Volksweisheit tatsächlich mehr bedeutet, als ein bloßer Spruch zu sein:

»Dankbarkeit und Weizen gedeihen nur auf gutem Boden!«

B. Leiber M. Radke M. Müller

Alles über die Gesundheit

Dr. med. Marianne Koch

Mein Gesundheitsbuch

dtv premium 24151

In diesem grundlegenden Nachschlagewerk erklärt die prominente Internistin Marianne Koch Aufbau und Funktion des menschlichen Körpers, beschreibt die häufigsten Erkrankungen und ihre Behandlung und gibt Hinweise zur gezielten Vorbeugung. Weil zum gesunden Körper auch eine gesunde Seele gehört, widmet die Autorin diesem Thema ein eigenes Kapitel. Neben den schulmedizinischen Vorgehensweisen werden auch erprobte alternative Heilmethoden vorgestellt. Tipps für eine ausgewogene, bewusste Ernährung, Strategien für ein gesundes Alter und Ratschläge zur Aktivierung der Selbstheilungskräfte runden das informative und umfassende Gesundheitsbuch ab.

»Koch gelingt es, selbst komplizierte Zusammenhänge anschaulich und verständlich darzustellen und hilft mit, dass der Leser zu einem mündigen Partner des Arztes wird.«
Kurier

»Ein Nachschlagewerk, das in keinem Haushalt fehlen sollte.«
frau aktuell

Das medizinische Hausbuch für die ganze Familie – damit Gesundheit kein Zufall bleibt

Medizin für jedermann
Fragen und Antworten
Von Prof. Dr. med. Robert E. Rothenberg
Herausgegeben von
Prof. Dr. med. Hermann S. Füeßl
dtv 36009

›Medizin für jedermann‹ ist der klassische Ratgeber zur Gesundheit. Bau und Funktion des gesunden Körpers werden verständlich erklärt, Symptome, Diagnose und Behandlungsmethoden von Krankheiten eingehend beschrieben. Das Frage-und-Antwort-Prinzip klärt Schritt für Schritt alle Fragen und gibt außerdem eine gute Vorbereitung für den Arztbesuch. Wer mehr weiß, kann besser fragen und erhält befriedigendere Antwort.

Mit ausführlichem Sachregister zum raschen Auffinden des gesuchten Problemfeldes.

Das medizinische Hausbuch

[illegible]